한국
현대시학의
틀과 결

최명표

박문사

※ ∷ ※ ∷ 머리말

　오랜만에 전공서를 세상에 내놓는다. 그간 논 것은 아니었으되, 시를 공부하는 일에 게을렀던 것도 사실이다. 날마다 밤마다 서안을 바짝 당겨 놓고 연구자의 길을 걷고자 했으나 힘에 부친다. 죄다 천성이 고루 부족하고 능력이 두루 달리는 줄 깨닫게 되는 이 즈음이다. 애초에 모자란 줄 알았더라면 나서지 않았을 텐데, 나중에야 알게 되니 후회이다. 무지한 것처럼 사람들을 괴롭히는 것이 없고, 무딘 감수성만큼 시 읽기를 훼방하는 것이 없다. 시인들이 남겨준 훌륭한 작품들을 제대로 읽기도 못한 채 결과랍시고 세상에 내놓자니 두렵고 불안하다. 그래도 가슴속에 끼리고 있을 수만은 없기에 눈치를 무릅쓴다.

책에 수록된 논문들은 학회지에 발표한 것들이다. 예전에는 크게 하자 없는 논문이라면 당연히 게재해주는 줄로만 알았으나, 출판하고자 되읽는 도중에 학회의 소중함과 배려를 새삼 알았다. 한량없이 영성하고 더없이 조야한 논문을 무턱대고 투고한 막무가내의 글들을 실어준 홍은에 감사하다. 책은 논문의 성격을 고려하여 총 6부로 편성했다. 각 부에는 묶음의 특성을 표내고자 소제목을 달았다. 그러다 보니 책의 제목이 『한국 현대시학의 틀과 결』이 되었다.

제1부는 백석의 시세계를 알아본 두 편을 묶었다. 백석은 최근에 들어설수록 연구자들은 물론이고 대중들의 인기가 식지 않는다. 그의 시적 성취란 일제에 의한 강점기에 궁벽한 지역어를 고집스럽게 지켜내려고 노력하는 과정에서 얻어진 것이다. 특히 그는 민중들의 말살이에서 널리 쓰이는 직유를 시편에 적극적으로 끌어들였다. 그의 시세계는 직유의 텃밭이라고 해도 과언이 아닐 터이다. 은유의 기세에 눌려 연구자들에게 천대받는 직유의 성가가 백석의 시 덕분에 제값을 받기 바란다. 또 백석의 시를 자세히 읽을 요량으로 「수라」를 선택하였다. 이 시편이 김수영에게서 되풀이된 사례를 보면, 전통 혹은 되살려 쓰기의 흔적을 찾아보고 싶은 충동을 느낀다.

제2부는 '순수의 시학'으로 김상옥, 김종삼, 박용래, 한성기의 시세계를 살펴본 글들을 모았다. 연구자의 시 읽기는 평소에 존경하거나 사랑하는 시인들에게 집중될 수밖에 없다. 그것도 사람의 일이라 감동을 준 시인에게 호감을 갖기는 어쩔 수 없다. 네 시인은 시 못지않게 삶 또한 순백하였다. 동양적 교훈은 글로서 사람을 알 수 있다고 했거늘, 넷의 시작품에는 순결하여 힘들었을 생애의 결이 행간마다 배어 있어서 읽을 적마다 감회

가 새롭다. 시인들의 순수한 결기가 서안에 만연해지기를 바랄 뿐이다.

　제3부는 동시를 읽고 '동심의 시학'이라고 이름하였다. 김해강, 박목월, 오규원을 대상으로 삼았다. 김해강은 시적 성과에 비하여 한국근대시사에서 홀대받는 시인 중의 하나이다. 그보다 못한 이들이 이런저런 인연에 기대어 고평받는 세태가 안타까워 기회가 닿을 때마다 조명하려고 힘쓴다. 박목월은 '청록파'의 일원으로 분류되지만, 그의 시적 근원은 동심이다. 그가 시작부터 동시를 써서 하는 말이 아니라, 자연을 예찬하는 심성의 근저에는 동심의 상상력이 작동하고 있음을 입증하고자 공들였다. 오규원은 태생이 교사라서 아이들의 삶에서 관심을 거둔 적이 없었다. 연구자들에게 그의 '날 이미지'론이 어린이들의 생생발랄한 모습에서 포착된 것인 줄 알려주고 싶었다.

　제4부는 시작품에 수용된 소문의 모습에 대한 공부의 결과이다. 문학은 소문의 문자적 집합물이다. 소설의 발생론적 기원을 찾아볼 양이면 아예 소문이나 진배없다. 시라고 해서 예외가 아니다. 한국에서는 소문에 대한 연구가 희한하게도 드물다. 역사적으로 절대왕조, 식민지시대, 해방기, 군사독재기간 등은 민중들의 언로를 억압하여 정권을 유지했던 때였다. 그럼에도 불구하고 연구자들의 관심이 적어서 소문의 수사적 차원을 살펴보고 층위를 나누어 논함으로써, 소문에 관한 연구자들의 관심을 촉구하였다. 대상으로 삼은 강인한, 정양의 작품으로는 소문의 차원과 양상을 알 수 있었고, 김명순의 작품을 통해서는 소위 여류작가를 포박해버린 것도 모자라 그녀의 정체성마저 유린한 소문의 무시무시한 위력을 헤아릴 수 있었다.

　제5부는 카프시론이다. 둘 다 발표한지 상당한 기일이 경과되었다. 돌

아보면 카프에 대한 관심은 세대적 책임감의 발로이다. 동시에 그것은 분단시대를 초래한 역사에 대한 엄정한 인식을 부추겼다. 근래에 문학에서 역사로 관심의 폭을 확대하게 된 것도, 카프문학을 공부하는 동안에 형성된 역사의식의 조종에 힘입은 것이다. 그 덕에 문사철을 떼어 쓰지 않아야 하는 줄 깨달았다. 대일항쟁기라는 특수한 환경 때문에 탄생한 카프문학이 연구자들로부터 소홀시되지 않아야겠다. 무릇 연구자는 편벽되지 말 일이다.

끝에 달아 둔 제6부는 석사논문이다. 모든 글은 훗날 부끄러움을 안겨 주는 줄 모를 턱이 없다. 그러나 석사 과정이 어중간하듯, 그때 쓴 글의 자리도 마찬가지이다. 윤동주에 대한 시사의 평가는 크게 두 갈래이다. 그 중에서 문제되는 축은 윤동주를 저항시인의 반열에 올리고 싶어 안달 난 쪽이다. 그러나 그가 한국인들로부터 애정을 받는 이유인즉, 일제에 의한 암흑기를 거치는 동안에 영혼이 더럽혀지기를 한사코 거부하며 자기 성찰에 나섰던 순결한 청년시인이기 때문이다. 한국현대시사에 그라도 있어 해방을 부끄럽지 않게 맞을 수 있었다. 그러니 제발 그가 명계에서도 '참회록'을 쓰는 깨끗한 청년시인으로 살아가도록 무거운 굴레를 씌우지 말자. 그 말고도 저항시인은 많지 않은가.

책의 제목은 전남대학교 국문과 김동근 교수의 작명이다. 그분과 교분을 나눈 세월이 솔찬하다. 그분은 뒷산의 소나무처럼 내내 그 자리에서 반가이 맞아주고 쓰다듬어준다. 그분에 대한 존경심을 표할 방안으로 꾀를 낸 것이 책제를 지어달라는 떼였는데, 이번에도 성가신 부탁을 마다하지 않았다. 이렇게나마 그분의 숨결이 책 안에 살아 숨 쉬게 되어 학연을 길이 기리게 되었으니 기쁘다.

끝으로 『해방기시문학연구』에 이어 박문사와의 인연을 이어가게 되었다. 저제나 이제나 알량하고 성근 책을 내주는 윤석현 대표의 후의에 감사할 따름이다. 눈앞의 상업적 이익을 따지지 않고 가난한 서생의 부끄러운 땀을 헤아려준 그이를 위해서라도 서둘러 서책을 펴고 자리를 고쳐 앉는다.

2018년 6월

최 명 표

차 / 례

제1부

백석 시학

- 백석 시의 수사적 책략
- 백석 시 「修羅」의 분석적 읽기

한국 현대시학의 틀과 결

백석 시의 수사적 책략

Ⅰ 서론

백석은 등단 이후에 민속과 풍속 그리고 전설 등의 구비문학적 유산을 적극 수용하였다. 그 결과 "지방적이고 민속적인 것에 집착하여 백석은 특수한 일 경지를 개척하였고, 그것으로 성공한 사람"[1]이라는 문학사적 평가를 받았으며, 지금까지 제출된 대부분의 선행연구 결과는 이러한 평가와 연결된다. 민속이 과거의 집단적 경험의 산물이란 점에서, 그가 추구했던 민속의 세계는 주목되어야 한다. 그는 민속을 위시한 유년기의 체험을 적극적으로 수용하여 추억의 시적 의미를 천착하였다. 추억은 그의 개별적 기억을 되살려서 존재론적 고뇌를 드러내기에 적합하다. 그의 노력은 현실의 압력을 감당하기에 역부족일 수밖에 없는 식민지 시인의 한계

---

1) 백철, 『신문학사조사』, 신구문화사, 1992, 541쪽.

를 드러낸다. 이러한 난관에 직면할 때, 대부분의 시인은 은유에 의지하여 상황을 폭로하려고 시도한다.

이에 비해 백석은 오히려 구술성의 세계에 토대하여 독자와의 직접적 소통체계를 추구하였다. 그는 직유에 의탁하여 식민지시대의 현실적 한계를 시화하였다. 그는 평북 방언을 시작품에서 다량으로 구사하고 있으며, 민중들의 구어를 수용한 직유의 세계를 집중적으로 보여주었다. 시는 어떠한 물질적 조건에서도 사회적 제도의 산물이라는 점에서, 그가 포착한 풍속들은 직유의 수사학적 성격과 함께 식민지 현실의 맥락에서 검토해야 온당하다. 특히 "서로 다른 대상물의 유사성이 아니라 동일한 것이 잠재적으로 가지는 차이점을 겉으로 드러내는 것 같은 고도의 지적 작업에서는 은유로서는 표현할 수 없고 직유로서만 선명한 형태로 제시될 수 있다"[2]는 점에서, 그의 작품에 사용된 언어의 수사적 용례에 각별한 관심을 기울이는 접근 태도가 바람직하다. 이에 본고는 방언과 풍속의 구현을 중시한 그의 수사적 책략을 분석하고, 그것의 정치적 의미를 구명하는데 목적을 둔다.

---

2) 박영순, 『한국어 은유 구조 연구』, 고려대출판부, 2000, 58쪽.

Ⅱ 시적 수사의 정치적 성격

01 | 직유의 심미적 형식

지금까지 직유는 "단순히 대상이나 개념을 서로 비교하는 구실"[3]을 담당했다는 이유로 은유에 비해 상대적으로 덜 각광받았다. 그 이유인즉, 실재하는 세계에 대한 새로운 인식보다는 실재하는 사실을 보완하는데 효과적인 직유의 특성에서 기인한다. 직유는 문채의 일종으로 두 가지 사물간의 유사점을 직접적으로 드러내는 수사적 책략이다. 직유는 실재의 의미론적 전이에 치중하는 은유와 달리, 실재를 풍자하는데 중점을 두기 때문에 필연적으로 합리적 사고를 전제한다. 시인은 불합리한 세계의 모순을 포착하는 수단으로 직유의 강점을 활용하고, 직유는 세계의 특징을 단순화하여 시인의 주목에 값한다.

백석은 '직유의 시인'이라고 불러도 과언이 아닐 정도로 많은 작품에서 직유를 구사하였다.[4] 그는 일찍이 직유의 특성에 착목하여 현상과 사물을 정확하게 포착하여 묘사하였다. 특히 "언어는 여하한 현실적 상황에서도 존재론적, 심리적 요인들과 분리될 수 없다"[5]는 점에서, 직유를 선택한 그의 의도는 주목되어야 한다. 다음은 백석의 시작품에서 임의로 발췌한

---

3) 김욱동, 『은유와 환유』, 민음사, 1999, 177쪽.
4) 한 연구자는 백석 시에 나타난 수사적 표현을 분석한 결과, 시 98편 중 직유가 34편 (34.7%)을 차지한다고 보고한 바 있다.(김영익, 『백석 시문학 연구』, 충남대출판부, 2000, 189쪽).
5) P. E. Wheelwright, 김태옥 역, 『은유와 실재』, 문학과지성사, 1987, 45쪽.

직유의 용례이다.

> 한울빛 같이 흰하다—「定州城」
>
> 포족족하니 성이 잘 나는 살빛이 매감탕 같은 입술—「여우난곬族」
>
> 미역오리 같이 말라서 굴껍지처럼 말없이 사랑하다 죽는다—「統營」
>
> 다람쥐처럼 밝어먹고—「古夜」
>
> 당세 먹은 강아지 같이 좋아라고—「가즈랑집」
>
> 갈 줄 모르는 늙은 집난이 같이—「고방」
>
> 늪의 피 같은 물이끼—「夏沓」
>
> 파란 한울에 떨어질 것 같이—「秋日山朝」
>
> 뚜물 같이 흐린 날—「쓸쓸한 길」
>
> 알에서 가제 깨인 듯한 발—「修羅」
>
> 냄새나는 덧문을 닫고 버러지 같이 누었다—「柿崎의 바다」
>
> 아이들은 쪽재비 같이 먼길을 돌았다—「旌門村」
>
> 술국을 끓이는 듯한 鰍湯집의 부엌—「未明界」
>
> 또 하나의 달 같이 하이얗게 빛난다—「흰 밤」
>
> 甘露 같은 물이 솟는—「統營」
>
> 흙은 젖이 커서 살같이 깨서—「黃日」
>
> 萬年넷적이 들은 듯한데—「湯藥」
>
> 아는 사람들의 지껄지껄하는 말소리같이 반가웁고나—「오리」
>
> 유리창 같은 눈을 번득거리며—「夕陽」
>
> 醫員은 如來 같은 상을 하고—「故鄕」
>
> 모두 범 같이 무서워하는—「넘언집 범 같은 노큰마니」
>
> 오줌빛은 이슬 같이 샛말갛기도 샛맑았다—「童尿賦」

해빛이 초롱불같이 희맑은데—「咸南 道安」

정갈한 노친네의 내음새 같은 메밀내가 났다—「北新」

손잔등이 밭고랑처럼 몹시도 터졌다—「八院」

어질고 정많은 호랑이 같은 곰 같은 소 같은 피의 비 같은 밤 같은 달

같은 슬픔을 담는 것—「木具」

실 같은 봄비—「국수」

杜甫나 李白 같은 사람들의 마음—「杜甫나 李白 같이」

위와 같이 백석이 사용한 직유는 "세련된 비유가 아니라 거의 일상화되어버린 관용적 표현이거나, 어딘가 어울리지 않는 어색한 느낌을 주는 것들"6)이 대부분을 차지한다. 이런 점에서 그의 직유는 일상어와 크게 다르지 않으며, 산문적 특성을 지니고 있다. 그는 직유에 의지하는 시작법을 통해 동일 언어 사용자에게 국한된 정서의 공유를 기도한다. 가령 '뜨물 같이 흐린 날'은 쌀을 씻으며 부수적으로 얻어지는 뜨물을 버리지 않고 재활용하는 한민족의 고유한 식문화에 대한 선이해가 없이는 이해 불가능한 표현이며, 또 '甘露 같은 물'은 약수를 감로로 표현하는 불교의 문화적 영향관계를 고려하지 않으면 온전히 이해할 수 없다.

이런 관점에서 직유는 정치적 수사의 성격을 내포하고 있다. 외적으로는 은유가 현실의 왜곡된 국면을 표현하는데 적합한 보편적인 수사 책략처럼 보이지만, 동일어 사용자들의 문화적 체험을 은유화하기에는 상당한 난관에 봉착하게 된다. 이에 비해 직유는 언중들의 일상적 화법을 직접적

---

6) 이숭원, 「풍속의 시화와 눌변의 미학」, 박호영·이숭원, 『한국시문학의 비평적 탐구』, 삼지원, 1985, 260쪽.

으로 차용하여 독자의 공감을 쉽게 획득할 수 있다. 직유는 언중들의 보편적 체험에 근거하기 때문에, 정서적 공유관계를 확대하여 친밀감을 심화시키기에 효과적이다. 언중들은 동일한 체험에 초점을 맞춘 시인의 수사적 책략에 쉽게 동조하여 감동의 영역을 확장하게 된다. 시작품에서 비유는 "기교의 차원이 아니라 인식의 차원에서 이루어질 때 비로소 진정한 몫을 발휘"[7]한다는 점에서, 정서적 공감대를 자아내는 직유의 효용성은 강조될 필요가 있다. 곧, 직유는 세계를 합리적으로 인식하기 위한 시인의 수사적 책략이다.

백석은 세계의 특징을 직유를 통해 명시적으로 보여준다. 그가 사용한 직유는 은유와 다르게 언어유희를 거부하여 독자의 능동적인 참여보다는, 제시된 상황에 동참하기를 요구하는 특성을 띠고 있다. 더욱이 작품의 도처에 장치된 방언은 지역민들의 정서적 일체화를 시도하여 동일 문화권의 보존 의지를 고무하는 한편, 비방언 사용자들의 의미 파악을 저해하여 문화권으로의 진입을 지연시킨다.

    女僧은 合掌하고 절을 했다
    가지취의 내음새가 났다
    쓸쓸한 낯이 넷날같이 늙었다
    나는 佛經처럼 서러워졌다

    平安道의 어늬 山 깊은 금덤판
    나는 파리한 女人에게서 옥수수를 샀다

---

7) 오규원, 『현대시작법』, 문학과지성사, 1990, 276쪽.

女人은 나어린 딸아이를 따리며 가을밤같이 차게 울었다

섶벌같이 나아간 지아비 기다려 十年이 갔다
지아비는 돌아오지 않고
어린 딸은 도라지꽃이 좋아 돌무덤으로 갔다

山꿩도 설게 울은 슬픈 날이 있었다
山절의 마당귀에 女人의 머리오리가 눈물방울과 같이 떨어진 날이 있
었다
　　　　　　　　　　　　　　　　　　　　　　　　　—「女僧」 전문

　백석 시의 특징적 자질이 고루 드러난 작품이다. 응축된 서사, 비극적
이미지 그리고 직유에 의한 상황의 제시 등은 그의 시작품에서 쉽게 발견
할 수 있는 요소들이다. 시인은 직유에 의탁하여 여인의 내력을 다 알고
있는 '나'를 내세워 시적 상황의 추이를 선명하게 서술하고 있다. 그 결과
여인과의 비교에서 우위를 확보한 '나'의 발화에 의해 시적 상황의 핍진성은
증가하고, 비록 일방적으로 전달될지라도 독자들은 '나'에 의해 전달되는
상황을 신뢰하게 된다. 이와 같이 직유는 "화자가 직접 개입하기 때문에
청자들의 사고 과정이 절약"[8]되는 경제적 효과를 거두면서 독자를 사건의
구체적 상황으로 인도한다. 마치 영화의 클로즈업 장면과 같이, 독자는
시인에 의해 조성된 시적 상황 속에서 우발적 사건과 상세한 묘사를 접하
게 된다. 시인은 편재적인 상황을 제시하여 독자들로 하여금 익숙한 경험
을 회상하도록 자극한 뒤에 특수한 사건을 일반적 현상으로 변환시킨다.

---

8) 윤석산, 『현대시학』, 새미, 1996, 216쪽.

3연의 모자가 처한 상황은 "아베는 타관 가서 오지 않고 山비탈 외따른 집에 엄매와 나와 단둘이서"(「古夜」)와 유사하다. 백석은 이와 같이 다른 작품과 중복되는 상황을 의도적으로 제시하고, 등장인물과 시적 배경에 대한 선 이해를 바탕으로 독자의 반응을 지속화하여 공감의 영역을 확장한다. 그것은 집단적 기억을 충실히 복원하는데 노력했던 시인의 시적 신념에서 기인한다. 그가 일상어에서 추출한 비유를 활용하는 이유는 시적 전언의 전달보다는 상황의 이해를 강조하는 작법 태도에서 비롯되었다. 그는 독자에게 익숙한 상황과 비유언어를 통해 작품 속의 상황을 묘사하기 위해 노력하는 시인이다.

이 작품의 쓸쓸한 이미지가 돋보이는 것은 직유의 시각적 명시성에서 온다. 직유는 일종의 구상화 절차에 속한다. 백석은 "어떤 현상이나 사물의 특성을 보다 사실적으로 묘사하는 데는 직유가 은유보다 훨씬 낫다"[9)]는 점에 착안하여 여인의 복잡한 사연을 사실적으로 묘사하기 위한 수단으로 직유를 동원한 것이다. 그는 '쓸쓸한 낯이 넷날같이 늙었다, 나는 佛經처럼 설어워졌다, 女人은 나어린 딸아이를 따리며 가을밤같이 차게 울었다, 섭벌같이 나아간 지아비, 女人의 머리오리가 눈물방울과 같이 떨어진 날' 등에서 보듯이, 직유에 의탁하여 대상을 단순화한다. 예컨대 '쓸쓸한 낯이 넷날같이 늙었다'는 여승의 얼굴빛에 드리워진 예사스럽지 않은 과거의 삶을 나타내며, '나는 佛經처럼 설어워졌다'는 고려의 멸망 이후 역사의 전면에서 거세당한 불교의 쇠락한 국면에 의지한 심정의 표현이다. 그리고 '女人은 나어린 딸아이를 따리며 가을밤같이 차게 울었다'는

---

9) 김진우, 『시와 언어』, 한국문화사, 1998, 322쪽.

여인의 울음 속에 은폐된 복합적인 감정의 양상을 응축한 표현이며, 또 '섭벌같이 나아간 지아비'는 가족의 생계를 담당하는 지아비가 모종의 사건에 연루되어 귀가하지 못한 비극적 상황을 가리킨다.

그 중에서 '女人의 머리오리가 눈물방울과 같이 떨어진 날'은 중의적 표현에 속한다. 하나는 여인이 여승이 되는 날 거행하는 삭발의식에서 눈물방울과 '같이' 떨어지는 머리카락의 낙하현상을 나타낸다. 다른 하나는 여인의 머리카락이 '눈물방울과 같이' 떨어지는 상황을 가리킨다. 전자는 삭발하는 도중에 신산스러운 과거를 회상하는 여인의 정서적 측면에 주목하고 있는 반면, 후자는 엄숙한 삭발의식에 은폐된 여인의 굴곡 많은 삶의 단면을 함축하고 있다. 직유에 의해 종교의식보다는, 지아비는 행방불명되고 어린 딸은 죽어버린 여인의 한많은 인생이 도드라져 보이게 된 것이다. 이로서 백석이 의도적으로 작품에 장치한 수사적 책략으로서의 직유의 의미가 드러나게 된다.

02 │ 방언을 통한 집단적 기억의 재현

기억은 과거의 체험을 현재적 시간에 재현하여 사물에 대한 의미를 추가한다. 물론 작품 속에 수용된 기억 속의 과거는 추상화된 과거이다. 실재하는 현실은 비형태적이고 비양식적이어서 모호하다. 그러나 기억은 "이 모든 것을 변형시켜 분간할 수 있는 사건의 형태로 재현"[10]한다. 기억

---

10) 김준오, 『시론』, 삼지원, 1997, 378쪽.

에 의해 경험은 조직되어 형태와 성격을 지니게 되는 것이다. 이런 측면에서 시작품은 시인에 의해 선택된 특수한 경험의 양식적 산물이다. 기억은 경험적 과거의 기반 위에서 지속되기 위해 과거형 시제로 서술된다. 과거는 형태화된 경험이므로, 현재적 욕망이 야기하는 갈등으로부터 일정한 거리를 유지한 채 존재한다. 기억된 경험과의 거리는 언어에 의해 비교될 가능성을 지닌다. 직유는 시인에 의해 발화된 대상과 비교된 대상 사이의 거리를 제공한다. 직유는 은유보다 더 통제된 비유라서 의미 생산 능력이 떨어진다. 곧 직유는 언어의 비교를 통해 의미를 직접적으로 생산하기 때문에, 청자의 개입 가능성을 차단하여 의미의 변형 생산을 방지한다.

　백석은 시 「오금덩이라는 곧」, 「마을은 맨천 구신이 돼서」, 「여우난곬族」, 「여우난곬」, 「古夜」, 「木具」, 「童尿賦」, 「湯藥」, 「국수」, 「寂境」, 「七月백중」, 「山地」, 「山」 등의 여러 작품에서 풍속을 재현하였다. 그는 민속 중에서도 민중들의 구체적 경험의 축적물인 풍속을 되살리는데 치중했다. 그에게 풍속은 집단적 기억을 회상하는데 유효한 요소였다. 민중은 풍속이라는 무형의 문화 요소를 통해 잃어버린 과거의 공동체적 정서를 공유하게 된다. 풍속을 시화하는 과정에서 시인은 새로운 인식을 목표로 하는 은유의 책략을 동원하지 않는다. 왜냐하면 독자들은 인식 과정을 생략해도 무방할 만큼 동질의 정서를 형성하고 있으므로, 직유를 통해서도 소기의 목적을 달성할 수 있기 때문이다. 시인은 풍속이라는 낯익은 소재를 직유로 표현하여 독자들과 정서적 친연관계를 형성하게 된다.

　풍속은 개별적 경험의 총화로서 집단적 무의식을 형성하는 물질적 토대이다. 집단은 풍속을 통해 동일한 감정을 체험하며, 귀속감을 확인하고, 동류의식을 공유한다. 더욱이 외세에 의해 국권을 강탈당한 시기의 풍속은 식민지 원주민들의 상실감과 자존심을 위로하면서, 침탈 이전의 공동체적 질서를 회상하도록 자극한다. 따라서 직유는 "민중의 애환을 노래하는 전래민요에서 효과적으로 나타난다"[11]는 점에서, 풍속을 위시한 구비문학적 유산을 시작품에 수용하는 태도는 불가피하게 정치적 의도를 함의할 수밖에 없다. 비록 시인의 정치적 신념이 시적 서술로 구현되지 않았더라도, 기층 어휘의 근간으로서 풍속의 정신사적 가치를 고려하면 그의 시도는 정치적 의미를 생성하게 된다.

백석은 국권을 상실한 식민지 원주민의 비애를 포착하여 수용하는 한편, 과거적 현상의 충실한 복원을 통해 민중들의 슬픔을 위로한 시인이다. 그의 시작품에 내재된 진정한 가치는 이러한 위안으로서의 문학을 추구한 데서 찾을 수 있다. 그의 작품에서 얻게 되는 감동은 기층 어휘를 통한 언어공동체의 확인 과정에서 비롯된다. 그는 서북방언에 기반을 두고 철저하게 구어적 세계를 추구하였다. 민중의 구체적 삶에 근거한 방언은 식민지 당국의 제도적 지원에 힘입어 세력을 확장하는 일본어로의 동화를 거부하는 언어적 항의 표지였다. 이러한 사실을 고려하면, 그가 능란한 방언을 구사하며 문어적 세계를 지향하는 경성 중심의 표준어 사용을 철저하게 배격한 이유를 추측할 수 있다. 아울러 표준어를 일본어와 동일선상에서 파악한 그의 시작 태도는 일상적 담화 습관에서도 확인 가능하다.

　　보통 담화 때는 주로 표준말을 썼지만, 당신의 억양은 짙은 평안도 말씨였다. 무슨 일로 기분이 상했거나 고향 친구들과 담소를 나눌 때, 당신은

---

11) 김욱동, 『수사학이란 무엇인가』, 민음사, 2002, 114쪽.

야릇한 고향 사투리를 일부러 강하게 쓰는 습관이 있었다.[12]

　방언은 표준어에 대립하는 내적 언어에 속하며, 사용자들을 굳게 결속시키는 힘을 갖고 있다. 방언은 비공식적 언어이기 때문에 '무슨 일로 기분이 상했을 때'와 같은 본능적 감정 상태를 토로하거나, 또는 '고향 친구들과 담소를 나눌 때'에 은밀히 구사되는 은어이다. 백석의 동거녀가 술회한 위의 증언을 경청해 보면, 백석의 평북방언은 생활 장면에서 간단없이 구현되고 있었다. 그는 방언을 통해 "어진 사람이 많은 나라"(「수박씨, 호박씨」)의 집단적 무의식을 드러내었고, 동일 지역어의 사용자들과 정서적 체험을 공유하는 도구로 방언을 활용했던 것이다. 따라서 그의 시작품에 구사된 방언은 폐쇄적인 소통구조를 지향하여 구성원 간에 친밀한 유대감을 확보하는데 효과적인 역할을 수행하였다.

　이런 측면에서 그의 시작품에 빈번하게 출현하는 지방주의는 보편주의의 대립적 개념이다. 그의 평북 방언은 세계주의를 지방주의보다 우월한 개념으로 파악했던 임화에게서 "이 야릇한 방언을 『사슴』 가운데 표현된 작자의 강렬한 민족적 과거에의 애착이라고 생각하고 있다"[13]는 호평을 얻었다. 그가 언급한 '민족적 과거에의 애착'은 식민지 상태 이전의 시기에 각별한 관심을 기울이는 백석의 시작 태도를 가리킨다. 그는 이민족의 침략으로 훼손당할 위기에 직면한 지방어로서의 국어를 지키고 싶은 의지를 평북 방언의 시적 수용으로 구현한 것이다. 물론 이러한 움직임은 당국에 의해 주시 대상이었기 때문에, 백석은 자신의 의도를 은폐하기 위한 수사

---

12) 김자야, 『내 사랑 백석』, 문학동네, 1995, 111쪽.
13) 임화, 「문학상의 지방주의 문제」, 『조광』, 1936. 10.

적 책략을 강구해야 했다.

이에 그는 집단적 기억물로서의 풍속을 작품 속에 수용하였고, 풍속을 사실적으로 묘사하는데 효과적인 직유에 주목하였으며, 나아가 풍속의 전달 매체로서 방언을 활용하게 되었다. 방언은 문자언어를 대표하는 표준어와 대립한다. 방언은 제국의 텍스트로 번역되기 어려운 속성을 지닌 언어체계이다. 백석은 의도적으로 평북 방언을 선택함으로써, 자신의 시작품과 고향의 풍속들이 중심부의 텍스트로 편입되는 것을 거부하였다. 언어는 소통하기 위한 도구이다. 그렇지만 방언은 생리적으로 의사소통의 참여자를 제한하는 배타적 속성을 갖고 있다. 방언의 이러한 범주성에 착목하여 백석은 고향의 풍속을 재현함으로써 외래인의 접근을 방지하고, 구성원간의 친목관계를 강화하였다. 따라서 그의 방언 사용은 자연스럽게 민족적 차원에서도 접근할 수 있는 통로를 제공한다.

애란어에 의한 애란문학은 애란의 봉건씨족사회의 몰락과 가티 사멸하고 말엇스니, 그때란 바로 애란의 상류계급이 영국 식민들과 제휴하기 시작한 때엿다. 19세기의 상반기를 통하야 애란민족은 애란어 대신에 점점 영어를 사용하게 되엇스니, 이는 애란을 캐도릭교에로의 영국 개종의 근거지로 삼으려고 한 애란의 캐도릭교회의 영향으로 말미암음이엇다. 그리하여 애란어를 말하는 애란은 오직 애란의 극서지방에만 보존되엿섯다.[14]

위 글은 백석이 T. S. 밀스키의 글을 번역하여 8회에 걸쳐 연재한 글의 일부이다. 번역자가 번역의 소재를 결정하는 과정에서 우선적으로 고려하

---

14) 백석, 「죠이쓰와 애란문학」(1), 『조선일보』, 1934. 8. 10.

는 요소는 자신의 사상적 선호도라는 점에서, 이 글은 백석의 문학과 언어에 대한 생각을 살펴볼 수 있는 기회를 제공한다. 그는 식민지 상태에 처한 애란과 조선의 정치적 조건에 입각하여 애란문학과 조선문학의 유사한 운명에 관심을 기울인 듯하다. 나아가 그는 '애란의 상류계급이 영국 식민들과 제휴하기 시작한 때'에 주목하여 애란어의 쇠락을 '캐도릭교회의 영향과 결부시키고 있다. 이러한 견해는 애란어가 극서지방에만 보존되었다는 사실과 연결되어 그의 평북 방언에 대한 애정이 단순한 기호의 차원이 아니라는 사실을 반증한다. 그는 국어의 위기 국면을 타개하려는 수단으로 방언의 보존 의지를 피력하고자 이 글을 번역하였고, 시작품에 적극 반영하는 실천적 태도를 보여주었다.

낡은 질동이에는 갈 줄 모르는 늙은 집난이같이 송구떡이 오래도록 남어 있었다

오지 항아리에는 삼춘이 밥보다 좋아하는 참쌀탁주가 있어서
삼춘의 임내를 내어가며 나와 사춘은 시큼털털한 술을 잘도 채어먹었다

제삿날이면 귀머거리 할아버지 가에서 왕밤을 밝고 싸리꼬치에 두부산적을 께었다

손자아이들이 파리떼같이 모이면 곰의 발 같은 손을 언제나 내어둘렀다

구석의 나무말쿠지에 할아버지가 삼는 소신 같은 짚신이 둑둑이 걸리어도 있었다

넷말이 사는 컴컴한 고방의 쌀독 뒤에서 나는 저녁 끼때에 부르는 소리를 듣고도 못 들은 척하였다
　　　　　　　　　　　　　　　　　　　　　　　—「고방」 전문

　백석의 시에서는 "기억 그 자체가 곧바로 미적 체험으로 제시되고 있다"[15]는 점에서, 민속 유산을 기억하여 선택적으로 재현하는 시인의 노력은 괄목할만하다. 그는 민족의 풍속을 시화함으로써 상실당한 조국으로 인해 핍박받는 민중들의 심리적 상흔을 위로하는 동시에, 당국으로부터 감시와 처벌을 피할 수 있었다. 일제의 입장에서 풍속은 미신으로 규정된 구시대의 유물에 불과하기 때문에, 특별히 주의하거나 감시할 필요가 없었다. 더욱이 방언에 의해 복원되는 변방의 풍속은 제도권에서 수용할 필요성을 절감할 정도로 위협적인 현상이 못되었다. 그러나 방언은 사용자들을 동일 체험 속에서 결속한다. 그들은 동일한 방언을 사용하는 동안 집단의 구성원으로 자각하며, 방언으로 자기들의 독자적인 기억을 회상한다. 그러므로 백석이 평북 방언의 보호에 노력한 것은 동질적 정서를 계승하려는 시적 몸부림이었다.
　위 작품에 출현한 방언들, 예를 들면 '질동이', '집난이', '임내', '나무말쿠지' 등은 평북 방언의 사용자 외에는 범접하기 힘들다. 또 '송구떡', '찹쌀탁주', '싸리꼬치' 등은 그 지방의 식문화에 대한 교양 없이는 시적 맥락을 이해하기 어렵다. 그리고 '갈 줄 모르는 늙은 집난이 같이', '손자아이들이 파리떼 같이 모이면', '곰의 발 같은 손', '소신 같은 짚신' 등의 직유는 한국어의 관습적 용례를 알지 못하면 문맥상의 의미를 정확하게 파악하기 힘

---

15) 고형진, 『한국 현대시의 서사지향성 연구』, 시와시학사, 1995, 189쪽.

들다. 이와 같이 백석은 의도적으로 방언과 직유를 구사하여 지역 방언 사용자들의 세계에 타인들이 접근하는 것을 차단하였으며, 그로서 시어의 독특한 질감을 유지하면서 과거의 집단적 기억을 복원할 수 있었다.

백석은 방언을 수용하기에 적절한 직유에 의지하여 상징과 은유가 결여된 표현 기법의 단순성을 추구하였다. 단순성은 과거를 회상하기에 효과적인 덕목이다. 추억은 단순할수록 견고하게 조직되며, 상상력과 결합하여 집단적 기억을 복원하는데 기여한다. 이런 점에서 방언에 기초한 직유는 개인이나 집단의 과거적 사실을 회고하는데 유용하다. 특히 대상의 형상적 특질에 주목하는 직유는 동일한 문화권을 형성하는 주체에게 공동체적 일체감을 확인시켜 주는데 적절한 비유언어이다. 그들은 직유에 의해 기억 속의 공동 체험을 되살림으로써, 정서적 공유에 기초한 동일체의식을 공고화한다. 직유는 이와 같이 시인과 독자를 정서적으로 결집시키는데 위력을 발휘한다. 구어에 기반한 직유로 연결된 그들의 정서적 연대의식은 이질적 언어 사용자들에게 이해 불가능한 영역이며, 합리적 이성을 앞세운 식민지 근대화론자들에게는 전근대적 풍경으로 보일 뿐이다. 풍속이 풍경으로 존재할 때, 지배 담론이 작동시킨 감시의 시선은 약화되기에 이른다.

03 ┃ 비정치적 수사의 정치적 의미

백석의 시집 『사슴』(선광인쇄, 1936)이 출간되었을 당시, 김기림은 "백석은 우리를 충분히 애상이게 맨들 수 있는 세계를 주무르면서도 그것

속에 빠져서 어쩔 줄 모르는 것이 얼마나 추태라는 것을 가장 절실히 깨달은 시인"16)이라고 평하였다. 그는 모더니스트 비평가로서 백석 시에 나타난 지적 통제에 의한 감정의 적절한 유로를 고평한 것이다. 백석이 '애상이게 맨들 수 있는 세계'를 시화하면서도 감상적 차원으로 전락하지 않은 이유는 고도의 수사적 책략에 힘입은 바 크다. 그 배경으로는 시간과 공간의 차원에서 살펴볼 수 있다. 시간상으로 그는 과거시제를 선호한 편이다. 식민지 당국의 감시와 처벌을 의식해야 하는 그로서는 현재시제에 의지하는 은유를 활용하여 의도를 은폐하기에는 번잡한 수고가 따른다. 이에 비해 과거시제는 일제의 시선을 피할 수 있는 명분을 제공해준다. 과거의 농촌 공간에는 구어로서의 방언이 현 실태로 존재하고 있었다. 그곳에서 시인은 당대의 현실적 고통으로부터 벗어나 단순한 행복의 원형을 찾을 수 있기 때문에, 직유에 의탁하는 편의를 제공받을 수 있었다.

주지하다시피, 백석은 작품 속에서 과거의 풍속을 재현하였다. 풍속은 방언과 같이 제국주의자들에게 번역 불가능한 정신의 영역에 속한다. 그는 풍속을 통해 식민지 이전의 선한 세계를 형상화했다. 표준어 중심의 경성에 근대 문명이 확산되는 것과 달리, 주변부에 위치한 평북 지방의 풍속은 타락하기 이전의 전근대적인 모습을 지니고 있었다. 이에 그는 방언으로 전래되는 풍속을 사실적으로 묘사하여 집단적 경험 상태를 기록할 수 있었다. 이런 점에서 직유는 전의적 비유나 의미의 문채가 아니라, 사고의 문채에 속한다. 곧 직유는 "상상의 문채, 즉 풍속 묘사, 장소 묘사, 인물 묘사 등등"17)에 적합하다는 측면에서 리얼리즘의 범주에서 이해할

---

16) 김기림, 「『사슴』을 안고」, 『조선일보』, 1936. 1. 29.
17) J. Dubois, 용경식 역, 『일반수사학』, 한길사, 1989, 194-195쪽.

수 있으며, 문학보다는 역사에 가깝다. 언어의 환유축에 위치한 직유는 외적 인접성의 관계에 의지하여 선택보다는 결합축을 추종하는 경향을 띤다. 그러므로 직유를 애용하는 시인에게서는 은유의 용례를 찾아보기 힘들다. 그는 상호 이질적인 것의 유사성을 찾을 때에도 은유보다는 직유를 선호한다. 백석의 시에서 산문적 진술에 가까운 묘사가 두드러지는 경향도 직유 때문이고, 이미지가 병렬적으로 배치되는 것도 이 때문이다.

五代나 나린다는 크나큰 집 다 찌그러진 들지고방 어득시근한 구석에서 쌀독과 말쿠지와 숫돌과 신뚝과 그리고 옛적과 또 열두 데석님과 친하니 살으면서

한 해에 몇 번 매연지난 먼 조상들의 최방등 제사에는 컴컴한 고방 구석을 나와서 대멀머리에 외얏맹건을 지르터 맨 늙은 제관의 손에 정갈히 몸을 씻고 교의 우에 모신 신주 앞에 환한 촛불 밑에 피나무 소담한 제상 위에 떡 보탕 식혜 산적 나물 지짐 반봉 과일들을 공손하니 받들고 먼 후손들의 공경스러운 절과 잔을 굽어보고 또 애끊는 통곡과 축을 귀애하고 그리고 합문 뒤에는 흠향오는 구신들과 호호히 접하는 것

구신과 사람과 넋과 목숨과 있는 것과 없는 것과 한줌 흙과 한점 살과 먼 옛조상과 먼 훗자손의 거룩한 아득한 슬픔을 담는 것

내 손자의 손자와 손자와 나와 할아버지와 할아버지의 할아버지와 할아버지의 할아버지의 할아버지와 …… 水原白氏 定州白村의 힘세고 꼿꼿하나 어질고 정많은 호랑이 같은 곰 같은 소 같은 피의 비 같은 밤 같은

달 같은 슬픔을 담는 것 아 슬픔을 담는 것   ―「木具」전문

　목구는 "주홍칠이 날은 旌門"(「旌門村」)의 외연이다. 백석은 수원 백씨 집성촌에서 거행되는 제사, 그것도 장손이 아닌 차손이 주재하는 5대째부터의 '최방등 제사' 도구 중 하나인 목구에 주목하고 있다. 그는 '다 찌그러진 들지고방'처럼 왜소화된 가문의 풍속을 쓸쓸한 표정으로 보여준다. 그는 병렬적 배열 등, 여느 작품의 시작 습관을 계승하면서도 자신의 반응을 직접적으로 서술하고 있다. 특히 3, 4연에서 목구를 가리켜 '슬픔을 담는 것'이라고 규정함으로써, 세월의 무게를 감당하지 못하고 사그라지는 종가의 제사 모습을 안타깝게 보여준다. 연이 거듭되면서 고조되는 시인의 감정은 "삶의 궁극적인 도달점에는 역사에의 그리움이 숨겨져 있다"[18]는 지적과 결부되어 "아 나의 조상은 형제는 일가친척은 정다운 이웃은 그리운 것은 사랑하는 것은 우러르는 것은 나의 자랑은 나의 힘은 없다"(「北方에서」)는 허무의식을 낳는 기반이 된다.

　백석은 이 작품에서 나무로 만든 제기를 내세워 제사조차 제대로 지낼 수 없는 시대적 궁핍상을 보여주고 있다. 식민지 권력의 제도화가 진행되면서 원주민들의 풍속은 점차 타락 상태에 직면하게 되었다. 특히 조상에 대한 제사는 숭조상문(崇祖尙門)의 전통적 가정의례였다. 따라서 국권을 빼앗긴 후손으로서는 선조에 대한 무례를 정화할 수 없었기에, 백석은 목구를 선택하여 민족의 고유한 풍속이 궤멸되어가는 안타까운 심정을 표백하고 있는 것이다. 왜냐하면 목구는 전래의 식도구로서 제례의 필수적인

18) 김윤식, 『근대시와 인식』, 시와시학사, 1992, 154쪽.

용기였으므로, 가문의 역사적 성쇠를 담보하기에 적합한 대상이었기 때문이다. 그의 죄스러움은 '水原白氏 定州白村의 힘세고 꿋꿋하나 어질고 정 많은 호랑이 같은 곰 같은 소 같은 피의 비 같은 밤 같은 달 같은 슬픔을 담는 것 아 슬픔을 담는 것'이라는 직유에 의해 사실적으로 묘사되어 있다. 이처럼 직유는 풍속과 같은 과거의 구체적 경험과 깊은 연관성을 맺고 있다.

그러므로 백석의 시에서는 "산골로 가는 것은 세상한테 지는 것이 아니다/세상 같은 건 더러워 버리는 것이다"(「나와 나타샤와 흰 당나귀」)에 나타나는 바와 같이, 식민지 현실과 민족사적 고난에 대한 고뇌의 표정이 드러나지 않는다. 이러한 성향을 가리켜 오장환은 "그를 시인이라고 추대하고 존숭한 독자나 評家들은 얼마나 자기네들의 무지함을 여지없이 폭로시킨 것"[19]이라고 독설을 퍼부었다. 그는 백석의 '앞날을 이야기하지 않는' 시편들에 상당한 불만을 갖고 있었던 것이다. 식민지 상황으로 인해 극도의 자기부정과 심리적 방황으로 청년기를 보내고 있던 그로서는, 과거의 추억을 회상하는데 열중했던 백석의 시편들에게 긍정적 평가를 내릴 수 없었을 것이다. 그렇지만 미래적 전망은커녕 현재적 공간조차 의미를 상실하게 될 때, 시인은 "섣부르게 앞날을 이야기하기보다는 차라리 철저한 내면 성찰을 통해 삶의 기반을 완전히 상실한 자아를 발견하는 것이 보다 근본적인 차원에서의 문학적 대응일 것"[20]이다.

그러한 사례로 시 「修羅」를 들 수 있다. 백석은 이 작품에서 암담한

---

19) 오장환, 「백석론」, 『풍림』, 1937. 4.
20) 강연호, 「백석 시의 미적 형식과 구조 연구」, 『현대문학이론연구』 제17집, 현대문학이론학회, 2002. 6, 131쪽.

시대를 살아가는 해체된 가족 상황을 보여주었다. 그는 방 안팎이 수라장으로 전복된 상황이 야기하는 불확실성에 갇힌 내면의 움직임을 거미의 운명에 의탁하여 토로하였다. 작품 속의 '나'는 인간계의 방안에 침입한 축생계의 새끼 거미를 "아무 생각 없이" 쓸어낸다. 잠시 후 큰 거미가 새끼 거미를 찾아 나타나자 또 쓸어낸다. 그 뒤에 "알에서 가제 깨인 듯한 발이 채 서지도 못한" 영아 개미가 나타나자, 가족을 이산시킨 '나'의 슬픔은 고조된다. 거미의 잇따른 출현으로 인간계와 축생계가 전도되어 아수라로 변모한다. 마침내 '나'가 방밖으로 나가야 할 판국에 처한 것이다. 백석은 이 작품에서 당대에 사회적으로 만연했던 가족 해체 현상을 거론하는 한편, 공간의 전복 현상을 시비하고 있다. 그는 현실 공간의 변모로 인한 존재론적 위기 상황에서 "하눌이 사랑하는 詩人"(「촌에서 온 아이」)의 자세를 견지하기로 다짐한다.

> 나는 이런 저녁에는 화로를 더욱 다가 끼며, 무릎을 꿇어보며,
> 어느 먼 산 뒷옆에 바우섶에 따로 외로이 서서,
> 어두워오는데 하이야니 눈을 맞을, 그 마른 잎새에는,
> 쌀랑쌀랑 소리도 나며 눈을 맞을,
> 그 드물다는 굳고 정한 갈매나무라는 나무를 생각하는 것이었다.
>
> ─「南新義州柳洞朴時逢方」 부분

시인의 낙백한 영혼이 펼치는 비관론은 죽음까지 생각할 정도의 비극적 상황에 처해 있다. 인간과 죽음의 관계는 반드시 현실적인 모든 의식의 필연적인 요소라기보다는, 참다운 실존에 도달하는데 필연적인 조건이라

는 점에서, 죽음은 시인에게 존재의 물리적 종말이 아니라 실존의 이유를 깨닫는 계기가 된다. 그는 공간의 타락 현상으로 인해 자신이 복원하고자 노력했던 풍속이 사멸되어가는 '이런 저녁'에 오연한 자세를 취하여 현실의 곤궁한 국면을 견디기로 결심한다. 그것은 식민지 현실에 굴복하느니 '어두워오는데 하이야니 눈을 맞'는 태도로 구현된다.

그가 생각하는 갈매나무는 "목이 긴 詩人"(「許俊」)의 대유물이다. 백석은 등단 초기부터 방언을 통한 풍속의 재현이라는 비정치적 수사로 일관하였다. 그러나 그의 삶을 지탱하던 방언의 세력권이 위축되면서 오연한 이미지를 형상화하는 방향으로 시적 변모를 추구하였다. 이러한 변화는 갈매나무의 기개를 본받으려는 결의로 구체화되었지만, 그것은 그가 방언과 풍속에 주목하던 등단 초기부터 예비 된 결과이다. 왜냐하면 방언은 필연적으로 식민지 당국에 의해 이식되는 모조 근대 문명이 정착됨에 따라 침식현상에 직면하게 되고, 풍속 또한 고유한 형태를 상실할 수밖에 없기 때문이다.

곧, 그가 방언과 풍속을 작품 속에 적극적으로 수용한 것과 갈매나무의 오연한 이미지를 추구하게 된 것은 일종의 정치적 선택이라고 할 수 있다. 이러한 행위는 '세상 같은 건 더러워 버리는 것이다'는 진술과 동일한 맥락에서 정치적 수사에 해당한다. 곧 백석의 시에 나타나는 비정치적 수사는 견인의 자세로 '쌀랑쌀랑' 소리를 내기 위한 정치적 의도를 은폐하고 있었던 것이다. 그는 외국어가 국어를 구축하고, 외국인이 내국인으로 행세하는 "이 못된 놈의 세상"(「가무래기의 樂」)과 일정한 거리를 유지하겠다는 의지를 수사적 책략으로 표현한 셈이다.

Ⅲ 결론

이상에서 살펴본 바와 같이, 백석은 방언을 활용하여 민속을 묘사함으로써 당대 민중들의 심리적 충격을 치유하고자 노력한 시인이다. 그의 시적 성취로 인해 일제에 의한 국권상실기의 풍속을 복원하는 한편, 문화적 공동체를 보존하는 방언의 효력을 보존할 수 있었다. 특히 그는 구술성에 바탕한 직유의 수사를 토대로 소기의 심미적 효과를 달성하면서 정치적 의도까지 은닉하였다.

백석이 애용한 직유는 사물이나 현상의 특성을 묘사하는데 효과적인 비유언어이다. 그는 직유를 활용하여 평북 지방의 전래 풍속을 사실적으로 묘사할 수 있었다. 그의 시작품을 일컬어 '말하기'보다 '보여주기'에 충실하다고 평가하는 것은 바로 직유를 적절하게 활용한 결과를 지칭하는 것이다. 그는 방언을 사용하여 민족의 집단적 기억을 재현함으로써 구성원들의 결속을 도모하였다. 그의 비정치적 수사는 외면상으로 민속을 비롯한 구비문학의 유산을 시화하는데 효과적인 방법이었지만, 내면상으로 고도의 정치적 성격을 함의하고 있었다.

이런 이유로 백석이 채택한 수사적 책략은 재평가되어야 한다. 그는 전래되는 풍속을 구현하기에 적합한 수사적 책략으로 직유를 선택하였고, 그 결과 문화적 동일체의 정체성을 지킬 수 있었다. 특히 그의 평북 방언과 풍속들은 식민지 당국의 텍스트로 번역 불가능하다는 점에서, 그의 시에 나타난 비정치적 수사의 정치적 의미는 새롭게 조명되어야 할 것이다.
(『한국언어문학』 제55집, 한국언어문학회, 2005. 10)

백석 시 「修羅」의 분석

I 서론

　대부분의 논자들이 동의하듯이, 백석은 일제에 의해 국토를 강점당했던 시기에 전래의 풍속을 충실하게 재현한 시인이다. 그는 일련의 풍속시편에서 의도적으로 고어와 방언을 사용하여 원시적 공동체의 세계를 복원하려고 시도했다. 그는 이 작품들에서 특유의 관찰자적 시선으로 시적 전언의 전달보다 작품 속의 상황을 묘사하는데 치중함으로써, 당대를 응시하는 소회의 일단을 토로했다. 특히 그는 평북방언을 집중적으로 구사하여 집단적 기억을 재현하려고 노력했는데, 방언은 식민지 중심부로의 편입을 거부하는 언어표지였다.[1] 그에 의해 방언으로 구현된 풍속은 망국으로

---

1) 백석의 방언이 갖는 정치적 의미에 대해서는 최명표, 「백석 시의 수사적 책략」, 『한국언어문학』 제55집, 한국언어문학회, 2005. 10, 443-460쪽 참조.

인해 유실된 민족 정서의 원형을 간직하고 있는 정신 현상이었으며, 전통적인 사유체계를 충실하게 간직하고 있는 구술성의 세계였다. 이런 측면에서 그의 작품은 식민지 지식인의 고뇌를 일정 부분 담보하고 있다.

백석의 시집 『사슴』(선명인쇄, 1936)은 출판되자마자 평단의 큰 반향을 불러일으켰다. 그 중에서 박용철은 시 속의 방언에 주목하게 될 독자들을 향해 "이 시인의 냉연한 포즈 뒤에서 오히려 얼굴을 내여미는 처치할 수 없는 안타까움까지를 昧到하지 않는다면, 우리는 이 시집의 반을 넘어 잃어버린다 할 것"[2]이라고 충고한 바 있다. 그가 지적한 '냉연한 포즈'와 '처치할 수 없는 안타까움'은 백석의 시적 포즈를 적절하게 평가한 발언으로 보인다. 백석은 두 가지의 포즈를 시작품에서 한결같이 견지함으로써, 시의 산문화 경향을 제어할 수 있었을 뿐만 아니라 풍속의 회고가 감상의 차원으로 격하되는 것을 방지할 수 있었다. 이 점에서 백석은 "세계관으로서보다는 창작 방법으로서 모더니즘의 세례를 받았다"[3]고 할 수 있다.

이 시집의 풍속시편에서 백석은 여러 가지 동물 심상을 등장시켜 과거적 질서를 추억하고 있다. 그의 작품에 나오는 동물들은 "재당도 초시도 門長늙은이도 더부살이 아이도 새사위도 갓사둔도 나그네도 주인도 할아버지도 손자도 붓장사도 땜쟁이도 큰개도 강아지도"(「모닥불」)에서 볼 수 있는 바와 같이, 인간과 동일한 차원에서 공동체를 구성하는 주요요소이다. 그는 인간 생활과 밀접하게 관련된 동물들을 문화의 형성 요소로 파악하고, 인간과 동물이 어우러진 자연의 세계를 탐구했던 것이다. 그러므로 그가 집중적으로 작품화했던 전래의 풍속은 인간뿐만 아니라, 모든 생명

---

2) 박용철, 「병자 시단의 일년 성과」, 『박용철전집』 2, 깊은샘, 2004, 105-106쪽.
3) 최두석, 「백석의 시세계와 창작 방법」, 『리얼리즘의 시정신』, 실천문학사, 1992, 100쪽.

체를 포함한 구성원 간에 정서적 연대감으로 충만한 세계로 확장된다. 백석에 이르러 동물은 전통적 소재로 애용되었던 식물과 대등한 지위를 획득하게 된 것이다. 이런 점에서 그의 시 속에 나오는 동물들은 식물성 자연에 경도된 채 진행되어 왔던 기존의 연구 자세를 반성하는 계기를 제공한다.

지금까지 한국 현대시에 등장하는 동물들에 관한 연구는 활발하게 이루어지지 않은 편이다. 이것은 소재 연구에 대한 편견과 주제학의 하위 영역으로서의 소재에 대한 무관심 등이 낳은 병폐이다. 아울러 시적 소재에 관한 언급을 쇄말주의의 소산으로 재단하는 비평적 태도는 연구의 활성화에 걸림돌로 작용하고 있다. 그러나 "소재적 요소란 어떤 작품에서는 주 모티프로 작용할 수 있고, 다른 작품에서는 주 모티프를 지원하는 부수 모티프로 작용할 수 있다"[4]는 점에서, 시적 소재에 관한 접근은 더 이상 외면할 수 없는 연구 영역이다. 이에 본고에서는 백석의 시 「修羅」에 등장하는 거미의 소재적 요소에 주목하여 소재의 주제학적 측면에 주의를 기울일 것이다. 이 작품에서 거미는 인간에게 유해한 동물로서 추방되어야 할 반갑지 않은 밤손님으로 출현해서 차차 시인에게 동일시 감정을 불러일으키고, 종국에는 시인의 의식적 변화를 자극하는 역할을 수행하고 있다. 이 점에서 거미는 그의 다른 작품에서 출현하는 동물들과 상이점을 띠고 있어서, 본고는 거미를 통해 시적 주제를 옹립하는 시인의 자의식을 점검하고자 한다.

---

4) Elizabeth Frenzel, 「세계문학의 모티프」, 이재선 편, 『문학주제학이란 무엇인가』, 민음사, 1996, 45쪽.

Ⅱ 유폐된 식민지 지식인의 자의식

『그리스·로마 신화』에서 거미 아라크네(Arachne)는 염색의 명인 이드몬의 딸로서 베 짜는 솜씨가 뛰어났다. 그녀는 여신 아테나와 직조술을 경연하는 기회에 올림포스 신들의 비행을 완벽하게 수놓았다. 이에 여신은 분노와 질투에 사로잡혀 그녀의 천을 찢어버리고 자살조차 허용하지 않은 채, 그녀를 거미로 둔갑시켜버렸다. 아라크네는 우리나라의 직녀에 해당한다. 옥황상제의 딸 직녀의 베 짜는 솜씨는 천상에서 제일이었으며, 그녀의 베는 항상 천의무봉(天衣無縫)의 경지로 칭찬이 자자했다. 직녀의 솜씨를 흠모한 당시의 여성들은 칠석날에 베 솜씨가 진전되기를 바라는 마음으로 직녀를 우러러 걸교제(乞巧祭)를 올렸다. 또한 이날 당나라의 양귀비는 궁녀들을 모아서 베짜기 시합을 열고, 가장 가늘게 베를 짠 궁녀에게는 지주관(蜘蛛冠)을 하사하였다. 이러한 풍습은 직조술을 우대했던 농경사회의 모습을 고스란히 보여준다.

아라크네의 후손으로서 거미는 평생 동안 거미줄을 잣는 숙명을 지닌 동물이다. 거미줄은 원주형으로 촘촘하고 정교하게 직조되어 갖가지 곤충들을 포획하기에 안성맞춤이다. 거미줄의 정치함과 포악성은 먹이를 정확하게 사로잡는데 유용하였지만, 집안의 거미줄은 생활의 방해물로 인식되어 사람들에게 발견되는 즉시 제거되었다. 거미줄의 포획성은 곤충에게는 생명을 위협하였고, 사람들에게는 거추장스럽고 보기 싫은 흉물로 수용된 것이다. 태생적으로 흉측한 외상을 지녀서 인해 사람들로부터 외면당했던 거미는 인가에 줄을 쳐서 화를 자초하고 있는 셈이다. 특히 거미줄의 포획성은 약자에게 잔인한 성질을 가진 거미의 부정적인 이미지를 강화시켜주었다. 거미줄의 이러한 속성은 식민지시대에 이르러 시인들에 의해 일제의 체계적인 감시망을 고발하는데 적절하게 활용되었다.

> 어두어가는夕陽에
> 거미는쉬지안코
> 여긔저긔줄을느려놋는다
>
> 오—제의生命을延長하랴는
> 齷齪한너의計策이여!
> 弱한벌레의生命을쎄아서
> 너의生命을이으려는惡魔여!
> 毒蟲이여!
> 언제싸지너는
> 그殘忍性을所有하려느냐?
>
> — 김해강, 「蜘蛛網」(『조선일보』, 1926. 2. 11) 부분

일제는 식민지 원주민들을 효과적으로 억압하기 위한 갖가지 술책을 동원하였다. 그들은 무력적 수단을 동원하여 원주민들의 일상생활마저 통제하였다. 특히 "1918년 무단통치기에 경찰관서가 751개소였으나, 소위 문화통치인 1920년에는 2,716개소로 무려 3배 이상 불어난"[5] 사실은 식민 통치체제의 정교함을 증명해준다. 이 무렵은 1군 1경찰서, 1면 1주재소의

---

5) 강만길, 『한국현대사』, 창작과비평사, 1984, 26쪽.

설치가 제도화되는 등, 일제의 한국 민족에 대한 체계적인 감시 및 처벌행위가 구조화되던 때였다. 일제는 원주민들의 내부 분열을 책동하는 한편, 전국에 걸쳐 항일독립운동을 감시하는 억압 기구를 '거미줄'처럼 조직해놓고 있었던 것이다. 이러한 시대 현실은 거미를 약탈자로 자리매김하도록 만들어서 김해강으로 하여금 일제에 강점당한 식민지 조국이 감당하는 억압과 수탈 구조를 '蜘蹰網', 곧 거미줄로 묘사하도록 자극하였다. 이 작품에서도 거미는 식민지 원주민들을 잡아먹기 위해 '여긔저긔줄을느려놋는' 악행을 서슴지 않는다. 거미는 '弱한벌레의生命을쌔아서' 자신의 생명을 연장한다는 점에서 신속히 제거되어야 할 대상이다. 시인의 원망은 당대 민중들의 원망을 대신한다는 점에서, 작품에 내재된 대립 양상은 사회의 갈등에 상응한다. 김해강은 당대의 집단적 절망 상태를 폭로하기 위해 거미줄로 세계의 포악성을 포착하고 있는 것이다. 위의 시에서 예거되었듯이, 거미와 거미줄은 식민지시대의 특수한 사회적 환경을 형상화하기에 적합하였다.

그러나 1930년대에 접어들어 식민 제도의 공고화와 함께 문단의 경향이 변모하면서, 거미는 백석에 의해 자의식을 표현하는 의탁물로 수용되기에 이른다. 그는 시 「修羅」에서 거미를 통해 식민지의 지식인이 당면하게 되는 삶의 국면을 중의적으로 표현하였다. 이 작품은 '냉연한 포즈'보다 '처치할 수 없는 안타까움'이 우세한 작품이다. 그는 종래의 풍속시편에서 두 가지를 동시에 채택했으나, 이 시편에서는 거미와의 동일시를 통해 극심한 자기연민에 따른 감정을 직접적으로 서술하고 있다. 이러한 움직임은 이전의 시적 성향과 판이하여 독해상의 주의를 촉구한다. 그는 초기의 풍속시편에서 외세의 강점에 의해 사라져버린 원시적 세계를 향한 '처치할 수 없는 안타까움'을 표백하기 위해 '냉연한 포즈'를 취했었다. 그러나 이 작품에 이르러서는 정치 상황의 악화에 따른 도저한 절망감으로 인해 이전의 포즈를 더 이상 유지할 수 없게 되었다.

거미새끼 하나 방바닥에 나린 것을 나는 아무 생각없이 문밖으로 쓸어 버린다
차디찬 밤이다

어느젠가 새끼거미 쓸려나간 곳에 큰 거미가 왔다
나는 가슴이 짜릿한다
나는 또 큰거미를 쓸어 문밖으로 버리며
찬 밖이라도 새끼 있는 데로 가라고 하며 서러워한다

이렇게 해서 아린 가슴이 삭기도 전이다
어데서 좁쌀알만한 알에서 가제 깨인 듯한 발이 채 서지도 못한 무척 작은 새끼거미가 이번엔 큰거미 없어진 곳으로 와서 아물거린다
나는 가슴이 메이는 듯하다
내 손에 오르기라도 하라고 나는 손을 내어미나 분명히 울고불고할 이 작은 것은 나를 무서우이 달아나버리며 나를 서럽게 한다
나는 이 작은 것을 고이 보드러운 종이에 받아 또 문밖으로 버리며
이것의 엄마와 누나나 형이 가까이 이것의 걱정을 하며 있다가 쉬이 만나기나 했으면 좋으련만 하고 슬퍼한다   —「修羅」전문

백석은 거미를 소재로 한 작품에 '修羅'라는 엉뚱한 시제를 선정하고 있다. 수라는 불교의 용어로서, 인간계와 축생계의 중간에 위치한 아수라의 약칭이다. 그러므로 그의 의도에 따라 작품 속에 등장하는 거미는 단순한 소재적 차원을 초월하고 있어서 각별한 주의를 요한다. 그는 인구에 회자되는 거미의 관습적 특성과 포획성을 배제하고, 시대의 우화로서 거미를 연민의 대상으로 규정하고 있다. 전대의 시에서 '악마'로 규정되었던 거미는 연민의 존재로 재규정되면서 시인의 자의식을 대변할 뿐만 아니라, '새끼 거미, 큰 거미, 무척 작은 거미'의 상봉을 소망하는 시인의 의지와 맞물려서 거미의 물성을 제거하도록 조장한다. 이에 그는 거미를 주관화하여 식민지시대의 일상을 묘파함으로써, 지식인의 비애와 자기연민을 표출하게 된다. 그 결과 시인은 "이 추운 세상의 한구석"(「가무래기의 樂」)에서 비와 어둠을 피하고 있는 거미와 자신의 처지를 동일시하는 것이다.

이 작품을 통해 백석은 의식의 흐름을 순차적으로 보여주는 한편, 식민지 공간의 현실적 조건에 대한 술회를 숨김없이 드러내고 있다. 그는 세계의 고독에 처한 자신의 상황을 폭로하기 위해 종전의 풍속시에서 보여주었던 '냉연한 포즈'의 관찰자적 시선을 폐기하고, 이전의 시와 달리 1인칭 화자를 도입하였다. 시인은 첫 연부터 '나'를 내세워서 시적 상황을 주도하고 있다. '나'는 풍속 혹은 세계의 관찰자가 아니라, 세계와 대결하는 시적 주체이다. '나'는 세계의 상황에 당면하여 우유부단한 행위를 되풀이함으로써 시적 상황을 더욱 악화시키는데 기여한다. 그의 무료한 반복행위에 힘입어 시적 공간은 확대되지 못하고 방안으로 제한된다. 이렇게 공간이 위축되면서 시인의 의식도 방밖으로 나아가기를 삼간다. 그에게 세상은 거미와 같은 미물들이 나아가는 '수라'이고, 방은 인간이 거주하는 처소가 된다. 그에 따라 시인은 거미와 불화하게 된다.

　방 밖을 '수라'의 현실세계로 변모시킨 계기는 시인의 무의식적 행동이다. 인간이 거주하는 공간에 축생계에서 살아가는 거미가 출현하게 되면서 사건은 시작된다. 거미는 신으로부터 형벌을 받은 동물인 양 흉측한 외양을 갖고 있다. 그러나 험상궂은 외모처럼 거미의 속성조차 흉측한 것은 아니다. 일례로 염낭거미는 주머니 형태의 갈댓잎에 알을 낳은 후 줄을 쳐서 입구를 막아서 적으로부터 알을 보호한 뒤, 어미는 사방이 폐쇄된 공간에서 육신공양으로 새끼들을 성장시킨다. 겉모습과 달리 거미도 자식을 위해서 기꺼이 자신의 육신을 공여할 줄 아는 모성애를 지닌 동물인 것이다. 이런 과학적 사실에도 불구하고, 거미는 평범하지 않은 외양 때문에 왜곡된 이미지를 불식시키지 못한 채 사람들로부터 경원시되고 있다. 이 작품에서도 시인은 거미를 보자마자 추방한다. 그의 행동은 인간과 거미가 도저히 공존할 수 없는 관계라는 역사적 사실을 증명해준다.

　시인은 인간계에 침입한 거미를 무의식중에 축생계로 돌려보내기 위해 방 밖으로 쓸어낸다. 그것은 인간계의 순수한 질서를 유지하기 위한 시인의 몸짓이며, 왜곡된 질서를 바로잡으려는 시도이다. 또한 그것은 밤의 거미를 흉물로 인식하는 공동체적 사유체계를 내면화한 그의 관습적 행동에 힘입은 것이다. 그에게 밤거미를 쫓아내도록 훈련시킨 주체는 이전에 중점적으로 탐구했던 풍속의 세계였다. 그곳에서 거미는 당연히 인간의 주거공간으로부터 추방되어야 할 유해한 동물이었다. 시인은 방 안에 큰 거미가 나타나자, 그것을 죽이거나 내쫓도록 교육받은 바를 거스르고 "문득 가슴에 뜨끈한 것을 느끼며"(「北新」) 새끼거미를 추방한 자신의 행동을 검열하기 시작한다. 무의식이 의식으로 이행하는 과정에서 그는 연민과 슬픈 감정을 갖는다. 이것은 무료한 일상의 체험으로부터 의미있는 정서적 체험으로의 전이와 집단적 경험으로부터 개인적 정서로의 전환에 상응한다. 그가 무의식적으로 거미를 쫓아내는 1연에서 거미 가족의 이산에 대한 안타까운 감정을 표백한 3연으로 갈수록 행의 길이가 길어지는 것은 체험의 의미 변용을 보여주기에 충분하다.

연	등장인물	시인의 행위	감정의 변화
1	거미 새끼 하나	거미의 내려옴 → 쓸어버림	아무 생각 없음
2	큰 거미	거미의 옴 → 쓸어버림	서러움
3	무척 작은 새끼 거미	거미의 옴 → 달아남/버림	가슴이 메어짐, 서러움, 슬픔

행위에 따른 감정의 변화

이와 같이 백석은 점층적 반복 구조를 통해 작품의 비극성을 심화하고 있다. 그는 작품의 전개 과정에서 거미를 쓸어내는 동안에 고조되는 내면의 감정 변화 양상을 세심하게 보여주고 있다. 처음에 그는 무의식적으로 거미를 쓸어내기 시작했지만, 행위의 반복과 거미의 계속적인 출현에 힘입어 거미의 처지를 동정하게 되고, 나아가 거미 가족의 조우를 소망하는 기대감까지 표출한다. 이러한 의식상의 변화는 전적으로 거미의 출현에 의해 계기적으로 발생한 것이다. 즉, 시인은 '새끼 거미의 쓸어냄—큰 거미의 출현과 쓸어냄—무척 작은 새끼 거미의 출현과 쓸어냄'의 반복행위를 통해 거미 가족의 해체를 초래했던 죄책감과 연민을 연속적으로 체득하면서, 이윽고 "人家 멀은 山중"(「寂境」)에서 겨울밤을 맞는 자신의 신세와 인간에 의해 추방되는 거미의 처지를 동일시하게 된다. 그것은 연이 거듭될수록 서서히 표출되는 감정의 변화를 통해 헤아릴 수 있다. 곧, 시인은 이 작품에서 풍속이 보존되던 세계에 연민을 표하는 동시에, 그로부터 탈출할 수도 없고 외면할 수도 없는 극심한 갈등사태에 직면한 자신의 심정을 우회적으로 표현하고 있는 것이다.

거미는 기압의 변화에 민감한 동물이라서, 거미가 집 안으로 피난하는 것은 비가 올 징조이다. 그러므로 거미가 연달아 출현하는 것은 비를 피할 곳이 필요했기 때문이다. 생명의 안위를 걱정하는 거미의 내방은 동물적 본능의 발로이다. 또한 시인이 방 안에서 밤 시간 동안 휴식을 취하는 것도 동물적 본능과 흡사하다. 더욱이 백석에게 밤은 "누가 죽이는 듯 무서운 밤"(「古夜」)일 정도로 공포의 시간이다. 그와 같이 밤의 공포감을 체험한 시인이 거미를 방 밖으로 쫓아내는 것은 위선적 행동에 속한다. 그에게 휴식이 필요하듯이, 거미에게도 내릴 비를 피할 수 있는 피난처로서의 방이 필요한 것은 당연하다. 더욱이 백석의 시에서 "안은 고통과 번민이 희석되고 무화되는 따뜻한 공간이라면, 이에 반하여 밖은 매서운 현실이 기다리고 있는 비극적 공간"[6]이다. 따라서 대피공간을 찾는 거미와 거주공간에 자리잡은 시인의 처지는 동격이다. 그러나 그는 매몰차게 거미를 쫓아버린다. 그는 거미를 내쫓음으로써 거미와 공존할 수 없는 세계로 진입한 것이다. 그곳은 그가 이전에 추구했던 풍속의 세계가 아니다. 그는 풍속시편에서 '나'를 등장시키지 않았으며, 수많은 동물들과 인간이 한데 어

---

6) 김영익, 『백석시문학연구』, 충남대출판부, 2000, 278쪽.

울려 살아가는 원시적 공동체의 모습을 형상화하였다.

그러나 거미의 거듭되는 출현과 시인의 되풀이되는 추방은 앙숙관계로 악화되어 상호 충돌하는 양상을 띤다. 이전까지 그의 시에서 동물은 "졸레 졸레 도야지새끼들이 간다"(「三千浦」), "겨울밤 개 짖는 소리가 반가웁다"(「개」), "하이얀 나비수염을 물은 보득지근한 복쪽재비들"(「외가집」), "여우가 우는 밤이면"(「오금덩이라는 곳」), "파리떼같이 뭉이면"(「고방」), "홰냥닭은 알을 낳고 소리치고"(「연자간」), "꿩은 울어 山울림과 장난을 한다"(「秋日山朝」), "우물가에서 까치가 자꼬 즞거니 하면"(「彰義門外」) 등, 다양한 종에 걸쳐서 등장하였다. 동물들은 그의 시적 비유를 풍부하게 지원하여 동물과 인간이 어울려 살아가는 유년기의 체험을 되살리는데 기여하고 있다. 그러나 자연의 구성원으로서 인간과 분리되지 않던 동물들은 이 작품에 이르러 시인과 불화하며 인간계로부터 추방당한다. 지금까지 "지렁이의 눈이 보고 싶습니다"(「나와 지렁이」)라고 간절하게 희망하던 기대는 사라지고, 그 대신에 시인은 매몰차게 거미를 내쫓으며 동물과 절연 의식을 거행하고 있는 것이다.

큰 거미가 새끼 거미를 찾아 나타나면서부터 시인의 의도와 상관없이 장면은 전환된다. 방 안이 거미에게 점령되어 축생계가 되고, 방 밖이 인간계로 바뀌어 도리어 시인이 쫓겨날 판국이다. 인간계의 구성원으로서 백석은 약한 동물을 쫓아냄으로써 거소공간을 방어하는데 성공하지만, 동시에 "하눌이 사랑한 詩人"(「촌에서 온 아이」)으로서 나약한 생명체를 추운 밖으로 쫓아내었다는 자책감으로 인해 서러움과 슬픔을 얻게 된다. 자신의 애초 의도와 달리 국면이 바뀌면서 도리어 그는 심리적 내홍을 겪게 된 것이다. 외부의 침입자로부터 거주 공간을 지키고서도 내면의 갈등 사태에 직면하게 되는 시인에게 방 안팎의 경계는 무의미해진다. 마침내 방 안도 수라이고, 방 밖도 수라가 된 것이다. 이 작품에서 4연 2행의 '어데서 좁쌀알만 한 알에서 가제 깨인 듯한 발이 채 서지도 못한 무척 작은 새끼거 미가 이번엔 큰 거미 없어진 곳으로 와서 아물거린다'는 문장은 시인의 내면세계를 확실하게 전복시키기에 충분하다. 그는 2연까지 새끼 거미와 큰 거미를 쫓아내며 서러워한다. 그러나 3연에서 알에서 갓 부화한 영아 개미가 출현하면서 그는 가슴이 메이고, 서럽고, 슬퍼하는 복합적인 감정 상태에 직면한다. 어미를 잃고 찾아 헤매는 영아 개미의 출현은 그로 하여 금 시적 공간을 '수라'로 규정하도록 조장한다. 곧 '가제 깨인 듯한'에 영아 개미의 처지가 시인의 청소 행위에 성찰 기회를 강제한 것이다.

그에게 거미는 밤손님의 도래를 알리는 흉조의 동물이지만, 그것의 내 방은 시인을 위협하지도 않을 뿐만 아니라 생존의 이유 외에 다른 조건이 없다. 그럼에도 불구하고 시인은 살기 위해 방 안으로 들어온 거미 새끼를 '아무 생각 없이' 문 밖으로 쓸어낸다. 자신보다 큰 힘을 가진 인간에 의해 쫓겨나는 거미에게 방 안은 수라장과 다름없다. 나아가 방 밖의 세상 역시 비가 내리기 전의 기상상황으로 인해 거미에게 수라장이기는 마찬가지이 다. 그는 거미를 쓸고 나서 불쑥 '차디찬 밤이다'라고 시간적 배경을 진술 한다. 그 선언으로 인해 밤의 시간은 감각을 자극하여 시인이 진술하기를 생략한 거미의 처지를 더욱 가련하게 만든다. 그는 예전의 시편에서 보여 주었던 객관적 서술을 마다하고 주관적 진술로 일관함으로써, 거미와 인 간 사이의 심정적 거리를 좁힌다. 시적 상황의 전개에 따라 점차 일치되기 에 이른 양자간의 거리를 통해 시인의 의식현상은 거미로 전이된다. 그는 "혼자 외로히 앉아 이것저것 쓸쓸한 생각"(「杜甫나 李白 같이」)을 하던 차에 방안으로 들어온 거미를 발견하고 무심결에 방밖으로 쫓아내지만, 거미의 계속되는 출현에 따라 의식을 검열한 결과 "가치 있는 인간의 삶을 살고 있는 것이 아니라, 동물적 차원의 생존을 영위"[7]하고 있는 자신과 거미를 동일시하여 상호간의 심리적 거리를 좁히는 것이다. 그것은 역설적으로 풍속의 세계에서 반가운 손님의 방문을 예정하는 낮거미와 달리, 불길한 밤거미를 죽이도록 교육받은 시인이 거미를 쫓아내는 행위로부터 가능해진 것이다.

방에 침입한 거미는 겨울밤의 시제와 맞물려 작품의 정조를 한층 침울하게 만든다. 거미의 하강과 밤의 시간은 상승하거나 외출할 수 없는 유폐된 시인의 욕망을 가리킨다. 그러므로 그가 한사코 거미를 내쫓는 것은 방 안의 절대고독에 은거하려는 욕망의 발로이다. 그의 의지는 점차 왜소해지는 거미의 크기 변화에서 찾아볼 수 있다. 그것은 시인으로 하여금 연민의 감정을 갖도록 만든다. 거미의 크기가 줄어드는 현상은 "운명의 저주를 조그맣게 만들어 통제하려는 질긴 욕망의 표현"[8]이다. 시인은 거미의 크기를 줄여서 인간계의 관습, 즉 밤의 거미는 죽여야 한다는 '운명의 저주'를 회피시켜주고 싶었던 것이다. 그러한 바람은 시인이 세계의 규모를 최소화시켜서 식민 상태에 처한 지식인의 책무성이라는 '운명의 저주'를 통제하고 싶은 심리적 욕망을 대체한다. 그렇지만 이 시편에 이르러 백석은 거미를 추방한 채 '나' 홀로 세상으로부터 유폐된 삶을 추구하고 있다. 그는 겉으로 거미를 밤손님으로 인식하는 듯하지만, 속으로는 거미 가족의 상봉을 기대하고 있다는 점에서, 거미와 자신의 처지를 동일시하

---

7) 오세영, 「수라」, 『한국 현대시 분석적 읽기』, 고려대출판부, 1998, 277쪽.
8) 김정란, 「동물들의 이미지-위대함의 소청」, 『현대시세계』, 1991. 봄호, 75쪽.

는 모순을 보여준다. 하지만 수라적 상황에 처한 거미는 서둘러 비를 피할 수 있는 거처를 찾아보아야 하는 운명적 상황에 당면하게 된다. 그는 의도적으로 시적 상황을 반복적으로 전개하면서 시간적 배경에 의탁하여 세상과 단절된 시적 공간을 선명하게 보여준다.

그는 "높고 무섭고 쓸쓸하고 슬픈 겨울"(「立春」)에 세상과 격리된 공간에서 밤을 맞고 있다. 더군다나 비가 내리기 직전의 겨울밤은 적막하다. 아무도 없이 홀로 맞는 정밀한 밤은 시인에게 고독감을 안겨주는 동시에, 비가 오기 전의 시적 분위기를 을씨년스럽게 조성하는데 기여한다. 비록 그는 "산골로 가는 것은 세상한테 지는 것이 아니다"(「나와 나타샤와 흰 당나귀」)고 자위하고 있지만, 찾아오는 이 없는 겨울밤은 시인으로 하여금 세계와의 단절감과 함께 극심한 소외감을 불러일으키도록 자극한다. 시인은 거미조차 쫓아내고 고독한 공간에 자신을 유폐시킨다. 이럴 즈음에 '차디찬 겨울밤'의 적막에 편승하여 출현한 거미는 시인의 시간을 공유하는 유일한 동물이다. 그렇지만 시인은 거미를 거부한다. 그 이유는 거미가 "태양이 아니라, 달과 관련되는 동물"9)이기 때문이다. 달의 시간은 어둠을 배경으로 성립하여 대부분의 생명체에게 휴식을 권유한다. 그렇지만 육신의 피로를 달래며 숙면하는 밤 시간에 출현하는 거미는 예로부터 도둑과 동일시되어 부정적 성격을 강조하게 된다. 그것은 밤 시간의 음흉스러움과 복합적으로 작용하여 시인으로 하여금 쉽게 친근감을 느낄 수 없도록 훼방한다. 이에 시인은 거미와의 정서적 이질감을 느끼고 방밖으로 쫓아낸다. 그것은 방안의 절대고독과 휴식공간을 보전하기 위한 그의 몸짓이

---

9) 이승훈, 『문학상징사전』, 고려원, 1996, 19쪽.

다. 그가 추구했던 원시적 질서를 현실세계에서 복원할 수 없다는 자괴감으로 인해 시인은 혼자만의 공간을 확보한 채 고뇌하고 있는 것이다.

백석은 식민지 원주민이므로 외세에 의해 멸망당한 조국은 수라장과 다름없다. 그는 완력을 행사하여 거미를 쫓아내지만, 그 역시 인적이 드문 곳에 홀로 있다는 점에서 세계의 완력에 의해 쫓겨나 있기는 마찬가지이다. 그가 비록 수라와 같은 현실 세계로부터 단절된 공간에서 존재하더라도, 결국 시인과 거미가 처한 상황은 동격이다. 그러므로 시인과 거미에게 방 안은 생존의 공간이고, 방 밖은 파멸의 공간이다. 양자는 수라를 매개로 맺어진 공동운명체인 셈이다. 백석은 거미의 출현과 시인의 쫓아냄이 되풀이되는 과정에서 깨닫게 된 사실, 즉 자신이 식민지 지식인으로서 '또 다른 거미'에 불과하다는 비극적 자의식 때문에 당혹스럽다. 그러한 인식은 1연에서 보여준 무의식적 행동이 의식적 각성으로 전화하는 과정에서 획득된 결과이다. 시인의 폭력 앞에서 속절없이 쫓겨난 거미처럼, 자신 또한 식민지 당국의 폭력 체제 속에 놓인 거미에 불과하다는 사실은 시인의 자각을 재촉하는 동시에, 시인에게 상대적 박탈감을 더욱 고조시킨다.

시인은 현재적 공간의 수라적 상황에 의해 미래적 전망을 시도할 수 없을 때, 불가피하게 기존의 신념을 점검하게 된다. 백석은 이 작품을 통해서 암담한 시대를 살아가는 식민지 시인의 심리적 갈등을 표출하고 있다. 그는 전도된 상황이 야기하는 불확실성에 간힌 내면의 움직임을 거미의 운명에 의지하여 토로하고 있는 것이다. 곧, 시인은 아무 것도 할 수 없다는 극도의 무기력감 속에서 자신을 포위한 사방의 압력을 온몸으로 느끼고 있다. 이런 측면에서 백석이 "이상적 공간을 자신의 영역으로 확장시키지 못한"[10]다는 지적은 갈등의 이면을 간과한 연구 성과로 보인다.

그는 식민지시대의 정치 상황에 대하여 끊임없이 빈뇌한 시인이다. 그가 초기에 집중적으로 탐색했던 풍속의 세계는 민족 구성원의 공통된 염원을 대신한 시적 성과였다. 단지 그는 '냉연한 포즈'를 앞세워 풍속을 형상화함으로써, 현실적 상황에 압도되어 시적 상황이 억압되는 것을 예방하고자 객관적 태도를 견지했을 뿐이다. 따라서 그의 시편 속에 수용된 풍속의 세계는 극도의 절제의식을 바탕으로 망국민의 '처치할 수 없는 안타까움'을 행간에 은닉한 것이었다. 백석은 전통적인 풍속이 보전되는 시적 공간 속에서 원주민들의 집단적 기억을 재현하기 위해 온갖 노력을 기울였던 것이다. 하지만 기억 속의 공간을 더 이상 현실 세계에서 구현할 수 없다는 절망감은 그로 하여금 "이 마을에서 태어나기가 잘못"(「마을은 맨천 구신이 돼서」)이라는 숙명론적 인식을 심화시키기에 이른다.

주지하는 바와 같이, 시적 공간이 시인의 감정 변화에 미치는 영향은 지대하다. 공간 개념은 공간적 형식의 선험성으로부터 형성되는 것이 아니라, 존재 스스로 거리를 설정하는 순간부터 구성된다. 즉, 공간은 존재의 실존적 조건에 의해 체험화된 경험현상이다. 이렇게 획득된 공간은 삶의 주체에 의해 실존적 의미를 구성하는 요소로 기능한다. 이 작품의 공간은 문을 경계로 방안과 밖이 나뉜다. 문 안의 방은 인간계이다. 백석에게 집은 "五代나 나린다는 크나큰 집"(「木具」)처럼 스러져가는 가문의 쇠락을 증언하거나, 또는 "아배에 삼춘에 오마니가 있어서 젖먹이를 마을 청능 그늘 밑에 삿갓을 씌워 한종일내 뉘어두고 짐을 매려 단녔고 아이들이 큰마누래에 작은마누래에 제 구실을 할 때면 좋아지물본도 모르고 행길에

---

10) 박주택, 『낙원회복의 꿈과 민족정서의 복원』, 시와시학사, 1999, 124쪽.

아이 송장이 거적때기에 말려나가면 속으로 얼마나 부러워하였고 그리고 끼때에는 부뚜막에 바가지를 아이덜 수대로 주룬히 늘어놓고 밥 한덩이 질게 한술 들어트러서는 먹었다는 소리를 언제나 두고두고 하는"(「넘언집 범 같은 노큰마니」) 곳으로, 가족 간에 마을사람들의 동정을 교환하는 의사소통 공간이다.

따라서 시인이 집안에서 체감하는 단절의식은 '이상적 공간을 자신의 영역으로 확장시키지 못하는' 것이 아니다. 그는 세상과 격절된 외딴 집에서 "참으로 이기지 못할 슬픔과 시름"(「北方에서」)에 직면한 식민지 지식인의 비애를 표백하고 있는 것이다. 곧, 이 작품에서 그는 외압에 의해 확장할 수 없는 한계상황을 문자적으로 폭로하고 있는 셈이다. 동시에 시인은 거미를 통해 원주민들의 일상적 삶에 침투한 식민 권력의 폭력성을 드러내는 한편, 괴멸되어가는 가족공동체의 복원을 희구하는 열망으로 아비 거미를 고의적으로 누락시켜서 가족의 불구성을 최대한 확보하려는 의도를 나타내고 있다. 이런 측면에서 식민지시대에 발표된 그의 시에서 가족은 언제나 온전하지 않았다는 사실은 주목을 요한다. 특히 아버지는 백석의 시에서 거의 등장하지 않고, 선험적 세계에서 관념태로 존재할 뿐이었다. 그가 "故鄕도 아버지도 아버지의 친구도 다 있었다"(「故鄕」)고 인정하는 곳은 오직 고향이다. 그의 아버지는 고향에서만 존재하는 인물이므로, 아버지가 출현하지 않는 것은 바로 고향을 상실했기 때문이다. 이것은 1930년대의 시에 만연된 고향상실감에 상응하는 바, 그는 사라진 고향을 풍속시편에서 재현하여 심리적 보상을 꾀하였다. 그가 "투박한 北關 말"(「夕陽」)로 고향의 풍속을 시화한 시간은 석양이다. 곧, 그의 풍속시편들은 집 나간 아버지를 기다리는 아들의 간절한 기도문인 셈이다. 그런데

이 작품에서는 '투박한 北關말'도 구사되지 않고, 나아가 '故鄕'도 아니며, 시간적으로도 '夕陽'이 아니다. 결국 이 시의 세계는 백석이 이전에 복원하려고 시도했던 고향의 언어, 곧 평북방언으로 이루어진 구술적 세계와 확연히 구별되는 절대고독의 세계이다.

그는 멸망한 국가의 피식민지인이라는 실존적 조건을 자각하고 있는 시인이었기 때문에, 아버지를 등장시켜 온전한 가족을 구성할 수 없었다. 그의 시에서 아버지는 "너를 팔어 술을 먹는 盧장에 령감"(「오리」)처럼 비정상적인 초상이거나, 또는 "섶벌같이 나아간 지아비"(「女僧」)처럼 행방불명된 상태의 부재하는 존재로 나타날 뿐이다. 이처럼 아버지가 없는 불구 상태의 가족은 백석으로 하여금 아버지가 가출하기 이전의 유년기를 추억하도록 재촉한다. 그가 일련의 풍속시편에서 유년 화자를 내세워 일제에 의해 기획된 식민지적 근대를 부정하고, 관찰 위주의 서술 태도를 통해 사회현상에 대한 그의 객관적 인식 수준을 노출시키고자 노력했던 까닭이 여기에 있다. 따라서 그가 이 작품에서 거미 가족의 해후를 소망하면서도 아비 거미를 출현시키지 않은 것은 거미 가족이 처한 상황, 곧 수라장 같은 식민지 상황 하에서 실현되는 가족 간의 어떠한 만남도 불완전할 수밖에 없다는 사실을 우회적으로 강조하려는 의도적 책략으로 보인다. 특히 그의 시에서 "현실에 대한 의식은 동물적 심상들을 통해 우회적으로 드러나고"[11] 있다는 점에서, 거미는 시인의 현실인식을 담보해주는 동물 상징으로 보인다. 그러한 시인의 의도는 '이것의 엄마와 누나나 형이 가까이 이것의 걱정을 하며 있다가 쉬이 만나기나 했으면 좋으련만 하고 슬퍼한다'는

---

11) 김은자, 「생명의 시학」, 고형진 편, 『백석』, 새미, 1996, 268쪽.

결구로 추측할 수 있다.

그렇지만 시인이 기대하는 거미 가족의 상봉은 밤이라는 시간적 배경과 비라는 일기현상에 비추어 볼 때 불확실하다. 시인은 그들이 쉬 만나기를 기대하지만, 방 밖의 일기를 고려하면 그것은 무망하다. 다른 거미 가족들도 각자 비를 피하여 어디론가 숨어 들어갔을 터이므로, 방문 밖에서 쫓겨나는 거미를 마중할 가족은 없을 것이다. 이에 시인은 감정을 절제하지 않고 '슬퍼한다'는 어사로 시를 마무리하고 있다. 그것은 고적한 겨울밤을 홀로 맞는 시인의 정서에 저촉하여 거미와 자신을 동일시하도록 자극한다. 결국 거미가 가족들과 해후할 수 없듯이, 시인은 풍속으로 구현된 공동체적 삶의 세계로 진입할 수 없다. 이와 같이 그의 비애는 시대적 한계를 명확하게 인식하고 있는데서 비롯된 것이다. 이러한 결론은 "나의 조상은 형제는 일가친척은 정다운 이웃은 그리운 것은 사랑하는 것은 나의 자랑은 나의 힘은 없다"(「北方에서」)는 그의 선언에서 확인할 수 있다.

이 점에서 거미는 단순한 시적 소재로 취택된 것이 아니라, 작품의 주제의식을 결정하는 모티프로서 중요한 기능을 담당하고 있다. 거미가 각자 독립된 영역에 줄을 쳐서 동족과 유리되듯이, 백석도 민가와 격리된 궁벽한 공간에서 겨울밤을 보낸다. 그가 사람들이 모여 사는 동네로 나아가지 못하고 산중에서 홀로 생활하는 것은 "외따른 산골에서 소리개 소리 배우며 다람쥐 동무하고 자라난 탓"(「咸州詩抄―膳友辭」)이기도 하지만, 그보다는 "나는 이 세상에서 가난하고 외롭고 높고 쓸쓸하니 살아가도록 태어났다"(「흰 바람벽이 있어」)는 숙명론적 허무의식에 힘입은 바 크다. 그 결과, 시인은 더 이상 풍속과 같은 과거적 질서의 세계로 진입하지 못하고 거미를 상관물로 설정하여 실존적 조건을 토로하게 된다. 이와 같이 체념적 표정으로 파악될 정도로 가라앉은 시인의 어법은 그를 둘러싸고 진행되는 객관적 현실의 심도를 반증한다. 시인의 힘으로 격파하기에는 너무 강고한 현실이 그에게 거미처럼 '살아가도록' 강요한 것이다.

Ⅲ 결론

이상에서 살펴본 바와 같이, 백석은 시 「修羅」에서 거미를 내세워 식민지 지식인의 자의식을 가감 없이 표백하고 있다. 그는 거미에게 부여된 관습적 상상력을 배제하고, 거미를 인격화시켜서 자신과 동일시하는 태도를 보여주었다. 그는 현실세계로부터 단절된 공간에 위치한 집에서 겨울나기를 하던 중에 거미와의 만남을 통해 시대적 우울과 한계상황에 '처치할 수 없는 안타까움'을 표하고 있다. 그는 은자처럼 세계와 단절된 공간에서 겨울밤을 보내면서 과거적 세계의 복원 불가능성과 미래적 전망의 불확실성 사이에 처한 괴로운 처지를 고백하고 있는 것이다. 이런 측면에서 백석이 감당했던 식민지의 무게는 시적 이상조차 거론할 수 없을 정도로 가혹하고 엄중한 것이었다. 그러므로 이 작품은 종전의 집단적 정서로부터 개별적 정서로 전환을 모색하는 그의 심리적 내홍 상태를 여실히 보여주고 있는 작품이다.

또한 이 작품은 소재사적 측면을 소홀하게 다루었던 지난날의 연구 자세를 반성하도록 요구한다. 백석은 이 시에서 겉으로는 거미를 소재로 내세우고 있지만, 속으로는 일제 치하의 지식인이 처한 삶의 비애를 토로하고 있다. 그는 거미를 내쫓는 행위의 반복을 통해 식민지 원주민의 구체적 삶의 장면에 작용하는 권력의 포악성을 고발하였다. 소재는 시인의 노력에 의해 단순히 시작품을 구성하는데서 나아가 시인의 의식을 형성하는 주 모티프로 기능할 수 있다는 점에서, 이 작품은 소재의 중요성을 강조하고 있다. 이런 까닭에 앞으로의 연구에서 시적 소재에 관한 연구는 더욱 강조되어야 한다.(『한국언어문학』 제57집, 한국언어문학회, 2006. 6)

제2부

순수의 시학

한국 현대시학의 틀과 결

시와 시론의 일체화

김상옥론

1 서론

근대에 접어들어 개인의 자유를 추구하는 풍조가 확산되면서 사회의
각 부문에 걸쳐 변모가 두드러졌다. 문학이라고 예외가 아니어서, 여러
장르에서 다양한 실험들이 시도되었다. 그 중에서 시는 시대의 변화에 대
해 기민하게 대응할 수 있는 순발력을 지니고 있다. 그러나 시 장르 속에
서 특수한 위치를 차지하고 있는 시조의 위축 현상은 예사롭지 않다. 시조
는 각종 신춘문예나 잡지의 신인상 등을 통해 여전히 신인들을 배출하는
통로를 확보하고 있지만, 시의 은성한 위세에 비해 현저하게 왜소화된 것
은 분명하다. 그 이유는 여러 가지이겠으나, 대체적으로 시조의 정형성
탓에 기인한 바 크다. 요즘처럼 다원화된 사회에서 형태상의 자유를 구속

하는 시조의 정형성은 완고한 근대 이전의 유산으로 오해될 수 있다. 특히 시의 음악성이 완벽하게 소거된 마당에, 가락을 중시하는 시조의 본성은 많은 독자층의 이탈을 초래하는 원인으로 작용한다. 일찍이 한국 고유의 정형시가 지닌 특수한 가치를 숭앙하는 일군의 무리들이 그런 점에 주목하여 시조의 현대화 운동을 전개하기도 했다. 그들의 헌신적인 노력에 힘입어 시조의 현대화 작업은 다양한 모습으로 구현되었다. 그 대표적인 시조시인으로 김상옥을 들 수 있다.

초정 김상옥(1920~2004)은 "시조의 형식미학이 정신의 표상과 결부된다는 것을 입증한 현대시의 증인"[1]으로 평가받는 시인이다. 그는 1939년 『문장』지에 시조 「봉선화」가 추천되고, 1941년에는 『동아일보』 신춘문예에 시조 「落葉」이 추천되어 등단한 이후로 60여년에 걸쳐 활동하였다.[2] 그는 일제시대에 피체되어 수형생활을 했으며, 노년에는 정부의 훈장 수여조차 거부하면서 평생 동안 신념을 훼절하지 않았다. 근래에 보기 드물게 시·서·화에 두루 능통했던 그의 활발한 활동에 비해 시세계에 대한 연구 성과는 소략한 편이다. 그 이유는 그가 최근까지 생존했던 시인이라는 점, 문단의 움직임이나 평단의 평가와 거리를 유지하며 초연하게 살았던 그의 전기적 생애, 시조와 동시에 대한 연구자들의 소홀한 관심 등이 복합적으

---

1) 이숭원, 「고고하고 정결한 정신의 지향」, 민영 편, 『김상옥시전집』, 창비, 2005, 650쪽.
2) 김상옥은 『草笛』(초판: 수향서헌, 1947, 재판: 동광문화사, 2002)을 비롯하여 『故園의 曲』(성문사, 1949), 『異端의 詩』(성문사, 1949), 『衣裳』(현대사, 1953), 『木石의 노래』(청우출판사, 1956), 『三行詩 六十五篇』(아자방, 1973), 『墨을 갈다가』(창작과비평사, 1980), 『香氣 남은 가을』(상서각, 1989), 『느티나무의 말』(상서각, 1998), 『눈길 한 번 닿으면』(만인사, 2000), 『촉촉한 눈길』(태학사, 2001) 등의 시조집, 동시집 『석류꽃』(현대사, 1952)과 『꽃 속에 묻힌 집』(청우출판사, 1958), 산문집 『詩와 陶瓷』(아자방, 1975) 등을 발간했으며, 그의 사후에 『김상옥시전집』(창비, 2005)이 출간되었다.

로 작용한 결과로 보인다. 지금도 연구자들은 시에 비해 시조에 관심을 덜 기울이고 있는 것이 사실이고, 상대적으로 시조의 연구물량이 적은 것도 부인할 수 없다. 이에 본고에서는 김상옥의 시론과 시의 상호관련성을 탐색함으로써, 그의 시세계를 구성하는 형식적 특질들을 규명하고자 한다. 특히 본고는 그의 작품세계를 관류하는 시정신의 형성 과정과 시작 태도의 상관관계를 중점적으로 탐색할 것이다.

Ⅱ 시, 생활, 시론의 일체화

01 ㅣ '도자기' 시론

시와 시조는 동일한 장르에 속하면서도 쉽게 소통하지 않는다. 시조는 시에 비해 엄격한 자수를 따르고, 가락을 중요시하는 생리적 본성을 지니고 있다. 대부분의 시인들이 시조의 창작에 참여하지 않는 이유도 그 때문이다. 김상옥은 시조로 출발했으면서도 시와 동시, 동시조 등 각종 장르를 넘나들면서 다량의 작품을 발표하였다. 이처럼 활발하게 활동한 그의 실험의식은 시조의 전통적 장르관을 새롭게 해석한 작품으로 구체화되었다. 그는 생전에 글씨와 도자, 전각 등에 이르기까지 다방면에 걸쳐 활약했거니와, 시형식의 넘나듦은 그에 상응한다. 그에게 장르란 고정되고 준수해야 할 규범적 형식이 아니라, 끊임없이 해체되고 상호 교섭되어야 할 통합적 양식이었던 셈이다. 이런 인식선상에서 그가 생전에 시조집보다 시집이라는 명칭을 선호하고, 동시조를 동시로 분류하는데 주저하지 않았던 장르관을 이해할 수 있다. 그가 실행한 장르상의 넘나듦은 일관된 시적 신념으로 뒷받침되었다.

　　나는 이제까지 시다 시조다를 구분하지 않았어요. 그저 가락을 강조해
　　야 하는 작품은 시조로 썼고, 이미지 중심일 때는 자유시를 쓴 거지요.
　　물론 리듬과 이미지가 확연히 구분되는 것은 아니지만, 그 가운데 어느
　　것에 더 중심을 두느냐에 따라 글의 양식이 달라졌다는 말입니다.[3]

　　김상옥은 '가락을 강조해야 하는 작품'을 쓰다가, 중기 이후에 접어들면서 '이미지 중심의 자유시'를 썼다. 그런 작시 태도는 명증한 이미지를 확보하는데 이바지하였다. 그가 시작품에서 감각적 이미지를 중시하게 된 배경은 그의 생활과 시관에서 찾아볼 수 있다. 실제로 그는 전각과 도자기를 취급하는 공방을 운영하기도 하고, 청자와 백자를 칭송하는 작품을 남기기도 했다. 그가 작업한 전각이나 도자기는 공간에서 실재성을 획득하기 위해 일정한 형태를 갖추고 있어서 공간예술에 속한다. 그것들은 시각적 속성을 함유하며 조형된 것으로, 개별적으로 특수한 주관성의 보편적인 실재성을 나타낸다. 조형예술은 건축·조각·회화처럼 공간 속에 구축된 것으로서, 음악이나 시처럼 시간 속에 구축된 것과 대비된다. 곧 "시와 수사법은 말을, 음악은 소리를, 회화·조각·건축은 몸짓을 취"[4]한다. 김

---

　3) 김상옥·장영우 대담, 「시와 시인을 찾아서 ⑲: 초정 김상옥」, 『시와 시학』, 1996.
　　　가을호, 24쪽.
　4) Wladyslow Tatarkiewicz, 손효주 역, 『미학의 기본 개념사』, 미술문화, 1999, 88쪽.

상옥은 전각과 도자기를 다루면서 '말'과 '소리'를 버리고 '몸짓'을 취한 결과, 다음과 같이 시와 도자기를 동일시하는 예술관을 갖게 되었다.

> 시는 언어로 빚은 '도자기'라고 말할 수 있다면, 도자기는 흙으로 빚은 '시'라고도 말할 수 있겠기에 말입니다.
> 여기 '언어'란 말이 나왔지만, 소리로써 의사를 전달하는 우리네 일상의 '언어'가 있고, 또 소리 아닌 어떤 조형으로 의사를 전달하는 이른바 '조형언어'라는 말도 있습니다. 때문에 시란 반드시 언어로만 빚어질 것이 아니라, 흙으로, 즉 '조형언어'로 빚을 수도 있다는 말입니다. 그러기에 저는 시에서 시를 공부하기보다는 차라리 도자기에서 더 많이 시를 공부한 경험이 있습니다.[5]

스스로 "이것은 나의 詩論이요 畵論이요, 또 내 나름의 美學이자 藝術論이다"(「自序」, 『詩와 陶瓷』)고 천명했거니와, 김상옥이 시를 '조형언어로 빚을 수도 있다'고 말한 것은 시조의 음악성을 사상하기 위한 사전 정지작업의 일환이었다. 시의 조형성은 표현의 한계에 봉착한 시인들에게 문제시된다. 그것은 언어를 통한 인식론상의 문제이기도 하고, 형식상의 한계를 극복하기 위한 방법론상의 문제이기도 하다. 언어는 세계의 조형성을 완벽하게 표현할 수 없는 한계를 지니고 있어서, 이전부터 이미지즘을 추구한 시인들은 회화적 기법을 동원하여 이를 극복하고자 시도하였다. 본래 공간예술은 소리를 배척하고 가시적인 미를 추구하는 속성을 갖고 있으므로, 김상옥에게 시의 조형성은 "부르면 이름을 업고, 모양 지어 나오는

---

5) 김상옥, 「시와 도자」, 『묵을 갈다가』, 창작과비평사, 1993, 104쪽.

것"(「몸」), 즉 형상의 창조와 연관된 문제로 보인다. 시인은 경험의 총체를 통합하여 형상을 부여하고, 도공은 예술적 충동에 의해 "불 속을 구워내도 얼음같이 하얀 살결!"(「白磁賦」)로 빚어진 도자기를 유기체로 인식한다. 이 점에서 김상옥의 '도자기 시론'은 형식주의 시론과 상통한다.

> 자기 자체는 차겁고 그것이 표현하는 삶을 초월한 삶은 만들어지고 구성된 삶이다. 자기 자체는 '말없는 형상'이어서 그 언어는 진술이 아니고 '우리를 애태워서 무념에 빠지게' 하는 언어이다. 그것은 영원처럼 수수께끼 같다. 왜냐하면 그 역사는 영원처럼 시공을 초월하고, 바로 그렇기 때문에 시간에 얽매인 우리의 마음을 어리둥절하게 한다. 그것은 우리를 애태운다.6)

자기는 '말없는 형상'이어서 언어 이전에 존재한다. 곧, 자기의 진정한 가치는 '의미해서는 안 되고 존재해야 한다'는데 있다. 자기는 '우리를 애태워서 무념에 빠지게 하는 언어'를 지니고 있다. 그러한 생각을 시에 대입해보면, 유기체적 시관으로 직결된다. 시는 추상적 명제를 말할 수 없고, 구체적 형상을 통해 보여줄 수 있을 따름이다. 가시적 미는 균제미를 추앙하며 시의 조형물로서의 가능성을 추구하므로, 시작품은 '잘 빚은 항아리'처럼 '말 없는 형상'으로 존재한다. 그 형상은 시공을 초월하여 영원하기 때문에 '시간에 얽매인' 생각을 질책하며, 차라리 '무념에 빠지게' 만드는 언어이다. 그러므로 김상옥에게 "累累한 마음도 마저 담았다 비운 둘레"(「항아리」)는 자기의 존재 가치를 형언할 언어마저 비워버린 절대적 미의

---

6) Cleanth Brooks, 이명섭 역, 『잘 빚은 항아리』, 종로서적, 1984, 171쪽.

식을 표상한다. 우리들로 하여금 사유행위조차 중단할 것을 요구하는 자기의 형상은 '표현하는 삶'을 '초월하는 삶'을 형상화한 것이다. 김상옥이 시조의 조형성에 쏟았던 관심은 다음의 증언에서 거듭 확인된다.

그러나 다음 문제가 기다리고 있었다. 자간이었다. 통상적으로 띄어 쓸 때의 글자 사이의 간격은 활자 폭의 절반에 해당하는 2푼을 떼는 것이 불문율이었다. 그러나 이 불문율이 선생님한테는 통하지 않는 것이었다.

아시다시피 시조의 기본형인 평시조는 3장 6구로 이루어진다. 그러므로 한 장은 2구로 이루어지게 마련인데, 두 장으로 나누어지는 부분이 다른 어휘와 어휘 사이가 같은 간격으로 떨어져서는 안 된다는 것이 선생님의 지론이셨다. 그래서 그 사이는 4분의 3푼을 떼라는 것이었다.

그런데 거기뿐만 아니었다. 같은 구 안에도 시를 읽어갈 때 조금 더 호흡을 주어야 할 곳도 구 사이처럼 자간을 주도록 하셨다.

그렇게 해놓고 보니, 요즘처럼 굳이 행을 바꾸지 않아도 작품 속의 6구가 구분되고, 시의 호흡이 느껴지면서 작품이 하나의 조형물로 다가오는 것 같았다. 그랬다. 선생님께서는 조판된 시작품 하나하나를 조형품으로 생각하시는 게 분명했다. 그래서 3행이 조화를 이루지 않을 때는 해당되는 행을 줄이거나 새로 쓰기도 하셨다.[7]

작품의 가시성에 유의했던 김상옥은 '자간'의 변화를 통해서라도 단형의 시조작품을 '조형품'으로 변모시키려고 노력했다. 그의 지론은 젊은 시절의 문선공 경험, 전각 체험 그리고 문교부 활자체 심의위원 등을 역임하

---

7) 김승규, 「아자방 일화」, 초정김상옥기념사업회 편, 『그 뜨겁고 아픈 경치』, 고요아침, 2005, 47쪽.

면서 습득한 미적 감각의 소산이다. 그의 시조들이 대부분 단시조로 이루어져 있다는 사실은 정인보나 이병기의 연시조와 구분되는 점이며, 시조의 현대화 작업에 바친 그들의 강조점들이 각기 달랐다는 점을 입증해준다. 김상옥은 "고개를 돌리면 느닷없이 나타나는 乳白"(「渴症」)에 의해 작품의 조형미가 변화할 수 있다는 사실에 주의할 정도로 면밀한 성품의 소유자였기 때문에, 연시조가 아닌 단시조를 선택했던 것이다. 그런 이유로 그는 인쇄상의 불문율조차 수용할 수 없었으며, 자간의 간격을 조절하고 행과 연에 호흡을 불어넣음으로써 작품의 유기체적 요소를 유지할 수 있으리라 기대했다. 그의 고집은 조판의 교체와 수정을 통해서라도 관철되었으며, 시의 조형성을 확보하기 위해 노력했던 의지는 '하나의 조형물'로 완성되었다.

또한 김상옥은 시조의 정형성을 "固定, 定形의 뜻이 아니라 整形의 표현"(「시조 창작의 변」)으로 보았다. 그의 견해는 "어떠한 장르도 현실을 보고 이해하기 위한 고유한 방법과 수단을 갖고 있다"[8]는 점에서, 장르 선택의 의도를 살피는데 도움을 준다. 그는 전래되어 오던 시조의 정형성을 명확하게 고정된 틀이 아니라 형상화되는 과정에서 비로소 형을 갖추어가는 것으로 본 것이다. 말하자면, 시조는 질료적 속성에 따라 형식이 자유자재한 장르인 것이다. 그는 시와 시조를 구분하지 않은 연장선상에서 성인시/동시, 동시조/동시/동요의 구분을 거부하였다. 그런 점에서 그의 시조는 단순히 전통시조의 현대적 계승이라기보다, 현대시의 한 유형으로 파악할 필요성이 제기된다. 그의 시론을 적용하자면 시조는 시형의

---

8) Mihail M. Bakhtin, 이득재 역, 『문예학의 형식적 방법』, 문예출판사, 1992, 222쪽.

장단과 제재의 특성에 따라 긴장한 시이고, 시는 함축한 바를 자유스러운 시상의 전개에 맞게 이완한 시조이다. 그러므로 그에게 시와 시조의 장르적 속성을 거론하며 구분하는 것은 무의미한 일이다. 그는 탄력적인 장르관에 입각하여 시조의 전통을 계승하고 발전시키고자 노력하였다. 이처럼 김상옥은 전통시조의 음악성이 초래하는 정형성의 한계를 극복하고, 현대사회의 다양한 변화에 맞추어 시조의 형식적 조건을 수정하는데 필생의 노력을 기울였다.

02 ┃ 원시적 세계의 지향

김상옥의 고향은 통영이다. 그가 '수향(水鄕)'이라고 이름한 통영은 "통제영 문화의 전통과 시조의 우월성 그리고 바다 상상력, 나아가 매체의 활성화"[9]로 일찍부터 예술이 발달했던 항구도시이다. 그는 1963년 서울로 이사하기 전까지 한국전쟁으로 인해 황폐화된 문학 조직을 재건하고, 20여 년간 통영 인근에서 교직에 종사하며 교가를 작사해주는 등, 고향을 사랑하는 마음을 행동으로 실천하였다. 그의 남다른 애향심은 일제 치하에 발표한 고향시편들에 공감을 불러일으키면서, 시의식의 근원을 탐색하는데 도움을 준다. 그의 고향시 연작은 "密偵들이 黑死病인 양 창궐"(「密偵」)하는 당대의 객관적 정세를 함의하고 있는 까닭에, 세칭 청록파에 의해 발견된 자연관과는 상거를 띠며 일상적 의미를 초월한다. 더욱이 자연의 일부

---

9) 박태일, 「근대 통영 지역 시문학의 전통」, 『경남·부산 지역문학 연구』 1, 청동거울, 2004, 91쪽.

분으로서의 고향이 지닌 환유적 의미에 주목할 때, 김상옥의 고향의식은 식민지 원주민들이 지닌 자연관을 담보하고 있다. 아울러 그가 일경에 피체되었던 경력은 일련의 시편에 내재된 자연의 의미를 강조하면서, 고향으로서의 국토를 점령당한 그들의 비애를 강화시켜준다.

> 눈을 가만 감으면 굽이 잦은 풀밭길이
> 개울물 돌돌돌 길섶으로 흘러가고
> 白楊숲 사립을 가린 초집들도 보이구요.
>
> 송아지 몰고 오며 바라보던 진달래도
> 저녁 노을처럼 山을 둘러 퍼질 것을
> 어마씨 그리운 솜씨에 향그러운 꽃지짐!
>
> 어질고 고운 그들 멧남새도 캐어 오리
> 집집 끼니마다 봄을 씹고 사는 마을
> 감았던 그 눈을 뜨면 마음 도로 애젓하오.　　　　　—「思鄕」 전문

고향을 감각적으로 재생한 위 작품은 순간의 시학이 이룩한 가작이다. 김상옥은 시각과 미각의 호응으로 고향의 풍경을 떠올린다. 눈을 감았다가 눈을 뜨기까지의 짧은 순간에 "눈앞에 삼삼이는 고향집"(「봉선화」)은 향기와 이미지로 회상된다. 그것은 대과거의 시간 속에서 현재의 곤궁한 타관살이를 극복하는 원동력으로 작용한다. 그는 객지에서 어렵고 힘들 적마다 눈을 감고 뜨기를 거듭하면서 고향을 생각하고 귀향의지를 다질

수 있었다. 고향이 특별한 사건의 개입으로 회상되는 게 아니라 감각적 인상에 의해 추억될 때, 고향은 일상적 기억 속으로 쉽게 편입된다. 그가 고향을 그리워하는 것은 당연히 "이미 쉰을 밑자리 까신 그 숫되고 어지신 어무님"(「어무님」)을 보고 싶은 불효자의 심정에서 비롯된 것이다. 그가 고향의 모습을 소리나지 않게 보여주는 것은 간절한 사모의 정과 사향심을 제어한 탓으로, 도리어 안타까운 마음을 두렷하게 드러내준다. 그것은 어머니와 고향으로 돌아가는 길을 봉쇄당한 그의 처지를 연상시켜주기에 충분하다.

김상옥은 감각적 이미지를 동원하여 고향의 모습을 회화처럼 재생하였다. 이 점에서 한글 전용론자인 그가 굳이 '山'과 '白楊'을 한자로 표기하여 고향의 풍경을 나타낸 것은 주목되어야 한다. 그는 산과 나무의 수직적 형상을 한자어로 표기하여 '굽이 잦은 풀밭길'과 '돌돌돌 길섶'으로 흐르는 개울물의 수평성, 그리고 '사립을 가린 초집들'과 '집집마다 봄을 씹고 사는 마을'의 곡선미를 조화시켜 한 편의 풍경화로 형상화하고 있다. 시인이 고향의 모습을 풍경화로 표현하는 순간, 작품 속의 소리는 시각적 이미지로 대체된다. 그는 고향을 생각하는 마음을 한 편의 수채화로 펼쳐 보여줌으로써 답답한 심경을 토로하는 동시에, 고향의 정겨운 모습을 선명하게 그려보고 싶었던 것이다. 그 점에서 이 작품은 김상옥이 '이미지 중심'의 자유시로 나아갈 기미를 내포하고 있다.

고향의 풍경을 선명한 이미지로 재현하는데 공을 들인 그의 시도는 외국에 주권을 강탈당한 식민지 원주민들의 시간의식을 과거의 세계로 인도한다. 그것은 현재적 세계의 폭력성에 대한 무언의 항의표시이며, 선대와 후대 간의 시간적 단절 상태를 극복하기 위한 시인의 배려이다. 구체적으로 김상옥은 '봉숫골'(「봉숫골」), '판데목'(「마눌각시」), '통제사'(「마눌각시」), '달롱개산'(「달롱개산」), '명정골'(「동백꽃」), '杏花洞'(「살구나무」), '頭尾島'(「頭尾島」), '拱珠島'(「拱珠島」) 등, 향리의 지명에 애착심을 보였다. 또 과부 어머니의 연애 사업을 돕고자 시내에 다리를 놓아드린 '孝不孝橋이야기'(「孝不孝橋」)를 비롯하여 '우닥방망이'(「우닥 방망이」), '마눌각시'(「마눌각시」), '침 바르고 갔다올 게'(「동백꽃」), '진신'(「진신 짓는 영감님」), '배애배 코초야'(「배애배 코초야」), '할만네'(「할만네」), '사슴과 나무꾼'(「杏花洞 說話」) 등, 옛사람들의 풍습과 설화에 대해서도 호기심을 표하였다. 그가 주목한 고향의 특정 장소는 유년기의 체험에 의해 무의식적으로 구조화된 공간이다. 그 장소는 "거기서 살아가는 사람들의 문화적 가치와 경험의 기록이며 표현이 된다"[10]는 점에서, 애향심의 확장 가능성을 예비하고 있었다.

　김상옥의 고향의식은 자연스럽게 한국의 역사와 문화에 대한 관심으로 확대되었다. 예컨대, 그의 시 「靑磁賦」, 「白磁賦」, 「鞦韆」, 「玉箸—新羅 三寶의 하나」 등은 문화유산에 대한 관심의 표명이고, 시 「十一面觀音—석굴암」, 「大佛—석굴암」, 「석굴암에서」, 「多寶塔」, 「矗石樓」, 「善竹橋」, 「武烈王陵」, 「鮑石停」, 「財買井—김유신 장군의 집터」, 「艅艎山城」 등은 역사에 대한 자긍심의 표현이다. 이 작품들이 첫 시집에 수록되어 있다는 점에서, 그의 역사와 문화에 대한 관심은 등단 이전부터 지니고 있었음을 알 수 있다. 그는 국권을 강탈당한 식민지의 원주민으로서 "꿈의 나라 新羅"(「昇華」)의 찬란한 과거적 사실들을 통해 조국의 광복을 염원하며, 미래적 전망을

---

10) Edward Relph, 김덕현 외 역, 『장소와 장소 상실』, 논형, 2005, 139쪽.

지역민들과 공유하고 싶은 내밀한 욕망을 드러낸 것이다. 이런 측면에서 김상옥의 고향의식은 일제하의 궁핍한 일상을 견딜 수 있는 정서적 기반을 이루었고, 그는 원시적 질서가 공존하던 고토의 회복 의지를 단련할 수 있었다.

03 | 정신주의와 조형미의 조화

무릇 시가 시인이 지닌 정신의 정화라고 할 때, 한국현대시사에서 정신주의의 극정에 도달한 시인은 이육사이다. 그는 식민지시대의 암울한 사회를 타개할 수 있는 "白馬 타고 오는 超人"(「曠野」)을 기다리면서, 한편으로는 독립운동에 투신하여 지사로서의 시인이 가야할 길을 몸소 실천하였다. 그가 보여준 불굴의 시정신은 한국문학사에서 고래로 전승되어 오던 선비들의 기개를 재현한 것이다. 이 점에서 시와 행동의 일치를 추구한 그의 정신주의가 빛나거니와, 그는 외세의 탄압에 굴복하여 자칫 명맥이 끊어질 위험에 처했던 지사시인의 계보를 잇고 있다. 김상옥은 시 「손님과 超人—李陸史」에서 그에 대한 존경을 표하는 한편, 스스로 반일 정서를 행동화하고 시를 발표하여 본받고자 노력하였다. 그는 1936년 시 「無窮花」를 발표하고 나서 일경의 감시를 받기 시작했으며, 1941년에는 자신이 경영하는 서점에 우국시를 게시하여 피체되기도 했고, 일제가 패망할 때까지 도피생활을 하기도 했다. 이런 경력에서 알 수 있듯이, 그는 "거진 생리적으로 타고난 듯한 열렬한 민족주의자"[11]이다.

김상옥의 지사적 언행은 해방 이후의 시작품에서 정신주의를 한층 강화하는 기반이 되었다. 자신에게 더 엄격한 윤리적 염결성은 그의 고고한 성품을 증명해주거니와, 그는 시편에서도 도자기를 비롯하여 옛것을 숭상하는 생활 태도를 빈번하게 표출하면서 시와 생활의 일치를 추구하였다. 이런 점에서 그가 "뜨거운 地心을 호흡하고 있는 오랜 古木"(「古木」)처럼 전 생애에 걸쳐서 추구했던 정신주의는 단순한 의고 취미가 아니다. 그는 옛 선비들의 삶을 좇아 시류에 영합하지 않는 고결한 생을 추구한 것이다. 생전에 문단과 일정한 거리를 유지하면서 세속적인 일에 개입하기를 삼갔던 그는, 물질만능주의의 세태를 향해 "識字란 이토록 때 묻고 측은했단 말이냐?"(「가을에 쥐구멍을」)고 꾸짖으며 스스로를 경계하였다.

> 밤마다 밤이 이슥토록
> 墨을 갈다가
> 벼루에 흥건히 괴는 먹물
> 먹물은 갑자기 선지빛으로 변한다.
> 사람은 해치지도 않았는데
> 지울 수 없는 선지빛은 온 가슴을 번져난다. —「墨을 갈다가」 부분

평생 동안 지사적 풍모를 잃지 않았던 김상옥은 적막한 시각에 묵을 갈다가 말고 "나날이 저질러 지은 끝없는 罪苦"(「廁」) 때문에 괴로워한다. 비록 남을 해치지는 않았으나, 젊은 날에 '물 위에 꽃을 뿌리는 이'의 사연과 '달빛 속 인기척'에 호기심을 보였던 기억은 그에게 '지울 수 없는 선지빛'의 상처를 준다. 스스로 운신의 폭을 좁히면서 현실적 물욕과 세인들의

---

11) 김동리, 「『草笛』의 樂譜」, 『민중일보』, 1947. 8. 20.

움직임에 관심 갖기를 삼가던 그는 타인의 삶에 호기심을 보였던 기억으로 인해 '온 가슴'으로 번지는 아픔을 느낀다. 묵을 가는 시간은 자기비판의 시간이므로, 그는 정밀한 밤의 고요하고 긴장된 분위기에 적합하도록 일체의 소음을 허락하지 않는다. 이것은 그가 묵을 가는 현실의 시간 속에서도 시적 시간과 동일한 맥락에서 소리를 제척하고 있음을 반증한다. 그는 삼라만상의 소리를 소거함으로써, 혼탁한 세상과 일정한 거리를 유지하려고 노력하였다. 그것은 소리가 세상의 잡음과 세인들의 잡담이기 때문에, 먹을 가는 동안에 소리를 물리치고 본연의 형상을 찾기 위한 시적 몸부림이었다. 곧, 그는 먹물이 "휘저을수록 맑아지는 것"(「질그릇」)인 줄 아는 까닭에, 날마다 묵을 갈면서 '벼루에 흥건히 괴는 먹물' 속에서 일과를 반추한 것이다.

자신의 생에 추호의 허물도 용납하지 않았던 그의 엄숙한 정신주의는 『香氣 남은 가을』(1989) 이후에 간간이 발표된 정형시조에서 재확인할 수 있다. 그가 정형시조를 다시 발표하게 된 동기인즉, 문학과 삶의 일치를 통해 시적 긴장감을 유지하면서 현실적 욕심을 경계하려는 전략적 사고의 산물이다. 그는 말년의 문학적 처신을 더욱 엄정하게 집행하여 차라리 "오동지 雪寒을 헤집고 죽순으로 돋거라"(「겨울 異蹟」)고 자신을 채찍 하였다. 그는 인생의 종료시점까지 곧은 삶의 자세를 견지하는 한편, 등단작 「思鄕」에서 발아했던 '이미지 중심'의 조형미를 여전히 지향하였다. 이러한 점은 김상옥이 추구했던 실험 의식이 단순한 형태상의 실험이 아니라, 형식적 요소의 궁극적 변혁이었다는 사실을 방증한다. 아울러 그에게 시조의 현대화란 이미지를 중시하는 형식미학적 요소를 중시하여 종래의 교훈적이고 율격지향적인 요소를 지양하는 것이었음을 증빙해준다. 그에게 '잘 빚은 항아리'로서의 시작품은 시인의 성정을 반영한 조형물이면서, 동시에 정형시조를 창작했던 선비들의 개결한 정신주의를 오늘에 되살려 형상화하기에 적합한 용기였던 셈이다.

그러므로 김상옥 시조의 특징은 시와 장르상 속성을 의도적으로 공유한 점에 있다. 첫 시집『草笛』(1947)을 '시조집'으로 이름 했던 그는 1949년에 발행한『故園의 曲』과『異端의 詩』에서 산문시를 시도하였다. 이 시집의 「失明의 患者」, 「조개와 소라」, 「금잔디 지붕 2」, 「슬픈 臺詞」, 「아득한 사연」 등에서 볼 수 있는 바와 같이, 김상옥은 사설시조를 변형한 것이 아니라 처음부터 산문시를 창작하고 있다. 물론 그는 「늪가에 앉은 少年」, 「안개」, 「귀여운 債鬼」 등에서 사설시조의 창작도 병행하였다. 그가 산문시의 창작 대열에 합류한 까닭은 '이미지 중심'의 시를 추구하는 지론 때문이다. 그는 '삼행시', '삼행시 장단형', '삼련시' 등의 작품을 발표한 뒤에『三行詩 六十五篇』(1973)에서 '삼행시'로 통칭했는데, 삼행시편들은 평생에 걸쳐 진행된 시조의 형식상 실험의 결과인 동시에 "전통을 살리면서 현대인의 시 감각에 맞추려고 노력한, 시조의 현대화 과정에서 잉태된 한 시인의 실험적 시형"[12]이라고 보아도 무방하다. 이러한 명칭의 도입 사례를 통해서도 '비정형적 묘'를 포착하여 형상화하기에 전력한 그의 실험의식은 확인된다. 김상옥이 강조한 '비정형적 묘'는 시조의 '비정형적 미'를 가리킨다. 그것은 종래의 시조가 지니고 있었던 형태상의 정형적 미가 아니라, 그에 의해 조형성을 확보한 시조가 새롭게 획득한 '비정형적 미'이다. 그가 시적 조형물로서의 형상에 대해 고뇌한 정도는 다음의 예시에서

---

12) 정혜원, 「김상옥 시조의 전통성」, 김용직 외, 『한국현대시사연구』, 일지사, 1990, 463쪽.

헤아릴 수 있다.

> 이 形象 없는 화롯가-「爐邊」
> 아직 이름 없는 形象-「돌」
> 봄 가을 제철따라 그 눈부신 빛을 받아 익어가는 한 개 形象-「圖畵」
> 머언 어둠 속에 無形으로 形象될-「音響」

그는 '형상'을 어김없이 한자로 표기하여 "그대로 하나의 象形"(「湖水 3」)을 시각화한다. 그의 노력에 힘입어 형상은 비로소 시각적 속성을 획득하여 독자의 눈앞에 구체적 모습을 드러낸다. 그는 시조의 각 장을 행으로 변용하여 전통적인 창곡으로서의 기능을 삭제한 뒤, 소리가 소거된 공백을 구체적 형상으로 보전하는 것이다. 도자기를 '흙으로 만든 시'로 인식하는 그는 "빌려온 거죽 안에서 향내만이 들리거니"(「形象」)라고 표현하여 들리지 않는 형상의 향내를 포착하고 있다. 그는 소리를 완벽하게 소거하기 위해 '향내'로 환치함으로써, 도자기의 형상을 후각적으로 포착하고 있는 것이다. 김상옥이 이러한 시도를 결행하게 된 의도는 시조의 음악성을 제거하는 대신에 의장을 도입하려는데 있다. 의장(意匠)이란 시각을 통해서 심미적 감각을 불러일으키면서, 사물의 형상이나 모양 그리고 색채 등을 결합하여 소기의 목적을 달성하려는 미적 전략이다. 이런 점에서 의장은 시를 조형예술로 파악한 그의 시적 신념에 부합한다. 그는 "밤보다 깊은 어둠을 안으로 닫아걸고, 그 속에 아직 이름 없는 形象들이 잠자고 있다"(「돌」)는 사실에 주목하여 시의 조형성을 탐구하는데 일생을 바친 것이다. 그가 시적 조형성을 확보하기 위해 기울인 구체적 관심도는 다음 두

편에 구현된 장르관을 통해 견주어 볼 수 있다.

> 따스한 햇빛이
> 마루 위에 비칩니다.
> 아기가 햇빛을
> 빨래처럼 주무르고 앉았습니다.
>
> 장독간 울타리에
> 제비가 앉아 놉니다.
> 자줏빛 목덜미로
> 저리 햇빛을 마구 휘젓습니다.
>
> 따스한 햇빛이
> 아기 눈에 눈부십니다.
> 아기는 햇빛을
> 한아름 꼬옥 안고 있습니다. ──「햇빛과 아기」전문

　　우유처럼 따스한 햇빛이 마루 위로 지르르 흐릅니다. 아기는 나서 아직
아무것도 만지지 않은 그 정한 손으로 햇빛을 주무르고 있습니다.

　　봉숭아 붉은 앞뜰 울타리에 청제비 돌아앉아 한쪽 죽지를 펴고 짙은
자줏빛 목덜미로 저리 가려운 듯 햇빛을 휘젓고 있습니다.
　　보시시 한량없는 따스한 햇빛! 아기의 가슴에 넘치도록 안겨들고 푸르
다 못해 검은 아기의 눈초리는 처음으로 보는 새로운 봄의 눈부신 조화에

놀란 듯 깜작이고 있습니다.

　수그리고 바느질하던 장지 안 젊은 엄마는 반짇고리 한쪽으로 밀어놓고 아기 곁에 살며시 나와 진정 숨길 수 없는 웃음을 머금고 있습니다.

　아아 이렇게 이 젊은 엄마는 그 그지없는 애정을 영롱한 패물처럼 아기 옷고름에 채워놓고 세상은 잠시 고요한 행복 속에 싸였습니다.

— 「봄 1—햇빛과 아기」 전문

　위의 시편을 비교해 보면, 김상옥의 장르관을 구체적으로 살펴볼 수 있다. 먼저 「햇빛과 아기」는 동시조의 정형성을 파괴해버리고 자유시형을 취한 동시이다. 이것은 시조의 형식적 한계를 인식하고 있는 그가 시의 조형성을 확보하기 위해 노력한 증거이다. 이 작품에서 소리는 완벽할 정도로 소거되어 있다. 아이는 햇빛을 '빨래처럼' 주무르고, 제비는 자줏빛 목덜미로 햇빛을 '마구 휘젓고' 있으며, 아기는 햇빛을 '꼬옥 안고' 있다. 그는 "정말 아름다운 기억은 어드메 길가에 한 그루 배꽃같이 그렇게 피어 있는 것"(「記憶」)처럼, 모자의 단란한 모습에서 인생의 소박한 아름다움을 발견하여 보여준다. 그는 회화적 이미지를 통해서 포착한 광경을 '보여주기'에 충실할 뿐, 결코 '말하기'에 나서지 않는다. 그것은 시에서 소리가 "'감응의 울림 자체'가 아니라 단순한, 자체로서는 내용 가치가 없는 기호로 전락한다"[13]는 사실을 그가 충분히 인식하고 있다는 반증이다. 소리는 작품에서 표상의 기호이다. 곧, 소리는 시작품에 장치되는 순간에 고유한 자질을 잃어버리고 시적 기호의 하나로 존재할 뿐이다. 이렇게 소리의 기

---

13) 권정임, 「헤겔 미학에 있어서 문학과 조형예술의 상관성」, 고위공 외, 『text와 형상』, 미술문화, 2005, 113쪽.

능을 변화시킬 수 있다는 가능성을 주목한 김상옥은 가시적 미를 추구하는 조형예술로서 시를 받아들이고 있다. 그러한 태도는 시각을 비롯하여 감각적 인지 과정을 우선시하는 어린 독자들을 위한 그의 섬세한 배려인 동시에, 시적 신념을 구현하기 위한 심미적 전략이다.

그에 반해 「봄 1—햇빛과 아기」는 「햇빛과 아기」를 자유시형으로 재생한 작품이다. 김상옥은 대상성에 착목하여 산문시의 형식을 동시로 발표했다가, 이 작품에서는 '젊은 엄마'까지 등장시키며 서사적 요소를 한층 강화하고 있다. 그렇지만 여기서도 그는 철저하게 소리를 삭제하여 봄의 평화한 분위기를 선명하게 보여주는데 진력한다. 예컨대, 아기는 햇빛을 '주무르고' 청제비는 햇빛을 '휘젓고' 있으며, 아기의 눈초리는 '깜작이고' 엄마는 웃음을 '머금고' 있을 뿐, 전편에 걸쳐 소리는 들리지 않는다. 또 엄마는 '애정을 영롱한 패물처럼 아기 옷고름에 채워놓고' 행복한 표정을 지을 뿐이다. 이처럼 김상옥은 작품의 소리를 소거하여 봄날의 조촐한 풍경을 보여줌으로써, 소리를 '내용 가치가 없는 기호'로 전락시킨다. 마치 "살이 빠질수록 더욱 고운 살갗"(「開眼」)을 드러내는 도자기처럼, 소리의 탈락 현상으로 인해 봄 풍경의 윤곽이 시각화되고 있다.

위에서 살펴본 바와 같이, 김상옥은 시와 시조의 형식적 요소에 구애받지 않았다. 도리어 그는 시조의 고유한 정형성을 창조적으로 파괴하여 시와 시조의 경계를 무의미하게 만들었으며, 스스로 그 모범을 보여주었다. 그것은 시를 '언어로 빚은 도자기'로 인식하고, 도자기를 '흙으로 빚은 시'와 동일시하는 그의 시적 신념에서 발원한 것이다. 그 연장선상에서 그는 시어를 '조형언어'로 파악하여 시어의 선택과 배열 과정에서 시적 조형성이 드러나도록 집중하였으며, 그 결과로 시조는 "두 개의 거울 속에 놓인 엄숙한 象形"(「열쇠」)으로 거듭나게 되어 현대적 형태와 조형미를 확보할 수 있었다. 그는 작품 속에서 '소리 아닌 어떤 조형으로 의사를 전달'하기를 기대하였고, 그 노력은 감각적 이미지의 추구로 실현되었다. 그것은 시조에서 음악성이 차지하고 있던 자리를 구체적 형상으로 대체시킨 그의 '도자기 시론'의 성취 결과이다.

III 결론

김상옥은 강렬한 민족의식을 지닌 시인이었다. 그는 통영 지방의 전통적인 예술 환경 속에 성장하면서 시조를 창작하게 되었다. 등단 이후에 그는 시조와 시, 동시 등의 인접 장르를 넘나들면서 다양한 작품 활동을 전개하였다. 초기의 시편에서 그는 고향에 전래되는 여러 가지 풍속들의 재현을 시도했다. 그것은 전래되는 집단적 기억을 나이 어린 독자들에게 전승시켜야 할 세대적 의무감과 외세에게 강점된 고토의 회복을 염원하는 의지의 발로였다. 그의 노력에 힘입어 고향의 설화적 세계는 길이 보전되어야 할 당위성을 획득하였고, 그곳에서 시인은 심리적 위안을 구할 수 있었다. 또한 그가 집중적으로 천착한 고향의식은 원형성과 결부되어 동시의 창작 기반을 이루는데 기여하였다.

그는 시·서·화·전각 등에 조예가 깊었으며, 시와 생활의 일치를 추구했던 개결한 정신의 소유자였다. 그는 자신의 일관된 시적 견해였던 '도자기 시론'을 실천하기 위해 시작품에 명료한 이미지를 구현하였다. 그의 노력에 의해 시의 조형미는 확보될 수 있었고, 시조의 현대화를 도모하던 신념은 구체적인 결과를 도출할 수 있었다. 그는 형태상의 실험하는 도중에도 이미지 우위의 시론을 일관되게 견지했기 때문에, 노년기의 작품에서 정형성의 징후가 검출될지라도, 그 작품들이 이미지로 구축된 조형물로서의 시조라는 사실은 변함이 없다. 곧, 김상옥은 일생 동안 엄숙한 시 정신과 엄정한 생활 태도를 바탕으로 끊임없이 시조의 형식적 실험에 진력하여 시와 시론 그리고 삶의 일체화를 추구하였다. 바로 그 점이야말로 현대시사에서 집중적으로 평가되어야 할 부분이다.(『한국언어문학』 제61집, 한국언어문학회, 2007. 6)

'내용 없는 아름다움'의 꽉 찬 미의식

김종삼론

Ⅰ 서론

　김종삼(1921~1984)은 전후에 등장한 대표적인 문제시인이다. 그는 황해도 은율에서 출생한 후 평양과 일본에서 식민지 교육을 받았으며, 해방 이후 월남한 실향민이다. 1953년 『신세계』지에 시 「園丁」을 발표하면서 시작 활동을 전개한 그는 김광림 · 전봉건과 3인시집 『전쟁과 음악과 평화와』(자유세계사, 1957), 김광림 · 문덕수와 3인시집 『본적지』(성문각, 1968), 단독시집 『십이음계』(삼애사, 1969), 『시인학교』(신현실사, 1977), 『누군가 나에게 물었다』(민음사, 1982), 시선집 『북치는 소년』(민음사, 1979), 『평화롭게』(고려원, 1984)를 펴냈다. 이 시집에 수록된 작품들과 유작들은 그의 사후에 발간된 『김종삼전집』(청하, 1988)에 수록되었다.

지금까지 김종삼의 시는 관심 있는 논자들에 의해 시의식과 기법면에서 지속적으로 연구되었다. 김종삼의 시의식을 연구한 민영은 그가 현실의 비극적 측면을 '그대로 묘사하지 않고 재구성한다'고 보았다.[1] 김춘수는 그의 시에서 '존재자로서의 일상인(제행무상)의 슬픔(또는 덧없음)'이 검출된다고 지적하였다.[2] 이승훈은 김종삼 시에 나타난 이미지를 집중 분석하여 돌 이미지는 고통과 죽음의 세계, 물 이미지는 평화의 세계를 상징한다고 보았다.[3] 이경수는 전통적으로 친숙한 정서를 거부한 김종삼의 시를 '부정의 범주'에서 논의하였고,[4] 장석주는 기존의 연구 성과를 종합하여 김종삼의 시의식을 '내용에 대한 형식 우위의 미학주의, 예술주의, 보헤미아니즘'으로 요약하였다.[5] 김주연은 김종삼의 시는 '철저하게 비공리적이며, 비세속적'인 시라고 규정했으며,[6] 이숭원은 그의 시에 나타난 삶과 죽음의 관련 양상을 규명하였다.[7] 오형엽은 김종삼의 시는 기독교적 죄의식에 근원을 두고 있다고 주장했으며,[8] 남진우는 김종삼 시의 시간의식을 '귀향적 도정의 언어'로 파악하였다.[9]

김종삼 시의 기법적 측면을 살핀 황동규는 그 특징을 '잔상의 효과'에 의한 '미학주의의 한 극치'라고 평가했다.[10] 김현은 김종삼 시의 '설화체',

---

1) 민영, 「안으로 닫힌 시정신」, 『창작과 비평』, 1979. 겨울호, 207-211쪽.
2) 김춘수, 「김종삼과 시의 비애」, 『김춘수전집』 II, 문장, 1986, 435-441쪽.
3) 이승훈, 「평화의 시학」, 김종삼 시선집, 『평화롭게』, 고려원, 1984, 142-167쪽.
4) 이경수, 『상상력과 부정의 시학』, 문학과지성사, 1986, 142-152쪽.
5) 장석주, 「한 미학주의자의 상상 세계」, 장석주 편, 『김종삼전집』, 청하, 1988, 17-35쪽.
6) 김주연, 「비세속적 시」, 장석주 편, 위의 책, 296-302쪽.
7) 이숭원, 「김종삼 시의 내면구조」, 『근대시의 내면 구조』, 새문사, 1988, 191-208쪽; 김종삼 시에 나타난 죽음과 삶」, 『현대시와 삶의 지평』, 시와시학사, 1993, 110-123쪽.
8) 오형엽, 「풍경의 배음과 존재의 감춤」, 『한국 근대시와 시론의 구조적 연구』, 태학사, 1999, 345-375쪽.
9) 남진우, 『미적 근대성과 순간의 시학』, 소명출판, 2001, 171-265쪽.

'묘사의 과거체 사용'을 주요 기법으로 제시했다.[11] 김준오는 김종삼의 시적 태도를 '고전주의적 절제'로 규정하고, 한국시단에서 유별한 그의 독백체는 '고립주의의 필연적 산물'이라고 규정하였다.[12]

그러나 이 성과들은 김종삼의 시세계를 도식화하여 시의식을 단선적으로 파악한 것이다. 그동안 연구자들은 그가 세계에 대한 생리적 무관심으로 현실 감각을 전혀 보유하지 않은 사람이었다는 증언[13]에 의지하여, 그의 시에 나타난 인간 부재 상황을 집중적으로 조명하였다. 그러나 그의 시작품에는 인간이 부재하는 것이 아니라, 역사적 사건의 피해자로 후경화되어 있다. 단지 그는 전쟁의 심리적 외상을 독특한 형식미학으로 형상화했을 뿐이다. 따라서 그의 시세계를 온전하게 이해하기 위해서는 시의식과 형식적 측면을 아울러 살피는 자세가 요구된다. 이에 본고에서는 김종삼의 시작품에 나타난 허무의지의 형성 배경과 그 초극 형식을 구명하려고 한다.

---

10) 황동규, 「잔상의 미학」, 김종삼 시선집, 『북치는 소년』, 민음사, 1981, 10-24쪽.
11) 김현, 「김종삼을 찾아서」, 장석주 편, 앞의 책, 235-243쪽.
12) 김준오, 「고전주의적 절제와 완전주의」, 『도시시와 해체시』, 문학과비평사, 1993, 255-261쪽.
13) 김종삼의 전기적 생애에 관한 증언으로는 강석경, 「문명의 배에서 침몰하는 토끼」, 장석주 편, 앞의 책, 278-295쪽; 신경림, 「내용 없는 아름다움」, 『신경림의 시인을 찾아서』, 우리교육, 1998, 58-71쪽; 최하림, 「김종삼과 술과 음악과」, 『시인을 찾아서』, 프레스21, 1999, 33-41쪽 참조.

II 허무의식의 형식미학적 특질

01 | '죄인'의 의식화 과정

김종삼의 시는 현실 세계에 대한 비극적 인식으로부터 출발한다. 조국의 분단과 전쟁 체험으로 이어지는 역사적 사건들은 그로 하여금 현실 세계에 대한 허무의지를 자극하였다. 곧 그의 의식 속에 삼투된 전쟁 체험은 그의 시세계를 범주화하면서, 여느 시인보다도 강한 개성을 획득하는 데 기여하였다. 일련의 비극적 체험을 통해 축적된 욕망들은 그에게 사회적 자아의 정상적 발달을 저해하는 요인이었고, 결과적으로 "일체의 세속적 부르주아적 세계의 가치를 버리고 소외된 단독자의 관점"[14]을 추구하도록 강요하였다. 단독자로서 세속적 관심을 제거한 그에게 남은 것은 세계에 대한 환멸과 체념이었다. 체념은 현실의 억압적 힘에 대한 인식에서 나온다기보다는, 더 나은 대안이 실제적으로 불가능하다는 예단에서 유래한다. 미래에 대한 그의 비관의식은 원시적 시간을 회복할 수 없다는 절망감을 낳게 되고, 현실적 고통의 극복 의지를 강화시켜준다.

김종삼은 자신이 체험한 사건의 크기와 무게 때문에, 현실 사회를 사건의 원인 제공자로 인식한다. 그는 전후세대로서 인간의 욕망 때문에 생겨난 비극적 현실에 대해 침묵할 수밖에 없는 자신의 무력감에 빠진다. 그 결과 김종삼의 작품에서 현저하게 검출되는 시적 이미지는 현실 세계에

---

14) 김우창, 「오늘의 시」, 『시인의 보석』 김우창전집 3, 민음사, 1994, 242쪽.

대한 허무의식이 주종을 이룬다. 그는 전후의 불모성을 이미지의 제시를 통해 초극하려고 노력하였다. 그것은 전쟁의 원인을 제공한 인간에 대한 분노와 절망의 시적 항의표시였다. 그런 점에서 그의 초기작은 이후 작품의 나아갈 방향을 예고하면서, 그의 심리적 출발점 행동을 추측할 수 있는 단서를 제공한다. 더욱이 "非詩일지라도 나의 職場은 詩"(「制作」)이라고 생각하는 김종삼에게 등단 작품은 유별한 의미를 띤다.

> 몇 개째를 집어 보아도 놓였던 자리가
> 썩어 있지 않으면 벌레가 먹고 있었다.
> 그렇지 않은 것도 집기만 하면 썩어 갔다.
>
> 거기를 지킨다는 사람이 들어와
> 내가 하려던 말을 빼앗듯이 말했다.
>
> 당신 아닌 사람이 집으면 그럴 리가 없다고―   ―「園丁」 부분

전후시의 특징은 "언어를 단순히 의사전달의 도구로 보지 않고, 존재를 개시할 수 있는, 즉 '말'이 언표된 것으로서 보는 관점이 나타난다"[15]는 점이다. 언어의 존재론적 측면에 연결된 이러한 특징은 시인의 언어에 대한 관심을 드러내는 동시에, 전란 체험과 연루되어 불가피하게 시인의 의식 상태를 담보해준다. 그러므로 "언어에 때가 묻어버리면 큰일이라고 생각하는 일종의 '퓨리턴'"[16] 의식을 가진 김종삼에게 '말'의 빼앗김은 각별

---

15) 문혜원, 「전후시의 실존의식 연구」, 『한국 현대시와 모더니즘』, 신구문화사, 1996, 109쪽.

한 의미를 갖는다. 원정에게 '말'을 빼앗긴 채 자기 존재의 표현수단을 잃게 된 그는 "가슴 에이는 머저리"(「산」)가 된다. 이후 말을 빼앗긴 시인은 풍경의 묘사에 치중하여 보여주기만 할 뿐, 의도적으로 말하기를 외면한다.

김종삼은 과수원지기가 가리키는 쪽으로 가서 과일을 집어보지만, 과일은 "썩어 있지 않으면 벌레가 먹"어서 성한 것이라곤 없었다. 과일은 이미 썩어 있었던 것이다. 그 사실을 시인이 말하려고 할 때, 원정은 "당신 아닌 사람이 집으면 그럴 리가 없다"고 타박한다. 과일로 표상된 대상의 부패는 전란 후 국토의 초토화 상태를 가리킨다. 시인은 폐허화된 국토를 보면서 '존재의 집'이었던 언어의 세계로 돌아가지 못한다. 그는 '말'을 빼앗긴 기성세대였던 것이다. 해방 후 전개된 긴박한 역사적 사건의 책임으로부터 자유로울 수 있는 사람은 오로지 죄 없는 어린이이다. 곧 '당신 아닌 사람'은 분단과 전쟁의 원죄로부터 자유로운 어린 세대를 상징한다.

> 罪가 많다는 이 불구의 영혼을 이끌고 가 보자―「刑」 부분
> 나 지은 죄 많아/죽어서도/영혼이 없으리―「라산스카」 부분
> 그 언제부턴가/나는 罪人―「꿈이었던가」 부분

김종삼에게 죄의식이 형성된 요인은 두 가지 차원에서 살필 수 있다. 하나는 식민지, 해방과 한국전쟁으로 이어지는 민족사적 차원의 역사적 사건이다. 다른 하나는 아우와의 사별, 월남으로 인한 실향이라는 개인사

---

16) 김종삼, 「의미의 백서」, 장석주 편, 앞의 책, 229쪽.

적 차원의 불행이다. 김종삼의 시에서 민족사적 참상들은 후경화되고, 가족사적 불행은 전경화된다. 그는 분단과 전쟁을 목격하면서 이중적 죄의식을 갖게 된다. 그의 죄의식은 개인사적 불행과 맞물리면서 내면화되었다. 그가 독실한 기독교인이라는 사실을 감안하면, 그의 시에서 검출되는 죄의식은 기독교적 원죄의식의 표현으로 보이지만,[17] 속죄양의식에 기반한 구속의례로 승화되지는 못한다. 단지 자신을 죄인으로 규정하고, 죄의 벌을 감수하려는 "늦가을 햇볕 쪼이는 마른 잎"(「나의 本籍」) 같은 수동적 죄의식만 보여줄 뿐이다.

그의 시에서는 성장기에 사별한 아우에 대한 연민과 미련이 도처에서 목도된다. 그는 여러 시편에서 동생과의 어린 시절을 추억하며, 동생과 사별했던 아픈 과거를 추억하고 있다. 그의 아우에 대한 부채의식은 시작품의 형식과 내용뿐만 아니라, 미학과 주제의 차원까지 구획하며 막강한 영향력을 과시한다. 그의 시 「六七年 一月」은 1967년 한 해 동안 부모님을 한꺼번에 여읜 가족사적 불행을 취급한 작품이다. 부모의 잇단 죽음은 시인에게 깊은 수심을 안겨주었지만, 부모보다 앞서 죽음으로서 부모에게 천붕지통을 안겨준 동생의 죽음은 시인에게 무능과 극심한 자책감을 안겨주었다. 더욱이 그 동생은 시인이 열서너살 때 "평양고등보통학교 운동장"(「운동장」)에서 데리고 놀다가 잃어버렸던 동생이다. 이 사건은 그에게 평생동안 깊은 상처를 안겨주었다.

동생의 죽음은 시인으로 하여금 시 「虛空」의 잠자는 자녀 모습에서 "15년 전에 죽은 반가운 동생"의 모습을 보도록 만든다. 그는 동생의 죽음에 대

---

17) 오형엽, 앞의 글, 345-375쪽.

한 깊은 자책감 속에서 자식의 늦잠을 깨우지 못한다. 시인에게 자녀는 동생의 재림으로 착각을 불러일으키는 동시에, 일용할 양식이 없어서 곤히 잠든 자녀로 인식된다. 하지만 "사면은 잡초만 우거진 무인지경"의 외딴 곳에 거처를 장만한 시인에게 먹을 것은 변변하지 않다. 현실적으로는 무능력한 가장이며, 내면적으로는 아우를 잃은 그가 마련할 수 있는 집은 "자그마한 판자집"이거나, "청초하여서 손댈 데라고는 없이 가꾸어진 초가집 한 채"(「문짝」) 또는 "삼칸 초옥 한칸 房"(「往十里」)이다. 이 작품에서 그는 가난한 집안 형편과 동생의 죽음을 중첩시키며 죄의식의 이중성을 드러낸다. 그는 곤궁한 집안에서 끼니를 걱정하는 가장으로서의 무능과 동생을 잃어버린 형의 무능력을 절감하며 '허공'에 '돌각담'을 쌓는다.

> 돌담이무너졌다다시쌓
> 았다쌓았다쌓았다돌각
> 담이쌓이고바람이자고
> 틈을타凍昏이잦아들었
> 다포겨놓이딘세번째가
> 비었다
>
> — 「돌각담」 부분

그는 돌각담의 사각형을 구상화하기 위해 행가름과 띄어쓰기를 무시하였다. 그뿐만 아니라 세 번째 돌이 빈 돌각담의 불안정한 형태를 보여주기 위해 마지막 시행을 빈 공간으로 처리했다. 이것은 가족공동체의 훼손 상태를 불안한 추상적 이미지로 표현한 것이다. 그러므로 "다포겨놓이딘세번째"는 성장기에 죽은 동생의 빈자리를 상징한다. 그 이유는 그가 '凍昏'

속에 돌을 쌓는 동안 죽은 아우의 "파아란 한 쪽 눈이 나를 지켜보고 있었"(「아침」)기 때문이다. 돌각담을 쌓는 그의 행위는 "해체된 형상들을 형태상의 완벽성으로 다시 구축해 보려는 의지"[18]를 보여주기보다는, 아우의 부재 상황을 인정하기 싫은 형의 속죄 행위이다. 그는 자신의 죄책감을 이미지의 묘사를 통해 보여줄 뿐이다. 그러므로 이 시는 "단단한 보호에 대한 갈망이 드러나"[19]는 것이 아니라, 동생에 대한 죄의식의 무의식적 표현이다.

죄의식은 김종삼의 시적 사유체계를 지배하면서, 언어의 상실에 대한 안타까움으로 나타났다. 그의 시에서는 아버지 역시 죄인이다. 아버지는 은피리 두 개를 만들어서 하나는 죽은 자식의 관 속에 넣고, 다른 하나는 살아가는 동안 만지작거린다. 아버지는 자식 잃은 슬픔에 말을 빼앗기고, "늬 소릴 찾으려 하면 검은 구름이 뇌성이 비바람이 일었느니라 아비가 가졌던 기인 칼로 하늘을 수없이 쳐서 갈랐느니라"(「音樂」)고 자탄하는 죄인이다. 김종삼은 동생을 잃어버렸고, 아버지는 자식을 잃어버렸다는 점에서 두 사람은 "여러 번 죽음을 겪어야 할"(「掌篇·3」) 죄인이다. 이 외에 그는 시작품에 '루드비히, 포스터, 챠플린, 로트렉, 멜라르메, 고호, 라운규, 나도향 등 많은 사람들을 등장시켰다. 그가 이들을 호명한 이유는 "이들과 함께 있음으로 해서, 또 자기의 삶을 이들과 함께 함으로써, 현실에서 공제되고 삭제된 삶의 의미와 통일된 의지의 힘을 획득"[20]하고 싶은 의도가 아니라, 말을 빼앗긴 이들과 함께 죄의식을 공유하려는 욕망의 발

---

18) 이경수, 앞의 글, 144쪽.
19) 이승훈, 앞의 글, 159쪽.
20) 오규원, 「시와 인물」, 『언어와 삶』, 문학과지성사, 1988, 129쪽.

로였다. 이들은 죄인으로서 시인과 동격화되어 변변한 배역을 맡지 못한 채 망자로 나열될 뿐이다. 그들은 망자들이기 때문에 말을 빼앗긴 죄인이고, 시인은 산자로서 말을 빼앗긴 죄인인 것이다. 전쟁은 기성세대뿐만 아니라, 아이들의 말까지 빼앗아가버렸다.

> 1947년 봄
> 深夜
> 黃海道 海州의 바다
> 以南과 以北의 境界線 용당浦
>
> 사공은 조심 조심 노를 저어가고 있었다.
> 울음을 터뜨린 한 嬰兒를 삼킨 곳.
> 스무 몇 해나 지나서도 누구나 그 水深을 모른다. ―「民間人」 전문

황해도의 실향민이었던 그에게 작품 속의 사건은 자신의 일처럼 수용되었을 것이다. 1연에서는 구체적 시기와 공간이 제시되고, 2연에서는 사건 이후의 정경이 묘사된다. 심야에 월남하는 부모가 우는 영아를 바다 속에 유기한 슬픈 사연이지만, 시인은 '민간인'의 포즈로 "스무 몇 해나 지나서도 누구나 그 水深을 모른다"고 진술한다. 영아의 죽음은 뭇사람들에게 쉬 잊혀 지지만, 시인에게는 잊을 수 없는 비극적 기억으로 각인된다. 아이들이 그의 시에서 여느 아이들과 달리 항상 혼자서 놀거나(「뾰죽집」), 죽음을 예감하고 그것을 선고받은 채 살아가는 것(「그리운 안니·로·리」)은 모두 이 사건의 심리적 상흔의 결과이다. 영아는 말을 습득하기 전에

수장되었기 때문에, 어른과 더불어 살아갈 수 없다. 아이들은 세계와의 불화를 표상할 뿐이다.

　김종삼은 사공의 고통스런 심리를 침묵시킴으로써, 오히려 사건의 비극성을 극대화시킨다. 그리하여 시적 발화는 "침묵, 곧 공백으로 구성되고, 파롤에 사물의 부재를 포함하며, 세계를 부정하게 됨으로써, 필요하고 결정적인 것"[21]이 된다. 사공은 영아 투기 사건이 일어났던 현장의 증언자이지만, 수장된 사건의 진실을 인지하는 데 그친다. 민간인 신분의 사공으로서는 군사분계선 내에서 발생한 수장 광경을 공론화 할 수 없으며, 그로 인해 "스무 몇 해나 지나서도 누구나" 알 수 없도록 진실은 수심모를 심해 속으로 파묻는다. 사공은 다만 '조심조심' 노를 저으며 "살아온 기적이 살아갈 기적이 된다"(「漁夫」)는 사념으로 비극의 세월을 침묵으로 견디는 것이다.

　전쟁을 체험한 김종삼에게 증언은 고통스럽게 역사에 참여하는 행위였다. 그 고통은 공적 신분이 아닌 민간인의 입장에서 사건 현장을 목격한 증언자란 사실에서 유래한다. 죄인으로서 '불구의 영혼'을 가진 그는 "연거푸 나무 밑동에 박히는 도끼 소리"(「피카소의 落書」)에 쫓기면서 '아우슈뷔츠' 같은 현실 세계를 살아갈 형벌을 감수해야 했다. 이것은 그의 시적 관심을 전쟁의 발발로 야기된 혈연관계의 파괴 등으로 집중시켰다.

　　마지막 담 너머 총 맞은 족제비가 빠르다.
　　〈집과 마당이 띄엄띄엄, 다듬이 소리가 나던 洞口〉

---

21) D. Fountaine, 이용주 역, 『시학』, 동문선, 2001, 6쪽.

하늘은 바른 마음을 가진 사람들이 있다고 대낮을 펴고 있었다.

군데군데 잿더미는 아무렇지도 않았다.
못볼 것을 본 어린것의 손목을 잡고
섰던 할머니의 황혼마저 학살되었던
僻地이다.
그곳은 아직까지 빈사의 독수리가 그칠 사이 없이 선회하고 있었다.
원한이 뼈무더기로 쌓인 고혼의 이름들과 神의 이름을 빌려
號哭하는 것은 〈洞天江〉邊의 갈대뿐인가.
— 「어둠 속에 서 온 소리」 전문

김종삼이 죄의식으로부터 자유로운 공간은 고향이었다. 그는 고향에서 "롯테 레만의 노래"(「동산」)와 "영원한 江가 스와니"(「스와니江」)를 부르고 싶었다. 그곳은 "일곱 살 때의 개똥이"(「개똥이」)가 있는 곳이며, 영아 투기 사건이 발생하기 이전의 유년기 시절이 보존되어 있는 곳이다. 그러나 고향은 월남 중의 영아 살해 사건과 동생을 잃어버렸던 가슴 아픈 추억의 장소이다. 또 그는 소년기에 "다듬이 소리가 나던 洞口"에서 "못 볼 것을 본" 목격자였다. 전쟁은 벽지의 평화로운 일상을 파괴하고, 소년에게 살육 현장의 증언자 역할을 강제로 부여하였다. 그는 손자의 손목을 잡아주던 할머니가 살해되는 현장을 목격한 뒤에, "할머니가 앉아 계시던 밭 이랑과 나와 사람들과의 먼 거리"(「쑥내음 속의 童話」)를 인식하게 된다.

이 사건은 월남 중의 영아 수장 사건과 결부되어 그로 하여금 "아무리 아름다운 자연의/풍경이라 할지라도 나에겐/참담하게 보이곤 했다"(「北녘」)

는 고백과 "나는 이 세상에/계속해 온 참상들을/보려고 온 사람이 아니다"
(「무제」)고 절규하도록 만들었다. 결국 그에게 고향의 용당포는 "흘러가는
요단의 물결"(「고향」)이 되어 "惡靈과 昆蟲들에게 시달"(「꿈이었던가」)리
는 꿈을 가져다주는 저주의 공간이 된다. 고향은 그에게 '스와니강'이자
'요단강'이었던 것이다. 죄의식을 환기시켜주는 고향으로 돌아갈 수 없는
그에게 남은 일은 "돌뿌리가 많은 廣野를 지나"(「生日」)서 "무교동에 가서
소주 한 잔과 설농탕"(「두꺼비의 轢事」)을 먹는 것이었다. 그 밖의 일상사
는 무의미한 풍경에 지나지 않았으므로, 세속적 일과는 무관심의 영역으
로 밀려날 수밖에 없었다.

02 ㅣ '풍경의 배음'을 듣는 방식

김종삼은 "새로운 언어란 언어의 도끼가 아직도 들어가 보지 못한 깊은
수림 속에서 홀로 숨 쉬고 있다"[22])는 릴케의 시론을 시 쓰기의 좌우명으로
삼았다. 그의 시어에 대한 결벽은 기존 언어현상의 파괴와 새로운 구문
형식의 실험을 통해 구체화되었다. 그는 시작 과정에서 형식 문법과 말
사이에 존재하는 전통적 관계를 단절시키며, 무의식의 도입에 따른 논리
성의 배제, 이미지의 병치, 외국어의 의도적 남용으로 인한 의미 전달의
방해, 시어의 행간 걸침, 술부의 생략 등 언어의 시간적 질서를 배척하였
다. 이러한 노력들은 그의 시작품에서 언어의 공간적 질서를 추구하여 형

---

22) 김종삼, 「의미의 백서」, 장석주 편, 앞의 책, 229쪽.

식미에 치중하는 모습으로 구현되었다. 그가 알레고리화한 "風景의 背音"(「背音」)은 세계의 일관성을 파괴함으로써 구체적 전형성을 추상적 특수성으로 대체하는 특징을 보인다. 그는 당대의 궁핍상과 정신적 갈등을 인간과 사물의 역전관계로 표출하였다. 그것은 언어의 질서 체계를 전복하는 뒤틀림 현상으로 나타났는데, 이것은 전후 현실의 궁핍한 실상을 반영한 것이다.

그는 일관되게 시적 화자의 발언보다는 묘사를 중시하였다. 비록 후기시에서 남루한 차림으로 들어가도 차별하지 않았던 "슈벨트의 歌曲이 어울리던 다방"(「따뜻한 곳」)을 그리워했지만, 이 시기의 작품에서도 언어는 절제되어 있다. 그의 시적 배경들은 탈 역사적 관점에서 포착된 것처럼 묘사되었기 때문에, 외형상으로는 풍경의 모습을 띤다. 그러므로 그의 시를 정확하게 읽기 위해서는 풍경 사이에 존재하는 배경음에 주의를 기울여야 한다. 그 배음들은 김종삼의 허무의지가 개입된 흔적이다. 그는 자신을 허무하게 만드는 사건을 초점화하면서도, 정작 그로부터 벗어나고 싶은 내밀한 욕망을 드러낸다. 그는 시적 발화를 풍경 속에 은폐시킨 배음으로 착근시켰다.

비바람이 휘청거린다
매우 거세다.

간혹 보이던
눈두렁 매던 사람이 멀다.

산 마루에 우산
받고 지나가는 사람이
느리다.
무엇인지 모르게
평화를 가져다 준다.

머지 않아 園頭幕이
비게 되었다.
　　　　　　　　　　　　　　　　　　— 「園頭幕」 전문

　화자는 원두막에서 들녘을 바라보고 있다. 거센 비바람 속에서 아까
보이던 논두렁 매던 사람은 아스라이 멀어진다. 그 순간 산마루에 우산
쓰고 가던 사람이 보이는데, 그는 비바람 때문에 빠르게 걸을 수 없다.
이처럼 김종삼은 비바람의 세기를 풍경처럼 보여줄 뿐, 그 세기에 대한
직접적인 묘사는 외면한다. 그는 시작 출발기부터 죄인이기 때문에, 말의
거세와 이미지의 제시를 통해 자신의 죄상을 고백하려고 했다. 죄인의 반
성문은 자신의 음성을 가능한 한 제거하고, 배경을 연속적으로 제시하는
어법으로 나타났다. 그는 전후의 비극적 현실조차도 "헬리콥터 소리, 고무
신짝 끄는 소리, 디젤 기관차 기적 소리"(「文章修業」)조차도 사라짐의 묘
사를 통해 '잔상효과'를 보여주는 데 그친다.
　각 연의 시어는 행간의 단절적 배치에 의해 이미지는 파편화된다. 그는
1행에서 산마루에 보이는 우산을 먼저 포착한다. 이것은 그의 시에 곧잘
드러나는 인간의 부재 상황이다. 2행에서는 지나가는 한 사람의 상태를
거세시켜버린다. 1행을 통해 그 사람은 우산을 받은 줄 알 수 있다. 김종삼

은 사람에게 동사를 부여하지 않음으로써, 행인의 동작 상태를 유예시킨 뒤 3행에 이르러 '느리다'고 제시하여 비바람의 기세가 만만치 않음을 암시한다. 작품에서 3연은 유독 3행으로 처리되어 있다. 이것은 전체적인 구도상 형태적 안정감을 획득하기 위한 시인의 심리적 배려이다.

그의 시에서 '평화'는 공동체가 상실된 인간 세계의 왜곡된 평화이다. 이 작품에서도 예외가 아니다. 김종삼은 '논두렁 매던 사람', '지나가든 사람' 그리고 화자를 각기 등장시키고 있다. 그들 사이에는 상관관계를 찾아볼 수 없다. 그것은 현실 세계의 일그러진 형상을 담보한다. 또 시「序詩」에 나타난 "헬리콥터가 지나자/밭 이랑이랑/들꽃들일랑/하늬바람을 일으킨다/상쾌하다/이곳도 전쟁이 스치어 갔으리라."에서 보듯이, 그는 평화한 광경에서도 전쟁의 흔적을 제시한다. 그는 죄의식에 휩싸인 전쟁 체험 세대로서, 현재의 평화조차 과거의 전쟁으로부터 야기되었다는 평범한 사실을 이미지로 보여줄 뿐이다. 그의 지적은 인간에 대한 극도의 실망에 기초한 것이기 때문에, 본질적으로 인간의 평화는 온전한 것이 아니라는 전언을 환기시켜준다.

김종삼이 작품 속에 전언을 담지 않으려고 한 것은 전후 현실의 비극성을 추측케 해준다. 그는 전쟁의 참상을 회고하는 것이 아니라, 전쟁 이후의 풍경에 주목하여 전쟁의 결과가 낳은 비극성을 강조한다. 그는 차라리 전쟁은 "놓치어버리면 그만"(「試寫會」)인 일과성의 사건에 불과하기를 소망한다. 그것은 현실 세계와 독립된 허무의 공간을 갈망하는 의지의 표현이다. 그렇지만 "뜰악과 苔瓦마루에 긴풀"(「해는 머물러 있다」)이 자란 조국에는 "빨아 널은 행주조각"(「戀人」)만 나부낄 뿐이다.

물 먹는 소 목덜미에
할머니 손이 얹혀졌다.
이 하루도
함께 지났다고
서로 발잔등이 부었다고
서로 적막하다고   ― 「墨畵」 전문

그는 시골의 노파와 소를 묘사하면서 시제를 '墨畵'라고 하였다. 시대
풍경의 관찰자로서 그는 간접화법을 구사한다. 이 화법은 화자의 미등장
으로 인해 풍경을 간접화시키고, 묵화의 특성인 번짐의 미학을 통해 이미
지의 확장을 시도한다. 그러나 '―다고'를 되풀이 사용하여 풍경을 액자틀
안에 고정시킴으로써, 그는 이미지의 과도한 확산을 예방한다. 그러나 이
진술은 어구의 후행을 거부하면서, 다정함을 양자의 범주에 고정시킨다.
그것은 그에게 내면화된 허무의지를 자신의 몫으로 한정하려는 의도의
결과이다.

그는 독백체 시를 개척하여 전후 세대의 치유될 수 없는 상처와 고독한
군상을 표현하려고 노력하였다. 그의 시에서 곧잘 발견되는 혼자 중얼거
리기는 외부로부터 차단된 허무의 성채를 구축하려는 시도이다. 그는 노
동 후 피곤한 육신을 위로해줄 상대가 없는 소와 할머니의 처지를 표현하
면서도, 조사의 반복 진술을 통해 양자간의 쓸쓸한 다정함을 포착하고 있
다. 이 작품에서도 할머니는 소몰이해야 할 남자가 제거된 상황 속에서
화자의 발화를 차용하여 홀로 중얼거린다. 할머니는 전란 통에 남편과 자
식을 잃고 혼자 사는 촌로이다. 남자들이 떠나간 공백을 채워주는 것은

소 한 마리이다. 말할 수 없는 짐승과 주고받는 대화는 할머니에게 일과의 마침 외에 별 의미가 없다. 그것은 단지 "불치의 환자처럼 생존"(「평범한 이야기」)하는 동안 '함께' 지낸 것일 뿐이고, 노동의 힘겨움을 토로하는 것에 불과하다.

진정한 대화 상대가 없는 할머니와 소의 외로운 처지는 '서로' 적막한 상황을 확인시켜주는 실존조건이다. 그 점에서 독백은 전후의 현실 상황을 효과적으로 반영한 발화 양상이며, 아울러 "어디메도 없는 戀人"(「무슨 曜日일까」) 같은 청자가 부재한다는 점에서 내용 없는 대화이다. 그것은 서정적 자아의 발언보다는, 대상의 이미지 묘사에 충실한 김종삼의 시작 태도에서 비롯된 것이다.

03 | '내용 없는 아름다움'의 심미적 형식

김종삼은 전후 시인들과 정서적 연대를 보여준다. 그렇지만 김종삼의 시에 나타나는 허무의지는 여느 시인들과 달리 형식화되었다는 점에서 변별성을 띤다. 그의 허무의지는 인간에 대한 존재론적 회의 혹은 세계에 대한 좌절감이 어우러진 것이다. 그것은 인간의 원죄, 곧 전후 참화로 인해 왜곡된 세계의 질서를 언어로 표현할 수 없는 자기 절망감으로 나타났다. 그러므로 그의 시는 세계를 향한 전언을 말하기보다는, 세계의 비틀린 모습을 보여주기에 치중한다. 이 점은 논자들로 하여금 그의 시적 특성으로 인간 부재 상황을 제시하도록 조장하였다. 그렇지만 그의 시에서 인간은 부재한 것이 아니라, 이미지를 강조하는 시적 기법에 따라 전면에 두드러지지 않았을 뿐이다.

그는 성장기의 가족사적 비극과 역사적 사건을 체험하는 동안에 형성된 허무의지를 초극하기 위해 시의 내용보다는 형식을 중시하였다. 그것은 언어의 시간 질서를 배제하고 공간의 형식화를 추구하는 모습으로 구체화되었다. 이러한 노력은 그의 시작품들을 난해한 전후시의 표본으로 규정하게 만들었다. 그렇지만 김종삼의 시세계는 개인사적 불행과 역사적 비극으로 인해 형성된 허무의지에 깊이 침윤되어 있을 뿐이다. 그것은 곧 내면화된 죄의식을 형식화함으로써, 인간 부재의 비인간화 경향을 형상화한다. 그에게 "형식을 추구하는 길은 비인간화의 길을 통하지 않고는[23]" 될 수 없었다. 그 결과 그의 작품에서는 현실을 구체적으로 묘사하기보다는, 순간적으로 포착된 이미지를 단속적으로 제시하는 형태 또는 환상의 모습으로 나타났다.

환상은 그에게 어떤 현실과의 싸움이나 대결의 결과라기보다, 그 자체가 하나의 원초적 현실로 수용되었다. 그에게 환상은 현실과 동의어였던 것이다. 그것은 사랑하는 사람에게 "가까이 갈수록 廣闊한 바람만이 남는다"(「遁走曲」)는 사실을 일찍 경험한 데 있다. 그는 현실을 환상적으로 묘사하여 정서적 이질감을 안겨주지만, 일상적 삶에 충격을 줄뿐만 아니라 규격화된 사고방식의 반성을 자극한다는 점에서 도리어 강력한 현실성을 띤다. 따라서 그의 시에 나타나는 환상적인 묘사는 결국 현실에 대한 좌절과 절망으로부터 초극하려는 허무의지의 표현 방식이다.

해방 이전의 체험을 취급한 「掌篇·2」에서 김종삼은 성인과 소녀의 대

---

23) J. O. y. Gasset, 박상규 역, 『예술의 비인간화』, 미진사, 1995, 71쪽.

조를 통해 순수세계를 드러내면서, 자신과 세계와의 불일치를 표백하였다. 소녀는 주인 영감이 지배하는 어른 세계에 대항할만한 완력을 갖추지 못했으므로, 그녀의 패배는 예정된 것이다. 이것은 김종삼의 시적 출발기부터 내재되었던 죄의식의 왜곡된 형상이다. 주인 영감으로 대표되는 기성세대 혹은 현실 세계의 질서는 부녀의 정당한 구매 행위조차 거부한다. 그들은 정상인이 아니라 '거지'였던 것이다. 이것은 과일을 집는 순간 원정에게 말을 빼앗기며 자학했던 "나는 이 세상엔 맞지 아니하므로"(「그날이 오며는」)의 확장이다.

또 시 「술래잡기」에서 아이들은 "꿈속에서도 언제나 외로웠던" 심청을 즐겁게 해주려고 놀이를 시작한다. 그렇지만 심청은 아버지 생각에 괴로워하게 되고, 아이들의 의도는 여지없이 실패하고 만다. 술래잡기는 결국 심청을 웃기려고 한 것이 도리어 그녀를 고통스럽게 하고 마는 세계의 모순성을 묘파한 것이다. 이러한 세계 인식에 기초하여 그는 역사의 비참한 사실조차 풍경처럼 묘사하면서, 전후의 상흔을 회상하게 한다. 그것은 전쟁놀이의 위험성을 효과적으로 보여주기에 충분하였다.

김종삼의 시작품을 일차적으로 구성하는 풍경들은 불연속적으로 제시될 뿐, 완결된 형태를 갖고 있지 않다. 따라서 그의 시는 형태상의 완성을 독자에게 위임한다. 그는 동작의 주인조차 드러나지 않는 모호한 화법으로 시형식을 완결하지 않는다. 독자들은 그가 장치한 '풍경의 배음'을 주의 깊게 청취함으로써, 비로소 시의 형식적 완성을 도모할 수 있다.

　　내용 없는 아름다움처럼

가난한 아희에게서 온

서양 나라에서 온

아름다운 크리스마스 카드처럼

어린 羊들의 등성이에 반짝이는

진눈깨비처럼   ─「북치는 소년」 전문

　김종삼은 '―처럼'의 비교 대상과 술어부를 의도적으로 사상하여 상태의
부재를 드러낸다. 부재 상태는 크리스마스 카드를 좋아하던 유년기의 향
수를 자극한다. 그의 시에서 대상의 부재는 의도적으로 통사적 제약을 거
부하고 심리적 제약을 추종하며, 의도적으로 조성된 시적 효과이다. 그의
내면에 깊이 각인된 죄의식으로부터 발생한 심리적 제약은 고정 어순의
한계를 초월하여 불완전한 문장 상태에 충실하려는 의식의 외연이다. 이
러한 언어의식은 그로 하여금 명사(구)만 활용하여 행과 연의 결말부를
처리하거나, 어순과 시행을 도치시키는 등 다양한 모습으로 실현되었다.
또 김종삼은 시「十二音階의 層層臺」에서 부재 상황의 극대화를 위해 종
결부를 명사 처리하고 종결부호를 사용하여 동작주의 행동반경을 차단하
면서 인물을 배척한다. 그것은 각각 단절된 세계의 이미지를 표출한다.
　이 작품에는 그의 시작 기법인 '풍경의 배음'이 전편에 삼투되어 시형식
을 지배하고 있다. 그는 「북치는 소년」이라는 크리스마스 캐롤을 들으며,
북치는 소년이 그려진 크리스마스 카드를 보면서 "아무 것도 아무도"(「소
금바다」) 없이 "亞熱帶에서 죽을힘을 다하여 살아온 나"(「가을」)"의 소년
기를 회상한다. 문학사적으로 시인이 아이들이나 유년기를 회상하는 것은
삶의 근원에 대한 향수를 드러낸다. 여느 사람들처럼 그에게도 평화의 세

계는 추억 속에 존재한다. 그는 평화를 갈망하면서 「북치는 소년」이라는 음악을 듣고, 카드를 보면서 유년기의 축제를 회상한다. 축제는 세계의 전체성이 구현되는 연대의 장이다. 축제의 참가자들은 심리적/육체적 연대 속에서 공동체의식을 공유하면서 상호 동일시 감정을 체험한다.

> 오늘은 운동회가 열리는 날이므로 오랜만에 즐거운 날입니다.
> 북치는 날입니다.　　　　　　　　　　　　　　— 「5학년 1반」 부분

　시골 학교의 운동회 날은 "오랜만에 즐거운 날"이고, 동시에 '북치는 날'이다. 그러나 '북치는 날'의 소년들이 북을 치는 행위는 그 자체의 기쁨일 뿐, 어떠한 의미도 획득하지 못한다. 곧 아이들에게 북치는 행위는 '내용 없는 아름다움'에 지나지 않는 것이다. 또 어른들은 행사의 종료와 동시에 일상으로 돌아가야 한다는 점에서, 운동회는 "성자처럼 인간을 어차피 동심으로 흘러가게"(「五月의 토끼똥·꽃」) 할 뿐이다. 운동회 역시 어른들에게는 아이들의 타고행위처럼 '내용 없는 아름다움'인 것이다. 운동회가 축제로 승화되기 위해서는 어른과 아이 모두 즐거움을 동시에 체험해야 하지만, 양자는 상이한 감정의 체험 속에서 분열된다. 주체의 일탈을 통해 운동회는 축제로 지속되지 못한 채 '오랜만에' 즐거운 하루의 의미로 격하된다. 아이의 동심과 어른의 동심은 일치할 수 없는 거리를 확인시켜주는 매개 감정에 불과할 뿐이다. 그것은 곧 "宇宙服처럼 月谷에 둥둥 떠"(「올페」)있는 시인과 세계의 유리 상태를 정확하게 드러낸다.
　한편 운동회의 즐거운 풍경이 복원되기 위해서는 시간의 영역에 편입되어야 한다. 그러기 위해서는 시간이 필요하지만, 시간은 이미 월남과 전쟁

으로 인해 연속성을 상실하였다. 역사적 사건에 의해 촉발된 시간의 단속성은 유년기의 체험을 현재의 시간 속에서 복원하는 것조차 불가능하게 만든다. 그의 허무의지는 과거에의 향수와 재현 불가능한 현재의 절망이 교차되면서 더욱 견고해지고, 시간의 단속성은 무료하게 반복된다.

> 희미한
> 風琴 소리가
> 툭 툭 끊어지고
> 있었다
>
> 그 동안 무엇을 하였느냐는 물음에 대해
> 다름아닌 人間을 찾아다니며 물 몇 桶 길어다 준 일밖에 없다고
>
> ―「물桶」 부분

풍금 소리는 '가난한 아희'의 '5학년 1반' 시절을 회상시켜주는 촉매이다. 그러나 그 소리는 희미하게 '툭툭' 끊어지고 있다. 단속적으로 들려오는 풍금 소리는 현재와 과거의 시간적 단절의식을 보여준다. 유년기의 추억조차 원상태로 복원시킬 수 없을 정도로 현실은 '진눈깨비처럼' 불확실하다. 그는 전후의 진눈깨비 같은 현실 때문에 유년 시절에 들었던 풍금소리를 연속적으로 회상하지 못하고, 공동체의식조차 공유하지 못한다. 한국 근대사의 굴절로 인해서 그는 심리적 상처를 치유할 시간과 공간을 가질 수 없었던 것이다.

유년기와 고향으로 회귀하지 못한 김종삼은 "큰 거미 껍질"(「地」) 같은

세상 사람들에게 물을 길어다주면서 애정을 표시한다. 그 행위는 오염되지 않은 원시적 평화의 세계를 보전하기 위한 실존적 몸부림이다. 그렇지만 하늘조차 "죽은이들의 祈禱만 듣"(「벼랑바위」)기 때문에, 그의 물긷는 행위를 용납할 사람은 없었다. 마침내 그는 세상을 구성하는 인간들을 제척하고, '인간'을 찾아다니며 남은 기간 동안 "몇 줄의 글이라도 쓰고 죽는다"(「어머니」)고 다짐한다. 그에게 시 쓰기는 "꿈이 없는 곳에 꿈을 한 조각씩 부여하는 것과도 같은 일"[24]이었기 때문이다. 그러나 "앞당겨지는 죽음의 날짜가 넓다"(「길」)는 물리적 한계를 절감하면서 "무엇 하나 변변히 한 것도 없"(「詩作 노우트」)는 자신의 생애가 마치 '내용 없는 아름다움'과 같다는 생각에 절망하여 동작주의 행동 범주를 제거시켜버렸다.

이런 점에서 시 「북치는 소년」은 김종삼의 시정신과 기법이 혼화된 최대의 문제작이다. 그는 이 작품을 통해 유년기의 향수, 생의 회고, 시정신의 궁극, 그리고 심미적 욕망 등을 극적으로 표출하면서 허무의지를 형식화하고 있다. 그는 분단과 전쟁을 체험하면서 평생 동안 시의 형식과 내용 속에 반전의식을 수용하는 데 노력하였다. 그는 개인사적 불행과 민족사적 사건에 억압되어 시적 전언보다는 묘사 중심의 시형식을 추구했으며, 그것은 '내용 없는 아름다움'의 심미적 형식이라고 정의할 수 있다.

---

24) 김시태, 「언어의 고독한 축제─김종삼론」, 김용직 외, 『한국현대시연구』, 민음사, 1989, 351쪽.

Ⅲ 결론

이상에서 살펴본 것과 같이, 김종삼의 시는 현실 세계와 이상 세계에 '양다리 걸치기'를 시도할 뿐, 적극적으로 현실에 복무하거나 이상을 실현하지 못하는 전후 시인의 심리적 특징을 그대로 반영하였다. 그의 시에는 민족사적 비극과 가족사적 불행으로부터 초극하려는 허무 의지가 내재되어 있다. 그동안 연구사에서는 구체적 분석 없이 그의 시세계를 '내용 없는 아름다움'이라는 추상적인 언사로 규정하였지만, 본고에서는 그의 시의식과 시적 형식의 관련상을 살펴보았다. 그 결과 다음과 같은 결론에 도달하였다.

첫째, 김종삼의 시의식은 죄의식에 기초해 있다. 그의 죄의식은 조국 분단과 한국전쟁 등 역사적 사건과 아우의 죽음이라는 가족사적 비극이 혼재되어 형성된 것이다.

둘째, 김종삼 시의 기법상 특징으로는 '풍경의 배음'을 들 수 있다. 그는 전후 현실의 왜곡된 질서를 수용하여 외적으로는 묘사 중심의 시작법을 견지하였다. 그러나 이것은 그가 시적 배경을 전경화시키고, 인물을 후경화시켜서 전후 세계의 비극성을 드러내려는 형식적 배려에서 비롯된 것이다.

셋째, 그는 심미적으로 '내용 없는 아름다움'의 세계를 추구하였다. 이것은 전후 세계의 모순성을 시형식에 수용하려는 미학적 태도의 결과이다. 또한 인간의 욕망에 의해 공동체가 상실된 전후 세계의 공동화 현상을 적절하게 묘파한 것이다.

이상에서 살펴본 바와 같이 김종삼은 전후의 최대 문제시인이다. 그는 분단과 전쟁을 직접 체험한 세대로서, 종전 후의 왜곡된 현실을 시 형식에 수용하려고 노력하였다. 특히 그는 결벽증에 가까운 언의의식을 바탕으로 다양한 시적 기법을 구사하여 전쟁의 비극성을 형식화하였다.(『한국언어문학』 제49집, 한국언어문학회, 2002. 12)

변두리의식의 미적 특성

박용래론

Ⅰ 서론

박용래(1925~1980)는 30여년 간의 시작 생활 동안에 150여 편의 작품을 발표했을 정도로 과작의 시인이었다. 그는 충남 강경에서 출생한 뒤 1946년부터 대전의 동인지 『동백』에 작품을 발표하였다. 1956년 『현대문학』지의 추천을 받아 등단한 이후, 그는 본격적으로 작품 활동을 전개하였다. 이후에 그는 첫 시집 『싸락눈』(삼애사, 1969), 6인 시집 『靑蛙集』(한국시인협회, 1971), 제2시집 겸 시선집 『강아지풀』(민음사, 1975), 제3시집 『白髮의 꽃대궁』(문학예술사, 1979)을 발간했다. 그리고 그의 사후에 시전집 『먼바다』(창작과비평사, 1984)와 산문집 『우리 물빛 사랑이 풀꽃으로 피어나면』(문학세계사, 1985)이 출간되었다.

그는 "고향을 등에 업고 정한의 노래를 직조해왔던 흙내 물씬 나는 향토시인"[1]으로서, 줄곧 향리에 거주하며 시작 생활을 영위하였다. 그가 작품활동을 시작했던 시기는 개인의 신념과 실존적 가치보다, 이념의 월등한우위가 두드러졌던 때였다. 문단에서는 전후의 혼란한 질서를 반영하여각종 실험적인 작품들이 빈번하게 발표되었다. 그러나 그는 시단의 분위기에 휩쓸리지 않고, 전통적인 서정의 세계에 침잠하였다. 이러한 문학적생애는 그의 예민한 감수성과 복합되어 "눈물의 시인"[2] 혹은 "앞에도 없었고, 뒤에도 오지 않을 하나뿐인 정한의 시인"[3]으로 자리매김되는 구실을제공하였다.

그의 시에 관해서는 비교적 다양한 시각에서 연구되었다. 선행연구자들은 주제론적 접근,[4] 운율론적 접근,[5] 구조적 접근,[6] 기호론적 접근[7]방법을 통해 그의 시세계를 규명하려고 노력하였다. 이러한 시도에 힘입어 박용래 시의 상상력, 주제의식, 이미지, 운율, 구조적 특성 등은 부분적

---

1) 김용성, 『한국현대문학사탐방』, 현암사, 1991, 549-556쪽.
2) 홍희표, 「싸락눈과 먼 바다 사이」, 『시와 시학』, 1991. 봄호, 128-137쪽. 이 외에 최하림(「눈물의 시인 박용래」, 『시인을 찾아서』, 프레스21, 1999, 24-32쪽)과 신경림(「눈물과결곡의 시인」, 『신경림의 시인을 찾아서』, 우리교육, 1998, 91-105쪽)도 박용래를 '눈물의 시인'으로 언급하고 있다.
3) 이문구, 「박용래 약전」, 박용래시전집, 『먼바다』, 창작과비평사, 1993, 231쪽.
4) 권오만, 「한의 시각적 형상화—박용래론」, 김용직 외, 『한국현대시연구』, 민음사, 1989,228-242쪽; 이은봉, 「박용래 시의 한과 사회현실성」, 『시와 시학』, 1991. 봄호, 147-157쪽;최동호, 「한국적 서정의 좁힘과 비움」, 『시와 시학』, 1991. 봄호, 138-146쪽; 김재홍,「박용래, 전원 상징과 낙하의 상상력」, 『한국현대시인비판』, 시와시학사, 1994, 482-492쪽; 박유미, 「박용래시연구」, 『한국시학연구』 제1호, 한국시학회, 1998, 101-133쪽.
5) 조창환, 「박용래 시의 운율론적 접근」, 『시와 시학』, 1991. 봄호, 158-167쪽.
6) 윤호병, 「박용래 시의 구조 분석」, 『시와 시학』, 1991. 봄호, 185-209쪽.
7) 정효구, 「박용래 시의 기호론적 분석」, 『20세기 한국시의 정신과 방법』, 시와시학사,1995, 173-191쪽; 정효구, 「저녁눈」, 유성호 외 편, 『대표시, 대표 평론·Ⅰ』, 실천문학사, 2000, 203-208쪽.

으로 규명될 수 있었다. 그렇지만 각 연구들은 상이한 방법론을 적용한 결과, 평면적인 연구 성과를 도출하는 데 만족할 수밖에 없었다. 특히 대부분의 논자들은 박용래의 시의식의 형성 배경과 형식적 추구 방식 간의 연결 관계를 밝히는 데 소홀하였다.

박용래 시의 특성은 전통적 정서를 충실하게 계승하면서도, 그만의 독특한 스타일을 추구했다는 점이다. 그렇지만 그의 시에는 개인사적 체험과 사회적 사건의 영향으로 인해 개별적 존재의 우수와 함께, 사회적 존재로서의 삶에 대해 고뇌했던 사유의 흔적이 배어 있다. 그 흔적은 형식적 측면에서 현저하게 검출된다. 예를 들어서 화자의 불분명, 변형된 사행시, 반복과 순환에 의한 전통적 율격의 파괴 등은 시인의 미학적 노력의 소산으로 보인다. 이에 본고에서는 시전집 『먼바다』(창작과비평사, 1993)를 텍스트로 삼아서, 박용래 시의 주제의식과 그것의 형식적 구현 양상을 상호 관련시키는 데 주력하고자 한다. 이 연구를 통해 그 동안 구명되지 못했던 그의 시가 함유한 형식과 내용 요소들이 밝혀질 수 있으리라 기대한다.

Ⅱ 박용래 시의 미학적 특성

01 │ '칼레의 시민'의식

박용래는 전후의 여느 시인들과 같이 역사적 사건 현장을 목격하였다. 그의 일생에서 식민지시대의 강제 징집, 해방 후 조선문학가동맹 가담과 아나키즘에의 경도, 한국전쟁 체험 등의 정치적 사건과 내성적 성격, 누이의 죽음, 직장에서의 부적응 등 개인사적 요소들은 그대로 시의 소재였고 주제였다. 곧, "그 자신이 시의 대상"[8]이었다. 특히 그가 해방기에 문학의 정치적 구현 행위에 가담한 전력은 "줄곧 시인 박용래의 삶을 가로막는 보이지 않는 사슬로 작용하게 되고, 그의 세계 인식을 결정하는 핵심적 관건"[9]이 되었다. 아울러 정약하고 세심한 성격은 그의 행동반경을 축소시키고, 외부 세계와의 교섭을 차단하였다. 이러한 요소들은 박용래의 시 의식과 형식 그리고 내용에 틈입되어 나타났다. 그의 시에서 시대적 상흔과 개인적 우수를 검출할 수 있는 것이 그 사례이다. 그것은 해방기의 "쓸쓸한 흥분이 묻혀 있는 길"(「黃土길」)을 걸으며 "수숫대 앙상한 육·이오의 하늘"(「제비꽃 2」) 아래 '살아남은 자의 슬픔'이다. 그는 역사적 사건들을 체험한 뒤에 심각한 죄의식을 형성하게 되었다. 이런 측면에서 그의 시작품은 자아에 대한 세계의 폭력을 가늠케 해주는 음화이다.

> 버드나무 미류나무 키대로 서서 먼 들녘 바라보고. 그 밑을 슬픈 칼레의 시민, 오늘도 무거운 그림자 끌며가고 있다. 눈물이 바위 될 때까지, 하마 그렇게 가리라.　　　　　　　　　　　— 「나귀 데불고」 부분

오귀스트 로댕의 「칼레의 시민들」은 권력에 희생되는 민중의 고통을 상징하는 조각품이다. 영국왕 에드워드 3세는 칼레시를 포위하고, 시민들의 목숨을 구하는 조건으로 요새의 열쇠와 덕망 있는 시민 대표의 생명을

---

8) 최동호, 앞의 논문, 138쪽.
9) 이은봉, 앞의 논문, 150쪽.

요구하였다. 막강한 군대의 위협에 노출되어 굶주림과 공포에 떨던 시민들은 광장에 집결하여 대표를 선발하였다. 시민들에 의해 선발된 6명의 대표는 목에 밧줄을 감고, 손에는 요새의 열쇠를 들고서 시민들의 오열 속에 왕의 영지로 향하게 되었다. 이 소식을 전해들은 로댕은 칼레의 시민 대표들이 보여준 죽음의 행렬을 사실적 수법으로 조각함으로써, 나약한 민중을 향해 무차별적으로 자행되는 권력의 오만한 폭력 행위를 고발하였다.

박용래는 자신을 포함한 민족 구성원 전체를 '칼레의 시민'으로 규정하고, 앞으로 '무거운 그림자' 끌고 갈 민족의 운명을 예언한다. 외세에 의한 국권 침탈에 이어 벌어진 해방기의 혼란상은 그에게 세계의 무의미성과 자신의 무력감을 절감하는 계기였다. 특히 허위의 이데올로기를 앞세운 민족의 내전은 "눈물받이 눈물점"(「점 하나」)을 가진 민족의 운명을 확인 시켜준 역사적 사건이었다. 그것은 칼레 시민들이 자신의 목숨을 연명하기 위해 타인의 생명을 포기했던 원죄로부터 자유로울 수 없었던 체험과 대응한다. 자발적 의지에 의한 선택이 아닌 어떠한 명분으로도 인간의 생명은 희생되어서는 안 되는 것이다. 시인은 비인간적인 전쟁의 참상에 분노하며 '버드나무 미류나무'가 되어 '먼 들녘'을 바라본다. 그러나 응시하는 시선에 포착된 민중들의 고통 받는 모습에서 '칼레의 시민'들이 범했던 우행을 실천하는 자신의 위선적인 처지를 발견하고, 오갈 데 없는 자신의 존재 조건을 확인한다. 이에 그는 실존적 한계를 절감하면서 깊은 절망과 애수에 사로잡힌다.

세상 외로움을 하얀 무명올로 가리우자

세상 괴로움을 하얀 무명올로 가리우자
세상 구차함을 하얀 무명올로 가리우자
세상 억울함을 하얀 무명올로 가리우자　　　　　—「鶴의 落淚」 전문

동일한 어휘의 반복으로 시적 전언을 발설하는 박용래의 기법은 개인적 성향과 함께 '식민지-해방기-한국전쟁' 등으로 이어지는 정치적 체험에서 비롯된 것으로 보인다. 그는 해방 공간에서 점멸했던 "비슷비슷한 이름"(「옛사람들」)을 호명하면서, 그들에게 세상의 '외로움, 괴로움, 구차함, 억울함'을 "하얀 무명올로 가리우자"고 설득한다. 그러나 첨예한 이념의 충돌 국면에서 설득의 주체와 객체는 분명하게 적시될 수 없었다. 왜냐하면 그들은 모두 '칼레의 시민'들이기 때문에, 자신들의 구차함과 억울함을 호소할 상대를 가질 수 없었다. 또 시대의 긴박한 정치 상황은 개인의 서정적 발언을 허용할 만큼 관대하지 못했다. 그러므로 시인의 진술은 어휘의 반복처럼 단조로움을 면치 못한다. 따라서 시인은 처음부터 대상을 설득할 의도를 갖지 못한 채, 세계에 대한 자심한 혐오감과 어디에도 마음 붙일 수 없는 개인의 공허감을 표백하는 데 그칠 수밖에 없었다.

그의 시에서 동일 어휘와 통사 구조가 재현되는 것은, 횟수의 반복만큼이나 좌절된 욕망과 세계에 대한 불만족의 정도를 나타낸다. 사회 현실에 참여할 처지도 못되는 시인으로서는, 동일 어사의 반복적 진술을 통해 자신의 전언을 제시하려고 노력한 것이다. 그것은 작품 내에서 허무적 이미지를 형성하는 데 기여한다. 시인으로서는 세계와 일정한 거리를 유지하며 사회현상을 응시하는 외에 선택의 방법이 없었다. 따라서 그에게 세상의 진실은 "지금 잠자는 곰팡이뿐"(「곰팡이」)이다. 그는 진실이 곰팡이 슨

시대와 불화관계를 형성하였기 때문에, 외면적으로는 세계에 대한 관심을 거두어들이는 포즈를 취한다. 그것은 시적 화자의 신분을 감추고 불특정 다수를 '칼레의 시민'으로 아우르려는 의도로 구체화되었다. 화자를 명시하지 않는 그의 시작법은 시와 사회의 긴장관계를 살필 수 있는 근거를 제공해준다.

> ─오오냐, 오냐 들녘 끝에는 누가 살든가
> ─오오냐, 오냐 수수이삭 머리마다 스쳐간 피얼룩
> ─오오냐, 오냐 火賊떼가 살든가
> ─오오냐, 오냐 풀모기가 날든가
> ─오오냐, 오냐 누가 누가 살든가.　　　　　─「누가」 부분

　시인의 갈등하는 자의식이 절로 드러난 작품이다. 시인은 겉으로 '누가' 살거나 무관심한 것처럼 진술하지만, 사실은 '누가' 사는지 궁금하다. 작품의 시대적 정황을 암시하는 "수수이삭 머리마다 스쳐간 피얼룩"은 시인의 무관심/관심의 이유가 어디에서 비롯된 것인지를 추측할 수 있게 해준다. 그것은 시대가 주도하는 물리적 폭력에 일방적으로 노출된 그의 정치적 입지를 드러내준다. 그는 격동의 정치 현장에서 희생된 민중들의 비극적 삶에 절망한 나머지 "오오냐 오냐"라고 단호하게 부정하지만, 그의 내면에 자리잡고 있는 '칼레의 시민'의식은 가해자로서의 역사와 피해자로서의 민중을 동시에 포용하도록 요구하고 있었다.

　그런 점에서 이 작품은 "조금도 감정의 동요나 흔들림 없이 '누가누가 살든가'라는 허심탄회한 심경으로 가라앉아 마침내 '오오냐, 오냐'라는 달

관의 미학을 형성하고 있는 것"[10]이 아니라, 역사의 현장에 참여할 수도 외면할 수도 없는 시인의 심리적 갈등이 솔직하게 표출된 시이다. 일찍이 시대에 절망한 그는 지인의 소재조차 "묻지 말자 묻지 말자"(「오늘은」)고 다짐한 바 있다. 그렇지만 "산모롱이 굽이도는 汽笛소리에 떠나간 사람 얼굴"(「밭머리에 서서」)이 "문득 문득 생각나는 거"(「콩밭머리」)는 마음대로 제어할 수 없었다. 더욱이 섬약한 성정의 소유자였던 그로서는, 그리움의 자연스러운 발로까지 억제하기는 어려웠을 것이다. 그가 사람의 안부를 궁금하게 생각하는 '밭'은 '버드나무 미루나무'가 키재기를 하던 곳과 동일한 역할을 담당한다. 그곳은 시인이 세계와 소통하는 거점이면서, 동시에 '칼레의 시민'들이 발견되는 곳이기도 하다.

이처럼 그는 죄의식에 기초한 우울한 감정으로 세계를 바라보았다. 그러므로 그는 항시 중심으로부터 비켜 선 곳에서 소외된 대상을 관망하고 속울음짓는 표정을 띨 수밖에 없었다. 특히 해방 이후 격동의 현대사 체험은 그에게 역사적 주체로서의 좌절하는 삶보다는, 시대적 관망자로서 은거하는 태도를 선택하도록 작용하였다. 그는 개별적 삶과 사회적 삶의 길항관계를 의식하고 있었지만, 직접적으로 행동할 수도 침묵할 수도 없었다. 결국 이러한 처신은 극심한 심리적 내홍을 야기하였고, 그로 하여금 화자의 신분을 은폐하는 시적 책략을 선택하도록 압력하였다. 이에 박용래는 시적 화자를 명시하지 않는 대신에, 반복적 진술로 자신의 존재 이유를 알렸다.

---

10) 김재홍, 앞의 논문, 486쪽.

나 하나
나 하나뿐 생각했을 때
멀리 끝까지 달려갔다 무너져 돌아온다

어슴푸레 燈皮처럼 흐리는 黃昏

나 하나
나 하나만도 아니랬을 때
머리 위에
은하
우러러 항시 나는 엎드려 우는 건가   ─「땅」 부분

　대부분의 시에서 화자의 성격을 노출시키지 않았던 박용래는 이 작품에서 '나'를 분명하게 내세우고 있다. 겉으로 '나'는 개별적 자아의 표지인 듯하지만, 작품을 자세히 읽어보면 '나'는 독립적으로 존재하지 않는다. 세상에 나 하나'뿐'이라고 생각했을 때에는 "멀리 끝까지 달려갔다 무너져 돌아"오지만, 나 하나만도' 아니라고 생각했을 때에는 항시 운다. 이미 '나'는 누구에게도 용서받을 수 없는 '칼레의 시민'이었던 것이다. 일찍이 그는 조국의 분단과 전란 체험에 절망하여 "살아서 무엇하리"(「自畵像·3」)라고 자포자기했었다. 그렇지만 그는 '칼레의 시민'이기 때문에, "무덤 위에 첩첩 무덤"(「空山」)인 조국의 현실을 끝내 외면할 수 없었다.
　이와 같이 박용래는 정치적 현실에 의해 왜곡된 자아의 억압 상태를 어휘의 반복과 화자의 감춤으로 형상화하였다. 그것의 심리적 이면에는

굴절된 현대사의 담당층이었던 민중들이 공유한 '칼레의 시민'의식이 자리 잡고 있다. 그런 까닭에 그의 시적 출발점 행동은 언제나 세계의 중심부로 진입하지 못하고, 각종 사회 현상을 바라보며 음울한 표정으로 나타나게 되었다.

02 │ '먼' 시간과 '빈' 공간

박용래는 유사한 어휘의 중복을 통해 자신의 시적 전언을 드러냈다. 그러나 이 방법은 태생적으로 이미지의 단조로움을 수반하는 약점을 지니고 있었다. 타시인과 달리 시어의 선택에 신중했던 그로서는 소기의 이미지를 참신하게 제시할 수 있는 방법을 찾아 골몰하였다. 그 결과, 그는 휴지부의 생략, 시어의 행간 걸침, 통사의 단절, 점층적 진술 등을 통해 시적 이미지를 효과적으로 제시할 수 있었다.

> 누웠는 사람보다 앉았는 사람 앉았는 사람보다 섰는 사람 섰는 사람보다 걷는 사람 혼자 걷는 사람보다 송아지 두, 세 마리 앞세우고 소나기에 쫓기는 사람.　　　　　　　　　　　　　　　　　　　　　　 ―「소나기」 전문

그는 소나기의 내리는 모습을 사람에 의지하여 시각적 이미지로 형상화하고 있다. 좀체 시각화할 수 없는 속도 이미지를 그는 "……섰는 사람보다 걷는 사람……"처럼 점층적인 수법으로 보여주고 있다. 시의 상황이 진행될수록 소나기의 내리는 모습은 사실성을 획득하고, 강우 속도는 빨

라진다. 급기야 시인은 소나기의 내리는 모습을 "소나기에 쫓기는 사람과 동일시함으로써, 시적 이미지를 최고조로 상승시킨 뒤에 차후의 이미지를 차단시켜버렸다. 단 한번 사용된 종결부호는 소나기의 내리는 모습을 더 이상 형상화할 수 없다는 시인의 신호이며, 소나기의 내리는 속도가 여전하다는 사실을 보여준다. 시인은 소나기의 내리는 모습을 사실적으로 표현하기 위해 행조차 구분하지 않았다. 그것은 빈틈없이 내리는 소나기의 빠른 속도를 나타내는 데 유효하다. 시인은 단일한 이미지를 초점화하여 소기의 시적 효과를 거둔 다음에, 이질적 이미지의 침입을 예방하기 위해 종결부호를 사용하였다.

한편 박용래는 시의 행갈이를 계획적으로 충격하여 형태상의 파격과 함께, 병렬적 이미지를 제시하기도 했다. 행은 시적 구조의 여러 가지 차원들로부터 이끌어낸 요소들의 복합체로 정의된 내적인 통합체이다. 행은 나뉘어져 독립적으로 존재한다고 지각되는 음운론적 단위들의 시퀀스이며, 융합된 실체의 요소의 결합들로 보이는 단어들의 시퀀스이다. 시의 행간 걸침은 통사 구조와 율격 구조의 일치를 지향하는 시사적 전통부터 일탈된 것이다. 이것은 양자간 불일치를 재촉하여 독특한 시적 효과를 유발하려는 시인의 수사적 책략에 의해 시도된다. 한국어의 통사 단위를 시행 구분의 준거로 삼는 전통적 율격 체제를 부정하는 이러한 시도는 1960년대 이후의 시편에서 검출되는 현상이다. 아울러 행간 걸침은 현장에 복무할 수 없는 시인의 심정적 갈등상태를 시사하면서, 사회적 현실에 대한 시인의 대응 양상을 드러내주는 표지이다. 그러므로 시사적으로 행간 걸침은 "착잡하고 괴로운 시대 현실에 대응하는 가운데 생겨난 것"[11])으로 볼 수 있다.

박용래는 시어의 행간 걸침을 통해 소월이나 영랑과 달리 서정의 형태 상 변화를 시도하였다. 이것은 현실 상황의 구분과 함께, 시인의 주제 구현 태도를 추측케 한다. 그는 이미지의 병렬적 배치를 통해 시적 주제를 제시하는 데 익숙하다. 이것은 그의 소극적 성격과 결부되어 이미지의 어울리지 않는 어울림을 창출한다. 말하자면, 그는 사회 현실에 복무하거나 참여할 만한 주체가 아니면서, 동시에 현장을 외면하는 비겁한 객체도 아니다. 그는 주체이면서 객체이고, 객체이면서 주체인 것이다. 이와 같이 중첩적이고 애매한 그의 신분은 전적으로 개인적 성향에서 기원한 것으로, 시작품에서는 부조화한 이미지를 병치하는 태도로 나타났다.

꼭지 달린 木瓜

랑

잦은 진눈깨비

랑

茶를

드노니   ─「面壁·2」 전문

그는 아무런 의미를 갖지 못한 '─랑'을 행갈이 함으로써 '木瓜'와 '진눈깨비'의 어울리지 않는 어울림을 시도하였다. 박용래의 시에서 '木瓜'는 "木瓜빛 물든 길섶"(「某日」)의 저녁놀처럼 시간을 알려주는 물적 표지이거나, 할 일 없는 긴 밤에 "가을 빗소리"(「木瓜茶」)를 데불고 오는 전령사이다.

11) 이영광, 「한국시의 시행 엇붙임과 시의식에 대한 연구」, 『현대문학이론연구』 제13집, 현대문학이론학회, 2000. 7, 247쪽.

가을은 그에게 서성거리는 "부질없는 이 午後의 熱"(「고추잠자리」)을 식히며 "외로운 그림자"(「가을의 노래」)를 생각게 해주는 계절이다. 이에 비해 '진눈깨비'는 "석탄桶 들고 비틀대던 몇 발자국 안의 설핏한 어둠"(「진눈깨비」)이다. '진눈깨비'는 "히야신스랑 福壽草랑 오랑캐꽃 빛깔의 指紋"으로 "또 하나의 나"이다. 곧 '진눈깨비'는 '木瓜'와 달리 시적 분위기 조성용 소품이 아니라, 시인 자신의 과거 모습인 것이다. 진눈깨비 내리는 자연적 배경에 의해 일체의 인기척이 제거된 '빈' 공간에서 화자는 '먼' 시간 속으로 사라져버린 자신의 과거사를 반추하고 있는 것이다.

작품에서 '木瓜'가 실내의 정물로 제시된 데 비해, '진눈깨비'는 실외의 현실과 등가이다. 진눈깨비 내리는 겨울날의 '木瓜'는 꼭지가 있건 없건 간에 계절적 의미를 상실한 완상물에 지나지 않는다. 단지 '木瓜'는 '一랑'에 의해 시각적 형태미를 획득할 뿐이다. 나무줄기로부터 분리된 '木瓜'는 생명력을 상실한 과실이지만, 방 밖에 내리는 '진눈깨비'는 구체적 자연현상으로 존재한다. 그러므로 시인의 끽다 행위는 사회적 현실로부터 격리된 자신의 심리적 갈등을 드러내주는 표지에 다름 아니다.

그의 면벽은 "멀리 달빛 멀리 벼이삭 스치는 꽃喪輿"(「面壁·1」)라는 구절에 나타나듯이, 일찍 죽은 누이의 슬픈 운명을 점검하는 몸짓이다. 그는 방안에서 작설차를 마시며 시대적 과업에 복무하는 실천적 삶보다는, 누이의 죽음 앞에서 무력했던 자신의 죄의식을 확인하고 있었던 것이다. 그것은 일찍이 동시대인들의 집단적 무의식을 '칼레의 시민'의식으로 규정했던 엄정한 현실 인식으로부터 상거를 유지한 개별적 자아의 회상 행위이다. 그러므로 이 시는 방안과 밖의 물리적 공간의 경계에 대응하여 사회적 자아와 개별적 자아의 긴장 관계를 드러내준다. 그 관계의 양극에

'木瓜'와 '진눈깨비'가 놓여 있다. 따라서 이것은 "천진성의 시심이 시각적 형태미로 형상된 것"[12]이 아니라, 어울리지 않는 사물의 병렬적 배치 속에 자신의 감정을 은폐시킨 시인의 수사적 책략이다.

> 木瓜나무, 구름
> 소금 항아리
> 삽살개
> 개비름
> 主人은 不在
> 손만이 기다리는 時間
> 흐르는 그늘
> 그들은 서로 말을 할 수는 없다
> 다만 한 家族과 같이 어울려 있다.　　　　　　— 「뜨락」 전문

박용래의 시작 기법이 잘 드러난 작품이다. 개별적 이미지의 병치를 통해 통일된 계열체를 구축하고자 하는 그의 시도는 "서로 말을 할 수는 없"으면서도 "한 家族과 같이 어울려 있"는 어색한 관계를 만든다. 형용사 '없다/있다'의 대립 구도 속에서 뜨락의 구성원들은 화해할 수 없으며, 물상들의 시적 조화조차 차단된다. 그들은 '다만' 전체의 부분으로 존재할 뿐이다. 그 이유는 주인의 부재에서 기인한다. 뜨락의 시간은 '흐르는 그늘'이라는 표현에서 알 수 있듯이 움직이는 것이 분명하지만, 시간이 흘러도 주인의 귀가는 예정되어 있지 않다. 따라서 작품 속의 시간은 "손만이

---

12) 조창환, 앞의 논문, 167쪽.

기다리는 時間"이다. 그곳의 시간은 주인의 부재로 인해 무의미한 기다림의 시간으로 격하된다. 그리고 열거된 대상들은 각기 다른 소통체계를 갖고 있다는 점에서 '서로' 말할 수 없고, 단지 뜨락의 가족'처럼' 구성요소로 상호 간섭하지 않으며 존재할 뿐이다.

뜨락에 주인이 등장하기 위해서는 그가 존재했던 과거의 시간으로 역류해야 한다. 그 시간은 뜨락의 사물들이 주인의 공간적 배치에 힘입어 제자리를 찾고, 고유한 소통구조를 회복하는 순간이다. 곧, 주인의 부재로 인해 훼손된 뜨락의 질서는 전쟁 전의 사회와 가족 공동체가 훼손되기 이전의 질서를 회복하려는 시인의 과거지향적 욕망을 드러낸다. 그렇지만 현실적으로 복원 불가능한 과거적 시간은 시적 재구성조차 여의치 않다. 이에 시인은 시간의 어긋남 속에서는 공간조차 복구할 수 없다는 사실을 발견하게 된다. 그것은 불가피하게 연인 이상의 존재였던 누이에 대한 사모의 정을 불러일으킨다. 그는 누이의 죽음에 대해 각별한 슬픔을 가졌다. 남의 집 후살이로 들어간 누이가 초산의 산고 속에서 사망한 사건으로 인해 그는 커다란 상처를 받았다. 그녀의 죽음은 활달한 학창 시절을 보내던 박용래를 내향적 성격의 소유자로 변모시켰고, 그의 시에서 남성적인 이미지보다는 여성 편향의 이미지가 주조를 이루는 원인으로 작용하였다.

꼭두새벽부터

降雪을 쓸고

동짓날

시락죽이나

끓이며

휘젓고 있을

귀뿌리 가린

후살이의

木手巾.   —「시락죽」전문

　이 작품의 각 행은 어절 단위로 구분되어 의미의 단절과 리듬의 절단을
도모한다. 그것은 시인에 의해 강제로 분리된 행간의 여백에 의해 더욱
심화된다. 행 사이의 여백은 연의 체계성을 훼손하면서 후살이 여인의 슬
픈 사연을 강조하는 데 기여한다. 아울러 여백은 그 여인의 비극적 생의
단면을 연상시키는 시간적 계기로 작용하면서, 독자의 연민을 자극하는
촉매제가 된다. 여백에 의해 여인의 이미지는 화자에게 분절적으로 연상
된다. 그것은 그녀의 훼절된 운명을 증거하면서, 행의 분리 상태를 지탱하
는 심리적 근거가 된다. 화자의 추억 속에서도 여인의 삶은 복원될 수 없
는 것이다.
　시인은 시락죽을 먹으며 후살이 여인의 신산스러운 삶을 돌아본다. 그
여인은 "가을이 오는 길목에서 매디매디 눈물 비친 사랑"(「九節草」)으로

"검정 치마, 흰 저고리, 옆 가르마, 젊어 죽은 鴻來 누이"(「담장」)이다. 시락 죽을 먹으면서 떠오른 누이의 비극적 삶은 시간의 차단과 공간의 분리로 인해 시인의 감상을 차단하면서, 시적 이미지 속에 정서를 포함하도록 자극한다. 그것은 시인으로 하여금 삶과 죽음 사이의 '먼' 시간과 이승과 저승 사이의 '빈' 공간을 체험하도록 만든다. 시간과 공간의 회복이 불가능한 현실 속에서 시인의 절망은 심화되고, 세계와의 대화 통로는 폐쇄된다. 이러한 움직임은 그의 시적/현실적 공간을 향토로 국한하도록 작용하였고, 과거 취향의 시간의식을 견지하도록 기능하였다.

이와 같이 박용래의 시적 이미지는 행갈이 방식에 따라 달리 제시되었다. 그는 개인적 우울과 사회적 상황이 제거된 세계의 이미지는 사실적으로 묘사하였다. 그러나 자신의 의식적 각성이 개입된 개별화된 정서를 이미지로 형상화할 때에는 시어를 행간에 걸치거나, 행을 연처럼 구분하는 방식을 활용하였다. 이것은 그의 과거지향적인 '먼' 시간의식과 허무적인 '빈' 공간의식에서 기원한 것으로 보인다.

03 | '변두리'의 형식미학

박용래는 "병렬과 반복의 패턴을 기술적으로 사용한 시인"[13]이다. 평생 동안 주변부 삶을 영위했던 그의 불우한 생애는 항상 가난과 우수의 연속이었다. 예컨대 지방에 거주하는 시인으로서의 소외감, 직장 생활의 부적

---

13) 정효구, 앞의 논문, 191쪽.

응, 섬세한 감수성을 허용하지 않는 사회의 경직성, 누이의 죽음, 경제적 궁핍 같은 개인적 불행은 그의 소심한 성격과 맞물려 주변부 인물이 느끼는 소외감을 내면화시켰다. 평생 고향을 떠나지 않았던 직장생활은 그에게 공간적 순환의식을 심어주었고, 풍요롭지 못한 경제 상황은 현실적 성취동기를 제어하였으며, 누이의 죽음은 '무거운 그림자'를 끌고 가는 '칼레의 시민'과 같은 죄의식을 안겨주었다. 이러한 생의 요소들은 그의 시에 운명론적 순환을 내포하는 모티프를 제공하였다. 이 모티프는 시인의 "전기적, 심리적인 근거는 또한 작품에서 감추어진 형식"[14]으로 표명된다는 점에서, 그의 시세계에 결정적인 영향을 끼쳤다고 볼 수 있다.

그의 시작품에서 빈번하게 출현하는 가장 기본적인 현상은 반복과 순환의 강조이다. 순환은 동일성의 순환과 대조의 순환으로 구분된다. 전자는 상이한 것처럼 비교되는 요소들의 결합이고, 후자는 유사한 것 속에서 반대되는 것들의 결합을 지칭한다. 이러한 순환은 위치와 소리의 주기적인 반복을 통해 시적 효과를 산출한다. 순환은 시의 형식적 측면에 고심하는 시인의 의도와 결부하여 이미지를 병렬적으로 제시한다. 박용래는 두 가지 패턴을 변주하여 대립과 순환의 구도를 전개하였다. 그 대표적인 형태로 사행시를 들 수 있다. 특히 박용래의 사행시는 여백을 통해 시적 정서를 세밀하게 함유하고 있다는 점에서, 시의 형식적 측면에 고심했던 그의 고뇌를 여실히 드러내준다. 그는 행간의 여백을 통해 화자의 설자리를 소거시켜버림으로써 독자의 시적 사유를 촉진하였다. 이 시형식은 단형의 특성상 시적 주제의 전달보다는 이미지의 제시에 적합하다는 점에서, 그

---

14) J. Mukařovský, 「시인이란 무엇인가」, R. Jacobson. 외, 박인기 편역, 『현대시의 이론』, 지식산업사, 1990, 31쪽.

의 시적 스타일을 차별화하는 데 공헌하였다.

　　오는 봄비는 겨우내 묻혔던 김칫독 자리에 모여 운다

　　오는 봄비는 헛간에 엮어 단 시래기 줄에 모여 운다

　　하루를 섬섬히 버들눈처럼 모여 서서 우는 봄비여

　　모스러진 돌절구 바닥에도 고여 넘치는 이 비천함이여.

　　　　　　　　　　　　　　　　　　　　　—「그 봄비」 전문

　박용래는 한 행을 단연으로 처리하여 행의 의미 하중을 배가시킨다.
또한 행과 연의 구분을 불분명하게 만들어서, 시의 형식적 구조를 가격한
다. 그것은 필연적으로 연과 연 사이의 연결 관계에 독자의 시선을 집중시
킨다. 연/행의 사이에 마련된 여백은 의미의 연쇄적 이어짐을 훼방하고,
연의 이미지를 독립화시킨다. 그로 인해 연과 연 사이의 공백은 봄비가
듣는 장소의 거리로 변환된다. 그것은 빗방울이 모이는 장소의 전환에서
짐작할 수 있다. 봄비는 '모여', '고여', '넘치는'으로 양태를 바꾸면서 공간
의 전환을 재촉한다. 동시에 공간은 지상(김칫독 자리)과 공중(시래기줄)
을 거쳐 다시 지상(돌절구 바닥)으로 순환한다. 하지만 봄비는 넘쳐흐를
수는 있어도, 붉덕물이 되지는 못한다. 봄비의 역할은 적은 양으로도 계절
의 순환을 알려주는 데 만족하기 때문이다.
　봄비가 우는 장소는 '김칫독 자리, 시래기 줄, 돌절구 바닥'과 같이 소외

된 곳이다. 이러한 장소는 그의 시에서 두루 발견되기 때문에 낯선 곳이
아니다. 그의 시선은 항상 외부인들의 주목을 끌지 못하는 외진 곳에 머문
다. 차라리 그는 은성한 곳을 애써 외면하고, 그늘진 곳을 찾아다닌다고
보는 편이 타당하다. 이러한 습관은 전적으로 그의 소외된 생과 대응한다.
중앙 문단으로부터 소외된 향토 시인으로서 그는, 소외된 물상과 장소를
작품 속에 수용함으로써 지배적인 현상들에 대해 불만을 표출한 것이다.
그것은 "가출하고 싶어라"(「自畵像 · 3」)던 좌절된 욕망을 시형의 변화를
꾀해 현재화한 것이다. 이와 함께 그는 사행시의 각 행을 독립된 연으로
처리하는 등, 의도적으로 형태적 충격을 가하여 종래의 사행시에 대한 고
정관념을 타파하였다. 사행시는 현대시의 주류가 아니라는 점에서, 시인
의 변방의식을 상징한다. 또한 행과 행 사이의 여백은 변방의 삶에 대한
독자의 관심을 촉구하며, 중심부와 융합되지 못하는 주변부 인물의 실상
을 담보한다.

> 잠 이루지 못하는 밤 고향집 마늘밭에 눈은 쌓이리
> 잠 이루지 못하는 밤 고향집 추녀밑 달빛은 쌓이리
> 발목을 벗고 물을 건너는 먼 마을
> 고향집 마당귀 바람은 잠을 자리 　　　　　　　　 —「겨울밤」 전문

　시적 발화의 자질로서 리듬은 동일한 성분들의 정확한 교체와 반복을
의미한다. 시의 규칙적 순환성은 "상이한 것을 같게 할 목적으로, 또는
차이점 속에서 유사성을 드러낼 목적으로, 다른 성분들을 동일 위치에서
주기적으로 반복하거나 이 동일성의 위장된 성격을 드러내고, 유사성 속

에서 차이점을 확립할 목적으로 동일한 것을 반복하는 것"15)이다.

이 작품에서 박용래는 3행과 4행을 나누어 처리함으로써, 시의 형식적 파격을 시도하였다. 이것은 독자의 기대 지평을 교란시켜서 작품의 의미망을 복잡하도록 만든다. 또한 두 행의 가름은 작품 내적으로 '눈'과 '달빛'의 쌓이는 속도를 지연시키는 효과를 가져온다. 시인은 두 가지 물체의 시간이 연기된 순간에 고향의 겨울 풍경을 재현한다. 그러나 "더 더 더 좀 크고 싶었던 所望"(「水中花」)을 달성하지 못한 화자는 고향집으로 들어가지 못하고, 그 언저리에서 배회하는 것으로 만족한다. 그것은 동작주의 행동이 일정한 거리를 유지한 채 '먼 마을'에서 이루어지고 있다는 사실을 드러내준다. 마침내 화자는 '쌓이리'와 '자리'라는 두 어휘의 기대 진술 속에 자신의 동작 범위를 한정한다. 그것은 화자의 성격을 불분명하게 처리할 수밖에 없었던 시인의 정신적 방황과 주저, 회귀욕 등이 복합적으로 작용한 결과이다.

그는 고향집의 평화한 공간으로 진입하고 싶은 내밀한 욕망을 갖고 있지만, 정작 "한 마리 눈(雪) 속 羊"(「自畵像 · 2」)에 불과한 자신의 현재를 돌아보며 자꾸 머뭇거린다. 그의 내면화된 귀소욕은 '달빛'에 의해 희미하게나마 드러났지만, 동시에 '눈'의 적설 속에 갇혀서 고향집과 공간적 차단된다. 그래서 박용래는 변방인으로서 "울타리 밖에도 花草를 심는 마을"(「울타리 밖」)로 진입하지 못한다. 그리운 고향에 이르렀으면서도 정작 마을의 중심부로 진입하지 못하는 화자의 심정은 "눌더러 물어볼까 나는 슬프냐"(「故鄕」)는 자조적인 진술을 낳는다.

---

15) Iu. Lotman, 유재천 역, 『시 텍스트의 분석: 시의 구조』, 가나, 1987, 91쪽.

그에게 눈은 소멸하는 존재의 미학적 심급이면서, 동시에 '진눈깨비'와 '그 봄비'의 존재론적 전환이다. 박용래에게 눈은 '또하나의 나'였던 '진눈깨비'의 발전적 변형태이다. 그러므로 눈 역시 시인의 분신으로 변주될 수 있다. 눈은 달빛의 색조에 힘입어 그의 소회를 토로하기에 알맞은 분위기를 조성하는 데 기여하지만, 다른 한편으로는 외로운 처지를 강화시켜 준다. 눈은 수직적 이미지와 수평적 이미지를 동시에 갖고 있다. 박용래는 눈의 수직성에 의탁하여 지상과 천상의 연결을 시도한다. 이러한 시도는 달빛의 확산적 이미지와 비교되어 시인의 처지를 더욱 곤혹스럽게 만든다. 그러나 눈의 낙하는 언제나 일방향으로 진행되기 때문에, 하늘로 상승하려는 지상의 열망은 좌절될 수밖에 없다. 곧, 그에게 눈은 "푸른 젊음과 고요한 흥분이 서린"(「눈」) 과거와 현재를 결별시키는 하얀 단층이다. 눈에 가로막힌 시인이 고향집에 들어가기 위해서는 자신의 신분을 감추어야 한다. 그것은 시적 화자의 신분을 서술자로 변환하는 것이다. 서술자가 된 시인은 눈 내리는 고향의 풍경을 촘촘하게 재현한다.

> 늦은 저녁때 오는 눈발은 말집 호롱불 밑에 붐비다
>
> 늦은 저녁때 오는 눈발은 조랑말 발굽 밑에 붐비다
>
> 늦은 저녁때 오는 눈발은 여물 써는 소리에 붐비다
>
> 늦은 저녁때 오는 눈발은 변두리 빈터만 다니며 붐비다
>
> ― 「저녁눈」 전문

이 작품에서 '붐비다'는 압운적 효과를 발휘하며 행과 행 사이의 경계를 이룬다. 또 생략된 구두점에 의해 눈발의 붐빔 현상은 다음 행으로 연결된다. 그러나 눈발은 행과 행 사이의 공백과 장면의 전환으로 인해 단속적으로 진행된다. 행마다 설정된 시적 장면은 초점의 이동에 의해 '말집 호롱불 밑-조랑말 발굽 밑-여울물 써는 소리'로 축소되었다가 '변두리 빈터'로 확대된다. 이것은 박용래 시에 장치된 순환과 반복의 구도가 재생된 것이다.

박용래는 이 작품을 통해 자신이 희구하는 시간과 공간의 실상을 구체적으로 보여주고 있다. 작품 속의 시간과 공간은 동일하다. 먼저 시간을 나타내는 부사구 '늦은 저녁때'는 밤이 되기 직전의 어두워지는 순간의 시간대를 가리킨다. 그것은 '여물 써는 소리'에 의해 명확하게 입증된다. 시적 주체는 일과를 마치고 말집에서 여물을 썰고 있다. 마침 말집 밖으로 눈이 내린다. 그 찰나에 내리는 눈은 시인의 분신이기 때문에, 고향집에 돌아와서도 방안으로 들어가지 못하고 실외에 머문다. 그것은 눈의 숙명이면서, 죄의식에 사로잡힌 '칼레의 시민'이 감당해야 할 거역할 수 없는 운명이다. 그의 운명은 사람들의 눈에 띄지 않는 '늦은 저녁때'라는 시간적 배경에 의해 소외감은 증가하고, 모습은 더욱 초라해진다.

그러므로 눈발은 "호롱불에 의해서, 조랑말에 의해서, 짚단이 작두날에 의해 절단될 때 생기는 양면 사이의 틈새에 의해서 그 모습을 분명하게 드러내"[16]는 것이 아니다. 왜냐하면 '늦은 저녁때'라는 시간적 배경을 고려하더라도 이러한 해석은 오독의 결과이며, 또한 박용래 시의 이미지는 대부분 선명하게 포착되지 않는 특징을 보인다는 점에서도 잘못 푼 것이다.

---

16) 윤호병, 앞의 논문, 193쪽.

호롱불빛은 눈의 모습을 분명하게 비출 수 있을 만큼 밝지 않다. 그러므로 말집 안팎으로 내리는 저녁눈의 모습은 강설량의 과다를 드러내는 데 유효할 뿐, 밝고 뚜렷한 모습으로 나타나지 않는다. 시인은 눈의 분분한 강하현상을 이미지로 포착하여 제시하고 있을 뿐이다. 곧, 그는 결구에서 제거된 종결부호에 의해 예비된 붐빔현상 속에서 '변두리 빈터'를 찾아 나서야 한다. 그리던 고향집에 도착했어도 말집 구경만 하고 집밖으로 나가야 하는 눈의 운명은 타관과 고향의 반복적인 공간적 순환성 속에 놓여 있다.

박용래의 사행시는 의도적인 형태의 변형이다. 그는 비와 눈의 순환성에 착목하여 자신의 전기적 삶과 시적 미의식을 사행시에 담았다. 더욱이 이것들은 사람들의 시선이 머물지 않는 곳에 낙하하거나, 사람들이 없는 시간에 지상으로 내려온다는 특징을 보인다. 이러한 낙하 현상은 그의 섬세한 시선과 예민한 감수성에 힘입어 시적 대상물로 포착되었지만, 그보다는 이것들을 통해 그는 자신의 굴절된 생애와 시적 기법을 성공적으로 구현하였다고 보아야 한다.

III 결론

박용래는 전통적 서정을 추구한 전후시인이다. 그는 시단의 실험적인 분위기에 편승하지 않고, 일관되게 서정적 작품을 발표하였다. 하지만 그의 시에서 검출되는 서정성은 가족사적 불행과 사회적 현실 사이에서 방황하던 심리적 갈등을 함의하고 있다.

첫째, 그의 시 속에는 시대적 상황에 참여하지 못한 자아의 내면적 갈등이 행간에 삼투되어 있다. 그가 해방공간에서 정치적 운동 단체에 가담했던 전력은 전후 사회에서 활동 범위를 제한하는 구속 사유가 되었다. 하지만 전후의 참상에 침묵할 수밖에 없는 이력은 누이의 죽음 앞에서 무력했던 자신의 행동과 어우러져 극심한 심리적 갈등을 안겨주었다. 이러한 전기적 배경은 그에게 '칼레의 시민'이 겪어야 했던 죄의식과 유사한 압력으로 작용하였다.

둘째, 박용래는 각종 사회적 조건들이 사상된 과거의 시간적 질서를 회복하려는 의도를 작품 속에 교묘하게 장치하였다. 그것은 불우한 가정사로 인해 파생되는 역기능과 지배 담론으로부터 억압된 내면의 상처를 치유하려는 은밀한 욕망의 발로로 보인다. 그렇지만 그가 열망했던 전쟁 전의 세계는 시간적으로는 물론 공간적으로도 복원할 수 없었기 때문에, 동일 어휘를 반복적으로 선택하여 병렬된 이미지를 결합하고자 시도하였다. 이러한 노력은 도리어 그의 자의식을 심화시켜서 '먼' 시간과 '빈' 공간이라는 허무의 정서로 나타났다.

셋째, 그는 종래의 사행시 형태를 변형하여 독특한 시적 효과를 창출하였다. 변형된 사행시는 그의 주제의식과 형식미학적 성취 수준을 보여준다. 그는 이 형식을 이용한 작품을 통해 '변두리 빈 터'의 소외된 주변부 인물의 형상을 형식화하였을 뿐만 아니라, 자신의 시세계를 투명하게 보여주었다. 이 점에서 그가 변형시킨 사행시는 시의 형식과 내용이 구조화된 전범이라고 할 수 있다.

이상의 논의를 종합하건대, 박용래의 시작품에는 전후의 우울한 시대상과 개인사적 체험들이 복합적으로 작용한 시대의 음화이다. 그는 전쟁의 참화가 사라진 세계의 질서를 향토에서 찾았으며, 시의 형태적 측면에 대한 집요한 관심을 변형된 시형태로 구현하였다. 이런 측면에서 그는 현대시사상 독특한 스타일리스트로서 손색이 없다.(『현대문학이론연구』 제19집, 현대문학이론학회, 2003. 6)

'순색 감정'의 외로운 그리움

한성기론

I 서론

한성기(1923~1984)는 1955년 『현대문학』을 통해 등단하였다. 그는 함남 정평에서 출생하여 해방 전 월남하였다. 그는 젊은 시절에 부인과 사별한 뒤 생업을 위해 여러 곳을 전전하였다. 생전에 그는 시집 『山에서』(배영사, 1963), 『落鄕 以後』(활문사, 1969), 『失鄕』(현대문학사, 1972), 『九岩里』(고려출판사, 1975), 『늦바람』(활문사, 1979) 등 5권의 시집과 시선집 『落鄕 以後』(현대문학사, 1982)를 발간했으며, 최근에 『한성기시전집』(푸른사상, 2004)이 간행되었다. 이 시집들을 개관해 보면, 그의 시에는 역사적 상상력이 배제되어 있다. 이것은 그가 월남한 사람이고, 역사적 격변기를 살았던 시인이라는 사실을 전제하면, 다소 의외의 사실로 받아들여진다.

하지만 항상 생의 물리적 조건에 구속되어 있던 그의 개인적 처지를 헤아려보면, 이러한 기대는 차라리 사치스럽다. 그의 최우선 과제는 언제나 '삶'이었다. 지독한 가난과 병마로 인해 이곳저곳을 옮겨 다니며 살아야 했던 그에게 시는 '삶'의 기록이었다. 그러므로 삶과 생존의 일기로서의 그의 시에는 난해한 시어나 경박한 기교가 눈에 띄지 않는다. 그저 평범한 일상어로 이루어진 그의 시편은 시인의 삶과 세계관을 날것으로 드러내준다. 바로 이런 이유로 인해 한성기의 시는 문학사의 금 밖에 방치되어 있었다. 더욱이 그는 지방에 자리 잡은 이후 한 번도 그 지역을 떠난 일이 없다. 중앙 문단과의 교유가 드물었고, 특별한 시적 실험을 시도한 시인이 아니었던 까닭에, 그의 시세계에 주목한 이는 썩 드물었다.

한성기의 시는 존재의 궁극을 완만한 각도에서 탐색하는데 강점을 갖고 있다. 그는 시작품 속에 존재와 부재의 이항대립을 한사코 지양하고, 양자의 공존을 추구하는 독특한 안목을 보여주었다. 이 사실만으로도 그의 시는 비평적 관심을 받을 만하다. 해방 이후 이념이 날카롭게 충돌하는 정치적 격동기를 살아왔으면서도, 그는 작품 속에 한 마디의 전언조차 은폐하지 않았다. 그것은 각박한 세상 속에서 병마와 싸우면서도 시종일관 온화한 표정을 잃지 않았던 그의 생애와 함께 순일한 감정을 갖게 한다.

Ⅱ '영원'과 '순간' 사이

　동양적 사유체계를 대표하는 노자의 사상은 카오스의 세계에서 출발한다. 우주적 질서의 표상인 코스모스에 반대되는 개념인 카오스는, 축자적인 의미에서의 무질서 차원을 초월한다는데 동양적 사유의 비밀이 담겨있다. 서양인들은 유일신에서 연역적으로 갈라진 것을 인간인 '나'로 파악하는데 반하여, 동양인들은 귀납적으로 하나(一)인 큰 것(大), 즉 하늘(天)을 파악한다. 따라서 서양인들은 개체인 나와 개별적이고, 분석적이며, 현재적인 것에 집착한다. 그러나 동양인들은 종합적이고, 환원적이며, 과거적이다.

　이러한 인식론에 따르면 사물은 본래 하나였으나, 특정 시점에 이르러 양분되었다가 하나로 합쳐진다. 한성기의 세계 인식 태도는 이와 흡사하다. 그것은 그의 실존조건으로부터 연원된 것이다. 먼저 그는 실향민이다. 그는 언제나 고향으로 돌아갈 것을 염원하며, 그때는 고향과 타향이 하나되는 순간이다. 또한 그는 상처한 남편이었다. 그는 산후조리의 후유증으로 요절한 아내의 죽음을 방치했다는 지아비로서의 무능 때문에 괴로워하였다. 그는 죽어서 아내의 곁으로 돌아가는 것을 염원한다. 이것이 그가 생각하는 되돌아감의 본모습이다. 이렇게 합일의 경지를 추구하는 그의 삶에서 시간은 무화된다. 그는 현재적 시점에서 과거적 생을 얘기하며, 미래적 시간을 예언한다. 이러한 시간관은 영원의 순간과 순간의 영원을 지향한다. 영원은 보일 듯 보이지 않는 존재의 아슴한 순간이며, 순간은 보여주는 동시에 사라져버리는 영원이다. 그가 "없어져서 비로소 보이는 것"(「가을」)을 찾아다니는 이유가 여기에 있다. 그는 가시와 불가시, 망각과 불망의 병치 속에서 존재의 영원한 순간을 추구한다. 따라서 그는 형체의 구분을 지양하고, 시간조차 나누지 않는다. 그에게 시간은 언제나 영원이거나 순간이다.

> 하나는 永遠으로/하나는 瞬間으로 ―「열매」
> 하나는 永遠으로/하나는 瞬間으로…… ―「落花」

그에게 열매나 꽃은 원래 하나이다. 꽃은 어느 시점에 이르러 하나는 '열매'로 태어나고, 다른 하나는 '낙화'로 떨어진다. 하지만 "꽃잎은 분명히 열매 속으로 되돌아온다"(「落花」)는 점에서, 둘의 나뉨은 영원한 합일을 향한 일시적 분단현상일 뿐이다. 곧 "그것은 언제나 同一한 時間"(「都市」) 속에서 이루어지는 동일한 행위의 다른 이름에 지나지 않는다. 왜냐하면 시인은 "永遠과 같은 것을/잃어버리지 않기 위해서는/이맘쯤에서/항시 나를 抑制"(「이맘쯤에서」)하기 때문이다. 내밀한 욕망을 '억제'하는 그의 조심성스러운 태도는 생활의 범주를 구획하고, 그의 시를 온건한 어조로 이끄는 힘이다. 이러한 자기절제는 섬약한 본성과 함께 타향에서 살아가는 실향민의 특수성, 취약한 건강 상태, 가정의 비극, 불안정한 직장 등이 복합적으로 작용한 결과로 보인다. 앞으로 나아갈 수 있어도 멈칫거리고, 과욕을 부려도 될 상황에서 절제하는 자세는 그의 시를 '영원'과 '순간' 사이에서 방황하도록 만들었다.

한성기의 시 쓰기는 외로움을 이기는 기도의 방식으로 시작되었다. 따라서 그의 시는 가슴으로부터 우러나오는 기도문과 다르지 않기 때문에, 처음부터 화려한 수식이나 파격적 형태가 필요하지 않았다. 그냥 존재의 상태를 술회하는 것만으로도 그에게는 시가 되었다. 그는 자신을 규정하는 실존적 조건을 자각하게 되면서부터 외로움에 눈떴다. 존재의 모순과 세계의 부조리 사이에서 느끼게 된 도저한 절망감은 그로 하여금 외로움조차 사물화하도록 이끌었다. 고향 잃은 자의 외로움은 객지의 유랑으로 인해 굳은살로 돋아난다.

그는 평생 동안 "永同 禮山 鳥致院 유성으로"(「둑길 · Ⅵ」) 떠돌면서 살았다. 요새 나온 『한성기시전집』에 수록된 연보에 의하면, 그는 '함흥-당진-대전-금릉-영동-조치원-유성-태안-논산-유성' 등을 전전하였다. 이러한 떠돎은 직업과 건강상의 요인 때문이었지만, 그의 삶을 규정짓는 확실한 조건이다. 그는 타관 땅을 떠돌아다니면서 살아야 하기 때문에, 언제나 안정적 포즈를 취할 수 없었다. 그렇지만 나날이 불안한 그의 공간 욕망은 내성적 성격에 의해 억압된다. 다소 이질적인 자아가 상충하는 순간에도 그는 '억제'의 힘을 발휘하여 자아의 균형 상태를 유지한다. 본초적 욕망을 억압당한 그의 심리 상태는 현실적 삶의 장면에서 피로한 모습으로 드러난다. 다음 시는 한곳에 정착하지 못하고 이곳저곳을 찾아다녀야 하는 그의 노곤한 생의 주름살이 고스란히 담겨 있다.

푸른 불 시그낼이
거기 조그마한 驛이 있다.

빈 待合室에는
의지할 倚子 하나 없고

이따금
急行列車가 어지럽게 警笛을 울리며
지나간다.

눈이 오고
비가 오고……

아득한 線路 위에
없는 듯 있는 듯
거기 조그마한 驛처럼 내가 있다.　　　　　　　— 「驛」 전문

　　시인은 시골 간이역의 내외부를 오가면서 안팎의 모습을 묘사하다가,
마침내 역과 자신의 처지를 동일시한다. 역의 외로움은 시인의 내부와 동
화된다. 역과 시인의 구분이 필요 없는 경지에서 그의 시는 시작된다. 그
만큼 그가 체감하는 외로움은 무겁고도 질겼다. 그는 '急行列車가 어지럽
게 경적을 울리며' 사라지는 모습에서 자신의 출발 시각이 가까워짐을 느
낀다. 비록 눈이 오고 비가 오는 악천후 속이라고 해도, 이미 그에게는
'푸른 불 시그낼'에 따라 떠나야 할 운명이 예정되어 있다. 그는 급행열차

의 시끄러운 경적과 '없는 듯 있는 듯'한 존재의 대비 속에서 '아득한 선로'를 따라 여정을 시작해야 한다. 여행하는 동물로서의 시인의 외로움은 '의지할 倚子 하나 없'는 간이역의 궁핍한 모습과 겹쳐져서 더욱 조그마한 모습이다. 한 사람의 동행도 없이 그는 "날아가버린 것들이 새로운 시골"(「山」)로 떠나야 한다.

다만 지금까지의 여정은 고향을 떠나와서 낯선 곳에 정착하기까지의 과정이었다면, 앞으로의 여정은 외로움을 견디기 위한 시 쓰기의 과정일 터이다. 평생 건강상태가 양호하지 못했던 그에게 시는 "시골길을 걸으면서 조금씩 갈긴 것"(「후기」, 『落鄕 以後』)에 불과하다. 이 발언은 시를 폄하하거나 겸사로 하는 것이 아니라, 그의 시를 위협하는 건강 문제의 심각성을 에둘러 말하는 것이다. 한성기는 '조그마한 역'처럼 보잘 것 없는 평범한 삶이기에 작품 속에서 감정의 노출을 삼간다. 무표정한 시적 감정은 그의 시를 절제의 차원으로 인도하기에 충분하다. 더욱이 그의 시가 자연친화적 성향을 띠고 있다는 점에서, 건조한 어조는 자연 속의 인간이 지니는 왜소함과 사물의 본질을 포착하는데 순기능으로 작용한다. 시인의 주관성을 '억제'하는 그의 시작법은 온전히 인생관에서 비롯된 것이다.

　　이 쓸쓸한 卓子 위를 無聊히 차지하고 앉은 하나의 병이여. 물을 담으면 그것으로 너는 비로소 움직이는가?

　　떨리는 떨리는 손들

　　꽃병은 다시 웃으면서 돌아앉는 너의 모습. 가까이 가서 그 가녀린 어깨를 툭툭 치고 보면 벌써 너는 굳어버린 하나의 병이 된다.

—「꽃병」부분

꽃병은 우연한 순간에 시인에게 하나의 진리를 선사해준다. 그는 꽃병을 여인의 돌아앉은 모습으로 파악하였다. 행여 먼저 간 아내 생각에 '가녀린 어깨를 툭툭 치고 보면' 꽃병의 꽃은 사라져버리고, 굳은 병이 되고 만다. 병은 탁자 위를 무료히 차지하고 앉아 있지만, 그 안에 물을 부으면 살아 움직이는 꽃병이 된다. 향기 없는 꽃'병'이 '비로소' 향기나는 '꽃'병'이 되는 것이다. 그는 '꽃'병을 건드리고 싶은 "손의 欲求"(「四月」) 때문에 '꽃병'을 잃어버린다. 그것은 짧은 순간에 일어난 사건이었다. 곧 '꽃병/병'과 '영원/순간'은 동시에 존재하는 것이다. 그 찰나의 순간에 그는 "항시 남모를 하나의 불룩한 기쁨 같은 깃"(「꽃병·1」)을 느끼기 때문에, 그의 생은 언제나 고통스럽다.

그런 까닭에 생애 내내 고달픈 외로움을 그리움의 감정으로 교환한 채 살았던 한성기의 시에서는 웃음소리가 들리지 않는다. 기껏해야 강아지 세 마리가 토방에 내려놓은 화분을 깨진 것을 보고 "으하하하"(「戲畵」) 웃을 뿐이다. 이 웃음도 체념에 찬 가식적 웃음이라는 점에서 진정한 웃음소리는 아니다. 그만큼 그의 시에서는 감정이 이완된 생활인의 표정을 찾을 수 없다. 이런 측면에서 그의 "시골길을 걸으면서 조금씩 갈긴 깃"으로서의 시는 생활 그 자체를 가리키는 말이라는 사실을 알게 된다. 그의 흐트러짐 없는 단정한 삶은 걸음을 통해서 혹은 "방안에 있으면서/오히려 바깥 無邊과 통하는 깃"(「焦點」)을 발견하는데 기여한다. 그는 둑길을 걸으면서도 시를 생각하기 때문에, 길섶의 풀 한 포기나 돌 하나도 건성으로 바라보지 않는다. 이렇게 긴장된 태도는 그의 시편에 그대로 들어와 알알이 박혀서 시적 긴장감을 조성하는데 도움을 준다.

그의 둑길 걷기는 구암리라는 특정 공간을 중심으로 진행된다. 그는 이 동네의 안팎을 걷는 동안에 자신의 시적 사유를 다듬고, 정서의 체계적 정비를 단행한다. 한성기에게 '九岩里'는 시집의 표제이면서 생존의 터전이고, 이상적 공간이다. 좀처럼 구체적 공간 표지를 보여주지 않는 그의 시적 특성에 비추어 보면, 구암리는 특별한 의미를 갖는다. 그는 "햇살의 범벅, 바람의 범벅"(「自序」, 『九岩里』)의 고장을 '시의 고향'으로 여긴다. 그는 구암리에서 바깥세상을 구경하며 '불룩한 기쁨'을 맛본다. 그러나 그의 지나온 생이 그렇듯이, 구암리라는 장소 역시 잠깐 동안 머물다가 떠나야 할 곳이다. 그가 이 고장에서 체험했던 '기쁨'은 순간에 지나지 않은 것이다. 그렇지만 그의 기쁨은 '불룩'하기 때문에, 그의 내면에 튼튼하게 뿌리를 내림으로써 영원성을 획득하게 된다.

02 | '쓸쓸하며 흐뭇한 시간'

한성기는 외로움의 시인이다. 그의 시편에는 감당하기 힘든 외로움 때문에 힘들어하는 고뇌의 표정이 도처에 산재해 있다. 고향을 잃어버린 실향민의 외로움은 상처한 지아비의 슬픔과 함께 그의 건강을 악화시킨 원인이었다. 그는 내면적 고통을 극복하기 위한 대상으로 산을 찾는다. 산은 자리의 확고함과 함께 영원한 시간의 적층을 담보한다는 점에서, 한성기에게 더할 나위없는 안식처였다. 그는 산을 찾아서 현실적 고통을 초탈하려고 노력하였다. 하지만 그가 산을 찾으면 찾을수록 그것은 오히려 외로움의 무게와 현실 세계의 중압감을 드러내줄 뿐이다. 곧 그에게 산행은 외로움의 확인 행위이기 때문에, 그가 산으로 향하거나 산중에 있는 시간은 "쓸쓸하며 흐뭇한 시간"(「밤」)이다.

생애 내내 타향을 떠돌아다녀야 했던 한성기에게 한곳에 뿌리박고 사는 산은 경외의 대상이었다. 그런 까닭에 산은 그의 시에서 각별한 의미역을 형성한다. 산은 그가 "10年을 삼켜서"(「山」) 찾아낸 곳이다. 국토의 도처에 불쑥 솟은 산이 그에게 절대적 존재로 현신하는 데에는 무려 10년이라는 시간이 필요했다. 이렇게 긴 세월 동안에 걸쳐 발견한 것인 만큼 산은 그의 시편 중에서 출현빈도가 잦을뿐더러, 그의 팍팍한 생을 무너짐 없이 받아주는 귀의처였다. 더욱이 "한동안 지워지지 않던 빈자리"(「三月」)를 차지한 아내의 요절 때문에 죄책감에 쌓인 채로 고독히 둑길을 걷던 그에게 산은 거의 유일한 대화 창구였다. 그는 산을 우러러 하소연하며 신세한 탄을 늘어놓았고, 모든 생의 의미를 산에서 찾아내었다. 심지어 그는 산에 도착한 날'부터' 잠이 들 정도로 산에 대한 유다른 애정을 보여준다.

　　잠이 오지 않았다.
　　석달 열흘을 아무리 애써보아도
　　잠이 오지 않았다.

　　…(중략)…

　　山을 향해 떠났다.

…(중략)…

山에 도착하던 날부터
쿨쿨 잠을 잤다.   —「處方」 부분

시인은 자신의 잠 못 이루는 병의 처방전으로 '산'을 내세운다. 백일 동
안 잠을 이루지 못하다가 산에 도착해서야 잠을 이룬다는 진술은, 그의
시에서 산이 차지하는 의미 하중을 증거하기에 충분하다. 그는 산에서 "分
明히 새로 돋는 힘"(「山에서·4」)을 얻을 수 있고, 또한 "金빛 날개를 한
새"(「山에서·5」)를 볼 수 있다. 이것이 그로 하여금 산을 애송하게 만드는
요인이었다. 그의 시에서 물질적 삶이 미만한 도회지 문명을 찾아볼 수
없는 것도, 그의 반문명적 생에서 기인한다. 그는 "버스에 실려서 가는
사람은 슬프다"(「某日」)고 말할 정도로 도회 생활과 근대 문명을 외면하였
다. 심지어 그는 자신의 병조차 "조용해서 모두 정이 드는 시골"(「山」)에서
산바라기를 하며 다독거렸다. 그 산 속에는 "기다리고 있을지도 모를 내
눈물"(「嶺」)이 남아 있기 때문에 소중하고, 아내가 '복숭아 빛'으로 남아
있기에 더욱 소중하다. 한 사람의 실향민으로, 조강지처를 병고에 잃은
재혼자로, 평생동안 지병에 시달리는 환자로 외로움에 떨었던 그의 기도
는 항상 "누군가 같이 있고 싶었다"(「特別 祈禱」)로 마무리된다.

그는 바다에 와서도 온통 산 생각이다. 그는 산과 바다를 하나로 파악하
기 때문에, 바다를 응시하면서도 산 속에서 얻었던 사유를 연장할 수 있었
다. 자신의 분수를 지키며 살아가는 안분지족의 삶이야말로, 그가 산에서
배운 으뜸가는 덕목이며, 그의 가난하고 병든 삶을 지탱해주는 윤리적 기

반이었다. 가령 "바다에 와서/하루도 잊지 않은 것은/山이다./내가 한 여인을/이토록 사모했던들/아서라/아서라/어쩔 수 없잖아/내게 주어진 分福/이 짓밖에는"(「아서라」)에서 시인은, 산을 사랑하듯 아내를 사랑했다면 가난 때문에 그녀를 잃는 아픔은 없었을 것이라고 자탄한다. 그는 바닷가에 가서 배나 항구의 표정을 묘사하는 것이 아니라, 자신의 박복한 운명을 거론하는 것이다.

그렇지만 그는 자신의 솟아나는 감정을 '억제'하기에 익숙하기 때문에, 자신에게 분배된 복을 헤아리며 감정을 절제한다. 이와 같이 스스로를 통어하면서 세상과 적당한 거리를 두는 자세는 필경 두 가지 사태에 직면하게 된다. 하나는 산과 바다를 명확하게 구분하여 각각 별개의 의미를 부여하는 방법이다. 이러한 자세는 대부분의 사람들이 선택하는 편리한 나눔의 방식이다. 하지만 시인은 산과 바다를 동일한 차원에서 파악한다. 이것은 산과 바다의 물리적 거리를 심리적으로 단축시켜야 한다는 점에서, 시인에게 힘든 사유의 과정을 부과한다. 이에 한성기는 산과 바다를 잇는 매개항으로 그리움을 설정한다.

자꾸만 바다가 그리워질 때가 있다.
山에 있으면
점점 그리워지는 것이 바다인 것은
이것이 본시는 하나인 까닭이 아닐까.

하나는 무척 설레이며
하나는 무척 조용한

이 둘은 언제부터 갈라져서

서로 그리워하는 것일까.　　　　　　　　　　—「山에서 · 8」 부분

　시인은 산과 바다를 하나로 보기 때문에, 산과 바다의 '조용함/설레임'을
대비적으로 파악하지 않는다. 이와 같이 그는 "하나는 흐릿해 보이는 것과
/하나는 또렷또렷해 보이는 것"(「그것은 뭣 때문일까」)을 나누지 않는다.
세상의 모든 물상과 현상을 명확하게 구분하지 않는 그의 습벽은 '꽃잎은
분명히 열매 속으로 되돌아온다'는 굳건한 믿음에서 배태되었다. 이 지극
한 신뢰는 그의 독실한 신앙심에서 기인한 것이기도 하고, 고향으로 돌아
갈 날을 손꼽아 기다리며 살아가는 실향민의 비극에서 유래된 것이기도
하다. 그런 측면에서 한성기의 일원론적 세계관은 차라리 운명적으로 체
화된 것이다. 그는 세상의 나눔 방식에 동의하지 않으며, 도리어 나누어진
것들의 원상회복을 갈망한다. 하지만 한 번 원형을 훼손당한 세계는 결코
온전하게 복원될 수 없다는 점에서, 그의 노력은 언제나 실패한다. 이것은
그의 그리움을 외로움으로 변모시킨다.

　그는 언제나 그리워서 외롭다. 따라서 스스로의 욕망을 억제하는 절제된
인생관으로 무장한 그에게 그리움은 말을 아낀 채 '서로 그리워하는 것'이
다. 세상의 말상대가 없는 그는 그리움조차 외로움으로 변환시켜서 가슴
살 속에 켜켜이 쌓는다. 그 엉긴 속살이 터져 아픔으로 빛날 때마다 그는
둑길을 걷는다. 그는 조연현의 말대로 "각광받는 무대를 피해 늘 남모르게
조용히 둑길을 거닐고 있는"(「序」, 『失鄕』) 시인이다. 그는 "사람이 보이지
않을 것 같아서" 또는 "地球의 끝이 보일 것 같아서"(「둑길 · Ⅶ) 둑길을
걷는다. 그러나 사람과의 접촉을 싫어하고, 지구의 끝을 보고 싶어하는

그의 소멸 의지는 완성될 수 없다. 그가 소멸하기 위해서는 '저승/이승, 이쪽/저쪽, 차안/피안'의 경계를 인정해야 하는데, 그는 세상 사람들의 나눔 방식에 동의하지 않는다. 양자의 구분을 인정치 않는 그의 태도는 필연적으로 소멸의 의지를 약화시키고, 거역할 수 없는 신의 의지를 찾도록 만든다. 그러므로 그에게는 세상의 모든 생명은 신의 피조물로서 존귀하다.

> 다같이 흙으로 빚었을 터인데
> 하나는 하늘을 나는
> 새로
> 하나는 물 속을 헤엄치는
> 물고기로 區別된 것이
> 神奇하다.　　　　　　　　　　　　　　　　　　—「限界」부분

　　기독교 신자였던 그에게 우주만물은 하나님의 창조물이다. 그러므로 새와 물고기는 동일한 재료로 빚어진 모양이 다른 동물에 지나지 않는다. 다만 그에게 신기한 것은 그것들의 생존 모습이다. 새와 물고기를 흙으로 만들었듯이, 하나님은 인간의 형상을 진흙으로 빚었다. 곧, 시인은 '새, 물고기, 사람'을 천지간의 대표적 동물로 상정하고 있다. 그는 새와 물고기를 사람과 동렬에서 취급할 정도로 모든 생명에 애정을 쏟는다. 이러한 생명 중시 사상은 남보다 병약한 그의 건강으로부터 결과된 것이다. 그가 말년에 이르러 "새들이 허수아비보고/기겁을 할 때가/그립구나"(「바람이 맛있어요·Ⅶ」)와 "스텐 그릇의/물빛이 싫어요"(「바람이 맛있어요·Ⅶ」)라는 생태학적 상상력을 보여줄 수 있었던 것도, 이러한 생명 존중 사상에서

비롯된 것이다.

한성기는 일원론적 세계관에 입각하여 인식한다. 따라서 그에게 세상의 만물은 신의 창조물로서 동일한 가치를 띤다. 그가 산과 바다를 동일시하거나, 온갖 생명을 동일한 차원에서 바라볼 수 있었던 것은 이런 인식론에 근거한다. 하지만 생명체는 생명이 존재한다는 이유 때문에 유한하다. 그것들이 생존해 있는 동안에 조물주는 흐뭇하지만, 금세 다른 생명체로 대체된다는 점에서 쓸쓸하다. 한성기는 '쓸쓸한 흐뭇함'을 그리움과 외로움으로 변화시켜서 작품 속에 수용하였다. 그가 시작품에서 일관되게 세계의 합일을 추구하더라도, 읽고 난 느낌이 허전한 것은 이 때문이다. 그의 시에는 항상 '흐뭇한 쓸쓸함'이라는 양가감정이 자리 잡고 있다. 그는 '영원'과 '순간'을 동시에 파악했듯이, 그리움과 외로움을 한꺼번에 제시한다. 왜냐하면 그것들은 그가 산에서 익힌 세상의 무게를 견디는 실존의 조건이기 때문이다. 그는 외로움과 그리움의 빛깔이 순색이라는 사실을 익히 알고 있었던 것이다.

⫿⫿ 결론

이상에서 살핀 바와 같이, 한성기의 시세계는 외로움과 그리움으로 채색되어 있다. 그는 "뭐라 말 못할 純色感情"(「아이들」)을 시화하기 위해 노력한 시인이다. 그는 세상의 온갖 물상들이 저마다 질서를 유지하며 상호교응하는 현상을 중시하였다. 그는 자신의 생애를 상징하는 '分福'의 삶을 지선의 과제로 인식했던 시인이다. 그러므로 그의 시에서는 시어의 과격성이나 형식적 파격이 보이지 않는다. 그는 시적 전통을 충실히 계승하면서, 우주적 순리를 시적으로 형상화하는데 힘썼다. 그에게 우주의 질서는 순간과 영원의 동시 출현으로 구체화되었다. 또 시적 정서상으로는 외로움과 그리움의 동일 현상으로 표현되었다. 이러한 시적 태도는 그의 시를 구성하는 독특한 형식미학적 특성이다. 그가 세계의 현상을 대립적으로 파악하지 않고 동일한 차원에서 인식할 수 있었던 것은 바로 '순색 감정'의 섬세하고 단일한 감수성에서 비롯되었다. 그 감정은 딱히 꼬집어 '뭐라 말 못할' 그리움과 외로움의 한 덩어리 형태로 형상화되었다.(계간 『시작』, 2004. 여름호)

제3부

—

동심의 시학

한국 현대시학의 틀과 결

식민지 현실의 '순정적' 시화

김해강론

I 서론

김해강은 1920년부터 글을 쓰기 시작하였다. 그는 향리에서 중등학교 과정을 마치고 천주교종리원에서 주최하는 강습회에 참가한 적이 있다. 그는 이때 『천도교회월보』에 수필을 발표하였는 바,[1] 그 뒤로 시작 활동에 뜻을 두었다. 그로부터 그는 60여 년간 고향 전주를 떠나지 않았다. 그가 문단에 나올 무렵은 장시화 경향이 지배적이었다. 그만치 일제의 식

---

1) "내가 처음으로 써서 처음으로 발표해 본 글은 그때가 경신년이니, 기미운동이 이러나든 그 이듬해 봄인가 봅니다. 한창 천도교회로 울락불락한 청년들이 모아들든 때이니, 나도 그때 시골 교회의 중망을 얻어 가지고 상경하여 그때 이돈화 씨로부터 교리 강습—인내천주의의 강석(講釋)—을 밧든 때입니다. 그때 천도교회에서 다달이 발행하는 월보지에 실린 「전사(田舍)로부터 도회에」란 짤막한 수필이 글을 썻다는 첫 솜씨 옛든 듯싶읍니다."(김해강, 「설문」, 『별나라』, 1935. 1·2).

민지 정책이 제도화되면서 원주민들의 피폐한 삶이 심각했던 시기였다. 그런 판국에 서정을 읊거나 개별적 정서를 시화하는 것은 시인의 사회적 책무를 회피하는 것처럼 보였다. 무릇 시가 시대의 선두를 이끄는 문화적 전위의 속성을 지니고 있다면, 시인은 그들의 비극적인 삶을 비판적으로 형상화하여 미래의 전망을 제시하여야 한다. 이 무렵에 소위 단편서사시 들이 연속적으로 발표되거나, 농민과 노동자의 일상적 삶에 배어 있는 식 민지의 모순을 찾아내려고 고투했던 시인들의 몸부림은 그로부터 비롯된 것이다. 김해강이 당대의 현실을 적극적으로 작품에 수용하기 시작한 것 도 이와 같은 시대적 배경에 의한 것이고, 자신의 성장 배경과 관련된 것이 기도 하다.

그는 천도교를 신봉하는 가문에서 태어났다. 그는 천도교단에서 운영 하고 가친이 학감으로 재직하던 사립 창동학교를 마친 뒤 서울로 진학하 였다. 고모부 최린의 집에서 기거하며 보성고보에 재학하던 중에, 그는 최남선을 비롯한 민족운동가들이 「독립선언서」를 자신의 책상에서 작성 하는 장면을 목도하게 되었다. 그 영향으로 그는 기미독립만세운동에 참 가하였으며, 학교로 복귀하지 못하고 일경에게 쫓겨 낙향하는 신세가 되 었다. 그 후에 그는 천도교청년회 전주지회를 이끌면서 지역사회의 변혁 운동에 복무하기 시작했다. 그는 청년운동가들과 합세하여 전라북도의 주 요 지역을 순회하며 강연하고, 동향의 시인 김창술 등과 전주지회를 결성 하여 활동하며 문학과 사회운동을 병행하였다. 그러므로 김해강에게 시란 일차적으로 외세에 의해 강점된 식민지의 궁핍상을 포착하여 공론화하고, 자신과 식민지 원주민들 사이의 정서적 거리를 삭제하려는 노력의 일환이 었다. 그러는 와중에도 그는 시와 운동의 고유한 영역을 존중하려는 자세를 잃지 않았다.

이런 배경을 선이해하면, 김해강이 시작에 투신하게 된 이유와 식민지민들에게 친근감을 표한 사정을 헤아릴 수 있다. 나아가서 그가 프롤레타리아 아동문학에 관심을 표시한 이유도 짐작할 수 있다. 그렇다고 할지라도 습작기부터 시를 쓰던 김해강이 『별나라』[2]와 『신소년』[3]에 아동문학작품을 발표한 것은 이채롭다. 그러나 그 무렵의 시인들은 지금과 달리 시와 동시의 장르 구별을 탐탁지 않게 여겼을 뿐 아니라, 시라는 장르의 속성을 유지하면서 대상에 따라 화자와 내용을 조정하였다. 실제 김해강은 시와 시조는 물론 동시와 동요를 발표했을 뿐 아니라, 해방 후에는 국민학교의 교가를 작사해주느라 분망하였다.[4] 그런 전후사정을 헤아려 보면, 그가 프롤레타리아 학을 주창하는 잡지의 원고 청탁에 응한 것은 자연스럽다. 김해강이 두 잡지에 발표하게 된 이유는 무엇보다도 편집동인들과의 친분에 힘입은 것이다. 그 잡지에는 김병호[5], 이구월, 양우정, 손풍산,

---

2) 『별나라』(발행인 안준식)는 1926년 6월 창간되어 1935년 1·2월호까지 발간된 카프 계열의 소년지였다. 이 잡지는 천도교 계열의 『어린이』나 기독교 계열의 『아이생활』 과 달리, 철저히 무산소년들의 계급의식 고취와 민족해방 의지 고양을 목표로 발간되었다. 그런 까닭에 조선총독부의 잦은 원고 압수조치에 시달렸고, 해방 후에 복간되었으나 주요 인물들이 월북하는 통에 종간되었다. 이런 사정 때문에 잡지는 산일되어 지금도 완본을 구하기 어렵다. 편집에는 박세영이 깊숙이 관여하였고, 임화·송영·박아지·윤기정 등은 작품으로 지원하였다.

3) 『신소년』(발행인 신명균)은 1923년 10월에 창간호를 발행하여 1934년 2월호로 종간되었다. 『어린이』에 이어 나온 잡지답게 경쟁하다가 계급주의 소년지로 성향을 바꾸었다. 이 잡지에는 정지용, 권환, 마해송, 연성흠 등이 필자로 참여하였다. 나중에 잡지를 이주홍이 주재하면서 무산소년에 대한 비중을 늘리자, 경남 지역의 작가들이 다수 참여하였다.

4) 김해강의 작품들은 최명표 편, 『김해강시전집』(국학자료원, 2006)에 수록되어 있다.

5) 김해강은 김병호가 상처하자 시 「慰詞—동모 彈·炳昊에게」(『비판』, 1932. 9)를 발표하며 위로하였다.

이주홍 등, 주로 경남 지역의 프롤레타리아 시인들이 필진으로 참가하고 있었다. 또 그들은 대부분 현직 교사였다. 당시 김해강도 교직에 종사하고 있었기에, 이들과 서신을 주고받으며 우의를 나누고 시대의 울분을 달랬다. 그가 생전에 쓴 회고담이나 일기를 살펴보면, 그들과 사신을 교환하며 문학을 토론하던 문구가 남아 있어 민족의 현실에 분노하던 단심을 기릴 수 있다.[6]

본고는 지금까지 한 번도 검토되지 않은 김해강의 아동문학 작품들을 논의하고자 기획한 것이다. 그가 시인이었기에 아동문학 작가에 소속되기는 어려웠을 터이나, 엄연히 작품이 남아 있는데도 불구하고 논의하지 않는 것은 연구자의 도리가 아니다. 연구자라면 모름지기 문학현상에 대한 광범한 주시와 분석으로 문학사의 결락을 메우려는 의지를 실천해야 한다. 더욱이 그의 작품들은 아직도 본격적으로 거론되지 못한 채 산일되어 있는 프롤레타리아 계열의 아동문학에 속한다는 점에서, 서둘러 논의의 장으로 편입할 필요가 있다. 또한 그는 카프 작가가 아니면서도 시적 성향 면에서 친밀하였고, 한국 근대문학 초기의 시적 특성을 확인할 수 있는 시인이란 측면에서 보더라도 마냥 미루거나 외면할 수 없다. 지금도 프롤레타리아 계열의 아동문학을 소홀시하는 풍토가 남아 있는 것이 엄연한 사실이나, 한 시대를 풍미하며 한국 아동문학의 형성에 기여한 공로는 인정되어야 할 것이다. 그러므로 본고에서 논의하는 김해강의 동시들은 시

---

6) "경남 진주와 통영의 여러 문우에게서도 자주 편지가 왔다. 8.15 해방 후 부산신문사 편집국장을 지낸 손풍산, 교편을 잡으며 시를 썼던 엄흥섭, 통영에선 호를 늘샘이라고 불렸던 시인 탁상수, 구월이라는 호를 가지고 동시를 썼던 이석봉 등과도 사진을 교환하며 일주일에 한두 번씩 주고받았다."(김해강, 「나의 문학 60년」, 『표현』, 1986. 5; 최명표 편, 앞의 책, 780-781쪽).

와 동시를 병행한 시인의 시관과 동시관의 유사점이나 차이점을 드러내기
에 알맞을 터이다.

Ⅱ 동심과 현실 사이의 시적 균형감각

김해강은 1920년대의 암울한 시대상을 적극적으로 시화한 시인이다. 그
가 당대의 민중들이 겪고 있던 고난들을 수용하기에 앞장선 이유인즉, 그
들의 삶이야말로 구체적 현실을 담보해주는 징표일뿐더러 "집단생활로부
터 유리된 사회층에서 발생이 된 무지개 가튼 환상문학"[7]을 거부하는 신
념으로부터 발원하였다. 그가 배격하는 '환상문학'이 '집단생활로부터 유
리된' 관념적 경향을 일컫는 것이라면, 민중들의 삶에 대한 관심은 시적
출발점부터 지향했던 바일 터이다. 그런 까닭에 그의 시는 '무지개'를 좇지
않고 대다수 농민과 노동자들에게 초점을 맞추거나, 집단 정서를 반영하
느라 길어지는 추세를 피할 수 없었다. 그가 이 무렵에 발표한 작품들이
비교적 장시에 속하게 된 것은, 바로 시단의 경향과 사회 현실로 말미암은
것이다. 기미독립만세운동이 끝난 뒤에, 식민지 사회는 다양한 요구를 분
출하였다. 일제는 소위 문화정치라는 위장전술로 맞섰으나, 사회의 각 부
면에서 제기되는 민중들의 열망을 수렴하거나 억압하기에는 역부족이었다.
마침 사회주의가 이입되어 민족해방의 새로운 이념으로 가능성을 검토

---

7) 김해강, 「자각과 의식 문제」, 『대중공론』, 1930. 10; 최명표 편, 앞의 책, 712쪽.

받게 되면서, 식민지는 정치적 이념의 대립장으로 변모하였다. 이것은 역으로 일제에게 퇴로를 열어주는 효과를 안겨주었고, 가혹한 탄압 국면을 조성하는 빌미가 되었다. 그에 따라 해방운동전선은 일제에게 강경히 대항하거나 타협하는 택일의 기로에 노출되고 말았다. 그 무렵에 농민들은 대부분 일제에게 농지를 빼앗기고 도시 빈민층으로 재편되면서 일자리 문제가 사회적 과제로 대두되었다. 말하자면, 일제의 잘못된 식민 통치 전략은 마땅한 출구를 마련하지 못한 채, 그 부작용을 식민지의 원주민들에게 전가하며 구성원 간의 대립과 이간에 골몰하였다. 1920년대부터 일제는 민족 지도부의 내부 분열을 재촉하는 한편, 경제적으로 곤경에 몰려 있던 민중들에게는 취업을 미끼로 노동력을 착취하는 일에 열심이었다. 김해강의 작품은 이 시기의 상황을 정확하게 포착하여 증언하고 있다.

> 여봐요 우리누나— 공장에간 우리누나가
> 좀 일은 작년이맘째— 먼산에 눈도 녹기전 일은봄에요
> 몸단장 어엽부게— 머리빗고 분칠하고 고흔옷닙고
> 화려한 서울— 꼿서울로 돈벌너간다고
> 마을안 큰아기— 다른 큰아기들쎄에 들어
> 자동차 타구요— 줄々이 타구요 호강스럽게 떠나더니만……
>
> 글세 여봐요 우리누나— 공장에간 우리누나가
> 『누나! 달흔 큰아기들 다-가도 누나만 가지마우
> 나 누나 보구십으면 어쩌라구 간다구면 그러우』
> 자동차에 실린 누나의팔에 매달려 말성을 부릴째

『돈 벌어가지고 곳 온단다 그래야 너도 공부를 해보지』
이러케 나의등을 다독거려 달내주고는 써나드니만……

아아 어찌 알엇겟서요 우리누나— 공장에간 우리누나가
반년도 못되여 낫지도못할 병에 걸려 돌아올줄을
『이애야 어쩌자고 이러케 병들어왓느냐?
내가 병들어 눕고말지 너 알른 쏠을어찌 본단말이냐?』
이러케 늙으신 어머니 누나의손을 붓잡고 울부즈질째
말업시 다문입 힘업시 쓰는 누나의눈엔 눈물이 핑 고엿드라우

하더니 이봐요 우리누나— 공장에간 우리누나가
하루아츰 스러지는 이슬처럼 어버이품을 써나고말엇구려!
오늘도 내 진달내꼿츨짜서 누나뫼에 쌕려줄째
어머닌 어푸러지신채 쌍을치며 우시는구려!
아아 누나의 탄 자동차— 호강스럽게 쓰나든 그적이
아즉도 눈에 선—하것만— 누나의얼굴 이젠 다시는 볼수업슬가요?
                    —「아아누나의얼굴다시볼수업슬가?」8) 전문

이 작품은 시 「누나의 임종」(『대중공론』, 1930. 7)의 자매편이다. 김해
강이 이 무렵에 나이 어린 노동자들에게 관심을 표하게 된 동기는 일제에
의한 노동력 착취 상황에서 기인한다. 일제는 식민지의 주요 도시에 제사
공장을 설립하고, 농촌의 어린 소녀들을 채용하여 공장을 가동하였다. 그

---

8) 『별나라』, 1930. 6.

들은 값싼 노동력을 제공하면서도 비인간적인 대접을 받으며 과도한 노동 시간에 종사하고 있었다. 일제는 자국의 식민 자본이 어린 노동자들에게 고강도의 노동을 부과하고, 기본적 인권조차 허용하지 않는 줄 알면서도 방관했던 것이다. 설사 노동자들이 근로 조건이나 기숙사 시설의 개선과 같이 기본적인 요구에도 일제는 공권력을 동원하여 무자비하게 탄압하며 식민자본가의 편을 들어주었다. 한 예로 김해강이 살고 있던 전주에서는 임금 차별과 부당한 차별 대우에 항거하는 집회를 갖던 중에 경찰에 발각되어 강제로 해산되는 등9), 각지에서 어린 노동자들의 항의가 잇따랐다. 오죽하면 조선총독부조차 소년들의 노동력 착취를 사회적 현안과제로 인식하여 아동학대금지법의 제정을 검토할 정도였다.

이와 같은 상황 속에서 이 작품은 제출되었다. 김해강은 사실성을 확보하기 위한 방편으로 서한체 형식을 차용하고 있다.10) 이 방식은 근대문학의 초기에 이반 뚜르게네프의 산문시가 중복하여 번역될 정도로 인기를 끌었으며, 1920년대의 장시화 경향을 계승하면서 1930년을 전후로 이른바 단편서사시에 도입되어 크게 유행하였다. 그 원인은 일제의 사상통제가 자심해지던 시대 상황과 밀접히 관련되어 있다. 서한체는 서한의 특징적 요소를 차용하여 발화하는 고백체 담화 방식이다. 서한체는 나/너의 형식을 취한 듯하나, 속으로는 나/나의 형식이어서 은밀한 내면을 고백하기에 알맞다. 김해강은 부재하는 누나를 거푸 호명함으로써, 소녀가장의 희생으로 근근이 꾸려지는 식민지 가정살림의 궁핍상을 강조한다. 이것이 그

---

9) 『조선일보』, 1930. 7. 4.
10) 서한체시의 유형과 특성에 관해서는 최명표, 「일제하 서한체시 연구」, 『국어문학』 제42집, 국어문학회, 2007. 2, 67-95쪽 참조.

가 서한체를 취하게 된 이유이다. 그는 서한체 시가 지닌 강점을 이용하여 식민지의 가난한 살림과 가족해체현상을 문제 삼고 있다. 그의 노력으로 "거대한괴물가튼 식검은기계"(「태양을 등진 무리」)의 정체가 폭로되고, 또 누나가 남동생에게 '돈 벌어가지고 곳 온단다 그래야 너도 공부를 해보지'라며 달래며 공장에 취직한 결과로 '반년도 못되여 낫지도못할 병'에 걸린 노동의 강도가 밝혀진다. 그것은 김해강이 가족내적 화자를 앞세워서 시의 분위기를 극적 상황으로 조성한 덕분이고, 그에 따라 이 작품은 "다소 추상적으로(로맨틱한) 흘으기 쉬운 난삽한 그것에서 구체적 서사시형을 취하여진 이번의 것은 조흔 경향을 보여준다"[11]는 고평을 받게 되었다.

더하여 이 작품의 독자는 요새 기준으로 아동보다는 청소년층이라고 볼만하다. 당시에는 아동이나 소년의 범주가 미처 획정되지 않았던 탓이다.[12] 아동과 소년의 범주 설정 문제는 문학뿐 아니라, 당시의 소년운동이나 청년운동계에도 민감한 문제였다. 후자처럼 식민지의 변혁운동에 종사하는 운동가들은 소년과 청년의 경계에 따라서 회원수나 조직 규모 등이 달라질 수 있으므로, 상위 운동에 속하는 청년회의 지시나 결정에 따라 소년의 연령을 결정하였다. 그와 같은 현실적 조건이 제약하면서 아동문학가들도 혼동하지 않을 수 없었다. 또 보통학교 재학 연령도 취학 기회의

---

11) 김병호, 「최근 동요평」, 『음악과 시』, 1930. 6; 박경수 편, 『잊혀진 시인, 김병호의 시와 시세계』, 국학자료원, 2004, 150쪽.

12) 1924년 4월 21일 출범한 조선청년총동맹은 회원의 가입 연령을 16세 이상 30세 미만으로 한정하였고, 1928년 1월 5일 열린 조선소년연합회 중앙상무집행위원회는 회원의 연령을 8세로부터 18세까지로 하고(8세부터 12세까지를 제1반, 13세부터 18세까지는 제2반), 18세 이상은 특별회원으로 하며 지도자는 특별회원 자격자 중에서 선출할 것을 결의하였다. 이것을 보면, 당시 운동권에서조차 '소년'과 '청년'의 연령 구분이 뚜렷하지 않은 줄 알 수 있다. 아울러 지금 관습처럼 통용되는 아동문학의 범주를 재론할만한 증례로 삼기에도 충분하다.

협소로 말미암아 과년한 학동들이 상당수를 차지하고 있었다. 이런 구분법이 널리 통용되다 보니, 잡지사의 편집자들은 아동과 소년의 물리적 범주를 설정하느라 고심하였다. 그런 까닭에 아동과 소년의 범주 문제는 아동문학의 본격적인 형성을 저지한 원인으로 작용한 혐의도 인정된다. 앞서 거론한 김해강의 작품 이 지금의 동시와 수준이 다른 이유는 그와 같은 맥락에서 인정되어야 할 것이다.

우리마을 밀쌔영감 우습고나야
부러지고 쌔쏙이씬 밀쌔모자를
봄녀름이 다지나고 가을이와도
바람치고 눈뿌려도 항상쓰지요

행길에만 나려가도 밀쌔모자요
방에안저 글을봐도 밀쌔모자죠.
더우면은 부채대신 쌈을개이고
잠잘쌔면 퇴침대신 베고자지요.

그리고는 이말저말 돌아다니며
썩덕쎠덕 일쑨들과 석겨놀지요.
젊은일쑨 풀닙담배 부처들이면
돌무덕에 걸어앉저 이약한다나.

동네마을 터닥그면 노래먹이죠.
『에엥에라 터를닥거 조흔집짓자』

지심매고 씨쑤리면 노래먹이죠.
『어리얼렁 풍년들면 잘살어볼가』

밀째영감 밀째영감 노래도잘해
뒤딸흐며 놀려대도 성을안내죠.
씽그리는 얼굴한번 누가보앗담
수염멧개 쏩아줘도 웃고마는걸

뒤로살작 걸여가서 밀째모자를
홀싹ㅅ　벗겨노코 다라나도요.
에라요놈 한마듸를 안하는영감
작란쑨이 어린애들 동무랍니다.

그리해도 부자녀석 무서안코서
동네ㅅ　대신하여 나선답니다.
부자네집 삽살이에 쫏겨울면은
밀째영감 돌을들고 개를쫏지요.

밀째영감 하루라도 업고보면은
우리들은 심심해서 못견된다요
밀째영감 우리마을 써나고보면
누가ㅅ　대신동무 되여준다나.

— 「밀째영감」13) 전문

---

13) 『별나라』, 1930. 11.

밀대영감은 동네아이들의 친구이다. 그는 일 년 내 '째쑥이낀 밀째모자'를 쓰고 다니며 온갖 동네일에 상관하지만, 아이들에게만은 한없이 너그럽다. 그는 아이들이 놀려먹거나, 밀대모자를 벗기며 장난치거나, 심지어 '수염멧개 쏩아줘도 웃고마는' 호인이다. 예전에는 어느 마을에나 이런 어른이 하나씩 있었다. 그는 대개 순진하고 착한 심성의 소유자로 아이들과 놀아주기를 마다하지 않았으며, 아이들은 그에게 의지하며 제힘으로 못 만드는 놀잇감을 만들어달라고 졸랐다. 식민지의 비참한 현실을 묘파하느라 분주했던 김해강의 시편에서는 보기 힘들게 밝은 분위기가 눈에 띈다. 그것은 시인이 시와 동시의 차잇점에 주의를 기울이고 있다는 단서이고, 대상의 특수성을 고려한 태도를 유추할 수 있는 징후이다. 여느 시인들의 프롤레타리아 동시에서 산견되는 적개심이나 분노를 표출하지 않고, 어느 마을에나 있을 법한 '밀대영감'의 이야기를 취급했다는 점을 보더라도 김해강의 동시에 대한 인식은 문학적이다. 이 점은 그를 프롤레타리아시인들과 구별되는 변별점일 터인데, 무엇보다도 대상에 대한 배려를 필요조건으로 내거는 동시의 본질에 가깝다.

이처럼 김해강은 동시의 장르적 특수성을 고려하면서 고유한 정서를 포착하느라 고심하였다. 그의 시에서 생경한 이념이나 도식적인 계급의식이 도드라져 보이지 않은 것은 순전히 그로부터 기인한 것이다. 그렇다고 해서 그가 이전부터 추종했던 현실지향적 성향을 포기한 것은 아니었다. 그는 시작 생활 동안 내내 "대중(하층계급)의 감정과 사상과 의지를 기조로 생활의 조직력을 강화코저 시대 의식에 가장 적합한 의식적인 창작활동"[14]을 견지하였다. 이런 시작 태도에 입각하여 작품을 발표하면서도, 동시의 특수한 자질을 존중하였다는 점에 그의 시관이 놓여 있다. 그의 태도는 대립 국면을 조성하기 위해서 급박한 리듬을 추종하고, 갈등 양상을 고조화시키고자 성근 시어를 남용했던 프롤레타리아시인들과 비교된다. 이 점 때문에 카프 계열 비평가들은 내용상으로는 현실비판적이면서도 형식상으로는 문학의 본질을 옹호하려고 노력하는 김해강을 곱지 않은 시선으로 보았다. 그를 가리켜 '동반자작가'[15]나 '동반자적 경향파'[16]로 분류한 것을 보더라도, 카프측의 문학관에 전적으로 부합되지는 않았다. 그로 인해 그는 카프의 전폭적 지지를 받을 수는 없었으나, 자신의 문학적 신념을 유지할 수 있었다. 아래에 인용하는 시편을 보면, 김해강과 카프 계열의 시인들의 작품이 다른 점을 확연히 알 수 있다.

성기ᄀ 눈 쑤리는 겨을날이엿나이다
산ㅅ골 시내ㅅ물가에 홀로 안저 또당ᄀ 얼음을 쎄이고 놀째엿나이다

마을 박 저편 억덕에
서잇는 놉흔 나무 가지와 가지에는
적은 새쎄들이팔작ᄀ 쒸며 한참평화스럽게 놀고 잇섯나이다

아ᄉ 저 적은 새쎄들의 평화로운 쑴이
금시로 쎄여질줄을 누가 알엇스리이까
텡―르러르렁……
골짝을 울리는 한방의 총소리는

---

14) 김해강, 「대중의 감정을 기조로」, 『조선일보』, 1934. 1. 9; 최명표 편, 앞의 책, 716쪽.
15) 유수춘, 「조선현대문예사조론」, 『조선일보』, 1933. 1. 1-5.
16) 김팔봉, 「조선문학의 현재의 수준」, 『신동아』, 1934. 1.

적은 가슴에 쌜가케 쒸는 심장을 무참히도 쌔트려버리고 말엇나이다.

놀란 날개를 치며 제각기 흐터지는적은 새 쎄들—
그들의 한쌔는 강변 앙상한 덤풀로날러들어
죽은듯 가슴을 둑은거리며
눈알만이 초롱 초롱— 초롱을 휘둥굴리고 잇나이다.

이쌔엿나이다
강변에 차녀논 나의 적은 지게ㅅ발알엔
어린 날개를 푸드덕어리며
적은 한머리의 어린새가 날러들엇나이다
아々 얼마나 가여운 일이오리까
부러진 약한 다리를 바르々 쩔며
몸을 겨누지 못하야 달팍 쓸어진 그대로
날개만을 푸드덕어리니 무슨 큰 힘인들잇사오리까
다못 적은 입으로 흘러나오는 붉은피만이
돌ㅅ사이 모래알을 고이ㅅ 물들일쑨임니다

상처에 다침이 업도록 두손에 담속올려
날개를 펼치고 더운 입김을 불어주는 나의마음—
아々 나의손에 마즈막 싸근한 피를물들이며
영롱한 광채를 굴리든 것도 가장 쨟븐동안—
그대로 고요이 눈을 감어버리옵니다
적은 죽엄을 못내 악기는 나의마음을 아는듯 하소하는듯

한결 평화로이 고요이 눈을 감어버리옵니다

오々 어미새는 울리라 동무새는 울리라
숨어 놀란숨을 허덕이면서도 그들은 울리라
하나 나의손ㅅ바닥우에 살어지는
한개의적은 죽엄을 누구 하나가 알리이까
길이 일어버리고 마는 이 적은 한개의 죽엄을 그 누구가 알리이까

오々 적은 한개의 죽엄이여!
너의죽엄을 노래로써 조상하는 나의마음은 쮜는구나 압흐구나
더운 눈물을 너의 시체우에 적시워주노니
놀란 혼을 고이 쉬이라 길이 쉬이라

(1932. 2)   — 「적은 죽엄을 노래로 불으는 弔詞」17) 전문

위 작품은 사냥꾼의 총에 맞아 죽은 새의 죽음을 조의를 표한 것이다. 김해강은 아무도 알아주지 않는 작은 새의 비참한 최후를 보고, 포수에 의해 '적은 새쎄들의 평화로운 쑴'이 깨어진 전후를 포착하고 있다. 나아가 그는 '적은 죽엄을 노래로 불으는 弔詞'를 통해 생명의 존엄성이 여지없이 훼손당하는 광경을 안타까운 음조로 드러내었다. 그의 시 중에서는 "생명의 자유로움"(「봄비」)을 노래한 작품을 곧잘 찾아낼 수 있으니, 새 한 마리의 죽음에 눈물 흘린다손 과장이 아니다. 김해강이 이 시기에 생명의 소중함을 되풀이하여 강조하게 된 까닭은, 당연히 일제에 의해 불임의 땅으로

---

17) 『별나라』, 1932. 4.

변해버린 식민지의 현실에서 찾아볼 수 있다. 일제는 만주사변을 일으키고 난 뒤에, 원주민들의 식량을 비롯하여 갖가지 물산들을 약탈하느라 혈안이 되었다. 식민지의 곳곳에서는 유랑민이 다량으로 발생하고, 도회지의 거리에는 부랑아들의 수효가 날로 늘어났다. 이런 시국에서는 그들의 비극적 현실을 폭로하여 민중들의 아픈 마음을 위로하는 시편이 요구되기 마련이다. 상대적으로 시학의 본질적 국면을 존중하기에는 식민지의 사정이 너무나 궁핍했던 것이다.

그렇지만 김해강은 현실 비판적 정서를 자주 다루었으면서도, 동시의 특유한 성질을 감안하여 인용시처럼 우회하는 전략을 취하였다. 그는 '적은 새쎄들이팔작〈 쒸며 한참평화스럽게 놀고 잇섯'던 강토가 '골싹을 울리는 한방의 총소리'에 의해 피비린내 나는 살육의 땅으로 변해버린 현실에 분노하면서도, 그것을 직접화법으로 표현하지 않는다. 다만 그는 '적은 죽엄을 못내 악기는 나의마음'에 의탁하여 일제의 야만적 통치방식을 은유하고 있을 뿐이다. 이것만 보아도 그에게 동시를 포함한 시는 예술의 영역일 뿐, 운동이나 투쟁의 수단이 아니었다. 이런 점에서 그의 시는 "일제 강점하 이 땅의 궁핍한 상황을 날카롭게 묘파하면서도 예술성을 견지하고 있다는 점에서 1920년대 프로시의 시적 가능성을 열어주었다"[18]고 평가된다. 그처럼 '상황'과 '예술성'을 함께 추구한 그의 시관은 다음의 평문을 보면 자세히 확인할 수 있다.

---

18) 김재홍, 『카프시인비평』, 서울대출판부, 1991, 136쪽.

남의 그릇됨을 들추어내는 것이 어느 점으로 보면 그의 잘못을 일깨워
주는 한 개의 도움으로도 해석될 것이나, 다시 한편으로 생각하면 그것이
도리여 그의 압길을 썩는 것이 되고, 또 그러함으로써 북도드려는 그의
의긔를 닷처주고마는 험한 상착이를 치어준다는 자미롭지 못한 결과를
가저옴이 되고마는 폐단도 된다는 것입니다.

　　얼핏하면『배격』하자, 자칫하면『매장』, 이러한 글ㅅ자들은 될 수 잇스
면 우리 소년문단에서 쓰지 안허야 할 것입니다. 꼭이 그러한 글ㅅ자들을
벌려노아야 할 경우이면 막무가내 하지마는 그러한 글ㅅ자를 쓰게 됨에
쌀아 글 전체가 훼방 가치도 쏘는 비웃음으로 기우러지고마는 싼길로 벌
기 쉬웁기 짜문임니다.19)

　　김해강은 '배격'이니 '매장'이라는 격한 어조로 상대방을 공격하다 보면,
논지와 무관하게 '글 전체가 훼방 가치도 쏘는 비웃음으로 기우러지고마
는' 부작용을 염려하고 있다. 이 글은 김해강이 1932년『별나라』신년호에
서 벌어진 이고월의「회색적 작가를 배격하자」와 채몽소의「이고월 군에
게」라는 논전을 보고 발표한 것이다. 인용문에서 살필 수 있는 것과 같이,
그는 소년 문사간의 과격한 언사를 동원하며 논쟁하는 모습을 말리고 있
다. 그는 '남의 그릇됨을 들추어내는 것이 어느 점으로 보면 그의 잘못을
일깨워주는 한 개의 도움으로도 해석될 것이나, 다시 한편으로 생각하면
그것이 도리여 그의 압길을 썩는 것이 되고, 또 그러함으로써 북도드려는
그의 의긔를 닷처주고마는 험한 상착이를 치어준다'는 점을 제시하면서,

---

19) 김해강,「사랑하는 소년 동무들에게―우리는 좀 더 동무들을 사랑해야 합니다」,『별나
　　라』, 1932. 2·3.

나이어린 소년들이 논전에서 이기기 위해 상대를 무조건적으로 폄하하는 태도를 꾸짖고 있다. 그가 기성 시인답게 온건하고 점잖은 투로 그들을 훈계하여 상호 대립을 지양하도록 권고한다. 그의 중재를 받아들인 덕분인지, 두 소년은 그 뒤에 언쟁을 중지하였다. 김해강은 '도움'이 '폐단'이 될 수도 있다는 사실을 지적하여 쌍방 간의 논쟁을 중재하고, 아울러 논쟁의 유혹으로부터 벗어나는 길을 일러주고 있는 셈이다.

그의 바람은 일제라는 침략자 앞에서 적전분열을 일으키는 사태로 비화하지 않기를 바라는 열망에서 비롯된 것이다. 그는 아직 어른이 되지 못한 어린 문사들이 교조적 언어의 구사에 몰두하여 문학을 수단화하는 자세를 학습하는 것을 우려하고 있다. 이와 같은 점을 보면, 그는 소년문사들에게 기성 시인들처럼 논쟁이나 식민지 현실을 직접적으로 비판하는 대열에 나서지 말고, 시대 상황으로부터 심정적 거리를 유지하여 후사를 도모하기를 바란 것이다. 당시 『별나라』를 중심으로 활동하던 카프 시인들이 무산계급 소년들에게 강렬한 투쟁의식을 고취하던 바와 비교하면, 김해강의 논리는 어른스러운 어조를 유지하고 있어서 유난하다. 그런 관점을 갖고 있었기에, 그는 동시작품들에서 현실에 대한 직정적 표현을 삼갔으리라. 그 배후에는 동심을 "순정의 나라"(「동심」)라고 보았던 김해강의 시선이 자리하고 있다. 아래에 든 작품을 보노라면, 김해강이 추구하는 동심과 동시의 참모습을 엿볼 수 있다.

눈은 펑펑 내리옵는데
좁은 산길 눈 쌓이면요,
우리 언니 학교 간 언니

돌아올 때 발 묻히겠네.
눈은 펑펑 내리옵는데
돌아올 때 여북 추울까?
돌다리에 드북 쎈 눈을
다 쓸어도 언닌 안 오네.

— 「눈」20) 전문

　1930년 1월에 쓴 김해강의 미발표작이다. 예시에서 보는 바와 같이, 리얼리즘에 입각하여 시를 발표하던 그답지 않게 서정적 경향이 농후하다. 그 당시에 발표되던 그의 시는 남성다운 웅건한 어조로 일관되어 있는데, 위 작품에서는 동시의 특성을 살려 언니의 귀가를 기다리는 동생의 간절한 바람을 드러내는 데 초점을 맞추었다. 눈이 내리어 발이 묻힐 정도로 쌓이는 동안, 즉 시간의 흐름에 따라 언니를 걱정하는 동생의 안타까운 심정이 켜켜이 적층되고 있다. 그처럼 이 작품은 폭설 속에서 빛나는 동심의 아름다운 표정을 '드북' 보여준다. 김해강은 형제간의 우애를 '순정'으로 보고, 눈이 내리는 시간의 지속을 통해서 상대적으로 순백의 동심이 돋보이도록 주의를 기울였다. 이로서 그가 시와 동시를 겸행하면서도 동시의 독자적인 문법을 훼손하지 않은 줄 알 수 있다. 그는 카프측 시인들과의 교분에 따라 아동문학 운동에 힘을 보태면서도, 자신의 시적 신념을 굳게 지켰던 것이다.

　이런 측면에서 보면, 김해강의 시는 '동반자적'이라는 모호한 분류에 포획될 수밖에 없을 터이다. 따라서 그는 자신의 세속적 명리를 구할 목적으로 대세를 추종하기보다는, 이상적 신념을 고수한 시인이라고 보는 편이

---

20) 최명표 편, 앞의 책, 263쪽.

타당하다. 실제로 그는 전주 지역의 사회운동단체에 적을 두어 활동하면서도, 사회주의 이념을 신봉하는 성향을 보이지 않았다. 곧, 그는 민족 우선의 신념으로 변혁운동에 종사하거나 시작품을 발표했던 것이다. 이로보면, 김해강이 동시의 특수한 조건들을 고려하며 작품 활동을 전개한 줄짐작할 수 있다. 그는 그러한 태도를 줄곧 견지하면서 시와 동시의 창작을 겸행하였다. 그는 대상의 특성에 맞추어 가면서 시와 동시를 가르고, 작품의 어조와 분위기 등을 설정한 것이다. 다만 변하지 않은 것이 있다고 한다면, 그의 시세계를 관류하고 있는 미래에 대한 낙관적 전망이다. 그는 '태양'을 예찬하거나 '새날'을 열망하는 작품들을 여러 편 발표한 바 있다. 그런 시에서 김해강은 식민지의 암울한 현실을 견디는 심리적 기반을 마련하였고, 그런 자세를 동시에서도 바꾸지 않았다. 아래의 예시 작품은 그에 대한 적절한 사례이다.

새해.
첫아츰.
붉은해는
새날을
우리의앞에 가저옵니다.

노래를이저버린 가난한 집웅밑에
사라날 걱정만이 조심스레 떨리거늘
새해라 복을빌며

반가이 차저올이 뉘오리까.
자저올이 업삽기로
문고리를 걸어잠구고
구들우에 떨기만하오리까
슬퍼만하오리까.

아버지.
어머니.
형아.
아우야.
누의야.
차나 더우나,
좋으나 나지나,
말업시 차저오다 말업시 가버리는
一오즉 하나
一당신들의 친구, 그대들의 벗
붉은해는 잇지 않고, 오늘도 차저줍니다.

누구보다도 먼저
반가운 얼굴로
부러진 창살을 더듬어 쥐고
그의 따스한손ㅅ길은
서리친 집웅을 만저줍니다.

어서들 들창을 열고 뛰어나와

그의 힘찬 두활개를 않기소서.

그리하야 그가 가저다주는 새날을 받드소서.

붉은해를 멍에하야

우리의뜻은 해마다 커가오니.

아버지, 어머니

그에게 줄 첫아츰의 약속을

당신들은 생각하섯습니까

형아, 아우야, 누의야,

그대들은

어서 그의가슴에 붉은약속을쏘아 보낼

세찬 활들을 억개에 메이고 나와 마지하시소.

　　　　―「새해마지―별나라소년들은 새해마지의 노래를
　　　　　　이렇게불르며커갑니다」[21) 전문

　인용한 시작품에서 김해강은 '새날'을 향한 절대적 기대감을 표하고 있
다. 1927년 1월『동아일보』신춘문예에 당선된 작품이 「새날의 기원」이었
듯이, 그는 일제 강점기 내내 '새날의 기원'을 시작품에 담았다. 그는 대표
작 「동방서곡」을 위시하여 "밤을쫓고새날을창조하려태양은솟는다"는 「태
양승천곡」 등에서 '태양'을 앞세워 '새날'을 기다리는 믿음을 노래한 바 있
다. 그의 낙관적 전망은 마땅히 암울한 식민지시대를 견디기 위한 심정적

21)『별나라』, 1935. 1·2.

서원인 것이 부인할 수 없는 사실이지만, 그런 희망은 아이들에게 더 필요한 덕목이었다. 아이들은 비록 '노래를 이저버린 가난한 지붕' 아래서 태어난 탓에 팍팍하게 살아가고 있으나, 김해강은 그들이 "명일의 조선의 빛이 되리라는 강한 자신을 가지고 오로지 씩씩한 기개와 명랑한 심법을 배워 나아가는 가장 슬기로운 학생"[22]으로 자라나기를 바랐다. 그런 열망이 위의 시에 반영되어 언표화된 것이다. 그가 『별나라』를 특정하여 '별나라소년들은 새해마지의 노래를 이렇게불르며커갑니다'라고 부제로 달았을지라도, 군이 한정하여 해석하지 않아도 된다. 왜냐하면 소년 독자들에게 '붉은약속', 곧 새해의 붉은 태양이 떠오르는 원단을 맞아 희망을 잃지 말라는 그의 발언은 남다른 것이 아니기 때문이다.

김해강은 이 외에도 동화 「목단강 야화 (1-종)」(『별나라』, 1931. 4-9)와 수필 「서울로 간 동무에게」(『신소년』, 1935. 10 · 11) 등을 발표하기도 하였다. 또 해방 후에는 전라북도의 각급 학교에 교가를 지어주고, 국민학교의 운동회 노래[23]를 작사해 주기도 하였다. 이런 노력들은 그의 잃지 않은 동심을 엿볼 수 있는 증거이다. 아마 그가 생애의 대부분을 교직에 종사한 탓에 동심의 중요성을 일찍부터 깨달았을 터이나, 세월이 흘러가는 도중에도 동심을 유지하려고 애쓴 자세는 주목할 만하다. 그의 말대로 동심이 '순정'이라면, 그것은 서정을 시화하는 데 유효한 정서적 지반으로 작용하

---

22) 김해강, 「내가 지금 중학생이라면?」, 『학등』, 1936. 1; 최명표 편, 앞의 책, 716쪽.
23) 김해강이 전주사범학교에 재직하던 중에 동료 황덕철의 작곡으로 전북 도내 국민학교에 보급한 「응원가」는 다음과 같다. "모교의 영예를 한 몸에 모아/당당히 출전한 우리 선수들/날래고 씩씩함이 천하의 무적/승리를 자랑함도 오늘이로세/싸워라 싸워라 싸울대로 싸워라/(이겨라 이겨라 모든 힘을 다하여)/돌격 돌격 천하에 무적이다/우리 학교 선수들 우리 학교 선수들"(최명표 편, 앞의 책, 827쪽).

였다. 그것이야말로 그가 식민지시대에 현실비판적 경향을 억제하지 않으면서도, 카프 시인들처럼 교조적이거나 투쟁적인 작품보다도 서정시를 발표한 이유이다. 이 점에서 그의 동시는 시와 정치 사이의 거리를 조정해주는 역할을 수행했다고 할 수 있다. 동심은 김해강에게 식민 당국의 광포한 통치하에서 광복을 향한 희망을 잃지 않도록 지탱해준 심리적 울타리였던 셈이다.

Ⅲ 결론

앞서 살펴본 바와 같이, 김해강이 『별나라』와 『신소년』 등에 동시를 발표하게 된 배경에는 편집자들과의 친분이 작용하고 있었다. 그는 그들과 사신을 주고받으며 식민지의 울분을 토로하였고, 동일 직종에 종사한다는 신분상의 동질감을 매개로 긴밀한 관계를 유지하였다. 그들의 교분은 현실지향적 시인들의 변모 과정을 살피는 과정에서 필수적으로 검토되어야 할 정도이다. 그들은 해방 후에 대부분 향리에 거주하면서 지역 문학의 발전에 공헌하였다. 지금까지의 시사적 논의들이 서울에서 활동하던 시인들을 중점적으로 언급하고 있으나, 1930년대 동시단의 한 축을 담당했던 그들이 지방에 거주했다는 이유로 외면받아서는 안 된다. 도리어 그들은 서울보다 열악한 조건을 무릅쓰고 고유의 시 생산에 진력했다는 점에서 제대로 평가받아야 한다.

시를 발표하는 동안에도 동시에 손을 댄 것으로 미루건대, 김해강 동시의 발굴 작업이 지속적으로 요청된다. 그는 등단 이래 강렬한 현실비판적 성향을 담은 시를 발표했으나, 동시는 동심을 바탕으로 썼다. 그는 동심을 일러 '순정의 나라'로 칭하고, 시와 달리 현실을 우회하는 전략을 채택하였다. 그 덕분에 그의 동시들은 사적으로 친밀한 관계를 맺었던 카프측의 다른 시인들의 작품과 견주어볼 때, 투쟁성보다는 서정성을 확보할 수 있었다. 궁핍한 식민지의 일상을 직접적으로 다루는 대신에, 그는 동시의 대상성을 고려하고 형식적 특성을 살려 미래의 희망을 제시하려고 노력한 것이다. 그것은 주로 태양 이미지의 출현으로 구체화되었는 바, 시작품에서 산견되는 이미지를 확장하여 주제의 일관성을 유지하려는 그의 신념에서 비롯되었다.(『영주어문학』 제22집, 영주어문학회, 2011. 8)

동심의 고향과 동시적 상상력

박목월론

Ⅰ 서론

박목월(1916~1978)은 1933년 『어린이』에 「통딱딱통딱딱」을 발표한 이래, 꾸준하게 동요와 동시에 대한 관심을 기울인 시인이다. 그는 동시집 『동시집』(조선아동회, 1946)과 『초록별』(조선아동문화협회, 1946), 동요동시집 『산새알 물새알』(여원사, 1962: 자유문학사, 1988) 등을 발간했을 뿐만 아니라, 학생 잡지 『여학생』과 『중학생』 등을 간행하기도 하였다. 그리고 『아동문학』의 편집위원으로 아동문학 이론의 수립에 솔선하였고, 스스로 『동시의 세계』(배영사, 1962) 등을 출판하여 동시의 이론과 지도에 참여하기도 했다. 이처럼 아동문학, 특히 동시 분야에서 광범위하게 진행된 그의 활동은 한국 아동문학의 정착에 공헌한 바 크다. 그에게 동시는 시의 전단계에서 각종 기법을 학습할 수 있는 기회를 제공하였고, 궁극에는 그의 시세계를 구축하는 기본 정서가 되었다. 그러므로 그의 동시에 대한 관심은 시세계를 탐구하고 싶은 의욕에 비례해야 한다.

그의 시세계에 대한 연구물들은 상당량이 축적되고 있으며, 동시에 대한 연구물량도 조금씩 비축되고 있다. 그의 동시에 대한 선행연구의 성과는 "첫째, 본격적 동시의 출현에 획기적 이정표를 세웠다. 둘째, 그의 동시는 동화적 환상성을 바탕으로 자연탐미적 향토성에서 도회감각적 생활성으로 변모하여 동시의 세계를 확대시켰다. 셋째, 그의 동시에 흐르는 가장 기본적 율조는 전통적 정서에 바탕을 둔 민요조로서, 동시의 대표적 한 유형을 형성하였다. 넷째, 그의 동시가 가지는 동화적 환상성은 예술적 향기의 심화에는 기여했으나, 한편으로 이해와 감상의 통로를 좁히는 결과를 가져와 동시의 한계를 느끼게 했다. 다섯째, 그러나 그는 어휘 하나하나가 가지는 이미지를 중시하여 시어의 발견 및 선태 구사에 특이한 장기를 보여 동시의 질적 향상에 크게 이바지했다"[1]로 집약된다. 요즘 생산되는 여러 편의 연구 성과들은 앞의 결과를 동어반복적으로 재생하고 있는 실정이다.

그렇다면 박목월의 동시에 대한 연구가 활성화되지 못한 이유는 무엇일까. 우선적으로 그의 텍스트에 대한 체계적인 정리가 이루어지지 않았다는 점을 들 수 있다. 그의 사후에 '박목월 아동문학'『얼룩송아지』(신구미디어, 1993), 동화집『눈이 큰 아이』(이가서, 2006)와 유고시집『소금이 빛나는 아침에』(문학사상사, 1987) 그리고 시전집(서문당, 1984; 민음사,

---

1) 이재철,『한국현대아동문학사』, 일지사, 1978, 250쪽.

2005)이 간행되었다. 먼저 아동문학 부문의 동화집은 앞서 간행한 작품집에서 동화작품만 선별하여 재간한 것이므로 텍스트의 가치를 띠지 못한다. 앞의 책은 원본비평이 이루어지지 않은 채 박목월의 동시와 동화를 한 권으로 묶은 것이고, 나아가 그의 동시론을 비롯한 아동문학 관련 산문 자료를 누락하여 '박목월 아동문학'이라고 이름하기에 부족하다. 그에 비해 두 출판사에서 판을 달리 하여 발행한 시전집은 의도적으로 동시를 제외하고 있다. 전자는 그의 시집을 영인하듯 한 권으로 수집한 것이어서, 특별한 의미를 부여할 수 없다. 후자는 시 전공자가 주석을 첨부하여 간행했지만, 연보가 불충분하고 발표된 원본과 시인의 수정본을 편자가 결정본으로 확정하였다. 아울러 그의 산문이 아직까지 정리되지 않은 점도 문제이다. 이것은 동시와 산문에 대한 편자들의 경시 태도와 함께 유가족들의 책임이 지적되어야 할 부분이다. 더군다나 시인 스스로 동시에 대한 애정을 도처에서 수시로 고백하였고, 자신의 시작품을 해설했던 것을 돌아보면, 텍스트 확정 작업의 필요성은 시급히 강조되어야 할 것이다.

이에 본고에서는 텍스트에 관한 논의는 생략하되, 기왕의 연구들이 지닌 한계를 극복하기 위해 박목월의 시와 동시에 공통적으로 나타난 특성을 중점적으로 탐색하고자 한다. 이러한 접근 태도는 그의 동시에 대한 폄하가 아니라, 다양한 논점을 수립하는데 공헌할 것이다. 그러기 위해 본고는 그가 남긴 시와 동시의 교차 인용을 허용하며 양자의 상관성을 탐색함으로써, 그의 동시적 상상력이 미친 영향권을 확인하고자 한다. 그것은 궁극적으로 그의 시세계를 아우르고 있는 동시적 요소가 시의 밑바탕이 된 배경을 살피는 방향으로 진행될 것이다. 이것은 동시와 시를 병행하여 창작한 당해 시인에 대한 합당한 예우이며, 그의 전작품을 아우르는 논의가 가져올 생산적 의미를 기대하기 때문이다.

Ⅱ '심혼의 고향'으로서의 동시

01 | 동시적 상상력의 외연과 내포

시와 동시의 창작을 겸행하는 시인들에게 동시가 갖는 의미는 무엇일까. 그것은 당연히 원시적 평화의 세계에 대한 그리움일 터이다. 더군다나 일제시대, 해방 정국 그리고 한국전쟁 등의 대형 사건을 거치면서 타국보다 유별하게 굴절된 역사를 기록해야 했던 한국 사회에서, 사건이 발발하기 이전의 시대 혹은 사건에 연루되지 않은 유년기는 궁핍한 영혼들에게 안식을 제공하기에 충분하다. 유년 시절은 무시간성을 수반하기 때문에, 훼손되기 이전의 온전한 질서가 유지되는 공간이다. 시간과 공간의 동일성은 유년기의 특징이거니와, 그 시절을 추억하는 것은 파란의 현실에 직면한 자아를 무방비 상태로 노출시킨다. 그것이야말로 두 장르 중에서 동시의 내포와 외연이 드러나는 지점이다. 시인은 동시를 통해 자신의 원초적 열망과 욕망의 원형을 드러냄으로써, 자신의 실존적 조건을 극복하는 힘을 회복하게 되는 것이다.

이런 측면에서 동시는 박목월의 시세계에 진입하기 위한 전단계이면서, 동시에 시 자체이다. 그의 시는 동시적 상상력에 기반하고 있다고 해도 과언이 아니다. 이것은 그가 시를 쓰기 이전에 동시를 창작했다는 사실을 상기하는 발언이 아니라, 동시적 요소가 그의 시편들에 고루 산재해 있다는 사실을 환기하려는 것이다. 그만치 동시에 대한 선이해는 박목월의 시를 온전하게 이해하는데 필수적인 셈이다. 그것은 동시의 원형성에 기인한다. 동시는 어린 독자들을 잠재적 독자로 상정하여 창작되는 까닭에, 그들의 각종 발달 수준에 알맞은 어휘와 상상력을 활용한다. 어린이들의 심리는 장차 성인의 심리 구조를 형성하는 심층적 기반이 되므로, 동시는 시인의 심리적 원형성을 탐구하는데 도움을 준다. 그런 점에서 동시를 창작하는 시인, 그 중에서도 동시를 시보다 먼저 학습한 시인들에게서 시의 동시화 경향이 나타나는 것은 부자연한 것이 아니다. 그는 복잡한 현실 상황에 처한 자아를 치유하기 위한 전략적 선택으로 동시를 창작할 수 있다. 그런 점에서 동시적 상상력은 당해 시인의 시작업에 지속적으로 관여하며, 오히려 '시'의 미적 성취를 견인하는데 창조적으로 기여하게 된다. 왜냐하면 그의 동시적 상상력은 세계에서 그를 구원하는 원동력으로 작용하는 동시에, 시대와의 불화에서 파생한 시인의 불만족스러운 영혼을 위로하여 새로운 세계로 진입하는 원동력을 제공해주었기 때문이다.

> 나는 향수로 말미암아 시의 세계로 들어가게 되었으며, 그러므로 이렇게 시에 대해서 눈을 뜨게 된 사실이 나로 하여금 평생 『향수』가 나의 정신의 바탕이 되게 하는 동시에, 내 작품에 깊은 정서가 어리게 되는 원인일 것이다.[2]

---

2) 박목월, 『보랏빛 소묘』, 신흥출판사, 1958, 117쪽.

이 글에서 박목월은 시정신의 바탕을 이루고 있는 '향수'를 표나게 강조하고 있다. 향수는 사람들이 태생적으로 지닌 정서이므로, 그것을 토대로 쓴 시작품들은 독자의 공감을 쉽게 불러일으킨다. 향수는 불가피하게 특정 공간을 전제로 형성되므로, 시인의 향수는 현실적 고향과 함께 시적 고향에 대한 궁금증을 자극한다. 양자는 중첩적으로 출현하기도 하지만, 시인의 내밀한 충동은 후자에 중점을 두고 이행한다. 그 점은 여느 사람들과 시인의 의식 지향이 구별되는 지점이다. 사람들은 고향에 대해 유별난 집착을 보인다. 사람들에게서 두루 발견되는 고향에 대한 보편적인 감정은 시인이라고 하여 예외가 아니다. 박목월의 시에서도 고향은 자주 등장한다. 실제상으로 그곳은 '경상도', '경주', '건천', '모량리' 등, 구체적 지명으로 등장한다. 이 점에서 그에게 물리적 고향의 의미는 여느 사람과 별반 다르지 않다. 그가 시의 원천으로 지목한 향수의 고장 경주는 "정감어린 기록의 저장고이며, 현재에 영감을 주는 찬란한 업적"[3]이 존재하는 곳이라는 점에서, 출향민들에게 정서적 연대의 계기를 제공하는 집단적 상징의 공간이다.

박목월은 향리에서 보통학교를 마치고, 부모의 권유에 의해 대구의 미션스쿨이었던 계성중학교에 진학하였다. 대구는 그의 고향과 달리, 경상도의 각지에서 학생들이 유입된 신흥 도시였다. 그의 중학 시절은 동향의 선배 김동리의 행적과 유사하다. 두 사람은 경주에서 자주 만나며 시국과 문단의 동향을 얘기하며 우의를 다졌다. 이미 소설가로 등단한 김동리는 박목월에게 동경의 대상이었고, 중앙 문단의 움직임을 파악하고 자신의

---

3) Yi-Fu Tuan, 구동회·심승희 역, 『공간과 장소』, 대윤, 1999, 247쪽.

문학을 상담할 수 있는 유일한 문우였다. 김동리의 계성중학 시절 체험은 소년소설 「일요일」(『꿈같은 여름』, 자유문화사, 1979)에 나타나 있다. 그는 기독학교에 진학했으면서도 예배에 무관심하였고, 중학생답지 않게 운동 관람조차 거부하며 친구들과 어울리지 않았다. 그는 "근대의 문물과 동화되기를 거부하지만, 스스로 고독을 선택하여 근대로 진입"[4]하였는데, 박목월 역시 객지의 외로움을 동요와 동시의 창작에 몰두하여 승화하였다. 그런 측면에서 평소 김동리와 절친하게 지내며 문학을 거론하고 시국담을 듣던 그가 "경주라는 고장에 대한 향수와 더불어 사춘기 소년의 이성에 대한 막연한 그리움 같은 것"[5]을 극복할 요량으로 동시를 쓰게 된 것은 우연이 아니다. 경주는 박목월에게 시적 영감을 지속적으로 제공하는 한편, 그의 정서적 동선을 고정시키는 역할을 수행하였다.

옛날 村驛에
가랑비 왔다
초롱불 희미한 밤
가랑비 왔다

초롱은 무슨 초롱
하얀 驛초롱
毛良驛 세글자

---

4) 최명표, 「김동리의 '소년소녀소설' 연구」, 『동화와 번역』 제12집, 건국대학교 동화와번역연구소, 2006, 277쪽.
5) 김은전, 「박목월의 동시」, 김은전·이숭원 편, 『한국현대시인론』, 시와시학사, 1995, 363쪽.

젖어 뵈는데

옛날 村驛에
가랑비 왔다
초롱불 희미한 밤
가랑비 왔다   —「옛날과 가랑비」 전문

위 작품은 시인에 의해 동시로 분류되어 있으나, 이미지와 정조상으로
미루어 보면 시라야 제격이다. 그에게 동시는 동요와 달리 '특수한 내재적
인 정서나 특수한 시적 감동에 봉사하는 것'이다. 특별하게 동시의 속성을
거론했다고 볼 수 없는 그의 동시관에 호응하여 이 작품을 동시로 분류하
더라도, 문제점은 쉽게 발견된다. 먼저 이 작품처럼 그의 초기 동시에서
가끔 나타나는 한자의 노출은 동시의 대상성을 무시하고 있다. 그 점은
"한자가 아니면 자기가 노리는 시적 효과를 살릴 수 없다는 판단에서 그렇
게 한 것임은 두말할 나위가 없는 일"[6]이 아니다. 시와 동시는 각자의 문
법 체계를 지니고 있다. 시인이 '자기가 노리는 시적 효과를 살릴 수 없다'
고 판단되면, 그에 알맞은 시형식을 선택하여 효과를 거두려고 노력하는
편이 온당하다. 한자어는 생리적으로 상형적 자질을 함의하고 있어서 시
인들은 '시각적 효과와 음악성의 창출, 시상의 응축과 긴장감, 이미지의
충돌과 융합, 의미와의 조응[7] 등, 소기의 목적을 달성하기 위한 수사적
책략으로 도입해 왔다. 그런 고로 박목월이 사용한 한자는 동시의 속성에

---

6) 이형기, 「박목월론—초기시를 중심으로」, 『박목월』, 문학세계사, 1993, 137쪽.
7) 이상숙, 「우리 시의 한자어와 그 운용의 미학」, 『현대문학이론연구』 제16집, 현대문학
  이론학회, 2001. 12, 259-278쪽.

어긋난다.

　시의 구도는 첫 연과 끝 연이 가운데 연을 포위한 형국이다. 아이들은 시간에 포위되어 '옛날'을 노래하지 않는다. 그들은 항상 '오늘'에 호기심을 갖는다. 아이들이 역사에 비 내리는 광경을 보고 애상에 젖을 수는 있지만, 그날을 '옛날'로 기억하지 않는다. 생리적으로 활동지향적 행동 특성을 지니고 있는 아이들이 과거의 불특정한 밤에 내린 비를 회상하는 모양은 어색하다. 이것은 시인이 동심의 시각에서 소재를 취급한 것이 아니라, 웃자란 아이의 관점에서 바라보았기에 가능한 것이다. 고향역의 야경을 회상하는 시인의 시점은 타관에서 객수에 지친 모습을 연상시킨다. 그의 사향심은 자기만족적 시선의 표출일 뿐이므로, 아이들의 관점을 채택하지 않아도 성립한다. 그 점이야말로 시와 동시의 창작 배경이 구분되는 요인일 터이다. 그것은 젖어 있는 '毛良驛 세글자'를 선명하게 재생한 시인의 기억에 의존하고 있어서 '옛날'이다. 그는 오늘날의 시점에서 대상을 응시하는 것이 아니라, 위 시와 같이 현재에서 과거로 역행하는 시간 속에서 회억한다. 그런 시인에게서 역동적인 오늘의 모습이 보이지 않는 것은 무리가 아니다.

　박목월의 시는 전통적 자연을 예찬하고 있어서 정밀한 움직임을 보여준다. 그는 "가볍고 향기로운 母國語"(「토오쿄오에서」)를 구사하여 자신의 내밀한 욕망과 향수의 정서를 시화하였다. 그에게 시는 시대와 환경에 의해 억압된 욕망의 조심스러운 표현인 동시에, 이루지 못해 아쉬운 향수의 시적 발언인 셈이다. 그에 비해 동시는 "울타리로 에워싼 소년의 꿈"(「울타리」)을 노래한다. 그러므로 동시는 그가 꿈꾸었으나 여러 가지 조건의 미비로 현실화되지 못한 '소년의 꿈'의 시적 구현 양상을 띠고 있다. 그런 점에서 박목월의 내적 의지는 시작품에 내포되어 있고, 그의 꿈은 동시를 통해 외연을 확대하고 있다고 하겠다. 곧, 그에게 시와 동시는 동일한 의미역을 지니고 있는 것이다.

02 | 소리의 소거와 배열

아들의 회고에 의하면, 박목월은 "천성적으로 착하셔서 자식의 마음에 조그만 그늘도 남기고 싶어 하지 않는 그런 분"[8]이었다. 그는 "생활의 막다른 골목에서"(「좀도둑 君에게」) 집에 든 도둑에게 용돈을 쥐어줄 정도로 다정한 품성을 지녔고, 주위의 문우들에게도 싫은 소리를 하지 못하는 정약한 성품의 소유자였다. 스스로 한 대담에서 "한 개인으로서 너무 '어렸던' 기간이 길었다는 것과 제 시가 20년 가까이나 거의 한 가지 세계에 살았다는 것과 무슨 관계가 있을 것 같습니다"[9]고 토로했을 정도로, 그는 "아름다운 일만 생각하자"(「某日」)고 자신을 다스리며 순수한 영혼과 섬세한 성정을 유지하기 위해 평생 노력했던 시인이다. 그런 성격을 지닌 박목월에게서 이른바 '전원시'와 '순수시' 외의 다른 성향을 기대하는 것은 난망하다. 시가 시인의 기질을 전적으로 함유하지는 않을 지라도, 기질은 그의 정서에 상당한 영향력을 행사할 수 있다. 따라서 박목월의 시에서 사람들의 소란한 음성이 들리지 않는 것은 이상한 일이 아니다.

---

8) 박목월·박동규, 『아버지와 아들』, 대산출판사, 2007, 161쪽.
9) 김종길, 「난·기타―박목월씨와의 대담」, 『시에 대하여』, 민음사, 1985, 229쪽.

江나루 건너서
밀밭 길을

구름에 달 가듯이
가는 나그네

길을 외줄기
南道 三百里

술 익는 마을마다
타는 저녁놀

구름에 달 가듯이
가는 나그네   ―「나그네」 전문

　이 작품은 "우리나라 낭만시의 최고의 것"[10]으로 칭송되지만, 그 창작
시기를 감안하면 고평은 정당하지 않다. 무릇 예술이 시대를 초월할 수
있다는 말은 미적 성취수준에 주목한 것이지, 창작 배경을 사상한 채 운위
하는 것은 아니므로 과장하여 평가할 수는 없다. 전혀 의도하지 않은 이민
족 간의 전쟁에 동원된 식민지 원주민들의 고통은 시인의 창작 동기를
충격해야 맞다. 서쪽의 평야지대에서는 일제의 식량 약탈로 인해 숱한 유
이민이 발생하고, 전국적으로 외국 군대에 강제 징용된 원주민 청년들이

---

10) 김종길, 위의 글, 228쪽.

인명을 강요받는 상황에서 한유하게 기행하는 나그네를 '억압된 조국의 하늘 아래서 우리 민족의 총체적인 얼의 상징'으로 파악한 시인의 해설은 도리어 췌언이다. 물론 나그네가 시인에 의해 창조된 가공의 인물이라고 해도 그의 발언이 부적당하기는 마찬가지이다. 나그네가 '구름에 달 가듯이' 가는 것은 사회적 행위에 속한다. 그 시대가 평범할지라도 그의 여행은 사회적 공간의 이동을 전제로 시행된다. 그러나 나그네가 본 '타는 저녁놀'은 "여기는 慶州/新羅 千年……/타는 저녁놀"(「春日」)에서 노래했던 고향의 빛깔이다. 나그네는 소년 시절에 보았던 경주의 빛과 동일한 노을을 발견하고 한 걸음도 나아갈 수 없었던 것이다. 고향의 낯익은 빛을 본 그에게 당대의 곤궁한 현실이 안중에 들어올 리 없기 때문에, 그 빛을 본 감동이 어린 시절의 추억 속에서 들려오는 내면의 소리를 재현할 뿐이다.

그러므로 이 작품의 율격을 지칭하여 "박목월은 정형시를 처음부터 의도하고 쓴 것이 아니라, 초고에서 불순물을 깎고 깎다보니 2연, 4연, 5연에서 7·5조를 나타내게 된 것으로 보아야 마땅하다"[11]는 주장은, 이 작품이 정형시가 아닐 뿐더러 시인이 동시 창작 과정에서 내면화한 율격의식의 여진으로 수정해야 타당할 것이다. 그러한 징후는 "요적 데쌍 연습에서 시까지의 콤포지슌에는 요가 머뭇거리고 있다"[12]는 선자의 지적에 예비되어 있었다. 그가 발표한 동시는 "쥐암쥐암 잘 자는/우리 아기는"(「자장가」), "애기가 하고 싶은/얼굴을 하고"(「참새의 얼굴」), "토끼 귀 소록소록/잠이 들고서"(「애기 토끼」), "눈오는 밤이래서/등불 켜들고"(「눈밤」), "어디

---

11) 정창범, 「박목월의 시적 변용」, 한양문학회 편, 『목월문학탐구』, 민족문화사, 1983, 32쪽.
12) 정지용, 「시선후」, 『정지용전집 2』, 민음사, 1988, 290쪽.

다 까치는 둥지를 짜나"(「고향」), "딸기밭을 뒤지자/하얀 달밤"(「밤바람」),
"방울 소리 방울 소리/은방울 소리"(「방울 소리」), "나룻배 손님은/아기 손
님"(「절 한 쌍」), "곰보딱지 아저씨/외딴집에"(「해바라기 형제」), "밤내 달
님은/안 자나"(「달」), "가마가마 꽃가마/단옷날 유둣날"(「꽃가마」) 등, 7·5조
와 그 변형이 허다하다. 그가 동시와 동요에서 습득한 율격의식이 시작상
에 응용된 사례는 이로써 충분하다.

눈이 온다.
보랏빛 은은한
해질 무렵의
보랏빛 은은한 서러운 아씨.

우리집 유리창은
날개 접고 닫혔는데
성 미하엘……
종이 우는데

대한민국
서울의
불탄 자리 골목길에

프랑스 마르세이유 돌을 깐 뒷골목에
새까만 커피와
눈 같은 케이크……

미국 아기들 놀음방 뒷문에

낡은 성

돌문 안에

어느 나라 컴컴하고 외로운 안뜰 위에

아아

안데르센 나라의 서러운 아씨들……

그의 설핏한 눈동자

샛하얀 발목.

꿈이 삭아가는 서운한 밤같이

조용한 아씨들이

가만가만 온다.   —「눈」 전문

　한국전쟁통에 쓴 이 작품을 가리켜 "흰눈을 바라보며 환상의 나래는
전쟁으로 불탄 서울의 길목에서 미하엘성으로, 프랑스로, 미국으로, 덴마
크 안델센의 동화 속의 나라로 나온다"[13]고 보기에는 무리이다. 이 작품은
박목월의 역사 인식을 정직하게 드러내준다. 유사 이래 최대의 비극적 사
건을 목도하고 이국정조를 도입하여 전란에 신음하는 아이들을 위로했다
손 치더라도, 소재로서의 눈이 내리는 시의성을 외면한 시인의 시선은 문
제의 소지가 다분하다. 그는 전쟁의 참화를 겨우 '불탄 자리 골목길'로 표
현하여 눈의 강하 현상에 묻어버렸다. 오직 '보랏빛 은은한 서러운 아씨'의
강림에 초점을 맞추었을 뿐, 전쟁과 추위에 이중으로 고통 받는 아이들의

---

13) 김용덕, 「목월의 동시 세계」, 한양문학회 편, 위의 책, 241쪽.

현실 상황은 삭제되어 있다. 이와 같이 박목월은 현실적 조건을 고의적으로 배제하고, 자신의 시적 감정을 서술하는데 집중한다. 그의 역사의식이 일제 강점기의 「나그네」로부터 나아가지 않은 것은 이 때문이다. 그의 비현실적 역사 인식은 마침내 최고 권력과의 타협으로 이어졌고, 그로 인해 비판적 견해들을 양산하는 동기를 제공하였다.

그는 전후에 처음으로 쓴 시 「사투리」에서도 "우리 고장에서는/오빠를/오라베라 했다./그 무뚝뚝한 왈살스러운 악센트로/오오라베이 부르면/나는/앞이 콱 막히도록 좋았다"고 말할 뿐, 전쟁의 비극성은 애써 초점화하지 않았다. 그 이유는 "청록 계열의 단아하고 극도로 선택된 간결한 어휘와 함축성, 정형시에 가까운 시형으로서는 '비등하는 현실'의 폭넓은 수용, 내면의 강렬한 감동의 소용돌이, 힘있게 솟구치는 절규적인 부르짖음의 세계를 포용할 수 없었던 것이다. 나는 탈피를 갈구하였고 자유스러운 형식에의 몸부림이 계속된 것이다."(『보랏빛 素描』)고 언급한 대목에서 구할 수 있다. 그는 전쟁 전의 시풍과 상이한 이 시의 과격성을 충분히 인지하고 있었다. 그는 전쟁 후의 작품을 통해서 전흔이나 생명의 손실에 대한 유감조차 표명하지 않은 채, 전쟁이 야기한 충격을 작품 속에 어떻게 수용할 것인가에 대한 고민을 앞세웠던 것이다.

그러한 움직임은 '사투리'로 표상된 고향의 원초적 세계에 대한 옹호로 실현되었다. 그의 노력은 경상방언에 대한 애정으로 표현되었으며, 이 점에서 그의 방언은 김영랑의 계보를 계승하면서도 갈래를 달리하게 된다. 그것은 지역성에 근거한 주장이 아니라, 전적으로 시대와의 상관성에 기인한 것이다. 김영랑이 일제시대에 일본어의 방언으로 전락한 한국어의 비극적 위상을 전라방언을 통해 증언했다면, 박목월은 전란 후의 상처를 치료하는 심리기제로 경상방언을 동원했다. 그러므로 이 시기에 박목월이 "뭐락카노, 저편 강기슭에서"(「離別歌」) 들려오는 저승의 소리에 귀를 기울이게 된 것이나, 전후에 시집 『경상도의 가랑잎』(민중서관, 1968)을 발간한 것은 우연한 일이 아니다. 그는 죽은 자들이 산 자보다 큰 집에서 대접받는 경주에서 태어났으면서도, 정전 후에야 죽음의 세계를 발견한 것이다. 그는 전쟁으로 인해 기존의 질서가 파괴되고, 무고한 사람들이 죽거나 다치는 광경을 목격하고 난 이후부터 집단적 정서를 담보하고 있는 사투리에 주의를 기울이게 되었다. 그에게 사투리는 "소년시절의 생활과 밀접하고 소년시절의 회상은 어머니에 대한 생각에서 비롯"[14]되므로, 아이들의 세상을 취급한 시편에서 사투리 소리가 들리는 것은 예정된 수순이었다.

> ─우얏고, 이 사람들 좀 보이소.
> 시골도 시골, 경상도 두메에서
> 아무렇게 자라난 감자들이
> 서울도 서울, 남대문 시장에서
> ─아하, 참 굉장하구마,
> 굵직한 사투리로 떠들어댄다.　　　　　　　　─「사투리」 부분

　시인은 이 작품에서 경상도, 전라도, 충청도 사투리를 동원하고 있다. 남도의 세 가지 사투리가 한데 어우러진 시장의 풍경이야말로, 전후에 그가 소망했던 현실적 질서의 외현화였다. 시 「사투리」와 동시 「사투리」가

---

14) 김형필, 『박목월시연구』, 이우출판사, 1988, 64쪽.

다른 점이 거기에 있다. 박목월은 시와 달리 동시에서 삼도의 사투리가 지닌 지역적 편차를 두드러지게 서술했으나, 그것들이 상호 충돌하는 모습을 지양하여 동시의 근간을 보호하였다. 시에서는 자신의 감정을 직설적으로 표출했던데 비해, 동시에서는 사투리의 현장성에 주목하여 소리를 보전하는데 힘쓰고 있다. 소리의 유무야말로 그의 시와 동시를 가르는 변별적 준거인 셈이다. 사투리는 그에게 고향의 소리를 재발견하는 계기였고, 그것은 전후의 아동들에게 거는 기대심리를 표출하는 수단이었다. 말하자면, 그는 사투리가 횡행하는 재래시장의 활력을 아이들에게 바랐던 것이다.

03 | 환상의 공간으로서의 시적 고향

박목월의 시세계를 운위할 때 대표적으로 언급되는 것이 향토성이다. 사실 그가 세칭 '청록파'의 일원으로서 종전의 전통적 자연관을 새롭게 계승한 공로는 정당하게 평가되어야 한다. 그의 노력은 시단의 폭넓은 관심으로 보상되었고, 현대시단은 전통의 단절을 피할 수 있었다. 특히 3인 시집 『청록집』(을유문화사, 1946)은 해방공간이라는 시대적 조건 속에서 발행되었기에, 세 시인에게 관심을 표했던 평자들의 태도는 정당하다. 박목월은 그들 중에서도 향토적 서정에 입각하여 자연을 개별화하는데 성공하였다. 그것은 국토의 일부로서의 자연을 소재에 국한시키지 않고, 자신의 고유한 자연으로 차별화했다는 말이다. 그러므로 그의 시에 등장하는 자연은 물리적 공간으로서의 위치를 초월하여 시적 공간으로 정착하였다.

그는 현실계의 각종 오염원으로부터 철저하게 차단된 절대 순수의 자연을 확보하여 타인의 접근을 금지한 채 독자적인 시적 질서를 부여하였다. 곧, 그가 상정한 자연은 "전체적으로 하늘(상)과 땅(하)의 대응이 융합하면서 환상적인 공간"15)이 되었다. 그런 이유로 그가 형상화한 자연은 인기척이 들리지 않는 절대적 공간이며, 지고지순한 짐승들이 거주하는 순수의 공간이다. 그곳은 박목월의 소유권만 인정되는 무이한 곳으로, 오로지 그의 내면에만 존재하는 환상적 공간이다.

머언 산 靑雲寺
낡은 기와집

山은 紫霞山
봄눈 녹으면

느릅나무
속ㅅ잎 피어가는 열두구비를

靑노루
맑은 눈에

도는
구름   ─「靑노루」전문

---

15) 한광구, 『목월시의 시간과 공간』, 시와시학사, 1993, 345쪽.

박목월의 시적 특성은 "부드러움에 대한 그리움"16)이라 칭했거니와, 이 작품을 보면 그러한 평가의 근거를 헤아릴 수 있다. 작품의 분위기는 정밀한 고요가 지배한다. 그것은 자하산보다 먼저 청운사를 서술하여 고요한 분위기를 조성한 뒤에, 이어서 녹는 봄눈, 느릅나무의 속잎, 청노루의 맑은 눈, 구름의 소리 나지 않는 이미지를 병치하여 고적한 분위기를 고조시킨 데서 비롯된다. 시어상으로도 시인은 '머언' 산, 소리 없이 녹는 '봄눈', 관찰하기 어려운 '속 s잎', '도는' 구름으로 시간의 흐름을 은닉하여 고요한 분위기를 팽팽하게 유지시킨다. 그가 시적 대상을 바라보는 긴장된 시선은 시적 분위기의 긴장을 수반하고, 그로 인해 대상은 서술상의 절제를 획득하게 된다. 그것과 더불어 모가 닳아진 '낡은' 기와집, 멀리 보이는 산사, 청노루의 '눈', '도는' 구름은 풍경의 예각성을 미연에 방지하고, 부드러운 이미지를 창출하여 선조적 시간의 진행을 유예한다.

시인은 5연을 명사구로 끝맺어서 판단을 유보하고 있다. 박목월은 "미시적인 관찰로써 가늘고 고운 비단실 같은 정서의 실오리를 가르며 심미적인 눈으로 대상을 정관하면서 금은을 다루듯 세공적인 작업을 해왔다"17)는 평을 받거니와, 시작품에 나타난 이미지는 한국시의 품격을 한 단계 높이는데 기여하였다. 그가 이미지스트로 명명되고, 스스로 '이미지의 범람'을 인정하게 된 요인 중의 하나는 작품의 종결형에 과감하게 명사(구)를 활용한 점이다. 첫 연부터 끝 연까지 시인의 시선은 원경에서 근경으로 좁혀오면서, 애초에 포착하려고 했던 청노루 맑은 눈에 '도는 구름'에서 중지한다. 시인은 "겸손한 間隔"(「무제」)을 유지한 채 구름에 주목하여

---

16) 김우창, 「시인의 보석」, 『시인의 보석』 김우창전집 3, 민음사, 1993, 118쪽.
17) 정한모, 『현대시론』, 보성문화사, 1983, 203쪽.

작품을 마감하는 것이다. 일체의 서술 상황을 생략해버린 그의 기도는 청노루 '맑은 눈'의 둥근 형상에 절대성을 부여하여 이상적 공간에 대한 시적 소망을 드러낸다. 그가 추구했던 시적 공간은 '九江山'(「九江山 1」, 「九江山 2」, 「山桃花 1」), '寒石山'(「寒石山」), '仙桃山'(「仙桃山下」, 「牧丹餘情」), '芳草峰'(「三月」), '九黃龍'(「九黃龍」), '月谷嶺'(「봄비」), '雲伏嶺'(「雲伏嶺」) 등에서 볼 수 있는 바와 같이, 인가가 있는 현실의 공간이 아니다. 그곳은 청색으로 채색된 심리적 공간이다. 그 빛은 푸른빛이라기보다는, 푸르러서 오히려 '맑은' 빛이었던 것이다.

그렇다면 그가 환상의 고향을 마련하게 된 동기는 무엇일까. 그에 관한 대답을 구하기 위해서는, 시인이 처했던 시대를 상기할 필요가 있다. 그가 '동시로서는 내적인 충족을 기할 수 없다'고 선언하며 시단에 등장한 1940년은 매우 긴박한 시기였다. 일본 군국주의가 기승을 부리던 이 시기는 이민족의 전쟁에 식민지 원주민들이 강제 동원되어 귀중한 목숨을 빼앗겼다. 박목월 역시 경주의 금융조합 서기로 일하면서 공출미 전표의 뒷장에 "어느날에사/어둡고 아득한 바위에/절로 님과 하늘이 비치리오"(「님」)라고 중얼거리면서, 시대를 압도하는 전운이 어서 걷히고 암울한 형편이 종료되기를 희망했다. 그는 외적 상황의 추이에 민감하게 반응하기보다는, 그것으로 인한 충격을 내부에서 완화시키는데 익숙하였다. 그의 애절한 바람은 해방기에 이르러 님만 님이 아니라 인민 대중이 님이라는 힐난과 함께, 박목월이 "조선의 인민적 시인이 되는 날 이 모든 회의의 안개는 걷히리라"[18]는 비판의 빌미가 되었다. 평단의 일각에서 제기된 그러한 비

---

18) 김동석, 「비판의 비판—청년문학가에게 주는 글」, 『김동석평론집』, 서음출판사, 1989, 96쪽.

판에 대해 그는 다음과 같이 대답한다.

> 그날 그 자리 그날처럼 섰노라
> 슬픈 모습에 매즌 옷고름
> 내ㅅ사 모른다 인민의 나라도 드노픈 뜻도
> 하물며 불을 뿜는 싸움의 노래사
> 그냥 그 자리 사랑의 자리
> 그냥 그 자리 눈물의 자리　　　　　　　　　　—「제자리」 부분

　박목월이 1947년 8월에 쓴 작품이다. 그에게는 이념의 각축장으로 변모
한 해방정국에서 '인민의 나라도 드노픈 뜻도' 관심이 없으며, 더욱이 '불을
뿜는 싸움의 노래'는 당초부터 관심권 밖이었다. 이미 식민지시대를 거치
면서 이상적 공간을 내면에 구축한 그에게 이데올로기의 대립 양상은 비
생산적일 뿐더러 사회 불안의 요인이었을 따름이다. 그의 소망인즉, 낯선
이념이 충돌하기 이전의 '그냥 그 자리 사랑의 자리'로 돌아가는 것이었다.
그 자리는 유년기의 추억이 보존되어 있는 고향이었다. 박목월에게 경주
는 고향 이상의 공간이다. 그의 시적 고향으로서의 자연은 "인간의 삶과
유리되어 있는 하나의 미적 완상의 대상"[19]이었으나, 실제적 고향으로서
의 경주는 수많은 고분으로 둘러싸여 생기보다는 사기가 미만한 역사의
고장이다. 시인이 '신라 천년……'의 영화를 생략부호로 추억하듯이, 경주
는 후손들에게 각종 역사적 사실을 부단히 회상시킨다. 그곳은 역사의 너
머에 존재하는 것이 아니라, 후손들의 시간을 장악하면서 항상 현재형 시

---

19) 홍희표, 『박목월 시의 연구』, 문학아카데미, 1993, 219쪽.

제로 존속한다. 그렇기에 박목월은 "밤차를 타면/아침에 내린다./아아 慶州驛"(「思鄕歌」)이라고 장탄식할 수밖에 없다. 그가 경주에 가면 시간은 의사를 묻지도 않고 신라의 소유물로 환원되어버리기 때문에, 그가 할 수 있는 말이라곤 '아아'라는 감탄사 외에 가질 수 없었던 것이다.

따라서 그가 과거지향적 시간의식에 입각하여 구어적 세계를 노래하는 것은 당연한 것이다. 스스로 첫 단독시집 『산도화』(영웅출판사, 1955)의 서문에서 "민요적 해조야말로 우리 겨레의 낡고 오랜 핏줄의 가장 생생한 것이며, 그것에 새로운 꽃을 피려는 것이 나의 소원이었다."고 표백했거니와, 그는 전통적 율격을 시작품에 간단없이 도입하고 '그것에 새로운 꽃을 피려는 것'을 시인된 책무로 파악했다. 구어의 세계는 집단적 정서를 기반으로 형성되는 것이므로, 박목월이 '민요적 해조'에 주목하는 것은, 그것이 '우리 겨레의 낡고 오랜 핏줄의 가장 생생한 것'이라고 여기기 때문이다. 실제로 그는 "옛날 옛날 옛적에/ 간날 간날 간적에"(「이야깃길」)라고 구전 동요의 '무의미 율문(nonsense verse)'을 시도하며, '삼월 삼짇날'(「삼월 삼짇」), '단옷날 유둣날'(「꽃가마」), '설날'(「토끼 방아 찧는 노래」) 등의 세시풍속을 끌어들이고, "자장 자장 자장나라/포랑새도요/코록코록 녹두밭에/한잠 자는데"(「자장가 첫째」), "홍부는 尙州골로/ 매품 팔러 가아고"(「홍부와 제비」) 등에서 옛날이야기를 차용하여 시적 실천에 궁행하였다.

밭에는
밭냄새
논에는
논냄새

밭에는 밭에 쬐이는

짜랑짜랑한 햇빛

논에는 논에 넘치는

넘실거리는 햇빛

그 구수하고 향기로운

마른 흙냄새는

마음이 단순한 자만이 아는

향기의 세계(아아 영혼의 향기)

그 시큼하고 향기로운

젖은 흙냄새는

바르게 사는 자의 코에만 어려오는

향기의 세계(아아 자연의 말씀의 향기)

밭에는

밭냄새

논에는

논냄새

밭에는 밭에 쬐이는

짜랑짜랑한 햇빛

논에는 논에 넘치는

넘실거리는 햇빛　　　　　　　　　　　　　── 「밭에는 밭냄새」 전문

　　박목월의 유고시집에 수록된 이 시편은 그가 생각했던 이상향의 풍경이
다. 그는 노년에 이르러 노래하는 '밭에는/밭냄새/논에는/논냄새' 나는 세
계는 '마음이 단순한 자만이 아는' 세계이다. 그곳에서 살기 위해서는 세속

적 삶의 조건을 청산해야 하지만, 현실에 삶의 기반을 두고 있는 그로서는 이것이 만만하지 않다. 그곳은 "당신은/고향의 외줄기 오솔길"(「어머니에의 祈禱 4」)에서 확인할 수 있듯이, 어머니와 동일시되는 고향이다. 이에 그는 어머니와 동일한 위상을 점유하는 공간을 내면에 마련하기에 이른다. 그리하여 '젖은 흙냄새'는 "누나 내음새 어매젖 내음새"(「보리누름 때」)가 나는 '향기의 세계(아아 자연의 말씀의 향기)'로 변경된다. 그 향기는 '바르게 사는 자의 코에만 어려오는' 까닭에, 그는 '마음이 단순한 자'가 되기 위해 "철없는 젊은 날의 꿈과 야심과 사랑"(「故鄕」)을 완벽하게 제거한 공간을 관념의 세계에 구축한다. 그 세계는 인간 중심의 부자연한 질서로 이루어진 세계가 아니라, "물새는/물새라서 바닷가 바위 틈에/알을 낳는다"(「물새알 산새알」)는 자연의 이법이 존중받는 곳이다.

이 작품은 그가 추구했던 시적 고향의 모습을 구체적으로 보여준다. 박목월은 작품의 도입부와 종결부를 동일 어휘로 반복하면서 '짜랑짜랑한 햇빛'과 '넘실거리는 햇빛'으로 사위를 차단하고, 혹시 모를 오염원의 침입을 예방하고 있다. 그러한 기법은 시 「옛날과 가랑비」에서 선보였던 바를 되풀이한 것으로, 그의 시작 생활 동안 한결같이 견지되었던 순수의 옹호 혹은 절대 공간을 지향하는 의식의 일단에 다름아니다. 그의 내면에 공고하게 수립된 '향기의 세계'는 일찍이 어린 시절에 뛰어놀았던 경주의 흙냄새가 진동하는 심혼의 고향이다. 그는 현실적 고향을 시적 고향으로 이월하여 그 안에서 아이와 어른으로 생활하며 시와 동시를 쓰다가 간 것이다. 이 점에서 그의 시는 철저하게 동시적 상상력의 외연이었고, 동시는 훼손된 원시적 질서를 바로잡으려는 시적 욕망을 내포하고 있다.

Ⅲ 결론

이상에서 살핀 바와 같이, 박목월은 청소년기에 동요와 동시를 창작하여 문학적 세계를 구축하는 기반을 이루었다. 그가 동시적 상상력에 바탕하여 이룩한 시세계에서 동시는 심혼의 고향이었다. 그는 동시에서 습득한 시적 기법들을 활용하여 독특한 시세계를 구축하였고, 그 세계는 동시적 상상력의 외연과 내포로 이루어졌다. 그러므로 동시는 박목월의 시세계에 진입하기 위한 전단계이면서, 동시에 시 자체였다. 그의 시는 동시적 상상력에 기반하고 있다고 해도 과언이 아니다. 그의 동시적 상상력은 세계에서 그를 구원하는 원동력으로 작용하는 동시에, 시대와의 불화에서 파생한 시인의 불만족스러운 영혼을 위로하여 새로운 세계로 진입하는 계기를 제공해주었다.

그는 한국전쟁의 충격 속에서 경상방언을 활용하여 고향의 원시적 세계를 옹호하였다. 그의 방언 사용은 고향에 대한 유별난 추억에서 기인하였다. 고향 경주의 역사적 의미에 애정을 지닌 그는 과거지향적 시간관에 터하여 구어적 세계를 노래한 작품을 다량으로 제출하였다. 그의 고향의식은 시적 이상향으로 확대되면서 환상의 공간으로 변주되었다. 그곳은 고향과 동일한 차원의 자연이었으며, 지고지순한 짐승들이 거주하는 절대 순수의 공간이다. 그곳에서 박목월은 시적 욕망과 현실적 꿈을 조절하며 시와 동시를 썼다. 이런 사실은 그의 시세계가 동시적 상상력에 의해 구축되었음을 입증해주며, 동시가 그의 시세계에 진입하기 위한 비표이며 궁극이란 점을 증명하고 있다.(『한국아동문학연구』제13호, 한국아동문학학회, 2007. 5)

'사랑'과 '날 것'의 원형적 조우

오규원론

I 서론

한국 사회의 이념 과잉 현상은 우려할 정도로 지나치다. 멀리는 성리학의 영향에서 비롯되어 식민지시대와 해방 정국, 한국전쟁과 분단의 고착화 그리고 냉전 이데올로기에 함몰되었던 국제 정세에 기인한 바 크지만, 사회 전반에 걸쳐 횡행하는 이념의 대결 국면은 지금까지도 완전하게 청산되지 못한 실정이다. 그 동안 여러 논자들이 이러한 문제에 대하여 우려를 표명한 바 있으나, 일부 식자들은 지속적으로 이념을 확대재생산하여 현상의 고착화에 기여하고 있다. 사회적 제도의 하나로서 시 역시 예외가 아니어서, 이념지향적 시인들이 한국 시단에서 일정한 세력을 형성하고 있음은 주지의 사실이다. 하지만 일각의 시작 성향과 달리, 관념의 미혹으로부터 인식의 자유를 추구한 시인들이 있다. 그들 중에서 오규원은 현상의 본질적 측면을 포착하여 사물의 근원을 탐구한 대표적 시인이다.

오규원(1941~2007)은 경남 삼랑진에서 태어나서 부산사범학교를 졸업하였다. 이러한 학력사항은 그가 아이들을 사랑하는 자세를 선수학습했다는 사실을 보여준다. 그러므로 오규원이 동시를 창작하거나, 동시에 관한 의견을 개진하는 것은 지극히 자연스런 감정의 발로이다. 그가 시인 소개란이나 연보에서 동시 추천 사실을 고의적으로 누락하더라도, 동시는 부인할 수 없는 그의 시적 출발점이다. 이런 점에서 동시 작품들은 그의 시세계를 제대로 이해하기 위한 전단계로서 의미를 갖는다. 구체적으로 그는 3인 동시집 『소꿉동무』에 참여했고, 1960년대에는 『카톨릭 소년』을 중심으로 동시 작품을 발표했다. 그는 시작 초기에 동시와 시의 창작을 병행했으며, 간간이 동시론을 개진하다가 노년에 이르러 동시집 『나무 속의 자동차』(민음사, 1995)[1]를 출간했다.

그의 동시집이 출간된 지 10년이 넘었으나, 지금까지 제출된 연구 성과는 전무하다. 그 이유는 시인의 동시집 출판이 지연된데 따른 결과이기도 하겠지만, 그것은 한 시인의 시적 성취에 대한 연구자들의 편벽된 연구자세가 낳은 예정된 결과라고 하는 편이 정확하다. 동시는 분명히 시에 속하는 서정적 장르인데도 불구하고, 한국에서는 시와 동시가 엄명하게 구분되어 있다. 그렇지만 근대문학의 태동 이후부터 시인들은 시와 동시를 구분하지 않았다. 예컨대, 정지용이나 윤동주는 동시 발표를 서슴지 않았다. 오히려 그들의 시세계를 이해하기 위해서는 동시를 분석하지 않

---

1) 이 시집의 작품은 『오규원시전집 · 2』(문학과지성사, 2002, 265-335쪽)에 재수록되었다.

으면 안 될 정도로, 동시류는 무시할 수 없을 만한 의미역을 차지하고 있다. 그럼에도 불구하고 연구자들은 동시의 검토 과정을 의도적으로 생략하여 폄하적 태도를 드러내고, 연구의 품격을 유지하려고 시도한다. 이에 본고는 위 동시집을 대상으로 오규원의 동시 세계와 시론의 상관성을 검토함으로써, 그의 시적 영지를 확장하고 나아가 연구자들의 관심을 촉구하고자 한다.

ⅠⅠ 동시론의 시적 구현 양상

01 | '사랑'과 '봄'의 동시론

오규원은 "나의 유년은 열두 살로 끝이 났습니다. 나의 유년이 끝남과 동시에 나는 도시로 떠돌기 시작했고, 도시의 삶은 나를 장으로부터 차츰 멀리 떨어져 있게 했습니다."[2]라고 고백했거니와, 초등학교 시절에 한국전쟁과 어머니의 죽음을 목도하였다. 그의 유년기 체험에 대한 고백담의 이면에는 불우한 가족사가 자리 잡고 있다. 그는 한국전쟁으로 인해 고향에서 부산으로 이사했다가 피난민으로 편입되어 궁핍한 생활을 체험하였다. 그리고 돌연사로 생을 마감한 어머니의 임종은 "나에게는 어머니가 셋. 아버지는 女子는 가르쳐 주었어도 사랑은 가르쳐주지 않았다"(「한 나

---

2) 오규원, 「내 어린 날의 장날」, 『길 밖의 세상』, 나남, 1987, 224쪽.

라 또는 한 女子의 길—楊平洞·3」)는 비극적 결과를 초래하여 그에게 깊은 상처를 안겨주었다. 그는 끝내 두 명의 계모와 '사랑은 가르쳐주지 않았다'는 아버지와 살지 못하고, 중학 시절부터 부산의 누이집과 하숙집을 전전하며 유족하지 못한 도시의 삶을 경험했다. 이러한 성장기 체험은 그를 아버지에 대한 추억보다는 어머니에 대한 그리움으로 안내하였고, 그는 모성성을 근간으로 하는 동시를 통해 부족한 사랑을 시화하였다. 이 점에서 동시는 오규원의 심리적 배사구조를 담보하고 있어서, 그의 시세계로 진입하기 위해서는 반드시 거쳐야 할 관문이다.

그는 운명적으로 전쟁의 비극과 가족사적 비애를 원체험으로 간직해야 하는 전후세대였다. 그렇지만 그의 동시작품에서 이러한 체험의 흔적을 발견하기 어렵다. 그의 시에서는 "李朝 때 어떻게 어떻게 慶尙南道 密陽郡 三浪津邑 龍田里까지 흘러든 流民의 새끼인 나"(「더럽게 인사하기」)의 가족사와 "누이집에서 신고 버린 게다짝과 미군 군화"(「詩人 久甫氏의 一日—부산의 한 부두에서」)를 갖고 놀던 피란민 체험이 더러 출현하지만, 동시에서는 전혀 검출되지 않는다. 이것은 동시의 갈래 상 특수성에 유념한 시인의 주의력 때문으로 보인다. 이 점은 이전의 동시에서 빈번하게 누출되었던 사모의 정과 가난한 날의 삽화 등에 대한 반동이고, 그의 동시가 나아갈 바를 시사한다. 그의 가정사와 곤핍했던 성장기 체험은 그에게 "하나는 어머니의 얼굴을 한 고향이고, 다른 하나는 아버지의 얼굴을 한 고향"[3]으로 각인되어 내면의 갈등을 안겨주었다. 그것이 고향의 이중적 성격에 갈등하는 그로 하여금 시작품에 가족과 고향에 관한 작품들을 드물

---

3) 오규원, 「언어 탐구의 궤적」, 『날 이미지와 시』, 문학과지성사, 2005, 128쪽.

게 만든 이유이다. 본래의 의미를 상실한 고향은 그에게 '언어 없는 꿈꾸기'를 요구하였으므로, 그가 동시에서 "비극의 내 生家"(「정든 땅 언덕 위」)를 고의적으로 외면한 이유를 추측할 수 있다. 그는 허망한 이념의 대결로 야기된 전쟁과 순탄치 못한 성장기의 괴로운 추억보다는, 현재적 시점에서 사물의 본질에 관심을 기울인 것이다. 그것은 현상에 대한 집요한 관찰과 세심한 묘사로 구현되었다.

이런 사정을 전제하면, 그의 시세계에서 동시가 차지하는 의미는 각별하다. 그가 시작 초기에 동시를 창작했다는 사실은 전흔의 비중을 경감시키고 모성의 결핍과 부성의 부재를 승화하여 내면적 안정을 취하는데 도움을 주었다. 그의 초기 시에서 검출되는 언어에 대한 신뢰는 세계의 현상적 질서를 정직하게 포착하는 동심의 시선에 토대한 결과이다. 왜냐하면 동시는 온전한 세계의 균열되지 않은 질서를 포착하여 형상화하는 속성을 지니고 있으므로, 그에게 동시는 전쟁으로 인한 집단적 기억을 상쇄시키기에 적합한 장르로 수용되었을 공산이 크기 때문이다. 동시는 나이 어린 세대에 대한 기성세대의 배려를 바탕으로 삼기 때문에, 시인에게 전쟁의 비극적 체험보다는 사물에 대한 사랑을 우선시하는 태도를 요구했다. 오규원이 아동문학의 본질적 의의를 사랑이라고 단언하는 것도 이 때문이다. 그런 사랑은 "냄새가 나지 않는 사랑"(「빈약한 상상력 속에서」)이다.

아동문학은 사랑의 문학이며, 사랑을 깨닫게 하는 문학이다. 아동문학의 중요성도 그것에 의해 얻어진다. 뿐만 아니라 언어를 통해 사랑을 깨닫게 하는 데에서, 가르침을 핵으로 하는 교육과 구별된다. 가르침은 이해와 학습을 주축으로 하지만, 깨달음은 감동과 경험을 위주로 한다. 그러므로 아동문학은 아동이라는 독자들로 하여금 세계를 사랑한다는 일이 무엇을 의미하며, 그 사랑이란 어떤 정신적 충족을 주는가를 느끼게 하는 것이다.4)

오규원은 "꽃피우는 일을 사랑하는 일—이게 진리를 사랑하는 인간의 참된 모습"(「현대인의 환상」)이라고 믿는다. 사랑이란 '꽃피우는 일'처럼 지극한 정성으로 실행된다. 따라서 아동문학은 어린 독자들이 '꽃피우는 일'을 사랑하고, 그것이 사람과 세계에 대한 사랑의 시작이며 끝이라는 사실을 깨닫도록 도움을 주어야 한다. 단, 아동'문학'이기 때문에 '언어를 통해' 사랑을 깨달을 수 있도록 아동문학가들은 작품 속에 '감동과 경험'을 마련해야 한다. 이것이야말로 아동문학가의 바람직한 태도이며, 또한 '인간의 참된 모습'을 포착하기 위한 시적 자세이다. 오규원의 아동문학론은 당연한 얘기의 반복에 지나지 않으나, 당시의 아동문단에서는 어린 독자들에게 '가르침' 위주의 작품들이 유행했던 사실을 고려한다면, 그의 언급은 문단을 향한 애정 어린 충고로 보인다.

이런 관점에서 그는 아동문학의 본질을 규정하기에 앞서 문학과 교육의 차이를 설명한다. 그에 의하면 아동문학가들은 '가르침과 깨달음의 차이'를 분명하게 인식하지 못하고 있다. 그 결과 동시대의 어린이들은 아동문학 작품을 통해 사랑을 깨닫기보다는, 교훈적 측면을 강조하는 작가들에 의해 일종의 관념을 강요받아 왔다. 이러한 관점은 문학작품들을 논리적으로 체계화하여 가르칠 수 있다고 믿는 교육자들을 중심으로 주장되었

---

4) 오규원, 「동시와 사랑」, 『언어와 삶』, 문학과지성사, 1983, 168쪽.

다. 또한 시를 통해서 아이에 대한 어른의 우위성을 확인하고, 세대적 책임감을 이행하는 것을 작가적 소명의식으로 인식하는 부류에 의해서 주장되기도 한다. 이런 현상은 문학의 발생 이후부터 줄곧 제기되어 왔던 문제이므로, 오규원의 지적은 새삼스럽지 않다. 그의 견해는 당시의 동시단에 만연되어 있던 풍조를 극복하기 위한 자기결의의 의미가 더 크다.

그렇다고 그의 말대로 '가르침'이 문학에서 전적으로 배제될 요소는 아니다. '아동'문학인 이상, 그것은 미성숙한 독자의 참여를 감수해야 하므로 교훈적 요소를 고려하지 않을 수 없다. 다만 교훈적 요소의 속성이 문제이다. 대개의 작가들은 아동문학의 교훈성을 내용의 차원에서 접근함으로써, 작품상으로는 주제의식이나 전래의 규범을 옹호하기를 주저하지 않는다. 하지만 이러한 태도는 아동문학의 작품성, 곧 형식미학적 성취 수준을 저하시키는 요인이다. 따라서 아동문학의 교훈성은 아동'문학'의 형식적 차원에서 찾아보는 편이 훨씬 '문학적'이다. 작품은 교육되기에 앞서 선험적으로 존재할 뿐더러, 가르칠 목적으로 창작되지 않는다. 동시가 시의 하위 갈래인 이상, 시의 각종 문법은 충실히 준수되어야 한다. 이것이야말로 동시의 교훈성을 나타내는 장르상 표지이다. 아동은 동시를 통해서 시의 고유한 문법체계를 학습하고, 나아가 시의 세계로 진입하기 위한 사전지식을 습득하게 된다. 따라서 두 요소는 배척될 성질의 것이 아니라, 상호 보완적으로 혼화되어야 효과적이다. 두 요소의 우열성을 가리는 일은 역사적 사례로 비추건대 무상하기 그지없는 일이다.

그가 말한 바 '아동이라는 독자들로 하여금 세계를 사랑한다는 일'의 중요성을 강조하는 자세는 동시를 규정하는 자리에서도 견지된다. 동시는 시의 하위 갈래이므로, 태생부터 세계에 대한 사랑을 전제한다. 사랑은 동시의 존립을 담보하는 근원적 정서이다. 사랑이야말로 기성세대로서의 시인이 어린 세대들을 배려하는 실천적 행동이고, 가치관이 상이한 두 세대를 화해로 인도하는 정서상의 접점이다. 그것은 동시의 대상성에서 비롯된 것이기도 하고, 동시가 궁극적으로 지향하는 심리적 원형성에 기인한 것이기도 하다. 오규원은 이 점을 인식하고 동심이라는 관습적이고 관념적인 용어를 차용하여 자신의 논리를 보충하는 한편, 동시의 심리적 기반을 이루는 동심에 대해 포괄적인 정의를 내린다.

> 저는 동시를 동심을 노래하는 것으로도, 동심으로 노래하는 것으로도 보지 않습니다. 저는 동시를 동심으로 볼 수 있는 시의 세계라고 생각하는 사람이므로, 이 차이가 제 작품의 여기저기에 나타나 있습니다. 동심을 노래하는 것은 시의 세계가 동심으로 한정될 염려가 있고, 동심으로 노래하는 것은 시의 세계가 노래라는 말에 간섭을 받을 염려가 있습니다. 그래서 보다 포괄적이고, 보다 보수적인 시각으로 동시의 자리를 잡은 것입니다 이렇게 하는 것이 동시에게 훨씬 큰 세계를 마련해 주는 일이라고 저는 믿고 있습니다.[5]

오규원은 동시를 '동심으로 볼 수 있는 시의 세계'로 규정한다. 그의 발언은 장르적 관점을 원용한 것이지만, 그와 같이 말하게 된 동기는 '동심을 노래하는 것'과 '동심으로 노래하는 것'의 범주가 야기하게 될 '간섭'에 있다. 그가 우려하는 '간섭'은 두 가지 관점에서 자학적이다. 하나는 실체를 규정하기 어려운 '동심'이라는 추상적 심리현상을 어떻게 객관적으로 진술

---

5) 오규원, 「책 끝에」, 『나무 속의 자동차』, 민음사, 1995, 153쪽.

하느냐 하는 점이다. 다른 하나는 '시의 세계'가 지닌 본질적 요소들을 가격하여 동시를 규정할 경우에 필연적으로 야기될 시적 특성들을 어떻게 손상시키지 않느냐 하는 점이다. 이 두 가지 문제에 관한 고민 끝에 그는 동시를 '보다 포괄적이고, 보다 보수적인 시각'으로 규정한다. 보수적 시각은 시의 형식적 특수성에 대한 배려이고, 포괄적 시각은 대상성을 고려한 시의 범주에 대한 고려이다. 이 점에서 양자의 접점을 절충한 그의 정의는 무난하다.

그렇지만 오규원의 말대로 동시를 '동심으로 노래하는 것'으로 본다고 해서 '노래'라는 말의 간섭을 의식할 필요는 없다. 그가 동요의 노래적 요소를 소거하며 출범한 동시의 기원을 모를 리 없을 터이고, 또한 '노래한다'는 말의 뜻이 비단 노래에 한정되기보다는 '읊다, 쓰다, 짓다' 등의 의미로 통용된다는 사실을 익히 알고 있을 텐데, 굳이 '동시를 동심으로 볼 수 있는 시의 세계'라고 칭한 것은 '봄'에 초점을 맞추고 있기 때문이다. 그는 "우리의 노래는 언제나 노래로 끝나지 못하고 노래가 끝난 다음의 무서운 침묵의 그림자가 된다"(「詩」)는 사실을 두려워하거니와, 동시가 노래가 되어 '무서운 침묵의 그림자'를 남길까 염려한다. 곧, 시와 동시를 병행하던 시절의 그는 한 편의 시작품에 필연적으로 내재될 '침묵의 그림자'를 예방하기 위해 '노래'에 민감한 반응을 보였던 것이다.

그리고 그가 동시를 동심으로 '볼 수 있는' 시의 세계라고 언급한 것은, 직관을 중시하는 시관을 드러낸다. 그의 발언은 종래의 '노래'지향적 동시와 '가르침'을 중시했던 동시단에 신선한 충격을 가져다주었다. 그가 가르침보다 사랑의 '깨달음'을 우선시하는 견해를 개진하는 것은 사물의 본질에 대한 통찰력을 강조하는 발언이므로, 직관은 그에게 사물의 내용이나 그것의 번역보다는 현상에 관심을 집중하도록 추동하였다. 그의 시가 현상의 묘사에 장기를 발휘하는 소이도 그것 때문이다. 그의 견해는 교훈 위주의 작품들이 유행하던 동시단의 혼란을 불식시키는데 기여했다. 그의 동시론은 철저하게 독자의 의식 수준을 겨냥한 작품의 창작으로 실천되었다.

02 | '길 있음'의 동시적 형상화

앞에서 언급했다시피, 지금까지 밝혀진 오규원의 동시는 『나무 속의 자동차』에 집약되어 있다. 그의 동시는 활발하게 발표했던 성인시의 양적 수준에 비해 턱없이 부족하다. 이것은 그의 생업이 동시를 가르치는 분야가 아니란 사실과 더불어, 그의 동시 생산에 대한 소홀한 정도를 증명해준다. 이 시집에서 자술한대로, 그는 '20대와 30대의 초반' 외에 특별히 동시를 발표하지 않았다. 그는 '가르침과 깨달음'의 차이를 구분하지 못하는 아동문단에 동시집을 제출하는 대신, 건강이 여의치 않은 노년기에 이르러서야 기왕에 발표했던 동시 작품들을 '정리'하여 발간하였다. 이로써 그의 동시에 관한 단속적인 사유가 드러나고, 시적 성취의 '길'에 나선 배경이 확인된다.

예로부터 길은 인생에 비유되었듯이, 사람들에게 관습적 상상력을 제공하였다. 길은 인식론적·존재론적·현상학적 차원에서 존재한다. 사람들은 길을 매개로 세계와 현상의 다양성을 인식하고, 자신의 사유와 생애를 반추한다. 문학사적으로 '길'은 인식의 통로이다. 김소월에게 '길'은 정착할 수 없는 사회적 현실을 반영한 부유의 의미를 생성하면서 간단없이 반복되었다. 물론 전후세대에 속하는 오규원의 시에서 '길'은 그와 다르게 사용된다. 오규원의 동시는 '길'의 현상을 충실하게 보여준다. 그가 "나는 세상이 모두 길로 이어져 있음을 길에서 보았다"(「보물섬」)고 말할 때, 그에게 '길'은 각종 현상의 인식 도구이고 심급이다. 그는 '길'을 통해서 자신과 타자를 나누고, 시와 동시를 구분한다.

제가 길이라는 말을 사용할 때는 대개 두 가지 의미에서 사용합니다. 하나는 삶의 도정으로서의 길이고, 다른 하나는 인사이드 삶과 아웃사이드 삶을 나누는 경계선으로서의 길입니다. 길 안에서는 자갈밭으로 가는 사람들보다 포장된 길을 가는 사람들이 더 편안하겠지요. 그러나 길 밖에서 길을 내는 사람들의 삶은 좀 다르지요. 그런 사람들의 삶은 고단한 삶이고, 개척하는 삶이고, 자신의 삶 그 자체를 실험의 대상으로 내놓을 수 있을 만큼의 모험이 따르는 삶이지요. 시인이란 정신적 노동을 하는 사람들 아닙니까? 정신적인 모험을 과소평가할 수는 없지요. 그래서 모험이 있는 삶과 모험이 없는 삶의 경계를 나누는 것을 '길'이라고 생각했던 것입니다.[6]

오규원에게 '길'은 '모험이 있는 삶과 모험이 없는 삶의 경계를 나누는 것'이다. 그가 '길'을 통해 세계를 인식하기 이전부터 존재하고 있다. 이미 나있는 '길'은 시인의 의지와 상관없이 사물을 이쪽과 저쪽으로 나눈다. 그는 존재하는 현상으로서의 길이 나누는 방식에 따라 사물과 세계를 응

---

6) 오규원·윤호병 대담, 「시와 시인을 찾아서·14」, 『시와 시학』, 1995. 여름호, 26-27쪽.

시하고 관찰하기만 한다. 그가 묘사 중심의 시를 쓸 수밖에 없는 이유이다. 그의 관심이 '길'의 안쪽에 있는 내용물로 확장되지 않는 한, 그는 존재하는 그 자체를 묘사에 그친다. 그는 '길'의 의미를 두 가지 차원에서 접근한다. 하나는 '삶의 도정'이고, 다른 하나는 '경계선'이다. 양자는 '정신적 노동'을 하는 시인의 '정신적 모험'을 자극하고 충동하는 심리 기제이다. 곧, 그에게 '길'은 시적 모험의 공간인 셈이다. 그는 경계선상에서 '인사이드 삶'과 '아웃사이드 삶'을 관찰한다. 그것이 전자로 집중되면 내면의 탐구로 나아가고, 후자로 집중되면 현상에 대한 탐구로 확대될 터이다. 말할 것도 없이, 그는 후자를 선택하였다.

길은 움직이지 않는다. 길은 오가는 생명체들에 의해 그 의미가 규정될 뿐, 본래의 모습이 변하거나 주체적으로 대상을 차별하지 않는다. 길을 기준으로 양쪽을 구분하고, 대상을 분류하는 것은 사람들이다. 오규원은 '길' 위의 풍경을 묘사하는데 전력을 기울일 뿐, 자신의 의견을 서술하지 않는다. 스스로 "詩에는 아무 것도 없다"(「龍山에서」)고 선언하는 그의 시 작품에서 전언을 찾아볼 수 없는 이유이다. 그는 "대상을 독립시키지 않고 주관에 종속시키는 전통시와 달리, 현상을 그대로 이해하려는 현상학자"[7]이므로, 교훈적 요소를 강조하는 종전의 성향과 다르게 묘사에 치중한 시 작법을 보여준다. 이것은 그의 동시와 여느 시인의 작품을 구분하는 변별점이다.

---

7) 김준오, 「현대시의 자기반영성과 환유 원리」, 『현대시의 환유성과 메타성』, 살림, 1997, 204쪽.

하늘에는
새가
잘 다니는
길이 있고

그리고
하늘에는
큰 나무의 가지들이
잘 뻗는
길이 있다

들에는
풀이
잘 자라는
길이 있고

그 길을 따라가며
풀이 무성하고

풀 뒤로 숨어서
물이
가만 가만 흐르는
길이 있다

물 속에는
고기가
잘 다니는
길이
따로 있고

고기가 다니는
길을 피해
물풀이자라는
길이 있고

물풀 사이로는
물새가
새끼를 데리고
잘 다니는
좁은
길이 있고……   ─「길」 전문

　오규원은 일관되게 "세상의 길 없음을 중심되는 시적 주제로 삼고 있
다"[8]는 점에서, 이 작품은 주목할 만하다. 그는 시와 달리 동시에서 '세상
의 길 있음'을 문제 삼는다. 그것은 독자들의 대상성에 주목한 것으로, 아
직 그가 "모든 길은 막막하고 어지럽다"(「巡禮·序」)고 고백하며 '길 없음'

---

8) 구모룡, 「두 겹의 삶」, 『한국문학과 열린 체계의 비평 담론』, 열음사, 1992, 249쪽.

을 시비하는 시의 세계로 진입하지 않았음을 알려주는 징표이다. 오규원의 동시에서 '길'은 만물이 생동하는 역동적 공간이다. 그는 '길'을 통해 사물의 본질을 투시한다. 그에게 '길'은 생명의 움직임을 확인하는 자리이고, 시의 그곳에는 온갖 생명들이 자연의 질서에 맞추어 움직이기 때문에 사람의 개입을 꺼린다. 예컨대, '잘 다니는, 잘 뻗는, 잘 자라는, 가만가만 흐르는, 자라는' 길이다. 그 중에서 '잘'이라는 부사가 붙은 경우와 아닌 경우는 가시적이냐 비가시적이냐의 차이일 뿐, 생명의 움직임이라는 측면에서는 별반 차이가 없다. 다만 그는 '길'을 통한 만물의 운행을 제시하여 우주의 질서를 보여주고 있다. 곧, '길'의 유무는 그의 시와 동시를 가르는 변별적 자질이다.

이 점에서 오규원이 '길 없음'의 세계를 집요하게 천착하다가 말고, 노년에 이르러 '길 있음'의 세계를 집성한 동시집을 출간한 사실은 주목되어야 한다. 그것은 '칸트주의자'로서 "서로의 자유를 방해하지 않는 한도 안에서 나의 자유를 확장하는, 남의 자유를 방해하지 않기 위해"(「이 시대의 純粹詩」) 상대의 눈치를 보아야 하는 현대인으로서 그가 느끼는 합리적 세계에 대한 환멸의식에 기인한다. 서구적 이성의 산물로서 칸트주의는 상호 간섭하지 않는 전제조건 위에서만 자유를 허용한다는 점을 직시한 오규원은 자유가 선사하는 거짓 만족과 물신시대의 '순수시'가 지닌 시적 위상을 풍자하고 있다. 곧, 그는 '칸트주의자'로 자처하는 현대인들의 위선과 거짓 만족을 '이 시대'의 순수성으로 격하하여 '순수'의 정체를 드러냄으로써, 그들의 왜곡된 인식을 폭로한다. 이미 산업화시대에 이르러 교환가치에 의해 본질적 가치가 훼손된 판국에 도구적 이성으로 전락한 칸트적 이성은 세계의 '길없음'을 보여주는 존재증명일 뿐이다.

인간의 이성은 관념의 체계에 불과하다. 오규원은 관념의 미망을 거부하는 시인이므로, 사람들에게 관념을 강요하는 물질적 현실은 시적 대상의 반열에 오를 자격요건을 갖추지 못한다. 따라서 관념의 허상을 배격하는 그로서는 '방해하지 않는 한도 안에서' 체결된 사람들 사이의 타산적 사랑에 앞서 존재했던 원시적 세계에 대한 그리움을 발동하지 않을 수 없다. 그 세계는 '등기되기 이전의 현실'로 구성된 동시적 세계이기에 '한도'를 측량할 필요가 없을 뿐만 아니라, 그 세계에서는 '서로'를 의식하지 않아도 무방하다. 그가 만물의 자연현상에서 사랑의 원형을 찾을 수 있었던 배경이다. 오규원에게 시적 현실은 "한 시인이 표현하고자 하는 세계를 위해 선택되고 변용된 모형"[9]이지만, 동시적 현실은 시적 현실에 앞서 존재하는 세계의 '모형'이 아니라 실물의 세계이며, 시인의 역할은 특정한 의도에 압박되어 '선택'되고 '변용'할 소지가 없다. 즉, 시인이 발견하기 이전부터 존재하는 현상 그 자체이다.

> 뿌리에서 나뭇잎까지
> 밤낮없이 물을
> 공급하는
> 나무
> 나무 속의
> 작고작은
> 식수 공급차들

---

9) 오규원, 「시와 현실」, 『언어와 삶』, 94쪽.

뿌리 끝에서 지하수를 퍼 올려
물탱크 가득 채우고
줄기로 줄기로
마지막 잎까지
꼬리를 물고 달리고 있는
나무 속의
그 작고작은
식수 공급차들

그 작은 차 한 대의
물탱크 속에는
몇 방울의 물
멸 방울의 물이
실려 있을까
실려서 출렁거리며
가고 있을까

그 작은 식수 공급차들
기다리며
가지와 잎들이 들고 있는
물통은 또 얼마만할까   ─ 「나무 속의 자동차」 전문

오규원의 세계 인식 태도를 살필 수 있는 작품이다. 그는 나무 '속'에
난 길을 관찰하고 있다. 나무의 길은 수관에 불과하지만, 그의 사유에 의

해 자동차가 다니는 길로 변모한다. 전적으로 상상력에 의탁하여 표현된 그의 비유는 썩 탁월한 편은 아니다. 동시집에서는 그의 시에서 장처로 거론되는 당혹감과 낯섦, 이미지의 뒤틀림 현상 등을 찾아볼 수 없다. 이 것은 오규원이 '동시를 동심을 노래하는 것'으로 파악하고 있기 때문이다. 그에 따르면 동시는 사랑의 시이므로, 나무의 수관이 담당하는 역할은 가 지와 잎에 '식수'를 공급하는 '길'이어야 한다. 그는 나무보다는 그것의 생 명 현상을 존속시키기 위해 필요한 수관의 역할을 초점화하고 있다. 그는 이와 같이 "생성의 시간적 언어인 현상을 기록할 수 있다면, 그것은 살아 있는(生) 언어이며, 동시에 굳어있지 않은 이미지일 것"[10]이라는 신념 위 에서, 대부분의 동시에서 산견되는 나무의 신화적 요소나 모성성을 의도 적으로 배제하여 재래적 상상력의 용례를 배격한다. 이러한 태도는 현상 의 의미보다는 존재하는 모습을 강조하여 '보여주는' 그의 시작 태도에서 비롯된 것이다.

한편 나무 속의 '길'은 '꼬리를 물고 달리고 있는' 차량들로 붐빈다. 그러 나 이 작품에서는 차량의 분주한 오감에 비해 소리가 들리지 않는다. 그 이유는 오규원의 동시 작품에 등장하는 나무들이 갖은 관념으로 치장한 "武裝한 나무들"(「認識의 마을」)이나, 노회한 기교를 부리는 "관절염을 앓 는/늙은 감나무"(「들판」)가 아니기 때문이다. 그것은 시선이 이동함에 따 라 나무 '속'의 모습이 절로 드러날 수 있도록 정치하게 묘사한 그의 서술 덕분이다. 그의 나무는 단지 그 자리에 서서 생명의 위의를 보여주며 자족 할 뿐, 자신의 풍채에 어울리지 않는 위엄이나 과장을 지양한다. 오규원은

---

10) 오규원, 「날(生) 이미지와 현상시」, 『현대시사상』, 1997. 봄호, 125쪽.

동시의 특수성에 알맞도록 사물의 본질을 포착한 이미지를 추구하여 이전의 동시와 구분되는 경계를 획득하고 있다.

03 | '날 이미지'의 원형 탐구

오규원은 자신의 시적 관심이 변모하게 된 과정에 대하여 "언어를 믿고 세계를 투명하게 드러내려고 노력을 하던 시기(초기)를 거쳐, 언어와 세계에 대한 불신이 내 나름대로 관념과 현실을 해체하고 재구성하려던 시기(중기)를 지나, 명명하고 해석하는 언어의 축인 은유적 수사법을 중심축에서 주변축으로 돌려버린 지금의 위치에 선 셈"[11]이라고 말한 바 있다. 이에 따르면, 동시는 그가 '언어를 믿고 세계를 투명하게 드러내려고 노력을 하던 시기'에 발표되었다. 그의 말이 세계의 현상을 보이는 대로 솔직하게 드러냄을 가리킨다면, 동시는 '명명하고 해석하는 언어의 축인 은유적 수사법을 중심축에서 주변축으로 돌려버린 지금의 위치'까지 다다르게 된 연유를 추적할 근거가 된다.

오규원의 시는 '봄'에 의지한다. 그는 세상을 관찰하는 견자로서 자연현상을 '보고', 사람들의 움직임을 '본다'. 그는 "아니 나는 지금 시를 쓰고 있지 않다 안락의자의 시를 보고 있다"(「안락의자와 시」)에서 보는 바와 같이, 시를 쓰는 행위조차 '시를 보고 있다'고 말한다. 그것은 사물도 시를 구성하는 하나의 기호체계라는 사실을 강조하는 발언에 지나지 않는다.

---

11) 오규원, 「날 이미지의 시」, 『날 이미지와 시』, 107쪽.

기존의 관념이나 의미 규정을 철저히 봉쇄해버리는 그의 시적 발언은 차라리 반서정주의의 선언이다. 그런 시선으로 그는 끝없이 '길 밖'의 세상에서 '길 안'을 바라보려고 시도하며, 한편으로는 '길 밖의 세상'을 보려고 한다. 아마 그는 사람들의 보이지 않는 생각조차 '보고' 싶었을지 모른다. 그만큼 오규원에게 '봄'은 중요한 의미를 갖는다. 그의 시각적 사고는 세계를 인식하는 양식이다. 그는 세계의 물상에 대한 관찰과 응시를 통해 보이지 않는 사물의 이치를 '본다'.

세상을 눈으로 파악하는 시인에게는 사물의 움직임이 우선적으로 포착된다. 눈에 보이는 만물은 묘사의 대상이다. 오규원은 사물의 본질적 특성을 투명하게 드러내기 위한 수단으로 '말하기' 대신에 '보여주기'를 선택한다. 그에게는 세계의 존재성이란 있는 그대로 보여주면 되는 것이므로, 그에 따르는 일체의 설명은 물론 은유조차 불필요한 주석에 불과하다. 그는 일정한 시각과 일종의 관념을 강요하는 현실을 '등기된 현실'로 파악하여 "시간 밖으로 나가서 비로소 보이는 登記되지 않은 현실"(「하늘 가까운 곳」)과 구분한다. 그의 시는 '등기된 현실'을 타파하기 위해 '등기되지 않은 현실'을 지속적으로 보여준다. 동시는 양자의 원형, 곧 '등기되기 이전의 현실'을 취급하기 때문에, 시인은 '등기된 현실'의 내용을 전달하거나 '등기되지 않은 현실'을 등기하려고 노력할 필요 없이 눈앞의 현상을 묘사하는 데 서술의 초점을 맞춘다. 오규원의 시세계를 구성하는 '날 이미지'는 이렇게 탄생한다. 이 점에서 동시는 그의 시세계를 지배한 '날 이미지'의 근원을 배태하고 있다.

오규원이 '날 이미지'라는 용어를 사용하기 시작한 것은 시작 노트 「살아 있는 것」(『현대문학』, 1994. 8)부터이다. 이른바 '날 이미지'는 그의 시세계를 이루는 심리적 변인들의 구체적 모습이다. 등단한 이후에 그는 동시의 대상성에 주목하여 쉼 없이 움직이는, 그러나 항상 다른 아이들에게서 '살아있는 것'의 실체를 확인하였다. 그 뒤로 시를 쓰면서 그는 현상의 포착에 노력을 기울이게 되었고, 그 결과로 '날 이미지'의 시론을 수립할 수 있었다. 그는 '날 이미지'를 동원하여 판에 박힌 '등기된 현실'의 왜곡된 모습을 폭로하고, 기존의 인식틀과 사고를 부정한다. 모든 존재가 현상으로 말한다고 주장하는 그가 "존재를 말하는 현상, 인간이 정(定)한 관념으로 이미 굳어 있는 것이 아니라, 정(定)하지 않은, 살아 있는 의미의 '날(生) 이미지'와 그 언어의 축"(「자서」, 『길, 골목, 호텔 그리고 강물소리』)을 찾아나선 이유는, 현상의 본질적 의미를 탐색하고 싶은 시적 욕망에서 발원한 것이다.

> 이미지 중에서도 굳어 있는 이미지가 아닌, 관념화된 이미지가 아닌 현상적 이미지가 날 이미지, 또는 生(날) 이미지라는 것이 제가 읽고 있는 이미지입니다. 예를 든다면, '장미는 모순이다'라는 것은 이미 관습화된 은유의 축이고, 관념화된 것으로 고정되었고 굳어진 이미지라고 할 수 있지만 '장미가 오늘은/잎 두 개를/옆으로 키운다'라고 하면 生(날) 이미지라고 할 수 있지요. 이 生(날) 이미지는 굳어 있지 않고 언제나 변화하는 살아 있는 이미지라고 할 수 있지요.[12]

오규원의 설명에 의하면, 소위 '날 이미지'란 살아 있는 이미지이다. 이 '날'이란 '生'과 동일어로서, 일상생활 장면에서도 '날것'은 '生것'과 동일한

---

12) 오규원·윤호병 대담, 앞의 책, 20쪽.

맥락에서 사용된다. 살아 있는 것은 움직이고, 움직이는 것은 쉼없이 변화한다. 사물은 고착되지 않기 때문에, 고정된 시선이나 관념으로 표현할 수 없다. 곧 사물은 관념태가 아니라 현상으로 존재할 뿐이다. 그가 '生(날) 이미지'를 '굳어 있는 이미지가 아닌, 관념화된 이미지가 아닌 현상적 이미지'라거나, 또는 '굳어 있지 않고 언제나 변화하는 살아 있는 이미지'라고 규정하는 것은 일상적 용법을 차용한 것이다. 결국 그는 '관습화된 은유'의 위기로부터 참신한 은유를 구하기 위해 일상생활에서 날 것을 빈 것이다. 이런 태도는 시의 형식적 요소에 치중하는 그의 습벽을 드러내면서, 사물의 해석보다는 현상의 묘사에 중점을 두는 시작법을 보여준다.

그의 지론이었던 이른바 '날(生) 이미지'는 간접적으로 전쟁의 불임성에 대한 반작용 기제로 형성된 것으로 보인다. 오규원이 "상처란 무시무시한 내면성이다"(「우주 · 3」)고 술회했듯이, 전쟁의 비극적 참화는 그에게 '살아 있는 것(生)'에 대한 본능적 욕망을 자극하였다. 온통 죽음으로 미만한 전후의 현실 상황에서 새삼스럽게 생명의 존엄성을 자각하게 된 그의 노력이 살아 있는 이미지에 대한 추구로 전이된 것이다. 더욱이 비생산적인 이념의 충돌로 초래된 한국전쟁은 그에게 이념이나 관념에 대한 회의를 재촉하였고, 그는 '등기된 현실'의 위선과 위악을 부정하는 일관된 신념으로 세계의 완고한 관념에 도전하였다. 이런 측면에서 그의 시에서 간단없이 출현하는 현실에 대한 부정의식은 "안 되는 게 없는 세계"(「童話의 말」)를 향한 욕망의 외현화이다. 그곳은 '살아 있는 것(生)'들이 신체를 훼손당하기 이전의 본모습으로 움직이는 전쟁 전의 세계, 곧 우주적 질서에 의해 만물이 운행하는 동시의 세계이다. 이러한 그의 바람은 작품상으로 부정의 부정을 통해 "현실의 갈등을 상쇄시키고, 어떤 유토피아를 상정하는 시 쓰기의 전략과도 부합되는 것"[13]이라는 점에서, 전후의 불임성을 제거하기 위한 시적 의지의 발현이라고 할 수 있다.

오규원은 '안 되는 게 없는 세계'를 보여주기 위한 수단으로 '봄'을 선택하였다. 그는 '봄'의 방식으로 동시에서 '사물의 육체'를 정직하게 보여줌으로써, 전란으로 파괴된 자연적 질서의 실체를 재현한다. 그러므로 그가 동시에서 보여주는 묘사의 기술이야말로, 장차 시의 성취수준을 기약하는 담보물이다. 그는 이전의 동시에서 문제점으로 지적되었던 고루한 교훈성, 진부한 이미지, 정형화된 율격, 상투적 상상력을 지양하였다. 그의 노력은 현재적 시간의 공간에 존재하는 현상을 '날것'으로 묘사하는 방법론으로 구체화되었다. 그는 동시에서 학습한 묘사를 토대로 시에서 괄목할 만한 성과를 제출하였다. 그의 시에서 묘사가 차지하는 비중은 다음 작품에서 여실히 증명된다.

감나무 잎과
잎 사이로
늦잠을 자는
들새의 가느다란 목이
지나가는 바람에
약간 삐딱하게
기울어져 있다

---

13) 이연승, 『오규원 시의 현대성』, 푸른사상, 2004, 173쪽.

댓돌에는
오른쪽 신발과
왼쪽 신발이
제멋대로
누워 있고

책상 위의
책갈피 속에는
글자들이
반쯤 눈을 뜬 채
잠들어 있다   —「일요일 아침」 전문

　일요일 아침의 풍경을 사실적으로 묘사한 작품이다. 그는 모처럼 휴식
을 취하는 집안의 모습을 보여줄 뿐, 더 이상의 언급을 자제한다. 자칫
무료한 풍경으로 비칠 수 있는 집안의 한가함은 "알몸을 드러내는 도시의
倦怠"(「소리에 대한 우리의 착각과 오류」)가 아니라, 농경적 무시간성으로
충만한 휴식 광경이다. 그곳은 시간의 분절화로 구속받는 근대적 성인의
세계가 아니라, 시간을 의식하지 않는 원시적 어린이의 세계이다. 먼저
1연에서 오규원의 시선은 들새의 목이 바람 때문에 '약간 삐딱하게' 기울어
져 있음을 발견한다. 실제 세계에서야 그런 일이 벌어질 리 만무하지만,
그는 들새의 목에 주목하여 일요일의 아침 풍경이 평일의 그것과 다른
점을 사실적으로 보여준다. 2연에서 신발이 '제멋대로' 놓여 있는 것도 같
은 이치이다. 3연의 글자는 '반쯤 눈을 뜬 채' 잠들어서 온 가족이 늦잠을

자는 일요일 아침의 집안의 풍경을 완성하는데 기여한다. 그것은 집안의 누군가가 밤늦게까지 책을 읽었다는 증거이고, 가족들의 이완된 휴식 상태를 세밀화로 '보여주기'에 충분하다.

이와 같이 오규원은 일관된 시선으로 현상의 기술에 서술의 초점을 맞춘다. 일체의 시적 전언을 내포하지 않았으면서도, 그는 사물의 정확한 묘사를 통해 시적 주제를 전달하는데 능숙하다. 그의 시를 "일종의 시적 리얼리즘"[14]으로 규정할 수 있는 이유도, 오규원이 사회적 제도로서의 언어가 지닌 관습적 용례를 지양하여 사물의 구체성을 사실적으로 '보여주기' 때문이다. 그는 위선적인 세태를 지적하여 "한국인의 識者 콤플렉스라고나 할 수 있는, 이 아는 체, 그럴 듯한 체하는 것이 위선의 가장 근본임을 알면서도 우리는 그것에 끌려다닌다"(「한 詩人과의 만남」)고 힐난하면서, 스스로 구각으로부터 탈피하기 위해 노력하였다. 그 모색의 결과는 시에서 '체하는' 관념의 유희를 배격하였고, 동시에서 세계에 대한 사랑으로 실현되었다. 그의 사랑은 위선을 용납하지 않으며, 구체성은 현학적 취미를 허용하지 않았다. 그의 동시에서 공통적으로 검출되는 '볼 수 있는' 현상의 묘사는 장차 시의 '날 이미지'를 형성하는 기반이 되었다. 그는 동시에서 습득한 묘사력을 확장하여 고유한 이미지를 구축하는데 성공한 것이다.

---

14) 이광호, 「에이런의 정신과 시쓰기」, 『작가세계』, 1994. 겨울호, 97쪽.

Ⅲ 결론

　오규원은 시와 동시의 창작을 겸행한 시인이다. 그의 동시는 시작 초기에 집중적으로 발표되었고, 이후에 전력하여 발표한 시의 기반을 이루고 있다. 그러므로 동시는 그의 시세계를 온전하게 이해하기 위한 전단계에서 필수적으로 분석해야 된다. 그는 동시에서 묘사중심적 이미지를 통해 세계의 질서를 보여주고자 노력했다. 이런 점에서 그의 동시는 시로 나아가는 디딤돌이다. 그는 동시에서 학습한 바를 심화하고 확대하여 독특한 시세계를 구축할 수 있었다.

　첫째, 그는 사랑에 기초한 아동문학론을 전개하였다. 그는 아동문학에 나타난 교육적 요소의 '가르침'보다 세계에 대한 사랑의 '깨달음'을 우선하였다. 그것은 소년기에 목격한 생모의 죽음과 한국전쟁의 비극적 체험에서 비롯된 것이다. 그의 성장기에 누적된 모성의 결핍과 부성의 부재는 동시에서 세계에 대한 사랑을 유달리 강조하도록 추동한 힘이다. 그는 동시를 '동심으로 볼 수 있는 시'라고 정의한 뒤, 자신의 동시론에 입각하여 사물의 본질적 측면을 '볼 수 있는 시'의 창작에 매진하였다.

　둘째, 그는 '길'의 상상력을 통해 시와 동시를 구분하였다. 그의 시에서 '길'은 자아와 세계를 분류하는 심급이었으나, 동시에서는 역동적인 생명현상이 존재하는 공간이었다. 그는 '길'을 매개로 세계를 인식하는 시와 달리, 동시에서는 '길'의 존재론적 차원에 관심을 쏟았다. 그것은 묘사 중심의 시작법을 고수한 독특한 시관에 기인한 것이다. '길'의 유무에 따라 시와 동시로 구별할 수 있을 만큼, 그가 중시한 '길'의 상상력은 동시에서 상당한 비중을 차지하고 있다.

끝으로 오규원은 '날것(生것)'의 일상적 용례를 시론에 차용하여 '날(生) 이미지'로 변모시켰다. 그의 이미지론은 전란 후의 극심한 불임성에 대한 반동으로 형성되었으며, 그 발아는 동시집 『나무 속의 자동차』에서 형성 되었다. 그는 허망한 이념의 충돌로 빚어진 전후의 참담한 상황에 환멸을 느끼고, 죽음으로 충만한 현실 세계의 비극성을 생동하는 현상의 이미지 로 대체하고자 노력하였다. 그가 이 무렵에 발표한 '날 이미지'의 초기 형 태는 동시 작품에서 구체적으로 확인할 수 있다.(『한국시학연구』 제19호, 한국시학회, 2007. 8)

제4부

소
문
의

시
학

한국 현대시학의 틀과 결

소문의 수사학적 층위

강인한론

I 서론

소문(rumour)은 진실성 여부에 관계없이 사람들 사이에 퍼져 있는 사실이나 정보를 가리킨다. 소문은 소설의 발생 요인을 제공할 정도로 오랜 문학적 배경을 갖고 있다. 중국 고대의 반고가 "소설가란 대개 패관에서 나왔다. 거리나 골목에 떠도는 이야기를 길에서 듣고 길에서 이야기하는 대로 지어낸 것이다(小說家者蓋出於稗官 街談巷說 道聽途說者之所造也 —『漢書』)"고 언급한 것은 '街談巷說'의 가공 후에 초점을 맞춘 것이다. 그렇지만 소문은 문자로 채록되기에 앞서 음성언어로 유포되는 까닭에, 채록자가 기술하기 이전에 항간으로 확산될 가능성을 갖고 있다. 최고 권력자들은 이러한 소문의 속성과 위험성을 간파하고, 그에 대한 만반의 대응

조치를 강구하기에 노력하였다. 고대 로마의 황제들은 밀고자(delatores)를 임명하여 시중에 유행하는 소문을 취합하여 보고하고, 필요시 소문을 유포하는 업무를 부과하였다. 이와 같이 소문은 최고 권력자로 하여금 상시 긴장하도록 부단히 자극하였고, 그들은 소문 담당관을 별도로 임명할 만큼 소문의 정치공학적 효과를 주목하였다.

한국 현대사에서 소문이 광범위하게 세력을 형성했던 시기는 1970-80년대였다. 이 무렵에 국민들은 군사정권에 의해 박탈된 정치적 욕망을 유언비어를 통해 표출하였다. 이른바 '유비통신'은 권력 주변에서 벌어지는 각종 사건들의 실체적 진실을 상당 부분 포함하고 있었으므로, 국민들은 유언비어를 언론의 공식 발표보다도 신뢰하고 있었다. 그 사회적 배경으로는 정권을 무력적 수단으로 탈취한 군사정권의 강권 통치를 들 수 있다. 당국에서는 정권의 불법성을 은폐하기 위한 술책으로 각종 언론을 통제하였다. 그러나 국민들은 정보가 과소하다고 판단할 때, "특히 정부로부터의 검열이 엄격해지면 질수록 국민은 자동적으로 뉴스에 대한 갈증을 느끼기 마련이고, 이 갈증이 유언비어의 발생에 가장 호적한 온상을 형성"[1]하게 된다. 언론의 검열과 유언비어의 생산은 정비례 관계를 보이는 것이다. 국민들은 정권의 치부와 음모, 불법, 폭력, 비정당성 등을 폭로하기 위해 제도적 언론기관인 통신사를 유언비어의 뉴스원인 양 위장하여 '~카더라' 식의 기사체 소문을 생산하여 유통시켰다. 국민들은 정권의 언론통제정책에 의해 권력의 하수인으로 전락한 제도 언론을 불신하고 있었기 때문에, 유언비어는 '발 없는 말이 천리 간다'는 속담처럼 국민들 사이에 신속히

---

1) 윤희중, 「정부 홍보와 유언비어」, 원우현 편, 『유언비어론』, 청람, 1985, 289쪽.

확산되었다. 이에 권력은 유언비어의 확산을 방지하기 위해 소위 '긴급조치'[2]를 발동하는 등, 초법적인 물리력을 동원하여 정권 안보 차원에서 대응하였다. 당국의 지속적인 단속과 검거 속에서도 유언비어는 국민들에게 정부의 공식 발표보다 진실성을 지닌 정보로 수용되었다. 정부의 초법적인 다양한 검열 장치는 국민들에게 불신 풍조를 조성했지만, 국민들은 은밀한 유통망을 구축하여 소문을 재생산하고 있었다. 이와 같이 소문은 태생적으로 정치지향적이다.

동시에 소문은 사회현상의 반영물이라는 점에서, 사회의 다양한 국면과 관련되어 있다. 소문은 사회적 사건이 발생한 이후에 발아한다. 그것은 소문의 소비자들이 갖고 있는 호기심의 발동 시점과 상관된다. 소비자는 공표된 사건의 결과가 기대에 미흡하다고 판단할 때, 호기심을 발동하여 소문을 생산하게 된다. 또한 정부기관은 대규모 사건일수록 축소하여 발표하려는 충동을 지니고 있어서 국민들은 정부의 공식 담화를 불신하고, 자신의 관점에서 사건을 요약하여 정리하면서 진실이라고 판단하는 내용을 추가하여 소문을 생산하게 된다. 한 사회의 의사소통 체계가 비정상적으로 작동하는 순간, 소문은 개인사적 차원을 초월하여 사회적 차원으로

---

2) 긴급조치는 제4공화국 헌법(유신헌법) 제53조에 규정된 특별조치로서, 1975년 5월 13일 제9호까지 발효되었다. 1974년 1월 8일 공포된 「대통령 긴급조치 1호」의 내용은 다음과 같다. ① 대한민국 헌법을 부정·반대·왜곡 또는 비방하는 행위를 금한다. ② 대한민국 헌법의 개정 또는 폐지를 주장·발의·제안 또는 청원하는 일체의 행위를 금한다. **③ 유언비어를 날조, 유포하는 일체의 행위를 금한다.** ④ 전 1, 2, 3호에서 금한 행위를 권유, 선동, 선전하거나 방송, 보도, 출판 기타 방법으로 이를 타인에게 알리는 언동을 금한다. ⑤ 이 조치에 위반한 자와 이 조치를 비방한 자는 법관의 영장 없이 체포, 구속, 압수, 수색하며 15년 이하의 징역에 처한다. 이 경우에는 15년 이하의 자격정지를 병과할 수 있다. ⑥ 이 조치에 위반한 자와 이 조치를 비방한 자는 비상군법회의에서 심판, 처단한다. ⑦ 이 조치는 1974년 1월 8일 17시부터 시행한다.

편입된다. 소문은 사회의 왜곡된 의사소통 구조를 숙주로 삼아서 성장하는 유기체적 속성을 갖고 있다. 곧, 구성원간의 소통이 단절되고 억압받는 사회 구조는 소문의 온상으로 전락할 가능성을 지니고 있는 것이다. 소문은 생성 공간의 기형성에 의존하므로, 구성원간의 친밀감에 기초하여 생산되고 유통되며 소비된다.

이와 같이 소문은 시인의 정치적·사회적 반응을 살피는데 유효한 요소를 포함하고 있음에도 불구하고, 지금까지 소문에 관한 시학적 접근은 거의 이루어지지 않았다. 이 점은 시가 불가피하게 사회적 제도의 산물이라는 사실을 확인시켜주면서, 사회 구성원으로서의 시인이 드러내는 정치적 신념을 확인하는 준거가 된다. 특히 해방 이후에 극심한 이념적 대립과 격렬한 민주화 투쟁 경력을 지닌 한국의 현대사에서 소문은 사회현상의 부유물이라는 의미를 함의하고 있다. 이런 점 때문에 소문에 관한 시인의 대응방식은 소기의 성과를 제시해줄 것으로 기대된다. 시인은 각종 소문을 작품 속에 수용하는 과정에서 불가피하게 자신의 신념을 반영하게 되므로, 소문을 소재로 한 작품을 분석하노라면 시인들의 반응태를 추측할 수 있을 것이다. 이에 본고에서는 강인한의 시작품을 대상으로 소문의 시적 수용 양상을 탐색하기로 한다.

Ⅱ 소문의 수사학적 활용 양상

01 | 경제적 수사로서의 소문

소문은 신속하게 확산된다는 점에서 저비용 고효율의 경제적 수사이다. 소문의 신속성은 '시간의 경제'를 생산하면서 세력과 범위를 가속도로 확장한다. 소문은 언제나 근거가 명확하지 않을뿐더러, 유포자를 추적하기도 어려워서 사람이 "질척이는 소문을 밟지 않고"(「고백」) 살아가기 힘들다. 누구를 막론하고 소문의 중심에 휩싸이거나 휩싸일 뻔한 경험을 갖고 있으며, 그로 인한 심리적 상처에 괴로워한 경험을 지니고 있다. 소문은 생산자의 실체를 은폐한 채 확대되고 재생산되는 까닭에, 피해자는 소비자의 실체를 알면서도 마땅한 대응 전략을 수립하기도 난망하다. 소문에 의한 명예훼손의 경우에 피해자는 지루한 법정 소송을 통해서 법률적 승리를 이루더라도, 피해 이전의 상태로 원상회복하기까지 소송보다도 더 지리한 해명 기회를 가져야 한다. 그것도 생산자나 소비자의 자발적 석명이 아니라, 피해자가 직접 나서서 소문의 근거 없음과 법률적 승소 사실을 제시하고 장황하게 설명하며 상대를 설득해야 한다.

이런 측면에서 소문은 생산 조건과 소비 조건의 질적 차이를 지닌다. 그러므로 소문은 생산자와 소비자가 명확하게 구분되지 않는다. 소문의 소비자는 언제나 불특정 다수이지만, 생산자는 소비 현장을 배경으로 은폐한 채 자신의 실체를 드러내지 않는 속성을 갖고 있다. 소문은 초기의 생산자와 중개자, 그리고 최종 소비자에 이르기까지 다양한 계층이 참여하여 생산한 구성물이다. 그들은 소문의 생산과 유통, 소비 과정에 적극적으로 개입하여 소문의 형태와 분량과 외양을 주도한다. 그들의 참여에 의해 소문은 본래의 모습을 상실하고 원화의 기능이 약화되는 대신에, 그것의 목적적 기능이 강화된다. 물론 소문의 참여자들은 확대 과정을 주시하면서도 자신들의 정체를 은폐한다. 이 점에서 소문은 "개인적인 창조물이 아니라, 여러 사람들의 공동 작업으로 생겨나는 집단적인 편성"[3]이라고 할 수 있다. 소문은 무차별적으로 산포되면서 생산 주체가 의도했던 초기의 모습을 배반하고, 다양한 모습으로 변신을 거듭한다. 특히 악성 소문일수록 사실 여부와는 관계없이 무책임하게 전파되어 당하는 사람의 입장을 난처하게 만든다. 소문은 대상자를 적절하게 취택하지 않은 채 불특정 다수를 향해 무차별적으로 살포되어 일방적 희생을 강요한다. 소문의 대상으로 선택된 사람은 일언의 변명 기회도 갖지 못한 채 순식간에 소문의 실체와 동일시된다.

요즘처럼 인터넷문화가 창궐한 사회에서 이른바 '댓글'이나 '악플'은 그 좋은 보기이다. 특정 사건 기사에 대한 독자의 의견을 개진하는 역할을 담당한 댓글은 숫자가 증가하면서 대부분 상대를 비방하는 악플로 변질되어버린다. 악플은 익명성을 무기로 소문의 상대에게 무차별적인 공격을 자행하여 극심한 심리적 상해를 입힌다. 정부에서는 요새 들어와 악플의 역기능적 요소를 지양하고자 인터넷실명제를 추진하는 등 법률적 해결 방안을 강구하고 있지만, 이러한 정책은 인터넷의 특성을 무시하고 전국민을 잠재적 범죄자로 상정하는 법리적 모순을 초래한다. 또한 국민들의

---

3) H. J. Neubauer, 박동자 · 황승환 역, 『소문의 역사』, 세종서적, 2001, 284쪽.

천부적인 표현의 자유를 구속하여 집권층의 정치적 이해관계에 복무하는 인터넷문화를 강요할 수 있다는 점에서 우려스럽다. 이러한 접근 방식은 소문의 생산과 유통 과정을 간과한 것이다. 그보다는 국민들의 정상적인 의사소통 행위를 확보하고 보장하며 발전시키려는 대책을 마련하는 편이 훨씬 합리적이다.

　소문은 인간에게 존재 증명과 같다. 인간은 소문을 통해 세계의 음모와 은폐된 진실을 추측하면서 자신의 실존적 자각을 경험하게 된다. 그가 소문의 질량에 관심을 표하는 것은 본능적인 호기심의 발로이다. 호기심은 주체의 세계를 향한 의식을 인도하며, 소문에 대한 반응의 전략을 수립하도록 주체를 자극하는 심리적 움직임이다. 그 역할을 수행하고 있는 신체 기관은 귀로서, 소문을 수집하는 통로이다. 귓속에는 "아내의 처녀 적 소문"(「귓밥파기」)도 있고, 또한 "이 땅의 소문과 은근한 손가락질"(「우리도 섬으로 떠서」)도 있다. 귀는 수집한 소문을 저장하였다가, 주체의 소비 기회에 편승하여 상황에 적합하도록 소문을 변형하여 유포한다. 귀는 소문의 수신처이면서, 동시에 발신처인 셈이다. 귀에 수집된 소문은 수집자의 취향에 따라 적절하게 취사선택되어 발신된다. 이 순간에 수집자의 은폐된 본능이 솔직하게 드러난다. 그것은 바로 이기적 속성, 곧 자신에게 유리하거나 유용한 것 외에는 외면하는 것이다. 이런 견지에서 소문은 수집자의 진실에 대한 두려움을 담보한다.

　　길이 끝나는 곳에서
　　바람이 일어난다
　　바람보다 투명한 우리들의 귀.

하찮은 이야기에도
놀라기를 잘 해
잠자는 시간에도 닫혀지지 않고
문 밖에 나가 쪼그려 앉는
가엾은 우리들의 귀.

이 세상 어디선가
총성이 울리고, 사람이
사람이 눈 부릅뜬 채 거꾸러져도
전혀 듣지 못하고

수도꼭지에서 방울방울
무심히 떨어지는 물방울
그 동그란 소문 속으로 들어가버리는
편리한 우리들의 귀.　　　　　　　　　　— 「귀」4) 전문

　　인간은 소문 중에서 자신에게 이롭거나 필요한 부분만 발췌하여 수집하고 유포할 뿐, 그것의 실체적 진실에 대해서는 관심이 없다. 인간의 귀는 '하찮은 이야기에도' 관심을 기울이고자 '잠자는 시간에도 닫혀지지 않고' 있지만, 정작 총성이 울리고 '사람이 눈 부릅뜬 채 거꾸러져도' 못 들은 척 '그 동그란 소문 속으로 들어가버리는' 몸짓으로 외면한다. 속언 "귀가 얇다"는 말처럼 사람들은 신뢰하지도 않으면서 출처도 모르는 소문을 추

　　4) 강인한, 『우리나라 날씨』, 나남, 1986, 68쪽.

종하기를 일삼는데, 그것은 '편리한 우리들의 귀'가 지닌 수집벽에 의지한다. 시인은 귀가 지닌 속성을 통해 인간의 비인간적이고 이기적인 행태를 풍자하고 있다. 풍자는 어떤 일이나 사건의 내용보다는, 그것에 대한 인간의 태도에 초점을 맞추는 수사적 책략이라는 점에서, 강인한은 세계의 폭력성에 굴종적 태도를 보이는 인간의 위선적 태도를 힐난하고 있다.

소문의 생산자는 불안감과 적대감을 해소하는 수단으로 이야기를 사실처럼 위장하여 남에게 전파하기도 한다. 그는 자신의 심리 상태를 안정시키기 위해 소문을 구안하지만, 그에 대한 어떠한 책임도 지지 않으려 한다. 또한 다수의 소비자는 소문의 생산 조건에 대한 전반적인 고려를 생략한 채 충실한 매개 역할을 수행한다. 이처럼 소문은 누구나 생산할 수도 있고, 소비한다는 점에서 분업화된 경제 행위의 산물이다. 양자는 소문의 생산과 매개, 소비 활동에 참가하여 주로 심리적 영역에서 소기의 효과를 거둔다. 그들은 개인적 억압과 욕구 불만을 해소하여 심리적 위안을 얻는 대신에, 자신의 행위에 대해서는 전적으로 무책임하다. 그러한 태도는 자신의 행위에 대한 책임을 타인에게 전가하여 사회적 불신 풍토를 조성하고, 또 다른 소문을 생산하도록 추동한다. 이런 측면에서 소문은 개인의 형성에 관여하기도 한다. 곧, 개인은 "사회의 질서에 의해 절단되고 억압되고 바뀐다기보다는, 개인이 사회 질서 속에서 조심스럽게 구성된다"[5]고 볼 수 있다. 개인은 사회의 개별적 존재로 살아가는 듯 보이지만, 사회의 각종 제도와 현상으로부터 전혀 자유롭지 못하다. 그는 사회적 관계망 속에서 타인들과 교류하고 소통하는 과정에서 항상 사회의 기존 질서 속에 '구성'

---

5) D. Macdonell, 임성훈 역, 『담론이란 무엇인가』, 한울, 1999, 126쪽.

되는 것이다. 더욱이 근대 사회에 진입하면서 개인의 개아성은 날이 갈수록 위협받고 있으며, 관계의 중요성은 증대하고 있는 실정이다.

02 | 사회적 수사로서의 소문

소문은 개인과 집단으로부터 발생하여 소멸된다는 점에서 일종의 사회적 수사이다. 개인 간의 활발한 의사소통은 사회의 체제를 공고화하는데 기여한다. 건강한 사회는 구성원들의 합의에 의한 자발적 협력관계를 의사소통의 전제조건으로 수용하는 사회이다. 주로 법률적 성문화로 구현되는 사회적 합의사항들은 미지에 직면할지도 모를 사회체제의 위협 요소들을 사전에 처치하는 문자행위이다. 이런 사회는 구성원들 간의 신뢰가 돈독하고, 아울러 공식적 보도에 대한 절대적 신뢰 수준을 보인다. 그러나 사회의 각 부문에 유동성이 증가하고, 그에 따라 위기감이 고조될수록 사회 구성원들 사이에는 각종 소문이 급속도로 퍼지게 된다. 소문은 소비자가 생산자의 가치평가적 의도는 고려하지 않은 채, 특정 사실에 대한 명시적 서술로서 수용한다는 점에서 문제적이다.

사회의 병리적 현상으로서 소문은 항상 사건의 결과로 출현한다. 그 대표적인 경우는 1970년대를 전후하여 한국 사회에서 연속적으로 발생했던 사건들을 들 수 있다. 1969년 10월 국민투표로 3선 개헌을 통과시켜 장기집권의 단초를 마련한 박정희 대통령은 한국 고유의 '토착적 민주주의'를 기치로 내걸고 이른바 '10월 유신'(1972. 10. 17)을 선포하였다. 권력욕에 가득한 정치군인은 초헌법적 비상조치를 연속적으로 단행하여 국내 정치를 실종시켰고, 오로지 일인을 위한 만인의 희생이 국민된 의무감의 발로로 당연시되었다. 이 무렵에 사회 부문에서는 정인숙 피살 사건(1970. 3. 17), 청계피복노조 전태일의 분신 자살(1970. 11. 13), 실미도 특수부대원의 난동(1971. 8. 23), 대연각호텔의 대화재(1971. 12. 25) 등이 연속적으로 발생하였고, 경제 부문에서는 기업의 사채 동결과 금리의 대폭 인하를 포함한 8·3금융조치(1972. 8. 3) 등이 단행되었다. 대형 사건의 빈발로 인한 국민들의 심리적 불안은 증폭되었고, 군사독재정권의 통제에도 불구하고 갖가지 소문들이 양산되었다. 정권의 처지에서는 권력 기반의 수호와 사회적 동요를 방지하기 위해 사건의 축소와 진실의 은폐에 총력을 기울일 수밖에 없었다.

특히 정치권력과 연루된 미모의 여인이 친오빠의 권총에 피살되고, 살해의 주요 동기를 제공한 권력자가 거론되면서 정권의 도덕적 권위는 "드러나지 않는 말의 껍질에 갇혀"(「말」) 희롱의 대상으로 전락하였다. 추문(scandal)은 연애나 정사에 관한 염문과 달리 부도덕한 사건으로 명예롭지 않은 소문이기 때문에, 권력층의 입장에서는 시급히 은폐되어야 할 소문이다. 추문은 단기적으로 각종 의혹을 재생산하면서 순식간에 확산되어 국민 여론을 분열시키고, 장기적으로 권력의 누수현상을 초래하는 원인이 되기 때문에, 권력층의 입장에서는 도저히 용납할 수 없다. 정인숙 사건을 은폐하려는 집권층은 그녀의 성적 상대자들의 실명 거론을 차단함으로써, 성적으로 문란한 여동생을 오빠가 사살한 사건으로 마무리하려고 시도하였다. 이 사건은 지배계급이 지닌 "모든 이데올로기의 속성은 말을 장악하고, 그것을 지키고, 반대편에게는 가능한 말을 못하게 만드는 것"[6]이라는 권력의 폭력성을 확인시켜준 사례였다.

어지러워요 저 불길

당신의 사랑은 너무너무 높아서 어지러워요

저 불길을 누가 좀 잡아줘요

어려요 저는 어리고 당신은 높으신 분

말 많은 당신을 누가 사랑해요

사랑해요

잊어버리세요 저것들

거렁뱅이들의 소동쯤 당신의 거대한 배짱으로

밀어버려요 불도저로 밀어버려요

까짓 양복점 직공의 항변쯤 눈 감으면 그만

벗어놓은 채 브라쟈로 차라리

눈을 가리세요

보지 마세요 듣지도 마세요

무시해버려요 말짱 미친 놈들만 박테리아처럼

박테리아처럼 우글거리는 이 도시의 공기는

담배보다 해롭고

구할이 외상이에요

타네요 이 시디신 공기

악질의 근성 근대식의 멋진 연애가

아주 잘 타네요

늦잠 자던 싼타클로스가 저봐요

뛰어내리네요 나비처럼 사뿐히

불길 속을 뛰어 내리네요 자꾸만 자꾸만

6) O. Reboul, 홍재성·권오룡 역, 『언어와 이데올로기』, 역사비평사, 1995, 177쪽.

어지러워요 어려워요 어려요

절 놓아주세요

닥치는 대로 부수고 닥치는 대로 세우는

미끈한 당신의 폭력

한 번 두 번 세 번이나 속고 또 믿어요

믿을 수 없어요

놓아주세요 절 좀 놓아주세요

이렇게 높은 창틀에 올라서면

저는 여왕이에요 난초 열끗이에요

뛰어 내릴테요 금리처럼 단호히 내릴테요

아주 잘 타네요 저 불길 잘 타네요

함부로 말씀하시면 곤란해요

누가 듣고 있어요

이 도시는 빈 놋그릇처럼 울려요 날마다

꽝꽝 울려요 하늘도 땅도

울려요 어지러워요

어디서 오셨나요 당신의 유니폼이 겁나지만

뭘 드시겠어요 총을 들고 버티겠어요

저는 당신의 포로 그래요 마놈이에요

주간지에서 절 보셨군요 아이 기뻐요

밤이 되면 전활 걸어주세요

저기 오빠가 달려와요

절 죽이러 허겁지겁 달려오고 있어요

어지러워요 막 타네요 저 불길

농축된 당신의 욕망이 프로판가스처럼

치솟아 오르면서 타네요

타네요 타네요

세계에서 제일 쓸쓸한 화려한

돈 돈 돈자천하지대본이 타네요

어지러워요 어지러워요 저 불길

붙잡아 주세요

아무도 없나요 아무도 없나요.

　　　　　　　— 「불길 속의 마농 – 1972년의 비망록」[7] 전문

　이 작품은 1970년대 초반이라는 시의성을 고려할 때, 매우 급진적이고
정치적이며 사회비판적인 주제의식을 함의하고 있다. 시인은 1970년대 초
반 사회의 '비망록'을 쓰기 위해서 희대의 성추문이었던 정인숙 사건을 기
본 배경으로 설정하고, 당시에 발생한 일련의 대형 사건들을 주요 소재로
등장시켰다. 이 작품은 시인의 회고대로 "총체적인 군사 독재의 부패상을
그 비슷한 시기들의 사건들을 모아 모자이크하여 풍자한 시"[8]이다. 평소
단정하고 조촐한 서정시를 발표하기로 정평이 난 그답지 않게, 강인한은
군사정권이 조성한 폭압적 상황에서 시인으로서의 윤리적 책임을 실천하
기 위한 방안으로 각종 사건의 소문들을 적극적으로 수용한 것이다. 물론
시제를 「불길 속의 마농」으로 이름하여 허구적 사실인 양 위장하고 있지
만, 내용상으로는 사건의 실체적 진실이 은폐된 채 소문으로 만연된 당시

　7) 강인한, 『어린 신에게』, 문학동네, 1998, 82-85쪽.
　8) 강인한, 『시를 찾는 그대에게』, 시와사람사, 2003, 184쪽.

의 사회상을 고발하고 있다.

강인한은 작품 속에 실제 사건을 인용하면서, 정인숙과 관련된 신문 기사들을 추가하여 사실성을 배가하였다. 예컨대 '저는 여왕이에요 난초 열 끗이에요'는 그녀가 모 여대의 메이퀸으로 선발되었던 사실의 비유이고, 또한 '주간지에서 절 보셨군요'는 최고 권력자의 성적 욕망을 충족시키기 위해 채용된 채홍사에 의해 발탁된 사실을 지칭한 것이다. 그리고 '놓아주세요 절 좀 놓아주세요'는 그녀가 죽기 전에 참석했던 파티석상에서 들었다는 험퍼딩크(E. Humperdinck)의 1967년 히트곡 「Release Me」에 나오는 가사이자 제목이다. 시인이 인용한 구절은 권력자의 성적 완롱물로부터 해방되기를 염원한 그녀의 내심을 드러내주면서, 최고 권력자의 비합법적 통치와 비도덕적 정치행위에 의해 볼모로 잡힌 국민들을 '놓아주기'를 바라는 강인한의 기대가 중의적으로 내포되어 있다.

또한 시인은 기사의 과감한 차용으로 시적 리얼리티를 확보하는 동시에, '어지러워요 어려워요 어려요'를 반복하여 율격 효과를 도모하고 있다. 예컨대 '어지러워요'는 성탄절에 발생한 대연각 호텔의 화재로 인해 투숙객들이 '늦잠 자던 싼타클로스'처럼 아래로 뛰어내리는 광경과 '말짱 미친 놈들만 박테리아처럼' 살아갈 수밖에 없는 당대의 억압 상황을 표현한 것이다. '어려워요'는 자신에 대한 '높으신 분'의 사랑을 남녀간의 평범한 애정관계로 규정할 수 없는 여인의 솔직한 심정 토로이다. 또한 '한 번 두 번 세 번이나 속고 또 믿어요'는 국민들의 위선적 태도, 곧 삼선개헌을 통해 장기집권의 야욕을 드러낸 박정희 정권에게 기만당하면서도, 그의 정치 공약을 믿는 국민들의 이율배반적인 행태를 용납할 수 없는 시인의 당혹감을 나타낸다. '어려요'는 권력자의 성적 희롱물로 전락한 어린 여자의 술회로서, 이른바 '원조교제'를 통해 한 여인의 일생을 타락시킨 권력자를 향한 발언이다. 그녀의 발언에 의해 권력자의 비도덕성은 더욱 희롱거리로 추락하며, 권력층의 집단적 도덕불감증은 폭로된다.

소문은 미확인 비행물체처럼 온갖 억측과 조롱의 담론을 생산하게 된다. 권력의 희생양으로 전락하여 비참한 최후를 맞은 한 여자의 피살 사건은 국민들로 하여금 권력자에 대한 조롱거리를 제공하기에 충분하였다. 국민들의 조롱 사태는 정치권력에 의한 언로의 차단이 야기한 예정된 폐해였다. 그녀를 둘러싼 소문들은 주요 신문의 가십(gossip)란에 등장하여 독자들의 호기심을 충동하는 한편, 절대 권력에 굴복하고 있던 언론인들의 진실 전달 의지를 자극하였다. 원래 가십은 연예인을 비롯한 개인들의 사생활에 대한 흥미 위주의 소문이나 험담으로, 독자의 호기심을 자극하기 위해 사건의 배경을 제거한 기자에 의해 편집되어 실린다. 그 결과 가십의 해당자는 사실 규명의 기회를 박탈당한 채, 소문의 늪에서 빠져나오지 못하게 된다. 정인숙은 망자이므로 신문에 반론권을 행사할 수 없었을 뿐만 아니라, 권력에 의해 성폭력을 당한 피해자이었기 때문에, 독자들과 국민들의 호기심을 자극하기에 충분한 소재였다. 강인한은 국민적인 관심사였던 사건을 작품 속으로 끌어들여 독자들의 관심을 시간적으로 연장시키면서, 군사독재 시기의 총체적 부패상을 구조적으로 재구성하고 있다. 이런 측면에서 소문은 사회적 현상을 담보해주는 시대적 징후이다.

03 | 정치적 수사로서의 소문

소문은 정치지향적 담론을 생산한다. 백제의 가요 「서동요」를 보더라
도, 소문은 고도의 정치적 의도를 은닉하고 생성된다. 이 노래는 외면상으
로는 선화공주를 차지하기 위한 서동의 청혼가에 불과하지만, 노래의 유
포 과정을 점검해 보면 서동의 정치적 지략이 숨어 있다. 일국의 공주가
여항의 인구에 회자되는 노래에 의해 고귀한 신분을 잃는 과정도 조롱거
리이거니와, 그 과정에서 신라 왕실과 조정의 체통은 여지없이 손상된다.
더욱이 서동의 공작은 일군의 호위무사들과 함께 자행된 조직적 움직임이
었으니, 그에 맞설만한 방도를 찾지 못하고 방황하는 조정의 무능은 절대
왕조시대의 모습이라고 하기에는 너무나 어리숙하였다. 이처럼 소문은 정
치적 목적을 달성하기 위한 수단으로 부단히 확대재생산되고, 서동은 소
문의 정치공학적 효용성을 최대한 활용한 전략가였다.

한국 현대사에서 소문의 비극적 결과를 집약적으로 보여주는 대표적
사건으로 광주민주화항쟁을 들 수 있다. 1980년 5월 당시에 광주시민들은
외부 세계와 단절되었었다. 사실을 말할 수 없는 열흘 동안 외부에 실체적
진실을 알리기 위한 그들의 노력은 유언비어로 규정될 뿐, 공식적인 차원
에서는 각하되기 일쑤였다. 이에 강인한을 비롯한 여러 시인들은 문학적
신념에 따라 광주의 사실적 상황을 작품으로 증언하기에 이르렀다. 특히
"정치시의 본질은 다수의 인간과 관계가 있고, 즉각적이고 개인적인 체험
으로서가 아니라, 주로 풍문에 의해 알려지고 간략하면서도 종종 추상적
인 형식으로 표현된 일로서 파악되는 그러한 사건을 다루는데 있다"[9]는
점에서, 광주민주항쟁의 경과를 언어로 기록하는 것은 당대를 살아가는

시인의 당연한 책무였다.

> 허공에 높이 떠 있습니다.
> 내려갈 길도, 빠져나갈 길도
> 흔적없이 사라진 뒤
> 소문에 갇힌 섬입니다.
> 살려주세요, 살려주세요, 살려주세요
> 한 주일만에 나선 오후의 외출에서
> 꽃상자 속에 담긴 꽃들을 만났습니다.
> 서양에서 들여온 키 작은 꽃들
> 가혹한 슬픔을 향하여
> 벌거벗은 울음빛으로 피어 있었습니다.
> 말 못하는 벙어리 시늉으로 피어 있었습니다.
>
> —「팬지꽃 – 광주, 1980년 5월의 꽃」10) 전문

강인한은 각종 소문으로 무성한 광주의 비극적 사건을 시내 가로변의 화단 속에 진열된 팬지꽃에 의탁하여 보여준다. 그는 '살려주세요, 살려주세요, 살려주세요'를 세 번이나 되풀이하여 절규하는 광주시민들의 다급한 처지를 긴박하게 보여준다. 5월의 광주에서 자행되었던 계엄군의 만행과 당국의 기만적 술책이 증인들에 의해 사후 공개될 때까지, 광주는 '소문에 갇힌 섬'이었다. 나라의 국법 질서를 포탈하기 위한 일군의 정치군인들

---

9) C. M. Bowra, 김남일 역, 『시와 정치』, 전예원, 1983, 15쪽.
10) 강인한, 『전라도 시인』, 태 · 멘기획, 1982, 159쪽.

이 조성하는 폭력적 억압 상황 하에서, 국민들은 사회적 공기로서의 책임 감을 상실한 언론의 보도대로 광주에서 일어난 '소요사태'의 진실을 믿을 수밖에 없었다. 당시에 제도권의 언론은 군인들의 충실한 나팔수 역할을 수행하기에 솔선하였으며, 그들은 이미 제4부 권력기관으로서의 책무를 스스로 방기하였다. 그러므로 "사회적인 것을 기존의 이데올로기로 걸러서 제시하고, 예기치 못했던 사건의 돌발에 의해 야기된 균열을 보수하는 담화 중에서 가장 통상적이고 익숙한 것은 매체에서 발견된다"[11]는 점에서, 언론의 사회적 책임 이행 여부는 광주민주항쟁의 기사화 실태에서 확인해야 할 것이다. 당시의 모든 언론은 군부의 '보도지침'을 준수하여 사태의 진전 상황을 왜곡하여 보도하였고, 군부의 지시대로 광주시민들을 '폭도'로 표현하기를 서슴지 않았다.

그리고 언론에 재갈을 물린 진압군들은 시민들의 무장을 정당방위로 인정하기는커녕, 오히려 대남 적화세력의 불순한 책동에 의한 무장봉기로 악선전하였다. 그들은 대다수의 '선량한' 국민들과 '폭도'로 변한 광주시민들을 공간적으로 격리하기 위해 악의적인 선전문을 살포하는 고도의 심리전과 함께, 도처에서 검문검색을 실시하는 등 무력 대응을 병행하였다. 이런 상황에서 소문은 피아를 식별하고, 공간을 구획하는 정치적 심급으로 작용한다. 소문을 신뢰하는 부류는 아군이고, 불신하는 부류는 적군이다. 소문은 편을 가르는 규범의 표준으로서 규준이다. 규준은 인식 능력의 올바른 행사에 강제된 원칙이고, 언어와 행동에서 반드시 준수해야 되는 형식적 제약이다. 따라서 소문의 규준을 추종하면 인식의 정당성이 보장

---

11) T. Trew, 「대중 정보의 왜곡과 이데올로기」, 이병혁 편, 『언어사회학 서설』, 까치, 1993, 244쪽.

되지만, 그에 저항하면 당국의 정치적 공작 대상으로 낙인찍힌다. 군부 권력은 소문의 속성을 유효적절하게 활용하면서, 국민들을 이분법적 사고 방식에 의해 분류하였다. 그들에 의해 광주시민들의 애절한 외침은 "팔을 잘리고 다리를 잘린 우리들의 말"(「데사파레시도스」)처럼 '말 못하는 벙어리 시늉'으로 폄하되어 아무도 들을 수 없는 '팬지꽃'의 몸짓으로 전락하였다. 마치 화분에 담겨진 채 인간들의 관상용으로 전시된 화분처럼, 광주시민들의 생존 욕망은 전국민적인 관심 속에서도 철저히 외면당했다. 그것은 당국에 의한 진실의 차단에 힘입었다. 군부는 언론을 비롯하여 진실을 전달할 수 있는 매체를 전부 장악하였고, 광주로 진입하려는 모든 행인들을 차단하였다. 광주를 완벽하게 '소문에 갇힌 섬'으로 만든 군부에서는 국민들의 안보 불안 심리를 자극하는 등, 고도의 심리전술을 통해 정치공작을 진행하였다. 다음의 기록은 당시 군부에 의한 심리전의 실상을 증거해준다.

사실 보도를 통제하고 의도적인 왜곡·과대선전으로 광주를 고립시켰다. 언론 조작의 가장 큰 목표는 민중 봉기가 다른 지방으로 확산되는 것을 차단하기 위한 것이며, 광주시 내부의 투쟁 열기를 분산시키기 위한 것이었다. 이를테면 정부의 발표는 '아수라장의 무법천지가 되어버린 광주'를 전국에 선전했다. 광주시는 식량, 의약품, 피가 절대적으로 부족하고 극심한 매점매석현상이 나타나고 있다고 보도했지만, 광주는 오히려 해방감에 가득찬 공동체로 변했었다. 또한 학운동 일가족 3명 총격 피살 사건도 마치 시민군들의 난동행위인 것처럼 보도되었지만, 사실인즉 가족 내부의 분쟁이었다. 다른 사소한 강력사건도 정부의 통제 아래에 있을 때보다도 발생률이 현저하게 낮았으나, 모든 범죄는 시민군의 무장 탓으로 발생한 것처럼 오도되었다. 5월 23일 서울역에서 검거되었던 간첩 이창룡이 시위 군중에게 먹일 환각제를 소지하고 있었다는 보도도 전혀 설득력이 없는 계엄 당국의 졸속 선전의 한 유형을 보여주었다.[12]

당국은 광주를 '소문에 갇힌 섬'으로 만들기 위해 온갖 수단을 동원하였다. 당국자들이 국민들의 불안 심리를 최대한 이용하기 위해 '아수라장의 무법천지가 되어버린 광주'로 선전했기 때문에, 국민들은 "소문없이 떠나간 친구들"(「이빨—嘉林에게」)의 안위를 수소문하느라 초조함을 감출 수 없었다. 국민들은 정부의 발표를 전적으로 신뢰하지는 않으면서도 엄습한 불안감으로 인해 소문의 진실성 여부에 두려운 호기심을 가질 수밖에 없었던 것이다. 일단 정부의 기획은 무력 진압에 힘입어 성공적으로 완수되는 듯했다. 그러나 정부의 언론통제정책은 "이른바 '반정부 뉴스'의 극소화라는 일견 지극히 효과적인 기능을 발휘한 반면, 유언이라는 비공식 채널에 의한 '불쾌한 뉴스'의 증가라는 역기능으로 타격을 입게 마련"[13]이다. 정치공학적 차원에서 일시적으로 언론을 통제할 수는 있어도, 영원히 진실을 은폐할 수는 없었다. 사태 종료 후에 출범된 정권들은 광주 항쟁에 대한 원죄의식에 시달려야 했고, 국민들은 부지불식중에 군사정권의 공범으로 전락한 자신의 정치적 소신에 대해 극심한 자괴감을 느껴야 했다. 소문의 일종인 유언비어는 근거가 불확실하게 널리 퍼진 말을 가리키는

---

12) 전남사회운동협의회 편, 황석영 기록, 『죽음을 넘어, 시대의 어둠을 넘어』, 풀빛, 1985, 208쪽.
13) 박석기, 「커뮤니케이션과 루머」, 원우현 편, 앞의 책, 173쪽.

유언과, 남을 헐뜯어 퍼뜨린 말을 지칭하는 비어가 합쳐진 단어이다. 곧 유언과 비어는 생산의 주체가 다른 정치적 소문이다. 광주민주화항쟁 당시에 확산된 유언은 정부에 의해 차단된 진실에 대한 국민적 호기심에 의해 생성된 것이고, 비어는 광주시민들을 '폭도'화하기 위해 당국이 유포한 것이다. 당시 광주를 둘러싸고 만연된 유언비어는 양방간의 정치적 인식 태도를 보여준다. 정부의 공식 발표를 불신하는 국민들은 "혀를 잃고 떠도는 말의 그림자"(「축배의 노래」)에 의지하여 정치적 관심을 드러내었고, 정부는 그것을 이용하여 정치적 목적을 달성하려고 기도하였다. 이처럼 유언비어는 소문의 정치지향적 속성을 극명하게 드러내준다. 소문은 정치적으로 대단히 유용한 수사적 책략인 것이다. 지금도 소문은 각종 정치 현장에서 견해가 다른 상대방을 일거에 함락시키는 수단으로 활용되고 있다. 선거철만 되면 어김없이 나타나는 인신공격, 사생활 폭로, 마타도어 등은 소문의 정치적 위력에 편승하여 자신의 목적을 달성하기 위한 정략적 수단으로 활용하는 사례이다.

그뿐만 아니라, 정부 당국도 필요시에 소문을 적절히 이용한다. 정부에서는 각종 정책을 집행하기에 앞서, 대개 여론조사를 실시하여 행정 절차의 정당성을 확보하려고 시도한다. 그렇지만 여론은 사회의 구성원들 사이에서 생성된 단일한 의견의 총체라기보다는 일정한 방향성을 지닌 소문의 집합체라는 점에서, 여론의 특정 국면을 중시하는 정부의 선택에는 필연적으로 이데올로기적 요소가 개입된다. 여론은 정당한 것이 아니라 타당할 뿐이므로, 반드시 한 집단에게 유리한 결론을 도출할 수밖에 없다. 그러므로 당국이 정책의 해결 방안으로 여론을 이용하는 것은 일종의 합법적 절차를 빙자한 정치권력의 행사라고 할 수 있다. 이러한 사례는 정부로 하여금 과학적 허수에 근거하여 합리적 의사결정과정으로 가장하도록 충동하여 반대 집단을 무력화하는 수단으로 활용된 것이다. 하지만 여론에 의탁하여 문제를 해결하는 정부의 행정행위는 승복하지 않는 반대 집단에 의해 갖가지 소문과 의혹을 생산하는 단초로 활용된다. 따라서 소문은 정치 행위와 불가분의 관계를 형성할 수밖에 없고, 그 결과로서 다종다양한 소문은 앞으로도 계속하여 생산되고 유통되어 소비될 전망이다.

Ⅲ 결론

소문은 개인의 실존적 차원을 넘어서 생동하는 사회현상이다. 소문은 사회의 다양한 계층이 참여하는 집단적 생산물이며, 개인은 소문의 공정에 참여하여 사회 구성원으로서의 기회 욕구를 충족하기도 한다. 그의 소문에 대한 관심은 소박한 호기심의 발현이기도 하지만, 더러는 특정한 목적을 은폐한 채 소문을 생산하거나 유포하기도 한다. 개인은 소문의 출발점이면서 도달점인 셈이다. 그러므로 소문은 개인을 형성하는 기제로 활동하면서, 집단의 이익이나 갈등에 봉사하기도 한다. 이것이야말로 단언키 어려운 소문의 복잡한 속성이다.

본고에서는 강인한의 시작품을 대상으로 소문의 경제적, 사회적, 정치적 속성들을 살펴보았다. 그는 소문의 시적 유용성에 착목하여 여러 작품에서 시적 소재로 활용하여 소문의 시학적 의미를 부여하고 있다. 그는 소문을 인간의 위선을 풍자하고, 사회적 현상을 폭로하며, 정치적 사건의 실체적 진실을 고발하기 위해 동원하였다. 이러한 그의 노력은 소문의 역동적인 측면을 드러내주면서, 동시에 시인의 윤리적 책무성을 실천하는 사례라고 할 수 있다. 앞으로의 과제는 시작품뿐만 아니라, 소설 작품에 수용된 소문의 분석을 통해서도 지속적인 연구의 대상으로 거론되어야 할 것이다.(『한국언어문학』 제59집, 한국언어문학회, 2006. 12)

소문의 시적 구현 양상

정양론

I 서론

소문의 여신 파마(Fama)는 세상의 모든 소리를 들을 수 있도록 청동으로 만들어진 집에서 수많은 문을 항상 개방하고 살아간다. 세상의 온갖 소문이 그녀의 집으로 집중되기 때문에, 집안은 매일같이 오고가는 말로 소란하다. 하지만 사건의 진실에는 무관심하고, 오직 사람들 사이의 불화에만 관심을 쏟는 그녀의 삶은 얼마나 창백할까. 소문은 그와 같이 사람을 남루하게 만든다. 소문은 일정 기간이 경과하면 소멸하는 속성을 갖고 있어서 본질적으로 덧없는 것이다. 사람들은 호기심을 발동하여 소문의 생산-소비 과정에 참여하지만, 그것도 시일이 지나면 망각되기 일쑤여서 소문은 오래 가지 않는다. 그렇지만 사람들은 소문의 효력이 장구하지 않다는 사실을 익히 알고 있으면서도, 소문에 귀를 기울이며 살아간다. 그 이유는 사람들이 소문의 소비자이면서 동시에 생산자이기 때문이다. 사람들이 소문에 집착하는 경향은 기억 능력에 의존한다.

소문은 기억에 의해 재현된다. 개인적인 기억은 시간과 공간 그리고 타인의 존재를 필요로 한다는 점에서 사회적 사실이고, 타인의 개입이나 참여 속에서 이루어진다는 점에서 집합적이다. 기억은 결코 개인적 차원에 한정될 수 없는 사회현상인 것이다. 소문은 기억을 매개로 유포되고 소비되는 까닭에, 기억의 파지기간에 따라 소문의 유효기간도 결정된다. 소문은 세력을 확장하는 과정에서 필연적으로 소문의 대상자에게 치명적인 피해를 입힌다. 그것은 명예훼손, 정신이상, 주거의 격리 및 추방, 사회적 제약 등의 각종 부작용으로 나타난다. 사람들은 소문의 당사자가 당하는 피해를 알고 있기 때문에, 소문의 소비자가 되기를 희망한다. 소문의 수집과 전파에는 적극적인 행태를 보이는 사람들도, 책임을 추궁 당하게 되면 소극적인 입장을 보인다. 그러한 선택은 전적으로 소문이 갖고 있는 귀속성 때문이다. 사람들은 소문을 소비하고 유통시킴으로써 사회의 일원이라는 사실을 자각한다. 소문이 개인의 사회적 정체성을 담보해주는 것이다.

소문은 문자로 채록되기 이전에 산포된다. 소문은 생리적으로 음성언어를 전달수단으로 사용하기 때문에, 서술의 차원보다는 기억 속에 존재한다. 소문은 기록되는 찰나에 현장감이 반감되며, 고유한 성질을 잃어버리게 된다. 이러한 속성 때문에 소문은 문자문화보다는 구술문화적 특성을 지니고 있다.[1] 그런 점은 소문의 전개 양상을 살펴보면 금세 판명된다. 소문은 생산자로부터 출하되어 유통되는 과정에서 내용이 첨가된다. 소문은 구성원들의 기층 생활에서 비롯되는 까닭에, 그들의 동조를 얻어내기가 쉬워서 급속도로 확산된다. 소문은 유사한 내용은 흡수하고, 상이한 내용은 배척하면서 영향력을 배가한다. 소문이 개인을 중심으로 발아한다는 사실은, 소문으로 하여금 집단의 전통적 가치를 대변하며 보수적 경향을 띠도록 조장한다. 소문의 이러한 구술문화적 특성은 소문에 신속성을 확보해주며, 소비자들의 집단적 정서를 등질화시키는데 기여한다.

그동안 소문은 여러 문학작품에 널리 수용되었지만, 연구자들의 관심은 미흡했던 것이 사실이다. 소문은 당대의 사회현상을 담지하고 있는 주요 변인이기 때문에, 그것의 문학적 유용성은 강조되어야 할 터이다. 시인 정양은 가족사적 배경을 바탕으로 많은 작품에서 소문을 차용하여 기억의 관점에서 시화하고 있다. 그는 심미적 거리를 달리 하면서 시인과 화자가 동일시되는 개인적 기억으로서의 소문, 사라져가는 마을의 공동체적 정서로서의 소문, 개인을 두고 소문이 생성되는 과정을 포착한 작품 등, 소문의 여러 가지 모습을 형상화하였다. 이에 본고는 정양의 시에 나타난 소문의 양상을 구체적으로 탐색해보기로 한다.

---

1) Walter J. Ong에 의하면 구술문화에 익숙한 사고와 표현은 다음과 같은 특징을 갖고 있다. (1)종속적이라기보다는 첨가적이다. (2)분석적이라기보다는 집합적이다. (3)장황하거나 다변적이다. (4)보수적이거나 전통적이다. (5)인간의 생활세계에 밀착된다. (6)논쟁적인 어조가 강하다. (7)객관적 거리 유지보다는 감정이입적 혹은 참여적이다. (8)항상성이 있다. (9)추상적이라기보다는 상황의존적이다.(Walter J. Ong, 이기우·임명진 역, 『구술문화와 문자문화』, 문예출판사, 1995, 60-92쪽).

II 시작품에 나타난 소문의 수용 방식

01 │ 개인적 기억으로서의 소문

소문은 개인을 중심으로 생산된다. 개인은 "소문을 통해 세계의 음모와 은폐된 진실을 추측하면서 자신의 실존적 자각을 경험하게 된다"[2]는 점에서, 소문의 영향권으로부터 자유로운 개인은 아무도 없다. 개인은 저마다 소문의 주체이거나 객체로 살아가는 것이다. 개인은 사회 구성원들과 의사소통의 불화를 겪으면서 소문을 발생시킨다. 그가 소문의 빌미를 제공한 것은 부인할 수 없는 사실이지만, 사람들은 소통상의 맥락은 사상하고 자신의 발화 의지를 강조하며 그를 제거해버린다. 이처럼 소문은 원인과 결과가 거세된 채 생산자의 의도가 강조되면서 발생한다. 그것은 생산자의 수중을 떠나 타인에게 양도되는 소비 단계에서 내용의 첨삭이 이루어지고, 전달 과정마다 변색되어 본래의 모습을 점차 잃어버리게 된다. 그 결과 소문은 해당자를 동일언어권으로부터 격리시키는 폭력적 상황을 조성한다.

소문은 개인에 대한 다수의 폭력행위이다. 소문은 다수가 소수를 포위하며 전개된다. 불특정 다수는 대중의 이름으로 소수를 규정하고, 구성원의 자격 요건을 박탈한다. 설령 소수의 권위가 확립된 상태일지라도, 다수는 반대 담론을 부단히 생산하며 그의 권위에 도전한다. 다수가 집단적으로 "소수를 밀어내고 그들을 대신한다"[3]는 사실은 소문의 폭력성을 적절

---

2) 최명표, 「강인한의 시에 나타난 소문의 양상」, 『한국언어문학』 제59집, 한국언어문학회, 2006. 12, 459쪽.

히 지적해준다. 소수자로서의 개인은 대중의 위협에 굴복하여 구성원의 권리를 상실하고, 마침내 집단으로부터 소외된다. 이런 점에서 소문은 일인에게 가해진 집단폭력이다. 그들의 의도된 소외 조치에 개인은 변변히 대응하지 못한 채 "타다만 숯덩이"(「참숯」)처럼 내면에 상처를 각인한다. 더욱이 한국 현대사처럼 격동하는 시대를 살았던 사람들은 대중의 폭력으로부터 안전을 보장받기 위한 방편으로 소문의 대열에 동참하기도 했다. 그들은 소문을 소비하는 동안에 집단의 구성원으로서 준수해야 할 덕목을 학습한다. 소문은 일상에서 준수되어야 할 생활규범인 것이다. 그들은 유행하는 소문의 재생산에 참여함으로써 규범을 행동으로 실행한다.

> 탄광파업철도파업대구폭동여순반란
> 아직도 그런 일로 떠돌지 싶은
> 떼죽음 따라 난리를 따라 풍문을 따라
> 떼죽음의 산기슭 검붉은 속살을 헤집어
> 백지에 삼베에 명주베에
> 겹겹이 퍼 담은 지리산 흙
> 살 대신 뼈 대신 어루만지며
> 넋받이로 깊이 파묻은 지리산 흙
>
> 전라도땅 김제군 공덕면 마현리
> 산 십구번지 야산 자락에
> 잡초 무성한 빈 무덤이 되었습니다.　　　　　─「빈 무덤」부분

---

3) Jose Ortega y Gasset, 황보영조 역, 『대중의 반역』, 역사비평사, 2005, 31쪽.

아버지의 무덤은 '전라도땅 김제군 공덕면 마현리'에 있다. 시인은 '빈 무덤'으로 주검의 부재 상태를 노출시키면서, 그에 얽힌 개인적 사연의 공론화를 시도한다. 이것은 아버지의 존재를 규명하지 못한 아들의 회한이면서, 개인의 생사 여부조차 확인 불가능한 사회의 폐쇄성에 대한 항의 표시이다. 시인의 언급에 의하면 아버지는 '탄광파업철도파업대구폭동여순반란' 등, 해방 후 벌어졌던 각종 대형 사건에 연루된 듯한 '풍문' 속에 존재한다. 사람들은 향리의 뒷산에 유해도 없이 만들어준 '빈 무덤'의 주인이 건국 이후에 자행되었던 일련의 '떼죽음'과 관련되었을 것이라고 추측할 뿐이다. 그러한 추측은 전적으로 소문에 의한 것으로, 개인이 사회적 무의식을 수행하는 원자에 불과하다는 사실의 방증이다. 그는 소문에 의해 구축된 이데올로기의 허구적인 원자로서, 그의 사회적 정체성은 체제의 질서를 준수함으로써 순차적으로 구성된다. 아버지의 존재는 아무 것도 확인된 것 없이 순전히 소문으로 구성된 것이다. 소문은 이와 같이 사건의 처리 과정에서 생산되는 사회적 징후이다. 사람들은 아버지를 둘러싸고 출처가 불분명한 갖가지 소문을 소비하고 재생산하면서 집단적 무의식을 표출한다. 그들은 그의 죽음을 사회와의 불화로 단정하여 소문을 소비하는 동시에, 지배적 이데올로기를 재현하여 사회적 정체성을 확인받는다.

소문은 대상자의 신체를 구속하기도 한다. 아버지의 시신은 '떼죽음의 산기슭 검붉은 속살을 헤집어'보아도 찾을 수 없다. 그의 시신은 소문에 따라 가족들이 '빈 무덤'으로 안장할 때까지 사회로부터 격리된다. 그의 시신은 사회적 합의 과정을 거치지 않았으므로 발굴할 수 없다. 그의 가족들이 유해를 수습하기 위해서는 먼저 사회 구성원들의 동의를 구해야 한다. 그러나 사회 규범을 위반한 그의 생애는 사회적으로 배척되었기 때문에, 가족들은 그의 전기를 복원할 수 없고 사망 사실조차 확인할 수 없다. 이에 가족들은 망자를 위해 '빈 무덤'으로 영혼의 안식처를 마련해주지만, 마을 사람들로부터 거부된 신체조차 귀향하지 못하는 판국에 영혼이라고 수용될 리 만무하다. 결국 기대와 달리 '빈 무덤'은 그의 가족들과 사람들 사이의 심정적 거리를 확인시켜주는 처소일 따름이다. 생전에 귀향을 거부당한 아버지의 시신은 죽어서도 돌아오지 못한 채 '빈' 무덤에 안치된 것이다. 시신이 없는 무덤은 소문에 의해 일방적으로 배제된 아버지의 존재 상황을 여실히 증명하는 공간 표지이다. 마을 사람들은 소문의 생산과 전달 과정에 참여한 전력을 은폐하기 위해 아버지의 빈 '무덤'을 허용하지 않는다. 그들이 아버지를 마을의 구성원으로 받아들이기 위해서는 소문을 폐기해야 하지만, 사람들은 마을의 안녕질서를 위한 희생양으로 아버지의 부재하는 신체를 방치한다. 이런 측면에서 소문은 당자에게 감당할 수 없는 고통을 선사하며, 그가 사회의 일원으로 누릴 수 없는 권리를 박탈한다. 소문은 개인을 사회로부터 격리시킬 뿐만 아니라, 그의 신체적 자유까지 구속하는 것이다. 곧, 아버지에게 고향은 "못 떠나는 혼들이 모여 사는 곳"(「귀향」)이지, 시신이 안장되어 안면할 수 있는 곳은 아니다.

빈 무덤 곁에 어머니도 묻혔습니다

해 뜨고도 비 내리고 비 내리다
무지개 서던
지리한 장마의 끝자락에

헛소리에 매달리어
끝내 눈을 못 감던 어머니

　이렇게 살면 안되야……
　그렇게 살면 안되야……

어머니 야윈 어깨를 감싸안은 팔에
힘을 주면서 잘 알겠다는 듯이
끄덕이며 끄덕이며 했지마는

비 그친 뒤 산자락 빈 무덤 곁에
어머니를 묻던 날에도
이래도저래도 다 안되는
쉬흔살에도
그 말씀 모르기는 마찬가집니다

　이렇게 살면 안되나요
　이렇게 살면 안되나요

답답한 수수께끼처럼
무덤 둘이 나란히
물음표처럼 누웠습니다.　　　　　　　—「빈 무덤 곁에」전문

아버지의 생애를 자식에게 말할 수 없는 어머니의 한은 '이렇게 살면 안되야……'라는 술회에 배어 있다. 이 진술은 그녀의 신산스러운 생애를 함축한다. 어머니는 빈 무덤의 주인으로 돌아온 지아비에 대한 원망을 통한의 '헛소리'로 갈음한다. 그를 둘러싼 소문 때문에 마을사람들로부터 평생 동안 배제되었던 비운을 자식에게까지 대물림하고 싶지 않은 어머니는 사람답게 살지 못한 현생의 삶을 그 한마디로 울분한 것이다. 그것은 전적으로 지아비의 부재로 생긴 것이다. 그 공백은 후손에 의해 '이렇게 살면 안되나요'라는 독백으로 반복되거니와, 그것은 유년 시절부터 결락된 아버지에 대한 기억의 여진이 아들에게 되풀이되어 나타난 것이다. 시인은 아버지에 대한 기억을 "어머니는 생전에 아버지에 관한 얘기를 자식들에게 전혀 한 일이 없음. 당신의 한과 앙심을 자식들에게 옮기지 않으려고 아버지에 관한 기록도 다 없애고 입을 다문 채 돌아가신 것으로 여기고 있음. 나는 아직도 아버지에 관하여 아는 것이 별로 없음"[4]이라고 자술하고 있다. 그는 유년시절부터 아버지에 대한 질문을 금기시하는 가정환경에서 아버지의 기억조차 형성하지 못한 채 성장기를 보냈던 것이다. 그의 고백에 주목하면, 두 작품의 화자는 시인과 동일인물이다.

아들의 아쉬움은 "길을 잃고 싶을 때가 많았다"(「까마귀떼」)는 발언에서 유추 가능하다. 길을 매개로 아들은 시대와의 불화에 시달리던 아버지의 생애와 소문으로 점철된 자신의 생애를 반추하기 시작한다. 아버지는 소문의 제공자이고 아들은 희생자지만, 그들은 소문 때문에 고향으로의 진입을 거부당했다는 점에서 마을의 출입이 제한된 사람들이다. 그들은

---

4) http://www.jyang.org/profile.htm.

과거의 원시적 시간 속에서 공동체적 삶을 만날 수 있는 고향으로 돌아가고 싶지만, 소문의 진앙지로 들어가려는 노력은 실현될 수 없다. 소문이 실체적 모습을 드러낸다면 아들이라도 나서서 소문을 해명하고 설득할 수 있지만, 언제나 "나 사는 곳 아무데나 질기게도 나를 따라다니는"(「쇠비름풀」) 소문은 아들에게 석명할 기회조차 허락하지 않는다. 이와 같이 소문은 생산자의 의도를 철저하게 은닉한다는 점에서 이데올로기적이다. 그의 의식은 타인의 의식과 상호작용하는 과정에서 표출되고, 소문은 개인의 의식과 의식의 접합으로 구체적 형상을 갖추게 된다. 소문과 개인의 의식은 불가분의 관계를 맺고 있는 셈이다. 그러므로 소문의 소비자가 "말하는 것은 의식있는 개인으로서가 아니라, 나를 통하여 익명의 권력이 말하는 것"[5]이다. 그는 소문을 유포하여 생산자의 권력을 내외에 확인시켜주고, 그 대신에 권력으로부터 비호를 받는다. 정양은 그에게 기억된 소문의 폭력적 결과를 개인사적 경험에 토대하여 시화하고 있다.

02 | 집단적 정서로서의 소문

소문은 시간의 지평 위에서 존재한다. 소문은 태생적으로 음성언어로 구현되는 까닭에, 공간을 필요로 하는 문자언어와 구별된다. 그것은 소문의 감정이입적 경향의 결과이다. 소문은 사람들의 흥미에 따라 유통 여부가 결정되기 때문에, 생산자는 효과적인 전달을 위해 자신의 감정을 이입

---

5) Olivier Reboul, 홍재성·권오룡 역, 『언어와 이데올로기』, 역사비평사, 1995, 118쪽.

하게 된다. 그럼으로써 소문은 급박성과 사실성을 획득하면서 전수자의 수용 태세를 자극한다. 전수자는 사회의 구성원으로서 규범을 공유하고 있으므로, 전달자의 참여 권유에 무의식적으로 동조하게 된다. 이러한 과정을 반복하는 동안에 소문은 전달자와 전수자의 경계를 모호하게 만들면서 가감되고 변질된 채 유통된다. 소문은 이와 같이 생산자와 소비자가 모두 생산과 소비를 동시에 수행한다는 점에서 집단적이다. 소문이 집단적 차원에서 작용하는 모습을 살펴보기에 알맞은 공간은 고향이다. 고향은 전통적 가치관을 간직하고 있는 집단의 거주지이다. 그곳 사람들은 선대로부터 내려온 풍습을 재현하면서 후대에 기억시킨다. 그들의 노력은 당연히 구술성에 토대하기 때문에, 집단의 연대감을 고취하고 정서상의 동질성을 고양하는데 공헌한다.

정양은 고향 사람들의 "떼죽음과 가난과 들켜버린 그리움 같은 것들" (「은행나무」)을 시화하고 있다. 아버지로 인한 소문 때문에 귀향 의지를 실현할 수 없는 시인은 어린 시절의 추억을 회상하여 마을 사람들의 놀이를 재현한다. 그가 소년기의 기억을 떠올리는 것은, 그 시절이 가족사적 소문으로부터 비교적 자유로울 수 있기 때문이다. 그의 결심은 그의 세대가 지니고 있는 책임감으로부터 비롯된 것이다. 그의 세대는 성장기부터 지독한 가난에 시달리다가 가난의 굴레를 벗어나는 순간에, 아버지의 권위를 부정하는 후세대의 도전에 직면한 세대이다. 또한 생애 내내 이념의 충돌과 그로 인한 전쟁 체험, 군사정권의 독재와 경제 개발로 인한 전통적 사회 질서의 파괴 현장을 목격한 세대이다. 그의 시대에 급속히 진행된 사회 변화는 집단적 정서의 와해를 초래하였고, 소문을 공유하던 공동체의 질서를 전복하였다. 시인은 이처럼 정서의 사멸을 안타까워하면서 향리의 풍속을 되살리고 있다. 그것은 소문의 피해자로서의 그가 부모의 복권을 위해 실천할 수 있는 최소한의 몸부림이다. 그로서는 소문의 발아부터 소멸까지의 전 과정을 주의 깊게 관찰하여 다시는 자신과 같은 희생자가 생기지 않기를 바라는 한편, 마을 사람들의 집단적 정서를 문화적 관점에서 파악하여 새로운 의미를 부여함으로써 세대적 책임감을 이행하고 싶었던 것이다. 그의 노력에 힘입어 과거의 풍속은 재현되고, 집단적 질서를 공유하던 마을 사람들의 모습은 재탄생한다.

마재마을 날망에는
세 아름도 넘는 은행나무가 서있는데요
마을 사람들은 이 나무 뿌리가
집집마다 골고루 뻗어 있다고 믿는데요

은행나무 아랫두리에는 예전에
사람 들어앉아 잠을 잘 만큼
커다란 구멍이 하나 있었답니다
과거에 낙방하여 낙향하던 어떤 나그네가
그 구멍 안에서 한나절이나 잠을 잔 뒤에
구멍 안쪽에 시를 한 수 써놓고는
들 건너 찰뫼산 모퉁이를 감아흐르는
부용강물에 그만 몸을 던졌더랍니다

그런 연유로 사람들이 그 구멍을 꺼려해선지
구멍도 점점 좁아지기 시작했는데요

사람들 배꼽 높이만큼 파인 그 구멍을
사람들은 은행나무 배꼽이라 했고
위아래로 째져 보여서 아이들은 그냥
은행나무 보지라고도 불렀습니다
구멍이 점점 좁아졌다지만 내 어렸을 때만 해도
어깨나 허리에 감고 다니던 책보 여남은 개씩은
그 구멍 안에 쑤셔넣기도 했고
어떤 때는 사람들 눈을 피하여 분풀이하듯
그 안에다가 오줌을 싸지르기도 했는데요

— 「은행나무 배꼽」 부분

마을 사람들은 은행나무의 구멍을 '배꼽'이라고 부른다. 배꼽은 태아가 자궁 속에서 모체로부터 자양분을 흡수하는 유일한 통로라는 점에서, 이 작품에 이르러 소문의 발원지가 드러난다. 시인의 향리 마재 마을 사람들은 은행나무의 뿌리가 '집집마다 골고루 뻗어 있다'고 믿는다. 은행나무는 소문의 취수장이고 급수장인 셈이다. 마을에서 생성되는 모든 소문은 은행나무의 뿌리에 의해 수집되어 저장된다. 소문은 공동체의 구성원들에게 공유된다. 소문은 마을의 집과 집을 연결하는 은행나무의 뿌리를 통해서 각 가정에 신속히 배달되고, 등가의 가치로 동시에 소비되기 때문에 소문으로서의 효력을 상실해버린다. 그로서 소문은 설화로 변모하여 채록되기에 이른다. 시인은 은행나무의 구멍을 통해서 소문이 설화로 정착하는 과정을 포착하여 보여주고 있다. 은행나무는 "이 세상 끝까지 상관하고 싶은 한숨"(「선술집에서」)을 거두어 소문의 수요와 공급을 조절하는 시장 기능을 상실하는 대신에, 마을 사람들의 기록으로 남겨져 후대에 전승되는 것이다.

그 보기가 외지인의 자살사건이다. 그는 은행나무의 '구멍 안에서 한나 절이나 잠을 잔 뒤에' 부용강에 투신하여 소문의 당사자로 환생한다. 소문 은 이처럼 집단의 배타적 성향을 숙주로 삼아서 기생하는 유기체이다. 나 그네의 사인은 '과거에 낙방하여 낙향하던' 길에 이루어진 것인 양 호도되 지만, 그것은 마을 사람들이 그의 죽음에 부여한 무의미성일 뿐이다. 이와 같이 소문은 항상 개인에 대한 집단의 가치평가를 수행한다. 마을 사람들 이 객사한 그의 자살 사건을 거론하며 생산한 소문은 결국 그들의 행동을 제어하는 기제로 작용한다. 소문이 마을 사람들로 하여금 부정 탄 은행나 무에 접근하기를 거부하도록 만든 것이다. 곧, 은행나무에 낀 액이 소문의 확산을 방지한 셈이다. 사람들의 내왕이 끊어져서 소문의 저장과 분배 기 능을 상실한 은행나무의 구멍은 아이들에게 책보를 보관하거나 방뇨하는 놀이의 대상으로 전락한다. 그것은 은행나무 구멍이 아이들의 호기심을 자극할만한 소문을 생산하지 못한 결과이다. 아이들은 소문의 생산과 소 비보다는 놀이에 흥미를 느끼기 때문에, 은행나무는 놀이의 공간으로 역 할이 변경되는 것을 승인하지 않으면 안 된다.

이런 측면에서 소문은 집단적 정서를 필요조건으로 전제한다. 소문은 집단 구성원들의 편성 과정을 거치면서 비로소 실체를 갖춘다. 그것은 소 문의 유통성과 관련된다. 소문이 신속하게 전파되어 확대재생산되기 위해 서는 구술되어야 한다. 구술은 언제나 개인 간의 접촉으로 성립되어 집합 적으로 발화되기 때문에, 소문의 생산과 소비에 선행하는 구비조건이다. 소문이 문자언어로 서술된다면 사실로 전환되어 가공 과정이 불필요하다. 하지만 소문은 구술되어 구성원들의 동조를 얻어내고는 순간, 순식간에 그들을 포섭하며 민첩하게 이동하여 집단을 하나로 묶어버린다. 소문은 생산자와 소비자, 전달자와 전수자, 화자와 청자의 구분을 허물면서 미처 포섭되지 않은 사람들을 향해 '발 없는 말처럼 천리를 간다. 소문이 기민하게 유동하기 위해서는 매개가 필요하다. 소문은 구성원들의 집단적 정서를 집약하기 쉽도록 공통언어를 이용한다. 사회적으로 유통되는 소문들이 특정 방언으로 매개되는 것이 그 증거이다.

정양의 시에서 소문은 걸쭉한 전라도 방언을 매개로 기억된다. 구어체로 이루어진 시적 진술들은 "눈감아도 떠도 가고 싶은 고향산천"(「신털미산」)의 이야기 속에 함의된 현장감을 살리는데 유효하다. 그는 시대의 변화에 밀려서 궤멸되어 가는 농촌마을의 예스런 광경을 기층민중들이 구사하는 방언으로 촘촘하게 보여준다. 그는 "속 터지는 만석이"(「이른 봄」), "통쟁이집 큰아들 용봉이"(「술 뒤지는 날」), "말수 적고 살비듬 고운 과부댁"(「고지먹기」), "꼿발 조이러 나다니는 종태 애비"(「내외」), "용개나 친다는 홀애비 용길이"(「죽기도 죽어라 싫어」), "순덕이네 할아버지"(「이 죽는 소리」), "가마 타고 시집온 최면장집 둘째 며느리"(「꽃각씨 할머니」), "천석꾼의 장손 남철이 아저씨"(「또랑광대」), "머리카락 싹둑싹둑 잘라낸 헬쑥한 영이 누나"(「영이 누나」), "화순둠벙 옆 소나무숲"(「화순둠벙」), "천생원네 머슴 하판쇠"(「판쇠의 쓸개」), "웃음걸레"(「제삿날 며느리」) 등, 마을사람들에게 소문의 장본인으로 회자되었던 사람들을 호명한다. 그의 호명에 의해 소문거리로 전락했던 그들의 삶은 기억의 세계로 편입된다. 그들은 비로소 마을의 구성원으로 인정받게 되고, 그들이 일으킨 각종 소동들은 집단의 정서를 윤택하게 만들어준 설화로 자리매김된다. 소문은 설화의 세계를 구성하는 심리적 원형인 것이다.

그와 같이 정양이 집단적 정서가 축적된 소문을 설화로 기록하게 된 동기는, 가족사적 이유와 함께 세대적 책임감의 발로이다. 그는 소문의 피해를 입었던 성장기의 아픈 경험을 예술적으로 승화하여 자신의 심리적 상흔을 치유하고, 소문을 설화로 변이시켜서 마을 사람들과 아이들의 문화적 차이를 보전하고 있다. 즉, 위의 작품에서 거론된 소문의 피해자들의 복권을 위한 목적으로 그들을 둘러싸고 유포되었던 여러 가지 소문들을 시인이 문자적으로 재현한 것이다. 나아가 시인은 "누가 이름을 불러도 대답하면 안 되는 날"(「정월대보름」)의 해학과 슬기를 회상하기도 하고, 이와 함께 "나무껍질 물오르면 보릿고개"(「보릿고개」), "술 냄새 두엄 냄새 범벅"(「쇠자래기죽」), "청맥죽(靑麥粥), 별똥죽, 옥루죽(玉淚粥)"(「보리민대」), "염소똥 같은 자디잔 방귀총 소리"(「보리방귀」)가 들리던 가난한 날들의 풍경을 재현하기도 한다. 시인의 면밀한 기획에 의해 복원된 과거적 풍경들은 간과할 수 없는 마을사람들의 역사이다. 정양이 주목한 그들의 행적은 소문과 함께 집단적 정서를 살피기에 적합한 제재이다. 이처럼 그는 소문을 설화의 화소단위로 파악하여 집단적 기억의 전승 가능성을 모색하고 있다. 그것은 소문으로 벌어진 개인과 집단간의 정서적 단절 상태를 극복하려는 시인의 노력이다.

03 ┃ 사회적 심급으로서의 소문

소문이 지속되기 위해서는 회상되어야 한다. 소문은 기억을 드러내는 개인적 입장과 경험에 따라 내용과 맥락이 달라지더라도, 회상되기 위해서는 사회적 공간에 의존한다. 기억은 집단의 정체성과 연결된다는 점에서 집합적 기억이고 역사다. 역사적 경험과 관련된 집합적 기억은 구성원들로 하여금 사회적 정체성의 유지를 위해 부단히 수정할 것을 요구한다. 그러므로 기억은 선택적으로 조정되고 각인될 수밖에 없어서 특수한 이해관계와 이데올로기에 복무하게 된다. 그것은 집단과 타자를 구분하는 사회적 심급이다. 소문은 수신을 거부하는 사람들을 가차 없이 타자화함으로써, 집단의 이익에 봉사하고 체제의 유지에 공헌한다. 소문에 의해 사회의 안전망이 구축되고, 구성원들 간의 정서적 연대의식이 고양되는 것이다. 이와 같이 소문은 한 사회의 정체성을 내포하고 있다.

이런 측면에서 소문은 사회 구성원들의 관계에 개입하여 자신의 위상을 확보하고, 구성원들의 관계를 규정한다. 소문의 생산과 소비 과정에 동참하는 것은 구성원의 책무로서, 소문의 수용이나 전달을 거부하는 사람은 사회로부터 고립된다. 이와 같이 소문은 "규범적이고 배제하는 결과를 갖는다"[6]는 점에서 담론적 특성을 지니고 있다. 소문은 발생 초기에는 사실의 전달에 치중하다가, 유통 과정에서 가공되어 본연의 내용이 변질된다. 소문의 본모습을 변형하는 것은 구성원들의 동의를 요하지 않는다. 그들은 소문의 유통 과정에 진입하는 순간부터 소문을 변형할 수 있는 권한을 암묵적으로 부여받았기 때문에, 그들의 행위는 구성원들로부터 비난의 대상이 되지 않는다. 이처럼 소문은 구성원간의 친밀성을 담보로 삼아서 세력을 확장하고 소비자를 확대하며, 궁극적으로 사회 체제를 안정시키는 힘을 갖고 있다. 소문이 사회를 구성하고, 구성원들에게 자격 요건을 부여하는 것이다.

---

6) Gerhard Plumpe, 「예술과 법담론」, 문학이론연구회 편, 『담론 분석의 이론과 실제』, 문학과지성사, 2002, 79쪽.

남도땅 무안 어디서 왔다던가
윤 생원네 행랑채 살던 홀애비 기수 아저씨
소 잡고 개돼지 잡고 초상집 화톳불 놓고
우물 칠 때면 밭아놓고 우물 밑바닥에 내려가고
구들장 밑에 기어들어가 막힌 고래도 긁어내고
마을의 험한 일 궂은 일 도맡던 벙어리 아저씨
지붕 이을 때면 맡아놓고 용마름을 엮던 상일꾼
동글동글 보름달 멍석도 잘도 매던 재주꾼
단옷날이면 왕소나무에 그네 매어주고 돼지 잡을 때
오줌깨 따서 던져주며 씽긋 웃던 벙어리 아저씨
어디 아파도 마을 사람들은
약방집보다 먼저 벙어리를 찾았다
지어주는 단방약으로 효험 본 사람들이 많았다

아 그 벙어리가 글씨
해방됭게 말문이 열려떠래야
징용 안 갈라고, 이사 옴서부터
내내 벙어리 행세를 혀떠래야
해방되자마자 장구채부터 잡더래야

은행나무 밑에서 풍물을 칠 때마다
먼 마을 사람들까지 장구재비 구경을 오곤 했다
왔다리갔다리 정신없이 양장구를 몰아치다가
공중에 장구채를 내던지고 천연덕스럽게

골련(卷煙)까지 피워물며 다시 장구채를 받는
그 손발놀림 어깻짓 고갯짓에 사람들은 넋을 놓곤 했다

　　저런 재주를 어치케 참꼬 사러때야
　　아 저 벙어리가 글씨
　　남도에서도 아러주는 장구재비여때야
　　조선 팔도 가는 디마다 각씨 하나씩 둔
　　천하에 바람둥이래야

기수 아저씨 바람처럼 마을에서 사라진 뒤에도
마을에는 장구재비 소문이 꼬리를 물었다

　　아 그 장구재비가 글씨 각씨들 다 데리고
　　삼팔서늘 너머가때야
　　아 그 장구재비가 글씨
　　인공 때 남도 어디서 군땅위원장을 혀때야
　　아 그 장구재비가 글씨
　　지리산으서 대장 노릇을 허더래야
　　　　　　　　　　　　　　─「아 그 장구재비가 글씨」 전문

　　금만평야에서 '올망졸망한 야산의 끝자락에 기대어 넓은 들판을 껴안고
있는 마현리'는 시인의 고향이자 작품의 서사가 진행되는 공간이다. 고려
시대부터 자라난 은행나무의 뿌리가 '집집마다 골고루 뻗어 있다'고 믿는
마을사람들은 하나의 공동체를 이루어 서로 의지하며 오순도순 살아왔다.

그 작은 마을에서는 크고 작은 일들이 모두 자기일이 되며, 있는 이야기 없는 이야기가 죄다 공유된다. 그러한 관습 속에서 성장한 시인은 마을사람들의 "아직 신화가 되지 않은 이야기"(「자서」)를 충실하게 기록하는 역할을 자임한다. 그러므로 시인의 역할은 그들의 발화를 기록하거나, 시적 상황의 전개에 필요한 자잘한 세목을 삽입하는 일로 국한된다. 그는 기록자로서 문어체를 사용하지만, 서사의 주체들은 구어체를 구사하여 시적 상황에 사실성을 부여한다. 그들의 방언은 '─래야'의 형태로 소문에 전형적 성격을 부과하지만, 화자는 그 소문의 이면에 감추어진 장구재비의 진실한 면모를 진술하여 소문의 확산을 경계한다. 그는 서술 상황에 따라 각기 다른 문체를 도입하여 내용의 차별화를 꾀하는 한편, 시적 서사와 소리판을 병치시킨다.

어느 날 시인의 고향마을에 무안으로부터 낯선 이가 전입해 오면서부터 작품은 시작된다. 외지인의 도래는 마을 사람들에게 잠복해 있던 경계심을 발동시킨다. 소문은 "일반적인 불안의 일반적인 자백이면서 설명이고, 더 나아가 군중을 일시적으로 그들의 불안에서 해방시키는 정화 과정의 첫 단계"[7]이기 때문에, 소문은 불확실한 위협에 맞서기 위해 구성원들의 연대를 요구한다. 전입자는 거주자들의 신경을 거슬리지 않기 위해 자신을 한껏 낮추고 살아간다. 기수 아저씨는 "말없이 싱글거리기만 하는 그 벙어리"(「푸른 하늘이」)이다. 그는 벙어리 생활로 철저하게 자신의 정체를 숨긴 채 동네의 상일꾼으로 살아간다. 마을사람들은 그의 말할 권리를 차압하여 말을 몰수해버린 것이다. 해방되던 날 그는 더 이상 숨길 이유 없

---

7) Hans-Joachim Neubauer, 박동자 · 황승환 역, 『소문의 역사』, 세종서적, 2001, 67쪽.

이 자신의 정체를 탄로낸다. 해방은 그에게 말을 되찾는 '빛의 회복'이었던 것이다. 그에 관한 소문이 생성되고 전파되는 장소는 "양지뜸 우물가"(「우물가」)이다. 동네 아낙들의 수다에 의해 기수 아저씨는 소문의 중심으로 진입하게 된다. 객지에서 흘러들어온 그가 떠나자마자 동네사람들은 그의 행적에 관해 갖은 억측을 자아내고, 그는 마을을 떠남과 동시에 타자의 신분으로 되돌아간다. 그의 만만치 않은 삶의 이력들은 소박한 마을사람들과 어울리지 않았다. 시인은 장구재비의 존재를 통해 해방공간의 정치적 사건들이 휩쓸고 지나갔던 한적한 시골 마을의 내력을 회억하고 있다.

마을의 불특정 다수는 끊임없이 소문을 재생산하여 장구재비를 마을로부터 배제시킨다. 장구재비는 동리사람들에게 단 한 번의 해악도 끼치지 않았지만, 마을에서 살 때나 떠난 다음에도 집단으로부터 외면당한다. 그 역시 자신의 신분을 은폐함으로써 사람들의 심리적 조치에 대응한다. 하지만 소문은 항상 일인에 대한 만인의 입을 빌어 유포된다는 점에서 2, 4, 6연의 수군거림은 그의 왜소한 존재를 증명해준다. 시인은 장구재비의 편을 들어줌으로써, 자의와 달리 "토막난 노래 토막난 역사"(「낙지회」) 때문에 고단한 삶을 영위했던 그에게 늦게나마 경의를 표한다. 작품의 진행 상황은 끝없이 종료되고 있지만, 끝 연을 통해 '지리산으서 대장 노릇'을 하던 그의 비극적 최후를 짐작하기란 힘들지 않다. 시인이 고의적으로 작품을 종결처리하지 않은 까닭은 기수 아저씨의 기구한 생애를 문장부호 안에 가두어 놓기를 꺼려하였기 때문으로 보인다. 곧, 장구재비와 같은 사람들의 비참한 종말은 분단시대가 종료되지 않는 한 계속된다는 역사적 발언과 함께 그의 죽음을 의도적으로 서술하지 않음으로써, 조국의 산하를 떠돌고 있을 "장총을 베고 잠들던 소년병사"(「상수리나무」)들이 '빈 무덤'으로 돌아가서 안식하기를 바라는 소박한 희망 때문이다.

이 작품을 가리켜 "판소리와 토속적 정취, 그리고 역사의식을 화해롭게 조화시킨 탁월한 시적 성취를 보는 것은 참 즐거운 일"8)이라고 언급한 평어는 적절하다. 판소리의 차용에 힘입어 장구재비의 비극적 삶은 희극화되고, 동네사람들은 소문을 생산하며 공동체의 결속을 다진다. 애초부터 기수 아저씨는 마을로 편입할 수 있는 길이 봉쇄되어 있었던 것이다. 사실 정양은 판소리 연구서9)를 상재할 정도로 소리에 일가견을 갖고 있는 시인이다. 판소리의 심미적 특성은 희극성과 비극성의 통합에 있다. 민중들의 현실적 삶은 곤궁하였지만, 판소리 속에서 그들은 세상에 대한 비판적 욕망을 가감 없이 토로하여 웃을 수 있었다. 웃음은 지성의 영역에 속하고, 울음은 감성의 영역에 속한다. 어떤 비참한 정황 속으로 몰입되는 심적 상태가 울음의 기반이라면, 그것을 비판적으로 파악하면서 극복하는 과정은 웃음의 기반이다. 판소리를 통해 민중들은 미학적으로 비장미와 골계미를 동시에 추구하여 생의 어두운 면과 밝은 면을 함께 투시하려고 하였다. 근대 리얼리즘은 비극과 희극의 양식적 결합에서 비롯되었다는 사실과 결부시킬 때, 정양이 추구하는 판소리의 시적 수용이 결과한 심미적 결합 양상은 매우 현실적인 미의식이라고 할 수 있다.

정양은 이 작품에서 지금까지 보여준 소문의 양상들을 종합하고 있다. 그는 아버지로 인해 각종 소문에 시달리며 성장기를 보냈던 가슴 아픈 기억을 토로하여 소문의 폐악을 고발한 바 있다. 그가 마을 사람들로부터

---

8) 강인한, 「시와 판소리의 즐거운 결합—정양 '아 그 장구재비가 글씨'」, http://www.
poet.or.kr/kih.

9) 정양의 판소리 연구서는 『판소리의 바탕과 아름다움』(인동, 1986)과 『판소리 더늠의
시학』(문학동네, 2001)이다.

피해를 입은 다양한 인물들의 소문을 공식적 담화 속으로 편입시킨 것도, 자신의 체험에서 우러나온 심리적 배려이다. 나아가 그는 소문이 집단적 정서의 원형적 요소를 지니고 있다는 사실에 주목하여 소문이 설화의 세계로 진입하는 과정을 사실적으로 형상화하고 있다. 그리고 그는 장구재비를 동원하여 소문의 집단적 성격과 소문이 소멸한 뒤에도 인물이 설화의 세계어서 공존할 수 있는 가능성을 모색하였다. 장구재비는 소문의 속성을 드러내기에 알맞은 인물로서, 시인은 그를 앞세워 소문에 내재되어 있는 비인간적 요소의 제거를 기도한다. 그것은 소문의 시적 수용 방식에 대한 시인의 집요한 탐구의 결실이다.

Ⅲ 결론

이상에 살핀 바와 같이, 소문은 기억에 의해 재현된다. 그것은 시간과 공간 그리고 타인의 개입을 요구한다는 점에서 사회적 현상이다. 소문은 기억을 매개로 유포되고 소비되는 까닭에, 기억의 파지 정도에 따라 소문의 유효기간도 결정된다. 사람들은 소문을 소비하고 유통시킴으로써 사회의 일원이라는 사실을 자각한다. 소문이 개인의 사회적 정체성을 담보해 주는 것이다. 소문은 문자로 채록되기 이전에 산포되는 속성 때문에, 문자문화보다는 구술문화적 특성을 갖고 있다. 구술문화는 기층 생활에 뿌리를 내리고 있어서 전통지향적이고 보수적인 경향을 띤다. 소문은 구어로 전달되는 과정에서 사회의 안전을 공고히 하려는 집단의 의식에 힘입어 그 내용이 첨가되고 신속하게 이동하면서 소문의 당사자를 사회로부터 배제시킨다.

정양은 소문을 시작품에 적극적으로 수용한 시인이다. 그는 소문에 따라 적절하게 시점을 변경하면서, 소문의 실체를 포착하기에 노력하였다. 그는 기억의 관점에서 가족사적 경험에 토대하여 소문을 형상화하였는 바, 그것은 시인과 화자가 동일시되는 개인적 기억으로서의 소문, 사라져 가는 공동체적 정서로서의 소문, 사회적 심급으로서의 소문 등으로 구체화되었다. 그는 소문의 특성에 따라 객관적 거리를 확보하고, 판소리의 율격과 해학적 요소를 차용하여 시적 긴장감과 사실성을 높이고 있다. 이 점에서 정양은 소문의 변모 양상에 지속적인 관심을 기울인 시인이며, 그의 노력은 소문의 여러 가지 속성을 포착하여 성공적으로 구현한 사례로 평가받아야 할 것이다.(『한국문학이론과 비평』 제34집, 한국문학이론과비평학회, 2007. 3)

소문으로 구성된 '여류작가'의 삶과 문학

김명순론

서론

　1920년대 식민지 원주민들 사이에 유행했던 문화 코드는 단연코 '신여성'과 '연애'였다. 나혜석을 비롯한 이화여학교 출신의 신여성들은 1920년에『신여자』를 발간하기에 앞서 '청탑회(靑塔會)'를 조직하여 일본 '청탑파(靑鞜派)'의 운동을 모사하려는 의도를 공식화하였다. 그녀들이 보여준 일련의 운동들은 이른바 '중심의 복제'를 다시 복제하는 것이었다. 신여성들은 일본의『청탑』지에 소개된 연애론을 자신들의 연애관으로 복사하고, 연애를 사적 담론으로 분류하면서 사회적 이슈를 끊임없이 생산하였다. 그녀들이 보여준 진보적 언행은 당대의 가치 기준을 초월하고 있었기 때문에, 담론의 지배자였던 남성들의 권위에 대한 도전으로 간주되었다. 그 무렵에 알렉산드라 콜론타이(Alexandra Kolontai)의 '붉은 연애(赤戀)론'이 사회주의 여성들의 연애 지침으로 수용되고, 스웨덴의 교육사상가 앨런 케이(Ellen Key)의 '연애 결혼론'이 일본을 거쳐 유입되게 되자, 식민지 여성들은 가히 연애 열풍에 휩싸이게 되었다. 그 와중에서 신여성들은 외국의 연애론을 소개하고 실천하는 전위 역할을 충실히 수행하였지만, 그 대신에 남편과의 이혼과 자식과의 절연 그리고 사랑하는 남자와의 절교라는 감당하기 힘든 반대급부를 감수하지 않으면 안 되었다.

이 시대에 살았던 윤심덕, 나혜석, 김원주, 허정숙 등의 신여성들이 다 그랬지만, 김명순처럼 사람들로부터 전방위적으로 소문에 시달린 경우도 드물다. 그녀를 둘러싼 소문들은 신문과 잡지 등 공식 매체에서 생산되어 사람들의 입소문을 통해 신속히 유포되었다. 소문은 소수자를 향한 다수의 테러로서 대상자의 인격을 파괴하고, 나아가 복원할 수 없을 정도의 상처를 각인시킨다. 소문은 사회로부터 당자를 격리시키고, 다수가 승인한 규범에 복종하기를 강요한다. 김명순은 '신'여성으로 사회의 지배적 질서에 도전했기 때문에, '구'여성을 비롯한 사회 구성원들로부터 배제되는 비운을 맞아야 했다. 다수는 그녀에게 온갖 소문의 진앙지라는 사실을 반복적으로 주입하였으며, 그녀는 다수의 횡포에 맞서 다방면에 걸친 활동으로 소문을 극복하려고 시도하였다. 하지만 그녀의 노력은 매체에 의해 주도된 '침묵의 카르텔'에 의해 번번이 좌절되었고, 그녀는 식민지를 떠나는 결행을 통해 소문으로부터 도피했다가 비명횡사하였다. 그로부터 세월이 흘렀어도 그녀의 온전한 복권은 이루어지지 않았고, 지금까지도 그녀의 생애에 덮어 쓰인 소문은 불식되지 않고 있는 실정이다.

이와 같이 근대적 개인의 삶은 소문에 의해 형성된 "사회적 관계망 속에서 타인들과 교류하고 소통하는 과정에서 항상 사회의 기존 질서 속에 '구성'되는 것"[1]이다. 그렇지만 김명순은 '남자'들에게 배신당한 고학생이었기 때문에, 타인들과의 의사소통 과정에 참여하기를 주저하였다. 이러한 실존적 조건을 깊이 인식한 그녀는 사회와의 소통보다는, 글쓰기를 통해 자신과 소통하는 길을 택하였다. 그 결과로 그녀는 고독한 생활환경을 조성하게 되었고, 세상의 소문 속으로 자신도 모르게 진입해 있었다. 김명순의 삶이 소문으로 구성된 일생이기에 충분조건을 갖추고 있었던 배경으로는, 무엇보다도 출생의 비밀을 들 수 있다. 그녀는 변방의 부호와 소실 사이에서 태어난 서녀라는 출생 신분과 일본 유학생이자 작가이며 신여성이라는 사회적 신분의 이중고 속에서 타자로 규정된 채, 무수한 소문을 양산하면서 희생되었다. 그녀의 모든 행동거지는 세인들의 관심사였고, 자아의 정체성을 확보하려는 그녀의 노력은 신분상의 한계에 끊임없이 봉착하였다. 그녀의 출생 순간부터 사회적 호기심의 대상이었던 정체성은 국권을 상실한 민족의 그것과 중첩되면서 극심한 혼란을 초래하였다. 당시의 사회 규범으로서는 그녀의 사고방식을 허용할 수 없었고, 사람들은 비정상적 출생 환경을 지녔으면서도 자신들보다 우위의 학력을 지닌 그녀를 향해 존경보다는 집단적 험담으로 관심을 표명하였다. 이에 그녀는 사회 부문에서의 활발한 활약을 통해서 소문을 종식시키려고 노력했지만, 얼굴 없는 소문은 간단없이 그녀를 위협하며 전 생애를 압박하였다. 본고에서는 그녀를 둘러싸고 유포되었던 소문의 실체를 규명하고, 소문에 대처한 그녀의 대응방식을 고찰하고자 한다.

---

1) 최명표, 「강인한 시에 나타난 소문의 양상」, 『한국언어문학』 제59집, 한국언어문학회, 2006. 12, 461쪽.

II 신식 여성과 구식 사회의 충돌

01 | 소문으로 구성된 '신'여성의 삶

　1920년대 신여성들은 낭만주의적 연애관을 지니고 있었다. 이 시기의 신여성들은 지적 수준에 어울리는 고상한 취미와 이상을 공유할 수 있는 정신적 동반자, 곧 소통이 가능한 남성을 바람직한 이성으로 상정하였다. 그녀들의 소박한 기대는 봉건적 질서와 사회의 구습에 억압되어 좌절하는 자신들의 처지를 이해하고, 신교육의 세례 속에서 발아하기 시작한 자아의 역할기대를 충족시켜줄만한 이성교제에 있었던 것이다. 하지만 신여성들의 소망은 완강한 사회 규범에 의해 철저하게 기만되었고, 도리어 그녀들은 각종 소문의 중심권으로 편입되어 인격과 명예의 손상을 감수하지 않으면 안 되었다. 게다가 식민지 당국은 신여성들의 애정 행각이나 여학생들의 풍기문란에 대해 관대한 정책으로 일관하여 원주민 상호간의 불신과 반목을 방조하였다. 당국에서는 식민지의 지배 질서에 도전하지 않는 남녀관계에 대한 통제메커니즘을 고의적으로 이완하여 연애를 사적 영역에 위치시키고, 지식 계급의 분열과 상호 대립을 재촉하는 고도의 심리전술을 구사하였다. 그에 따라 신여성들의 진취적인 사고와 행동은 당국의 묵인 하에 원주민 남성들에 의해 공격받았고, 그녀들이 학습한 각종 지식은 연애의 필요조건으로 폄하된 채 매몰되었다.

　탄실 김명순은 여러 '신여성' 중의 한 명이다. 그녀는 1896년 평양에서 김희경과 소실 사이에서 장녀로 태어났다. 그녀의 부친은 갑부로서 생전에 김명순을 애지중지하며 호사스럽게 양육했으나, 사후에는 가산을 전부 아들에게 물려주어 그녀에게 최초로 배신감을 안겨준 '남자'이다. 더욱이 생모가 일찍 죽었기 때문에, 사춘기 소녀가 아버지로부터 받은 상처는 심각하였다. 이러한 가족사적 상황은 그녀에게 고아의식을 안겨주기에 충분하였다. 이후에 그녀는 평양 출신 화가 김유방에게 정조를 유린당한 후, 일본 유학 중에는 와세다 대학의 임노월과 동거하였고, 그 외에도 장교를 비롯하여 여러 남자들과 관계를 맺었다. 그렇지만 상대남들은 그녀의 신여성으로서의 효용성과 대상성에 탐욕을 드러내었지, 그녀가 원하는 정신적 동반자의 역할을 거부하였다. 그녀는 1939년 이후 일본 동경에서 생활고에 시달리다가 정신질환으로 아오야마뇌병원에 수용되었다가 사망한 것으로 알려졌다. 이러한 비극적 결과에 대해서는 그녀에게 일정 부분의 책임이 추궁되어야 하지만, 그녀의 인생 역정을 살펴보면 사회의 책임이 훨씬 크다. 그녀는 남성의 성적 욕망과 여성의 이상적 욕구가 충돌하는 비극적 사랑이 유행하던 1920년대의 식민지 사회에서 사랑의 시대적 국면을 온몸으로 감당한 인물이다.

다른 신여성들과 달리 고아였던 김명순은 누구에게도 지원을 요청할 수 없었다. 콜론타이의 '붉은 사랑'을 행동으로 실천한 일본 유학파 변호사 허헌의 딸 허정숙이 뭇남성들과의 염문 속에서도 좌절하지 않을 수 있었던데 비하면, 김명순의 경우는 전혀 달랐다. 무엇보다도 그녀는 양반과 기생의 사이에서 태어난 서녀이자 '신여성'이었다. 그녀는 평생 동안 이에 대한 자의식 속에서 살았지만, 사람들은 서출에 대한 우월의식에 토대하여 감시와 검열의 시선을 거두지 않았다. 그녀를 가리켜 "자기 자신의 문제에 사로잡혀 주위를 돌아볼 여유가 없었고, 자신의 문제를 객관화시키지도 못했다"2)고 비판하기조차 안타까울 정도로, 그녀의 삶은 무성한 소문으로 구성되었다. 그녀가 지닌 삶의 진정성은 소문에 의해 철저하게 사상되어버리고, 세인들은 오로지 그녀의 일거수일투족에 관심을 보였을 뿐이다. 그러한 결과를 초래한 요인 중의 하나는 선정적 잡지였다. 당시의 잡지에서는 신여성들의 행동에 집중적인 관심을 기울였으며, 편집자들은 그녀들의 행동을 과장하고 왜곡하면서 모욕적 언사를 마다하지 않았다. 특히 잡지사에서는 김명순의 생애에 관한 각종 소문을 지속적으로 기사화함으로써, 공식 담론으로 편입하기를 주저하지 않았다. 실체를 은닉한 집단에 의해 그녀는 소문의 주체이자 객체로 인구에 회자되었다.

① 평안남도 평상 사는 김의형(金義衡)의 딸 긔정(箕貞)(十七)은 목하 동경에서 미국인의 경영하는 사곡뎐마정(四曲傳馬町) 파푸데스트교회녀지학교에 긔슉즁인바 지나간 이십사일 옷마에 외출한듸로 행위불명이 되야 동학교 사감이 사곡경찰서에 보호슈석을 쳥우너하얏스나 아직 종적을 아지못하얏더라. 그녀자는 그젼부터 국뎡오번뎡(鞠町五番町) 근쳐 하슉에 잇는 류학성으로 목하 마포연듸부 보병소위 리모(麻浦聯隊附 步兵少尉 李用準)(二十三)이라는 한 쳥년과 셔로 연연불망하는 사이라 한즉 리를 생각하다 못하야 료사를 못하야 료사를 빠져나간 것이 안인가 하는 말이 잇고. 또 그녀자의 동성으로 부하대기(府下大畸) 이백삼십구번디에 류슉즁인 김긔동(金箕東)은 누이의 일을 념녀하야 각처로 차져단이는 모양도 가련하더라.(동경뎐보)—「동경에 유학하는 여학생의 隱迹」, 『매일신보』, 1915. 7. 30.

———————————————

2) 이상경, 「신여성의 자화상」, 문옥표 외, 『신여성』, 청년사, 2003, 200쪽.

② 여류시인 김명순. 동경 가서 소식이 없더니 어느 신문에 김명순이 동경에서 모 학교를 다니다 학비 없어서 낙화생(落花生) 장사를 하는데, 전번 방공 연습을 할 때 어떤 찻집으로 콩을 팔러 갔더니 한 청년이 그녀를 잡아 끌어내다 '난타'하여 약 일주일 치료의 중상을 당하였다. 불우한 여류시인—낙화와 같이 바람에 날려 다니는 가엾은 노처녀—낙화생과 그 무슨 인연이 있던고.—『신여성』, 1933. 9.

③ 그러나 孃에게는 學資가 업섯다, 그의 고향에는 노모가 게시어 근근히 지내시고, 그이 친척이나 친구들도 그를 돌보아 줄만한 힘이 업섯다. 그러나 녯날 소녀시대에 형설의 공을 닥든 녯일을 생각하야 두 번재 學窓에 몸을 던진 孃은 조곰도 낙심함이 업시 연약한 몸으로 고학하기를 결심하고 以來 낫에는 『아테네, 후란쓰』로 어학 준비를 다니면서 밤에는 행상을 나섯다, 그 뒤 너르나 너른 동경의 거리거리에는 엇든 때는 '칫솔, 치분, 양말' 등을 싼 손가방을 들고, 엇든 때는 조선 엿과 '落花生' 가튼 과자상자를 들고 이 집 저 집, 이 사람 저 사람, 산 설고 낫서른 곳곳에서 5錢, 10錢씩의 零粹한 돈을 모으기에 노심초사하는 양자를 볼 수 잇섯다.—「여류작가의 此悲慘, 동경서 김명순양 조난」, 『삼천리』, 1933. 9.

④ 동경에 도착한 김낭(金娘)은 즉시 간다꾸(神田區)의 불난서말 가르치는 『아테네, 흐란스』에 학적을 두고 일심불난(一心不亂)으로 어학 공부에 열중하엿다. 그리는 한편 고단한 몸으로 제 학자(學資)를 제 손으로 버을기로 되야 각금 양말, 수첩 등을 너흔 『빠스켓』을 늘고 동경의 이집저집을 행상하는 애처러운 자태를 볼 수 잇다든가.

하늘에 비낀 구름기둥은 오늘도 동으로 서으로 흐터저간다. 일대의 재인 김낭의 청춘의 발길은 장차 어디로 어느 구름기둥 따라 흐르려 하는고?
―靑노새, 「佳人 실연 혈루기, 세 번 실연한 流轉의 여류시인 김명순」, 『삼
천리』, 1935. 9.

위의 기사에서 보는 바와 같이, 김명순은 각종 매체의 주요 뉴스원이었
다. 기사 ①은 며칠 후 속보 형식으로 "긔정과 수삼차 청구한 일이 엇섯스
나, 긔정의 집에서는 불응"(『매일신보』, 1915. 8. 5)했다고 연속적으로 보
도하였고, 바로 이어진 속보에서는 "츄후 드른즉 리쇼위는 결혼 승낙을
청구한 일이 업다하더라"(『매일신보』, 1915. 8. 13)로 부정되었다. 이 기사
로 미루어 보면, 김명순은 결혼에 적극적이었으나 청혼은 이루어지지 않
은 듯하다. 한 여성의 결혼 문제에 대해 신문지상에서 이렇게 관심을 기울
이고, 동일 사건에 대한 기사를 계속적으로 보도한 이유는 무엇일까. 정부
의 고관대작도 아닌 평범한 여성을 위해 지면을 할애하고, 추후에는 수정
기사까지 보낼 정도로 김명순의 행동은 과연 뉴스감이었을까. 과연 그녀
의 결혼 문제가 뉴스로 취급될 만큼 새롭고 비중 있는 사회적 사건이었을
까. 그에 관한 대답은 사실 여부가 아니라, 기사 내용과 필자를 자세히
검토해보면 추측할 수 있다.

　①의 기사는 '동경뎐보'라고 부기하여 마치 긴급 뉴스인 양 위장하면서
도, 정작 전보의 발신자와 기사의 작성자는 밝히지 않았다. ②의 기사는
잡지사의 실명을 밝히지 않은 '색상자3)'란 담당자가 작성한 것이다. ③의

---

3) 『신여성』의 '색箱子'는 여학생과 신여성에 대한 소문에 논평을 가하여 독자들의 호기
심을 자극하였다. 이 기사에 의해 소문은 사실로 승인되고, 여성은 본의 아니게 소문
의 객체가 된다. 그것은 신여성과 여학생이 지니고 있는 희소성과 함께 독자들의 관음
증적 기대감을 충족시켜서 판매부수를 확보하고자 하는 잡지사의 편집 전략에 의한

기사는 '佳人春秋'란에 수록된 것으로, ②와 같이 기사의 작성자가 노출되지 않았다. ④의 기사는 필명이 드러나 있으나, 실명은 여전히 공개되지 않았다. 기사를 쓴 청노새는 "제일차로 사관학교 학생에게 실연을 당하고, 제이차로 화가에게 실연을 당하고, 제삼차로 탐미파 시인에게 또한 버림을 밧은 김낭은 장차 발길을 어듸로 돌니려야 하는고?'라고 기사를 끝맺음으로써, 김명순의 향후 행보에 대한 독자들의 호기심을 자극하고 있다. 그것은 그녀의 네 번째 실연 소식을 기대하는 작성자의 음험한 의도이다. 그 내용은 이미 『매일신보』에 게재되었던 것이어서 새로운 사실이 없음에도 불구하고, 필자는 유사한 기사를 재수록하여 독자들에게 김명순의 비난 행렬에 동참할 것을 독려하고 있다. 또한 ②와 ③은 같은 달의 다른 지면에 발표된 것이지만, 기사의 내용은 대동소이하다. ③과 ④는 동일지면에서 시차를 두고 작성한 것이지만, 새로 쓸만한 내용은 없다. 네 기사의 공통점은 겉으로는 궁핍한 그녀의 경제 사정에 동정을 표하는 포즈를 취하고 있으나, 속으로는 그녀의 신세를 '떨어진 꽃(낙화)'으로 비유하여 낙화생(땅콩) 장사를 한다는 소문과 결합시켜서 그녀의 실연을 조롱하고 있다. 자신의 실명을 은폐하거나, 필명으로 대체하여 소문의 실체가 가져올 피해를 예방하는 한편, 소문에 대한 독자들의 호기심을 극대화하고 있다. 곧, 위 기사의 담당자들은 신여성의 표본으로서 김명순의 사생활을

기획 취재였다. 그에 따라 이 란의 논평자는 주로 당해 여성의 행실에 초점을 맞추며 주의, 경고, 조롱, 풍자, 희화화 등을 시도하였다. 곧, 문제는 "신여성을 둘러싼 일화부터 소문에 이르기까지 갖가지 이야깃거리들은 '색상자'를 통해 공식적인 담론으로 자리잡게 된다"(연구공간 수유+너머 근대매체연구팀, 『신여성』, 한겨레신문사, 2005, 114쪽)는 점이다. 잡지의 대중성에 의해 당사자는 변명이나 해명할 기회를 갖지 못한 채 소문의 중심으로 진입하게 되고, 그녀의 언행은 사회 규범을 일탈한 문제적 행동으로 규정되어 독자들의 희롱과 지탄을 받게 된다.

독자들에게 과장하여 보여줌으로써, 신여성에 대한 사회인들의 관심을 증폭시켜 판매부수를 확대하려는 자본주의적 음모를 드러내고 있다. 그들의 음신한 의도는 사실을 소문인 양, 소문을 사실인 양 호도하여 양자의 경계를 모호하게 만들어서 독자들로 하여금 판단을 중지시키는데 있었던 것이다.

⑤ 탄실 김명순씨는 모 신문 여기자를 그만 두고 그 妍細한 자태를 동서로 번득이더니 요지음에 들니는 기별에 일본 어느 활동사진 회사의 여배우로 드러 갓다고……. 간다고……. 갈 것 갓다고.─「문단 장삼이사」, 『삼천리』 제7호, 1930. 7.

⑥ 『청춘』에 「의문의 소녀」 일편을 발표한 뒤 규수 작가로써 반도 문단에 盛名을 날니든 소설가 김명순 여사는 불우한 몸을 동경에 잇글어 자최를 감추어 버렷드니 최근 들니는 말에 어느 활동사진 촬영소에서 영화배우로 활약하려다가 뜻과 갓지 못한 일이 만허서 다시 전신하여 화가의 화실을 도라다니며 모델로 다니드란 풍설이 잇다. 아무튼 앗가운 이 才人 한 분은 퍽으나 불우하게 지내시는 모양─「김명순 여사의 모델설」, 『삼천리』, 1932. 5.

⑦ 잘 연애 방랑하든 시인 김명순 여사도 지금은 다시 獨房獨居하시는 중임으로 여기서는 제하고─「여류명사의 남편 조사장」, 『삼천리』, 1935. 1.

위 기사들을 보노라면, 김명순에 대한 잡지사들의 관심을 알 수 있다. 세 기사 공히 동일 잡지에서 필자명을 밝히지 않았다. ⑤의 기사는 '드러 갓다고……, 간다고……, 갈 것 갓다고'로 시작하여 김명순의 과거-현재-

미래의 행보를 예견하고, '여배우'로 변신한 그녀의 행보에 독자들이 관심을 기울일 것을 부추기고 있다. ⑥의 기사는 '들니는 말'이라는 인용구를 사용하여 ⑤의 기사에서 연속된 사건으로 자기규정한 뒤, 변덕스럽게 화실을 '도라다니며' 모델로 전신한 그녀의 경솔한 행동을 강조한다. ⑦의 기사는 '잘 연애 방랑하든'이라는 조롱조의 어사로 시작하여 '독방독거'하는 그녀가 미구에 '남자'와의 연애 행각으로 '방랑'할 것이라는 미정된 결과를 단정적으로 제시한다. 이처럼 세 기사는 모두 당사자를 직접 취재한 것이 아니라, 항간에 떠도는 풍문을 편집 방향에 맞추어 선택했을 뿐이다. 잡지사의 편집자들은 김명순이 배우나 모델로 전전하며 생계수단을 모색하고 있는 줄 번연히 알고 있으면서도, 그녀의 다급한 사정은 의도적으로 외면하고 이런저런 풍문으로 기사를 채우고 있었다. 특히 그녀의 방황이 남성에 의한 강간과 배신, 사생아의 출산과 유기 등으로 이어졌다는 사실을 당시의 식자층들이 인지하고 있었음에도 불구하고, 그녀의 부정적 행실을 부각시켜 독자들의 판단력을 오도하고 있다.

김명순의 동정에 관한 기사 형태로 생산된 소문들이 뉴스의 속성을 갖추지 못했으면서도 연속적으로 뉴스화되는 이유는, 전적으로 그녀의 개인사적 배경에서 찾아진다. 주로 남성들이 장악했던 잡지사의 편집진영에서는 전래의 적서차별의식에 기초하여 그녀를 쉼 없이 타자화하고 배제함으로써, 식민지 상태의 정신적 공황 상태를 위로받고자 했다. 즉, 김명순으로 상징되는 신여성들은 식민지 당국과 남성 지배의 편집 권력으로부터 이중적으로 타자화되는 과정을 거치면서, 사회의 풍기를 문란케 하는 '팜므파탈'로 규정되었다. 소문을 토대로 작동하는 감시의 시선은 동료 작가들이라고 해서 예외가 아니었다. 김기진은 김명순에 대한 남성들의 희롱 대열에 합류하여 김명순과 김원주에게 '여류문사에 대한 공개장'을 쓴 바 있다. 그의 글은 그녀의 시 「꿈」과 「기도」에 대한 비평적 언급으로부터 시작되지만, 문면이 나아갈수록 개인적 비난에 치중되었다.

> 그는 평안도 사람의 기질(썩 잘 이해하지는 못하나마)인 굳고도 자가 방호하는 성질이 많은 천성에 여성 통유의 애상주의를 가미하여 갖고 그 위에다 연애 문학서류의 페인트칠을 더덕더덕 붙여 놓고 의붓자식이라는 환경으로 말미암아 조금은 구부정하게 휘어져 가지고(이것이 우울하게 된 까닭이다) 처녀 때에 강제로 남성에서 징벌을 받았다는 이유가 있기 때문에 더 한층 히스테리가 되어 가지고 문학 중독으로 말미암아 방분하여졌다는 것이다. 그리고 이것들 제 요소를 층층으로 쌓아 놓은 그 중간을 끼어 뚫고 흐르는 것이 외가의 어머니의 불순한 부정한 혈액이다. 이 혈액이 때로 잠자고, 때로는 굽이치며 흐름을 따라서 그 동정이 일관되지 못한다. 그리하여 이 동정이 그의 시에, 소설에, 또한 그의 인격에 나타난다.
> 그가 올 정월까지 평양에 있을 때에는 일개의 무절제한 감상주의자에 지나지 못하였다. 지금은 서울서 유지하지마는, 도무지 만나지 않는 나로서는 최근의 그의 경향을 알 수 없다. 동경서 임노월군과 동서하고 있을 때에는 노월군의 유미주의에 공명하고, 조선 나와서는 이 사람 만나서는 이 사람 따라가고, 저 사람 만나서는 저 사람 따라가는 그임을 생각할 때엔, 지금인들 무슨 독특한 주관이 있을 듯싶지 않다.[4]

---

4) 김기진, 「김명순씨에 대한 공개장」, 『신여성』, 1924. 11. 인용은 홍정선 편, 『김팔봉문학전집』 Ⅳ, 문학과지성사, 1989, 592쪽.

당대의 일급 비평가의 글이라고 하기에는 너무 주관적이고 감정적이다. 더욱이 '도무지 만나지 않는 나'가 잘 알지도 못하는 여인의 가계를 들추어 이성교제를 희롱하고, 그녀가 '처녀 때에 강제로 남성에서 징벌을 받았다'는 비밀을 폭로한 것으로도 부족하여 그녀와 교류한 남자를 실명으로 거론하여 명예를 훼손하면서 비문학적 내용으로 공개장을 썼다는 사실은, 김기진의 비평가로서의 명성을 의심케 하기에 충분하다. 그가 이토록 한 '여류'작가에게 날선 비판을 토로한 의도는 문맥으로 미루어 보더라도 이해할 수 없다. 더욱이 생리적으로 객관성을 앞세우는 비평가의 입장에서 '썩 잘 이해하지는 못하나마' 군이 기질론5)을 거론하고, 나아가 '이 사람 만나서는 이 사람 따라가고, 저 사람 만나서는 저 사람 따라가는 그'의 정조관을 문제 삼은 것은 바람직한 태도라고 할 수 없다. 소문에 근거한 '선입관적 가치 판단'에 입각하여 자신의 소회를 비평의 형식에 담아낸 그의 태도는 그릇된 남성중심주의와 비평가의 우월의식에서 기인한 것일 뿐이다. 일본에서 갓 귀국한 김기진에게 부여된 당대의 소임은 영성한 평단을 비옥하게 만들기 위해 개별비평보다는 총괄비평을 전개하고, 비평적 논리를 정교화하여 평단의 논점을 생산하기 위해 전력하는 것이었다. 그런 와중에 그가 수인사도 못 나눈 한 여성작가의 개인적 생애를 비난하고자 평문 형식을 차용하여 필력을 낭비한 것은 무의미하고 무책임한 행위

---

5) 이른바 기질론은 이 무렵에 발표된 박형관의 '팔도 처녀 기질' 연작 「억세고 질기고—평안도 여성」(『삼천리』, 1933. 4)에서도 반복되었다. 그는 평안도 여성들이 용모나 체격면에서 미인이 많다고 하고, 그녀들의 기질을 좋은 점과 나쁜 점으로 각각 세 가지씩 꼽았다. 나쁜 점으로는 여자다운 점이 적고, 무례하여 방안에서 치마를 벗고 있는 시간이 많으며, 어린이에게 강폭하다는 점을 들었다. 좋은 점으로는 근검하고, 활동적이며, 강직하다는 점을 들었다.

라 할 수 있다.

김기진이 갖고 있는 김명순에 대한 비판적 시각은 소설가 전영택에게서 동어반복적으로 되풀이된다. 두 '남자'의 글을 분명하게 구별할 필요인즉, 전영택과 그녀의 누년에 걸친 인연 때문이다. 그의 누이와 김명순은 친구이고, 그는 동경에 유학중이던 그녀를 『창조』의 동인으로 참가시킨 전력이 있다. 그렇지만 그는 동향의 김명순을 회고하는 글에서 "이 사람 저 사람 좋지 못한 사람들의 농락을 받은 결과 불행히 히스테리에 걸려서 울었다 웃었다 하는 하루하루를 보내게 되었다"고 하면서, 그녀의 비극적인 과거사를 조롱하며 모른 척하였다. 온갖 소문으로 포위된 그녀는 전영택처럼 "사회를 이끌어가는 점잖은 '남자'들에게는 속히 잊혀지고 싶은 객체, 무시하고 싶은 객체"6)였던 것이다.

> 편집인이 하필 내게 '김명순'에 대한 것을 쓰라고 한 것은 필경 내가 사변 후에 일본에 가서 몇 해 있다가 온 뒤에 『현대문학』에 「김탄실과 그 아들」이란 단편을 쓴 일이 있는데, 그것이 김명순을 모델로 쓴 것이라는 것을 알기 때문인 것 같다. 그리고 그 작품 내용으로 보아서 그를 『창조』 동인으로 들인 것이 분명한 것 또한 날더러 그에게 대해서 쓰라고 하는 동기가 된 듯싶다. 그만 하면 그에게 대해서 상당히 알만한 게 네가 그 적임자가 아니겠느냐 하겠지만, 위에서도 말한 바 있거니와 하도 오랜 일이라 다 잊어버렸고, 설혹 잊어버리지 않고 기억한다 해도 그때에는 나는 그와 아무 인연이 없고, 인연이 있다면 단지 『창조』 동인에 넣었다는 것뿐이었다. 그를 잘 아는 사람이라면 그것은 김동인 한 사람일 뿐이다.(중략)

---

6) 최혜실, 『신여성들은 무엇을 꿈꾸었는가』, 생각의나무, 2000, 378쪽.

그의 생활과 환경으로 보아서, 또 그의 출생으로 보아서 자연히 정상적인 길로 나아가지 못하고 변태적으로 살아가고 방종 반항의 생활을 하였기 때문에 그가 쓴 글에도 그런 영향이 다분히 있었다고 하는 것은 당연한 일이었다.[7]

이러한 발언 태도는 "사진 도락을 하면서 사진술이 상당히 용"(「『창조』를 중심한 그 전후」, 『문학춘추』, 1964. 4)하던 김동인을 회상하고, 또 "연애소설을 쓰고, 여자 교제가 많다고 해서 어떤 편에서는 이상한 눈초리로 보고 코웃음을 치는 형편"(「창조」, 『사상계』, 1950. 1)의 이광수에 대한 자별한 기억을 떠올리던 모습과는 친밀도면에서 상거를 뗀다. 두 남성 작가에 대한 기억은 그들의 식민지하 행실을 전혀 문제 삼지 않음으로써, 전영택 스스로 그들에 대한 편애와 '여성'작가에 대한 하대의식을 드러내고 있다. 이광수는 친일 언행과 연애 행각으로 세인들의 비난과 실망을 한 몸에 받은 인물이다. 또 김동인은 평안도 부호의 아들로 태어났으나, 방탕한 생활과 "여자의 영혼의 존재조차 부정하는 사상의 소유자"[8]일 정도로 남성 본위의 작가였다. 의혹과 문제투성이의 두 작가에게는 경의를 표하면서도, 남성에 의해 파멸된 김명순에게는 '하도 오랜 일이라 다 잊어버렸고, 설혹 잊어버리지 않고 기억한다 해도 그때에는 나는 그와 아무 인연이 없고, 인연이 있다면 단지 『창조』 동인에 넣었다는 것뿐이었다'고 언급하기를 꺼리는 전영택의 태도는 몰객관적이고 편파적이다. 그에게 김명순은

7) 전영택, 「내가 아는 김명순」, 『현대문학』, 1963. 2. 인용은 표언복 편, 『전영택전집』 3, 목원대출판부, 1994, 676쪽.
8) 김춘미, 『김동인연구』, 고려대민족문화연구소, 1985, 27쪽.

아는 척해서도 안 되고, 알고 있는 사실조차 부정해야 할 정도로 품격이 다른 '신여성'이었던 셈이다. 왜냐하면 그녀는 첩의 소생일 뿐만 아니라, 수많은 남성 편력으로 방탕한 정조관을 지닌 위험인물이었기 때문이다.

문단의 지도층 인사들에 의해 소문으로 형성된 김명순의 삶은 소설 작품에서도 재연되었다. 한 여성에 대한 만인의 폭력이 그 동기를 의심케 할 정도로 실생활과 허구물을 가리지 않고 쉼없이 자행된 것이다. 김동인의 소설 「김연실전」은 시종일관 비하하는 태도로 일관하고 있는데, 그것은 완고한 자아도취에 빠져 있던 평소의 소신을 그대로 반영한 것이다. 그는 문단에서 외면받고 매체에서 조롱당하는 김명순을 모델로 설정하여 시비를 차단하고 있다. 이 무렵에 그는 "당면한 생활 문제를 해결하려"(「처녀 장편을 쓰던 시절」, 『조광』, 1939. 12)고 신문연재소설의 집필을 수락할 정도로 궁핍했으며, 호구책의 일환으로 대중취향적 작품을 발표하지 않으면 안 되었다. 김동인은 자신 외의 작가에게 경의를 표한 적이 없으며, 누구를 막론하고 그의 비판으로부터 자유로운 작가는 없었다. 그가 이광수와 염상섭 등을 비난했던 사실은 주지의 사실이거니와, 아래의 작품에서 보듯이 그는 소문의 진실을 수소문하거나 당사자의 사정을 고려하는 태도를 보이지 않았다. 그는 김명순의 사랑을 성욕과 동일시하고, 그녀의 애정행각이 오로지 '그것'을 위해 소극적인 '남자'를 유혹하는 욕망의 행동인 양 묘사하고 있다.

그날 저녁 연실이는 창수의 방에서 묵었다. 그 하숙에서 저녁을 함께 먹고 역시 연실이는 적극적으로 창수는 소극적으로 이야기를 주고받고 하다가 교외 전차 끊어졌음을 핑계로 연실이는 거기서 밤을 지내기로 한 것이었다. 여기서 묵겠다는 말을 차마 입 밖에 내기가 힘들었지만, 선각자는 경우에 의지하여서는 온갖 체면이며 예의 등 인습의 산물을 희생하여야 한다는 신념 아래서,

"아이, 전차가 끊어져서 어쩌나? 선생님 안 쓰는 이부자리 없으세요?"

고 맥을 던져서, 요행 여름철이라 안 쓰는 두터운 이부자리를 얻어서 육조방에 두 자리를 편 것이었다.

자리에 들어서도, 인생 문제며 문화의 존귀성을 이야기하면서 연실이는 차츰차츰 뒤채고 뒤채는 동안 창수의 이불 아래로 절반만치 들어갔다. '그것'까지는 실행이 되어야 연애의 성립을 인정할 수 있는 연실이었다.

이튿날 창수가 연실이에게 자기는 고향에 어려서 결혼한 안해가 있노라고 몹시 미안한 듯이 고백할 때에 연실이는 즉시로 그 사상을 깨뜨려주었다.

"그게 무슨 관계가 있어요. 두 사람의 사랑만 굳으면 그만이지, 사랑 없는 본댁이 있으면 어때요."

명랑히 이렇게 대답할 때는 연실이는 자기를 완전히 한 명작 소설의 주인공으로 여기었다.[9]

이 작품을 집필한 김동인의 의도가 "근대화 과정에서 웃음거리가 된 주견 없는 신여성들의 언행의 앞뒤가 비틀린 그 실상을 밝혀주려는데 있었던 것"[10]이라면, 그는 동향의 신여성에게 침묵으로 동정을 표하는 편이 나았다. 그녀는 "『사랑』이란 거짓말"(「저주」)에 속았을지언정, 그처럼 "스스로 내 손으로 총을 잡지 못하고 대포를 잡지 못하였다고 退縮치 말고

---

9) 김동인, 「김연실전」, 『문장』, 1939. 3. 인용은 『김동인전집』 4, 조선일보사, 1988, 39쪽.
10) 장백일, 『김동인문학연구』, 문학예술사, 1985, 97쪽.

이 전쟁을 좌우할 수 있는 중차대한 열쇠를 잡았노라는 자각과 긍지 아래서 우리의 무기인 문필을 가장 호소 있게 이용할 것"(「決戰下 문단인의 결의」, 『매일신보』, 1944. 1. 4)을 주장하며 친일 행각에 나서지 않았을 뿐만 아니라, 타인에게 물질적 · 육체적 폐악을 끼치지도 않았다. 그는 문란한 여성편력으로 인한 경제적 궁핍에 굴복하여 글쓰기의 훼절을 가져왔지만, 그녀는 일관되게 자신의 정체성을 확인하면서 "먼저 자기를 안 다음에 남을 아는 것"(「봄 네거리에서」, 『신여성』, 1924. 3)을 화두로 글쓰기에 매진하였다. 곧, 신념의 일관성 측면에서 김동인은 그녀에 비해 수세에 놓여 있는 것이다.

한때 김명순을 가리켜 "여류로서 어떤 레벨까지 올라갔던 유일인"(「적막한 예원」, 『매일신보』, 1932. 9. 21)이라고 칭송했던 김동인이 위와 같은 반감과 비하의식을 드러낸 이유는 무엇일까. 그 주된 요인은 그가 김명순의 남자들과 함께 동인으로 활동했던 사실에서 찾아볼 수 있다. 그 사정을 알아보기 위해서는 『창조』의 동인 변천 과정을 살펴야 한다. 전영택은 김명순을 설득하여 『창조』 제7호의 동인으로 참여시켰으나, 다음호부터 그녀를 제외하였다. 김명순을 배제하게 된 배경에는 김찬영(유방)이 있다. 그는 김관호, 김억과 함께 창간 동인이었던 『폐허』를 탈퇴하고 『창조』 제8호부터 동인으로 가입하였다. 그가 『창조』에 가입하게 된 동기인즉, 유난히 지연을 중시하는 동인들의 성향과 함께 화가라는 사실이 참작된 것으로 보인다. 그 증거로서 김찬영은 『창조』 제8호의 표지화를 담당하고, 김유방이라는 필명으로 「현대 예술의 대안에서—회화에 표현된 『포스트임프렛쇼니즘』과 『큐비즘』」을 발표하고 있다. 말하자면, 표지화와 삽화를 책임질 인물로 김관호와 김찬영이 선택되었고, 특히 평양 출신의 상당한 재력가였던 김찬영을 끌어들이기 위해 불편한 관계의 그녀를 의도적으로 배제한 것이다.

> 망양초 김명순양은 8호부터는 우리 글벗이 아닙니다. 보고ᄒᆞ는 결에 깃븐 소식을 여러분의게 알게 할 것이 잇습니다. 조선 유일의 화백인 김관호·김찬영 양군과 또 시인으로 역시 소개자로 유명한 안서 김억군은 작년 8월부터 우리 글벗으로 되엿습니다. 여러분과 홈ᄭᅴ 환영합시다.[11]

김찬영은 김명순의 첫사랑으로 정조를 유린한 화가로서, 그녀의 사랑에 부담을 느끼고 일본 유학을 알선하고 지원한 혐의를 받고 있는 '남자'이다. 『창조』 동인들의 남성중심적 시선이 한 '여류' 작가를 필요에 의해 포섭하고, 또 다른 필요에 의해 추방하도록 작동한 셈이다. 그러한 시선은 김동인으로 하여금 김찬영에 대해서는 "풍부한 재산을 가진 그가 하는 모든 업적이 세상에 아무 반향도 주지 못할 때에 그는 반향 없는 혼잣놀이에 싫증이 나서 '금전의 향락'으로 발을 돌린 것"(「적막한 예원」)이라고 옹호하면서도, 김찬영의 성적 완롱물이었던 김명순에 대해서는 "고등교육을 받은 無智女, 히스테리의 과대망상녀, 중성녀, 위선녀 등등 지금의 사회에서 얼마든지 모델을 구할 수 있는 타입의 여인도 소설화하여 보고 싶다"(「내 작품의 여주인공」, 『조광』, 1939. 4)는 욕망의 대상으로 전락시키고 말았다. 김동인은 자신처럼 '금전의 향락'을 탐닉한 김찬영의 과오는 '남자'의 객기로 승인할 수 있지만, 김명순처럼 '고등교육을 받은 無智女'가 범한 과실은 '여자'이기 때문에 용납할 수 없었던 것이다.

---

11) 동인, 「창조 잡기」, 『창조』 제8호, 1921, 115-116쪽.

김동인의 여성에 대한 편견은 김명순과 관계한 '남자'들을 동인으로 영입하는 과정에서 되풀이 작동하였다. 그는 1924년 여름 김억, 김유방과의 3인 회의에서 동인지 『영대』를 창간하기로 합의한 뒤에, 『창조』의 평론가 부족 현상을 타개하기 위한다는 명분으로 9호부터 '오스카 와일드 연구자' 임장화(노월)를 추가 영입하였다. 임노월은 일본 유학 시절에 김명순과 동거하였으며, 둘 사이에 사생아를 두었다는 혐의를 받던 '남자'이다. 이미 그녀를 동인 명단에서 축출한 김동인으로서는, 외국문학 전공자 임노월을 영입하여 세력의 확장을 도모하는데 아무런 장애요인이 없었다. 이로서 특정 지역에 토대한 『창조』 동인들의 각별한 연대의식과 남성 본위의 일방적 시선을 확인할 수 있다. 곧, 김동인이 김명순을 비난하는 행위는 남성 작가들에 의해 배척된 식민지 여성으로서의 그녀가 이중적으로 타자화된 현실을 확인시켜준 셈이다. 그러므로 김동인과 함께 『창조』 동인이었던 전영택의 시선이 왜곡되어 있다고 해도 크게 놀랄 일이 아니다.

　　김동인의 소설에 비해 전영택의 「김탄실과 그 아들」은 좀더 구체적인 제목으로 독자들의 호기심을 자극한다. 신여성으로 연애담론의 중심에 섰던 김명순이었기에, 1919년 동경에 유학중이던 그녀를 『창조』에 가입시켰던 전영택에 의해 '아들'까지 언급되는 것 자체가 관심을 끌기에 충분하였다. 김명순의 생애를 소설화한 전영택이 훗날 그녀에 관한 추억담을 청탁받고서 '그를 잘 아는 사람이라면 그것은 김동인 한 사람일 뿐이다'고 변명함으로써, 전쟁 통에 행방불명된 김동인에게 책임을 전가하는 모습을 앞서 살펴보았다. 그러한 발언은 그가 그녀와의 절연을 선언하여 현실적 지위를 보장받고, 자신의 작가적 위상을 그녀보다 우위에 설정하려는 위선적 시도에 불과하다. 그는 "성당은 나의 천국"(「시로 쓴 반생기」)이라는 그녀의 신앙심조차 외면하여 목사로서의 직업의식은 물론, 작가로서의 윤리의식마저 찾아볼 수 없을 만큼 김명순에 대한 강박증에 사로잡혀 있다. 하지만 그는 영원히 침묵하지 않고 회고담과 소설 작품을 발표함으로써, 자기의 발언을 부정하는 우를 범하였다.

『몰라 몰라 나는 저런 사람은 몰라.』

『왜 몰라요. 유명한 Y선생을 몰라요? 옛날에 같이 잡지에 글을 쓰시고 미쓰 김 젊었을 때에…….』

『몰라 몰라 김씨 오늘 저녁 오고두해(한턱해)』

미쓰 김은 그러면서도 슬쩍슬쩍 Y의 얼굴을 쳐다본다.

『명숙이란 계집애는 밤낮 미국 갔다더니 미국 가문 돈이 많이 생기나 미국사람하구 사나바.』

『이 분이 바로 명숙이라는 이의 오빠입니다.』

K는 Y를 가르키면서 미쓰 김을 들여다보고 옛날 기억을 끌어내래보려고 하였다.

『오빠는 웬 오빠 그런 말 하지말고 어서 한턱 해. 김씨 코하며 눈썹하며 미남잔데 저 사람이 김씨 고이비도 빼앗은 사람이지.』

미쓰 김의 말은 점점 험하게 나온다. Y는 K를 재촉해서 들어가버렸다. 들어가서도 달은 밝은데 잠은 아니오고 옛날 일이 하나씩 둘씩 생각킨다.

『문예』잡지할 때에 H랑 같이 찾아서 원고를 정할 때에, 그때의, 첨단을 걷던 영순이, 좋은 집에서 축음기며 키―다며 가진 악기를 놓고 명화를 걸고 커피를 내고 삐루를 내서 권하고 자기도 마시고 명랑하게 웃으면서 이야기하던 일, 그런지 몇 해 후에 해외로 다녀온 동안 M이라는 자기보다 어린 사람과 한동안 동거하다가 헤여진 뒤에 지내던 일, 그 뒤에 떠러진

몸이 되어 카페로 다방으로 낙화생과 담배를 팔러다니는 것을 보던 일, 그리고 옛날 동생 명숙이와 같이 다니면서 놀던 귀여운 탄실이 시절 일을 생각하고 『저는 일찌기 남보다 먼저 개성의 눈이 떠서 용감하게도 금제의 열매를 따먹기는 했으나, 험악한 사회의 거센 물결을 이길 길 없어서 파선의 역경을 당한 결과 백발이 되었고나!』 하고 깊은 탄식을 하였다.

Y는 그 뒤에 구태여 영순에게 자기가 누구라는 것을 알도록 하려고도 하지 않고 모른 체하고 지냈다. 한 번은 밥과 반찬을 보냈으나 웬일인지 받지 아니한다고 도루 가지고 온 일이 있었다.[12]

전영택은 김동인에 비해서는 비교적 동정적 시선을 유지하는 척했지만, 작품에 나타난 문면상으로 보면 위선적이기는 마찬가지이다. 그는 그녀가 정신이상 증세를 보여서 뇌병원에 강제입원하기까지의 과정을 보여줌으로써, 김명순의 정신적 사망 사실을 비밀스럽게 폭로하고 있다. 그렇지만 그녀는 전영택의 여동생을 호명하며 동정을 묻는다. 말하자면, 그녀는 광녀로 위장하여 그의 위선을 조롱하고 있는 셈이다. 이 점에서 그는 자가당착에 빠져 있다. 또 그녀와의 추억을 회상하면서도, 그녀가 이국에서 만난 친구의 오빠를 위해 정성껏 마련한 '밥과 반찬'을 물리치는 비례를 범하고 있다. 그러한 전영택의 태도는 '구태여 영순에게 자기가 누구라는 것을 알도록 하려고도 하지 않고 모른 체하고 지냈다'는 선행 문장에서 예비된 결과로서, 앞에서 살펴본 '하도 오랜 일이라 다 잊어버렸고, 설혹 잊어버리지 않고 기억한다 해도 그때에는 나는 그와 아무 인연이 없고, 인연이 있다

---

12) 전영택, 「김탄실과 그 아들」, 『현대문학』, 1955. 4. 인용은 표언복 편, 『전영택전집 1』, 목원대출판부, 1994, 649-650쪽.

면 단지 『창조』 동인에 넣었다는 것뿐이었다'던 변명의 무료한 반복에 지나지 않는다.

일본 『청탑』파의 영향권 아래에서 히라스카 라이테우가 다섯 살 연하남과의 사이에 태어난 사생아를 둘이나 양육한 것과 달리, 김명순에게는 고아 부양에 따르는 우군이 전혀 없었다. 전영택은 그녀가 "늘 혼자 있기가 허전하기도 하고 외로워서 어떤 동무의 권으로 겨우 돐이 지난 사내애기를 맡아 길렀다"고 언급한 뒤, 이어서 "누구가 난 애긴지 아이의 아비는 누군지 그것은 절대 비밀로 해달라고 해서 그 비밀을 지키기로 하고 말았다"는 김명순과의 약속을 의도적으로 공개하고 제목을 '김탄실과 그 아들'로 정하였다. 그의 폭로는 비밀을 유지할 수 없을 정도로 가볍게 처신하는 자신의 경솔함과 한 여성의 인격을 능욕하는 남성 우위의 사고를 드러내는데 기여했을 뿐이다. 곧, 그는 이 작품을 통해서 그녀의 비밀을 알고 있는 자신의 지위를 선양하고자 했으나, 소설의 형식적 특성을 도외시하고 전기적 사실의 나열에 치중하여 종국적으로는 자신의 여성에 대한 왜곡된 시선과 가치관을 노출시키는 패착을 야기하고 말았다. 이런 점에서 김명순의 생애는 전적으로 소문에 의해 구성된 삶이었다.

02 | 소문에 항거하는 신'여성'

소문은 소리로 이루어진다. 소리는 "이질적인 시공간을 가로질러 동질적이고 집합적인 표상을 재구축하는 감각의 메커니즘으로서 안성맞춤"[13]이다. 소리에 의한 소문은 사회 구성원 상호간의 의사소통이 원활하게 이루어지지 못할 때 발생한다. 1920년대의 신여성들이 갖가지 소문의 장본인으로 인구에 회자된 이유도 여기에 있다. 그녀들은 사회 구성원들과 원만한 소통관계를 형성하는데 실패했고, 사회는 건강한 질서를 앞세워 그녀들의 참여를 훼방하였다. 따라서 신여성들은 정신적 반려자로서의 남성을 희망했지만, 사회는 그녀들의 이성관을 성적 유희를 위한 말놀이로 격하하고 소문의 생산과 유포에 열심이었다. 이와 같이 소문은 항상 다수에 의해 생산되어 소수에게 해악을 끼치고, 사회적 통합을 방해하며 다수의 횡포를 정당화한다. 그런 이유로 사람들은 소문의 세계에 편성되지 않으려고 독자적인 노력을 기울인다.

김명순도 예외가 아니었다. 그녀는 신여성이라는 이유로 평생 동안 소문에 포위된 채 살아야 했다. 그녀는 자신의 출생 조건과 세인들의 소문을 항상 의식하는 자의식 속에서도 미래적 삶을 계획하는데 게을리 하지 않았다. 그녀는 세상의 관심과 비난에 맞서 신학문의 습득과 문화예술에 걸친 광범한 활동으로 소문에 대응하였다. 그녀는 동경여자전문학교를 마치고, 1920년 재차 도일하여 음악을 전공하였고, 귀국 후에는 보성전문학교에서 사회학을 공부했으며, 1920년대 후반에는 일본의 상지대학교 등에서 불문학과 독문학 등을 청강하기도 했다. 그녀는 이와 같이 국내외에서 다양한 분야의 학문을 섭렵하며 상당한 지식을 습득하였다. 그녀는 지식의 축적을 통해 자신을 둘러싼 소문으로부터 자유로울 수 있으리라 기대했지만, 신'여성'의 학식은 남성 주도의 식민지시대에 쓸모없는 사치품에 불과하였다. 그녀들의 지식은 남성들의 용처에 부합될 경우에 한하여 승인되

---

13) 이승원, 『소리가 만들어낸 근대의 풍경』, 살림, 2005, 14쪽.

었고, 그나마 김명순처럼 후견인을 두지 못한 경우에는 자족적 글쓰기에 만족해야 했다.

이런 측면에서 김명순을 비롯한 신여성들이 선택했던 자기고백체는 문제적이다. 고백체는 실제 현실에서 직면하는 문제사태에 대한 주체의 기록 양식이다. 구술적 세계에서 문자적 세계로 진입하던 식민지시대에 "글의 문화는 개인을 전통에서 해방시켰을 뿐만 아니라, 동시에 그리고 그 무엇보다도 개인의 자의식을 강화시켜 주었고, 자기 자신에게 몰두하게 만들었으며, 또한 이제까지 몰랐던, 그렇지만 신분 상승에 중요한 세계들을 탐구하게 만들었다"[14]는 점에 있다. 신여성으로서 김명순이 고백체 소설을 쓰게 된 까닭은 일기나 신변잡기류의 글쓰기가 지닌 태생적 한계를 극복하기 위한 전략적 선택으로 보인다. 그녀는 서울 진명여학교를 졸업한 뒤, 1917년 『청춘』의 현상모집에 단편소설 「의문의 소녀」가 당선되었다. 그녀는 등단 후 고백체의 글쓰기를 통해 인습과 자아의 대결 양상을 극명하게 드러내는 한편, 자신을 둘러싼 소문을 등장인물에게 투사하여 글쓰는 순간이나마 소문으로부터 자유로울 수 있으리라 기대하였다. 하지만 그녀의 노력은 "『청탑』의 소설에 있어 고백이라는 행위가 지니는 가장 큰 의미는 여성해방사상이라고 하는 이론의 실생활에서의 실천 기록이며, 실천에 있어서의 갖가지 고통의 보고이기도 했다"[15]는 점과 같이, 자기고백적 글쓰기는 그녀에게 고통을 재확인시켜줄 뿐이었다. 그녀는 세상 사람들과 남성들을 향해 "끄쳐요, 소리 같은 것"(「긋쳐요」)을 중지하기를 원

---

14) Richard van Dülmen, 최윤영 역, 『개인의 발견』, 현실문화연구』, 2005, 233쪽.
15) 서은혜, 「일본의 '신여성'운동과 『靑鞜』―초기 산문을 중심으로」, 『현대문학이론연구』 제13집, 현대문학이론학회, 2000. 7, 207쪽.

하였지만, 그들은 일인에 대한 집단적 린치를 멈추지 않았다.

그녀는 여러 문학작품에서 소리로 인한 고통을 호소하고 있다. 그녀가 첫 창작집의 「머리말」에서 "이 단편집은 오해받아 온 젊은 생명의 고통과 비난과 저주의 이름으로 세상에 내놓습니다"(『생명의 과실』)라고 언급한 것을 보더라도, 그녀가 세상의 소문들에 대하여 얼마나 민감하게 반응하며 가슴아파했는지를 짐작할 수 있다. 그녀는 시 「들니는 소래들」에서 "제일의 소래는 나를 부르다"(제1연)—"제이의 소래는 나를 꾸짖다"(제2연)—"제삼의 소래는 나를 비웃는다"(제3연)—"제사의 소래는 나를 연민하다"(제4연)—"제오의 소래는 탄식하다"(제5연)—"제육의 소래는 크게 대답하다"(제6연)—"제칠의 소래는 다시 부르다"(제7연)—"제팔의 소래는 다시 대답하다"(제8연)라고 여덟 가지의 '소래'를 통해 세상을 향한 울분을 토로하였다. 그녀는 '들니는 소래들'을 인지하고 있기 때문에, 세상의 소문을 향해 '크게' 대답할 수 있었다. 하지만 자신의 항언이 세상 사람들에게 받아들여지지 않는 것을 보고, 7-8연에서 '다시' 부르고 대답하기를 반복한다. 사회적 타자로 규정된 그녀의 발언권은 이미 효력을 상실한지 오래이다. 세상 사람들이 자신을 향해 부르고 꾸짖고 비웃고 연민하고 탄식하는 소리는 '들니'지만, 자신의 변명 소리는 세상 사람들이 들어주지 않는 것이다. 그녀는 식민지의 '고아' 여성으로서 소리에 저항하였다. 이런 측면에서 그녀의 글쓰기는 "더운 뜻을 이 반도 안에서 이 백성들과 같이 이루지 못할 것이면, 차라리 네 자신 위에에만 힘써보라"(「네 자신의 위에」)는 내면의 울림에 호응하려는 서원의 행동화였다. 그러나 그녀의 소리는 다수의 웃음소리에 묻혀버렸고, 그녀는 "웃음은 빛(光)"(「웃음」)인 줄 알기에 세상으로 나아갈 수 없었다.

조선아 내가너를 영결할째

개천가에 곡구러젓든지 들에피쏩앗든지

죽은시체에게라도 더학대하다구

그래도 부족하거든

이다음에 나갓튼 사람이나드래도

할수만잇는대로 쏘학대해보아라

그러면서서로믜워하는 우리는영영작별된다

이사나운곳아 사나운곳아
— 「유언」 전문

　김명순은 '사나운 곳'을 두 번에 걸쳐 반복함으로써, 사회로부터 외면당한 자신의 생을 드러낸다. 자신의 처지를 부정하지 않고 명확하게 노출시킴으로써, 그녀는 '조선'과의 '작별'을 고한다. 그녀에게 '조선'은 식민지 조국이면서, 동시에 자신을 '학대'하는 '사나운 곳'이었다. 그곳은 "일하고 공부하고 사랑하던"(「유리관 속에」) 그녀를 "순결치 못한 처녀는 밉다"(「추억」)는 소문 속에 방치하여 그녀에게 극심한 상흔을 남기고 '고아'로 만든 '조선'과 '남자'는 동격이다. 이 점에서 그녀의 작품에 두루 산견되는 고아의식은 그녀가 "바깥에 따로 떨어져 존재하는 제국주의, 식민주의라는 객관적 실체보다는, 식민지 피지배민의 내부에 들어와 있는 식민주의적 의식에 문제 제기를 하고 있음"[16]을 알려주는 심리적 징후이다. 그녀의 내면을 지배하는 고아의식은 출생 이후부터 그녀에게 집중되었던 사회적 소문의 실체를 부단히 확인시켜주는 각성제였고, 또한 주권을 강탈당한 약소민족의 일원으로서 갖게 되는 상대적 박탈감을 드러내기에 가장 적절

16) 김경일, 『여성의 근대, 근대의 여성』, 푸른역사, 2004, 96쪽.

한 용어였다. 작품의 도처에서 일제에 대한 자존심을 표출하는 그녀였지만, 동일민족의 남성들은 도리어 그녀에게 고아의식을 강요하면서 민족적 정체성의 확립을 위협하고 있었던 것이다.

그녀의 내면세계를 지배했던 고아의식은 소설에서도 나타난다. 그녀의 소년소설 「고아원」(『매일신보』, 1938. 4. 3), 「고아의 결심」(『매일신보』, 1938. 5. 29), 「고아원의 동무」(『매일신보』, 1938. 6. 26) 등은 시차를 두고 발표되었지만, 제목의 유사성과 동일 인물이 계속하여 등장하는 것으로 미루어 일련의 고아 연작으로 보아도 무방할 성싶다. 이 작품들은 그녀가 동경 교외의 고아원에서 봉사했던 이력에 기초한 것이다. 그녀는 일본인과 조선인이 공동으로 운영하는 고아원의 부족한 경비를 조달하기 위해 원아들과 함께 각종 물건들을 가정방문하며 팔았다. 이러한 사실에 비추어 보면, 앞의 ②~④에서 기사화된 소문들은 김명순의 방문 판매 행위를 왜곡한 것인지도 모른다. 그 소문들은 그녀가 원아들과 동행하여 고아원 운영비를 충당하고 있었던 전후 사정은 삭제된 채, 오직 그녀의 행동에만 초점을 맞추어 소문을 생산한 것일 수 있다. 그녀의 「고아원」이란 작품은 저간의 사정을 그대로 증언한다.

이 고아원으로 말하면 재단법인으로 되어 있는 곳이지마는, 무엇이든지 인구가 조밀한 동경 일이라 곳곳마다 번다한 인사들도 오히려 손이 모자랄 지경인 고로, 이 고아원 안에 수많은 어린애들을 기르기에도 물론 손이 미처 돌지 아니하여 네다섯 살된 어린애들의 뒤는 열 살된 학생들이 보아야 하고, 7, 8세 이상 10살 된 어린애들의 뒤는 열너덧 살된 학생들이 서로 서로 보아주던 것입니다. 이같이 다음 다음 보아주어야 하는 평상

생활 규정 외에도 이 고아원에는 아주 고된 생활규칙 하나가 있었으니, 열두살 이상으로 15살 된 아이들이 제각기 학교를 파하고 나서는 각자 학용품 값을 버느라고 간단한 해산물이나 술, 쑤세미, 소금콩, 사탕콩, 낙자기의 화생 따위의 봉지를 광주리에 가뜩 담아서 둘러메고 발길 내키는 대로 집집마다 들어가서 시가보다는 2, 3전씩 비싼 것을 사달라고 간청하는 것이었습니다.[17]

김명순은 '해산물이나 술, 쑤세미, 소금콩, 사탕콩' 등을 팔았던 경험을 되살리며, 고아들에 대한 사랑을 보여주고 있다. 사실 그녀는 그곳에서 한 고아를 거두어 임종 시까지 양육하기도 했다. 그녀의 행동은 아버지가 임노월로 추정되는 사생아를 유기한 죄책감의 발로이기도 하고, 어려서 죽은 생모로부터 사랑을 받지 못한 자신의 유년기 상처를 승화시키려는 모성애적 헌신의 일환이기도 하며, 동시에 "어머니에게 따뜻한 가슴을 열어주지 못한 자신을 한탄으로 괴로워하는 것"[18]이기도 하다. 하지만 앞서 살핀 바와 같이, 그녀의 노력은 "동경의 거리거리에는 엇든 때는 '칫솔, 치분, 양말' 등을 싼 손가방을 들고, 엇든 때는 조선 엿과 '落花生' 가튼 과자상자를 들고 이 집 저 집, 이 사람 저 사람, 산 설고 낫서른 곳곳에서 5錢, 10錢씩의 零粹한 돈을 모으기에 노심초사"하는 모습으로 왜곡되어 식민지의 잡지에 기사화되었다. 잡지사의 편집 전략에 의해 그녀의 삶은 소문으로 '구성'되고, 독자들은 소문을 확대재생산하면서 그녀의 신산스러운 삶을 '재구성'하는데 동참하였다.

---

17) 김상배 편, 『나는 사랑한다』, 솔뫼, 1981, 265쪽.
18) 김정자, 「김명순, 그 사랑과 어둠의 사변가」, 『한국여성소설연구』, 민지사, 1991, 55쪽.

일찍이 생부로부터 외면당하고, 사랑하는 남자에게 사랑을 사기당한 그녀가 고아에게 관심을 기울인 것은 당연한 일이었다. 더욱이 그녀는 아비가 밝혀지지 않은 아들을 두었으므로, 사회와 부모로부터 버림받은 고아들의 처지가 남의 일 같지 않았을 터이다. 그녀는 '신'여성이기에 앞서 어머니였으나, 사회는 그녀의 여성성을 외면하였다. 왜냐하면 기녀의 딸로 태어난 그녀의 모성은 애초부터 삭탈되었으며, 그녀의 모성이 기사화되기 위해서는 과거의 기사를 전량 폐기해야 했기 때문이다. 그녀는 출생 과정이 순탄치 않았을 뿐 아니라 친자를 유기한 패륜녀이기 때문에, 그녀의 모성은 재발견되면 안 되었던 것이다. 그녀의 본능조차 허락하지 않을 정도로 폐쇄적인 남성들의 연애 담론은 이 점에서 일방적이고 비윤리적이다. 그들은 완력을 앞세워 김명순과 다른 견지에서 모성마저 부인한 뒤에, 그녀를 소문 속에 감금하고 희롱하여 자신들의 위선을 합리화했던 것이다.

이 밖에도 김명순은 외국문학의 전신자로서 작품을 번역19)하고, 영화배우로 여러 작품에 출연20)하였으며, 황석우의 주선으로 『매일신보』의 기자를 역임하기도 했다. 그녀는 이와 같이 다양한 부문에 걸쳐 활발히 활동

---

19) 김명순은 『개벽』(1922. 10)에 '표현파의 시'라는 제하에 시 「웃음」(프란츠 벨켈), 「비극적 운명」(헤르만 가쟈크), 「나는 차젓다」(메텔링그), 「눈」(구르몽), 「酒場」(호레스 호레이)과 소설 「相逢」(에드가 앨런 포) 등을 번역하여 소개하였다.

20) 김명순은 영화 출연을 통해 생계수단을 확보하고, 세상의 소문으로 '덮어 쓰인' 이미지를 쇄신하고자 안종화 감독의 영화 [꽃장사], [노래하는 시절]을 비롯하여 [숙영낭자전], [나의 친구여] 등에 출연하였다. 그녀가 1928년 이경손 감독의 [광낭(狂浪)]에 출연하기로 결정되자, 도하 신문은 「여류문사 김명순양, 조선영화계에 헌신」(『동아일보』, 1927. 8. 28), 「여류문사 김명순양, 도회지 여자로 광낭에 출연」(『중외일보』, 1927. 8. 28), 「스크린에 나타난 신진 여우(5) 김명순양」(『동아일보』, 1928. 4. 10) 등의 기사와 함께 사진을 수록하며 관심을 표명하였다. 물론 신문사의 관심은 그녀가 갖는 기사로서의 대중적 가치, 곧 신여성'의 상품성에 대한 호기심의 차원이었을 뿐이다.

함으로써 자신을 에워싸고 있는 소문으로부터 탈출하려고 시도하였다. 그렇지만 그녀의 기대와 달리, 남성 중심의 완강한 사회 질서는 그녀에게 선택의 자유를 허용하지 않았다. 이 점은 역할 기대를 충족하지 못한 채 소문 속에서 생을 종료한 다른 신여성들과 마찬가지지만, 그녀는 다른 신여성들보다 유달리 오랫동안 소문의 세계에 유폐되어 있었다. 그 이유는 전적으로 출신 성분과 신여성으로서 남여교제에 자유분방했던 그녀의 사생활에 국한하여 관심을 표명한 '남자들'에게 있다. 그 와중에서 그녀가 습득한 외국문학 지식들이 제대로 활용되지도 못한 채, 소문에 휩싸인 그녀의 운명을 따라 사장된 것은 안타까운 일이다. 그녀에게 자의식이 충만한 소설적 진경을 개척할 지면과 외국문학의 전신자 역할을 담당할 수 있는 기회를 충분히 제공했더라면, 그녀와 문단을 위해서도 훨씬 바람직한 결과를 도출할 수 있었을 텐데 말이다.

Ⅲ 결론

이상에서 살핀 바와 같이, 김명순의 생애는 신'여성'으로서 감당하기 어려울 만큼 소문으로 둘러싸인 '섬'이었다. 그녀의 삶이 소문으로 구성될 수밖에 없었던 이유는 출생의 한계에서 비롯되었다. 그녀는 부호와 기녀 사이에서 출생한 서녀라는 신분과 일본 유학생이자 작가이며 신여성이라는 사회적 신분으로 인해 다수로부터 사회적 타자로 규정되어 소문의 희생양이 되었다. 그녀의 모든 행동은 매체와 세인들의 관심사였고, 소문으로부터 자유를 꿈꾸던 그녀의 노력은 신분상의 한계에 부단히 좌절되었다. 당시의 사회 규범으로서는 그녀의 사고방식을 허용할 수 없었고, 사람들은 자신들보다 우위의 학력을 지닌 그녀를 향해 소문을 생산하며 압박하였다. 소문은 그녀의 사고와 행동을 제약하는 구심력이었고, 그녀의 자의식은 소문의 세력권으로부터 나가려는 원심력이었다. 그녀는 양자의 길항작용으로 '구성'된 비극적 삶의 주인공이었다.

김명순은 개인적인 생활의 고뇌와 사랑의 실패 등으로 인해 불우한 삶을 고백체의 글쓰기로 표출하였다. 그녀는 고백체를 통해 인습과 자아의 대결 양상을 극명하게 드러낼 수 있었고, 자신을 둘러싸고 진행되는 소문을 등장인물에게 투사하여 글쓰는 순간이나마 소문으로부터 자유로울 수 있을 것으로 희망하였다. 하지만 그녀의 자기고백적 글쓰기는 자신의 실존적 한계를 재확인시켜주는 일에 다름아니었다. 그녀는 대다수 작품에서 세상 사람들과 남자들이 생산하는 각종 소리로 인한 고통을 호소하고 있다. 그녀는 일찍이 생부로부터 외면당하고, 사랑하는 남자에게 배신당하면서 고아로서의 자의식을 인식하며 살았다. 그녀는 친자를 유기한 죄책감을 승화하기 위해 고아에게 관심을 기울였지만, 그조차 세인들의 소문 속에서 가식적인 행동으로 받아들여졌다. 이처럼 그녀의 생애는 철저하게 사회로부터 격리된 채 소문으로 '구성'된 비운의 '신여성'이었다.(『현대문학이론연구』 제30집, 현대문학이론학회, 2007. 4)

한국 현대시학의 틀과 결

단편서사시론

I 서론

카프는 1930년대에 접어들어 점차 악화되는 객관적 정세 속에서 문학 운동의 사회적 책무성에 대해 진지하게 모색하였다. 이 기간 동안에 이루어진 카프 비평은 리얼리즘의 정착에 크게 기여했으며, 문학의 본질적 차원인 내용과 형식 논의를 한층 심화시켰다. 카프의 소장파들은 조직의 강화와 노선의 재정립을 위해 이념적 우위를 앞세우면서 볼세비키화 논쟁을 전개하였다. 그들은 카프 조직의 존립을 위협하는 객관적 정세를 타개하는 방안으로, 문학의 정치성을 실천하는데 적합한 대중적인 문학 양식을 모색하고 있었다.

이 당시에 카프 조직원들이 논의했던 대중적 문학 양식 중에서 주목할 만한 서정 양식은 단편서사시에 관한 논의이다. 그것이 출현하게 된 배경은 외적 요인과 내적 요인으로 나누어 살필 수 있다. 시인들은 점차 악화되는 일제의 사상 탄압으로 이전의 단시형 서정시로는 식민지 현실을 담아낼 수 없게 되자, 정치적·사회적 현실에 대응하기 위해서 새로운 양식을 탐구하게 되었다.[1] 사회 현실에 대항하기 위한 외적 요인과 달리, 문학 내적 요인은 범문단적 경향과 카프의 운동 방향 그리고 작품의 측면에서 접근할 수 있다. 1920년대에 접어들면서 한국 문단에는 서간체가 소설의 주요 형식으로 자리 잡았다. 서간체 소설은 자아에 대한 반성적 탐구 형식이라는 점에서 자기고백적인 시 양식에 영향을 미쳤다.

시 양식에서는 주제상으로 전대의 작품에서 현저히 나타났던 감상적 낭만주의를 배격하면서 현실적 상황의 변화에 부응하고, 형태상으로는 전대부터 나타났던 장시화 경향이 하나의 양식으로 정착되려는 움직임이 일어났다. 단편서사시는 전대에 배태된 시 양식의 정착화 움직임을 계승하여, 이전의 시 양식에서 문제시되었던 개인의 정서적 과잉 현상을 배제하고, 사건적 요소를 강조하여 문학의 대중화 수단으로 출발했다.

단편서사시에 관한 비평적 논의는 문학의 대중화와 관련되어 전개되었다. 김기진은 1930년을 전후하여 문학의 대중화와 관련된 「문예시대관 단편」(『조선일보』, 1928. 11. 9-20), 「변증적 사실주의」(『동아일보』, 1929. 2. 25-3. 7), 「대중소설론」(『동아일보』, 1929. 4. 14-20), 「프로시가의 대중화」(『문예공론』, 1929. 5), 「단편서사시의 길로」(『조선문예』, 1929. 5), 「예술의 대중화에 대하야」(『조선일보』, 1930. 1. 1-14) 등[2]을 발표하였다. 그의

---

1) 시인이 선택한 계급 이데올로기가 양식적 탐구와 대응관계에 놓인 사례는 이상화에게서 찾아볼 수 있다.(김윤식, 『한국근대문학양식론고』, 아세아문화사, 1990, 57-62쪽).
2) 김기진이 중심이 되어 전개한 문학의 대중화 논쟁에 대해서는 김윤식, 『한국근대문예비평사연구』, 일지사, 1992, 72-80쪽 참조.

비평적 제안에 의해 촉발된 단편서사시 논쟁은 카프 소장파의 주목을 받으면서 복잡한 양상으로 나타났다. 이 논쟁은 카프의 조직 개편을 포함하여 리얼리즘시론의 새로운 국면을 타개하였다는 점에서 주목할 만하다. 더욱이 점차 강화되는 일제의 정치적 통제 조치에 대항하여 문학의 본질적 국면을 문제삼았다는 점에서, 한국 근대시론의 발전사에서 중요한 위치를 차지한다.

이 글의 목적은 1930년을 전후하여 프로 비평의 한 국면을 차지하였던 이른바 단편서사시 논쟁의 전개 양상을 비판적으로 점검함으로써, 근대 리얼리즘 시론의 발전 과정을 살피려는데 있다.

II. 단편서사시의 출현

단편서사시를 작품으로 실천한 것은 임화였다. 그가 발표했던 「담─1927」(『예술운동』 창간호, 1927. 11)은 이전의 시 작품에서 보여주었던 습작풍의 다다이즘 계열의 시와는 다른 성향의 작품이다. 그는 이 작품에서 프롤레타리아 동지의 피살 현장을 총 66행으로 전경화하고, 과격한 구호를 도입하여 적대감 고취 의도를 충분히 살렸다. 이 작품은 역사적 사건을 시적 소재로 다루면서 주제의식의 과잉 현상을 드러냈지만, 예전의 작품에 비해 안정적인 시형이었다. 그가 이 작품에서 일정한 줄거리를 가진 장시의 구도를 통해 형식미학적 기반을 다지게 된 것은 사실이지만, 이 작품에서 단편서사시의 징후를 포착한 것은 무리이다.[3] 그보다는 다음

해에 발표한 「젊은 순라의 편지」를 단편서사시의 출발점으로 보는 것이 타당하다.

이 작품은 「담—1927」과 「우리 오빠와 화로」의 중간 시기에 창작되었다는 점에서, 두 작품의 특징적 요소들을 동시에 지니고 있다. 전자의 요소로는 국외의 프롤레타리아 운동 사건을 소재로 취급하였다는 점을 들 수 있고, 후자의 요소로는 서간체 형식을 빌어 시적 상황을 보고하고 있다는 점에서 단편서사시로 나아가는 기미를 뚜렷이 보여주었다.[4]

사랑하는 형님!

어저께 우리는 월력에다 ××을 싸서 버리고 進×을 시작했소.

그리하야 삽과 삼태기를 들고 우리는 ××에로 나아가우.

용감하지 않소 벌서 지구의 반은 ××의 행렬이 점령하고 있소 지구는 밤이요.

얼마나 많은 동지가 어둠 속에서 죽어가겠소 이즉도 봄은 춥구려 한겹 옷으로는 견듸기가 어렵구려

허지만 형님 다시 한번 우리들의 그림자를 보아주구려.

×體를 넘고 ×河를 건느는 우리들의 그림자를 보아주구려.

요전에 우리는 伯林 교외를 지내다 봄풀이 싹이 돋기도 전 가난한 그들의 주머니를 털어 가여운 계집애 ××의 무덤에다 꽃뭉치를 안겨주고 마음을 다하야 눈물을 흘리는 독일의 푸로레타리아의 얼골을 보고 왔소.

---

3) 이 작품에서 단편 서사시의 징후를 포착한 것은 김윤식이다.(김윤식, 『임화연구』, 문학사상사, 1990, 120쪽).

4) 이 글에서는 단편서사시의 양식적 성격을 소재적 측면과 형식적 측면으로 파악하고자 한다. 전자의 측면은 프롤레타리아적 사건의 시적 수용으로, 후자의 측면은 서간체 형식의 활용으로 국한한다.

그때 나는 나의 옆에 同×를 ×이러 중국을 갔었다는 늙은 同×의 슬퍼
우는 얼골을 보고 왔소 나는 가마나히 눈물을 내 눈에서 집어버렸고 참기
가 어려웁되다.　　　　　　　　　　　　　　— 임화, 「젊은 순라의 편지」5)

　이 시의 화자는 민족해방운동에 복무하는 젊은 순라이며, 청자에게 국
내외의 운동 상황을 편지 형식을 빌어 보고하고 있다. 화자는 시의 전체
구조를 이끌어 가면서, 그간의 '나'의 행적을 서간체 형식을 빌어 '사랑하는
형님에게' 정중한 태도로 보고하고 있다. 시적 화자가 시의 서술구조를
이끌어 가는 방식은 시사적으로 1920년대 이후의 리얼리즘시에서 산견된
다. 화자에 의한 시적 구조의 진행은 필연적으로 그를 둘러싸고 있는 시적
상황을 사실적으로 전달하려는 경향을 띤다. 화자가 처한 상황의 효과적
전달을 위해서는 언어의 능동적 기능을 중시하여 리얼리즘시에서는 의사
소통의 극점에 위치한 수신자를 지향하게 된다.6) 하지만 이 작품의 언어
전략은 수신자인 청자를 지향한다기보다는 화자의 일방적인 서술을 위해
채택되는데 그치고 말았다. 그럼으로써 사건의 객관적인 보고에는 성공할
수 있었던 반면에, 독자들의 시적 동조를 얻어내지는 못했다. 이것은 임화
가 아직 서간체의 특성을 정확히 파악하지 못한 채, 화자와 청자에게 역할
을 적절하게 부여하지 못한데서 파생했다. 시의 독자인 수신자는 서간의
엿보기와 훔쳐보기라는 이중성에 기초하여 발신자의 역할 수행에 참가한
다는 점에서, 시인의 건조한 사건 서술은 독자의 호기심을 유발하기에 불
충분하다.

---

5) 『조선지광』, 1928. 4.
6) R. 야콥슨, 신문수 편역, 『문학 속의 언어학』, 문학과지성사, 1989, 55-61쪽.

한 편의 시 속에 자신이 처한 현실적 상황을 서간체로 보고하는 형식은, 이후 발표된 단편서사시 계열의 작품군에 적잖은 영향을 끼쳤다. 임화는 이후에 「네 거리의 순이」(『조선지광』, 1929. 1)를 비롯하여, 「우리 오빠와 화로」(『조선지광』, 1929. 2), 「어머니」(『조선지광』, 1929. 4), 「봄이 오는구나」(『조선문예』, 1929. 5), 「오늘밤 아버지는 퍼렁이불을 덮고」(『제일선』, 1933. 3) 등의 단편서사시를 발표하였다. 이 중에서 「우리 오빠와 화로」는 "한국의 근대시사에서 리얼리즘시론의 단초를 열었다"[7]고 평가되는 작품이다. 물론 이 정의는 리얼리즘 시론의 단초를 제공한 것이라고 해야 정당하고, 리얼리즘 시론의 발전 과정에서 차지하는 비중을 가리키는 것이다. 이 작품을 중심으로 단편서사시 논쟁이 이루어졌으므로, 그 논쟁의 전개 양상과 리얼리즘 시론의 발전 과정을 살피기 위해서는 이 작품의 분석이 필요하다.

사랑하는 우리 오빠 어저께 그만 그렇게 위하시든 오빠의 거북紋이 질 화로가 깨여졌어요
언제나 오빠가 우리들의 '피오닐' 조그만 기수라 부르는 永男이가
지구에 해가 비친 하로의 모─든 시간을 담배의 독기 속에다
어린 몸을 잠그고 사온 그 거북紋이 화로가 깨여졌어요

그리하야 지금은 火젓가락만이 불상한 永男이하구 저하구처럼
또 우리 사랑하는 오빠를 잃은 남매와 같이 외롭게 벽에가 나란히 걸렸

7) 윤영천, 「한국 '리얼리즘 시론'의 역사적 전개와 지향」, 『민족문학사연구』 제2호, 1992, 131쪽.

어요

오빠…
저는요 저는요 알었어요
웨―그날 오빠가 우리 두 동생을 떠나 그리로 들어가실 그날밤에
연거퍼 말는 卷煙을 세 개식이나 피우시고 계셨는지
저는요 잘 알었에요 오빠

언제나 철없는 제가 오빠가 공장에서 돌아와서 고단한 저녁을 잡수실
때 오빠 몸에서 신문지 냄새가 난다고 하면
오빠는 파란 얼골에 피곤한 웃음을 웃으시며
… 네 몸에선 누에 똥내가 나지 않니―하시든 세상에 위대하고 용감한
우리 오빠가 웨 그날만
말 한마듸 없이 담배 연기로 방속을 미워버리시는 우리 우리 용감한
오빠의 마음을 저는 잘 알었에요
천장을 향하야 긔여올라가든 외줄기 담배 연긔 속에서―오빠의 강철
가슴 속에 백힌 위대한 결정과 성스러운 각오를 저는 분명히 보았에요
그리하야 제가 永男이에 버선 하나도 채 못 기었을 동안에
門지방을 때리는 쇳소리 바루르 밟는 거치른 구두소리와 함께―가버리
지 안으섯어요
　　　　　　　　　　　　　　　　　　　　― 임화, 「우리 오빠와 화로」[8]

이 작품은 등장인물과 사건을 도입하여 이야기를 진행시키는 방식을
채택하고 있다. 구체적으로 누이동생이 오빠에게 보내는 서간체 형식의

---

8) 『조선지광』, 1929. 2.

가족 내적 담론 방식을 취하고 있는데, 이 담론 방식은 필연적으로 폐쇄적인 소통구조를 지향하게 된다. 서간체 형식은 언어의 능동적 기능을 중시하여 수신자에게 대화를 시도하는 특성이 있으므로, 이 점은 화자를 적절하게 통제하지 못하여 감상성을 과도하게 드러내는 원인이 되었다. 화자는 시인의 주관보다는 시적 상황에 알맞게 설정되어야 한다는 점에서, 이 작품 속의 화자는 감상성 시비를 예비하고 있었던 것이다.

작품 속에서 서술구조를 주도하는 화자는 나/누이동생이다. 그녀는 여성적인 여린 목소리와 투사적인 목소리를 동시에 가진 여동생이다. 섬세한 여성적인 목소리는 시적/현실적 상황을 효과적으로 전달하고 있으며, 강인한 투사적인 목소리는 상황을 극복하려는 실천 의지를 드러내고 있다. 화자의 이중적인 목소리는 4연에 등장하는 오빠의 목소리와 복합적으로 작용하여, 이 작품의 전체적인 어조를 다성적인 대화 양상으로 변화시킨다. 이 시는 다성적인 대화를 지향하므로, 대화 체계는 '나/나'의 방식보다는 '나/남'의 방식에 가깝다.9) 시의 화자가 시인과 전혀 다른 인물이므로, 나/화자가 남/오빠에게 가정 형편을 보고하는 방식에 따르고 있다. 나(누이동생)/남(오빠)의 사이에 놓인 공간적인 긴장 관계는, 화자가 거의 매연마다 반복하여 부르는 '우리'라는 동지적 연대관계로 전환한다. '나'와 '오빠'가 '우리'가 됨으로써, 연약한 '여동생'은 강인한 '투사'로서의 결의를 다지는 것이다. 그것은 이야기를 구성하는 시적 상황과 이야기가 본질적

---

9) 시의 대화체계를 나(I)/나(I), 나(I)/남(I, You, He, She, They)의 방식으로 파악한 연구자는 Yu. 로트만이다. 그에 의하면, 나/나의 대화체계는 독백체의 대화방식이며, 나/남의 대화체계는 일반적인 대화방식이다. 그의 이론을 원용하여 작품 분석을 시도한 사례는 정효구에게서 찾아볼 수 있다.(정효구, 『현대시와 기호학』, 느티나무, 1989, 7-209쪽 참조).

으로 갖고 있는 구조적 개방성에서 비롯되었다. 시적 화자가 시적 상황을 현실적 상황으로 변환시키는데 기여한 것이다.

이 시의 화법은 대화 체계를 추구하는 구어체를 사용하고 있다. 나/화자와 남/청자와의 관계는 화자의 오빠에 대한 경어형 '~셔요'체의 사용으로 드러난다. 시의 화법은 화자의 목소리를 결정하면서 대화 상황을 유지시켜 주는 장치인데, 이 작품에서는 화자와 청자 간의 거리를 좁혀주는 효과를 가져온다.[10] 그것은 선전 선동을 목적으로 삼는 프롤레타리아시의 낭독성을 강화하여, 운동 전선의 확대와 대상/독자의 의식화를 가져오게 된다. 시의 낭독은 특정한 상황을 전제하는 것이므로, 이야기의 극적 상황은 낭독/전달 가능한 구어체 화법을 요구한다. 그것은 객관적 현실처럼 존재하는 이야기의 객관성을 제고하여 낭독의 존재 상황을 극적으로 전환시킨다.

이 시의 소재는 동생이 사온 '거북紋이 질화로'가 깨어진 평범한 일상적 사건이다. 그런데 시인은 단순한 일상적 사건을 불특정 다수를 향한 프롤레타리아적 사건으로 승화시킴으로써, 독자의 현실적/시적 참여를 유발하고 있다. 이것은 서간체를 도입한 의도와 상관되는데, 서간체가 생리적으로 자기고백적인 일상적 양식이라는 점과 맞물려 있다. 서간은 발신자가 특정한 수취인에게 양자가 관련되는 사연을 주고받는 주관적인 글쓰기 방식이다. 아울러 독자로 하여금 특정인물인 화자와 청자의 대화 내용을 활자화된 언어를 통해 엿보게 해준다. 시인은 사연의 엿보기/엿듣기에 독자의 호기심을 집중케 하는 서간의 특성을 활용하여 독자/프롤레타리아의

---

10) "모든 어조는 두 가지 방향을 향하고 있다. 하나는 동조자 혹은 증인으로서 청취자를 향한 방향이며, 다른 하나는 생생한 제3의 참여자로서의 언술을 향한 방향이다. 어조는 이 제3의 참여자를 비난하거나 칭찬하며 깎아내리거나 격찬한다."(T. 토도로프, 최현무 역, 『바흐찐: 문학사회학과 대화 이론』, 까치, 1988, 76쪽).

자발적 참여를 유발하는 시적 성취를 가져왔다.[11] 내밀한 관계의 대화 내용을 서간체 형식을 빌어 공개함으로써, 가정적 차원의 범박한 일상사를 공개적인 운동적 차원의 사건으로 승화시킨 것이다.

이 작품에서 도입한 서간체 형식은 사연/이야기의 개방적인 성격 때문에, 필연적으로 장르의 개방 효과를 가져왔고 장르적 속성을 애매하게 만들었다. 이 작품에서 채택한 '나/남'의 대화체계가 서사 양식과 극 양식에서 주로 사용되는 반면에, '나/나'의 대화체계는 서정 양식에서 사용된다는 점에서 단편서사시의 장르상의 혼효 양상을 살필 수 있다. 서간은 양자간 친밀도에 따라 사연/이야기의 질량이 달라진다. 담론 방식은 가족 내적 담론이 주를 이루며, 쌍방향의 의사소통보다는 일방적인 의사전달체계를 중시하였다. 가족의 구성원에 대한 폐쇄적인 담론 방식은 형식보다는 전달되는 내용을 강조하게 되었고, 혈연적 관계에서 발생하는 감상성 편향으로부터 자유로울 수 없었다. 서간은 수취인에게 일방적으로 대화를 실행한다는 측면에서 능동적인 언어를 사용하는 청자 지향적인 소통방식으로, 예로부터 종교적 찬가나 정치적 투쟁가 등에서 널리 사용되었다.[12] 또 발신자의 이야기/사건의 구술성에 초점을 맞추게 되므로, 다면적이면서 감정이입적이고, 참여적이며 상황의존적인 특성을 갖는다.[13] 그러므로 이 작품이 서간체를 동원하여 독자의 호기심을 유발한 뒤, 화자가 처한 상황을 보고하는 것은 양식적 특성으로부터 연유한 것이다. 이런 점에서

---

11) 독자의 엿보는 즐거움에 대해서는 R. 숄즈, 유재천 역, 『기호학과 해석』, 현대문학사, 1988, 49쪽 참조.
12) D. 람핑, 장영태 역, 『서정시: 이론과 역사』, 문학과지성사, 1994, 183쪽.
13) 구술적인 사고와 표현들의 특징에 관해서는 W. T. 옹, 이기우·임명진 역, 『구술문화와 문자문화』, 문예출판사, 1995, 60-92쪽 참조.

이 작품은 문학 대중화론과 관련하여 비평적 관심을 집중시키게 되었다.

Ⅲ 단편서사시의 옹호와 비판

김기진의 「단편서사시의 길로」는 '우리 시의 양식 문제에 대하여' 쓴 글이다. 이 글은 시 양식의 모색과 더불어 시의 대중화 방향을 제시하면서, 그 전범이라고 여긴 임화의 시 「우리 오빠와 화로」를 높이 평가한 글이다.

그러면 프롤레타리아 시인은 무엇에 주의하여야 할까?

첫째 프롤레타리아 시인은 그 소재가 사건적 소설적인데 주의해야 한다. 그리하여 될 수 있는 대로 그 소재의 시적으로 필요한 부분만 추려가지고 적당하게 압축하여 사건의 내용과 사건을 중심으로 한 분위기는 극히 인상적으로 선명·간결하게 만들기에 힘쓸 것이다. 만일에 그렇지 못하면 소설과 같이 길어질 것은 물론이요 시로서의 맛이 없다. 시로서의 맛이란 설명의 인상적·암시적 비약에, 즉 행과 행간의 정서의 비약에 대부분 있는 까닭이다.(………)

둘째 문장은 소설적으로 느리고 둔하여도 못쓰지만 그렇다고 심하게 연마 조각하여 깊이 아로새길 필요가 없다. 무슨 까닭이냐 하면 프롤레타리아는 교양이 깊지 못하여 따라서 지식계급이나 유산계급의 인사와 같이 세련된 말과 친하지 못한 까닭이다.

우리들의 시는 그들의 용어로 되어야 한다는 것이 또한 요건이다. 그런

데 그들의 용어는 대개 소박하고 생경하고 '된 그대로의 말'인 곳에 차라리 屈强美가 있으므로 시인은 그들의 말에 주의해야 한다. 그리하여 노동자들의 낭독에 편하도록 호흡을 조절해야 한다. 프롤레타리아 리듬의 창조이어야만 할 것이라는 말이다.[14]

이 글에서 김기진은 첫째, 프롤레타리아 시인을 향해 '시의 소재를 사건적·소설적인데서 찾아야 하며, 프롤레타리아 의식과 생활을 실제 재료로 삼아야 한다'고 말했다. 이것은 시의 소재적 측면을 언급한 것으로, 그들의 의식과 생활에서 소재를 발굴하되 그것은 사건적이고 소설적이어야 한다는 것이다. 그는 시 속에 소설적 사건을 도입할 것을 역설했는데, 실례로 든 「우리 오빠와 화로」에서는 사건이 현실적이며 실재적이어서 '한 개의 통일적 정서를 전파'하는데 성공하고 있다고 보았다. 이것은 그가 사건의 본질적 속성, 곧 구경꾼의 호기심을 유발하여 그의 관심을 사건의 중심부로 이동시키는 힘을 파악한 것이다. 그는 시의 맛을 '설명의 인상적·암시적 비약, 즉 행과 행의 정서적 비약에서 찾으면서, 사건이 시적인 성격을 갖추게 되는 것을 기법적 측면인 '인상적·암시적 비약'에 의해 가능할 것으로 보았다. 하지만 시의 성격은 내용이 형식을 요구한다는 점에서 그의 시 장르 인식은 빈약하였다. 또 이것은 그가 앞서 발표한 글에서 모호한 기준을 내세워 프롤레타리아 소설과 대중 소설을 이원화했듯이, 시 장르에 대한 객관적 지식을 내세우지 못한 채 소박한 인식의 일단을 반복하여 표출한 것이다. 그는 반대론자들이 자신의 논리를 반박하자 그 문제점을 세밀히 비판하지 못한 채 침묵함으로써, 단편서사시 양식의 본질적 측면

---

14) 김기진, 「단편서사시의 길로」, 『조선문예』, 1929. 5.

에 대한 심화된 논의를 확장시키지 못했다.

둘째, 그는 언어적 측면에서 프롤레타리아 시가 '그들의 용어'로 되어야 한다고 하였다. 프롤레타리아는 교양이 깊지 못하여 세련된 말과 친하지 못하므로, 소설적으로 느리고 둔하여도 못쓰지만 그렇다고 심하게 언마 조각하여 깊이 아로새길 필요가 없으며, 그들의 용어는 대개 소박하고 생경하고 '된 그대로의 말'인 곳에 차라리 굴강미가 있다는 것이다. 이것은 "선동 텍스트, 즉 피지배자의 대화를 조장해서 논지를 제공하고, 계속 추구하도록 하는 시는 노동자들의 언어로 말해야 한다"15)는 점에서, 그의 논리는 단편서사시의 속성을 정확히 파악하고 있었다. 하지만 프롤레타리아에 대한 상대적 우위 의식을 드러냄으로써, 후일에 반대론자들로부터 계급 의식의 불철저성을 비판받게 되는 원인을 제공하였다. 또 그가 시에서 프롤레타리아의 리듬을 강조한 이면에는 이전에 발표한 글에 대해 최서해가 제기했던 반론을 수용한 것으로 보인다.16) 김기진이 언급한 리듬은 '노동자들의 낭독'에 편하도록 호흡을 조절하는 것이다. 그는 시의 주된 수용자인 노동자들에게 선전 선동을 강화하면서, 운동의 대중성을 확보하기 위한 수단으로 시어의 평이성과 시의 리듬효과를 거론한 것이다.

한편 김기진이 시 양식에 관심을 기울이게 된 것은, 과거에 『백조』파라는 자신의 문학적 출발점을 의식한 시 양식에 대한 애정에서 비롯되었다17)는 의견은 다분히 심정적인 추단일 뿐이다. 그는 이 시기에 나름대로

---

15) C. 브레트하우어, 「무엇을 위한 선동 텍스트인가」, 신상전·A. J. 웨크베커 편, 『독일의 정치시』, 제3문학사, 1990, 73쪽.

16) 최서해는 김기진의 「대중소설론」이 발표되자 그의 논리에 대체적으로 동조하면서, 프롤레타리아 소설이 갖추어야 할 요소의 하나로 '프롤레타리아의 리듬'을 제안하였다.(최서해, 「열일고어」, 『동아일보』, 1929. 7. 12-24).

시 양식뿐만 아니라, 시와 소설을 비롯한 문학의 대중화를 선도할 양식을 모색하고 있었다. 그는 「문예시대관 단편—통속소설 소고」(『조선일보』, 1928. 11. 9- 20)라는 글에서 소설의 대중화 방향에 대해 언급하고, 소설의 독자를 '보통 독자'와 '교양있는 독자'로 이분하면서 객관적 정세가 불리할 경우 통속소설의 길로 나아가야 한다고 주장하였다. 이에 비추어 그는 문학의 특정 양식에 관심을 기울였다기보다는, 일제의 검열과 같은 당면한 현실적 제약 조건을 슬기롭게 극복하는 방법에 주력했다고 보는 것이 타당하다. 그는 「단편서사시의 길로」에 앞서 발표했던 「시감이편」(『조선지광』, 1927. 8.)에서, 조명희의 「낙동강」이 "1920년 이후 조선 대중의 거짓 없는 인생 기록"이므로, 조명희야말로 "제2기에 선편을 던진 우리들의 작가"라고 평가했었다. 그는 이 작품에서 프롤레타리아 문학의 대중화 전략과 관련하여, 소설적 양식의 전형을 발견했던 것이다. 또 그는 「회관 앞에서」(『삼천리』, 1935. 1.)를 발표하여 단편서사시에 대한 일관된 관심을 표명하였다. 이 작품은 어린 소녀가 죽은 오빠에게 쓴 서간체 형식의 단편서사시로, 오빠가 세웠던 청년회관이 헐리게 되자 그 뜻을 계승하여 재건하겠다는 결의를 시화한 것이다. 따라서 이 시는 그가 박영희와 벌였던 소위 '내용/형식 논쟁'에서 자설을 철회했으면서도, 지속적으로 형식 우위의 논리를 축적하고 있었던 것과 동궤에 놓인다. 그는 단편서사시를 둘러싸고 자신을 압박하는 소장파들의 집단적인 반격 태세에 무언으로 항의했으며, 그에 대한 반증적 실례로 논쟁이 소진된 뒤에 이 작품을 선보였던 것이다.

이상과 같은 점을 고려하건대, 그가 시인 출신이므로 소설 양식보다는

---

17) 김용직, 『임화문학연구』, 세계사, 1991, 40쪽.

시 양식에 관심을 더 가졌다는 진술은 바로잡아져야 한다. 당시의 시대적 형편을 고려하면, 김기진의 단편서사시론은 유력한 현실적 제안이었다. 객관적인 정세의 악화로 인해 공식적인 기관지를 가질 수 없었고, 일제의 검열을 피할 수 없는 카프의 처지에서 보면 양자를 일거에 극복할 수 있는 대안이기도 했다. 그럼에도 불구하고 국내에서 이루어진 단편서사시론에 대한 비판은 국외의 카프 조직원들 사이에서 반향을 불러일으키며 또 다른 국면으로 전개되었다.

당시 카프 동경지부에는 제3전선파로 제1차 방향전환을 주도하였던 이북만을 비롯하여 김두용, 임화, 권환, 안막, 김남천 등이 고경흠의 지도아래 활동하고 있었다. 고경흠은 한위건 등의 지시로 카프 동경지부를 무산자사로 개편하고, 코민테른의 12월 테제인 「조선 농민 및 노동자의 임무에 관한 결의」에 의해 조선공산당을 재건하는 임무를 수행 중이었다. 이에 따라 광범위한 대중적 기반을 확충하기 위해 '전위당의 볼세비키화'를 주장하면서, 당의 이념을 홍보하기 위해 기관지인 『예술운동』의 제호를 『무산자』로 변경하여 발행하는 등 합법적인 출판 활동을 강화하였다.

김기진의 글에 대한 비판은 김두용에 의해 주도되고 안막, 권환 등이 뒤따른 형국으로 조직적인 반론이었다.[18] 김기진에 대한 이들의 비판은 '일인에 대한 만인의 싸움' 양상을 띠면서, 마치 예정된 수순을 밟듯이 진행되었다. 이들은 카프의 제2차 방향전환인 예술운동의 볼세비키화를 주도하기에 앞서, 대중적 논객이었던 김기진을 과녁으로 삼았던 것이다.[19]

---

18) 권영민, 『한국계급문학운동사』, 문예출판사, 1998, 190-230쪽.
19) 1929년 7월 코민테른에서는 '사회 파시즘론'을 정식화하였다. '사회 파시즘론'은 부르조아 국가 기구에 편입된 사회민주주의 세력이, 1929년 세계적인 경제대공황의 격동 중에 독점 자본에 완전히 유착하여, 프롤레타리아에 적대적인 파시즘의 일익이 되었

그 근거로 들 수 있는 것은, 이들이 「우리 오빠와 화로」보다 앞서 발표되었고 감상성의 측면에서 이에 못지않은 「네 거리의 순이」를 문제삼지 않았다는 점이다. 카프 동경지부의 조직원을 중심으로 한 비판의 대오에서는, 그가 배척의 대상인 명망가일 뿐이었다. 그들은 김기진을 상대로 문학운동의 대중화 전략을 논의하면서도, 효과적인 예술 양식보다는 사상의 우위성 확보를 위한 논쟁으로 일관하였다.

김두용은 「우리는 어떻게 싸울 것인가?」(『무산자』 제2호, 1929. 7.)에서 당시의 국내 문단을 개관하면서 '우리의 선동, 선전을 계급적 무기로 하는 프로문학에 대립하여 이 선동, 선전을 적극적으로 압살하려는 반동 문사 등이 대두'하는 것을 비판하고, 『문예공론』과 『조선문예』를 대표적인 기관지로 꼽았다. 그는 '프로 시인의 할 주의는 시인이 참으로 프로 예술에게 부과된 계급적 임무'의 달성 여부, 곧 마르크스주의를 얼마나 투철하게 선전·선동하는가에 성패가 달려있다고 보았다. 그런데도 김기진이 시로서의 '맛'을 운위하며 '반동문사'로서의 주장을 내세우고 있다는 것이다. 그가 시의 선전·선동적 측면을 강조하면서 교조적인 비판을 시도했던 경직된 문학관은 카프 동경지부의 이념적 선명성을 강조하는 것으로, 그들과 경성본부 간의 변별적 자질을 드러내기에 충분하였다. 그는 김기진의 글을 비판하면서 박영희, 윤기정, 이기영, 송영, 최서해, 박팔양, 임화, 김창술, 조명희 등을 소부르조아 문사로 가름하여 배격하였다. 그가 언급한 인물들이 대부분 경성본부의 주도적 인물인데 비해, 예외적으로 임화만

다고 규정하였다. 그래서 사회 민주주의 지도부에 공격을 집중하여 공산주의의 지도 아래, 노동자 계급의 다수를 획득한다는 전술적 과제를 제기하였다. 이것이 카프 문학의 볼세비키화 과정에 커다란 영향을 미친 것이다.(역사문제연구소 문학사연구모임, 『카프문학운동연구』, 역사비평사, 1989, 57쪽).

동경지부 소속이어서 앞으로의 이론 투쟁이 그를 발판으로 전개될 것을 시사하고 있다.

안막은 「맑스주의 예술비평의 기준」(『중외일보』, 1930. 5. 4)에서 국내 문단이 '맑스주의의 공공연한 왜곡 수정 속류' 경향을 보인다고 지적하고, 임화의 시와 '그것을 모방한 군소시인들의 허다한 시'를 비판하였다. 그는 시 속의 '센티멘탈리즘'과 '로맨티즘'을 타기의 대상으로 상정하고, 두 가지 요소를 '뿌띠뿌르조적 생활 감정'을 가진 '소부르조아적인 비평'을 형성한 요인으로 지적하였다. 그에 의하면 이들 요소는 소시민적인 속성인데, 임화와 군소 시인이나 김기진이 소시민적 생활을 청산하고 극복하지 못했다는 것이다. 그의 주장은 더욱 강고해지는 식민지 지배체제에 효과적으로 대처하기 위한 창작방법론으로 제안된 단편서사시의 논의 배경을 의도적으로 간과한 것이다. 그는 '예술비평을 볼세비키화'하려는 자신의 논지에 동참할 것을 호소하면서, 시의 아지ㆍ프로를 통한 조직의 재정비를 강조하는데 치중하였다. 결국 그는 시 양식의 대중화 전략보다는 프롤레타리아 문학에서 '피시코 이데올로기의 유산'을 배격하는데 대부분의 논지를 할애한 셈이었다. 그는 「동산 위에 서서」(『조선일보』, 1930. 11. 9)라는 작품에서 단편서사시 양식을 차용함으로써, 시 양식의 효용성에는 동의하는 이중적 행태를 보였다.

권환은 「시평과 시론」(『대조』, 1930. 6)에서 김기진을 부분적으로 비판하면서, 다른 논자들에 비해 창작방법론에 비중을 두었다. 그가 '서사인가 아닌가 보다도 어떠한 서사인가가 더 중요하다'고 말한 것은, 김두용이 앞서 인용한 글에서 "예술의 내용과 형식은 무엇을 썼는가 하는 것보다 어떻게 썼는가 보다 '무엇을 어떻게 썼는가!'에 있다"고 발언한 맥락과 동일하다. 또 그가 아무리 '아지·프로할 만한 서사이라도 그 표현방식의 여하에 의하야' 효과를 좌우한다고 본 것은 「이 꼴이 되다니」(『무산자』 제2호, 1929. 7)라는 작품에서 동일한 양식을 시도한 것과 맞물려 있다. 이 작품이 앞서 언급한 김두용의 비판과 동일한 잡지에 게재되었다는 것은, 이들이 단편서사시의 양식적 측면은 전혀 문제 삼지 않았다는 사실을 확인해준다. 이후 그의 시에서 현저한 관념 편향성을 발견할 수 있다는 점에서, 시를 읽는 대중에게 '쎈치멘탈한 헐가의 동정심'만 부추기는 감상성은 당연히 배제의 대상이었다. 그는 단편서사시의 표현방식을 거론하면서 시의 본질적 측면을 언급했지만, 작품상의 성공적 실천으로 나아가지 못했다는 점에서 이론적 주장에 머물고 말았다. 오히려 그는 단편서사시를 둘러싼 논의가 카프의 문학적 역량 구축보다는, 본격적인 사회운동으로 확대되기를 소망하였다.[20]

안막과 권환의 글은 시에 나타난 감상성의 역기능적 측면에만 초점을 두고 진행됨으로써, 임화로 하여금 동일한 오류에 빠지게 했다. 이들은 시적 정서와 감상을 구별하지 않았으며, 그 결과 시작 과정에서 소위 '빽다귀시'의 창작으로 나아가게 되었다. 이 점은 나중에 카프 문학의 관념화를 촉진하는 기제로 작용하였고, 단편서사시의 양식적 측면에 대한 논의를 차단하는 원인이 되었다. 이 양식이 "프로예술의 참된 방향성의 모색이면서 대중화론을 겸할 수 있는 가능성"[21]을 보여주었음에도 불구하고, 이들은 비평적 논의의 심화보다는 이념 투쟁을 위한 조직원들의 결속과 운동 국면의 조성에 초점을 맞추었던 것이다.

---

20) 김영민, 『한국문학비평논쟁사』, 한길사, 1992, 222쪽.
21) 김윤식, 『한국근대문학사상사』, 한길사, 1984, 174쪽.

Ⅳ 임화의 비평적 대응

단편 서사시 논쟁이 전개될 당시 카프 동경지부에서는 국내의 조직을 접수하기 위한 일련의 움직임이 있었다. 임화의 「시인이여! 일보 전진하자!」(『조선지광』, 1930. 6)는 권환의 「평범하고도 긴급한 문제」(『중외일보』, 1930. 4. 10-18)와 안막의 「맑스주의 예술비평의 기준」(『중외일보』, 1930. 4. 19-5. 30)에 뒤이어 발표된 것이다. 세 사람이 모두 무산자사에서 공산주의 이념을 학습한 뒤 귀국했다는 사실을 고려하면, 세 편의 글이 연이어 발표된 사실은 예사로운 일이 아니었다.22)

단편서사시를 둘러싸고 벌어졌던 논쟁은 임화의 자기비판으로 인해 새로운 국면을 맞게 되었는데, 그의 글은 자신의 작품을 둘러싸고 전개되던 논쟁을 서둘러 봉합하게 하는 결과를 야기하였다. 그는 글의 서두에서 당시의 상황에 대해 명료하게 발언하고 있다.

> 우리는 지금 현재 누구나 공인하지 아니 하면 아니 될 한 개의 딜레마에서 자신을 발견한다.

---

22) 이들이 한꺼번에 카프의 조직 문제를 거론하게 된 이면에는 세 가지 의도가 숨어 있다. 첫째, 속칭 ML당 사건으로 카프의 이념적 지도자인 김복진이 검거(1929. 7)되면서 겪게 된 카프 조직원들의 불안을 조기에 진화하여 조직을 보호하려는 것이다. 둘째, 국내 공산주의 조직의 동요를 차단하면서, 카프 조직의 주도권을 장악하고 공산주의 운동 전선을 재건하는 것이었다. 셋째, 김복진의 검거를 기회로 그의 동생이자 카프의 대중적인 현실론자인 김기진을 '무장해제'시킴으로써, 카프 운동의 이론적 방향을 선도하겠다는 것이다. 이 와중에 임화가 자기비판이라는 문학적 모험을 감행하면서 조직의 전위로 활약하게 된 것이다.

조선프롤레타리아예술동맹을 중심으로 한……예술운동 자체의 주도
적 세력의 현저한 微力化가 그 가장 큰 특징이며 그와 상대적으로 대두하
는 모든 형태, 각양의 性象을 가진 일체의 반동적 경향이 공연한 세력화와
그의 지배적 층의 제세력과의 합류와 協作에서 더 한층(반동적 세력의
강화) 확대의 면전에 당면한 자신을 발견한다.[23]

임화가 인식하는 현단계는 카프 조직상의 위기 상황이고 반동적인 경향
이 점차 세력화를 도모하고 있으므로, 카프 조직원들은 이 국면을 타개하
기 위해 중지를 모아야 한다는 것이다. 그의 글이 발표될 무렵의 국내 정
세는, 카프 개성지부에서 소위 『군기』 사건이 발발하기 직전이어서 조직
와해의 조짐이 나타나고, 일제는 카프의 제1차 검거사건을 조성하는 등
직접적인 탄압 국면을 구체화하고 있었다. 이러한 객관적 정세에 비추어
그의 자기비판적 글쓰기는 단순히 김기진의 글에 대한 반론의 차원을 넘
어선다. 그로서는 당대 현실에 기민하게 대응할 수 있는 시의 장르상의
특성을 고려하여 창작한 단편서사시였지만, 조직을 우선하는 집단의 논리
에 밀리면서 비평적 글쓰기를 동원하지 않을 수 없었다. 따라서 그의 글쓰
기는 일본 체류 중 학습한 이념의 깊이를 토대로, 당대의 대중적인 비평가
를 향한 이념적 도전으로서의 성격을 갖는다. 곧, 김기진의 글이 발표된
지 1년쯤 경과할 무렵에서야 비로소 자신의 일본 체험 결과에 대한 비평가
로서의 효용성을 인정받게 된 셈이었다. 그의 메타비평적 글쓰기는 다음
과 같은 네 가지 사실을 드러냈다.
첫째, 그는 이 글을 통해서 자신이 내세운 논리가 김기진의 「변증적 사

---

23) 임화, 「시인이여! 일보 전진하자!」, 『조선지광』, 1930. 6.

실주의」로부터 비롯되었다는 점을 분명히 밝혔다. 이것은 그가 김기진의 대중화 논리를 수용하였다는 심정적 수긍이며, 작품상으로는 「우리 오빠와 화로」가 해당된다. 앞서 발표했던 「담—1927」에서는 과격한 교술적 구호로 독자의 참여를 강권했던데 비해, 이 작품에서는 자기고백적 서간체를 통해 독자의 자발적인 참여를 자극하였다. 이와 같은 선동 방식의 기술적 성숙은 서간체 형식의 본질적 속성을 충분히 파악하여 '훌륭한 일개의 낭만적 개념'을 형상화하는데 적합한 시적 기법을 체득한 데서 유래했다.

둘째, 그는 이때까지 소설 비평의 논리를 갖추지 못했다는 사실을 시인하면서, 자신의 「우리 오빠와 화로」가 적어도 시 부문에서 '리얼리틱'한 경향을 드러내었다는 점에 긍지를 가졌다. 그의 자긍심은 김기진의 고평뿐만 아니라, 경향 각지의 노동현장에서 보여준 긍정적인 평가에 고무된 것이기도 하다. 그는 이러한 격려와 자긍심에 힘입어 김기진에 대한 비판을 자신의 도덕적 우위를 확보하는 기회로 활용하고자 시도하였다. 그는 자신이 문제의 시를 발표하여 '적지 않은 영향을 끼친 것'에 책임감을 느꼈다. 그러나 그 책임감은 시의 양식적 특성에 기인한 것이 아니라, 지식인의 허위의식에서 비롯된 것이었다. 그가 반성한 요지는 시대의 상황이 암울하여도 '네 거리에서 순이를 부르고 꽃구경 다니며 동지'를 생각하는 이율배반적인 행동을 서슴하였다는 것이다. 그는 자신의 시에 나타난 감상성, 곧 '소시민적 흥분'을 타인들이 시비하지 않았던 「네 거리의 순이」까지 아울러서 가리킴으로써, 그들보다 섬세한 비평적 시 읽기의 수준을 보여주었다.

셋째, 이 무렵에 임화는 자신이 일본에서 학습한 경험을 체계화하는 중이었다. 그가 자신의 시작품이 '소시민층 주로 학생 지식자 청년들의 가슴을 흔들엇슬지는 모르나 노동자와 농민에게는 남의 것'이라고 규정한 것은 상당히 중요하다. 그의 이 발언은 자신의 계급적 한계를 분명히 인식한 뒤에 나온 것이다. 그가 단편서사시에서 등장시켰던 인물은 '프롤레타리아의 생활 감정'을 체득한 노동자/농민이 아닌 일종의 배역을 수행하는 가공 인물에 지나지 않는다. 따라서 시인과 화자의 일치를 지향하는 리얼리즘시에서 일정한 거리를 유지할 수밖에 없었는데, 그는 이 점을 정확하게 인식하고 있었던 것이다. 그는 지식인으로서의 계급적 속성이 「우리 오빠와 화로」에서 나이 어린 소녀 화자를 등장시킴으로써, 감상성 시비를 불러일으켰다는 과오를 깨달았던 것이다. 아울러 그는 동료 소장파의 비판을 수용하는 태도를 보이면서, 자신의 글을 비판하는 이유가 '진정한 노동자적 행동일 것'이라고 전제하고 있다. 그러면서 시인은 시적 소재를 '진실한 생활상'으로부터 선택하여야 하며, 시인이 일보 전진하는 것은 '노동자 농민의 생활 감정을 자기의 생활 감정으로 하는 것'을 의미한다고 하였다. 그는 자신의 비판 행위를 합리화하면서, 다른 시인에게도 자신의 논리를 수용하도록 촉구하고 있는 것이다. 이것은 그가 일본 체류 중에 학습한 마르크스주의자로서의 이념적 우위를 드러내면서, 프롤레타리아적 생활과 시의 일체화라는 자신의 문학관을 체계화한데서 비롯된 것이다.

넷째, 임화의 개인적 야심이 드러난 글이다. 그는 이 글을 1930년 4월에 동경에서 썼다고 밝혔는데, 자신의 작품에 대해 고평을 한 김기진에게 대항했던 이면에는 개인사적 이유가 있다. 박영희의 물질적 원조를 받았던 그는 이 글을 통하여 박영희에게 진 채무를 변제하면서, 일거에 김기진과 동열에 서려고 한 것이다.[24] 그러지 않고서는 자신의 시에 대해 비판을 결행할 정도로 무모한 문학적 도박을 시도하지는 않았을 터이다. 그는 자신의 문학적 야망을 파악한 무산자파들의 충동에 동조함으로써, 이후에 무산자 계열이 중심이 된 문학운동의 볼세비키화에 복무할 여지를 마련하였다. 그는 카프 조직의 개편 과정(1930.4.)에서 권환, 안막 등과 함께 중앙위원으로 보임되어 카프의 볼세비키화를 주도하는데, 이로써 무산자파가 논쟁을 전개한 이유와 거기에 동조했던 그의 의도가 드러났다. 그는 카프 조직원이 아닌 무산자파의 일원으로 전술적 차원에서 국내의 카프 조직에 대항했던 것이다.[25] 그의 비평적 글쓰기는 결국 무산자파가 카프 조직의 접수를 위한 대오를 구축하는데 필요한 전위로서의 활동이었다.

이와 같이 임화의 자기비판은 복합적인 성격을 드러낸 글이며, 자신의 작품을 고평한 글에 대한 비평적 대응이었다는 점에서 희소성을 갖는다. 비평사적으로도 유례없는 그의 반성적 글쓰기는, 한국 근대문학의 현실과 문학인의 처지를 드러내면서 비평적 논의의 양상을 선명하게 보여주었다. 이러한 측면에서 그의 글은 단편서사시론을 정리하면서, 리얼리즘 시론의 발전사에서 중요한 국면을 차지하게 되었다.

---

24) 임화와 김기진, 박영희의 관계에 대해서는 김윤식, 『임화연구』, 문학사상사, 1990, 91-145쪽 참조.

25) 문학의 대중화를 둘러싸고 전개되었던 김기진과 임화의 논리적 대결은 그대로 NAPF의 대중화 논쟁을 반복한 것이다. 김기진이 中野重治와 林房雄의 주장을 받아들인데 비해, 임화는 藏原惟人과 靑木壯一郎의 노선을 따랐다. 전자는 후자보다 프롤레타리아 문학의 예술성을 강조했으며, 藏原惟人은 中野重治의 주장을 '이상적 관념론'이라고 비판하였다.(박명용, 『한국프롤레타리아문학연구』, 글벗사, 1992, 166-177쪽 참조).

V 결론

　단편서사시는 전대의 장시화 경향을 하나의 시형으로 정착시키면서, 1930년을 전후하여 점차 악화되는 식민지적 상황을 수용할 만한 현실적 대안으로 출현하였다. 단편서사시는 카프의 문학 대중화론과 볼세비키화 과정에 깊이 연루된 양식이므로, 조직 확대를 위한 공산주의 이념의 아지·프로에 치중할 수밖에 없었다. 카프는 이 양식을 통해 조직의 재건과 이념의 확산을 시도하였는데, 그 양식적 특성은 서간체 형식과 사건적 요소의 시적 수용에서 찾아볼 수 있다. 단편서사시적 특성이 드러난 선구적 작품은 임화의 「젊은 순라의 편지」였다. 그러나 단편서사시 논쟁이 「우리 오빠와 화로」를 중심으로 전개되었기 때문에, 그 동안 이 작품은 논의의 중심부로부터 벗어나 있었다.

　단편서사시를 둘러싸고 벌어졌던 논의들은, 김기진에 대하여 임화를 위시한 무산자파의 조직적 반론에 힘입어 종료되었다. 이 논의는 카프 문학 운동의 정치성을 뚜렷이 드러내면서 '일인에 대한 만인의 싸움'의 양상으로 진행되었다. 발제자격인 김기진의 논리가 갖고 있는 긍정적 성격에 대한 카프 소장파의 견해는, 한국 근대 문학비평의 논쟁 방식을 극명하게 드러내주었다. 단편서사시를 둘러싼 논의의 경직화는 카프 조직의 이념 투쟁을 촉진하는데 기여하였다. 임화의 자기비판은 그의 이념적 우위의식과 카프 조직을 접수하기 위한 무산자파의 전위로서의 활동, 비평적 논리의 체계화 및 개인적 이유 등이 복합적으로 드러난 글이었다. 이 점에서 카프의 볼세비키화는 임화의 자기비판에 힘입은 바 크며, 결국 카프의 조직 와해를 초래하는 원인으로 작용하였다.

카프 소장파의 논리적 경직성은 단편서사시의 양식적 탐구에 대한 논의를 봉쇄해버렸고, 비평사적인 측면에서는 논쟁의 탄력성과 깊이에 대해 아쉬움을 남겼다. 그 이면에는 카프의 조직을 접수하려는 무산자파가 준비한 조직적인 논리가 잠복해 있다. 단편서사시 논쟁이 특정 작품에 국한되었다는 사실은, 그 양식적 논의를 포함하여 시론의 발전적인 측면에 대한 논의를 심화시키는데 방해 요인으로 작용하였다. 더욱이 카프의 제2차 방향전환이 단행되면서 단편서사시를 둘러싼 논쟁은 정치적 현실의 악화로 인해 더 이상 진전될 수 없었다. 카프의 입장에서는 당면 과제로 대두된 조직의 재건과 해소 문제를 해결하는데 역량을 집중할 수밖에 없었다.

그럼에도 불구하고 단편서사시는 1930년대에 문학 대중화론의 전술적 차원에서 리얼리즘시의 창작 방법의 하나로 널리 수용되었으며, 카프 조직원을 포함한 여러 시인들에게 당대의 모순을 반영하기 위한 시형으로 정착되었다. 초기의 일방적이고 폐쇄적인 담론 방식으로부터 개방적인 담론 방식으로 나아가려는 움직임에 대해 비평적 논의가 수반되지 못했으나, 이후 다양한 형태로 변형되면서 리얼리즘시의 한 국면을 담당하였다.
(『한국문학논총』 제24집, 한국문학회, 1999)

서한체시론

I 서론

서한은 인류가 문자를 발명한 이후 지금까지 애용하는 의사교환 방식이다. 서한은 개인과 집단, 집단과 집단 간에도 주고받지만, 개인 간의 교환이 주를 이룬다. 서한의 종류는 사건의 서술에 초점을 둔 사실적 서한과 허구적 서한으로 구분할 수 있다. 전자는 현실적 차원의 글쓰기 방식으로, 글쓴이의 사연이나 특정 사건의 서술과 같은 사실의 전달에 치중한다. 이 방식은 종래의 상소문, 간찰 등에서 사용되었으며, 지금도 개인 간에 사연을 교환할 때 이용된다. 따라서 지극히 사실의 전달에 치중할 수밖에 없고, 서술 내용에 대한 당사자 간의 비공개를 원칙으로 한다. 또한 정부 당국자의 담화문과 같은 공식문서에서도 서한은 사용된다. 이 경우에는 공개성을 원칙으로 한다는 점에서 개인의 서한과 차원이 다르다. 이에 비해 허구적 서한은 문학적 차원으로 변용된 것이며, 서한의 특성을 문학 양식에 도입하는 경우이다. 허구적 서한은 서한의 본래 형식을 문학 양식의 성격에 적합하도록 일정하게 변형시키는 과정을 수반하며, 구체적으로는 호칭이나 인사말, 서명 등이 생략되기도 한다.

1908년 최남선은 시 「海에게서 少年에게」에 서한체를 도입하였다. 그는 애국계몽기의 시대적 과제였던 '소년'의 계몽을 위해 이른바 '신체시', 곧 새로운 시의 형식으로 서한체에 주목한 것이다. 이 작품이 발표될 당시에 서한체 시의 양식적 특성에 주목한 이는 거의 없었다. 그의 사례는 1895년에 근대적 우편제도가 실시된 후 보름간 수거된 서한이 총137통에 불과했다는 사실과 함께, 사회 구성원 사이의 새로운 의사소통 형식으로 도입된 서한에 대한 무관심을 증거해준다. 서한의 유통량은 1925년에 무려 7,000여 통으로 급속히 증가했는데, 그 배경으로 1920년대에 확산되기 시작한 연애 풍조를 들 수 있다. 연애는 근대적 개인 간의 상호작용으로서, 자유로운 의사 교환 과정에 기초한 사회현상이다. 연애 풍조가 만연되면서 개인은 적극적으로 계몽 의지를 실천하는 '근대적 개인'으로서의 의식과 행동을 서한에 표명하게 되었다. 그렇지만 사회적으로 남녀교제가 공인된 것은 아니어서, 당사자들은 사적 감정을 서한으로 표현할 수밖에 없었다. 이러한 사정은 수많은 독자를 거느리고 있던 이광수로 하여금 소설 『어린 벗에게』(1917)에 서한체를 도입하도록 압력하였고, 1920년대에 30여 편의 소설 작품이 발표될 정도로 다수의 작가들에게 확산되었다. 그러므로 서한체 소설은 집단적 현상으로서 "개인적 스타일의 차원에서가 아니라, 특정 시기의 사회·역사적 압력을 받고 있는 하위 장르로서 주목할 필요가 있는 것"[1]이다.

그럼에도 불구하고 서한체 시는 그간의 연구물에서 단편서사시론에 편승하여 언급되거나, 서술 시에 주목하는 연구자들에 의해 간헐적으로 거론되었을 뿐이다. 이에 본고에서는 일제하 서한체 시를 전반적으로 검토하여 내적 특성을 드러내고자 한다. 시작품에 변용된 서한은 화자가 등장하여 발신자의 역할을 대리 수행한다. 화자는 수신자 역할을 담당하는 청자에게 서한을 통해 시적 감정을 서술하므로, 서한은 시의 구성 원리로 기능한다. 서한은 시인이 세계의 현상을 포착하여 시적 질서를 부여하는 내적 형식인 셈이다. 이런 측면에서 서한체 시는 기존의 서한 양식을 재양식화하여 시의 하위 장르로 거듭난 것으로 보고, 본고에서는 서한체 시의 유형과 특성을 살펴보고자 한다.

Ⅱ 서한체 시의 유형과 특성

01 ┃ 단편서사시와 서한체 시의 비교

단편서사시와 서한체는 시적 자질은 유사하지만, 분명하게 구별된다. 전자는 한국문학사에서 특정 시기에 유행했던 시형식의 하나로 거론되는 용어로서 시사적 의미에 국한하여 사용되고, 광의의 범주에서는 서한체 시의 일종이다. 단편서사시는 1920년대부터 나타나기 시작한 장시화 경향

---

1) 최미숙, 「편지체의 소설적 확장과 변이」, 『국어교육의 문화론적 지평』, 소명출판, 2001, 235쪽.

이 하나의 양식적 정착 과정에 진입한 것으로, 1930년대 전후의 악화되는 식민지적 상황을 시화할 수 있는 현실적 대안으로 출현한 것이다. 종래의 단시형 서정시로는 급변하는 현실을 충실하게 반영할 수 없었고, 대중성을 확보하는데 일정한 제약이 수반되었다. 합법적 차원에서는 정치운동을 포함한 일체의 문학운동이 불가능하였던 시기에, 당대 현실의 반영을 염두에 두고 진지하게 모색한 시적 양식이 단편서사시이다. 이 용어를 최초로 사용한 김기진에게 단편서사시란 길이가 짧은 서사시의 변종이었다. 그에게 이 양식은 엄격한 장르론적 관점이 아니라, 현실적인 문제 상황 속에서 실천 가능한 시적 양식의 전형의 하나일 뿐이다.

단편서사시의 특질은 서한체 형식과 사건적 요소의 시적 수용이라는 두 가지 측면으로 국한하여 파악되어야 한다. 특히 단편서사시는 정치적이거나 사회적인 사건을 시화함으로써, 시의 정치적 효용성을 두드러지게 강조한다는 점에서 '정치시'로서의 성격을 갖는다. 정치시는 특정한 시대 상황의 산물로 간주되기도 하지만 "시대상황은 가버리게 마련이고 바로 그 때문에 시대상황은 시에게서, 시가 대상으로부터 소유하고 있는 동일한 가치를 빼앗아가게 된다"[2]는 점에서 영속적이지 못한 시대적인 양식일 뿐이다. 더욱이 시를 포함한 모든 문학 양식이 사회적 제도의 일종이라는 점에서, 시는 영원히 '시대적'인 정치적 성격을 함의할 수밖에 없다. 그 이유인즉 단편 서사시가 "장르상으로 소설과 서정시의 중간적인 성격을 지닌 듯이 보이면서도, 기실은 장르적인 성격을 부여받지 못"[3]하였다는데 있다. 이러한 한계를 극복할만한 대체 용어로 단편서사시의 지배적 특질

---

2) 신상전 · A. J. 웨크베커 편, 『독일의 정치시』, 제3문학사, 1990, 28쪽.
3) 김윤식, 『한국근대문학사상사』, 한길사, 1984, 178쪽.

에 근거하여 '서사적 서정시(narrative poem)'4)라고 부르는 편이 타당할 것이고, 시사적 의미로 국한하여 사용할 때에 한하여 단편 서사시라는 용어를 사용하는 편이 구체적이고 효율적일 것이다.

근대시문학사에서 서한체 시는 1930년을 전후하여 카프 계열의 여러 시인들에 의해 단편서사시의 이름으로 양산되었다. 비록 그들이 최남선의 선구적인 노력을 비롯하여 서한체 시의 본질적 국면에 관한 검토 과정을 누락시킨 것은 사실이지만, 그들에 의해 서한체 시가 발전적으로 계승된 것은 사실이다. 그들은 이 시기에 문학의 대중화 전략을 논의하는 과정에서 노동계급의 문학적 관심을 높이기에 유효한 양식으로 서한체 시를 채택하였다. 그들의 움직임은 서한이 본질적으로 자아에 대한 반성적 탐구 형식의 글쓰기라는 점에서, 당시의 프롤레타리아문학 운동의 정체 국면을 타개하기 위한 전략의 일환이었다. 그들의 관심에 힘입어 서한체 시는 1930년을 전후하여 단편서사시라는 이름으로 '특정 시기의 사회·역사적 압력을 받고 있는 하위장르'로서 유행하게 되었다. 논의를 위해 이 시기에 발표되었던 대표적인 서한체 시 작품을 적시하면 다음과 같다.

김해강, 「넷벗 생각」(『조선일보』, 1927. 5. 31), 「어머님」(『동아일보』, 1929. 3. 19), 「누나의 臨終」(『대중공론』, 1930. 7), 「歸心」(『대중공론』, 1930. 8), 「變節者여! 가라」(『동광』, 1931. 3), 「麗人의 노래」(『비판』, 1932. 3), 「부탁」(『신여성』, 1932. 8), 「慰詞」(『비판』, 1932. 9), 「둘쨋번

---

4) 폰 하르트만은 지배적 특징과 이차적 특징에 의해, 서정을 순수 서정, 서사적 서정, 극적 서정으로 나누었다. 서사는 순수 서사, 서정적 서사, 극적 서사로, 또 극은 순수 극, 서정적 극, 서사적 극으로 구분하고 있다.(김현 편, 『쟝르의 이론』, 문학과지성사, 1987, 94쪽).

부탁」(『신여성』, 1932. 12), 「오빠의 靈前에 엎드려」(『비판』, 1935. 11)

임　화, 「젊은 巡邏의 편지」(『조선지광』, 1928. 4), 「우리 옵바와 火爐」(『조
　　선지광』, 1929. 2), 「어머니」(『조선지광』, 1929. 4), 「오늘 밤 아버지는
　　퍼렁이불을 덮고」(『제일선』, 1933. 3)

권　환, 「이 꼴이 되다니」(『무산자』, 1929. 7)

김창술, 「가신 뒤」(『조선강단』, 1929. 12)

로　아, 「누이야 도라오라」(『학생』, 1930. 2)

이정구, 「아버지시여」(『조선일보』, 1930. 7. 19), 「어머니시여」(『조선일보』,
　　1930. 7. 22), 「黑點」(『조선일보』, 1930. 7. 23), 「자루 쌔진 호미」(『조
　　선일보』, 1930. 9. 3), 「不肖한 女人에게」(『신여성』, 1931. 12)

이원수, 「火夫인 아버지」(『조선일보』, 1930. 8. 22)

김광균, 「消息」(『음악과시』, 1930. 8), 「그날밤 당신은 馬車를 타고」(『조
　　선중앙일보』, 1934. 2. 7), 「어두어 오는 暎窓에 기대여」(『조선중앙일
　　보』, 1934. 3. 28)

김명순, 「勞働者인 나의 아들아」(『비판』, 1931. 7 · 8)

박영준, 「小作人의 쌀」(『비판』, 1931. 9)

강경애, 「옵바의 편지 회답」(『신여성』, 1931. 12)

박세영, 「누나」(『카프시인집』, 집단사, 1931)

이　찬, 「가구야 말려느냐」(『매일신보』, 1932. 5. 6), 「아내의 죽엄을 듣고」
　　(『신여성』, 1932. 11), 「너이들을 보내고」(『문학건설』, 1932. 12)

손위부, 「써나시는 날 밤」(『비판』, 1932. 5)

주　섭, 「절눔바리 兵士」(『비판』, 1932. 10)

이귀일, 「누나에게 주는 편지」(『비판』, 1932. 12)

민고영, 「오늘 새벽에도 英好를 보내며①-③」(『조선중앙일보』, 1933. 10.

25-29)

박아지, 「명랑한 삶」(『조선문학』, 1934. 1), 「숙아」(『형상』, 1934. 2)

김기진, 「會館 앞에서」(『삼천리』, 1935. 1)

안용만, 「생활의 꽃포기」(『조광』, 1937. 10)

위 내용을 살펴보면, 서한체 시는 대략 10여 년간 지속적으로 발표되었음을 알 수 있다. 그렇다면 당대의 카프 계열 시인들이 서한체 시에 주목하게 된 이유는 무엇인가. 그들은 무엇보다도 시대적 상황을 타개할 수 있는 매개 인물의 형상을 창조하기에 알맞은 형식으로 서한체 시를 주목하였다. 예컨대 한 비평가가 예술가들은 "명일의 보담 더 훌륭한 사회에 생활을 한다"[5]고 주장했을 때, 그것은 프롤레타리아계급의 이익을 창출할 의무를 갖고 있는 카프 계열 시인들의 강렬한 미래지향적 희망을 언급한 것이었다. 그의 논리는 필연적으로 사회 변혁 의지를 강조하게 되고, 그러한 국면을 개척하여 미래의 전망을 획득하기 위해서는 매개 인물이 필요하다. 리얼리즘문학의 주요 개념인 전망은 특수한 환경에 처한 인물의 형상화를 통해 객관적으로 제시될 수밖에 없다. 이에 당대의 시인들은 실체가 드러나지는 않았지만 구체성을 확보하지 못한 가능성을 외현화하기 위한 수단으로 서한체 시의 독특한 소통구조에 관심을 기울이게 된 것이다. 그들의 집단적인 관심은 임화의 시 「우리 옵바와 火爐」를 둘러싸고 전개된 이른바 '단편서사시' 논쟁으로 표출되었다. 이 논쟁은 서한체 시가 평단의 주목을 받을 만큼 시사적 의미를 띠고 있다는 반증이다. 물론 김기진에 의해 단초가 제공되었던 논쟁이 카프의 주도권 다툼으로 변질되어

---

5) 김기진, 「금일의 문학, 명일의 문학」, 『개벽』, 1925. 2, 51쪽.

문학의 본질적 국면을 간과한 채 진행된 것은 아쉬운 일이지만, 논쟁의 결과 단편서사시로 명명된 서한체 시의 풍성한 발표를 초래한 사실은 긍정적인 현상이었다.

서한체 시는 서한체의 형식을 시작품에 차용한 것을 총칭하는 용어로서 세계문학사에서 두루 언급된다. 한국시사에서 단편서사시로 언급된 서한체 시는 단일한 형태를 가진 것이 아니라, 김해강이나 박아지를 비롯한 소수 시인들에 의해 형식적 실험이 기도되었다. 그들은 서한체의 소통 구조를 최대한 활용하는 방안을 모색했는데, 그들의 노력에 힘입어 서한체 시의 단조로움은 극복될 수 있었다. 또한 그들이 카프의 극성분자가 아니었다는 사실은, 서한체 시의 실험에 적극 참여할 수 있도록 순기능으로 작용하였다. 만약 그들이 카프의 강령이나 창작 지침을 주도할 위치에 있었다면, 그들은 단편서사시의 감상성을 시비하는 조직의 운동 방침에 억압되어 과감한 실험 정신을 견지하지 못했을 것이다. 이 점에서 그들의 노력은 정당하게 평가되어야 한다. 비록 조직에서 중추적 지위를 점유한 것은 아니었지만, 그들이 시의 형식적 측면에 관심을 기울이고 실천하는 데 전력을 다한 것은 지극히 문학적인 행동이었다. 아울러 그들의 노력이 조직의 운명을 우선시한 이론가들에 의해 조명 받지 못했다고 할지라도, 그들이 보여준 시적 실천은 서한체 시의 목록을 다채롭게 구성하는 바탕이 되었으며, 개인적으로는 현실 인식을 심화시켜서 시세계를 확장하도록 추동하는 기반이 되었다.

서한체 시는 서한의 활용 형태에 따라 세 가지로 유형화할 수 있다. 첫째, 단일형은 작품의 처음부터 끝까지 한 편의 서한으로 이루어진 경우이다. 이것은 서한을 본격적으로 활용한 형태이며, 대개 1인칭 화법을 사용한다. 둘째, 교환형은 한 작품 안에서 두 사람 이상이 서로 서한을 교환하는 경우이다. 이것은 발신인과 수신인이 각각 화자로 등장하거나, 화자와 청자의 역할이 바뀌면서 등장하여 특정한 사건이나 사연에 대해 의견을 주고받는 형태를 띠고 있다. 셋째, 삽입형은 작품 안에 서한 형식이 부분적으로 삽입되어 있는 경우이다. 이 형태는 액자식 구성 방식을 활용하여, 서한의 효용성을 살려 등장인물의 내면세계를 효과적으로 드러낼 수 있는 장점이 있다. 이 외에 서한체 시는 화자의 가족관계에 따라 가족 외적 담화와 내적 담화로 나눌 수 있다. 또한 서한체 시의 화자는 주화자와 부화자로 구분할 수 있다. 주화자는 단일형 서한체 시에서 주도적으로 채택되었다. 부화자는 교환형에서는 주화자와 역할을 교대하며 출현하고, 삽입형에서는 부분적으로 등장하고 있다.

02 | 서한체 시의 유형별 특성

일제하에 유행했던 서한체 시는 앞에서 분류한 바와 같이, 세 가지 유형을 갖고 있다. 첫째, 단일형 서한체 형식은 단일한 사건을 서술하기에 용이하고, 시적 화자나 어조를 통제하기에 쉽다는 점에서 널리 활용되었다. 이 유형은 가족과 친구가 화자로 등장하고 있는데, 가족은 동세대와 부모 자식 간에 서한을 교환하는 형태를 띠고 있다. 단일형 서한체 시 중에서 주목할 작품으로는 가족 2대간의 서한 형식을 도입한 김해강[6]의 「歸心」

---

6) 김해강은 「넷벗 생각」 이후 여러 작품에서 서한체 시를 선구적으로 시도하여 식민지 원주민들의 실체적 모습을 형상화하려고 노력하였다. 이에 관해서는 최명표, 「김해강

이다. 이 작품은 아버지와 자식을 등장시켜서 세대 간의 연대 방안을 모색하고 있다. 이 작품은 민족해방운동에 복무하는 한 혁명적 전위가 조국광복의 의지를 '가슴을 베어서라도 맹서'하는 비장한 결의와 함께 자식에게 유업의 계승을 당부하는 총12연의 유언장이다. 프롤레타리아문학의 기본적 속성은 강렬한 미래지향성에 있다. 그것은 사회 변혁 의지로 내면화되고, 미래적 목표를 설정한 작품으로 구체화된다.

(十一)
聰아.
미리 부탁이다마는 언젠들 내 몸은 돌아가지 못하리라.
내 목숨이 슨킨단들 무칠 쌍인들 긔약할 거냐?
하지만 마음만은 돌아가리라. 네 가슴에, 조국 백성의 가슴에,
씩씩하게 잘 자라 아비의 뜻을 닛는 자식이 되어다오. 되어다오.

(十二)
聰아.
오오 너를 보지 못한지 벌서 열두해로구나!
열두해 나는 동안 너의 곳도 만히는 변햇겟지.
오오 ××가의 자식은 ××가가 되느니라.
아비 일을 마음으로 비는 가운데,
씩씩하게 잘 자라 잘 자라 뜻을 닛는 자식이 되어다오. 되어다오.

— 김해강, 「歸心」 부분

의 서한체 시 연구」, 『현대문학이론연구』 제13집, 현대문학이론학회, 2000. 7, 331-352쪽 참조.

위 작품은 혁명가의 실천적인 삶의 단면을 전달하는 방식으로, 시적 화자가 자식에게 보내는 비밀스런 서한체 형식을 채택하였다. 혁명가는 일상적 삶의 궤도에서 벗어난 예외적 인물로서, 훼손된 사회에서 진정한 가치를 추구하는 적극적 인물이라는 점에서 '문제적 인물'이다. 화자는 서한 형식을 통해 자신의 삶의 모습이나 감정의 내용을 직접적으로 서술하고 있으나, 시적 정서는 개인적 차원에 머물지 않고 민족적 차원으로 변주되었다. 내밀한 목소리로 전달되는 시적 화자의 삶이 생생하게 서술되면서, 그의 아들은 개별적 인물을 초월하여 민족의 전 구성원으로 확대된다. 이것은 시인이 서한체 시의 특성인 사건 등의 서술을 통해 특수한 시적 체험을 보편적인 정서로 변환시킴으로써, 등장인물의 성격을 형상화하는데 초점을 맞춘 결과이다. 김해강은 문어적 종결형을 구사하는 성인 남성 화자를 등장시켜서, 혁명가의 신산스런 삶을 회상하면서도 주관적 감상에 함락되지 않고 객관성을 확보하였다. 그리하여 서한체 시의 형식을 빌어 자신의 혁명적 사업을 자식에게 효과적으로 전달하는데 성공한 것이다. 그것은 시인이 화자와 청자 간의 거리 조절에 성공하여 서한체 시의 특성인 보고적 기능과 의사전달기능을 적절히 활용한데 힘입은 결과이다.

둘째, 교환형 서한체 시는 한 작품 내에서 발신자와 수신자가 상호 서한을 주고받는 독특한 형태이다. 이 유형의 작품은 거의 나타나지 않는데, 그 이유는 비교적 단형의 시작품에 상호간에 서한을 주고받기가 어렵기 때문으로 보인다. 그런 까닭에 발신자와 수신자가 화자와 청자로 상호 입장을 바꾸어야 하는 이 유형은 시인들에게 선뜻 수용되기 힘들었던 것이다. 그렇지만 박아지의 「명랑한 삶」은 두 화자가 등장하여 문답하는 구조를 띠는 특이한 양상이다. 그는 "피폐한 농촌과 농민들의 삶을 집중적으로 탐구"[7]한 시인답게, 이 작품에서도 공장에 근무하는 누이와 오빠를 등장 인물로 설정하여 도시빈민으로 편입된 농촌 사람들의 궁핍한 실상을 고발 하는데 역점을 두고 있다.

1

옥아! 너는 무엇이 그다지도 기쁘고 만족하냐?

제사공장의 실뽑는 기계소리 소란한 그 가운데서

허구한날 시달린 그때의 너는 우울하기 그지없이

마치 피기도 전에 시드는 꽃과도 같으니

오늘의 네 얼굴엔 기쁨과 만족이 넘치는고나

한낮의 볕에 시들든 나팔꽃이 석양이슬을 먹음은 듯이

2

옵바!

『너는 어떻게 그같이 명랑한 삶을 찾엇느냐』고

옵바가 ××하다고 곁에도 가지말라든 그이를 만나서

나는 처음으로 얼굴이 붉어지고 가슴이 뛰엿읍니다

그것이 사랑인줄 알엇을 때 새로운 기쁨을 얻엇읍니다

그러나 사랑은 애닲기도 슬프기도 하엿읍니다.

그때에 나는 그이의게서 바람(希望)을 배웟읍니다

그래서 바람없는 삶이란 녹쓰른 삶인 것을 깨달엇스며

녹스른 삶은 우울할 뿐 진취가 없음을 깨달엇읍니다

— 박아지, 「명랑한 삶」 부분

7) 김재홍, 「농민시의 개척자, 박아지」, 『한국현대문학의 비극론』, 시와시학사, 1993, 110쪽.

이 작품은 2부로 구분되어 각각 다른 화자가 등장하여 서술 구조를 주도하고 있다. 화자는 '옥'이라는 여동생과 그의 오빠이며, 시인은 오누이 외의 인물에 대한 서술을 배제하고 있다. 그것은 당시의 서한체 시에서 두루 발견되는 공통점이고, 동시에 시의 양식적 특성을 고려한 서술 방법이다. 1부는 '먹이도 못찾고 죽지만 지처서 돌아드는 새새기' 같은 여동생이 명랑한 삶을 찾게 된 이유가 궁금한 오빠의 질문성 서한으로 이루어졌다. 2부는 죽지가 처진 새 새끼처럼 고단한 일상으로부터 명랑한 삶으로 변모한 여동생의 답신이다. 오빠가 '곁에도 가지 말라든 그이'를 만나서 사랑하게 되고, 그 사람의 영향으로 마침내 '바람(希望)없는 삶이란 녹쓰른 삶'이라는 사실을 깨닫게 된 이후로부터 자신의 '삶의 박퀴'가 '굉연한 음향을 내며 무서운 기세'로 돌아가게 되어 명랑한 일상적 삶을 회복하게 되었다는 내용이다.

셋째, 삽입형 서한체 시에는 표면상으로 둘 이상의 화자가 등장하며, 그들은 주화자와 부화자로 구분할 수 있다. 주화자는 시적 구도를 이끌어가는 인물이고, 부화자는 주화자의 필요에 의해 부분적으로 등장하여 관련 정보를 제공하는 역할을 담당한다. 따라서 부화자의 발화 내용은 직접적이거나 간접적인 방식으로 삽입되는데 머문다. 부화자의 발화량은 초기에는 미약하다가 점차 많은 분량을 차지하였고, 그 횟수도 차츰 증가하는 추세를 보였다. 부화자는 작품의 청자이면서 동시에 서한의 수신자 역할을 담당했다. 그것은 서한체 시에서 사용했던 구어체 화법의 도입 의도와 맞물리는데, 서술되는 사연의 극적 상황을 조성하는 기능을 맡고 있다.

삽입형 서한체 시의 첫 번째 형태는 부화자가 일회 삽입된 임화의 「우리 옵바와 火爐」이다. 이 작품에서는 가족 내적 담론을 도입하여 폐쇄적인 소통구조를 지향하면서 가족사적 사건을 서술하고 있다. 이 작품은 동생이 사온 '거북무늬 질화로'가 깨어진 단순한 일상적 사건을 프롤레타리아적 사건으로 승화시켜서 독자의 시적 참여를 유발하고 있다. 이것은 서한체를 도입한 의도와 상관되는데, 서한체가 생리적으로 자기고백적인 일상적 양식이라는 점과 맞물려 있다. 서한은 독자로 하여금 특정인물인 화자와 청자의 대화 내용을 활자화된 언어를 통해 엿보게 해준다. 임화는 독자의 호기심을 집중케 하는 서한의 특성을 활용하여 독자의 자발적 참여를 유발하는 시적 성취를 가져왔다. 내밀한 관계의 대화 내용을 불특정 다수를 향한 서한에 실어 공개함으로써, 가정적 차원의 범박한 일상사를 공개적인 운동적 차원의 사건으로 승화시킨 것이다.

언제나 철없는 제가 옵바가 공장에서 돌아와서 고단한 저녁을 잡수실 때 옵바 몸에서 신문지 냄새가 난다고 하면

옵바는 파란 얼골에 피곤한 웃음을 웃으시며

······네 몸에선 누에 똥내가 나지 않니─하시든 세상에 위대하고 용감한 우리 옵바가 웨 그날만

말 한마듸 없이 담배 연기로 방속을 미워버리시는 우리 우리 용감한 옵바의 마음을 저는 잘 알었에요

천장을 향하야 긔여올라가든 외줄기 담배 연긔 속에서─옵바의 강철 가슴 속에 백힌 위대한 결정과 성스러운 각오를 저는 분명히 보았에요

그리하야 제가 永男이에 버선 하나도 채 못 기었을 동안에

門지방을 때리는 쇳소리 바루르 밟는 거치른 구두소리와 함께─가버리지 안으섯에요   ─ 임화, 「우리 옵바와 火爐」 부분

작품의 서술구조를 주도하는 화자는 '나'이다. '나'는 여성적인 여린 목소리와 투사적인 목소리를 동시에 가진 여동생으로 위장한 남성 화자이다. 그는 청자이면서 동시에 화자의 역할을 수행하는 '청화자(narrative audience)'8)인 셈이다. 시인의 대역을 수행하기 위해 위장한 화자는 시적 상황을 고조시키는데 효율적인 역할을 수행하고 있다. 화자는 섬세한 여성적인 목소리는 전반부에서 시적 상황을 효과적으로 전달하는데 기여하고 있으며, 강인한 투사적인 목소리는 상황을 극복하려는 실천 의지를 드러내는데 이바지하고 있다. 화자의 이중적인 목소리는 삽입된 오빠의 목소리와 복합적으로 작용하여, 작품의 분위기를 선동하는데 적합하다. 화자의 목소리가 변화되는 과정은 호칭의 기능에 의해 동지적 연대관계로 전환되는 과정에 대응된다. 화자인 '나'와 호칭이자 수신인인 '옵바'가 '우리'가 됨으로써, 연약한 '여동생'은 강인한 '투사'로서의 결의를 다지는 것이다. 따라서 시의 화법으로 미루건대, 이 작품은 집단을 수신자로 설정하고, 낭독 상황을 상정하여 쓰인 것으로 보인다.

두 번째 형태로 한 작품 속에 두 명의 화자가 등장하는 김해강의 「變節者여! 가라」를 들 수 있다. 이 작품에서 시인은 강인한 여성 화자를 내세워 민족해방운동의 전열로부터 일탈한 남편의 배신행위를 고발하고 있다. 작품이 발표되던 시기는 민족의 항일투쟁에 대한 일제의 극심한 탄압과 회유책이 가열되던 때였다. 시인은 이러한 상황을 고려하며 불의와 구시대적 잔재에 대해 단호히 배격하는 시적 결의를 통해, 민족해방전선의 전열을 빈틈없이 구축하려는 의지를 드러내었다.

---

8) G. Prince, 최상규 역, 『서사학』, 문학과지성사, 1995, 32면.

당신은 우리에게 무어라 일러주엇읍니까?

—우리에게 승리가 오는 날까지

—긔차게 싸워가자. 물러나지 말자.

2

당신은 그뒤 쏘 무어라 말슴햇읍니까?

—일천팔백의 무리가 한덩이로 넘어질지언정

—쯧을 썩지 말자. 변절을 말자.

3

그리고 그날밤 나에게 무어라 속삭엿습니까?

—그대는 나의 안해라기보다 든든한 우리의 동지다

—용감하라. 쯧장 용감함으로 변절을 말자. 일을 비뚤임이 없게

—긔차게 싸워나가자. 물러나지 말자.(?)

—쯧을 썩지 말자. 변절을 말자.(?)

—용감하라. 쯧장 용감함으로 변절을 말자. 일에 비뚤임이 업게 하자.(?)

— 김해강, 「變節者여! 가라」 부분

  겉으로는 두 명의 화자가 동원되고 있지만, 다른 화자는 주화자에 의해
인용될 뿐, 직접 출현하지 않는다. 주화자인 여성은 자신이 속한 집단의
위기국면을 보고하려는 취지에서 부화자의 발화를 삽입했다. 부인의 발화
는 주화자의 계급적 위상을 적시하지만, 다정한 부부관계의 단절이라는
비극적 상황을 동시에 전달하고 있다. 시의 화법은 화자의 목소리를 결정
하면서 대화 상황을 유지시켜주는 장치라는 점에서, 이 작품에서 도입한
구어체는 화자와 청자간의 거리를 좁혀주는 효과를 거두었다. 시인은 부

화자인 남편의 과거적 발언을 매연마다 반복적으로 상기시켜서 '끗장 용감함으로 변절을 말자'던 남편의 변절을 강조하는 효과를 겨냥하고 있다. 부화자는 남편이지만, 집단적 수화자를 결집하기 위해 의도적으로 설정된 인물이다. 그것은 선전 선동을 목적으로 삼는 프롤레타리아시의 낭독성을 강화하여 운동 전선의 확대와 독자의 의식화를 가져오게 된다. 시의 낭독은 특정한 상황을 전제하는 것이므로, 극적 상황은 객관적 현실처럼 존재하는 이야기의 객관성을 제고하여 낭독의 존재 상황을 극적으로 전환시킨다.

세 번째 형태로 동일 화자가 서로 다른 청자를 향해 대화하는 안용만의 「생활의 꽃포기」를 들 수 있다. 시인은 개인과 집단이라는 상이한 청자를 대상으로 자신의 사연을 서한에 소개하였다. 그는 이 작품과 「江東의 봄」 등에서 보는 바와 같이, 과거 회상 시제를 애용한다. 시제는 시인의 의도에 따라 경험적 시간이 작품에서 단적으로 변화되어 나타나는 표지이다. 안용만이 "격렬한 의분의 감정적 앙금을 여과하지 못해 할말을 목청껏 드높이거나, 시가 시답게 존립할 운명을 권능적으로 재단한, 그럼으로써 문학성이 치명적으로 훼손된 조악함의 경우를 보이지 않았기 때문에, 시를 사회운동의 전위에 서게 한 들무새로 전락시킨 1920년대 경향시, 혹은 저간의 노동시가 지닌 편벽한 관점을 벗어난 노동시의 한 모형"9)을 개척한 시인으로 고평되는 배경은 시제의 적절한 활용에 있다. 시제는 시인의 시간의식과 미의식이 결합된 수사적 책략에 속한다. 시인은 작품에서 상상의 시간의식에 의거하여 현실적 시간을 의도적으로 왜곡하여 시적 효과를 목적으로 재구성한다.

---

9) 송희복, 「식민지 노동시의 한 양상: 안용만론」, 『한국시: 감성의 계보』, 태학사, 1998, 270쪽.

…초록빛 물도는 봄은 강남제비
—노란 주둥이에 물고온 꽃소식에 피었고

속삭이는 그 노래 재재비비 우는 즐거운 은방울 구르는
早春의 '톤'—…
처마 끝에 앉은 백흑빛깔인 새(鳥)의 꽃 譜表에 젖어
추억이 얼키어지는 곡조가 마디마디 빛난다.

봄 제비에
너는 鴨江지구를 넣어가는 '나빠(落葉)'복에 머쉰유(機械油) 묻은 동무
들에게
장미도 아로새기던 내 요람
武藏野의 봄 품에 안기운 城西의 기록을 이야기시키려는 것이냐.
이러한 달가운 순식간 후…… 또 어디로 빛나오르는 대기 속에 날러갔
다. 남국의 즐거웁든 시절.
사라지고 다시 찾어오지 않는 '꽃의 집'—그곳 전령인 玉같이 가벼웁고
날래게.

이젠 노을빛 기어 저녁 교차로 나와 이 집에 찾어올 늬들에게
나는 들려주겟다. 젊은날을 물들이든 그집의 아름다움
삽화의 한 가닥 서정을……
내 사랑하는 '다마쌍……'—옥의 얼굴에
빨구려하게 피여 움볼(壓面)이 단홍색 저고리보다도 곱고……
해죽이 뽀개인 입술에 젖어

앵도알의 향내에 아롱지어 풍기든

열화로 불타는 입 속에 쌓인 웃음의—고이 간직하여 두엇든 이야기를

옥아, 네 요람은 북국의 마실

그리운 초가집—종달이 노래가 꽃바구니 낀 어린 기억 위에 맺히고 실

개천 흐르는 담 안에 핀 복숭아꽃에 자랐다더니

그때는 분회의 레포로 생활의 설계를

젊은날의 기쁨 위에 수놓았고

꽃의 집이란 이름인 다섯 동무가 있던 그의 취사당번

우리 둘 사이의 파란 희망의 액즙에 젖어 순드든 사랑의 싹 속에서 회상

속에 떠오르는 축복받은 그날도

너는 약조맞춘 뒤 남은 교통비 14전을 안고 함박으로 피운 웃음의 얼굴

로 돌아왓엇겟다.

새벽일로 나갔다. 맑은 이슬과 꽃망울과 향내를 상량히 안고온 후곡으

로나

밤일의 전주로의 황혼의 때……

내음새 피우며 네가 만든 밥맛(味)이 이곳 생활을 어떻게도 윤끼 돋우

엇든가

(그날은 '다미짱'의 선물……찬밥에 된장 비벼먹을 차레든 것이 '아부라

야기(油燒飯)엿다.

노래소리 떠도는 웃음, 빠드득 타는 기름내—써는 '카베츠'……

찬밥덩이 끓는 아부라에 넣고 '카스메—톨' 올릴 때 우리 입맛도 높아진다)

으—거칠은 살림의 입김 속에서 정열의 6첩방에 담뿍, 피엇든

웃음의 꽃포기에 강남의

봄날의 것—   — 안용만, 「생활의 꽃포기」 부분

이 작품은 총8연 59행으로 이루어진 장시이다. 크게 5부로 나눌 수 있는데, 1부는 1, 2연(1-6행)으로, 삽입될 사연을 소개하기 위한 계절적 인사가 진술되었다. 2부는 3, 4연(7-36행)으로, '봄 품에 안기운 城西의 기록'이 자세히 서술되었다. 3부는 5연(37-43행)으로, 옥과의 사연 소개를 멈추고 다시 동무들을 향해 발언하고 있다. 4부는 6, 7연과 8연의 전반부(44-54행)이며, 다시 옥과의 사연이 추억으로 소개되고 있다. 끝으로 5부는 8연의 후반부(55-59행)가 해당되며, 동무들을 향한 발화가 되풀이되고 있다. 안용만의 장기는 시제의 효율적 사용이다. 그는 과거형 시제와 현재형 시제를 적절히 혼용하여 시적 리얼리티를 담보한다. 그가 과거적 추억을 회상하면서도 프롤레타리아문학의 최대 배격 요소인 감상의 차원으로 추락하지 않는 이유도 시제의 효과적 사용에서 찾아볼 수 있다. 그는 작품에서 두 개의 서사를 동시에 진행하면서도, 옥과의 추억이나 동무들과의 얘기를 '생활의 꽃포기'로 변모시킨다. 그것은 현실적 시간에 폭력을 가하여 시적 효과를 도모한 그의 시간의식을 도드라지게 만든다.

네 번째 형태로 교환형과 삽입형이 혼용되어 특이한 소통 구조를 보여주는 박아지의 「숙아」를 들 수 있다. 이 작품은 그가 말미에 밝힌 바와 같이 '―1934『勞働葬』의 後篇'이다. 한 노동자의 죽음이라는 비극적 사건을 형상화한 것으로, 전편에서 보여주었던 노동해방운동전선에 복무하는 결의가 약화되는데 따른 경계심을 담고 있다. 그것은 식민지 경제 구조가 군수산업체제로 재구조화되는 시기의 악화되는 객관적 정세를 시적으로 드러내준다. 또한 이 작품은 박아지가 서한체 시의 형식적 특성에 주목하여 다양한 실험을 시도한 사실을 뒷받침해준다. 그의 노력에 힘입어 서한체 시의 단조로움은 지양되고, 시인의 소통의지는 화법의 변화를 통해 독자에게 절실히 전달되었다.

一

『언니!
우리들의 믿어운 동무— 나의 사랑하는 남편인 그가
이세상을 떠난 지도 벌서 삼년인가보우
△

그때 그의 마지막 길을 배송하는 만흔 동무들의 비창한 行列!
상여는 침통한 기분에 싸여 고요히 전진하고 잇섯섯소
언니! 나는 소복도 안 입은채 언니와 함쎄 상여의 뒤를 따랏섯지!
△

불빛으로 타오르는 석양노을이 적막한 묘지에 빗겻슬 때
새로 된 무덤 앞에 묵연히서 잇는 만흔 동무들!
머리 숙으린 나의 모양 오르나리는 나의 두 억개!
언니! 그것은 나의 슯음과 분노의 상중이엿소
△

그러길래 나는 그의 뜻을 받으리라고 맹서하지 안엇소
언니! 그런대 나는 요동안 새삼스럽게 슯음을 늣기오
나의 젊은 피는 그를 그리워하는 슯음을 비저주오
언니! 이것은 내가 한 거름 물너섯다는 증거이겟지요.』

二

숙아!
이갓흔 너의 글월을 받엇슷 때 나는 얼마나 놀낫겟느냐?

그러길래 그때 우리들은 이성의 사랑을 깨끗이 씨서버리고
물갓치 뜨거운 동지의 사랑을 대신하고자 맹세하지 안엇느냐?

△

숙아!
믿어웁든 동무인 그를 나인들 그러치 안으랴면 슲어한 적은 업다
그런데 너는 그리운 남어지에 슲어까지 하얏더니—

△

숙아!
나는 너의 뒤거름을 막아야 할 임무를 늣기고 잇다
그러나 약삭빠른 나의 충고가 너의 슲음을 업시 하지는 못할 것이다
그러길래 너는 스스로 삼년전 그날의 용감하든 너를 도리켜보아라
도리켜 보는 그 방법만은 내가 가르처 주어야겟다

△

『사랑하는 남편— 우리들의 믿어운 동무여! 당신은 임이 이 세상을 떠낫
다 하오려니와 당신의 끼치신 뜻과 우리들의 한결갓흔 바람 그것이야 엇
지 영원히 업서질 리 잇스릿까?

다만 당신이 우리의 만흔 동무들과 함끠 그날을 마지할 수 업게 되엇슴
을 슲어하나이다

△

사랑하는 남편— 우리들의 믿어운 동무여—
당신의 죽음이 우리들의 가삼에 이 갓치도 무서운 불길을 도들 줄이야
누가 뜻하햿스리까?

우리들은 우리들의 할 일이 너머나 만흠을 늣기고 잇나이다
그러길래 당신을 이갓치 적막한 곳에 외로히 뉘여노코도 우리들은 속

히 도라가지 안으면 안되겟나이다

그러면 가나이다.』

△

숙아!

이것이 삼년전 그날 묘지에서 도라올 때 네가 읽은 축문인 것을 기억하

겟느냐?

네가 만일 이것을 기억할만한 양심이 잇다면 나의 사랑하는 동무! 숙아!

나의 충고는 참으로 필요치 안캣지ㅡ   ㅡ 박아지, 「숙아」 전문

이 작품은 2부로 구성되어 있다. 한 작품 안에 표면적으로는 두 화자가 등장하고 있는데, 주화자의 필요에 의해 부화자가 삽입되어 있다. 여느 작품과 다른 점으로는 서한체 형식 안에 또 하나의 서한과 축문이 삽입되어 있는 것을 들 수 있다. 동일화자의 의식적 분화현상은 극적 상황을 고조시키기 위한 시인의 배려에서 기인한 것이다. 1부는 부화자인 '숙'의 서한이 시적 구도를 이끄는 형태를 보인다. '우리들의 믿어운 동무'이자 '사랑하는 남편'을 잃은 숙이 슬퍼하는 것은 '이성의 사랑'에서 기인하며, 그녀는 그로 인해서 서한을 쓸 무렵에 운동 전선으로부터 '한 거름 물너섯다'는 자책감을 갖고 있다. 2부는 숙의 서한에 대한 언니의 답장으로 이루어져 있다. 1부보다도 특이한 구조인데, 언니의 서한 속에 숙의 축문이 내포된 형국으로, 액자식의 중층적 구조를 띠고 있다.

작품 속의 물리적 시간은 3년 전후이지만, 화자들이 서술하는 시적 시간은 현재로부터 과거와 먼 과거로 나누어진다. 노동해방 전사인 숙은 남편이 죽을 당시까지는 용감한 모습이었으나, 그로부터 3년이 지나서 주화자

에게 사연을 고백하는 서한을 작성할 때에는 슬퍼하는 모습으로 약화되었다. 이에 대해 주화자는 그 원인이 사랑의 성격이 변화한데 따른 것으로 진단하고, 예전의 모습으로 돌아갈 것을 충고하고 있다. 남녀 간의 감상성이 운동 전선에 감염되는 것을 차단하면서, 노동해방운동의 대오를 재구축하려는 의지를 보여준 것이다. 더욱이 주화자의 충고가 내밀한 서한체 형식에 장치되어 있어서 간절함의 강도를 더한다. 이러한 박아지의 노력은 그를 단순한 농민시인으로 규정하는데서 나아가, 좀 더 정당한 평가를 받도록 요구하는 증거가 된다. 이것을 표로 나타내면 다음과 같다.

서한 내용	화자	시적 시간	물리적 시간	사랑의 종류
숙의 편지	슬퍼하는 숙	과거	3년 후	이성의 사랑
언니의 답장	축문 읽던 숙	먼 과거	3년 전	동지의 사랑
	충고하는 언니	현재	3년 후	자매의 사랑

03 | 서한체 시의 특성

1930년을 전후하여 유행한 서한체 시의 성격은 다음과 같이 요약할 수 있다. 첫째, 서한체 시의 대화체계는 서사 양식과 극 양식에서 주로 사용되는 '나/남'의 방식을 따르고 있다. 이러한 장르상의 혼화상은 서한체 시가 시인이나 화자의 이념의 전수자인 특정집단을 독자로 상정하여 서술되는 특성상, 극적 요소를 수용하여 독자의 의식화를 시도하는데서 파생한 결과이다. 소통 방식은 가족 내적 담화가 주류를 이루며, 쌍방향의 의사소통보다는 일방적인 의사전달체계를 중시하였다. 내용상으로는 비밀스런 사연의 대중적 전달을 겨냥하여 내밀한 서한체를 도입하고, 담화상으로는 극적 효과를 노린 대화체계를 채택했던 것이다. 가족의 구성원에 대한 폐쇄적인 소통 방식은 당연히 형식보다는 전달되는 내용을 강조하게 되었고, 일제에 의한 검열이 강화되면서 점차 소통 기능을 상실하게 되었다.

둘째, 서한의 활용 형태는 대부분 단일형을 채택하고 있다. 그러나 박아지의 「명랑한 삶」과 「숙아」는 화자와 청자가 상호 교차되면서 발화하는 교환형으로 쌍방적 대화체계를 보였다. 이에 비해 안용만의 「생활의 꽃포기」는 삽입형으로, 동일 화자가 상이한 두 화자(옥, 동무들)에게 대화하는 양방향적 대화체계를 갖고 있다. 화자는 동무들에게 발화하면서, 옥과의 추억을 회상하는 부분에서는 직접적으로 옥을 향해 서술하는 형태를 취하였다. 이 두 편의 작품은 리얼리즘시의 소통구조 측면에서 특이한 사례인데, 서한체 시의 형식적 실험이 시도되었다는 보기이다.

셋째, 서한체 시에서는 수취 대상자가 작품의 제목으로 직접 등장하는 경우가 많다. 그로서 수취인의 계급적 위상이나 처지가 드러나기도 하고, 구체적인 실명이 등장하기도 한다. 또 부제에 특정인물의 이름을 밝히기도 했다. 김팔봉의 「會館 앞에서」는 '花城여사에게 보내는 시'라는 부제를 갖고 있지만, 정작 여성화자가 오빠에게 서한을 보내는 형식을 취하였다. 수취인이나 청자를 직접 드러내는 양상은 이 시기의 서한체 시작품에서 두루 발견할 수 있다. 특히 서한에서 사용되는 호칭은 시어의 음악적 요소를 강화하면서 청자의 시적 반응을 유도하는 책략이라는 점에서, 수취인으로 선택된 인물은 청자의 성격을 명확하게 규정하여 독자의 관심을 집중시키는 역할을 수행하였다.

넷째, 서한의 수취 대상은 거의 부재하는 인물이다. 이것은 서한 형식이 발신자와 수취인을 매개하는 기능을 도입하여, 부재하는 대상에게 사연을 토로하는 양상으로 나타났다. 수취인의 부재는 이 무렵의 객관적 정세를 고려할 때, 도리어 시적 리얼리티를 담보하는데 긍정적으로 기여하고 있다. 수취인은 대개 죽은 사람이나 집을 떠난 가족으로 설정되었고, 그들은 사회적 현실과 시적 현실을 동시에 감당하는 인물로 나타났다. 특히 결손 가정의 나이 어린 화자는 당시의 가족 해체 현상을 담보하는 사회적 반영으로 보인다.

다섯째, 서한체 시에는 시적 화자가 시의 서사적 구조를 이끌어 가고 있다. 이 형식은 개인적 차원의 글쓰기 양식을 빌어서 시의 내용, 즉 시인이나 시적 화자가 서술하는 바를 수취인이나 독자에게 전달하려는 의도를 보인다. 그 의도는 시인이 선택한 시적 화자의 설정 방식과 작품의 내적 형식간의 관련 속에서 실체를 드러낸다. 시적 화자의 선택은 시인의 음성을 간접화하는 방식으로, 현실적 세계가 작품 내적 세계로 형상화되면서 독자와의 특정한 관계를 수립하는데 기여한다. 시인과 화자의 현실적 기반이 현저하게 상이한 경우에는 시인과 화자의 분리 현상이 가속화된다.

여섯째, 대부분의 서한체 시에서 일방적인 소통체계를 중시하였으며, 의도적인 화자의 선택으로 감상의 과잉현상을 통제하였다. 당시의 시인들은 서한체 시를 대중에게 의식을 전달하는 최선의 형식으로 인식하여 다양한 시적 화자를 등장시켜서 자신의 신념을 드러내었다. 시적 화자는 '나'를 중심으로 친구, 오누이, 부부, 부자관계라는 각기 다른 소통 양상을 설정함으로써, 사회적 현실을 파악하는 여러 계급의 상이한 관점을 구체적 형상으로 보여주었다. 이것은 시인들이 시대적 조건을 고려하여 다양한 소통구조를 모색함으로써, 리얼리즘시의 한 국면을 담당했던 시사적 사실을 노정한다. 지금까지 논의한 결과를 표로 나타내면 다음과 같다.

작 품 명	활용 형태	소통 양상		
		소통 체계	소통 방식	소통 형식
「歸心」, 「오늘밤 아버지는 퍼렁이불을 덮고」, 「勞動者인 나의 아들아」	단일형	나(아버지)→아들	일방적	가족 내적
「아버지시여」, 「火夫인 아버지」	〃	나(아들)→아버지	〃	
「어머님」, 「어머니시여」, 「어머니」	〃	나(아들)→어머니	〃	
「누이야 도라오라」, 「오늘 새벽에도 英好를 보내며 ①, ②, ③」	〃	나(오빠)→누이	〃	
「누나의 臨終」, 「누나」, 「누나에게 주는 편지」	〃	나(남동생)→누나	〃	
「옵바의 편지 회답」, 「우리 옵바와 火爐」, 「小作人의 쌀」, 「오빠의 靈前에 엎드려」, 「자루빠진 호미」, 「會館 앞에서」	〃	나(여동생)→오빠	〃	
「명랑한 삶」	교환형	나(오빠)↔나(여동생)	쌍방적	
「젊은 巡邏의 편지」, 「消息」	단일형	나(남동생)→형	일방적	
「아내의 죽엄을 듣고」, 「不肖한 女人에게」, 「가구야 말려느냐」	〃	나(남편)→아내(연인)	〃	
「變節者여! 가라」, 「가신 뒤」, 「써나시는 날 밤」, 「그날밤 당신은 馬車를 타고」, 「어두어오는 暎窓에 기대여」	〃	나(아내)→남편	〃	
「녯벗 생각」, 「慰詞」, 「黑點」, 「너이들을 보내고」, 「이�꼴이 되다니」	〃	나(남자)→동무(남자)	〃	가족 외적
「부탁」, 「둘쨋번 부탁」	〃	나→(동네)언니들	〃	
「숙아」	교환형	나(언니)↔동무(여자)	쌍방적	
「생활의 꽃포기」	삽입형	나→옥, 동무들	양방향적	
「麗人의 노래」	단일형	우리들(여자들)→남자들	일방적	
「절눔바리 兵士」	〃	나→봉이(동네 아이)	〃	

서한체 시의 유형

▥ 결론

　서한체 형식은 언어의 능동적 기능을 중시하여 청취자에게 대화를 시도하는 특성을 갖고 있으므로, 예로부터 종교적 찬가나 정치적 투쟁가 등에서 널리 사용되었다. 이런 사실에 기초하여 서한체 시에 나타난 정치적 요소를 검출할 수는 있지만, 본래 시 양식이 사회적 제도라는 점에서 시의 서정성조차 당대적 차원에서는 정치적 의미를 띠게 된다. 그러므로 서한체 시 계열의 작품이 모두 정치적이거나 사회적인 사건을 시화하였다기보다는, 특정 작품을 제외하고는 오히려 개인적이거나 가족적인 사건에 국한되었다는 사실에 주목해야 한다. 또한 서한체 시가 정치적 사건을 서술하고 있다고 할지라도, 시 속에서 다루어진 소재로서의 사건은 시적 형상화 정도에 따라 평가되어야 할 것이다.

　서한체 시는 최남선의 선도에 이은 1920년대의 장시화 경향을 계승하면서 1930년 전후에 크게 유행하였다. 특히 단편서사시 논쟁의 힘입어 카프 조직원을 포함한 여러 시인들에게 당대의 모순을 반영하기 위한 시형으로 정착되었으며, 이후의 서사지향적 작품으로 발전하였다. 일부 시인들은 시의 소통체계에도 관심을 기울여서 초기의 일방적이고 폐쇄적인 담론 방식으로부터 개방적인 담론 방식으로 나아가려는 움직임을 보였으나, 비평적 논의가 수반되지 못하였다. 비록 서한체 시는 단편서사시 논쟁에서조차 누락되었으나, 이른바 단편서사시의 범주로 파악할 수 있는 작품들은 거의 이에 해당한다. 그렇지만 중반을 고비로 양적 감소 현상이 두드러지게 나타나게 되는데, 카프는 문학대중화론의 본래 취지였던 노동자·농민계급에 대한 문학사업보다는, 구성원간의 주도권 싸움으로 골몰하는 우를 범하고 말았다.(『국어문학』 제42집, 국어문학회, 2007. 2)

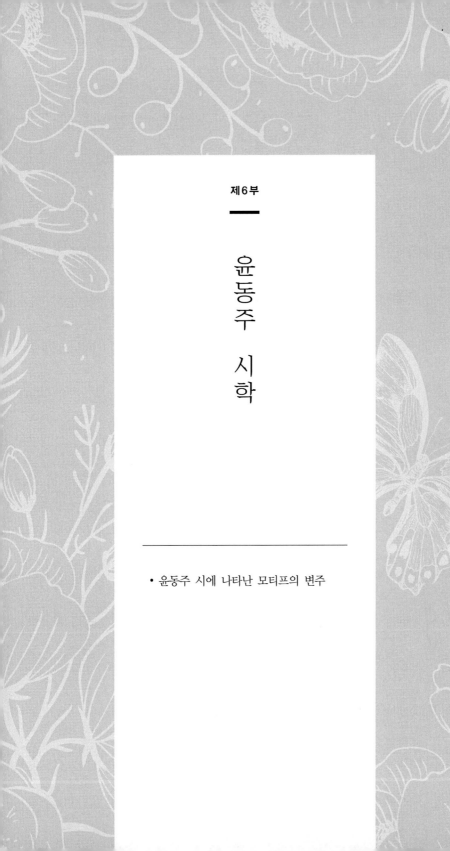

제6부

윤동주 시학

• 윤동주 시에 나타난 모티프의 변주

한국 현대시학의 틀과 결

윤동주 시에 나타난 모티프의 변주

I 서론

01 | 연구사 검토

1948년 정음사에서 유고 시집 『하늘과 바람과 별과 詩』를 간행한 이래, 윤동주의 시는 많은 논자들의 연구 대상이 되었다. 국권 상실의 궁핍한 시대에 시로써 반응하였던 그에게 집중된 연구물의 분량은 200편을 넘어섰다고 한다.[1] 동시대에 동일한 무기로 사회에 반응하였던 소월과 만해, 그리고 이상 등과 더불어 상당한 연구가 진척되었다고 할 수 있다. 이 점은 단순한 연구의 물량에서가 아니라 차라리 식민지 시대라는 특수한 정

---

1) 김영민, 「윤동주 연구의 성과와 과제」, 『문학과 의식』 창간호, 문학과의식사, 1988, 42쪽.

신사적 테두리에 바쳐진 것이라 보아도 무방할 것이다.

윤동주에 관한 기존의 연구 성과는 전기적 생애에 관한 회고담이나 추억 그리고 작품론과 작가론 등 본격적인 문학적 연구물로 양분할 수 있다. 전자는 주로 윤동주의 주변 인물들인 가족과 친지들의 기록이며, 후자는 국문학자들의 학문적 업적이다.

윤동주에 관한 최초의 평가로는 유고 시집에 붙인 정지용[2]의 서문이다. 무시무시한 고독 속에서 죽었고나고 탄식하였던 그의 절규는, 윤동주 연구에 커다란 비평적 압력으로 작용하여 연구자들로 하여금 문학적 엄숙주의를 견지하게 하였다. 그 뒤를 이은 주요 연구 성과를 몇 갈래로 구분지어 본 연구에 참고하기로 한다.

먼저 국문학사적 관점에서 윤동주의 문학을 자리매김한 연구자로 백철[3]을 꼽을 수 있다. 그는 일제 하의 1940년대를 일컬어 '한국문학의 암흑기'라 하였다가, 윤동주가 있어 '레지스탕스의 시대'로 바뀐다고 하여 그의 시사적 위치를 높이 평가하였다. 이어서 발표된 많은 논문들[4]이 이런 시각에서 연구한 바, 이들은 윤동주를 저항시인으로 바라보고 있다는 공통점을 갖는다.

반면에 관점을 달리한 논문 중에는 특별한 경우도 있다. 오세영[5]은 윤

---

2) 정지용, 『정지용 전집』 2, 민음사, 1988, 313-317쪽.
3) 백철, 『신문학사조사』, 신구문화사, 1982, 568-572쪽.
4) 전규태, 『한국현대문학사』 (하), 서문당, 1976, 326-337쪽; 김우종, 「암흑기 최후의 별」, 이건청 편, 『나의 별에도 봄이 오면』, 문학세계사, 1981, 231-248쪽; 정한모, 『한국 현대시의 정수』, 서울대학교출판부, 1982, 189-197쪽; 김윤식·김현, 『한국문학사』, 민음사, 1987, 207-211쪽; 조동일, 『한국문학통사 5』, 지식산업사, 1988, 492-495쪽.
5) 오세영, 「윤동주의 문학사적 위치」, 국학자료간행위원회 편, 『국문학 자료논문집』 제2집, 대제각, 1983, 1079-1096쪽.

동주를 40년대의 모더니스트로 보아 30년대의 김광균, 정지용, 이상 등의
시적 전통을 그대로 계승하여 해방 이후 후기 모더니스트에 유산을 물려
준 전승자로 위치지우고 있다. 한편 임헌영[6]은 윤동주의 시를 소월의 시
와 함께 '순수 저항시'라는 다소 특이하게 이름하였다. 또 주목할 언급으로
들 수 있는 글은 오양호[7]에 의해 쓰였는 바, 그는 1940년에서 1945년 사이
의 한국현대문학사는 간도이민문학을 중심으로 써야 한다고 주장하면서,
윤동주의 시를 간도문학의 범주 내에서 읽고 있다. 이 세 편의 논문은 기
왕의 논의를 반성케 하면서 윤동주 시의 인식에 새로운 관점을 보여주었
다는 점에서 매우 신선한 것이다. 두 가지의 전혀 다른 관점들이 하나의
본류에 맞닿는 점은, 두 관점 모두 윤동주의 시를 통시적 차원으로 바라보
면서, 그것을 현대 한국문학사의 권역 안으로 편입시켰다는 점이다.

　사회·역사주의적 방법을 동원한 주목할만한 업적으로는 김흥규[8]의
논급이 손꼽힌다. 그는 윤동주의 시세계를 '화해의 세계-갈등의 세계-미완
의 긴장'이라는 변증법적 논리로 체계화하여 후속 연구[9]에 상당한 영향을
미쳤다. 이들의 연구 업적은 윤동주의 시세계를 사회적 반응의 일부로 드
러냈다는 점에서 많은 시사를 안겨준다.

　내재적 방법을 빈 연구자들은 상당한 분량을 차지한다. 윤동주의 시에
내재된 리듬을 분석한 연구[10], 이미지를 천착한 연구[11], 윤동주 시에 나타

---

6) 임헌영, 「윤동주의 생애와 시」, 『윤동주 시집』 해설, 범우사, 1984, 170쪽.
7) 오양호, 『한국문학과 간도』, 문예출판사, 1988, 139-158쪽.
8) 김흥규, 「윤동주론」, 『창작과 비평』 통권 제33호, 창작과비평사, 1977, 636-675쪽.
9) 구중서, 『분단시대의 문학』, 전예원, 1981, 212-220쪽; 염무웅, 『민중시대의 문학』, 창
　　작과비평사, 1984, 162-175쪽; 이해웅, 「윤동주의 자학과 태초의식」, 『시와 의식』 통권
　　제28호, 시와의식사, 1984, 253-280쪽.
10) 서우석, 『시와 리듬』, 문학과지성사, 1981, 65-72쪽.

난 의식에 관한 연구[12] 등이 있다. 한편 윤동주의 시에 나타난 상징은 김용직[13]이 예사롭지 않음을 언급한 뒤에, 마광수[14]가 본격적으로 탐구하였다. 그는 윤동주의 작품에 배어 있는 상징체계를 자연표상으로서의 상징, 시대 및 역사적 상황의 상징, 내적 갈등과 소외의식의 상징, 사랑과 연민의 상징 그리고 종교적 표상으로서의 상징으로 제시하였다. 윤동주의 실존적 내면풍경을 그린 논의자 중 대표적인 김열규[15]는 윤동주의 동시 취향을 꼬집어 '오티즘(autism)에 의한 퇴행'이라는 부정적 결과에 닿았고, 김우창[16]은 윤동주의 시에 스민 비극적 의미를 눈여겨보았다. 이상의 연구물들은 윤동주 시의 내적 의미를 분석하여 노정시켰다는 점에서 많은 공헌을 하였다.

비교문학적 차원에서 윤동주의 시편에 담긴 앞뒤의 영향 관계를 살펴본 연구자는 김윤식[17]이 대표적이다. 그는 윤동주와 투르게네프, 정지용 그리고 서구 교양 체험과의 혼화상을 자세히 언급하였다. 이 외에 서정주[18]

---

11) 김현자, 『시와 상상력의 구조』, 문학과지성사, 1982, 243-262쪽; 박준효, 「윤동주 시연구」, 고려대학교교육대학원 석사논문, 1982; 신동욱, 『우리 시의 역사적 연구』, 새문사, 1984, 243-259쪽.

12) 정순진, 「윤동주 시에 나타난 세계경험적 자아의 양상」, 충남대학교대학원 석사논문, 1984; 최동호, 『현대시의 정신사』, 열음사, 1985, 339-357쪽; 윤종호, 「윤동주 시의 공간연구」, 경남대학교교육대학원 석사논문, 1986; 이선영, 「암흑기의 시인, 윤동주 재론」, 『세계의 문학』 통권 제46호, 민음사, 1987, 47-70쪽; 유한근, 「윤동주 시와 공간」, 제3세대비평문학회 편, 『한국현대시인연구』, 신아, 1988, 249-257쪽.

13) 김용직, 「비극적 상황과 시의 길」, 이건청 편, 『나의 별에도 봄이 오면』, 문학세계사, 1981, 199-230쪽.

14) 마광수, 『윤동주 연구』, 정음사, 1984.

15) 김열규, 「윤동주론」, 『국어국문학』 제27호, 국어국문학회, 1964, 669-684쪽.

16) 김우창, 「손들어 표할 하늘도 없는 곳에서」, 이건청 편, 앞의 책, 249-282쪽.

17) 김윤식, 『우리 문학의 넓이와 깊이』, 서래헌, 1979, 150-163쪽; 김윤식, 『한국현대시론비판』, 일지사, 1982, 79-101쪽; 김윤식, 『한국근대작가론고』, 일지사, 1985, 259-271쪽.

18) 서정주, 『한국의 현대시』, 일지사, 1988, 228-234쪽.

가 윤동주의 시에 나타난 릴케와 프랑시스 잠의 영향 관련을 언급한 뒤,
많은 논자들이 여기에 관심을 기울이기도 하였다. 윤동주와 릴케의 관련
성을 탐색한 글[19])과, 윤동주의 시를 백석과 프랑시스 잠의 시적 특성과
비교하여, 백석을 윤동주와 프랑시스 잠을 연결하는 매개항으로 본 글[20])
이 있다. 이 세 연구자는 윤동주의 시를 국내적으로는 백석과 정지용, 국
외적으로는 투르게네프와 릴케 그리고 프랑시스 잠의 시와 견주면서 그들
의 상호관련성을 본격화하였다는 점에서 그 공을 인정할 수 있다.

근래에 이르러 새로운 이론적 원조에 터한 접근이 시도되고 있다. 최동
호[21])는 현상학적 방법을 끌어들여 윤동주의 시에 빈번히 나오는 '물'의
심상을 해부하고, 그것의 서정적 의식 현상에 문학사적 위상을 매겼다.
이남호[22])는 해석학적 방법의 도움으로 윤동주의 시에 나타난 갈등의 의미
를 해석하고, 아울러 시인의 의도를 해명하고자 하였다. 또 이사라[23])는
기호론적 방법을 원용하여 윤동주 시에 두드러지게 등장하는 이항대립과
그 속에서 작용하는 매개항의 기능을 추적하였다. 이상의 연구는 참신한
방법을 차용하여 윤동주 시의 이해의 폭을 넓혀주었다는 점에서 학문적
의미 부여를 할 수 있다.

이 외에 윤동주의 전기적 생애와 문학적 관련 양상을 논의한 평전[24])이

---

19) 박호영, 「윤동주 시의 인식론적 접근」, 박호영·이숭원, 『한국 시문학의 비평적 이해』,
    삼지원, 1985, 213-232쪽.
20) 한계전, 「윤동주 시에 있어서의 '고향'의 의미」, 『세계의 문학』 앞의 권, 71-87쪽.
21) 최동호, 「한국 현대시에 나타난 물의 심상과 의식의 연구」, 고려대학교대학원 박사논
    문, 1981.
22) 이남호, 「윤동주 시의 의도 연구」, 고려대학교대학원 박사논문, 1986.
23) 이사라, 「윤동주 시의 기호론적 연구」, 이화여자대학교대학원 박사논문, 1987.
24) 이건청 편, 앞의 책; 김수복, 『어두운 시대의 시인의 길』, 예전사, 1984; 권일송 편,
    『윤동주 평전』, 민예사, 1986; 송우혜, 『윤동주 평전』, 열음사, 1988; 고은, 「윤동주

있으며, 강만길[25]은 윤동주의 시를 육사의 시와 함께 역사적 사실로 수용하였다.

이렇게 윤동주에 관한 연구물이 상당한 분량에 다다르자, 기왕의 업적을 정리하면서 앞으로의 연구 방향을 모색하려는 움직임[26]이 일었다. 그러나 이런 지적은 간도의 정신적 풍토에 대한 검토와 윤동주 시의 작가론 중시에 대한 우려에 그쳤다.

02 | 문제의 제기

앞에서 고찰한 바대로, 그간에 이룩한 윤동주의 시에 관한 연구는 이미 상당한 수준에 도달하였다. 그렇지만 그의 시에 줄곧 등장하는 모티프의 변주에 초점을 겨눈 연구물은 전무한 듯하다. 이 모티프는 한 시인이 세계를 구경하는 모습을 재구하거나, 그의 세계관을 되돌아보는데 매우 유효한 요소라 할 수 있다. 그리고 모티프는 작품, 나아가 한 시인의 테마의식을 살피는 일에도 동원될 수 있다.

그 동안에 이루어진 업적 중, 성인시만을 논의의 대상으로 삼고 있는 논자들 간에는 윤동주의 시세계를 관류하고 있는 불안의식, 곧 갈등과 그 해결에의 지양에 대체적인 의견 접근이 이루어진 듯하다. 그러나 이상의

서설 (상)」, 『현대시세계』 통권 제3호, 청하, 1989, 95-125쪽; 고은, 「윤동주 서설 (하)」, 『현대시세계』 통권 제4호, 청하, 1989, 91-118쪽.
25) 강만길, 『한국현대사』, 창작과비평사, 1984, 160쪽.
26) 김윤식, 「한국 근대시와 윤동주」, 이건청 편, 앞의 책, 283-303쪽; 홍정선, 『역사적 삶과 비평』, 문학과지성사, 1986, 241-253쪽; 김영민, 앞의 논문, 42-54쪽.

연구가 갖고 있는 커다란 결함으로는, 대략 35편에 달하는 동시를 외면하거나 폄하하고 있다는 점이다. 이것은 연구자들의 계급적 위상이나 혹은 연구 자세에 기인한 것이라 함직하다. 다만 김흥규[27]가 윤동주의 시와 그 세계를 검증하기 위해서는 "지금까지 소홀히 취급되었던 그의 동시류가 지닌 의미를 포괄적으로 흡수, 규명하는 일이 요청된다"고 그것의 중요성을 언급하였으나, 결과적으로는 그 역시 성인시를 해석하기 위한 방편으로 동시를 다루었다. 또한 김재홍[28]이 윤동주의 초기 동시류를 성인시의 맥락 안에서 검토한 정도가 고작이다. 이들은 소위 동시류를 시의 논의에 필요한 하나의 수단으로 취급하거나, 그것을 별개로 분리하여 논의하고 있어 성인시와 동시는 전혀 이질적인 것인 양 바라보고 있다는 공통적 문제점을 띤다. 이들 외에 그의 동시류에 논의의 초점을 맞춘 문건[29]이 있으나, 지극히 피상적인 사실의 나열에 머물러 있는 형편이다.

물론 동시는 엄연히 시의 하위 갈래를 지칭하는 개념이 아니다. 동시와 시를 구분하는 일은, 잠재적 독자를 염두에 둔 방법론상의 편의를 겨냥한 수단일 따름이지, 문학의 본질적 국면을 외면한 연구 자세로 굳어져서는 아니 될 것이다. 따라서 본 고에서는 동시를 시의 범주 안으로 끌어들여 읽을 것이며, 그것들과 성인시를 한 수준에서 취급할 것이다. 동시의 효용성은 한 작가의 심리적 원형 구조를 탐색하고, 그의 유년기 체험이 성장후에 창작되는 시 세계와 어떻게 연루되었는가를 천착하여 총체적인 작가론을 운위하는데 매우 효과적이라는 점에 있다고 할 것이다. 더욱이 당해

---

27) 김흥규, 앞의 논문, 646-650쪽.
28) 김재홍, 『한국현대시인연구』, 일지사, 1990, 459-488쪽.
29) 박귀례, 「윤동주 동시 소고」, 『성신어문학』 제3호, 성신어문학연구회, 1990, 13-37쪽; 이재철, 「윤동주론」, 『아동문학평론』 제34호, 아동문학평론사, 1985, 48-54쪽.

시인이 성인시와 동시를 아우르며 창작하였다면, 그 중요성은 아무리 강조하여도 결코 지나치지 않을 것이다. 그런 점에서 그 동안 소홀히 취급되었던 윤동주의 동시류를 재검토하고, 그 시사적 의의를 점검하면서, 윤동주의 시세계를 조감하는 일은 대단히 의미 있는 작업이라 할 수 있다. 그렇다고 하여 그의 동시류에만 논의의 초점을 겨눈다는 것은 아니며, 단지 일반시와 동궤에서 읽어내겠다는 의사 표시일 뿐이다.

한 시인의 전작품에 출현하는 모티프를 점검하는 일은, 당해 시인의 초기작에서 출발하여야 한다. 그 이유인즉, 어느 시인이고 초기에 쓴 작품이야말로 그의 시적 출발점을 살필 계기가 될 것이며, 앞으로 나아갈 방향이나 작품 세계를 예측할 수 있는 단서로 제공될 수 있으리라는 소박한 기대 때문이다. 더욱이 그가 시를 공부한지 꽤 오래 되었거나 혹은 시에 조숙성을 보여준 시인이라면, 어렸을 적부터 줄곧 애용한 모티프가 있을 것이다. 그것을 찾아서 체계화 한 뒤, 나중 시에 나타나는 모티프와 하나의 계보로 파악하는 일은 매우 필요한 일일 터이다.

03 | 연구의 방법

기존의 선구적 업적을 개관하는 도중에 이미 밝혀진 바이지만, 기왕의 논의는 윤동주의 시세계를 종횡으로 다양하게 분석해왔다. 다만 미흡하다고 할 수 있는 것은, 그의 초기 시편들과 동시류 및 나중의 시편들과의 제반적인 관련 양상은 그다지 만족스럽게 드러내지는 못한 실정이다. 이에 본 고에서는 그것에 연구의 초점을 겨누고자 한다. 이때 동원되어 연구를 돕는 방법론적 이론은 테마비평에서 빌려오고자 한다.

한 시인의 시편들은 현실 세계의 불만스런 상황에의 응시에서 배태된 불안한 갈등과 그 극복을 위한 치열한 내면적 풍경화라 할 수 있을 것이다. 그럴 경우 시는 시대적 또는 사회적 모순과 자의식에 대한 일종의 반항적 무기일 터이다. 더욱이 그 시대가 식민지 시대라는 궁핍한 시대인 바에야, 시의 대사회성은 높아질 것이다. 반항은 자아의 심리적 평형 상태를 욕구하는 행위일진대, 근본적으로 불안 심리의 외적 표출이라 할 것이다. 이럴 경우 시는 인간의 의식 현상의 역사이고, 한 작품은 일종의 징후이다. 의식의 지향성을 내세우는 테마비평은, 현상학적 사유의 문학적 외연이다. 따라서 이 비평론은 작품 속에 내재된 테마가 시인의 성장 과정과 일정한 관련을 맺고 있다고 상정하므로, 그것의 근원을 찾는데 심혈을 기울인다. 이때 동원되는 방법이 시인의 성장기에 대한 증언의 청취, 일기나 편지 그리고 유년 시절의 환경 등을 정밀하게 검토하는 일이다.

테마비평의 방법론을 빌고자 하면, 사실 원론적 차원인 테마와 모티프의 구별부터 모호하다. 가령 뿔레(G. Poulet)의 경우에는 어휘의 정의조차 없으며, 이를 의식적 사유나 사상의 차원에서 파악하였다. 따라서 여기서는 비교적 이들에 대하여 명료하게 입장을 표명한 이론가들에게 의존할 수밖에 없다. 우선 모티프와 테마를 용어상으로 구별하는 일이 선행되어야 한다.

리샤르(J-P. Richard)에 의하면 테마란 "모티브에 의해 구상화되는, 그리고 작품 내에 살아서 유기적 기능을 발휘하고 있는 어떤 단위나 카테고리" 혹은 "작품 내에서 유난히 눈에 띄는, 촉지할 수 있는 하나의 카테고리"[30] 를 뜻한다. 이 테마는 한 작품이나 일련의 작품군에서 어떤 정황이 집요하게 등장거나 어떤 구조가 빈번하다면, 그 형성은 가능한 것이다. 이것은 말의 반복, 대상의 반복, 형태의 반복, 구조의 반복, 정황이나 분위기의 반복 및 이미지의 반복 등을 통칭하는 바, 그렇다고 하여 그것들의 출현 빈도만으로 테마의 형성을 문제 삼는 것은 아니다.

이에 비하여 모티프는 하나의 테마를 형성하는 구성요소로서의 기능을 띤다. 베베르(J-P. Weber)는 모티프라는 용어 대신에 변조(modulation)라는 개념을 사용하여 "테마를 이루는 상사체의 총화"[31]라 하였다. 그에게 기대면, 모티프는 작가의 작품 속에서 끈질기게 나오는 모든 언어학적 요소를 말하는데, 이는 외부적 어휘 현상을 가리킨다. 그러나 테마는 이러한 모티프에서 상징의 형태를 띠고 나타나는 내부적 질서 따위를 말하며, 2차적 어휘 현상이라고 한다.

이에 본 고에서는 그의 초기시들을 자세히 읽은 뒤에, 거기서 발견되는 모티프가 나중의 시에 어떤 모습으로 변주되고 있는가를 구명하고자 한다. 이 방법으로는 '순행적 주제 분석(analyse thematic progressive)'과 '역행적 주제 분석(analyse thematic regressive)'[32]이 있다. 전자는 한 작품의 모티프를 보고 그것이 이루어지기까지의 과정을 유년 시절의 추억과 같은 전기적 사실을 들추어내어 테마를 분석해보려는 방법이고, 후자는 전기적 사실을 먼저 갖추어 놓거나 유년 시절을 잘 알고 있는 어떤 증언으로부터 작품의 테마를 분석 해명하려는 것이다. 양자는 결과적으로 동일한 결론에 도달하기 위한 출발점 행동의 차이일 따름이다.

---

30) 이형식, 「주제비평」, 김치수 외, 『현대문학비평의 방법론』, 서울대학교출판부, 1988, 15쪽.
31) 이형식, 앞의 글, 15쪽.
32) 이기철, 『시학』, 일지사, 1989, 158-169쪽.

이러한 분석 방법을 보여주는 테마비평이 갖고 있는 단점으로는 "작품을 객관적으로 명료하게 분석하고 뜯어내어 보여주지 않고, 작가나 시인의 특이한 의식을 재구성하려고 하고, 모든 작가나 시인은 내적인 조직이나 구조를 가진 특이한 세계를 살고 있거나 살았다는 점에 치중하여, 그것을 정신의 현상으로 파악하여 이해하려 한다는 점에서 언제나 주관적인 비평"[33]이라는 비난에 봉착하기도 한다. 그러나 이러한 한계에도 불구하고, 인간중심의 새로운 비평 방법이라는 점과 한 작가의 작품 세계를 이해하는데 하나의 열쇠로 기능할 수 있으리라는 기대감은 매우 높은 편이다.

그러기 위해서는 많은 논구들이 그의 후기 시편들에 중점을 둔데 반하여, 본 고는 초기 시편들을 집중적으로 분석할 것이다. 왜냐하면 한 시인의 시세계란, 생장 후 습작기를 거치면서 누적적으로 심화하고 확대해 나가기 때문이다. 그러므로 초기 시편에 출현하는 모티프를 변별한 뒤, 이것들이 나중에 어떤 모습으로 변주되는가를 살피려 한다. 그러기 위해서는 우선 시인의 세계 인식 태도를 살펴본 뒤, 각종 모티프를 구별하여 분류하여 당해 모티프의 원류를 집중적으로 조명한 후, 이것이 후일의 어느 시편과 맞닿는지가 밝혀져야 할 것이다. 그런 뒤에 이들을 아울러 보면, 시인의 테마의식이 본모습을 보여주리라 기대한다.

본 고에서의 작품 인용은 정음사판(1955)을 텍스트로 삼고, 맞춤법과 띄어쓰기도 원전대로 표기하고자 한다. 그 이후에 발견된 작품은 범우사판(1984)에 따른다.

---

33) 이기철, 위의 책, 168쪽.

Ⅱ 윤동주의 문학적 배경

　윤동주는 일제에 의한 국권침탈기인 1917년 12월 30일 만주의 간도성 화룡현 명동촌에서 출생하였다. 본관은 파평이며, 윤영석과 김용 사이의 맏아들로, 아명은 해환(海煥)이다. 윤동주는 1925년 명동소학교에 입학하였다. 이 학교는 외숙인 규암 김약연이 설립한 민족교육의 도량이었다. 그는 신실한 유학자이면서, 투철한 민족주의자로 근동에 명망있는 교육자였다. 명동소학교는 규암제의 발전적 해체인 명동서숙의 후신이다. 그 학교의 교육 내용을 일별하면, 항일 교육의 본거지임을 입증하는 바, 입학시험이나 각종 시험에도 작문을 매우 중요시하였으며, 그 제목은 어떤 것이든 글 가운데 '애국과 독립'의 내용을 담지 않으면 낙제점을 받거나 불량 성적으로 평가되었으며, 매주 토요일마다 독립 사상을 고취하는 토론회를 개최하였다[34]고 한다.

　명동소학교 시절에 그는 서울에서 발행되던 『아이생활』이라는 잡지를 구독하였으며, 그의 고종사촌이자 평생지기인 송몽규는 『어린이』를 서울에서 부쳐다가 읽었다. 교내 백일장에서 시가 당선되기도 하였고, 5학년 때에는 『새 명동』이라는 등사판 문집을 동무들과 공동으로 펴내기도 하였으며, 연극 활동에 힘을 기울이기도 하였다. 그러던 중 졸업 때에는 학교 측으로부터 졸업 기념품으로 파인 김동환의 시집 『국경의 밤』을 선사받기도 하였다. 비교적 유복한 가정환경에서 굴곡 없이 자라던 윤동주는 이미

---

34) 한국일보사 편, 『한국독립운동사』 1, 한국일보사, 1987, 84-85쪽.

소년기에 주위로부터 문학적 축복을 다량으로 세례 받은 것이다. 1931년 3월25일 소학교를 마친 윤동주는, 중국계 대랍자소학교에 6학년으로 편입학하여, 훗날 「별 헤는 밤」에 나오는 이국 소녀들과 만나게 된다. 이 해 늦가을에 그의 집안은 용정으로 이사하게 된다. 정들었던 명동촌을 떠날 수밖에 없었던 이유로는, 그의 소년기에 밀어닥친 가장 충격적인 사건이었던 간도 공산당 사건이 가장 신빙성 있어 보인다. 윤동주는 1932년 4월에 용정의 은진중학교에 들어갔다. 이 학교의 1, 2학년 시절에 윤동주는 윤석중의 동시와 동요에 심취하였다고 한다. 윤석중은 '한국아동문학사의 고전적 인물'로 평가되는 시인으로, 동심제일주의와 정형적 동시요를 특징으로 삼고 시작에 임했다[35]는 시인이다. 그에게 문학적 사숙을 한 경험이 뒷날 윤동주로 하여금 동시류를 쓰게 한 것 같다.

윤동주는 1934년 12월 24일에 스스로 창작연월일을 부기한 최초의 시 「초 한 대」, 「삶과 죽음」, 「내일은 없다」를 썼다. 이에 앞서 그의 친구인 송몽규는 『동아일보』 신춘문예에서 꽁트 「숟가락」으로 당선의 영광을 차지한다. 이를 두고 그가 '대기는 만성이다'고 벼르며, 시 창작의 자극제로 삼았다고 한다. 이 증언을 신뢰한다면, 그가 굳이 창작연월일을 밝혀두려 하였던 의도를 추측할 수 있으리라. 아마 미루건대, 윤동주는 이 무렵부터 시작에 배전의 정열과 노력을 기울이기 시작하였던 것 같다. 그 이유로는 첫째, 그의 최초작으로 판정하고 있는 위 세 편 이전의 다른 시편들을 찾을 길 없다는 점, 둘째 이 세 편은 단 하루에 썼다기보다는 몇 날을 두고 퇴고를 거듭한 것인데, 이 날에 모두 완성하며 앞으로의 각성과 결의를 새롭게

---

35) 이재철, 『아동문학개론』, 문운당, 1969, 107-118쪽.

하고자 하였을 것이라는 점이다. 이듬 해 상급 학교에 진학할 목적으로 치루었던 평양의 숭실중학교 편입학 시험에서 그는 생애 최초의 좌절을 겪는다. 이미 은진중학교에서 4학년을 다니다 온 윤동주에게, 시험 결과는 3학년으로의 편입을 인정한 것이다. 반면에 같이 응시하였던 소꿉동무인 윤동주에게 심한 열등감을 갖고 있던 문익환 등은 4학년 편입이 인정되었다. 워낙 내성적이고 정약한 심지의 소유자였던 당시의 윤동주가 느꼈을 심리적 무게가 매우 버거웠을 것이라는 점을 추측할 수 있다.

평양의 숭실중학교에서 7개월을 보내면서, 그는 최초의 동시 「조개껍질」 외에 15편의 시를 지었다. 1936년 4월 다시 용정으로 돌아가 친일계 광명학원 중학부에 편입하고 나서 왕성한 동시 창작을 보여주었다. 그 열기는 1937년을 고비로 쇠진해지다가, 1941년작으로 추정되는 「못자는 밤」을 쓰고는 재연되지 않았다. 그는 한자를 달리한 필명(童舟, 童柱)으로 용정의 연길교구재단의 후원으로 발간되던 『카토릭 소년』 등에 투고하기도 하였고, 『조선일보』 학생란에는 본명과 필명(尹柱)를 섞어가며 발표하기도 하였다. 윤동주는 1938년 연희전문학교 문과에 진학하여 1941년에 졸업하였다. 이 시기에 그는 그곳의 민족주의에 입각한 교육을 받고, 이에 고무되어 남들에게 자랑하기도 하였다.

1942년 도일하여 토오쿄오의 릿쿄대학(立敎大學) 영문과에 입학하였다가, 그 해 가을 학기에 쿄오토오의 도오지샤대학(同志社大學) 영문과로 이적한다. 그가 대학을 옮기게 된 이유를 올바르게 해명할 구체적 자료는 상기 없다. 그러나 추측 가능한 바로는, 첫째 그가 본래 가고 싶어 했던 학교가 쿄오토오제국대학이었다는 점36), 둘째 그의 평생지기인 송몽규가 다니던 곳이 쿄오토오 제국대학이었다는 점을 꼽을 수 있을 것이다. 1942년

7월 대학을 옮기기 전에 일시 귀국하였던 윤동주는 동생들에게 이르기를 "우리 말 인쇄물이 앞으로 사라질 것이니 무엇이나, 악보까지라도 사서 모으라"고 당부하였다. 적국에 유학 중인 식민지 지식인으로서, 적국이 주도한 전세의 추이를 예감했다는 결과이다.

그가 재차 도일하여 학교를 옮긴 이후부터의 그의 행적은 자세하게 복원되지 못한 채 남아 있다. 특히 1943년 7월 쿄오토오에서 피체되기 이전과, 1945년 2월 16일 후쿠오카(福岡) 형무소에서 옥사하기까지가 의문에 쌓여 있다. 아울러 그의 가문이 서파였다는 설[37]은 그 진위 여부의 확인 검증을 떠나 그의 시세계에 상당한 굴레로 작용할 소지가 있으나, 여기서는 그 점을 포함하지 않고 읽는다.

Ⅲ 테마의식의 초기 모습

윤동주의 시 전량은 이남호[38]의 지적대로 "독자를 전혀 염두에 두지 않고 내면적 갈등을 일기 쓰듯 시로 기록해둔 것"이라 볼 수 있다. 그가 일부러 창작연월일을 부기한 것을 보아도 그러려니와, 초기 시에서 그의

---

36) 이에 대하여 윤동주의 일가에서는 은폐하고 있으나, 윤동주는 당초 쿄오토오제국대학에 송몽규와 같이 응시하였다. 그러나 윤동주만 낙방하였다. 그러자 그는 생활하고 싶었던 쿄오토오를 떠나, 홀로 토오쿄오의 릿쿄대학에 응시한 것이다.(송우혜, 앞의 책, 262쪽 참조).
37) 문익환, 「아버지와 어머니의 간도 이야기 3」, 『오늘의 책』 통권 제8호, 한길사, 1985, 140쪽.
38) 이남호, 앞의 논문, 15쪽.

최후작에 이르기까지 시적 일관성을 띠고 있다. 따라서 그의 시세계를 온전하게 조감하고자 한다면, 그가 시의 말미마다 고의로 부기해둔 창작년월일에 주목하여, 당해 작품을 둘러싸고 있는 개인사적 굴절과의 상관성을 고려하여야 할 듯하다. 그가 창작 날짜를 잊지 않고 써둔 것은, 독자로 하여금 그의 내면 풍경화를 그리려는데 일조를 하는 것이 엄연한 사실이지만, 다른 한편으로는 독자의 오독의 폭을 좁히면서, 그의 시는 그의 의도를 중시하여야 한다는 비평적 압력으로 작용하기도 한다.

　이미 소년 시절부터 남달리 문학에 관심을 기울이던 문학 청년 윤동주는 1934년에 처녀작 세 편을 썼다. 이름하여 「삶과 죽음」, 「초 한 대」 그리고 「내일은 없다」이다. 이 세 편에 관해서는 진작 밝혀졌다시피, "그 시적 사고와 짜임새가 미숙하고, 어둠도 대부분 서술적 이미지로서 작품의 의미 구성에는 핵심적인 것이 되지 못한다"[39]고 할 수 있다. 그리 신선하지도 아니할 뿐더러, 아직 조야한 그의 시력을 읽게 해주는 세 편이다. 그렇지만 이들은 그의 시세계를 해명하는데 있어, 그의 세계 인식의 방법을 드러내면서, 장래의 시적 방향을 가늠케 해주는 전략적 전초기지로 보인다. 따라서 이 세 편의 작품이 차지하는 하중은 매우 무거운 편이며, 윤동주의 시세계를 조감해주는 일단의 증후군이라 할 만하다. 세 편에서 볼 수 있듯이, 그의 시적 출발은 어두운 정조를 배경으로 삼고 있다.

---

39) 김춘수, 『현대시의 연구』, 정음사, 1981, 48-49쪽.

01 | 이항 대립을 통한 세계 인식

「삶과 죽음」은 시제부터 윤동주의 세계 인식 태도를 보여준다. 그가 애용하는 이분법적 혹은 대립적 세계 인식의 방식을 드러내주면서, 극과 극의 대립적 화해를 지향했던 그의 사상적 편린을 엿보게 하고, 아울러 이후 시편에서 빈번하게 등장하는 물음법이 나오는 것도 주목해 두어야 할 것이다. 그는 나중의 시에서 문답 형식을 가끔 사용하고 있는 바, 이는 이분법과 함께 그가 현실 세계를 응시하는 방식이랄 수 있다. 그는 이 두 가지 방식으로 자기의 존재에 대한 끊임없는 질문을 하게 되며, 세상을 변증법적 논리에 입각하여 인식하는 태도를 보여주고 있다.

삶은 오늘도 죽음의 序曲을 노래하였다.
이 노래가 언제나 끝나랴.

세상사람은─
뼈를 녹여내는듯한 삶의 노래에
춤을 춘다.
사람들은 해가 넘어가기전
이 노래 끝의 恐怖를
생각할 사이가 없었다.

하늘 복판에 알새기 듯이
이 노래를 부른者가 누구뇨.

그리고 소낙비 그친뒤같이도

이 노래를 그친者가 누구뇨.

죽고 뼈만 남은

죽음의 勝利者 偉人들!　　　　—「삶과 죽음」전문(1934. 12. 24)

　이 시편은 시적 구조가 단순하면서도 매우 선명한 의미의 축을 갖고
있다. 기본적으로는 삶을 '죽음의 序曲'으로 파악하는 어두운 정조를 바닥
에 드리워놓고 있다. '偉人들'은 3,4연에서 반복적으로 질문하였던 '누구뇨'
의 응답이지만, 그들 역시 '죽고 뼈만 남은' 존재들이다. 윤동주는 위인들
의 삶과 범인들의 삶의 동질성을 추구하고자 반어적인 시풍을 불어넣고
있다고 하겠다. 그러한 냉소적 반어법은 「그 女子」와 「트루게네프의 언덕」
등에 이어진다. 반어의 바탕을 형성하고 있는 것은 이항 대립에 의한 세계
인식인 바, 이 시에서는 '삶/죽음', '삶의 노래/죽음의 序曲', '부른 者/그친
者', 사람들/偉人들'을 열거할 수 있다. 이러한 이항 대립을 통한 세계 인식
의 논리는 차후의 시편들에서 매우 잦은 출현을 거듭하게 된다. 같은 날에
창작된 「내일은 없다」에서도 '나/무리(동무), 오늘/내일, 밤/동틀때' 등으
로 한결 같은 인식 태도를 견지한다. 그것은 윤동주가 불안한 의식의 지평
위에서 현실 세계를 응시하고 있다는 문학적 반영이라 할 만하다.

　또 이 시에서 주목해두어야 할 것으로 시적 공간을 들 수 있다. '삶과
죽음'은 공간적으로 현실 공간과 초월적 공간의 드나듦이다. 그 들고남의
범주 내에 윤동주의 공간 의식이 놓여 있다고 볼 수 있다. 이 시에 나타나
는 공간 의식은, 그의 시를 이해하는 기본항인 '천체 미학'40)의 징후를 살

며시 비치고 있다고 보아도 무방할 듯하다.

　그의 이러한 세계 인식 태도는 성장하는 도중에 익힌 방법인 것 같다. 그것은 그가 동시류를 천착하기 시작한 뒤에도 지속되는 바, 「반디불」을 거쳐 「귀뜨라미와 나와」에 이르면, 좀 더 구체적인 자기성찰의 모습을 보여준다. 동심적 공간을 회복하기에는 너무 웃자란 윤동주는, 자아를 돌아보는 방식을 비밀스런 태도에서 찾았다. 물론 그의 성격상의 특징에 닿아서 체득된 이 태도는, 한결같이 그를 추종하면서 시편에 자주 출현하게 된다.

　　　가자 가자 가자
　　　숲으로 가자
　　　달조각을 주으려
　　　숲으로 가자.

　　　　그믐밤 반디불은
　　　　부서진 달조각,

　　　가자 가자 가자
　　　숲으로 가자
　　　달조각을 주으려
　　　숲으로 가자.　　　　　　　　　　　　　— 「반디불」 전문

―――――――――――――
40) 김윤식, 앞의 책(1982), 100쪽.

이 작품의 구조는 지극히 단순하다. 3연은 1연의 되풀이이면서, 그 진술 내용 또한 같다. 두 연의 동일한 반복 사이에 위치한 2연은 이 시를 감동의 수준에까지 끌어올린다. 반딧불을 '부서진 달조각'으로 보는 눈은 가장 어린이다운 눈이랄 수 있다. 직관으로 응시한 뒤, 가장 단순한 언어로 표현해내는 어린이의 사물 인식 태도는, 상상력의 원초적 형태이다. 세상의 어떤 고통도 외부로부터 차단시키고 획득한 이 시의 세계는 동화적 연쇄에 의하여 친근하게 다가선다. 역사적 시간과 지리적 공간이 아닌, 초역사적 초지리적 공간이다. 다만 지적해두어야 할 점으로는, 윤동주의 시세계가 미래가 아닌 과거의 세계이며, 회복 불가능한 유년지향적 꿈이 이상향을 대치하여 제시되고 있다는 점이다. 따라서 그가 추구하는 자아의 평화스러운 화해의 세계는 "자아가 성숙함에 따라 현실의 도전이 더해짐에 따라 점점 더 먼 것이 될 수밖에 없는 비극적인 것"[41]이란 점이다. 그런 까닭에 윤동주가 지켜보고자 하였던 개방 공간에서의 희열은 더 지속될 수 없었다.

> 귀뜨라미와 나와
> 잔디밭에서 이야기했다.
> 아무게도 아르켜 주지말고
> 우리둘만 알자고 약속했다.　　　　　—「귀뜨라미와 나와」제1, 3연

연대 미상의 이 작품에는 윤동주의 내성적 성격이 뚜렷이 드러나 있다. 다른 시편에는 이야기가 노출되어 있는 반면에, 여기서는 시치미 떼기로

---

41) 김흥규, 앞의 논문, 663쪽.

일관하고 있다. 대화 내용을 남에게 쉬 공개할 수 없는 시대나 상황은 분명히 바람직스런 것이 아니다. 그것은 어린이의 언어 생활에서 보더라도, 유년기가 아닌 소년기나 청년기로 넘어가는 시기의 화자의 입장을 시화한 것이다. 다른 사람에게 알릴 수 없는 비밀은 결국 자기에게 불안감으로 엄습해온다. 이 시로 인하여 윤동주는 더 이상 원시적 평화의 세계만을 노래할 수 없는 시대적 조건에 직면하였거나, 자아를 반추하는 습벽을 체질화하였는지 모른다.

02 | 도덕적 염결성의 단초

「초 한 대」는 나중에 그의 시작품에 곧잘 등장하는 '희생양 모티프'가 처음으로 선보이고 있다는 점에서 주목을 요한다. 이 모티프는 그의 시편에서 빈번하게 등장하면서, 그의 내면풍경을 구획하고, 사회적 삶의 자세를 파악할 수 있는 주요 거점이 된다. 이 모티프는 윤동주로 하여금 식민지 치하의 인텔리겐챠가 겪어야 하는 정신적 고통을 담아내는데 일조하고 있다. 이 괴로움은 적 치하의 시대적 상황, 지식인에 대한 사회적 요구 그리고 이에 대한 그 자신의 대응 자세와 맞물려 복합적인 양상을 띤다.

초 한대―
내방에 풍긴 향내를 맡는다.

光明의 祭壇이 무너지기전

나는 깨끗한 祭物을 보았다.

염소의 갈비뼈 같은 그의 몸,

그의 生命인 心志까지

白玉같은 눈물과 피를 흘려

불살려 버린다.

그리고도 책상머리에 아롱거리며

선녀처럼 촛불은 춤을 춘다.

매를 본 꿩이 도망하듯이

暗黑이 창구멍으로 도망한

나의 방에 품긴

祭物의 偉大한 香내를 맛보노라.　　— 「초 한 대」 전문(1934. 12. 24)

위의 시에서도 윤동주는 '光明/暗黑', '몸/心志'의 대립을 빌어 '깨끗한 祭物'을 보게 된다. 초의 일생은 자신의 희생을 통하여 타인을 광명으로 인도하는데 있다. 어둠의 세계에서 빛의 세계로 나아가기 위해서는 대단한 고난과 역경을 겪어야 한다. 촛불의 자기 소모성에 연루된 자기희생의 이미지는 예수의 수난이라는 종교적 연상을 내포한 것[42]으로 보이기도 하고, 성인들의 삶을 노래함으로써 자기 자신의 정화를 꾀한 것으로까지 의미장을 확장할 수도 있다. 그 폭 안에 「十字架」, 「새벽이 올 때까지」, 「쉽게 씨여진 詩」 등이 자리 잡고 있다. 윤동주가 발견한 '깨끗한 祭物'로서의 초 한 대는 가스통 바슐라르의 "불꽃은 괴로워하는 존재이다. 어두운

---

42) 김흥규, 위의 논문, 643쪽.

중얼거림이 그 고뇌의 심연에서 나오고 있다. 아주 작은 고통도 그것은 세계의 고통의 표지"[43]라는 몽상을 연상케 한다. 그 몽상만큼이나 깊은 윤동주의 내면의식 속에는, 나중에 선보이게 되는 시적 염결성이 튼튼하게 뿌리를 내리고 있는 것이다.

그렇다고 하여 이 시가 갖고 있는 시적 문제점이 전적으로 상쇄되는 것은 아니다. 과도하리만치 고루한 수사라든가, 연마다 되풀이 되는 단조로운 어조, 통사론적 어절에 대한 과도한 집착으로 인한 줄가름의 패착 등은, 촛불의 강도를 감소시키는데 일조를 하고 있다. 자기 체험의 유기적 질서화, 곧 시적 형식화가 성취되지 못한 점은, 이 시편을 습작품으로 등급을 매기게 한다.

이 시편에 나오는 '희생양 모티프'가 도덕적 염결성을 노래하였다면, 같은 날에 창작한 「내일은 없다」는 그의 역사 인식이 매우 부정적인 관점에 서있다는 징후를 포착할 수 있다. 당대의 궁핍한 시대적 현실에 서서히 눈을 뜨고 있다는 의식의 흐름을 알려주고, 역으로 '내일'이라는 희망적 혹은 원시적 요람기에 대한 짙은 염원과 향수를 드러낸 것이라 할 수 있다.

> 내일 내일 하기에
> 물었더니
> 밤을 자고 동틀 때
> 내일이라고
> 새날을 찾던 나는
> 잠을 자고 돌보니

---

43) 가스통 바슐라르, 이가림 역, 『촛불의 미학』, 문예출판사, 1989, 64쪽.

그때는 내일이 아니라

오늘이더라

무리여 동무여

내일은 없나니

…………   ─ 「내일은 없다」 전문(1934. 12. 24)

　이 시편 또한 '내일/오늘', '밤/동틀 때', '나/무리, 동무'의 대립적 갈등을
통해 세계를 바라보고 있다. 여기서 '잠'은 오늘과 내일을 연결하는 매개항
으로 '새날(내일)'을 찾던 나와 내일은 바로 '오늘이더라'고 외치는 또 다른
나를 잇는 의식의 통로이다. 이 작품은 나중에 쓴 「또 다른 故鄕」을 배태
케 하는 원형적 시편이다.

　이 시는 절망적인 상황을 말들의 풍경으로 그린 것이다. 자고나면 물어
보는 '내일'이지만, 꿈에도 바라는 '새날'은 날마다 '오늘'이라는 헌날이었던
것이다. '내일'과 '오늘'이 겹쳐지는 곳에는 그의 정신적 안식처가 있다. 그
둘이 만나는 통로의 끝에는 유년기의 그리운 추억이 자리하고 있는 바,
그것은 공간적으로 고향에 닿을진대, 이듬해 평양의 숭실중학교에 편입학
뒤에 일련의 망향시 「蒼空」, 「남쪽 하늘」을 쓰게 된 것과 동시류의 천착에
몰두한 사실 등은 우연이 아니다. 모름지기 인간이 망향에의 의지를 발동
하게 되는 계기는 심신의 시드러움에 근인이 있으며, 그 근저에는 현실
세계에 대한 불안의식이 존재하고 있어 원인으로 작용한다고 보아야 한
다. 이 두 편의 망향시를 쓸 당시에 윤동주는 무척 곤혹스런 처지에 처해
있었다. 학교가 폐쇄 직전에 몰려 있었기 때문에 그는 다시 고향으로 돌아
가지 않으면 안 될 형편이었던 것이다. 그러나 고향인 용정으로 돌아간들

친일계인 광명학원 중학부에 편입학할 수밖에 다른 방도가 없었다. 부모의 만류를 무릅쓰고 행하였던 평양에서의 공부였지만, 폐교 조치라는 불가항력 앞에서 그는 쓰디쓴 분루를 삼켜야 했던 것이다.

이렇게 조각난 심정을 그는 한 편의 시에 담아냈으니, 바로 「꿈은 깨어지고」(1936. 7. 27)가 그것이다. 이 시편에서 선연하게 드러나듯이, 당시의 윤동주는 개인사적 실패를 체험한 뒤라서, 그 절망의 강도가 처절하리만치 세었다. 오죽하였으면 자기의 평양 시절을 '손톱으로 새긴 大理石塔'으로 표현하면서, '오오 荒廢의 쑥밭'이라느니, '꿈은 무너졌다/塔은 무너졌다'고 직설적으로 감정을 토로하였으랴. 이런 극심한 절망감은 「山峽의 午後」(1937. 9)에까지 고스란히 이어진다. 이 시의 마지막 연처럼, '오후의 瞑想'이 졸릴 정도로 그의 사유체계는 사위의 압력으로 인하여, 명상에 잠길만한 정신적 여유가 없었다. 이런 주변의 압력이 그로 하여금, 더 이상 세계와 자아의 동일한 인식에 침잠하지 못하게 억압하였다. 시력상으로는 동시류를 계속적으로 천착할 수 없었던 것이다.

> 까치가 울어서
> 산울림,
> 아무도 못들은
> 산울림,
>
> 까치가 들었다,
> 산울림,
> 저혼자 들었다,
> 산울림,　　　　　　　　　　　　　— 「산울림」 전문(1938. 5)

이 시는 윤동주가 성인시로 창작 방향을 굳혀가기 시작할 무렵의 작품이다. 그런 점에서 이 시편의 중요성은 확인되어야 할 것이다. 까치의 울음을 아무도 못 들었으나, 윤동주는 들었다. 고래로 길조라 명칭되는 까치는 희작이라 하여 범인이라도 쉬 들을 수 있으며, 볼 수 있는 새이다. '時代처럼 올 아침을 기다리는 최후의 나'는 까치의 울음을 들었다는데 문제의 심각성이 놓여 있다. 당대 현실의 외압에 동시로는 더 이상 버틸 수 없음을 안 그는, 동시류의 창작을 계속할 수 없었던 것이다. 당초 동시 창작에 임하면서 가졌던 동시 갈래에 대한 지식의 도움으로 이제는 오히려, 동시 갈래의 한계를 절감하고 중단하여야 하는 아쉬움이 있다. 이에 대하여 "그는 동시를 쓸 수 있는 마음의 여유를 잃은 것"[44]이라는 견해가 있으나, 이는 그리 구체적이질 못하고 타당성을 확보할 수도 없다. 마음의 여유는 동시 창작에만 요구되는 것이 아니라, 성인시의 창작에도 똑같이 해당된다고 보아야 옳을 것이기 때문이다. 이어서 보기 들고자 하는 「못자는 밤」에서는 동시 중단의 징조가 명료하게 드러난다.

하나, 둘, 셋, 넷
…………

밤은
많기도 하다.   ―「못자는 밤」전문

---

44) 송우혜, 앞의 책, 192쪽.

이 시의 화자는 밤이 많아서 더 이상 셀 수 없고, 밤의 수효를 헤아리기에는 너무 성숙해버린 사람이다. 셀 수 없는 밤의 수를 과감한 생략 부호로 표현한 수법에서 알 수 있듯이, 이 시기의 윤동주는 상당한 수준의 동시 작법을 익히고 있었던가 싶다. 그럼에도 불구하고 그는 동심의 세계를 표면에 부유시킬 수 없으리만치, 속으로는 불안한 심리 상태였다. 밤을 헤아리기가 겁나는 사람은 어린이가 아니라, 어른이어야 그럴듯하기 때문이다. 그러므로 이 시는 그의 동시류 중에서 최후작으로 가름하여도 될 듯하다.

03 | 원시적 평화의 갈망

윤동주는 평양에서 보낸 7개월 동안에 15편 남짓한 작품을 창작하게 된다. 그 이전에 쓴 작품수가 4편밖에 안 되는 사실을 감안하면, 대단한 창작열을 보여주고 있는 셈이다. 집을 떠난 후에 접하게 된 환경의 변화가 그의 심리적 갈등과 어우러져 이렇게 양산할 수 있었지 않았나 싶다. 그것도 중요하거니와, 이 시기의 윤동주가 보여준 시적 편력은 주목을 요구한다. 이전의 시에서 보여준 현학적이고, 관념적인 취향을 보여주던 경향에서 과감히 탈피하여 평이하고 단순한 언어를 구사하면서, 이른바 동시류에 관심을 쏟고 창작에 심혈을 기울였다는 점이다. 그가 본격적으로 동시류의 창작에 나선 이유는 대략 네 가지로 요약될 수 있다. 첫째, 평양의 객지 생활이 주는 허전한 고독감을 들 수 있다. 인간이 본래의 고향을 떠나 타관살이 할 적에 가장 위로가 될 수 있는 것은, 부모형제가 살고 있는 고향을 그리워하는 회귀욕일 것이다. 이것이 원시적 평화가 숨 쉬는 유년기를 노래하는 동시류의 창작 에너지로 발전적 발산을 거듭하였을 것이다. 둘째, 당시 윤동주가 다니던 숭실중학교는 신사참배를 거부한 명목으로 일제에 의해 강제로 폐교 조치된다. 그는 이 조치에 앞서 자퇴하고, 용정으로 돌아가게 되었다. 그가 귀향하였을 적에 그는 이른바 '불령선인'으로 낙인찍혀 일제 관헌의 요시찰 인물이 되었을 것이다. 그런 일신상의 위험에 처한 윤동주는 이로부터 벗어나고자 동시류의 창작에 적극 나섰을 것이다. 셋째, 당시 윤동주는 자기 나름대로 확고한 시론을 갖고 있었다. 그는 시 「空想」을 1935년 10월에 발간된 『崇實活泉』에 발표하면서, 문익환의 시를 보고 무안을 주었다[45]고 한다. 따라서 윤동주는 이 시기에 상당한 시론을 구비하였으며, 그것이 동시류의 창작을 후원하였다고 할 수 있다. 넷째, 윤동주는 1935년에 발간된 『鄭芝溶 詩集』을 애독하였다. 이 시집은 편제상 특이한 점이 있는 바, 동시류를 유명한 성인시와 동열로 묶고 있다. 이 점은 그에게 많은 시사를 주었을 것이다. 이러한 이유들이 복합적으로 작용하여 그로 하여금 동시류의 창작에 전력하게 하였던 것이다.

이런 시작상의 변화는 그의 시적 방향을 구획하면서, 그만의 고유한 시세계 구축에 본격적으로 나서고 있다는 신호로 인정할 수 있다. 왜냐하면 그의 동시류는 뒤에 쓴 시편들의 원형적 구실을 하기 때문이다. 그러므로 동시류를 포괄적으로나마 정리하는 일은, 그의 시세계를 올곧게 이해하는 데 유효할 수 있다. 윤동주가 쓴 동시류는 대략 35편[46]에 달하며, 시기적

---

45) 송우혜, 위의 책, 158쪽.
46) 이남호의 분류(앞의 논문, 111-112쪽)에 의하면, 동시류는 대강 35편이다. 그러나 그의 나눔 중 타당하지 아니한 두 편을 수정하고자 한다. 그는 「그 女子」를 동시류에 넣고 있으나, 이 시는 그리스의 서정시인 사포의 「처녀 1」과 시적 발상법이 유사하다(사포, 『에게해의 사랑』, 1991, 흔겨레, 63쪽 참조)는 점과 고도의 상징성으로 인하여 성인시

으로는 1935년 12월 24일부터 1941년에 걸쳐 있다. 이 무렵에 그는 평양의 숭실중학교와 광명중학을 거쳐 연희전문학교에 갓 입학한 뒤였다. 꼬박 2년 5개월 동안에 이들을 써낸 것이다.

이 기간 중에 최초로 창작된 작품은 「조개껍질」이다. 이 시편은 그의 동심의식이 선명하게 표출되어 있으며, 각종 모티프가 복합적으로 구사되고 있다. 예를 들면, '상실 모티프', '바다 모티프', '여성 모티프' 등이 그것이다.

> 아롱아롱 조개껍대기
> 울언니 바다가에서
> 주어온 조개껍대기
>
> 여긴여긴 북쪽나라요
> 조개는 귀여운 선물
> 장난감 조개껍대기
> 데굴데굴 굴리며 놀다
> 짝잃은 조개껍대기
> 한짝을 그리워하네
> 아롱아롱 조개껍대기
> 나처럼 그리워하네
> 물소리 바다물소리　　　　　　　　　　　—「조개껍질」 전문(1935. 12)

쪽에 가르는 것이 어울릴 듯하다. 또한 그는 「개」를 성인시의 범주에 묶고 있으나, 시적 이미지로 볼 때 그보다는 동시류에 삽입하여야 할 성싶다. 이 두 편을 자리바꿈 하면, 전체적인 편수는 35 편으로 같아진다.

바다는 미지의 세계를 대치한 것이기도 하고, 성인적 세계를 상정한 것이기도 하다. 격랑이 출렁이는 인생이라는 바다로 떠나야 하는 항해사의 심정은 자못 비장하여야 한다. 그러나 윤동주는 상실감을 배경면서, 신세계로 향한 자신의 귀를 쫑긋 세우고 있는 것이다. 이렇게 미지의 바다를 향한 '귀 세우기'는 출발점 행동부터 그리움이라는 원초적 정서를, 돌아오기 위한 에너지의 축적으로 삼았다. 그런 까닭에 윤동주의 실존적 고뇌는 늘 육지로 회귀하려는 굴지성을 기저로 하게 된다. 따라서 이「조개껍질」은 그의 시에서 하나의 무리를 이루는 망향의식 혹은 실향의식이 절절하게 드러난 작품이다. 아울러 이 시편은 다음과 같은 이유에서, 윤동주의 동시류를 읽어내는데 효험있는 단서로 기능할 수 있다.

첫째, 이 시에 나오는 귀향에의 의지, 곧 '바다 모티프'는 모성애에의 기댐을 뜻한다. 고래로 한자의 '바다 해(海)' 자에는 '어미 모(母)' 자가 들어 있거니와, 이 어원적 사실은 예로부터 바다가 모성애의 알레고리임을 추측케 하는 단초가 된다. 또한 인도의 경전에도 물을 주재하는 '아파스'나 강을 다스리는 '사라스바티'[47]는 여신으로 나온다. 윤동주가 그의 첫 동시에서 바다 모티프를 전면에 등장시킨 점은 전혀 예사롭지 않다. 그가 앞으로 모성애의 변주에 힘을 기울일 것이라는 다짐의 시적 발언임과 동시에, 나중에 나오게 되는 '우물 모티프'나 '거울 모티프' 및 '방 모티프' 등의 심리적 공간이 된다는 걸 의미한다. 그러한 귀소 본능 혹은 요나 콤플렉스 따위의 심리 기제는 집요한 방어 본능의 표출이면서, 그 이면에는 윤동주를 끊임없이 따라다니는 유랑의식이 배어 있다. 시 속에서처럼 잃어버린 조

---

47) 정승석 편역, 『리그베다』, 김영사, 1984, 148-152쪽.

개껍대기 한 짝을 그리워하는 행위는 근본적으로 불화한 감정적 교직에서 비롯한 것이기 때문이다. 전기적으로 이 당시에 그는 평양에서 학업을 계속하고 있었으며, 이 무렵에 일련의 망향시편들인 「남쪽하늘」과 「蒼空」을 쓰기도 하였다.

둘째, 이 시기의 윤동주는 성인기로 접어드는 과도기에 처해있었지 않나 한다. 왜냐하면 조개껍질을 엘리아데(M. Eliade)에게 기대어 생각하면, 육체적 탄생과 정신적 재생을 상징적으로 나타내며, 조개는 죽음과 재생을 상징화하고 입문식과 깊은 관계를 갖고 있다[48]고 한다. 따라서 조개껍질은 범람하는 물을 예언하기도 하면서, 인용자의 정신적 거듭남을 상징한다고 볼 수 있다. 그러한 실존적 재생의 기간을 동시에 심취하여 보냈다는 사실은, 그의 시세계를 어렴풋이나마 추측할 만한 실마리가 된다.

셋째, 화자에게 '조개껍대기'를 선사한 사람은 언니이다. 이 언니는 어른의 분신으로, 북쪽 나라에 사는 화자에게 조개껍대기라는 새로운 물건을 알려준 메신저이다. 이런 찰나의 물건이란 새로운 혹은 경이로운 세계의 대용물일 터이다. 그러므로 조개껍대기는 화자에게 매우 신이한 것이고, 화자는 그것에 눈이 팔려 언니를 초월하여 자기와 동일시하게 되는 것이다. 이 언니라는 '여성 모티프'는 뒤에 나오게 되는 여성들의 환유이다. 예컨대, 어머니, 누나, 順伊, 소녀, 처녀, 할머니 등이다. 이처럼 윤동주는 많은 여성들을 그의 시 속으로 끌어들이고 있다. 그 배면에는 생모에게서 받은 정이 유별하다거나, 선천적으로 정약한 심성을 보지한 그로서는 여성주의적 음조로 발언할 수밖에 없는데, 그 등장인물로 이들이 취택된 것

---

48) 최동호, 앞의 논문, 111쪽.

이라 볼 수 있다.

넷째, 윤동주가 바다를 동경하는 조개껍대기와 '나'를 동일하게 바라보았다는 것은, 그가 본능적 또는 원시적 세계의 생명력을 꿈꾸고 있었다는 증거가 된다. 이야말로 동시를 지탱해주는 근본적 속성이기도 하면서, 성인을 독자로 삼는 시와 달리 나누게 하는 변별적 자질이며, 동시가 시인의 심리적 원형구조를 밝히는데 움직일 수 없는 단서가 되는 뚜렷한 증거이다. 윤동주가 갈망하였던 세계는 원시적 평화가 온전하게 구현되는 곳이었다. 조개껍질의 외형적 특성을 빈 이러한 그의 발화 의미는, 전체성의 우의로서의 원의 세계에 대한 동경에 다름아니다. 호머적 전체성을 상실당한 당대가 잃어버린 한 짝으로 변주되고, 화자는 그 완전한 질서의 복원을 염원하는 발화 양상을 보여준다. 따라서 이런 의미에서 「조개껍질」의 세계는 식민지적 상황의 타파이면서, 훼절당한 원시적 질서의 복고를 상징하고 있다고 볼 수 있다.

위에서 살펴본 「조개껍질」은 윤동주의 시적 진로를 암시하는 향도적 기능을 수행하면서, 그의 시의 지향처를 풀이하는데 매우 유효하다. 그의 동심 의식은 상실당한 고향을 되찾으려는 '고향 모티프'를 기반으로 삼아 고향에 대비되는 '도시 모티프'와 고향집을 구성하는 '식구 모티프' 및 식구와 아이들이 뛰노는 '놀이 모티프'로 변주되고 있다.

첫째, '고향 모티프'는 윤동주가 유년기 추억이 가득한 곳으로 돌아가고자 하는 망향 의식에 기초하고 있다. 이 모티프는 그의 공간애의 시적 발현 양태로 드러나고 있다. 인간에게 가장 보편적이고 본능적인 욕망이 있다면, 자기가 태어나 자란 고향을 그리워하는 마음일 터이다. 이러한 망향심은 고향 아닌 타관에 있을 적에 그 출현 빈도가 더욱 잦아진다. 또한 장성한 어른이 아닌 성장 중인 소년인 바에야, 그 회향에의 욕망은 어머니에 대한 그리움과 맞물려 더욱 커질 것이다. 그런 찰나에 문학은 인간으로 하여금 망향가나 사모곡의 형식을 대여해주고, 그에게 정서적 대리만족을 가져다줄 수 있다.

> 어머니의 젖가슴이 그리운
> 서리 나리는 저녁—
> 어린 靈은 쪽나래의 鄕愁를 타고
> 남쪽 하늘에 떠 돌뿐—　　　　— 「남쪽 하늘」 제2연(1935. 10)

이 시의 끝에는 창작연월일과 함께 '평양에서'라는 창작 장소가 분명하게 명기되어 있다. 시기적으로 이 무렵의 윤동주는 평양에서 숭실중학교를 다니고 있었다. 18세의 나이로 생후 처음 맞는 객지 생활의 피곤함이 온몸을 파드는 시기였다. 계절적으로 늦가을에 쓰인 이 작품은 '어머니의 젖가슴'을 그리워하는 '어린 靈(나)'의 심리 양상을 보여준다. 향리를 떠나 '남쪽 하늘'에 떠도는 화자의 향수를 제비의 나래에 실어 나타내고 있다. 이 시에서 화자가 고개를 어머니가 계시는 북쪽으로 돌리고 있다면, 다음의 시편에서는 우러르는 양상을 보여준다.

> 그 여름날
> 熱情의 포푸라는
> 오려는 蒼空의 푸른 젖가슴을
> 어루만지려

팔을 펼쳐 흔들거렸다.

끓는 太陽그늘 좁다란 地點에서　　　— 「蒼空」 제1연(1935. 10. 20)

이 작품에서는 앞에서 나온 바 있는 '젖가슴'이 연달아 등장한다. 전자가 직설적으로 사모의 정을 노래하고 있다면, 후자는 간접적인 방식을 취하고 있다고 볼 수 있다. 정도의 차이는 있으나, 양자는 모두 가을이라는 계절적 배경을 토대로, 어머니에 대한 상념을 노래하였다는 공통점을 띤다. 그리고 이 시에서 눈여겨보아야 할 부분은, 그의 시상 전개에 자주 나오는 천체를 등장시키고 있다는 점이다. '끓는 太陽그늘 좁다란 地點'에선 '어린 마음'이 어머니의 '푸른 젖가슴'을 만지기 위해서는 '둥근 달'을 매개항으로 이용하여야 한다. 윤동주는 천체를 매개삼아 공간을 연계시키는 수법을 애용하는 바, 저 너머의 어머니를 만날 수 있는 유일한 통로라 파악한 탓이다.

우리 인류는 천부적으로 고향을 잃은 망실감으로 고통스러워하는 존재이다. 이러한 선험적 고향 상실성은 인간을 정서적으로 불안케 하면서, 특정 공간에 대한 유별한 애착으로 나타나게 된다. 인간이 태어나면서 맨 처음으로 익히게 되는 바가 공간적 표지라는 언어심리학적 견해는 이것을 후원하는 단단한 논리가 된다. 이 공간에 대한 과도하리만치 확고한 애정은 가히 숙명적이어서, 심리적 배사구조에 튼튼하게 뿌리를 내리게 된다. 인간의 본능적인 공간애는 고향이나 집이라는 처소에 집중되게 된다. 그리고 이 감정은 거기에 살고 있는 어머니에 대한 그리움과 불가피하게 연루될 수밖에 없다.

헌 짚신짝 끄을고

　　　나 여기 왜 왔노

두만강을 건너서

　　　쓸쓸한 이 땅에

남쪽 하늘 저 밑에

　　　따뜻한 내 고향

내 어머니 계신 곳

　　　그리운 고향집　　　　　　　　　— 「고향집」 전문(1936. 1. 6)

이 시는 윤동주를 괴롭히는 불안의 모습이 구체적으로 노정되어 있다. 「조개껍질」에서 보여주었던 막연한 불안이 특정한 공간을 배경으로 선명해지고 있다. 시적 화자의 신세한탄 혹은 그리움은 '남쪽 하늘 저 밑에/따뜻한 내 고향'을 떠나왔기에 파생된 것이다. 출향으로 인한 불안은 1연의 궁핍한 물리적 현실 때문에 더욱 고조되다가, 2연에 이르러 극정에 달한다. 타향이므로 '쓸쓸한 이 땅에' 생존의 이유로 '헌 짚신짝 끄을고' 온 나의 망향의식을 직설적으로 표현하고 있다. 이 시에서 '고향집'은 '따뜻한', '그리운'이라는 형용사의 수식에 의하여 더욱 그립고 포근한 곳으로 자리바꿈 한다. 이 시에는 당대의 민족 현실이 소년의 향수에 실려 상징적으로 담겨, 시의 정조를 비극적 동심의 세계로 만들어준다. 특히 '짚신짝'이라는 우리 민족 특유의 문물을 빌어 드러난 유이민의 유랑의식은, 그의 시를 간도문학의 범주 안에서 읽을 수 있는 근거 가 되기도 한다.

집은 유년기의 추억이 가득한 곳이며, 일하지 않아도 무방한 곳이다. 그곳은 현실 세계에 투거된 인간이 아늑한 평화를 구할 수 있는 유일한 처소이다. 그러므로 단순한 상기에 의해서도 곧잘 몽상에 이르게 한다. 단순성은 현실적 기억에서 해방되기에 용이하며, 상상력을 자유롭게 그리고 순수하게 한다. 곧, 표상의 매개항을 배제함으로써 이미지를 원초적이고 직접적으로 전달할 수 있게 하는 속성을 띤다. 이러한 특성은 동시에 매우 적합할 뿐더러, 독자에게 심리적 유대감을 공유하게 만든다. 더불어 이 시에서 윤동주가 회상의 기법을 사용한 이유인즉, 존재의 상황을 효과적으로 전달하려 한 의도인 듯하다. 이 기법은 어린이의 상상력을 자극하여 추억의 원형적 상태에 쉬 접근하게 한다. 또한 이 기법은 아름다운 세계를 중첩시켜 보여주는 바, 윤동주의 상상력이 유년기의 고향집을 매개항으로 삼아서 발휘되고 있다는 점에서 이중성을 갖는다. 어린 시절 자체의 아름다움과 시를 쓰는 순간에 느꼈던 아름다움이라는 이중성의 미학은, 그의 시적 재능의 개화 가능성을 여실히 보여주고 있다고 하겠다. 그가 집이라는 꿈의 집적체를 통하여 평화한 순간을 기린 것은, 집을 "인간의 사상과 추억과 꿈을 한데 통합하는 가장 큰 힘의 하나"라고 본 가스통 바슐라르의 몽상에 근접해 있다.

윤동주가 어머니가 있는 '고향집'을 그리워하는 심리적 기제는, 인간에게 산견되는 공간애(topophilia)와 요나 콤플렉스(Jonas Complex)가 겹쳐 나타난데 기인한다. 이 둘은 사모, 귀향, 회귀 성향을 유발하는 촉매가 된다. 「조개껍질」의 '북쪽 나라'에 대응되는 '남쪽 하늘'은, 개인사적으로는 윤동주 가문의 본향이면서, 역사적으로는 잃어버린 조국일 터이다. 할아버지 세대가 식민지 치하라는 암울한 형극에서 벗어나고자 감행한 간도 이주이지만, 그들의 내면의 심층부에는 항상 두고 온 고향을 생각하며 나날을 보냈음에 비하여, 윤동주 세대는 이런 의향이 다소 탈색되고 일상적 정서로 절실해지는 차이가 있다. 이 작품에서 그의 의식을 지배하는 그리움은 과거에 망을 치고 있으며, 다가오는 미래에의 기대감은 표출되어 있지 않다. 그것은 현실적 조건이 예측을 불허할 만큼 강고한데서 유래하기도 하고, 그의 현재적 불안이 의식을 어둡게 만들고 있다고 볼 수 있다. 여기서 발견되는 어둠의 이미지는 유학 후까지 줄기차게 그를 따라다니게 된다. 최초에 창작한 시편들에서 보이던 관념의 세계가 구체적 윤곽을 띠고 모습을 드러낸 '고향집'은 다음의 시편에 이르러 궁핍상을 보이면서 실재적 공간으로의 위상 전환을 시도하고 있다. 그리고 이 작품에서 선보이는 줄가름의 어긋남은 차후 시편에서도 흔히 발견되는 바, 초기의 동시류에 치우쳐 있어 그가 습작기에 다양하게 시도하였던 실험적 방법의 일단이라 여겨진다. 그 예로는 「해바라기 얼굴」, 「반디불」, 「거짓부리」, 「햇비」, 「빗자루」, 「오줌싸개지도」 등을 꼽을 수 있다.

> 우리 집에는
> 닭도 없단다.
> 다만
> 애기가 젖달라 울어서
> 새벽이 된다.
>
> 우리 집에는
> 시계도 없단다.
> 다만
> 애기가 젖달라 보채어
> 새벽이 된다. ──「애기의 새벽」 전문

추억의 남상이면서, 심리적 안정을 담보하는 처소인 '우리집'의 실상을 확연하게 보여주는 작품이다. 1연과 2연에 거듭되는 시어의 평이함은 동시의 속성을 그대로 살리면서, 단조로움을 방지케 한다. 그것은 의도적으로 구사된 절제된 언어 사용인 바, 우리 집의 가난한 모습을 실제적으로 보여주려고 동원된 수단이다. '닭'과 '시계'는 새벽을 알려주는 경적물이다. 그러나 우리 집에는 닭'도' 없다. 농촌의 정경을 묘사할 적에 가장 빈번하게 등장하는 동물이 닭임에도 불구하고, 우리 집에는 그마저 없다. 조사 '─도'에 의하여 뚜렷하게 드러난 곤궁한 이미지의 어두움은, '애기가 젖달라 울어서/보채어'서 밝은 새벽으로 전환하게 된다. 이미지의 교체를 담당한 애기는 새벽의 신선함과 어우러져, 불안 의식의 변주 혹은 이미지의 변전을 향한 디딤돌이 되고 있다. 차후의 시편에서 두루 나타나는 낙관적인 전망이 비로소 형성되기 시작한 시기의 시편이다. 당대의 궁핍한 현실 속에서도 새벽을 향한 희망을 잃지 않으려는 윤동주의 자세는, 울고 보채는 애기의 생명력에서 비롯한 것이다. 이 새벽을 조국의 광복을 상징하고 있다고 풀 수도 있을 것이다.

하지만 그러한 단순 논리가 주는 경직성을 완화한다면, 애기와 함께 행복한 이미지를 끌어들여서 불행에 감염되지 않은 유년 시절을 상정할 수도 있을 것이다. 그는 현실적 불안의 해소 공간으로 애기를 앞장세우고 찾아가고 있는 것이다. 그 이유인즉, "유년 시절은 진짜 원형, 단순한 행복의 원형"을 증언할 수 있기 때문이다. 더욱이 이미지가 현실의 기능과 비현실의 기능이 협력함으로써, 현실과 비현실의 협동 가운데 자리 잡는 것이고, "만약 집이 살아있는 가치라면, 그것은 비현실성을 통합해야 한다. 모든 가치는 진동해야 하는 것"이다. 윤동주는 「고향집」에서 보여주었던 막연한 비현실적 집의 가치가 진동할 수 있도록 애기가 '울고 보채는' 장면을 설정한 것이라 여겨진다. 이것은 그의 세밀한 시작 태도에 토대한 것이라 보이며, 그의 현실 인식의 기반이 투철하다는 사실을 시사하고 있다고 하겠다.

둘째, 윤동주가 쓴 초기시 중에는 도회지 취향을 담뿍 풍기는 시편이 있다. 이 시편은 '도시 모티프'를 동원하여 도회지 생활에 부적응한 화자를 내세우고 있다는 점에서, 망향 의식을 달리 드러내려는 시도일 뿐이다. 나중에 쓴 도시시의 시발이라 할 수 있는 시편이 「거리에서」이다. 이 시편을 읽노라면, 그만의 독특한 시작법인 이분법적 시상 전개와 대칭적 논리가 돋아 보인다.

> 달밤의 거리
> 狂風이 휘날리는
> 北國의 거리
> 都市의 眞珠
> 電燈밑을 헤염치는
> 조그만 人魚 나,
> 달과 전등에 비쳐
> 한몸에 둘셋의 그림자,
> 커졌다 작아졌다.
>
> 괴롬의 거리
> 灰色빛 밤거리를

걷고 있는 이 마음
旋風이 일고 있네

외로우면서도
한갈피 두갈피
피어나는 마음의 그림자,
푸른 空想이
높아졌다 낮아졌다.   — 「거리에서」(1935. 1. 18)

이 시편은 윤동주가 평양에 가기 전에 쓴 작품이다. 이 작품은 1연과 3연, 2연과 4연이 대칭되게 배열되어 있다. 또 '달밤의 거리/괴롬의 거리', '狂風/旋風', '대소(커졌다 작아졌다)/고저(높아졌다 낮아졌다)'의 대칭을 통하여 거리라는 어휘가 주는 어감상의 방황성을 고조시키는 효과를 노리고 있다. 또 이 시의 '電燈밑을 헤염치는 조그만 人魚'는 바로 윤동주 자신으로, 그가 도시 생활에 쉬 적응하지 못하는 모습을 보여준다. 그렇기에 그가 거니는 거리는 항상 방황을 내포하거나, 무료한 기다림에 휩싸여 등장한다. 따라서 그는 도시적 삶이 주는 고독감 혹은 상념을 '空想'으로 파악하려 했지 않았나 싶다.

그가 사용한 '도시 모티프'는 한결같이 현실 생활에 부적응한 시골 사람의 풍모를 보여준다. 이 시골 사람은 문명한 식민지 종주국민의 반대 켠에서 신음하며 살아가는 식민지인의 비유라 볼 수도 있다. 그것은 「看板없는 거리」(1941)나 적국에서 쓴 「흐르는 거리」(1942. 5. 12) 그리고 「사랑스런 追憶」(1942. 5. 13)이 좋은 보기[49]이다. 아마 그는 체질적으로 도시인이

될 수 없었던 것 같다. 초기에 쓴 시편들에서 산견되는 농촌 정경이 주는 아늑함이 그에게는 더 잘 어울렸으며, 그 공간이야말로 윤동주가 찾아가고자 하였던 원시적 평화의 세계였던 것이다.

셋째, '식구 모티프'는 고향집을 구성하는 가족공동체의 연대 의식을 시화하기 위하여 동원되었다. 윤동주는 불안한 심리 상태를 본래의 고유한 평형 상태로 회복시키고자 '고향집'을 찾아 나섰다. 그 집에는 온가족의 따뜻한 인정이 있고, 훈훈한 인간미가 살아있는 곳이다. 그 집의 구성원인 식구들이 한데 모이는 시간은 먹을 때이다. 다 모여서 음식을 나눠 먹는 행위를 통하여, 식구들은 공동체 의식을 확인하게 된다. 더욱이 국권 상실의 곤궁한 시절에, 먹을거리를 찾아 스스로 유이민이기를 마다하지 않았던 당대인들로서는, 식량의 구입만큼이나 분배가 귀중한 값어치를 지닐 것이다. 그런 시대적 궁색함을 읽어냈던 그로서는, 평양에서 쓴 「食券」이라는 시편에서 읊었듯이, '우리 배를 부르게' 할 수 있는 먹을 권리인 식권을 되찾으려 하였을 것이다.

「뾰, 뾰, 뾰,
  엄마 젖 좀 주」
  병아리 소리

「꺽, 꺽, 꺽,
  오냐 좀 기다려」

---

49) 이 시편들은 윤동주의 유학 시절이 순탄치 않았음을 시적으로 보여주면서 그의 정신적 방황의 깊이를 드러내준다. 그의 갈등에 찬 내면 풍경이 '도시 모티프'에 실렸다는 점에서, 그는 유랑의식을 읽을 수 있기도 하다.

엄마 닭 소리 　　　　　　 ―「병아리」제1, 2연(1936. 1. 6)

「고향집」과 같은 날에 창작된 시이다. 그의 주요 시적 발상법인 자문자 답의 형식을 취하고 있다. 이 외에 몇몇 동시류에서도 이런 예가 산견되는 바, 이는 그 자신의 현실 인식의 논리의 연장에 다름아니다. 이분법적 대 립을 통하여 세계를 바라보는 그의 인식 논리는, 문답법이라는 형식을 끌 어들여 보다 철저하게 세계를 파악하고자 하였던 방식은, 그가 자아에 대 하여 끊임없이 존재론적 의문을 갖게 도와준 천부적인 내향적 성격에 힘 입은 듯하다. 이 시기는 그가 평양에서 공부하고 있던 때였다. '젖 좀 주'라 는 병아리와 '오냐 좀 기다려'라는 엄마닭의 화해스런 장면을 목도한 뒤에, 자신의 감정과 처지를 이입시키고 있다. 아마 윤동주는 「고향집」에서 보 여준 망향의식의 연장선상에서 사모의 정을 유로시킨 듯하다. 더불어 유 아처럼 '젖'을 먹고 싶어 하는 행위는 「남쪽하늘」과 「蒼空」에서도 노출된 바 있어, 그의 시를 "오티즘에 의한 유아기로의 심리적 퇴행"[50]이라는 오 해를 야기하기도 하였다. 그렇지만 이 대목은 유아어의 구사를 통한 유아 적 삶의 형상화 또는 성장기 청년의 심리적 굴절 양상으로 해석되어야 할 성싶다. 윤동주가 예서 보여주는 문답을 통한 이미지의 드러내기는 훗 날 자기 성찰의 방식으로 더욱 세련되어 나타나기 때문이다. 또 하나는 윤석중의 영향으로 볼 수도 있는 바, 그의 시의 줄기를 이루고 있는 동심천 사주의를 본받아 이렇게 평화한 세계를 노래하였으리라 추측된다.

　이 작품은 이면적으로는 불안한 정서를 베개 삼고 있으나, 표면적으로

---

50) 김열규, 앞의 논문, 106쪽.

는 평화스런 세계를 주제로 내세웠다고 하겠다. 또 이 시편에서는 지금껏 나타나던 육친관계가 겉으로 선명하게 노정되고 있는 바, 이것은 그의 후기시에서 인간에 대한 사랑으로 발전되는 양상을 보여준다.

비오는 날 저녁에 기왓장내외
잃어버린 외아들 생각나선지
꼬부라진 잔등을 어루만지며
쭈룩쭈룩 구슬피 울음웁니다.

대궐지붕 위에서 기왓장내외
아름답든 옛날이 그리워선지
주름잡힌 얼굴을 어루만지며
물그럼히 하늘만 쳐다봅니다.　　　　　　　　　　— 「기왓장내외」 전문

　연대 미상의 이 작품은 기왓장을 의인화하여 친숙한 이웃으로 등치시키고 있다. 1연에서는 '비'라는 매개물에 의하여 촉발된 자식에 대한 그리움을 노래하여, 훼손된 식구공동체의 구성원을 복원시키려는 염원을 담았다. 2연은 태양이 빛나는 낮에 기왓장 내외가 지붕에 얹혀질 당시의 찬란한 영화를 회억하는 내용이다. 이러한 그리움의 중첩은 「고향집」에서 보여주었던 이중성의 미학에 맞닿는다. 그것은 '대궐'이라는 절대 왕조의 유물과 외아들이라는 범상찮은 감정상의 혼효가 대칭적으로 수를 놓으며 시를 구성하고 있다. 이 시는 범상함과 비상함이라는 이질적인 관계를 매끄럽게 조화시키려고 애쓴 흔적이 역력하다. 특히 '비'는 특정 상황을 불러

오는 매개항의 구실을 톡톡이 해내고 있는 바, 「쉽게 씌여진 詩」에서는
'六疊房은 남의 나라'라는 비극적 상황을 환기시켜주는 결정인자로 기능
하고 있다. 여기서는 빗속에서 양친이 자식을 그리는 내용인데 비하여,
자식이 어머니를 그리는 작품도 있다.

> 손가락에 침발러
> 쏘옥, 쏙, 쏙,
> 장에 가는 엄마 내다보며
> 문풍지를
> 쏘옥, 쏙, 쏙,
>
> 손가락에 침발러
> 쏘옥, 쏙, 쏙,
> 장에 가신 엄마 돌아오나
> 문풍지를
> 쏘옥, 쏙, 쏙,　　　　　　　　　　　　　　　—「햇빛. 바람」제1, 3연

　　윤동주의 세계 인식 방식을 극명하게 드러낸 작품이다. 아침/저녁, 햇빛/
바람, 장에 감/돌아옴이라는 이항 대립의 구조 위에서 '장에 가신 엄마 돌
아오나' 기다리는 아이의 불안한 표정이 잘 드러나 있다. 그 효과를 내기
위하여 '쏘옥, 쏙, 쏙'이라는 부사어가 무려 네 번에 걸쳐 사용되었다. 동시
의 이미지는 명확하여야 하는 바, 점차 무르익어 가고 있는 그의 시적 재능
을 가늠케 해주는 실례랄 수 있으리라. 그는 대립적 상황 제시를 통하여

의미 전달을 직접적이게 만드는데, 이것은 "정경을 그릴 때에는 분명히 보는 것처럼 형상화하여야 한다"[51]는 동시의 특성에 적합하다고 하겠다. 이 시는 모자를 내세우고 있다는 점에서, 잃은 아들을 그리는 「기왓장내외」와는 다른 결손 가정의 모습이다. 이들과 달리 다음의 시는 부모가 없는 남매를 소재 삼았다는 점에서 불안이 가중되고 있다.

> 빨래줄에 걸어논
>   요에다 그린지도
> 지난밤에 내동생
>   오줌싸 그린지도
>
> 꿈에 가본 엄마 계신
>   별나라 지돈가?
> 돈벌러간 아빠 계신
>   만주땅 지돈가?   —「오줌싸개지도」 전문(1936)

이 시편에는 네 식구가 언급되어 있으나, 부모와 별거하는 아이들의 이야기이다. 엄마는'별나라'에 가 있고, 아빠는 '만주땅'으로 돈 벌러 갔다. 먹을거리를 해결하기 위하여 가족과 떨어져 살아야 하는 유민의 비참한 삶을 동시라는 갈래에 담았다. 표면적으로는 남매의 우애가 그려져 있지만, 그것은 바람직한 질서가 아닌 비극적 현실의 희화에 다르지 않다. 전반부의 희극적 사실을 후반부에는 비극적 상상력으로 시화한 그의 현실

---

51) 이재철, 앞의 책, 210쪽.

인식은 당대에 대한 확철한 응시에서 비롯된 것이라 보인다. 지금까지 열거한 세 편이 모두 결손된 가족 구성원을 쓸거리로 삼았기에 동정심을 유발하고 있음에 반하여, 아래의 시는 모처럼 화목한 가족의 표정을 담고 있다.

> 붉은 사과 한개를
> 아버지 어머니
> 누나 나 넷이서
> 껍질채로 송치까지
> 다아 나눠먹었소.　　　　　　　　　　　　　— 「사과」 전문(1936)

이 작품에 이르러 윤동주가 찾고 있던 식구공동체의 복원이 이루어진다. 물론 이면에는 가난한 궁핍상을 은닉하고 있으나, '껍질채로 송치까지/다아 나눠 먹'는 모습은 인위적 현실이 배제된 화해의 세계이다. 분배 행위를 통하여 공유되는 공동체 의식은 불안을 일단 차단시키며 화목한 정경을 빚어낸다. 여기 나오는 '사과'는 「그 女子」에서는 타락의 상징으로, 「돌아와 보는 밤」에서는 익어가는 사상의 표상으로 등장한다. 이에 비하면 「굴뚝」은 윤동주가 찾아 나선 원시적 평화의 공간이 오막살이로 구체화하면서 제법 훈훈한 인정까지 풍기고 있다.

> 산골작이 오막사리 낮은 굴뚝엔
> 몽기몽기 웨인연기 대낮에 솟나.

감자를 굽는 게지 총각애들이

깜박깜박 검은눈이 모여 앉아서   ―「굴뚝」 제1, 2연(1936)

이 시편은 "윤동주의 동시 가운데 가장 우수한 작품"[52]으로, 그의 따뜻하고 자상한 인간성을 읽을 수 있다. 그의 시가 철저한 현실 인식에 기초하고 있음에 비추어, 당대의 궁핍한 현실 상황을 '감자 굽는내'에 묻히게 한 의도를 찾아야 한다. 그는 일체의 종교적 관념이나 철학적 사고까지도 배제하면서, '산골작이 오막사리'의 위상을 그대로 묘사하고 있다. 그러는 중에 그에게는 총각애들이 감자를 굽는 가난한 내보다는, '옛이야기 한커리에 감자 하나씩' 나누어 먹는 모습이 더 소중하게 다가온 것이다. 가난한 날의 시화보다는 공동체적 의식의 연대에 초점을 겨눈 것이다. 이렇게 하여 지극히 어려운 상황에 처하여도 주변의 여러 상황을 긍정적으로 보려 하였던 낙관적 자세가 형성된 것이다. 이 시를 기점으로 그는 식구 외의 주변 인물 혹은 대상에 관심을 돌리게 된다. 소박하고 정약한 인간미에 토대한 이런 시선은 다음의 시에 와서는 남들의 먹는 행위까지 염려하는 여유를 낳는다.

별나라 사람

무얼 먹고 사나.   ―「무얼 먹고 사나」 제3연(1936. 10)

이 시는 제1연과 제2연에서 '바닷가 사람'과 '산골엣 사람'들이 살아가는 객관적 사실을 열거한 뒤, 의문형으로 종결처리하면서 독자에게 사고할

---

52) 마광수, 앞의 책, 121쪽.

여유를 주고 있다. 어촌과 산촌 사람들, 곧 현실 세계의 존재들은 일용할 양식조차 구할 길 없어 대용식으로 끼니를 때운다. 이 시기는 일제에 의한 내핍 생활을 강제로 감내하여야 했던 때로 우리 민족의 궁핍상이 가장 선명하였던 무렵이다. 따라서 사회적 현실의 실상에 차츰 눈을 떠가던 윤동주가 그런 비참한 현상을 목격하고 불안에 떠는 시이다. 표상적 세계인 별나라는 시인이 동경하는 이상향이다. 「오줌싸개지도」에서 엄마가 계신 곳으로 등장하였던 별나라가, 이제는 시인의 이상이 투사되는 대상으로 전환하고 있다. 그렇지만 이상 세계에의 동경도, 3연에 제시된 비극적인 현실의 욕망 때문에 희생되지 않을 수 없다. 윤동주의 이러한 시선의 이동은 이후 그의 시에 줄곧 견지된다. 별은 암흑을 전제하여야 더욱 빛을 발할 수 있으므로, 암흑기에 별을 동경하는 시인의 발상법은 당연한 귀결인지도 모를 일이다. 현실 세계의 질식할 것 같은 시대 상황을 철저하게 인식하고 있던 윤동주는, 어둠을 뚫고 발광하는 별처럼 영원한 이상을 꿈꾸면서 그 실천 방법을 시로써 묻고 있는 것이다. 그 다짐은 「별헤는 밤」에서 보듯이 감정의 자연스런 유로를 통한 확고한 신념으로 발현되기도 하고, 「序詩」에서는 굳은 서원의 맹아가 되기도 한다.

그의 시각이 외부를 향하여 점차 열리게 되자 현실계는 전보다 더 강고한 어둠으로 막아선다. 그러나 그는 '모든 것을 사랑'하는 심정으로 눈빛에 열기를 보태어 사위의 만물을 따뜻하게 바라보고자 한다. 그렇게 애정어린 눈은 「눈」에 다다르면 더욱 빛을 더한다.

지붕이랑
길이랑 밭이랑

추워 한다고
덮어주는 이불인가바   ―「눈」제2연(1936. 12)

　눈을 이불로 빗댄 것은 물론 신선하지도 않을 뿐더러, 시의 등급이 그리 높은 편이 아니다. 그렇지만 이런 평가를 한번 접어두고 바라보면, 그가 눈을 추위에 떠는 세상을 덮어주는 이불로 바라볼 수 있을 만치 심리적으로 따뜻함을 유지하고 있다는 것, 나아가 그의 잠정적 독자들에게 그런 내면적 바람을 비치고 있다는 것은, 원시적 평화를 복원하려는 욕구를 꾸준히 갖고 있다는 일종의 단서가 된다. 그러다 보니 다음의 글감처럼 말라버린 푸성귀에까지 따뜻한 시선을 줄 수 있었으리라.

　　처마 밑에
　　시래기 다래미
　　바삭바삭
　　추어요.

　　길바닥에
　　말똥 동그램이
　　달랑달랑
　　얼어요.   ―「겨울」전문

　식물성인 '시래기'와 동물성인 '말똥', 그리고 집 안의 '처마밑'과 집 밖의 '길바닥'은 현실 세계를 이루는 구성인자들이다. 일제의 강철 같은 식민지

정책으로 인하여, 갖은 물상들이 동토의 땅에서 고초를 겪는 모습을 동시의 형식에 담아내고 있어, 읽는 사람으로 하여금 당대의 압박을 간접적으로나마 체험할 수 있게 해준다.

지금까지 살펴본 식구공동체에 보인 그의 고뇌는, 내적으로는 구성원의 결원에서 야기되는 불안을 해소하지 못하고 있으며, 외적으로는 그의 시선이 만나는 대상의 아픔에 불안해하고 있는 양상을 보여주었다. 이런 징후들은 후기시들에서도 연속되는 바, 초기의 동시류가 갖는 중요성을 충분히 증거한다고 할 수 있을 것이다.

넷째, 윤동주는 고향의 아이들이 마음껏 뛰놀 수 있게 하기 위하여 개방 공간의 설정을 도모하였던 바, 이는 '놀이 모티프'를 통하여 개방지향적 동심을 시화하였다. 어린이의 삶은 폐쇄 공간보다 개방 공간을 지향한다. 따라서 그 공간은 놀이의 공간이면서 밝음과 만나는 공간이다. 윤동주의 동시류에 나타나고 있는 개방 공간 역시 그러한 범주에서 벗어나지 않는다. 이것은 그가 동시의 특성을 익히 알고 잘 살리고 있다는 걸 뜻하면서, 불안 의식의 치유 공간 혹은 원시적 질서가 살아있는 공간으로 개방 공간을 설정해두고 있음을 암묵적으로 웅변하는 것이다.

> 아씨처럼 나린다
> 보슬보슬 햇ㅅ비
> 맞아주자 다같이
> 옥수숫대 처럼 크게
> 닷자엿자 자라게
> 햇님이 웃는다

나보고 웃는다.

하늘다리 놓였다
알롱알롱 무지개
노래하자 즐겁게
동무들아 이리 오나
다같이 춤을추자
햇님이 웃는다
즐거워 웃는다.　　　　　　　　　　　—「햇비」 전문(1936. 9. 9)

　이 시에 나오는 대상들은 화자의 시선 속에서 공감의 유대로 엮어져 있다. 1연에서 햇비는 보슬보슬 '아씨처럼' 내리고, 옥수수를 자라게 하고, 해님을 나오게 하여 나 보고 웃게 한다. 2연에서는 무지개가 놓였고, 동무들과 다 같이 춤을 추자 해님이 즐거워 웃는다. 유년기의 축제를 방불케 하는 시적 분위기는 신중한 율격상의 배려에 힘입어 동화적 안정감을 획득한다. 아이들이 대지를 풍요롭게 하는 햇비를 맞는 공간은 개방 공간이다. 이러한 개방지향성은 윤동주의 창작 심리를 밝게 해주는 요인이면서, 그런 정조에 바탕하여 공간적 확대를 거듭할 수 있게 해준다. 그의 동시류가 자아와 세계의 일치를 노래하고 있다는 보기가 바로 예와 같이 개방 공간을 시화한 작품군에서 두드러진다. 「무얼 먹고 사나」, 「오줌싸개지도」, 「애기의 새벽」 등이 현실적 삶의 비극적 부문을 겨냥하였음에 비추어, 이 부류의 작품들은 시대 상황과 일정하게 유리된 합일의 세계에 초점을 맞추고 있다. 이것은 그의 동시류가 참담한 시대상과 개인적 고뇌상으로 인하여 또다른 의미를 생산하게 한다. 어두운 현실을 굴레삼아 살아가는 사람들에게 유년기는 원시적 질서가 온전하게 유지될 수 있는 평화의 세계이면서, 나아가 현실적 아픔을 역설적으로 강조시키기에 알맞은 공간이다. 말할 나위 없이, 시의 화자는 양자의 갈등이 충돌하는 지점에 위치한다.

눈 위에서
개가
꽃을 그리며
뛰오.

— 「개」 전문(1936)

윤동주의 불안 의식은 폐쇄 공간에서 생성된 것이다. 내향적 심성의 소유자인 그는, 개가 눈 위에서 뛰노는 모습을 구경하면서 커다란 경이감을 느낀다. 그것은 발자국마저 '꽃'으로 은유시켜 명징한 심상을 얻을 수 있는 근간이 된다. 개는 생래적으로 활동적인 동물이다. 더군다나 아이들을 만나면 개의 뜀박질은 분주해지며, 양자는 눈 위에서 놀이를 즐기기에 가장 알맞은 한 쌍이다. 눈 내린 벌판을 활보하는 개의 발랄함은 개방 공간만이 줄 수 있는 참신함이다. 이런 천진스런 '개'는 「또다른 故鄕」에서는 '志操높은 개'로 인격화하여 '어둠을 짖는 개'로 자리바꿈 한다. 이러한 애견성(cynophilia)의 변모 또한 주목할 만한 점이다.

이러한 개방공간에서 등장하는 '놀이 모티프'는 「참새」(1936. 1. 2)에도 이어진다. 개가 '꽃'을 그리고, 참새가 '공부'를 하는 유년기적 시선이 담보하는 세계는 평화가 보장되는 세계이다. 인간의 혼돈과 무질서가 개입될 틈이 없으리만치 원시적인 평화가 깃든 세계, 이런 세계는 윤동주가 꿈꾸는 세계이며 마음의 고향이다.

넣을 것 없어
걱정이던
호주머니는

겨울만 되면
주먹 두 개 갑북갑북   ──「호주머니」 전문

봄, 여름, 가을 내 빈 호주머니 때문에 무료해 하던 화자는 겨울이 좋다. '겨울만 되면' 호주머니는 두 주먹의 피한처가 되어주는 까닭이다. 추위를 녹여줄 어머니가 계신 그리운 고향집을 찾던 아이가, 이제는 호주머니만 있어도 혹한을 극복하는 방법을 알 만큼 성장하게 된 것이다. 이 시편은 윤동주가 신체적, 나아가 정신적으로 성숙해져 가는 변모를 여실히 보여주고 있다. 「햇빛 · 바람」에서 보았던 것처럼, 장에 가신 엄마를 기다리는 외로움에 떨던 어린 아이가, 스스로 이겨낼 수 있으리만치 시적 화자는 성숙된 모습을 보여준다. 이런 성숙은 다른 한편으로는, 세상과 가정이 돌아가는 눈치를 알아차릴 수 있을 만치 어른스러워졌다는 표지이기도 하다. 성인적 세계를 살아가야 하는 숙성한 화자이기에 그는 더 이상 원시적 평화의 공간으로 복귀하지 못한 채, 호주머니를 친구삼아 자위하여야 하는 것이다.

Ⅳ 모티프의 변주 양상

01 | 자아의 성찰을 위한 모티프의 변주

윤동주가 자아를 성찰하는 모습은 「귀뜨라미와 나와」라는 동시에서 이미 살핀 바 있다. 그가 신체적 성숙과 함께 정신적 성숙을 이루어가게 되자, 그는 자신의 내향적 성격에 힘입어 자아의 성찰에 귀기울이게 된다. 그 모습은 크게 여섯 가지로 제시될 수 있는데, '우물 모티프', '방 모티프', '거울 모티프', '여성 모티프', '거지 모티프'로 발현되다가 이윽고 '천체 모티프'로 수렴되는 양상을 보여준다. 여기서는 초기의 동시류에서 찾을 수 있었던 모티프의 독립성이 사라지고, 한 작품에 복합적으로 출현하는 특징을 보여준다. 이것은 그의 시적 성숙을 웅변하는 바, 동시다발적인 출현이더라도 가장 타당한 모티프에 초점을 겨누며 논의할 것이다.

윤동주가 자아의 성찰을 행하는 방식은 첫째, '우물 모티프'를 통한 현재적 자아의 반추이다. 이런 방식은 자아의 서정화에 다름아니니, 즉 대상에 비친 자아의 본모습을 굽어본 결과를 시로 쓴 「自畵像」이 해당된다.

> 산모퉁이를 돌아 논가 외딴우물을 홀로 찾아가선
> 가만히 들여다 봅니다.
>
> 우물속에는 달이 밝고 구름이 흐르고 하늘이
> 펼치고 파아란 바람이 불고 가을이 있읍니다.

그리고 한 사나이가 있읍니다.

어쩐지 그 사나이가 미워져 돌아갑니다.

돌아가다 생각하니 그 사나이가 가엽서집니다.

도로가 들여다 보니 사나이는 그대로 있읍니다.

다시 그 사나이가 미워져 돌아갑니다.

돌아가다 생각하니 그 사나이가 그리워집니다.

우물속에는 달이 밝고 구름이 흐르고 하늘이

펼치고 파아란 바람이 불고 가을이 있고

追憶처럼 사나이가 있읍니다.　　　　　　　—「自畵像」 전문(1939. 9)

　이 시편의 원제는 「우물 속의 自像畵」이고, 윤동주의 성격을 암묵적으로 드러내주는 작품이다. 우물을 들여다보는 행위는 나르시스 콤플렉스의 시적 수용이다. 이 작품의 이미지는 매우 회화적이다. 시적 정경이 한 폭의 풍경화마냥 선명하거니와, '파아란 바람' 따위의 복합적인 감각적 이미지는 당시의 모더니스트들에게서 영향받은 훈련 상의 결과물이라 여겨진다. 이 시는 우물모티프에 배경하여 있다. 우물53)을 들여다보고 거기 비친

---

53) 「自畵像」의 '우물'을 두고 많은 논자들이 '고향 명동집의 물맛 좋던 수십 길 깊이의 우물'로 단정하여 왔다. 그러나 이 견해는 수정되어야 한다. 유영의 증언에 의하면, 「自畵像」이 창작될 무렵에 윤동주는 서울 서소문에 하숙하고 있었으며, 그곳에 우물이 있었던 바, 이 작품 속의 우물은 바로 이걸 가리킬 것(송우혜, 앞의 책, 203쪽)이라고 추정하고 있다. 이 설에 기대면, 첫째 명동촌의 우물은 너무 깊어 얼굴이 반영될 수 없고, 둘째 이 시기에 발견한 우물 모티프는 이후의 시편에서 윤동주가 자아를 성찰하

자기의 얼굴을 두고 느낀 감정을 소슬하게 담아냈다. 그것은 존재론적 고뇌를 형상화한 것인데, 이 아래에는 초기의 시편에서 이미 준비되었던 자아의 윤리적 염결성이 짙게 드리워져 있다. 또한 이 시는 본질적 자아와 현실적 자아가 상호 충돌하는 양상을 띠고 나타나고 있는 바, 이는 역시 초기에 확립하였던 변증법적 세계 인식 태도에 기인한 것이다. 여기서 화자는 우물에 비친 제 모습을 세 번 되풀이 하여 확인한다. 이것은 윤동주의 세계 구경 방식이 세밀한 성격에서 나온 것이며, 그 작은 우물이 단순한 우물이 아니라 우주적 심상의 응축이라는 증거이기도 하다. 그것은 '달, 구름, 하늘' 등의 자연 심상에 의해 튼튼하게 뒷받침되고 있으며, 이 시가 밀실 이미지에로의 후퇴가 아니라, 추억[54]처럼 있는 사나이인 자신의 현재적 시간 속의 모습을 탈각하고자 하는 그의 고민을 보여주고 있다고 보아야 한다. 그가 보여주는 '우물 모티프'는 '거울 모티프'와 '천체 모티프'로 변주되어 지속된다.

둘째, 윤동주가 자아 성찰을 위해 노력하는 모습은 '방 모티프'에도 보인다. 그는 이 모티프를 통하여 폐쇄된 현실에서 벗어나 개방된 미래로 향하는 내면풍경을 그리고 있다. 그가 '방'을 통하여 열린 세계를 응시하려고

는 하나의 처소로 응용하기 시작했기 때문이다. 물론 밤에 얼굴을 비출 수 있는 우물은 없다고 보아야 하므로, 이 경우의 우물은 마음속의 우물이라 하여야 할 것이다.

54) 최동호는 이 시의 '추억'이란 어휘를 다음처럼 중요시 하고 있다. "이 추억이라는 시어는 이 시를 해석하는데 중요한 의미를 갖는다. 우리는 중요한 물의 기능의 하나가 흘러가는 것이라고 말했는데, 이 시에서 외딴 우물은 그 자체는 정지해 있지만, 그 속에 투영되어 있는 것들은 흐름 속에 있다. 따라서 화자의 의식도 흐름 속에 있는 것이다. 정지한 물에서 화자가 사물을 발견하고 성숙하고 있는 자아를 인식한다. 사나이가 벌써 성숙한 남성으로 제시된 것인데, 그가 또 추억처럼 있음으로써 그로부터 성숙해 있는 자아를 화자가 인식할 수 있을 것이다. 여기서 우리는 분열되면서 드러나는 시인의 자화상을 볼 수 있다.(앞의 논문, 129쪽).

하였던 몸부림이 가장 명료하게 드러난 작품은 「또 다른 故鄕」이다. 그
동안에 논의된 윤동주에 관한 연구물55)을 일별하면, 그의 시에 나타나는
'방 모티프'를 지극히 부정적인 관점에서 파악하고 있다. 이 논의들은 특히
「또 다른 故鄕」에 집중되는 양상이다. 그러나 이 시를 쓸 무렵의 그는
현실적 제약 조건들로 인한 내면적 괴로움을 시에 그대로 투사한 것이다.

> 故鄕에 돌아온 날 밤에
> 내 白骨이 따라와 한방에 누었다.
>
> 어둔 房은 宇宙로 通하고
> 하늘에선가 소리처럼 바람이 불어온다.
>
> 어둠 속에서 곱게 風化作用하는
> 白骨을 드려다 보며
> 눈물 짓는 것이 내가 우는 것이야
> 白骨이 우는 것이냐
> 아름다운 魂이 우는 것이냐
> 志操 높은 개는
> 밤을 세워 어둠을 짖는다.
>
> 어둠을 짖는 개는
> 나를 쫓는 것일게다.

---

55) 김열규, 앞의 논문, 106쪽; 유종호, 앞의 논문, 5-16쪽; 마광수, 앞의 책, 89-95쪽; 유한근,
앞의 논문, 252-254쪽.

가자 가자

쫓기우는 사람처럼 가자

白骨 몰래

아름다운 또 다른 故鄉에 가자.   ─「또다른 故鄉」 전문(1941. 9)

이 시의 자아는 3연에 나타나듯이, '나', '白骨', '아름다운 魂'으로 삼분되어 있다. 이들을 바로 파악하고자 하는 많은 이견56)이 나왔다. 그러나 이들 견해들은 너무 성급한 추측에 의지한 바가 크다. 이 시가 쓰인 1941년 9월은 연전 4학년 여름방학이 끝난 직후이다. 「아우의 印象畵」처럼 방학 중의 어떤 일이 시작의 도화선이 되었다고 볼 수 있다. 그가 이 때 낙향하여 송몽규와 함께 집에 갔을 적에, 어른들은 그들에게 식자인 아들에게 바라는 소박한 기대를 건네었다. 그러자 송몽규가 "저희들이 그렇게 살기 위해 공부하는 줄 아십니까?"라고 대꾸하였고, 윤동주는 곁에서 '쉬 쉬'하며 이를 만류하고 있었다57)고 한다.

이 일화를 참고하면, 윤동주의 이 시에 나오는 자아를 이렇게 구별할

---

56) 여기서는 대표적인 네 견해를 설명한다. 첫째, 김우창은 하나는 삶의 가능성을 죽음의 세계 속에 묻어버린 과거의 자기, 고향에 남아 있던 자기요, 다른 하나는 이것을 반성하고 있는 현재의 자기다. 세 번째 '아름다운 魂'은 삶을 하나의 조화된 통일체로 완성해가는 성장의 원리이다. 이 세 분신 가운데서 '아름다운 魂'이 희생된 삶의 가능성을 생각하여 운다고 하였다(김우창, 앞의 논문, 186-189쪽). 둘째, 김흥규는 '아름다운 魂'을 진실로 평화와 광명이 있는 다른 세계를 갈구하는 정신으로, '白骨'은 초월적 세계의 추구를 제약하는 지상적 현실 연쇄에 속한 존재로, '나'는 이 둘이 결합된 실존적 인간으로 파악하였다(김흥규, 앞의 논문, 668쪽). 셋째, 마광수는 '白骨'을 시인이 극복해야 할 지상적 존재로 보고, '아름다운 魂'은 그와 대립되는 이상적 자아로 보며, '나'란 그 중간자적 존재로 본다(마광수, 앞의 책, 81-85쪽). 넷째, 이남호는 우선 '白骨'을 작중 화자의 분신으로 보고, '아름다운 魂'이란 바로 白骨의 魂으로 동일하게 보았다. (이남호, 앞의 논문, 76-78쪽).

57) 송우혜, 앞의 책, 243쪽.

수 있다. '나'는 현재적 자아로, '白骨'은 가족들의 기대에 부응하여야 할 가족적 자아로, '아름다운 魂'은 이상적 자아로 상정함이 그럴듯할 것이다. 더욱이 그가 『정지용 시집』을 읽으면서, '나는, 쌀, 돈셈, 집웅샐것이 문득 마음 키인다'는 구절이 나오자, 주선을 그은 뒤, 그 밑에 '生活의 협박장'이 라고 언급하였던 대목이 있는 것으로 보아, 그가 비록 가족들을 떠나 서울 에서 생활하더라도 가족적 자아가 주는 중압감을 감지하고 있었다는 흔적 이 된다. 따라서 그가 '배워봤자 기껏해야 신문기자밖에 할 수 없었던' 당 대의 취직 상황을 익히 알고 있는 그로서는, 형해만 남은 '白骨'로 살아가 는 삶을 견디기 어려워했던 것이고, 이런 내면적 갈등의 나비 안에 「또 다른 故鄕」이 위치하고 있는 것이다. 그런 내면의 풍경화를 그릴 만한 화 구는 이미 자신의 소년기에 만났던 여자—어머니와 異國 少女—들이 준비 해 준 것이다. 그는 내면적 갈등이 격랑으로 일자 어렸을 적에 체험했던 「별헤는 밤」(1941. 11. 5)을 상기하고자 하였다.

셋째, 윤동주의 자아 성찰을 위한 거듭된 시적 노력은 '거울 모티프'의 구사에서도 볼 수 있다. 이 대표작이 「懺悔錄」인데, 이는 굴욕스런 창씨개 명을 앞둔 그의 시적 변명이라 할 수 있다. 여느 사람과 달리 유별하게 부끄러움이 많고, 수줍음을 잘 탔던 윤동주니 만큼, 역사적인 창씨개명의 단행을 앞두고 유감이 없을 수 없었다. 그것을 '王朝'라는 역사적 유물의 부산물로 바라본 그는, 처절한 심경을 한 편의 시에 담아내었다. 윤동주는 이 시를 지은 닷새 후인 1929년 1월 29일에 히라누마 도오쥬우(平沼東柱) 로 개명한다. 물론 이 무렵에 그는 도일하여 학업을 계속하고자 결심하였 고, 이름을 바꾸지 않으면 유학의 길이 막히는 시대적 질곡 속에 놓여 있었 다. 그의 이러한 심정이 절로 드러난 시편이 명품 「懺悔錄」인 바, 이 시에는 참회하는 자세가 거울을 모티프로 삼아 행해지고 있다. 그러므로 이 시의 거울은 자아의 투사체로 자기수양의 매개물이다.

> 파란 녹이 낀 구리거울 속에
> 내 얼굴이 남어 있는 것은
> 어느 王朝의 遺物이기에
> 이다지도 욕될가
>
> 나는 나의 懺悔의 글을 한줄에 주리자.
> ─滿二十四年一個月을
> 무슨 기쁨을 바라 살아 왔든가
>
> 내일이나 모레나 그 어느 즐거운 날에
> 나는 또 한줄의 懺悔錄을 써야 한다.
> ─그때 그 젊은 나이에
> 웨 그런 부끄런 告白을 했든가
>
> 밤이면 밤마다 나의 거울을
> 손바닥으로 발바닥으로 닦어 보자.
>
> 그러면 어느 隕石밑으로 홀로 걸어가는
> 슬픈 사람의 뒷모양이
> 거울 속에 나타나온다.   ─「懺悔錄」 전문(1941. 1. 24)

그가 「懺悔錄」을 쓴 종이의 여백에 남겨둔 낙서[58]들은 당시의 그가 겪은 심리적 갈등의 편린을 다소나마 드러내준다. 거기에 표백된 그의 심리는 이 시를 풀어가는 데 매우 효과적인 자료로써 가치가 높다. '힘'없이 '生存'을 위해 '生'을 영위하여야 하고, '詩란' 무엇인가를 묻기 위하여 '上級' 학교에 진학하고자 '渡航證明'을 떼려니 개명하여야 하기에 '詩人의 告白'을 '古鏡'에 비추어야 하지만, '文學'의 이름으로 '悲哀'는 '禁物'이라고 자신의 심경을 피력한 것이다.

　이 시의 정서적 배경을 이루고 있는 수치감 혹은 부끄러움은 윤동주 시의 저류를 관통하는 수치감의 감정적 토로이다. 부끄러움은 유교적 어짊(仁)에 이르는 가장 근본적인 덕목이다. 이는 멀리는 그의 초기 시편에서부터, 가깝게는 「序詩」에서부터 줄곧 지속되어 온 윤리적 염결성 때문에, 다른 부류의 사람들과는 달리 '손바닥으로 발바닥으로' 닦는 행위에서 비로소 감촉을 느낄 수 있는 것이다. '녹이 낀 구리거울 속'에 남아 있는 '욕된 얼굴'을 닦고자 참회의 심정으로 동경을 닦는 자세는, 그의 자아성찰의 준엄함을 여실히 보여주면서, 부끄러움과 오욕을 씻고자 하는 그의 심리적 결벽성을 보여준다. 이 수치감은 도일 후에는 최후작 「쉽게 씌여진 詩」의 정서적 배경이 된다. 또 이 시의 '王朝'는 그가 1936년 6월 10일에 쓴 「이런 날」에서 '잃어버린 頑固한 兄'의 역사적 확대재생산일 따름이다. 그리고 이 시의 '슬픈 사람의 뒷모양'은 '욕된 얼굴'의 후면이고, 「자화상」의 '우물 속의 한 사나이'이다. 그는 이렇게 자아성찰과 수련을 "우물과 구리거울에 비추어지는 그림자의 현상학에서 찾고 있는 시인"[59]이다.

---

58) 그가 적었던 낙서의 내용은 이렇다. "詩人의 告白, 渡航證明, 上級, 힘, 生, 生存, 生活, 文學 詩란? 不知道, 古鏡, 悲哀 禁物"(송우혜, 앞의 책, 257쪽).

넷째, 지금까지 살핀 바가 윤동주 자신의 본모습을 찾으려는 행위였다면, '여성 모티프'는 그가 이웃의 구겨진 삶의 역정에 대한 사랑의 표지라 할 수 있다. 그 대표적인 시가 「그 女子」인 바, 이 작품은 「트루게네프의 언덕」과 함께 반어와 풍자의 기지가 빛난다. 그런 눈은 힘없고 가진 게 없는 대상으로 쏠리기 마련이다. 그 대상을 아우르는 '그 女子'는 당시의 여성들이 처한 위상을 추측하게 하고, 윤동주의 자아 성찰 행위가 점차 그 폭을 확대하고 있는 단적인 증거이기도 하다. 풍자란 사물에 대한 객관적인 시각과 함께 예리한 통찰력이 수반되어야 하는 고도의 정신 행위이다. 풍자적 수법과 함께 가난한 민중들에 대한 그의 사랑은, 이미 초기의 동시류를 창작할 당시부터 싹터 있던 심리적 행위이다.

> 함께 핀 꽃에 처음 익은 능금은
> 먼저 떨어졌습니다.
>
> 오늘도 가을바람은 그냥 붑니다.
>
> 길가에 떨어진 붉은 능금은
> 지나는 손님이 집어 갔습니다.　　　　　　― 「그 女子」(1937. 7. 26)

이 시를 얼른 읽으면, 사뭇 서경적 음조로 읽어낼 것이다. 그러나 제목이 「그 女子」이고 보면, '붉은 능금'이 여자와 동격을 이루는 알레고리임을 금방 눈치챌 수 있다. 차라리 냉소에 찬 싸늘함이 꽉찬 이 시는 윤동주가

---

59) 이재선, 『우리 문학은 어디에서 왔는가』, 소설문학사, 1986, 117쪽.

약년에 가졌던 여성관을 짐작할 수 있게 해준다. 또래보다 조숙한 '그 女子'가 '지나는 손님'이라는 원치 않는 사내에게 처녀성을 상실당한 내용이다. 윤동주에게 여자는 마치 이상화의 애인인 '마돈나'와 흡사한 민족적인 여성의 상징이고, 마광수60)마냥 '영원한 님에의 그리움'이기도 하다. 방황하거나 외로워하는 그를 가없이 넓은 품으로 감싸주고, 그가 평안한 휴식을 취할 수 있는 사랑과 그리움 그리고 기다림의 대상이었다. 그렇기에 사포처럼 여자를 바라볼 수 없었고, 이 시에 보이는 것처럼 '지나가는 손님이 집어'가서는 안되는 사람이다. 그의 이러한 여성주의적 편향은 김흥규61)의 파악처럼 '유년의 평화, 애정, 안식의 세계' 등을 함축하는 상징적 이름이 되어 '順伊'라는 고유명사를 보통명사화 한다. '順伊'는 향토성을 담보하는 이름이면서, 때로는 그 이름의 무명성 때문에 그가 즐겨 부르는 이름이었는지 모른다. 이 무명성은 그의 시를 구획하는 하나의 구성인자로 기능하면서, 그의 시적 정서를 고독감에 정초한 내향적 분위기로 금긋게 한다. 그의 이런 여성주의62)는 생후부터 이미 예비된 것이다.

다섯째, 윤동주가 보여주는 이웃에 대한 사랑은 '거지 모티프'에서도 잘 나타난다. 그는 이 모티프의 동원을 통하여 자신의 위선을 고발하고, 나아가 당시의 지식인들이 갖고 있었던 허위의식을 비판하고 있다. 그는 자아 속에 남아 있는 이들조차 인정할 수 없을 만치 깨끗한 삶의 자세를 지닌 시인이다. 그러므로 그는 여느 식자들이 이웃들에 대하여 가식적인 사랑의 표시를 보여줄 때, 그는 내면적인 고통으로 더불어 신음할 수밖에 없었

---

60) 마광수, 앞의 책, 108-115쪽.
61) 김흥규, 앞의 논문, 655쪽.
62) 고 은, 앞의 글 (하), 111-113쪽.

던 것이다. 그의 신음이 절로 드러난 보기시가 「트루게네프의 언덕」이다.

나는 고개길을 넘고 있었다……그 때 세 少年거지가 나를 지나쳤다.

첫째 아이는 전등에 바구니를 둘러매고, 바구니 속에는 사이다병, 간즈메통, 쇳조각, 헌 양말짝 等 廢物이 가득하였다.

둘째 아이도 그러하였다.

셋째 아이도 그러하였다.

텁수룩한 머리털 시커먼 얼골에 눈물 고인 充血된 눈, 色잃어 푸르스럼한 입술, 너들너들한 襤褸, 찢겨진 맨발,

아아 얼마나 무서운 가난이 이 어린 少年을 삼키였느냐!

나는 惻隱한 마음이 움직였다.

나는 호주머니를 뒤지었다. 두툼한 지갑, 時計, 손수건, …… 있을 것은 죄다 있었다.

그러나 무턱대고 이것들을 내줄 勇氣는 없었다. 손으로 만지작 만지작 거릴뿐이었다.

多情스래 이야기나 하리라하고 「애들아」 불러보았다.

첫째 아이가 充血된 눈으로 흘끔 돌아다 볼뿐이엇다.

둘째 아이도 그러할 뿐이었다.

셋째 아이도 그러할뿐이었다.

그리고는 너는 相關없다는듯이 自己네 끼리 소근소근

이야기하면서 고개로 넘어 갔다.

언덕 우에는 아무도 없었다.

짙어가는 黃昏이 밀려들뿐   ―「트루게네프의 언덕」 전문(1939. 9)

이 시의 모체가 되는 작품은, 익히 알려졌다시피, 투르게네프의 산문시 「거지」이다. 이것이 우리나라에 처음으로 소개된 것은 1919년 2월 김억의 번역으로 『태서문예신보』이다. 그 뒤 이 시는 매우 환영받은 듯한데, 중국 상해에서 발간한 1922년 9월 20일자 『독립신문』의 4면에도, 이를 모방한 「거지」라는 작품이 필명이 경재란 사람의 이름으로 실려 있다고 한다.[63] 그러나 이는 원본과 같은 내용이어 표절작으로 보인다. 그러나 윤동주의 시는 그렇지 않다. 오히려 원작자의 현실 대응 방식에 반감을 갖고, 지식인의 허위의식과 위선을 고발하고 있다. 투르게네프가 거지에게 아무 적선도 베풀지 않고 선심을 얻으려는데 비하여, 윤동주는 제 물건이 아까워 주지 못하고 망설이는 상황을 설정함으로써, 그 스스로를 채찍하는 자세를 보인다. 일찍이 예수는 '너희 재물이 있는 곳에 너희 마음이 있다'고 꾸짖었으며, 전래적인 말에도 '견물생심'이란 말이 있다. '지갑, 時計, 손수건…… 等' 있을 것은 죄다 있어도 줄 것은 없다는 인간 본래의 헛된 이웃사랑을 기독교적 교리를 배경으로 깔아가며 비판하고 있는 것이다. 그런 까닭에 그가 굳이 「거지」라 하지 않고 「트루게네프의 '언덕'」이라 이름했던 것이다.

이렇게 냉혹하리만치 자기 성찰에 터한 현실 상황을 고발하면서, 인간애를 전파하는 방법을 모색하던 윤동주는, 냉엄한 사회 현실 앞에서는 더 이상 반어를 통한 인간애의 외연조차도 효험이 없다고 생각되자 펜을 멈출 수밖에 없었다. 시기적으로 1939년 9월 이후부터 1940년 12월까지 계속된다. 이 기간에 왜 그는 시를 쓰지 않았는가. 이에 대하여 이남호[64]는

---

63) 송우혜, 앞의 책, 211쪽.
64) 이남호, 앞의 논문, 39-40쪽.

현실적 자아가 본질적 자아를 방해한 것이라고만 언급하고 있을 뿐, 그를 둘러싸고 전개되었던 당대의 현실 상황에 대해서는 침묵하고 있다. 이때 대내적으로 일제는 1939년 11월 10일자로 「朝鮮人의 氏名에 關한 件」, 곧 우리 민족의 창씨개명을 명령하고, 그 시행 일자를 1940년 2월 11일로 공포하였다. 또 대외적으로는 1939년 8월에 제2차 세계대전이 발발하였던 것이다. 이러한 내외적인 압력이 윤동주로 하여금 절대적 고통 속에서 괴로워하게 하였고, 이 기간 동안에 그는 현실 세계를 에워싸고 있는 거대한 압력의 실체에 고민하게 된다. 질풍처럼 밀려드는 시대적 격랑 속에서 적극적으로 반응할 수 없었던 그는 사회 상황에 대한 지식인으로서의 책임감에 괴로워하지 않을 수 없었던 것이다. 시 창작이라는 정신적 반응으로는 더 이상 시대적 소명을 탕감 받을 수 없다고 본 그는, 시작을 더 잇지 못하고 침묵할 수밖에 없었다.

02 | 독실한 신앙을 향한 회의와 결의

일제에 의한 한국 주권의 침탈이 30주년을 맞이한 1940년에 윤동주는 연전 3학년에 재학 중이었다. 이런 시대적 어둠 때문에, 윤동주는 이 해를 평생 동안 신봉하던 기독교 신앙에 대한 회의 속에서 살아야 했다. 그리고 이와 더불어 신심이 옅어진 이유로 댈 수 있는 바는 그의 말이다. 그는 1939년에 기숙사를 나와 하숙방을 구하러 가는 심경을 다음과 같이 토로한 바 있다.

"…人間을 떠나서 道를 닦는다는 것은 한낱 娛樂이요, 娛樂이매 生活
이 될 수 없고, 生活이 없으매 이 또한 죽은 공부가 아니랴. 하여 공부도
生活化하여야 되리라 생각하고 불일내에 門안으로 들어가기를 內心으로
斷定해버렸다…"[65]

　　그가 '道를 닦는다는 것'이 생활을 떠나서는 오락에 불과하다고 파악한
것은, 그의 세계 인식이 철저히 삶의 중시에 기인한다는 걸 뜻하면서, 당시
의 기독교에 대한 회의의 기미로 받아들일 수 있다. 그렇다면 그가 신앙에
회의를 갖게 된 배경으로는, 외면적으로는 당대의 사회 상황이 야기한 절
망감, 내면적으로는 당시의 기독교에 대한 엄정한 자기반성의 결과물이
아닌가 한다. 그런 회의 속에 한 해를 보낸 윤동주는 1930년 섣달에 가서야
비로소 3편의 시를 쓰니, 「八福」, 「病院」, 「慰勞」가 그것이다. 제목부터
신앙을 회의하였던 상흔이 드러난 작품군이다. 일정 기간의 침묵 끝에 쓴
시이기에 이들 시의 가치는 중요롭다.

　　마태福音 五章 三-十二

　　슬퍼 하는자는 복이 있나니
　　슬퍼 하는자는 복이 있나니
　　슬퍼 하는자는 복이 있나니
　　슬퍼 하는자는 복이 있나니
　　슬퍼 하는자는 복이 있나니

---

65) 송우혜, 앞의 책, 206쪽.

슬퍼 하는자는 복이 있나니

슬퍼 하는자는 복이 있나니

슬퍼 하는자는 복이 있나니

저희가 永遠히 슬플 것이오.   ―「八福」 전문(1940. 12 추정)

이 시는 「그 女子」와 「투르게네프의 언덕」의 속편이다. 패러디의 수법
과 역설이 특이하게 전체 구조를 형성하고 있다. 그는 이 시의 제목을 『신
약성경』에서 인용하였음은 물론, 「마태福音」 五章 三-十二라고 그 전거까
지 분명하게 밝혀 놓고 있다. 그렇지만 실은 3장에서 10절까지가 '八福'에
해당하고, 11-12절은 다른 복에 관한 규정이다. 이런 사실을 외면하고 그가
독실한 기독교인이란 점만 강조하며 읽으면, 마광수[66]처럼 윤동주의 인내
심과 미래지향적인 신앙심에 의한 자기 자신에 대한 다짐으로 풀이할 수
밖에 없다. 그러나 이 시에는 윤동주의 신앙에 대한 회의가 노정되어 있다
고 보아야 한다. 하나님이 복 받을 사람으로 이름한 여덟 가지 유형의 사
람들―심령이 가난한 자, 애통하는 자, 온유한 자, 의에 주리고 목마른 자,
긍휼히 여기는 자, 마음이 청결한 자, 화평케 하는 자, 의를 위하여 핍박을
받는 자―은 복을 받기는커녕 제국주의의 강철 같은 침탈 앞에서 매일 슬
픔만 더하고 있는 것이 현실이다. 그는 바로 이런 현실계의 중압으로 인하
여 신앙적으로 버거워 하였고, 여덟 가지 미덕을 갖춘 우리 겨레이지만,
그들은 이미 '슬픈 族屬'이었기에, 감히 하나님의 말씀을 부정하고 '슬퍼
하는자'로 여덟 번이나 대치시킨 것이다. 하나님의 보상이 '永遠한 슬픔'으

---

66) 마광수, 앞의 책, 134-136쪽.

로 밖에 보이지 않았기에, 그는 신앙에 대해 깊은 회의와 좌절감을 느꼈던 것이다. 하나님을 믿는 사람이 하나님의 말씀을 믿을 수 없다는 것은, 신앙에 대한 회의이기도 하지만, 도리어 신앙의 대상에 대한 간절한 기도의 형식이면서, 당대의 처연한 사회 풍경을 패러디화한 것이다. 그는 이 시를 기화로, 다시 이전보다 더 성숙한 신심과 세계 통찰력을 가질 수 있었던 것이다. 그러므로 「病院」에 갇힌 환자를 「慰勞」할 수 있는 마음의 여유가 생길 수 있었고, 그것은 돈독한 신앙심의 치유 행위라 할 만하다.

윤동주는 1941년에 그간의 절필 기간에 대한 보상이라도 하듯이, 16편의 시와 산문 1편을 쓴다. 그 중에서 첫 작품이 「무서운 時間」이다. 시제마냥 무서운 느낌을 감출 수 없는 시인 바, 시간의 위력을 온몸으로 감지한 개인이 거기에 전신으로 반응하는 모습을 강렬하게 보여주고 있다.

> 한번도 손들어 보지못한 나를
> 손들어 표할 하늘도 없는 나를   ― 「무서운 時間」 제2연(1941. 2. 7)

자못 비장하리만치 '무서운' 시간을 맞이하고 있는 화자의 의식적 갈등이 명암으로 도드라진 시편이다. 일제 파쇼체제는 더욱 기승을 부리고, 이에 대항하여야 할 시대적 요구와 자신의 인생관이 쉬 겹쳐지지 않는 것을 안 시인은 '한번도 손들어 보지못한 나'라고 고백한다. 시대는 끊임없이 지성인에게 속죄양 의식을 강요하고 있으나, 자신의 삶의 무게를 '가랑잎' 쯤으로 가볍게 바라보는 그로서는, 이 요구에 굴복할 수 없었던 것이다. 굴복할 수 없어서 괴로운 그로서는 더 이상 '나를 부르지 마오'라고 절규하면서 더욱 깊숙이 자신의 내면적 삶에 침잠하게 된다.

그 와중에 겪은 윤동주의 내면적 고통이 「看板없는 거리」(1941)에 드러나 있다. 이 시를 다소 경직되게 읽으면, 국호를 피탈당한 우리나라를 '看板없는 거리'로 풀이할 수도 있다. 거기에는 '다들 손님들뿐'이거나 적어도 '손님같은 사람들뿐'이다. 주인은 간데없고 객만이 득실거리는 '거리'에 비하여, '慈愛로운 헌 瓦斯燈'이 켜진 모퉁이에 사는 사람들은 '다들, 어진사람들'이다. 그가 이 시에서처럼 우리 겨레를 '어진사람들'로 바라보게 되었다는 것은 이전에 바라보았던 '슬픈 族屬'이나 '永遠히 슬퍼하는 자'에서 한걸음 더 나아가 좀 더 긍정적이고, 능동적인 자세로 볼 수 있었던 이면에는, 잃었던 신앙을 점차 회복해 가고 있다는 하나의 실마리가 되기도 한다. 그런 회복의 연장선에 선 그로서는 「또 太初의 아침」(1941. 5. 31)이 되어서야, 비로소 '하나님 말씀'을 듣고자 귀를 세울 수 있었으리라.

이 시는 분실하였던 기독교에 대한 신심의 회복이 속으로 흐르는 작품이다. 이브가 부끄러운 데를 가리듯, 그는 그간의 신심의 변덕과 '한번도 손들어 보지못한 나'의 업죄를 씻느라 '이마에 땀을 흘려야겠다'는 기도문이다. 그 기도는 '새벽이 올때까지' 계속되면서, 만약 자기 죄과에 대한 심판이 죽음이라는 극형일지라도, 그것을 '幸福한 예수 그리스도'처럼 '모가지를 드리우고/꽃처럼 피어나는 피를/어두워가는 하늘 밑에/조용히 흘리겠습니다'라는 순응적으로 수용하겠다는 것이다.(「또 太初의 아침」과 「十字架」는 같은 날에 쓰였다) 그 단죄의 이유가 '한女子를 사랑한 일'이든, '時代를 슬퍼한 일'에 있든, 그는 이미 '思想이 능금처럼 저절로 익어갈' 만치 단련되었으므로, 관여치 않겠다는 초연한 자세를 보여준다. 그런 성숙한 신앙심이 낳은 시편이 「새벽이 올때까지」이다.

다들 죽어가는 사람들에게
검은 옷을 입히시요.

다들 살어가는 사람들에게
흰 옷을 입히시요.

그리고 한 寢臺에
가즈런히 잠을 재우시요.

다들 웃거들랑
젖을 먹이시요.

이제 새벽이 오면
나팔소리 들려 올게외다.　　　　—「새벽이 올때까지」 전문(1941. 5)

　　이 시에서는 「요한게시록」을 모티프로 삼은 듯한데, '죽어가는 사람들'
과 '살어가는 사람들'이 한 침대에서 동침하며 서로를 용서하고 화해하고
웃으면, 유년기의 일용할 양식인 '젖'을 먹으며 새벽을 기다리노라면, 예수
의 재림을 알리는 '나팔소리'가 들려 올 것이라고 한다. 물론 이 시를 반어
적 어법에 주목하여 볼 수도 있겠으나, 이를 뛰어넘어 그가 '죽어가는 사람
들/살어가는 사람들, 검은 옷/흰 옷'의 대립적 제시를 꾀한 의도를 살피는
게 더 중요하다. 울어야 먹이는 것이 젖일진대, 예서는 '웃거들랑' 먹이라
고 하였다. 그것도 죽어가는 사람들과 살어가는 사람들이 하나도 빠지지

않고, '다들' 웃거들랑 먹이라는 조건을 달아두었다. 그 앞에 건 조건은 '가즈런히' 잠을 재우라는 것이다. 양자가 갈등하지 않고 웃을 수 있도록 누이라는 부탁은 예사롭지 않다. 바로 이 점이야말로 이 시를 푸는 핵심인 바, 그가 예수의 재림이든 혹은 '時代처럼 올 아침'이든 기다리는 바를 모두가 맞이하게 하고 싶었다는데, 논의의 초점을 겨누어야 할 것이다. 그래야 온유하고 따뜻했던 그의 성격에도 알맞거니와, 신앙심을 온전히 회복하였다는 징후로도 마땅하기 때문이다.

03 | 시작의 중간 평가와 미래에의 서원 방식

윤동주가 자아를 성찰하는 방법으로 선택한 것 중 하나가 바로 '천체 모티프'의 사용이다. 이것은 이미 그의 초기 시편들에서 암시되었던 것으로, '우물 모티프'의 발전적 변주이면서, '거울 모티프'와도 상응하는 양상을 띤다.

여기저기서 단풍잎 같은 슬픈 가을이 뚝뚝 떨어진다. 단풍잎 떨어져 나온 자리마다 봄을 마련해 놓고 나무가지 우에 하늘이 펼쳐있다. 가만히 하늘을 들여다보려면 눈섭에 파란 물감이 든다. 두 손으로 따뜻한 볼을 쓸어보면 손바닥에도 파란 물감이 묻어난다. 다시 손바다을 들여다 본다. 손금에는 맑은 강물이 흐르고, 맑은 강물이 흐르고, 강물 속에는 사랑처럼 슬픈 얼골—아름다운 順伊의 얼골이 어린다. 少年은 황홀히 눈을 감어 본다. 그래도 맑은 강물은 흘러 사랑처럼 슬픈 얼골—아름다운 順伊의 얼골은 어린다.　　　　　　　　　　　　　　　　　—「少年」 전문(1939)

이 시는 '우물 모티프'를 구사하지는 않았으나, 하늘을 끌어들여 우물을 대치하면서, 동일한 시감을 느끼게 한다는 점에서 「自畵像」, 「序詩」 등과 동궤에 올려놓아야 할 듯하다. 그가 「自畵像」에서 보여주었던 '우물 모티프'가 단순한 우물의 심상을 담보하는 것이 아니란 언급은 이미 앞에서 하였다. 그것은 차라리 우주적 심상의 초점화를 꾀한 윤동주의 의도라 함 직하다. 이 시에서 볼 수 있듯이 그가 파란한 색채를 선호한 사실은 그의 시세계를 이해하는데 매우 유효하다. 특히 그가 냉철한 이성에 터하여 당 대의 시대 상황이나 사회 현실을 정확하게 파악하고 있었던 것이나, 그런 결과로 '한번도 손들어 보지 못'할 수밖에 없었고, 평생을 순결한 영혼으로 버틸 수밖에 없었던 배경을 얼추 어림할 수 있게 해준다. 그것은 위 시에 나오는 '천체 모티프'를 동원한 그의 심리 구조에 터한 것이다. 이 모티프 는 윤동주 자신에 의하여 시세계를 아우를 수 있는 역할을 부여받는다. 그것을 확연하게 알 수 있는 것이 시집 출판이다.

윤동주는 연희전문학교의 졸업을 기념하여 자비 시집을 계획하였다가 수포로 돌아간다. 그가 시집을 내려 하였다는 사실은 매우 중요한 사건이 거니와, 이를 빌미로 그의 시세계가 구분되는 이유에서 그렇고, 현실적 삶의 터가 바뀌게 되기에 더욱 그렇다. 1941년 11월 20일, 그는 시집의 모두에 부치고자 「序詩」를 완성한다. 그가 시집의 제목을 애초에는 『病院』으로 하였다가, 이 시를 쓰고 나서 『하늘과 바람과 별과 詩』로 변경하였다는 증언은 매우 값어치가 있다. 그 이유인즉, 그가 이 시에 나타난 시어 혹은 천체 심상에 대단한 애착을 가졌다는 반증이면서, 작품 속의 메시지 가 그가 당초에 내린 사회 진단보다 더 귀하다고 본 물증이기 때문이다. 그런 점에서 이 시의 가치는 결코 가볍다고 할 수는 없을 것이다.

죽는 날까지 하늘을 우러러

한점 부끄럼이 없기를,

잎새에 이는 바람에도

나는 괴로워했다.

별을 노래하는 마음으로

모든 죽어가는 것을 사랑해야지

그리고 나한테 주어진 길을

걸어가야겠다.

오늘밤에도 별이 바람에 스치운다.   ─「序詩」전문(1941. 11. 20)

이 시는 자연 표상 전부를 함축하고 있으며, 다른 모든 시와 내적 관련
성을 아우르고 있다. 또 여기는 윤동주의 시 전반에 줄기차게 나타나는
전통적 혹은 동양적 자연관이 내재해 있다. 그런 자연관은 그로 하여금
'부끄러움'이라는 윤리적 염결성을 지탱케 하는 동인으로 작용하고 있으
며, 이 시에서도 예외는 아니다. 이 시에는 윤동주적 삶이 선연하게 드러
나 있다. 그의 이상인 '별을 노래하는 마음'과 기독교도로서의 신표인 '모
든 죽어가는 것을 사랑'하는 박애와 그리고 동양적 자연관의 이치인 '나한
테 주어진 길을/걸어가야겠다'는 서원이 하나로 응집되어 있다. 그 중에서
가장 여리고 숙명적인 실존인의 이상인 '별'은 오늘 밤에도 바람에 스침을
당하고 있어, 그의 불안한 표정이 더욱 인간적이라는 점을 알려준다.

다만 이 시를 계기로 그가 그 동안의 시작 활동을 독자들에게 중간 평가
를 받고 싶어 했다는 점에서, 이 시는 그의 시세계의 분기점이라 할 만하

다. 그 근거인즉, 이 작품 이후의 시편에서 윤동주는 현실적 상황에 대응하는 방식이 조금씩 변모하게 된다. 「肝」에서는 처절하리만치 진지한 자세로, 자아의 어리석은 행위를 질책하면서 굳은 맹서를 하고 있다. 또 일본에의 유학 시절 동안에 쓴 작품들을 보면, 덧없는 방황과 부적응 속에서 본국에의 그리움을 시화하다가, 「쉽게 씨여진 詩」의 다짐을 행동화하려는 찰나에 체포되는 비극적 상황을 맞게 된다. 그러므로 이 「序詩」는 그의 시력 중에서 하나의 분수령이 되는 작품이면서, 이 시를 기준으로 앞과 뒤가 가름된다고 할 수 있다. 이 시를 기호론에 기대어 살펴보아도 다원적 가치 체계를 띠고 있다[67]는 결론에 닿는다. 그만치 이 작품에 대한 그간의 논의는 대체적인 의견 접근이 이루어졌다고 할 수 있다.

V 결론

위에서 고찰한 바대로, 윤동주는 초기에 보여준 모티프를 간단없이 변조하면서, 자기의 시세계를 확대하고 있다. 이 사실을 구명하기 위하여 초기시편을 연구의 출발점으로 삼고, 거기에 내재된 각종 모티프를 추출한 뒤, 그것들이 나중의 시편에서 어떻게 변모되어 가고 있는지를 살펴보았다.

그 결과를 요약하여 제시하면 다음과 같다.

---

67) 이사라, 「삼원구조에 있어서의 매개 기능」, 최현무 편, 『한국문학과 기호학』, 문학과 비평사, 1988, 191-212쪽.

첫째, 윤동주가 현실세계를 인식하는 태도를 이항대립에서 구할 수 있었다. 그는 이 방법을 즐겨 구사하였는 바, 이런 자세는 그의 현실 인식을 더욱 투철하게 도와주면서, 변증법적 갈등의 해소를 통한 새로운 인식을 낳았다. 그는 이 태도를 더욱 발전시켜 자아를 성찰하는 일에도 적극적으로 도입하고 있었고, 이는 그의 고유한 내향적 성격에 토대한 바가 크다는 것을 알았다.

둘째, 초기시에 등장하였던 '희생양 모티프'는 식민지 치하의 지성인이 감당하여야 하는 정신적 고통을 시화하는데 매우 유효한 모티프였다. 그리고 이 모티프는 훗날 '기독교 모티프'와 복합되어 윤리적 염결성을 담보하는데 동원되기도 하였다.

셋째, 그의 시에 나타난 테마의식은 원시적 평화에의 갈망이었다. 그는 이처럼 원시적 질서가 유지되는 화해로운 세계를 지향하고 있었는 바, 그 단적인 보기가 '고향 모티프'였다. 그는 이 모티프를 기초로 하여 다양한 모티프의 변주를 시도하였다. 그의 시에 나타나는 '도시 모티프'는 언제나 도회지적 삶에 부적응한 시골 사람의 우수와 방황을 담아내고 있었다. 그리고 이것은 역설적으로 식민지 하의 우리나라 현실과 적국의 발전상을 시로써 대비시키고 있기도 하다. 그런 차원에서 윤동주가 도일 후에 쉽게 유학 생활에 적응치 못하고, 무료한 방황과 향수로 점철하여야 했던 심리 상태를 드러내기도 한다. 또 이 모티프는 그의 농촌 지향 성향을 역설적으로 드러내기도 한다. 그는 끊임없는 유랑과 하숙 생활을 지속하였던 시인으로, 그에게서 '고향 모티프'가 산견되는 것은 어쩌면 당연한 일이다. 그렇지만 그의 시에는 유독 공간에 대한 집요한 애정이 표출되고 있었다. 그 면면은 자기 선조가 유이민이었던 탓에 고향을 상실한 사람들에 대한 애정을 드러내주는 동시에, 삶의 터전을 빼앗긴 우리 겨레에 대한 가없는 애정의 표현 방식이기도 하다. 원시적 질서가 존재하는 평화한 공간에서 안식하고자 하려는 그의 시적 노력은, 가족공동체의 온전한 복원을 갈망하는 '식구 모티프'로 나타나기도 하고, 개방적인 공간에서의 '놀이 모티프'로 변모하기도 하였다. 또한 '바다 모티프'와 연계되어 사모곡을 부르는데 동원되기도 하고, 구체적으로 '여성 모티프'에 닿기도 하였다. 이것들은 그의 시를 일관되게 지탱해주는 내면의 순수를 포용해주는 정신적 귀의처로 기능하고 있었다.

윤동주는 성장하면서 자아의 성찰을 위한 도구로 모티프의 변조에 노력하였다. 이 경우에 동원된 모티프는 '우물 모티프', '방 모티프', '거울 모티프', '여성 모티프', '거지 모티프'였다. 구체적으로 '우물 모티프'는 현재적 자아를 반추하는데 동원되었고, '방 모티프'는 개방된 세계로 나아가기 위한 내면 풍경의 드러냄이고, '거울 모티프'는 창씨개명하는 시적 변명의 방식으로 구사되었다. 그리고 '여성 모티프'와 '거지 모티프'는 가난한 이웃에 대한 자아와 지식인들의 위선과 허위의식을 고발하는 수단으로 준비된 것이었다. 이것들은 윤동주 자신을 성찰하는데 사용되었거나, 가련한 이웃으로 환유된 우리 민족에 대한 따뜻한 정의 표시에 쓰이기도 하였다. 한편 돈독한 기독교 신자였던 그는, 종교의 교리에 터한 '기독교 모티프'를 자주 사용하였는 바, 이들은 그의 독실한 신앙심을 발현하는 기도문의 방식이었다.

그의 시세계를 총체적으로 아우르면서, 그간에 구사한 각종 모티프의 지향점은 「序詩」이다. 이 작품은 그간의 윤동주의 시작 활동에 대한 중간 평가와 미래에의 서원 형식으로 동원된 '천체 모티프'가 주류를 이루고 있다. 이 모티프는 그로 하여금 도덕적 순결성을 유지하고, 이상적 미래를 기원할 수 있도록 힘을 준 모티프이다. 그런 점에서 그의 시에 동원된 '천체 모티프'는 그의 시세계를 구축하고 있는 테마의식의 총화라 해도 무방할 것이다.

◆ 백석 시의 수사적 책략

강연호, 「백석 시의 미적 형식과 구조 연구」, 『현대문학이론연구』 제17집, 현대문학이론학회, 2002. 6.

고형진, 『한국 현대시의 서사지향성 연구』, 시와시학사, 1995.

김기림, 「『사슴』을 안고」, 『조선일보』, 1936. 1. 29

김영익, 『백석 시문학 연구』, 충남대출판부, 2000.

김욱동, 『은유와 환유』, 민음사, 1999.

_____, 『수사학이란 무엇인가』, 민음사, 2002.

김윤식, 『근대시와 인식』, 시와시학사, 1992.

김자야, 『내 사랑 백석』, 문학동네, 1995.

김준오, 『시론』, 삼지원, 1997.

김진우, 『시와 언어』, 한국문화사, 1998.

박영순, 『한국어 은유 구조 연구』, 고려대출판부, 2000.

백 석, 「죠이쓰와 애란문학」 (1), 『조선일보』, 1934. 8. 10.

백 철, 『신문학사조사』, 신구문화사, 1992.

오규원, 『현대시작법』, 문학과지성사, 1990.

오장환, 「백석론」, 『풍림』, 1937. 4.

윤석산, 『현대시학』, 새미, 1996.

이숭원, 「풍속의 시화와 눌변의 미학」, 박호영·이숭원, 『한국시문학의 비평적 탐구』, 삼지원, 1985, 2.

임 화, 「문학상의 지방주의 문제」, 『조광』, 1936. 10.

Jacques Dubois, 용경식 역, 『일반수사학』, 한길사, 1989.

Philip Ellis Wheelwright, 김태옥 역, 『은유와 실재』, 문학과지성사, 1987.

◆ 백석 시 「修羅」의 분석적 읽기

김영익, 『백석시문학연구』, 충남대출판부, 2000.

김은자, 「생명의 시학」, 고형진 편, 『백석』, 새미, 1996.

김정란, 「동물들의 이미지—위대함의 소청」, 『현대시세계』, 1991. 봄호.

박용철, 『박용철전집 · 2』, 깊은샘, 2004.

박주택, 『낙원회복의 꿈과 민족정서의 복원』, 시와시학사, 1999.

최두석, 『리얼리즘의 시정신』, 실천문학사, 1992.

최명표, 「백석 시의 수사적 책략」, 『한국언어문학』 제55집, 한국언어문학회, 2005. 10.

오세영, 『한국 현대시 분석적 읽기』, 고려대출판부, 1998.

이승훈, 『문학상징사전』, 고려원, 1996.

이재선 편, 『문학주제학이란 무엇인가』, 민음사, 1996.

◆ 김상옥론

김상옥, 「詩와 陶瓷」, 『墨을 갈다가』, 창작과비평사, 1993.

김상옥 · 장영우 대담, 「시와 시인을 찾아서 ⑲: 초정 김상옥」, 『시와 시학』, 1996. 가을호.

민영 편, 『김상옥시전집』, 창비, 2005.

초정김상옥기념사업회 편, 『그 뜨겁고 아픈 경치』, 고요아침, 2005.

권정임, 「헤겔 미학에 있어서 문학과 조형예술의 상관성」, 고위공 외, 『text와 형상』, 미술문화, 2005.

박태일, 『경남 · 부산 지역문학 연구 · 1』, 청동거울, 2004.

이숭원, 「고고하고 정결한 정신의 지향」, 민영 편, 『김상옥시전집』, 창비, 2005.

정혜원, 「김상옥 시조의 전통성」, 김용직 외, 『한국현대시사연구』, 일지사, 1990.

Mikhail Mikhailovic Bakhtin, 이득재 역, 『문예학의 형식적 방법』, 문예출판사, 1992.

Cleanth Brooks, 이명섭 역, 『잘 빚은 항아리』, 종로서적, 1984.

Edward Relph, 김덕현 외 역, 『장소와 장소 상실』, 논형, 2005.

Wladyslaw Tatarkiewicz, 손효주 역, 『미학의 기본개념사』, 미술문화, 1999.

◆ 김종삼론

김시태, 「언어의 고독한 축제―김종삼론」, 김용직 외, 『한국현대시연구』, 민
　　음사, 1989.

김우창, 『시인의 보석: 김우창전집·3』, 민음사, 1994.

김준오, 『도시시와 해체시』, 문학과비평사, 1993.

김춘수, 『김춘수전집·Ⅱ』, 문장, 1986.

남진우, 『미적 근대성과 순간의 시학』, 소명출판, 2001.

문혜원, 『한국 현대시와 모더니즘』, 신구문화사, 1996.

민　영, 「안으로 닫힌 시정신」, 『창작과 비평』, 1979, 겨울호.

신경림, 『신경림의 시인을 찾아서』, 우리교육, 1998.

오규원, 『언어와 삶』, 문학과지성사, 1988.

오형엽, 『한국 근대시와 시론의 구조적 연구』, 태학사, 1999.

이경수, 『상상력과 부정의 시학』, 문학과지성사, 1986.

이숭원, 『근대시의 내면 구조』, 새문사, 1988.

_____, 『현대시와 삶의 지평』, 시와시학사, 1993.

이승훈, 「평화의 시학」, 김종삼 시선집, 『평화롭게』, 고려원, 1984.

장석주 편, 『김종삼전집』, 청하, 1988.

최하림, 『시인을 찾아서』, 프레스21, 1999.

황동규, 「잔상의 미학」, 김종삼 시선집, 『북치는 소년』, 민음사, 1981.

David Fountaine, 이용주 역, 『시학』, 동문선, 2001.

Jose Ortega y Gasset, 박상규 역, 『예술의 비인간화』, 미진사, 1995.

◆ 박용래론

권오만, 「한의 시각적 형상화―박용래론」, 김용직 외, 『한국현대시연구』, 민

　　　　　음사, 1989.

김용성, 『한국현대문학사탐방』, 현암사, 1991.

김재홍, 「박용래, 전원 상징과 낙하의 상상력」, 『한국현대시인비판』, 시와
　　　　　시학사, 1994.

박유미, 「박용래시연구」, 『한국시학연구』 제1호, 한국시학회, 1998.

신경림, 『신경림의 시인을 찾아서』, 우리교육, 1998.

윤호병, 「박용래 시의 구조 분석」, 『시와 시학』, 1991. 봄호.

이문구, 「박용래 약전」, 박용래시전집, 『먼바다』, 창작과비평사, 1993.

이영광, 「한국시의 시행 엇붙임과 시의식에 대한 연구」, 『현대문학이론연
　　　　　구』 제13집, 현대문학이론학회, 2000. 7.

이은봉, 「박용래 시의 한과 사회현실성」, 『시와 시학』, 1991. 봄호.

정효구, 「박용래 시의 기호론적 분석」, 『20세기 한국시의 정신과 방법』, 시
　　　　　와시학사, 1995.

　　　　, 「저녁눈」, 유성호 외 편, 『대표시, 대표 평론·Ⅰ』, 실천문학사,
　　　　　2000.

조창환, 「박용래 시의 운율론적 접근」, 『시와 시학』, 1991. 봄호.

최동호, 「한국적 서정의 좁힘과 비움」, 『시와 시학』, 1991. 봄호.

최하림, 『시인을 찾아서』, 프레스21, 1999.

홍희표, 「싸락눈과 먼바다 사이」, 『시와 시학』, 1991. 봄호.

Yuri Mikhailovich Lotman, 유재천 역, 『시 텍스트의 분석: 시의 구조』, 가
　　　　　나, 1987.

Roman Jakobson 외, 박인기 편역, 『현대시의 이론』, 지식산업사, 1990.

◆ 한성기론

한성기, 『山에서』, 배영사, 1963.

　　　　, 『落鄕 以後』, 활문사, 1969.

　　　　, 『失鄕』, 현대문학사, 1972.

　　　　, 『九岩里』, 고려출판사, 1975.

_____, 『늦바람』, 활문사, 1979.

_____, 『落鄕 以後』, 현대문학사, 1982.

박명용 편, 『한성기시전집』, 푸른사상, 2003.

◆ 김해강론

김재홍, 『카프시인비평』, 서울대출판부, 1991.

김팔봉, 「조선문학의 현재의 수준」, 『신동아』, 1934. 1.

박경수 편, 『잊혀진 시인, 김병호의 시와 시세계』, 국학자료원, 2004.

유수춘, 「조선현대문예사조론」, 『조선일보』, 1933. 1. 1-5

최명표 편, 『김해강시전집』, 국학자료원, 2006.

최명표, 「일제하 서한체시 연구」, 『국어문학』 제42집, 국어문학회, 2007. 2.

◆ 박목월론

김동석, 『김동석평론집』, 서음출판사, 1989.

김우창, 『시인의 보석: 김우창전집 3』, 민음사, 1993.

김은전, 「박목월의 동시」, 김은전·이승원 편, 『한국현대시인론』, 시와시학사, 1995.

김종길, 『시에 대하여』, 민음사, 1985.

김형필, 『박목월시연구』, 이우출판사, 1988.

박목월, 『보랏빛 소묘』, 신흥출판사, 1958.

_____, 『박목월시전집』, 서문당, 1984.

_____, 『소금이 빛나는 아침에』, 문학사상사, 1987.

_____, 『산새알물새알』, 자유문학사, 1988.

_____, 『얼룩송아지』, 신구미디어, 1993.

_____, 『눈이 큰 아이』, 이가서, 2006.

박목월·박동규, 『아버지와 아들』, 대산출판사, 2007.

박영종, 『동시집』, 조선아동회, 1946.

이남호 편, 『박목월시전집』, 민음사, 2005.

이상숙,「우리 시의 한자어와 그 운용의 미학」,『현대문학이론연구』제16
　　집, 현대문학이론학회, 2001. 12.
이재철,『한국현대아동문학사』, 일지사, 1978.
이형기 편,『박목월』, 문학세계사, 1993.
정지용,『정지용전집 2』, 민음사, 1988.
정한모,『현대시론』, 보성문화사, 1983.
최명표,「김동리의 '소년소녀소설' 연구」,『동화와 번역』제12집, 건국대학
　　교 동화와번역연구소, 2006.
한광구,『목월시의 시간과 공간』, 시와시학사, 1993.
한양문학회 편,『목월문학탐구』, 민족문화사, 1983.
홍희표,『박목월 시의 연구』, 문학아카데미, 1993.
Yi-Fu Tuan, 구동회·심승희 역,『공간과 장소』, 대윤, 1999.

◆ 오규원론

구모룡,『한국문학과 열린 체계의 비평 담론』, 열음사, 1992.
김준오,『현대시의 환유성과 메타성』, 살림, 1997.
오규원,『언어와 삶』, 문학과지성사, 1983.
_____,『길 밖의 세상』, 나남, 1987.
_____,『나무 속의 자동차』, 민음사, 1995.
오규원·윤호병 대담,「시와 시인을 찾아서·14」,『시와 시학』, 1995. 여름호.
오규원,「날(生) 이미지와 현상시」,『현대시사상』, 1997. 봄호.
_____,『오규원시전집·1-2』, 문학과지성사, 2002.
_____,『날 이미지와 시』, 문학과지성사, 2005.
이광호,「에이런의 정신과 시쓰기」,『작가세계』, 1994. 겨울호.
이연승,『오규원 시의 현대성』, 푸른사상, 2004.

◆ 강인한론

강인한,『전라도 시인』, 태·멘기획, 1982.

_____,『우리나라 날씨』, 나남, 1986.

_____,『어린 신에게』, 문학동네, 1998.

_____,『시를 찾는 그대에게』, 시와사람사, 2003.

원우현 편,『유언비어론』, 청람, 1985.

이병혁 편,『언어사회학 서설』, 까치, 1993.

전남사회운동협의회 편, 황석영 기록,『죽음을 넘어, 시대의 어둠을 넘어』,
　　　풀빛, 1985.

Cecil Maurice Bowra, 김남일 역,『시와 정치』, 전예원, 1983.

Diane Macdonell, 임성훈 역,『담론이란 무엇인가』, 한울, 1999.

Hans-Joachim Neubauer, 박동자황승환 역,『소문의 역사』, 세종서적, 2001.

Olivier Reboul, 홍재성·권오룡 역,『언어와 이데올로기』, 역사비평사, 1995.

◆ 정양론

강인한,「시와 판소리의 즐거운 결합—정양 '아 그 장구재비가 글씨'」,
　　　http://www.poet.or.kr/kih

문학이론연구회 편,『담론 분석의 이론과 실제』, 문학과지성사, 2002.

정　양,『살아있는 것들의 무게』, 창작과비평사, 1997.

_____,『까마귀떼』, 문학동네, 1999.

_____,『눈 내리는 마을』, 모아드림, 2001.

_____,『길을 잃고 싶을 때가 많았다』, 문학동네, 2005.

최명표,「강인한의 시에 나타난 소문의 양상」,『한국언어문학』제59집, 한
　　　국언어문학회, 2006. 12.

Hans-Joachim Neubauer, 박동자황승환 역,『소문의 역사』, 세종서적, 2001.

Jose Ortega y Gasset, 황보영조 역,『대중의 반역』, 역사비평사, 2005.

Olivier Reboul, 홍재성·권오룡 역,『언어와 이데올로기』, 역사비평사, 1995.

Walter J. Ong, 이기우·임명진 역,『구술문화와 문자문화』, 문예출판사,
　　　1995.

◆ 김명순론

김경일, 『여성의 근대, 근대의 여성』, 푸른역사, 2004.

『김동인전집』 4, 조선일보사, 1988.

김상배 편, 『나는 사랑한다』, 솔뫼, 1981.

김정자, 『한국여성소설연구』, 민지사, 1991.

김춘미, 『김동인연구』, 고려대민족문화연구소, 1985.

동 인, 「창조 잡기」, 『창조』 제8호, 1921, 115-116쪽.

이상경, 「신여성의 자화상」, 문옥표 외, 『신여성』, 2003.

서은혜, 「일본의 '신여성' 운동과 『靑鞜』—초기 산문을 중심으로」, 『현대문
         학이론연구』 제13집, 현대문학이론학회, 2000. 7.

연구공간 수유+너머 근대매체연구팀, 『신여성』, 한겨레신문사, 2005.

이승원, 『소리가 만들어낸 근대의 풍경』, 살림, 2005.

장백일, 『김동인문학연구』, 문학예술사, 1985.

최명표, 「강인한 시에 나타난 소문의 양상」, 『한국언어문학』 제59집, 한국
         언어문학회, 2006. 12.

최혜실, 『신여성들은 무엇을 꿈꾸었는가』, 생각의나무, 2000.

표언복 편, 『전영택전집』 1, 3, 목원대출판부, 1994.

홍정선 편, 『김팔봉문학전집』 Ⅳ, 문학과지성사, 1989.

Richard van Dülmen, 최윤영 역, 『개인의 발견』, 현실문화연구』, 2005.

◆ 단편서사시론

권 환, 「시평과 시론」, 『대조』 제4호, 1930. 6.

권영민, 『한국계급문학운동사』, 문예출판사, 1998.

김기진, 「단편서사시의 길로」, 『조선문예』, 1929. 5.

김두용, 「우리는 어떻게 싸울 것인가?」, 『무산자』 제2호, 1929. 7.

김영민, 『한국문학비평논쟁사』, 한길사, 1992.

김용직, 『임화문학연구』, 세계사, 1991.

김윤식, 『한국문학사상사』, 한길사, 1984.

＿＿＿＿＿, 『임화연구』, 문학사상사, 1990.

＿＿＿＿＿, 『한국근대문학양식론고』, 아세아문화사, 1990.

＿＿＿＿＿, 『한국근대문예비평사연구』, 일지사, 1992.

박명용, 『한국프롤레타리아문학연구』, 글벗사, 1992.

신상전·웨크베커, A. J. 편, 『독일의 정치시』, 제3문학사, 1990.

안 막, 「맑스주의 예술비평의 기준」, 『중외일보』, 1930. 5. 4

역사문제연구소 문학사연구모임, 『카프문학운동연구』, 역사비평사, 1989.

윤영천, 「한국 리얼리즘시론의 역사적 전개와 지향」, 『민족문학사연구』 제
2호, 1992.

임 화, 「시인이여! 일보전진하자!」, 『조선지광』, 1930. 6.

정효구, 『현대시와 기호학』, 느티나무, 1989.

D. Lamping, 장영태 역, 『서정시: 이론과 역사』, 문학과지성사, 1994.

Robert E. Scholes, 유재천 역, 『기호학과 해석』, 현대문학사, 1988.

Roman Jakobson, 신문수 편역, 『문학 속의 언어학』, 문학과지성사, 1989.

Tzvetan Todorov, 최현무 역, 『바흐찐: 문학사회학과 대화이론』, 까치, 1988.

Water J. Ong, 이기우·임명진 역, 『구술문화와 문자문화』, 문예출판사,
1995.

◆ 서한체시론

김윤식, 『한국근대문학사상사』, 한길사, 1984.

김재홍, 『한국현대문학의 비극론』, 시와시학사, 1993.

김 현 편, 『쟝르의 이론』, 문학과지성사, 1987.

송희복, 『한국시: 감성의 계보』, 태학사, 1998.

신상전·A. J. 웨크베커 편, 『독일의 정치시』, 제3문학사, 1990.

최명표, 「김해강의 서한체시 연구」, 『현대문학이론연구』 제13집, 현대문학
이론학회, 2000. 7.

최미숙, 『국어교육의 문화론적 지평』, 소명출판, 2001.

Gerald Prince, 최상규 역, 『서사학』, 문학과지성사, 1995.

◆ 윤동주론

윤동주,『하늘과 바람과 별과 시』, 정음사, 1955.

_____,『윤동주 시집』, 범우사, 1984.

강만길,『한국현대사』, 창작과비평사, 1984.

고 은,「윤동주 서설」(상-하),『현대시세계』통권 제3-4권, 청하, 1989.

구중서,『분단시대의 문학』, 전예원, 1981.

권일송,『윤동주 평전』, 민예사, 1986.

김수복,『어두운 시대의 시인의 길』, 예전사, 1984.

김열규,「윤동주론」,『국어국문학』, 국어국문학회, 1964.

김영민,「윤동주 연구의 현황과 문제점」,『문학과 의식』창간호, 문학과의
　　　식사, 1988.

김용직,『한국현대시연구』, 일지사, 1985.

김윤식,『우리 문학의 넓이와 깊이』, 서래헌, 1979.

_____,『한국현대시론비판』, 일지사, 1982.

_____,『한국근대작가론고』, 일지사, 1985.

김윤식·김현,『한국문학사』, 민음사, 1987.

김은자,『현대시의 공간과 구조』, 문학과비평사, 1988.

김재홍,『시와 진실』, 이우출판사, 1987.

_____,『한국현대시인연구』, 일지사, 1990.

김춘수,『현대시의 연구』, 정음사, 1981.

김치수 외,『현대문학비평의 방법론』, 서울대출판부, 1988.

김현자,『시와 상상력의 구조』, 문학과지성사, 1982.

_____,『한국 현대시 작품연구』, 민음사, 1988.

김흥규,「윤동주론」,『창작과비평』통권 제33호, 창작과비평사, 1977.

마광수,『윤동주연구』, 정음사, 1984.

문익환,「아버지와 어머니의 간도 이야기」(1-3),『오늘의 책』통권 제6-8
　　　호, 1985.

박귀례,「윤동주 동시 소고」,『성신어문학』, 성신어문학연구회, 1990.

박이도, 『한국현대시와 기독교』, 종로서적, 1987.

박호영·이숭원, 『한국시문학의 비평적 탐구』, 삼지원, 1985.

사 포, 오자성 역, 『에게해의 사랑』, 흔겨레, 1990.

서우석, 『시와 리듬』, 문학과지성사, 1981.

서정주, 『한국의 현대시』, 일지사, 1988.

송우혜, 『윤동주평전』, 열음사, 1988.

신동욱, 『우리 시의 역사적 연구』, 새문사, 1984.

염무웅, 『민중시대의 문학』, 창작과비평사, 1984.

오세영, 「윤동주의 문학사적 위치」, 국학자료간행위원회 편, 『국문학자료 논문집』 제2집, 대제각, 1983.

오양호, 『한국문학과 간도』, 문예출판사, 1988.

유한근, 「윤동주 시와 공간」, 제3세대비평문학회 편, 『한국현대시인연구』, 신아, 1988.

이건청, 『나의 별에도 봄이 오면』, 문학세계사, 1981.

이기철, 『시학』, 일지사, 1989.

이남호, 『윤동주시의 의도 연구』, 고려대대학원 박사논문, 1986.

이사라, 「삼원구조에 있어서의 매개의 기능」, 최현무 편, 『한국문학과 기호학』, 문학과비평사, 1988.

이상섭, 『문학비평용어사전』, 민음사, 1987.

이선영, 「암흑기의 시인, 윤동주 재론」, 『세계의 문학』 통권 제46호, 1984.

이재선, 『우리 문학은 어디에서 왔는가』, 소설문학사, 1986.

이재철, 『아동문학개론』, 문운당, 1969.

_____, 「윤동주론」, 『아동문학평론』 통권 제34호, 1985.

이해웅, 「윤동주의 자학과 태초 의식」, 『시와 의식』 통권 제28호, 시와의식사, 1984.

임헌영, 「윤동주의 생애와 시」, 『윤동주시집』, 범우사, 1984.

전규태, 『한국현대문학사·하』, 서문당, 1976.

정순진, 『윤동주 시에 나타난 세계경험적 자아의 양상』, 충남대대학원 석

사논문, 1984

정한모,『한국현대시의 정수』, 서울대출판부, 1982.

정호승,『윤동주 시에 나타난 기독교적 세계관』, 경희대대학원 석사논문, 1986

조동일,『한국문학통사』5, 지식산업사, 1988.

채만묵,「윤동주론」,『국어문학』제19호, 전북대학교 국어국문학회, 1978.

최동호,『한국 현대시에 나타난 물의 심상과 의식 연구』, 고려대대학원 박사논문, 1981

_____,『현대시의 정신사』, 열음사, 1985.

한국일보사 편,『한국독립운동사』1, 한국일보사, 1987.

한계전,「윤동주 시에 있어서의 '고향'의 의미」,『세계의 문학』통권 46호, 민음사, 1987.

홍정선,『역사적 삶과 비평』, 문학과지성사, 1986.

Gaston Bachelard, 이가림 역,『촛불의 미학』, 문예출판사, 1989.

Gaston Bachelard, 김현 역,『몽상의 시학』, 기린원, 1989.

Gaston Bachelard, 곽광수 역,『공간의 시학』, 민음사, 1990.

저자 **최명표**

문학박사, 문학평론가. 전북대학교대학원 국어국문학과 수료. 계간 문예연구 편집위원.
저서: 해방기시문학연구, 전북지역시문학연구, 전북지역아동문학연구, 전북지역문학비
평사론 등
편저: 김창술시전집, 김해강시전집, 이익상문학전집(1-4), 유엽문학전집(1-5), 윤규섭비평
전집(1-2), 유진오시전집 등

한국 현대시학의 틀과 결

초판인쇄 2018년 06월 15일
초판발행 2018년 06월 21일

저 자 최명표
발 행 인 윤석현
책임편집 안지윤
발 행 처 도서출판 박문사
주   소 서울시 도봉구 우이천로 353 성주빌딩 3F
전   화 (02) 992-3253(대)
전   송 (02) 991-1285
전자우편 bakmunsa@hanmail.net
홈페이지 http://jnc.jncbms.co.kr
등록번호 제2009-11호

ⓒ 최명표 2018 Printed in KOREA.

ISBN 979-11-89292-06-5 93800   정가 27,000원